당신들의 천국

이청준 전집 11 장편소설

당신들의 천국

초판 1쇄 발행 2012년 9월 28일
초판 14쇄 발행 2024년 6월 3일

지은이 이청준
펴낸이 이광호
펴낸곳 ㈜**문학과지성사**
등록번호 제1993-000098호
주소 04034 서울 마포구 잔다리로7길 18(서교동 377-20)
전화 02)338-7224
팩스 02)323-4180(편집)   02)338-7221(영업)
전자우편 moonji@moonji.com
홈페이지 www.moonji.com

ⓒ 이청준, 2012. Printed in Seoul, Korea

ISBN 978-89-320-2091-4 04810
ISBN 978-89-320-2080-8(세트)

이청준 전집 11

당신들의 천국

문학과지성사
2012

일러두기

1. 문학과지성사판 『이청준 전집』에는 장편소설, 중단편소설, 그리고 작가가 연재를 마쳤으나 단행본으로 발간되지 않은 작품과 미완성작 등을 모두 수록했다.

2. 전집의 권별 번호는 개별 작품이 발표된 순서를 따르되, 장편소설의 경우 연재 종료 시점을, 중단편소설의 경우 게재지에 처음 발표된 시점을 기준으로 삼았다. 단, 연재 미완결작의 경우 최초 단행본 출간 시점을 그 기준으로 삼았다. 중단편집에 묶인 작품들 역시 발표된 순서대로 수록하였으며, 각 작품 말미에 발표 연도를 밝혀놓았다.

3. 전집의 본문은 『이청준 문학전집』(열림원) 발간 이후 작가가 새롭게 교정, 보완한 내용을 충실히 반영하여 확정하였다. 특히 미발표작의 경우 작가가 남긴 관련 자료에 근거하여 수록하였음을 밝힌다.

4. 전집의 각 권에는 작품들을 수록하고 새롭게 씌어진 해설을 붙였으며 여기에 각 작품 텍스트의 변모 과정과 이청준 작품들의 상호 관계를 밝히는 글을 실었다. 이 글은 현재의 문학과지성사판 전집의 확정 텍스트에 이르기까지 주요한 특징적 변모를 잘 보여준다.

5. 이 책의 맞춤법은 국립국어연구원의 '한글 맞춤법'에 따르는 것을 원칙으로 하되, 띄어쓰기의 경우 본사의 내부 규정을 따랐다. 단, 작품의 분위기에 영향을 준다고 판단되는 방언이나 구어체 표현·의성어·의태어 등은 작가의 집필 의도를 살려 그대로 두었다(괄호 안: 현행 맞춤법 표기).
   - 예) ① 방언 및 의성어·의태어: 밴밴하다(반반하다) 희밀끄럼하다(희멀겋다) 달겨들다(달려들다) 드키(듯이) 뚤레뚤레(둘레둘레) 뎅강(뎅겅) 까장까장(꼬장꼬장)
   - ② 작가의 고유한 표현:
     - ─그닥(그다지) 범상찮다(범상치 않다) 들춰업다(둘러업다)
     - ─입물개 개었고 아심찮게도 목짓 펀뜻 사양기
   - ③ 기타: 앞엣사람 옆엣녀석 먼젓사람 천릿길 뱃손님 뒷번
     - 그리고 나서(그러고 나서) 그리고는(그러고는)

6. 이 책의 외래어 표기는 국립국어연구원의 '외래어 표기법'에 따라 바꾸었다. 단, 작품의 제목이나 중요한 어휘로 등장하는 경우에는 원본을 그대로 살렸다.
   - 예) ① 맘모스(매머드) 세느(센) 뎃쌍(데생) ② 레지('종업원'으로 순화)

7. 이 책에 쓰인 문장부호의 경우 단편, 논문, 예술 작품(영화, 그림, 음악)은 「 」으로, 단행본 및 잡지, 시리즈 명 등은 『 』으로 표시하였다. 대화나 직접 인용은 큰따옴표(" ")와 줄표(—)로, 강조나 간접 인용의 경우 작은따옴표(' ')로 묶었다.

차례

제1부

사자의 섬

1

새 원장이 부임해 온 날 밤, 섬에서는 두 사람의 탈출 사고가 있었다.

탈출 사고는 실상 새 원장에 대한 우연찮은 부임 선물이었다.

새 원장은 부임 인사를 하지 않았다. 탈출 사고의 경위부터 조사하기 시작했다.

병원에 새 원장이 부임해 왔다.

혁명이 있고 나서 병원은 한동안 원장이 없이 운영되어오고 있었다. 김정일(金政一) 의료부장이 원장을 대신하여 두 달 가까이나 병원을 이끌어오고 있었다. 한여름 복더위에 시달리던 섬 거리가 시원한 바닷바람에 식어가고 있던 8월 하순 어느 날 저녁, 그

러다가 문득 현역 의무 장교 한 사람이 이 섬 병원의 새 원장으로
부임해 온 것이다.

조백헌(趙白憲) 대령.

햇볕에 그을어서라기보다 피부 색깔이 원래 좀 그래 보이는 거
무튀튀한 얼굴에, 여느 사람들에게서보다도 푸른색 유니폼이 훨씬
시원스럽게 어울려 보이는 이 장신의 현역 군인 원장은 이날 저녁
그의 보좌관 한 사람과 섬 위로 첫발을 올려 딛기가 무섭게 벌써
심상찮은 기질을 엿보이고 있었다.

"저 사람들 다 뭐요?"

"웬 자동찰 다 끌고 나왔소?"

선창까지 마중 나온 병원 직원들과 자동차를 보고는 못마땅한 듯
머리를 절레절레 흔들어대댔다. 영접 인사나 자동차는 끝내 거들떠보
지도 않고 의료부장 한 사람의 안내를 받아 저벅저벅 병원 지대로
걸어 올라가고 있는 그의 걸음걸이 또한 무뚝뚝한 관서 사투리의
억양이 조금씩 섞여 나오는 말투만큼이나 퉁명스러워 보였다.

어딘지 만만치가 않아 보이는 원장의 첫인상이었다.

한데 그 새 원장은 병원 관사에서 하룻밤을 쉬고 난 다음 날 아
침 첫 출근을 하고 나서도 부임 인사를 하지 않았다. 그건 물론 간
밤의 탈출 사고가 원인이었다. 하지만 그건 관례상 새 원장이 알
은체를 하고 나설 일이 아니었다. 부임 인사도 치르기 전에 일어
난 사고에 대해 그가 무슨 책임을 느끼거나 수습을 서두르고 나설
필요는 없었다. 사고의 뒷마무리는 의료부장이나 과장급 선에서
적당히 사무 절차나 취해놓으면 그만이었다. 원장은 나중에 보고

나 받고 지나가면 될 일이었다.

그러나 그는 그렇지를 않았다.

부임 인사도 치르지 않은 원장에게 사고 보고를 낸 것이 지나친 일이었는지도 모른다. 하지만 일은 어차피 그렇게 되어가게 마련이었다. 원장 출근 전에 벌써 지도소(병사 지대의 치안 업무를 담당하고 있는 옛 순시소의 개칭)로부터 사고 보고가 병원 본부까지 들어와 있었다. 보건과장 이상욱(李相旭)이 신생리(新生里) 지도 분소로부터 사고 보고를 받아놓고 있었다. 신생리 남독신사(男獨身舍) 원생 두 사람이 밤새 마을을 빠져나가 바다를 건너갔다는 것이었다. 알 만한 일이었다.

뒤늦게 출근한 의료부장이나 다른 간부 직원들은 새 원장이 부임인사나 치른 다음으로 보고를 미루자고 했다.

"우리끼리 우선 뒷수습을 지어놓고 나중에 보고를 드리도록 합시다."

하지만 보건과장 이상욱이 그걸 반대했다. 탈출 사고는 원장이 새로 부임해 올 때마다 환자들 가운데서 잊지 않고 꼭꼭 마련해 바치는 첫 부임 선물이었다. 흐지부지 뭉개고 넘어갈 일이 아니었다. 무엇보다도 이 첫 번 부임 선물을 대하는 원장의 반응이 보고 싶었다.

"감출 필요가 없을 줄 압니다."

"감추자는 게 아니라, 오늘은 원생들을 집합시켜서 취임 인사도 치르셔야 할 테니까 그런 다음에나……"

"있는 대로 보여드립시다."

"이번 일이 이 과장의 소관 사항인 줄은 알아요. 하지만 좀더 생각을 해보는 게 좋겠소."

작달막한 키에 성격이 지나치게 꼼꼼스런 이 피부과 전문의는 도대체 말썽이라곤 싫어했다. 원장이 공석 중인 지난 몇 달 동안도 원장을 대신하여 그는 환자 치료와 원생 후생 사업 같은 일에는 누구보다 열성적인 데가 있었으나, 말썽이라면 도대체 견디지를 못하는 위인이었다.

상욱은 그만 입을 다물고 말았다. 그는 입을 다문 채 원장의 출근을 기다렸다. 2백여 명 본부 직원들과 함께 회의실에 모여 앉아 원장의 출근을 기다리는 동안도 그는 끝내 의료부장의 충고에는 승복할 생각이 없었다.

8시 50분쯤, 원장이 마침내 서무과장의 안내를 받으며(라기보다는 뚱뚱한 서무과장이 오히려 헐떡헐떡 그를 뒤쫓아오고 있는 꼴이었지만) 성큼성큼 2층 그의 원장실로 올라오고 있었다. 의료부장을 비롯한 간부 직원 몇 사람이 원장 부속실로 가서 원장의 첫 출근을 맞이했다.

그런데 그때 원장의 첫마디가 상욱에겐 더없이 안성맞춤이었다.

"밤새 별일 없었소?"

새 원장의 첫날 출근 인사치고는 싱겁기 짝이 없는 소리였다. 제복을 말끔히 새로 다려 입고 허리에는 권총까지 매달고 나왔을망정, 병원 사람들과는 한동안 낯이 익숙해진 사람의 그것처럼 대범스런 인사말이었다. 그 싱거운 듯하면서도 얼마간 조급스런 데가 있는 원장의 첫마디는 가벼운 긴장 속에 그를 기다리고 있던 부속실 사람들을 뜻밖에 당황하게 했다.

　의료부장 김정일이 얼결에 흘끗 이상욱 보건과장을 건너다보았다. 상욱은 그 의료부장의 눈길은 아랑곳할 기색이 아니었다.

　"보고드릴 말씀이……"

　상욱은 이미 등을 돌리고 원장실로 들어서는 조 원장의 발길을 끌어 세우고 있었다.

　"본부 직원 전원을 회의실에 집합시켜놓았습니다."

　돌아서는 원장 앞으로 의료부장이 얼핏 상욱을 가로막고 나섰다. 하지만 원장은 그 의료부장의 말에는 별로 귀를 기울이지 않는 눈치였다.

　"당신이 보고할 일이라는 건 뭐요?"

　똑바로 그를 쳐다보고 서 있는 상욱의 눈길에서 어떤 심상찮은 기미를 엿본 모양이었다. 재촉하듯 상욱을 마주 찍어보고 서 있었다.

　상욱은 불시에 가슴이 덜컥 내려앉았다. 부속실 사람들의 시선이 온통 그 상욱에게로 집중되고 있었다. 그런 때 그는 그런 버릇이 있었다. 기억도 할 수 없을 만큼 어린 시절부터 있어온 버릇이었다. 어린 시절부터 그는 자신이 사람들의 시선에 얹히는 것을 그렇게 싫어했다. 싫어했다기보다 두려워했다. 그런 시선 앞에선 자기도 모르게 가슴이 덜컥덜컥 내려앉곤 했다. 그리고 한번 그런 시선을 의식하기 시작하면 며칠이고 어떤 괴로운 환각 때문에 견딜 수 없도록 시달림을 당할 때가 많았다. 방 안에 혼자 있을 때마저 그의 등 뒤 어딘가서 숨을 죽인 채 까맣게 그를 노려보는 눈동자의 환각을 떨어버릴 수가 없었다.

상욱은 등골에서 땀이 솟았다. 이제 와선 어쩔 수가 없었다. 원장이 한 번 더 그를 다그쳐왔다.

"따로 보고할 것 없이 예서 지금 말해보오."

"어젯밤 탈출 사고가 있었습니다."

"뭐라구?"

상욱의 말이 채 끝나기도 전에 원장의 두 눈썹이 불쑥 곤두섰다.

"탈출 사고라니, 누가 이 섬을 도망 빼 나갔단 말요?"

"그런가 봅니다. 가끔 있는 사고올습니다만……"

의료부장이 거봐란 듯 상욱을 눈짓으로 눌러놓고는 자기가 대신 말을 가로막고 나섰다. 그러나 원장은 이번에도 의료부장의 설명은 마음에 들질 않은 모양이었다.

"그런가 봅니다가 뭐요, 그런가 봅니다가. 도망갔으면 도망간 거구 아니면 아니랄 거지. 그래 도대체 어디오? 그자들이 섬을 내 빼 달아났다는 데가 말요?"

"신생리라는 마을입니다."

"동넬 묻고 있는 게 아니오. 그자들이 어디로 해서 어떻게 도망을 뺐나 경위를 묻고 있는 게요."

"아, 그건 신생리 마을 뒷해안 쪽에 돌뿌리라는 돌출부가 있는데 그곳이 통상 녀석들의 탈출 지점으로 이용되고 있습니다."

"어디 좀 가봅시다."

"지금 말씀입니까?"

"당신은 번번이 남의 말을 두 번씩 반복시키는 취미가 있구려."

"하지만 지금은 병원 직원들이 원장님께 인살 여쭙고자 회의실에 모여 대기 중입니다만."

"상관없소. 갔다 와서 보겠소."

"그리고 오늘은 원생들도 집합해보셔야 할 텐데요."

"상관없다지 않소. 그건 내가 보고 싶을 때 알아서 볼 테니 당신이 걱정할 필요가 없어요."

"하지만……"

의료부장 김정일은 자기도 모르게 부동자세를 취하고 있었다. 부속실에 서 있던 다른 직원들도 어느새 그 의료부장을 따라 빳빳한 부동자세로 굳어졌다. 원장은 자기 방을 들어가보지도 않았다. 부동자세를 취하고 서 있는 부속실 사람들은 더 이상 쳐다보려고도 하지 않고 몸을 돌이켜 세우더니, 생각난 듯 다시 힐끔 뒤를 돌아보고는 거침없이 상욱을 점찍어냈다.

"아마 의료부장은 내 거동이 맘에 들지 않는 모양이니 당신이 안낼 좀 맡아주구려."

새 원장은 결국 그 탈출 사고가 구실이 되어서 그런 식으로 자신의 부임 인사를 생략한 채 병원 출근 첫날을 보내게 된 것이다.

그건 좀 희귀한 일이었다.

2

이유야 어쨌든 새 원장이 부임 첫날 자신의 부임 인사를 치르지 않은 것은 이 섬 병원에서는 좀 희귀한 일이 아니었다. 원장이 새로 바뀌어 올 때마다 한차례씩 가져보는 희망이었지만, 새 원장이 부임 인사를 치르지 않는 걸 보면 그는 아마 자신의 동상을 지니지 않은 모처럼 만의 원장일 수도 있었다.

새 원장이 오면 이곳에선 언제나 두 차례의 부임 인사가 치러지게 마련이었다.

첫 번은 아침 일찍 직원 지대의 병원 본부에서 2백여 직원들을 모아놓고 병원의 새 운영 방침이나 직원들의 처우 개선 대책에 관한 신관으로서의 구상 같은 걸 펼쳐 보이는 게 예사였다. 직원들의 타성적인 근무 태도와 무사 안일주의(부임 첫날부터 어떻게 그런 자신 있는 단정이 가능한지)가 매도되고, 그 대신 새로운 병원 운영 쇄신책에 관해 번번이 일대 열변이 토해지곤 했다. 헌신적인 봉사 자세와 박애 정신의 발양이 거듭거듭 강조됐다.

직원 지대의 신임 인사는 늘 그런 식이었다. 하지만 진짜 신임 인사는 병사 지대에서 행해지는 두번째 것이었다. 새 원장이 올 때마다 150미터의 완충 지대를 격해 있는 병사 지대 일곱 개 부락 5천여 원생들은 보행이 불가능한 부자유 환자 약간 명을 제외하고는 섬 인구 전체가 중앙리 공원 광장으로 집합했다. 새 원장은 대개 직원 지대에서의 부임 인사 겸 첫 조회가 끝난 다음 자동차로 중앙리 공원으로 내려가서 원생들과의 첫 대면을 가지게 되어 있었다. 거기서도 물론 병원의 새 운영 방침이나 원생들을 위한 의욕적인 복지 시책들이 되풀이 다짐되고, 병사 지대 주민들의 환자로서의 권익 옹호와 이러저러한 사업 계획들이 약속됐다.

병원이 세워진 이래 40여 년 동안 열몇 번씩이나 원장을 번갈아 맞으면서 그렇게 해온 일이었다. 이번 원장도 마땅히 그래야 할 일이었다. 그게 당연한 관례였다.

그런데 이 마지막 번 원장은 이도 저도 부임 인사 같은 건 염두에도 없는 눈치였다.

이 친구는 정말로 자기 동상을 지니지 않았을지도 모르겠군.

끌려가듯 원장을 뒤따라 내려오면서 상욱은 모처럼 고개가 갸웃해지고 있었다. 어쨌거나 그는 좀 성미가 조급한 사내였다. 엉뚱스런 관심을 쏟아대고 있었다.

현관 앞에 원장의 세단 차가 미리 대기하고 있었다.

"의료부장은 우리가 갔다 올 동안 업무 보고 준비나 갖춰놓구려."

현관까지 따라 나온 의료부장을 향해 한마디 당부를 남기고 나서 원장은 곧 차에 올랐다. 상욱도 그 원장을 뒤따라 차로 올라갔다. 원장이 먼저 운전석 옆자리를 차지해버렸기 때문에 안내 격인 상욱이 뒷자리를 차지했다.

"그럼 다녀오십시오. 이 과장이 좀 잘 설명을 드려주시구⋯⋯"

의료부장이 차창 밖에서 정중하게 허리를 굽혀 보이고는 무엇인가 걱정스런 눈초리로 상욱을 바라보고 있었다.

원장은 이번에도 그 의료부장 쪽엔 별로 주의를 주지 않았다.

"자 가자우."

운전사를 재촉하고 나서는 새삼스레 기분이 상해오는 듯 탈출자들을 저주하고 있었다.

"제기랄— 어떤 백정 놈의 새끼들이 내 쌍판도 보지 않구 도망부터 뺏어!"

화가 나서 욕을 하니까 유난스레 심한 북쪽 사투리 억양이 섞여 들었다. 하더니 원장은 자동차가 조그만 언덕을 하나 내려서서 직원 지대와 병사 지대를 갈라놓은 150미터 간격의 완충 지대로 들어서고 있을 때에야 비로소 생각이 미친 듯 뒷좌석의 상욱에게 첫마디를 건네왔다.

"당신, 이 병원에서 뭐요? 직책이 뭐냐 말이우다."

"저 말씀입니까? 전 보건과 일을 맡아 보고 있는 이상욱입니다."

말을 던져놓고 원장이 다시 고개를 앞으로 돌려버렸으므로 상욱도 뻣뻣하게 앉은 채로 대꾸를 해주니까 그는 다시,

"보건과라…… 보건과라는 데선 뭘 하오?"

부임 초일수록 이것저것 병원 사정을 모두 꿰뚫어 알고 있는 듯이 행동하는 원장들과는 딴판으로 스스럼없이 되물어왔다.

"의료부에 속해 있는 한 부섭니다. 저희가 맡고 있는 일거리로는 환자들 세균 검사나 요양 훈련 같은 것이 주무이고, 좀 특별한 일로는 환자들의 시체를 화장 관리시키는 사체 처리 업무를 맡고 있습니다."

"그렇담 그 사람들 사정도 비교적 소상할 것 같은데 잘됐구려. 오늘 나하고 좀 수골 해줘야겠소."

"아는 대론 말씀드리겠습니다."

차가 완충 지대를 지나 병사 쪽 철조망으로 해서 장안리(長安里) 구역으로 들어서고 있었다. 오른쪽으로 시원스럽게 바다의 한 조각이 내다보이고, 그 바다를 끼고 도는 찻길이 밝은 황토빛깔로

울창한 소나무 숲을 길게 뚫어 나가고 있었다. 호수처럼 맑은 바다 위로 득량만(得糧灣)을 오가는 돛단배 몇 척이 띄엄띄엄 흩어져 있었다. 다도해 풍광이 아름답다지만 여름 겨울 할 것 없이 언제 보아도 조경이 빼어난 섬이었다.

"좋은데…… 경치가 아주 그만이야."

원장 역시 이 섬의 조경에는 넋을 빼앗긴 모양이었다. 탈출 사고 때문에 불쾌해진 기분이 얼마간 누그러진 듯 한동안 차창을 스쳐가는 섬 경치에 시선이 끌려 있더니, 얼마 만에야 다시 뒷좌석을 돌아다보았다.

"이 섬 크기가 대략 얼마나 되오?"

"넓이로 한 150만 평쯤 되는 줄 알고 있습니다. 거기서 관사 지대 3분의 1 정도를 빼고 나머지 섬 전체에 병사 지대 일곱 개 마을이 꾸며져 있습니다. 지금 지나고 있는 곳이 장안립니다. 저 사람들 말로 직원 지대를 섬의 서울이라고 하니까 서울에 가까운 마을이래서 그런 이름이 붙여졌답니다."

시원스런 조경 때문이었을까. 상욱도 이젠 원장 부속실에서부터의 무적지근한 긴장감이 조금씩 풀려가는 기분이었다. 섬 경치에 취해가는 원장에 대해 전에 없는 아량 같은 것이 생기고 있었다. 그는 원장이 원하지 않은 데까지 긴 설명을 덧붙이고 있었다.

"섬 전체가 제법 커다란 공원 같은걸."

동네 이름이야 어떤 연유로 해서 그렇게 지어졌든 알 바 아니라는 듯 원장이 다시 혼잣말처럼 뇌까렸다. 상욱도 비로소 이 원장이 어떤 커다란 착각에 빠지고 있다는 사실을 깨닫기 시작했다.

하지만 그는 아직도 원장의 그런 착각을 들춰주고 싶은 생각은 없었다. 새 원장으로선 아마 그것이 너무도 당연한 착각일지도 모른다는 생각이 들었기 때문이다.

머지않아 그것이 착각이라는 걸 알 때가 오겠지.

"그야 이 섬 이름이 작은 사슴 아닙니까. 섬 이름이 소록도(小鹿島)라고 지어진 것은 섬의 생김새 때문이 아니라 이 좋은 풍광 때문이라는 게 더 적절한 해석이라고들 하니까요. 하지만 공원이라면 또 진짜가 있습니다. 다음 마을이 중앙리라는 곳인데, 이따 들러보시면 아시겠지만 그곳에 이 섬 전체 원생들을 위한 공원이 꾸며져 있습니다."

"게다가……"

원장은 거기서 다시 입을 다물고 혼자 생각에 잠기기 시작했다.

차가 장안리로 들어서면서부터는 이따금 한 사람씩 마을 원생들이 차 곁을 스치고 지나갔다. 여인들은 대개 흰 치마저고리를 입고, 남자들은 양복바지와 여름 남방을 걸쳐입은, 이 섬마을 이외의 어디서도 흔히 볼 수 있는 그런 사람들이었다. 광주리를 이고 저자를 다녀오느라 다리가 피곤해진 할머니, 들일에 열중하다 어린것 젖이 불어 종종걸음을 치는 젊은 아낙, 늦잠 끝에 지금 막 꼴망태기를 메고 나선 게으른 밀짚모자의 청년, 모두가 그런 느낌으로 아무렇지 않게 보고 지나칠 수 있는 그런 할머니, 그런 아낙, 그런 사내들이었다. 산비탈 무 밭뙈기 사이에 주저앉은 여인네들도 늦여름 볕발을 피하기 위해 머릿수건을 접어 얹고 있는 모습들이 한가롭기 그지없었다. 가까이 다가가 보면 남자 여자 할 것 없

20

이 두루 색안경을 많이 끼고 있는 것이 다르다면 다르게 볼 수 있는 점이었다. 그리고 어쩌다 한번뿐이었지만, 자전거에 올라탄 중년 사내 하나가 가까이 다가오는 걸 보니, 다리 하나를 잃은 채 하나뿐인 나머지 한쪽 다리로 교묘하기 그지없게, 휘파람까지 불어가며 능숙하게 원장 차를 비켜나가는 모습이 별나다면 좀 별나게 볼 수 있는 광경이었다.

하지만 원장은 역시 그런 데는 별 새삼스런 느낌을 가질 수가 없는 모양이었다.

"섬을 빠져나가는 사고가 어젯밤 말고도 자주 있었소?"

창밖으로 시선을 던지고 있던 원장이 문득 다시 물었다. 도시 이런 곳을 빠져나가려고 하는 자들의 속셈을 이해할 수 없다는 어조였다. 역시 착각이었다. 상욱의 입가에선 마침내 희미한 미소가 떠올랐다.

오래전에 어떤 멋진 여류 화가 한 사람이 이 섬을 찾아온 일이 있었다. 여류 화가는 섬을 찾아와서 한 가엾은 소녀를 만났다. 소녀의 어머니는 병을 얻어 이 섬으로 들어와 세상을 잊고 살아가고 있었다. 어머니를 섬으로 떠나보낸 소녀는 두고두고 그 어머니를 잊을 수 없었다. 얼마 후 그녀는 간호사가 되어 자신도 어머니를 따라 섬으로 들어왔다. 그리고 어머니를 위해 오래도록 섬을 떠나지 않고 함께 머물러 있었다. 화가는 소녀를 만나고 나서 이내 섬을 떠나갔다. 화가는 소녀를 잊을 수가 없었다. 20년 동안이나 그녀는 때때로 소녀를 생각했다. 그리고 그 20년이 지나고 난 어느 해 여름 화가는 소녀의 얼굴을 그리기 시작했다. 수없이 많은 소녀의 얼굴을 그렸다. 어떤 것은 머리 위에 꽃무리를 얹어 그리고, 어떤 것은 결혼식을 올리러 나가는 신부처럼 눈부신 면사포를 쓴 소녀를 그리기도 했다. 옆얼굴도 그리고 앞모습도 그렸다. 등꽃색의 연보라와 부드러운 주황색이 많은 그림들이었다. 소녀는 한결같이 예쁜 입술을 가지고 있었지만, 그 입술들은 그냥 두 개의 꽃잎이 겹쳐진 모습일 뿐이었고, 말을 하지 않았다. 그녀의 이야기는 눈이 말을 하고 있었다. 그녀의 눈은 수많은 섬 이야기를 하고 있었다. 슬픈 이야기였다. 그러나 아름다운 이야기였다. 화가의 개인전이 열렸을 때 수많은 사람들이 그 소녀의 눈동자에서 아름다운 섬 이야기를 들었다고 했다. 그리고 소녀와 섬을 사랑하게 되었다고 했다. 아름다운 소녀여! 사랑스런 소녀여! 그리고 소녀의 섬이여!

그들에겐 섬이 꿈처럼 아름다웠다.

사람들에겐 이곳이 바로 그 소녀의 섬이었다.

"자주라곤 할 수 없습니다. 하지만 심심치는 않을 정돕니다."

상욱은 애매하게 대답했다.

"심심친 않을 정도라……"

원장은 고개를 기웃했다.

"특별히 새 원장님이 바뀌어 오실 땐……"

"원장이 바뀌어 올 때 하필 이런 일이 일어난다는 게요?"

"우연인지 모르겠습니다만, 같은 사고가 거르고 지나간 기억이 없습니다."

"무슨 특별한 이유라도 있다는 게요?"

"글쎄올습니다. 특별히 말씀드릴 이유가 있을 순 없겠지요. 하지만……"

"하지만?"

"같은 우연이 겹치고 보면 그저 우연으로만 보아넘길 순 없지 않겠습니까. 죄송한 말씀입니다만 이번 사고는 새 원장님께 대한 부임 선물쯤으로 여기고 지내보시면……"

"부임 선물이라…… 거참 부임 선물치고는 썩 맘에 드는 편이 아닌데, 내가 그걸 어떻게 해석해야겠소."

"글쎄올습니다."

"말해보오. 위인들이 섬을 빠져나가는 이유가 내게 대한 부임 선물의 의미 속에 숨어 있다면 그걸 똑똑히 알아둬야지 않겠소?"

"말씀드릴 수 있을 만큼 자신이 없습니다."

상욱은 슬그머니 꽁무니를 빼려고 했다. 원장은 다시 무슨 생각이 들었는지,

"자신이 없다…… 그리고 보니 당신 아까부터 말투가 꽤 유식한 사람 같은데, 이율 알고는 있지만 나한텐 아직 그걸 일러줄 수가 없다, 이런 말이오?"

성급하게 상욱을 한바탕 힐난하고 나서는,

"좋아요, 얘기해주기 싫다면 내가 알아내겠소."

단호한 표정으로 다시 시선을 거둬가버렸다. 상욱의 입가에 또 한 번 희미한 미소가 지나갔다.

자동차는 그사이 장안리를 지나 치료소 본부와 산업부, 그리고 천주교 성당 건물들이 모여 있는 중앙리 거리를 지나고 있었다.

상욱이 차를 내려 잠깐 들러보지 않겠느냐고 의향을 물었으나, 원장은 돌아오는 길에 다시 보자면서 계속해서 돌뿌리 사고 지점으로 차를 몰아가게 했다.

자동차가 마침내 신생리 돌뿌리 해안 근처에서 두 사람을 내려놓았다. 돌뿌리 해안 근처는 인가나 사람의 왕래가 드문 곳이었다. 여름 바다가 발밑에서 시원스럽게 파도치고 있었다. 바다 건너 맞은편 녹동항(鹿洞港)이 손에 잡힐 듯 가까웠다. 녹동항까지는 똑딱선으로 10분쯤밖에 걸리지 않는 6백 미터 남짓한 바다 폭이었다. 이 1킬로도 못 되는 바다 폭은 환자들이 녹동 쪽에서 배를 타고 한번 이곳을 건너오기만 하면 다시는 살아 돌아갈 날이 오지 않는다는 한 서린 해협이었다.

"여기서 어떻게 바다를 건너간다는 게요?"

묵묵히 녹동항을 건너다보고 있던 원장이 이윽고 상상이 미치지 않는다는 듯 상욱을 돌아보았다.

"지나가는 고깃배를 빌려 타거나, 나무판자 같은 걸 의지해서 헤엄을 쳐 나갑니다."

"물살이 셀 것 같은데?"

"그래서 헤엄을 쳐 나가던 녀석들이 물살에 휘말려버리는 수가 많은 것 같습니다."

"어젯밤 놈들은 어떻게 된 거요?"

"배를 빌려 탔을 테죠. 하지만 헤엄을 쳐서 나가려고 했다면 녀석들도 알 수 없는 일입니다."

"……"

24

"사고를 막으려고 여러 가지 대비책을 마련하고 있긴 합니다만. 지금 차를 타고 들어온 외곽선 도로도 원래는 그런 탈출 사고를 방지하기 위해 해변 순찰을 목적으로 만든 것이었으니까요. 하지만 할 수가 없어요."

"잘못하면 물살에 휘말려 죽을 줄 알면서 모험을 저지르는 자들한테 그까짓 대비책이 소용 있겠소?"

"사실은 너무들 결사적입니다."

"……"

원장은 그만 입을 다물었다. 그리곤 이제 더 알아볼 것도 없다는 듯 터벅터벅 혼자 차 쪽으로 걸어가버렸다. 하긴 사람 하나 얼씬하지 않는 이 돌뿌리 해변가에선 더 이상 알아볼 것도 없는 형편이었다.

원장은 곧 차를 되돌려 세웠다. 차를 몰아 신생리 병사 지대로 들어가서 원생 몇 사람을 만나게 해달라고 했다. 그것은 특별히 상욱의 수고를 빌릴 필요가 없었다. 자동차가 신생리 병사 지대로 들어서자 원장은 곧 차 곁을 스쳐가는 남자 원생 몇 사람을 손쉽게 만날 수 있었다. 원장은 성급하게 차를 뛰어내려갔다.

그런데 그때, 탈출 사고를 부임 선물로 받은 것이 원장의 첫번째 낭패였다면, 그는 이 신생리 병사 지대 마을에서 그의 두번째 낭패를 맞게 된 셈이었다. 원장이 차를 내려 사내들 곁으로 다가가자, 여태까지 지나쳐 가는 차인 줄 알고 있던 사내들이 자기들에게로 다가오는 원장에게서 비실비실 이상스런 뒷걸음질을 치고 있었다.

"당신들, 어젯밤 이 마을에서 청년 둘이 섬을 탈출해 나간 사실을 알고 있소?"

영문을 알지 못한 원장이 다짜고짜 물러서는 사내들에게로 다가서며 물었다. 사내들은 원장이 다가서는 거리만큼씩 뒷걸음질을 치며 멀뚱멀뚱 그를 쳐다보기만 했다. 묻는 말에 대답을 하려는 기색도 없었다.

"나 새로 온 원장이오. 묻는 말에 대답을 해봐요. 어젯밤에 당신네 마을 사람 둘이 섬을 도망쳐 나가지 않았소?"

역시 마찬가지였다. 시퍼런 유니폼에 권총까지 꿰찬 새 원장의 모습이 이들의 눈엔 유난히 두렵게 비쳤을 게 당연했다. 비실비실 겁을 먹은 듯한 표정들이 여차하면 금세 도망이라도 치고 말 형세들이었다. 원장과 사내들 사이엔 이상스럽게 기분 나쁜, 그리고 어느 쪽이 어느 쪽을 두려워하는지도 알 수 없는 무겁고 위태로운 침묵이 지나가고 있었다. 늦여름 한나절의 뜨거운 햇볕이 원장과 사내들 사이에서 소리 없이 녹아내리고 있었다.

상욱이 마침내 원장과 사내들 사이로 끼어들었다.

"이분이 새로 오신 원장님이란 말요. 당신들 어젯밤 일을 알고 있지요?"

사내들이 이번에는 또 상욱에게서 대여섯 발짝 거리를 두고 몸을 물러섰다. 그러나 이번에는 끄덕끄덕 마지못한 듯 고갯짓을 보내왔다.

"왜들 도망갔소? 이유를 알고 있소? 뭣 때문에 섬을 빠져나가고 싶어들 하는 거요?"

원장이 또 성급하게 덤벼들었다. 사내들은 다시 입을 다물어버렸다. 원장은 참을 수가 없어진 것 같았다.

"말을 해봐요, 말을. 왜 말들을 않는 거요?"

"……"

"아는 대로 대답을 해보시오, 어서."

상욱이 달래듯 다시 거들고 나섰다. 그러자 사내 하나가 비로소 한 손을 천천히 입으로 가져갔다. 고개를 반쯤 옆으로 돌린 채 입을 가린 손 뒤에서 비웃듯이 내뱉어왔다.

"당신들이 모르는 일이라면 우리도 모르는 일이오."

겁을 먹은 듯싶던 작자의 눈빛이 갑자기 알 수 없는 증오로 이글거리기 시작했다. 말을 끝내고 나자 그는 곧 몸을 돌이켜버렸다. 곁에 서 있던 다른 사내들도 같은 눈으로 원장을 건너다보고 있다간 일제히 몸을 돌이켜세웠다.

"말을 해라, 말을. 너희는 알고 있다. 말을 해라!"

원장의 오른손이 문득 그의 권총집 근처에서 경련하듯 떨고 있었다. 그는 거의 광인처럼 악을 쓰고 있었다. 하지만 한번 몸을 돌이켜 세운 사내들은 벼락이 쳐와도 끄떡 않을 듯싶은 걸음걸이로 유유히 길을 올라가고 있었다. 원장 역시 한번 불붙기 시작한 그의 성미를 좀처럼 가라앉힐 수가 없는 것 같았다. 사내들이 끝내 길을 올라가버리자 이번에는 사내들을 버리고 느닷없이 근처 병사(病舍) 쪽으로 몸을 날려 달려갔다. 그리곤 정신없이 남의 안마당으로 뛰어들며 함부로 사람을 불러냈다. 병사의 안방에선 소란에 놀라 아깟번보다 좀더 나이가 지긋한 사내 하나가 문을 열고 나왔다.

하지만 원장은 이번에도 낭패였다.

이번에도 사내는 말을 하지 않았다. 원장과 끈질기게 몇 발짝씩 거리를 두고 물러서면서 그는 마치 우리 속의 맹수라도 구경하듯이 낯선 군복의 사내를 냉랭하게 지켜보고 있을 뿐이었다.

"왜들 이러는 거요!"

차를 타고 들어오면서 원장은 아직도 숨을 씨근거리고 있었다. 그야 원장으로서는 영문을 알 수 없는 노릇이었을 것이다. 영문도 모르면서 톡톡히 봉변만 당한 꼴이었다. 흥분이 쉽사리 가라앉을 리 없었다. 상욱으로서도 아직은 그 원장에게 분명하게 일러줄 말이 없었다. 한두 마디 간단한 설명으로 납득이 갈 수 있는 일이 아니었다.

─당신들이 모르는 일이라면 우리도 모르는 일이오.

그 말은 실상 그들이나 원장이나 이미 연유를 알고 있는 일이 아니냐는 뜻이었다. 이 섬 병원 원장으로 온 사람이라면 더욱더 그 것을 잘 알고 있어야 할 일이라는 뜻이었다. 그것을 모르고 있는 원장이라면 설명을 해줘도 알아들을 수가 없으리라는 뜻이었다.

탈출 사고가 일어나게 된 연유에 대해서뿐만이 아니었다. 사내들이 원장 앞에 한사코 입을 다물어버리고 만 사연에 대해서도 마찬가지였다.

─당신 자신이 알아보시오. 그자들이 왜 이 섬을 빠져나가고 싶어 하는지, 왜 당신에게 그자들이 말을 피하고 싶어 하는지, 그리

고 당신을 두려워하고 정직한 대답을 두려워하고 있는지를, 시간이 걸리더라도 당신 스스로 그것을 배워 알도록 해보시오. 아마 당신이 이 섬에서 해야 할 일은 무엇보다 먼저 그것이 필요한 것인지도 모를 일이오.

동상을 지니지 않은 원장이라면, 상욱은 아마 이 부임 연설조차 염두에 없는 사내에겐 그것이 가능할는지도 모른다고 생각했다.

하지만 원장의 질문을 끝끝내 침묵으로 대신해버릴 수 있는 상욱의 처지는 못 되었다. 그는 이윽고 좀 엉뚱한 소리를 지껄이기 시작했다.

"아, 아까 그 사내들이 자꾸만 원장님에게서 뒤로 물러서버리던 거 말씀입니까. 그건 이곳 규칙입니다. 환자가 건강인을 대할 때는 반드시 다섯 걸음 이상 거리를 유지해라, 말을 할 땐 45도 얼굴을 옆으로 돌리고 손으로 입을 가려야 한다…… 그런 규칙이 있으니까 규칙대로 하느라고 그랬을 겁니다."

"……"

원장도 아마 상욱이 대답을 얼버무리고 있다는 것을 알고 있음에 틀림없었다. 그는 이미 상욱의 빗나간 응답에는 귀를 주고 있지 않은 표정이었다.

돌아오는 길에 상욱은 원장에게 이 섬의 명물이라고 할 수 있는 시설을 몇 군데 더 돌아보게 했다. 사내들을 만났을 때의 흥분 때문에 원장은 별로 그런 구경을 탐탁스러워하지 않는 눈치였으나, 상욱이 일부러 그렇게 길 안내를 해나간 것이다. 원장에게 우선 섬을 좀 분명하게 이해할 수 있게 해주기 위해서였다. 언제나 마찬가지였지만 이 원장에게도 처음부터 섬에 대한 오해가 있을 수 있었다. 차를 타고 내려오면서 섬 전체가 공원 같다고 말한 바로 거기서부터 원장의 오해는 시작되고 있었다. 그것은 적어도 그 여류 화가의 소녀나 그 소녀의 눈동자로부터 사람들이 이야기를 듣고 이해할 수 있었던 이상으로 슬픈 섬의 모습은 아니었다. 그러니 그는 탈출 사고의 원인을 알 수가 없었다.

하지만 상욱은 알고 있었다. 원장이 그처럼 감탄해마지않는 섬의 조경은 실상 섬 자체의 경관이 아니었다. 조경에 관한 한 아름다운 것은 섬이 아니라, 섬 바깥쪽이었다. 섬에서는 그것을 바라볼 수 있을 뿐이었다. 화가가 전해준 소녀의 이야기도 섬 안에 남아 있을 때는 아름다울 수가 없었던 것이었다. 그것은 화가와 함께 섬을 떠나 섬 밖에서 비로소 아름다운 이야기가 되고 있다. 좀더 분명한 섬의 모습을 그에게 보게 해주고 싶었다. 사람들을 찾아 이야기를 듣는 거나, 부하 직원들로부터 사무적인 보고 따위를 듣고 앉아 있는 것보다 그 자신이 직접 섬을 돌아보고 그것을 느끼도록 해주고 싶었다.

제일 먼저 차가 닿은 곳이 신생리 산비탈에 자리잡은 만령당(萬靈堂) 앞이었다. 원통형 콘크리트 건물 위에 갓처럼 생긴 지붕을 올린 이 건물은 지난 40년 동안 이 섬으로 왔다가 주인 없는 한 줌 재로 변한 5천여 원혼이 잠들어 누워 있는 사자(死者)들의 집이었다. 그리고 아직도 살아 있는 이 섬 5천여 생령들이 이르거나 늦거나 언젠가는 또 동료들의 손에 의해 한 줌의 재로 이곳에 뉘게 될 한스런 섬 생활의 종착지였다. 이 섬을 살아온 사람들은 그곳을 바라볼 때마다 언젠가는 병이 나아 이 섬을 나가게 될지도 모른다는 희망과는 상관없이 누구나 한 번씩은 그런 깊은 두려움을 느끼게 되곤 하는 건물이었다. 납골당(納骨堂) 또는 납골탑(納骨塔)이라고도 불리는 곳이었다.

"안치된 유골이 몇 구나 되오?"

사람의 형상이라기보다는 차라리 유령의 그것이라고나 해야 할 탑지기 영감의 험상스런 얼굴을 차마 바로 쳐다보지 못하겠다는 듯 원장이 탑 속을 기웃거리다 말고 상욱에게 물었다.

"한 5천여 구 되는 줄로 알고 있습니다."

"유골을 찾아가는 사람은 없소?"

"연고가 있는 경우엔 화장 후에 일단 연락을 띄워보지만 유골을 찾아가는 경우는 거의 없는 형편입니다."

죽은 후에 유골을 찾아가주기는커녕 집안 식구 중에 환자가 있다는 사실이 알려지는 것을 두려워한 가족들은 살아 있을 동안의 서신 연락을 용납하는 경우조차 드물었다. 환자들은 으레 섬으로 들어오면 이름이나 고향을 숨기게 마련이었고, 그것이 또 이 섬 병원 생활의 한 관습처럼 되어 있어 누구도 그것을 탓하고 드는 일이 없었다. 그것은 병원 측의 환자 관리에까지 적잖은 불편을 주었지만, 한사코 내력을 숨기려고만 드는 이들 환자 앞엔 병원 당국으로서도 달리 어쩔 도리가 없는 형편이었다. 소식을 받고 유골을 찾아가주는 가족이 흔할 수도 없었지만, 고향과 이름까지 철저하게 숨기고 살다 죽어간 원생들의 경우에는 우선 당사자의 죽음을 알릴 만한 연고자를 찾아내는 일부터가 쉬운 노릇이 아니었다.

그런 사정들을 소상하게 이해하고 있을 리 없는 원장이었다.

원장은 그저 말없이 상욱의 설명을 주의 깊게 경청할 뿐이었다.

다음번에 상욱이 원장을 안내해간 곳은 동생리(同生里) 바닷가 선창이었다. 이 섬 병원의 네번째 원장이었던 일본인 주정수(周正秀)라는 인물이 환자들을 동원하여 오랜 기간 끝에 이룩해낸 병사 지대의 관문이었다. 병사 지대로 들어오는 보급품이나 산물 반출이 모두 이곳을 통하게 되어 있으므로 섬의 생명선이나 다름없는 요지였지만, 해변을 끼고 도는 외곽선 도로나 섬 복판에 세워진 벽돌 공장 건물과 함께, 그 시설은 원생들의 억울한 희생이 많았다 하여 사람들 사이에 뿌리 깊은 원망이 가시지 않고 있는 곳이었다.

"네번째로 부임해 온 주정수 원장이 직원 지대를 거치지 않고 직접 이곳으로 배를 댈 수 있도록 건설한 선창입니다."

이번에는 원장이 묻기 전에 상욱이 먼저 내력을 설명했다. 하니까 좀체 말이 없던 원장도 그쯤은 벌써 알고 있다는 듯 상욱을 앞지르고 나섰다.

"4대 원장 주정수라면 이 섬 병원을 오늘날처럼 건설한 사람 아니오?"

"그렇습니다. 그리고 그분이 이 선창과 외곽선 도로 개설을 이룩해낸 공적으로 자기의 동상을 선물받은 원장님이시지요."

"동상을 선물로 받다니?"

상욱의 말투가 어딘지 좀 미심쩍게 느껴진 듯 원장이 되물었다.

"그분의 동상은 이 선창 축조 공사나 도로 개설 작업에 동원되었던 환자들의 노임을 거둬서 세워 바쳤으니까요."

"그래 아직도 그 동상이 남아 있나요?"

원장은 금세 상욱의 말뜻을 알아들은 모양이었다. 동상을 보고 싶어진 말투가 분명했다.

다시 차를 달렸다. 이번에는 길을 되짚어 중앙리로 돌아와서 개원 40주년을 기념하기 위해 세운 중앙리 공원 광장의 구라탑(救癩塔) 앞에서 차를 세웠다.

"이 탑 자리가 원래는 아까 말씀드린 그 주정수 원장의 동상이 서 있던 곳입니다."

상욱이 설명을 계속했다.

"주정수 원장은 이곳에서 일제 말기까지 줄곧 섬을 내려다보고 서 있었습니다. 살아 있는 동상의 주인이 그 앞에서 칼을 맞고 쓰러진 다음까지도 계속해서 말씀입니다."

"그게 어떻게 치워졌소?"

원장은 제법 호기심이 동해오는 얼굴이었다.

"구리 공출 덕이었답니다. 물자가 한창 귀해진 일제 말기에 가서야 동상은 그 구리 공출의 대상이 되어 섬에서 모습을 감추게 되었다는 얘기입니다. 그리고 그 자리에 개원 40주년이 되던 몇 해 전에 이 탑이 대신 세워진 것입니다."

선창 공사의 주인공을 구라탑이 서게 된 내력과 연결 지어 설명한 것은 상욱에게 생각이 있어서였다. 원장도 이미 그런 상욱의 뜻을 짐작한 모양이었다. 그는 한동안 입을 다문 채 고개를 끄덕끄덕하고 있더니 말없이 다시 상욱 쪽을 돌아다보았다. 어디론지 또 상욱의 안내를 기다리는 표정이었다.

　상욱은 그 원장의 태도에서 문득 어떤 집요하고도 치열한 투지 같은 것을 느꼈다. 이 원장에게선 처음부터 그의 무뚝뚝한 말씨나 거무튀튀한 얼굴색과 같은 그런 어떤 치열성이 엿보여온 게 사실이었다. 그것은 그의 그런 생김새나 도저한 제복의 분위기 때문에도 그랬고 또는 이런저런 부임 절차를 젖혀놓고 탈출 사고의 경위부터 찾아나선, 조금은 조급스런 성품이나 사고의 구체성 때문에도 그랬다. 상욱을 따라 이곳저곳 섬을 구경하고 다니면서도 좀처럼 지치거나 진력나 하는 기색이 안 보였다. 보아둘 곳이 있으면 무엇이나 비켜서지 않고 사실을 보아두겠다는 듯 열심히 상욱을 쫓아다니고 있었다. 그리고 열심히 물어대고 열심히 생각했다. 그것은 바로 이 섬과 자신의 직책에 대한 원장의 투철한 사명감과도 관계가 되는 일이었다. 하지만 상욱은 새 원장에게서 무엇보다 그 사명감이라는 것을 두려워하고 있었다. 원장이 이 섬을 바깥 조경처럼 아름답게만 보지 않게 되었다면 그 점은 우선 다행이라 할 수 있었으나, 그 때문에 그가 다시 거기서 어떤 새로운 투지와 의욕을 부채질받고 있었다면 섬을 위해선 그보다 더 두려울 일이 없었다.

　원장을 좀 지치게 할 필요가 있었다.

　상욱은 좀더 설명을 계속했다.

　"흥미가 없으실지 모르겠습니다만 여기 한 가지 더 말씀을 드릴게 있습니다. 지금 원장님께서 딛고 서 계신 그 화강암 반석 말씀입니다. 그 반석에 대단한 내력이 숨어 있습니다. 주정수 원장이 한 달에 한 번씩 '보은 감사일'을 정해놓고, 섬 전체 원생들로부터 뒤에 선 자기의 동상과 함께 감사의 묵념을 받고, 다시 그 원생들을 향해 훈화 말씀을 내리던 위엄 어린 연단이 그곳이었습니다. 이런 좋은 돌을 섬 안에선 구할 수가 없어서 완도 쪽 어디선가 선창까지 배로 실어와 선창서부터 여기까진 원생들이 직접 목도질로 운반을 해온 것이랍니다."

구라탑을 물러나와 마지막으로 원장을 안내해 간 곳이 그 역시 중앙리 일각에 있는 섬 유치장이었다.

"왜 그 원장님께서도 이곳 원생들에게 30일 이내의 구류형을 가할 수 있는 처벌권이 계시지 않습니까. 하지만 원생들에겐 이 유치장행이라는 것이 30일 정도의 구류살이 때문이 아니라, 형기를 끝내고 나온 원생들에게 본인의 동의 없이 무조건 가해지는 단종수술(斷種手術) 규칙 때문에 원망이 많은 곳이지요. 옛날에는 원장이 아닌 간호부장이나 순시들까지도 마구 원생들을 이 유치장으로 끌어넣었다가 억울한 단종수술을 자행하곤 했다니까요."

유치장 앞에선 어딘지 좀 어리둥절해지는 듯한 원장에게 상욱이 먼저 설명을 늘어놓았다. 원장은 비로소 좀 지친 얼굴이었다.

"이 섬엔 도대체 시원한 내력이 담긴 곳이라곤 한 곳도 없는 모양이구려. 가는 곳마다 그렇게 온통 원망이 어리고 한이 맺힌 곳뿐이란 말요?"

느닷없이 상욱을 향해 핀잔기 어린 불평을 터뜨렸다. 목소리에 피곤한 신경질 같은 것이 섞이고 있었다. 상욱은 슬그머니 혼자 미소를 숨기고 있었다.

"실상은 이 섬 전체가 커다란 한(恨)의 덩어리가 아니겠습니까.

철조망을 넘어서면 환자도 건강인도 드나들지 않는 바로 그 망각의 완충 지대에서부터 시작해서……"

"알 만하오. 이제 그만두구려."

이젠 그만 본부로 돌아가고 싶은 기색이 역력했다.

그렇지. 이 사낼 너무 한꺼번에 녹초가 되게 할 필요는 없지.

상욱은 원장의 그 지친 모습을 보자 어떤 막연한 안도감 같은 것이 느껴졌다. 그는 이제 그쯤에서 안내를 끝내야겠다고 생각했다.

"이제 그만 돌아가시겠습니까?"

"돌아갑시다."

역시 짐작대로였다.

"치료소나 성당까지만 마저 둘러보시지 않겠습니까?"

"다음에 다시 오지요."

차를 돌려 병사 지대를 빠져나오기 시작했다. 원장은 차를 몰아나오면서도 말이 없었다. 아닌 게 아니라 원장에겐 이날 일들이 하나같이 너무 갑작스러운 것이었는지 모른다. 보고 들은 것마다가 너무도 갑작스럽고 뜻밖이었을 게 분명했다.

그는 눈을 감고 있었다. 눈을 감은 채 한동안 뭔가 혼자 골똘한 생각 속에 파묻히고 있었다. 그러고 있는 원장의 모습은 새삼 썩 자신이 없어 보였다.

백미러 속으로 그런 원장의 얼굴을 훔쳐보던 상욱의 입가에 안도의 빛처럼 다시 희미한 미소가 떠올랐다.

하지만 원장은 역시 성미가 급한 편이었다. 아니면 그 모든 새로운 사실들에도 불구하고 부임 첫날밤의 탈출 사고가 아직도 분명하게 해명되지 못하고 있었던 탓일까.

"환자들의 치료 성적은 어떻소?"

자동차가 직원 지대로 들어서자 원장이 불쑥 다시 물어왔다.

"DDS가 사용된 다음부터는 성적이 꽤 좋은 편입니다. 치료 속도도 빠르고 완치를 본 환자들도 많습니다."

상욱이 미처 낌새를 알아채지 못한 채 대꾸하고 나니 원장이 연이어 물었다.

"환자들의 투병 태도는 어때요? 병을 치료하면 나을 수 있다는 신념이라든지 확신 같은 걸 가지고 있어요?"

"눈으로 직접 보기도 하고 계몽도 시키니까 어느 정도 알고는 있습니다. 하지만 그 사람들의 신념은 이 섬 병원에서보다 뭍으로만 나가면 더 좋은 약으로 더 잘 치료하고 더 빨리 나을 수 있다는 쪽에 훨씬 깊이 기울어져 있는 것 같습니다."

"그래서 섬을 나가려는 자가 생기는 거 아니오?"

결국은 또 탈출 사고의 원인을 캐려는 쪽으로 말꼬리가 휘고 있었다. 섬을 거의 둘러보고 나서도 원장은 역시 보다 분명한 이유가 필요한 모양이었다.

"공연한 소문 때문에 그런 친구들도 있긴 합니다."

상욱은 원장의 말을 부분적으로 시인했다. 하지만 그는 이내 그 원장의 말을 송두리째 부인했다.

"하지만 그걸 분명한 탈출 동기로 믿어버릴 수는 없습니다."

"그건 또 어째서요?"

"요즘 병원에선 완치 환자들까지 섬 안에 붙잡아두려고 하진 않거든요. 오히려 섬에서 내보내려는 쪽입니다. 또 병이 다 낫지 않은 사람이라 하더라도 섬을 나가고 싶은 원생들은 누구든지 일정 기간 귀향 휴가를 얻어 바깥엘 다녀올 수도 있구요. 한데 그럴 땐 오히려 섬을 잘 나가려고 하지 않는 게 보통이란 말씀입니다."

"아니 그럼 목숨까지 내걸어가며 일부러 물길을 택해서 섬을 헤엄쳐 나가는 자들은 어떤 자들이란 말이오?"

"결국엔 늘 같은 사람이지요."

"당신 지금 무슨 잠꼬대 같은 소릴 하고 있는 거요? 섬을 나가라 할 땐 나가지 않는 사람들, 언제든지 맘만 내키면 자의로 섬을 나갈 수 있는 그 사람들하고, 일부러 모가지를 내걸고 섬을 도망쳐 나가는 자들하고 늘 같은 사람이라는 게요? 제 발로 섬을 걸어 나가도 말릴 사람이 없는 작자들이 뭣 때문에 일부러 그런 미친 지랄을 한다는 게요?"

도대체 이해할 수가 없다는 듯 원장은 갑자기 언성을 높이고 있었다.

상욱은 그러나 잠꼬대는커녕 목소리가 점점 더 분명해져갔다.

"설마 그 작자들도 무슨 재미로 그런 모험을 벌일 리는 없겠지요. 하지만 역시 그 사람들이 그 사람들인 건 사실인 걸 어떡합니까."

"아무래도 알아들을 수가 없어요. 아니 우선은 당신 말부터 도대체 무슨 소릴 하고 있는 건지 종잡아 들을 수가 없구려."

"사실은 간단한 얘깁니다."

"그 간단한 얘길 좀 들어봅시다."

"전 이렇게 알고 있습니다. 섬을 나가래도 나가지 못하는 사람들은 환자들입니다. 이자들은 병을 얻어 바깥세상으로부터 이 섬으로 쫓겨 들어왔고, 섬으로 들어온 다음에도 그 바깥세상에 대한 원망과 두려움을 끝없이 길러온 그런 환자들이란 말씀입니다. 하지만 모험을 겪으며 섬을 빠져나가려는 친구들은 이미 그런 환자는 아닙니다. 그들은 환자이기 이전에 인간인 거지요. 환자로서의 생존 양식과 일반의 그것을 구별 짓기에 지쳐버린, 그래서 환자로서의 자신의 특수한 처지를 벗어버리고 보다 깊은 생존의 충동에 따라 인간으로서 섬을 나가고자 한 사람들이 이들이란 말입니다. 그런데 그 환자와 환자 아닌 사람들이 실상은 같은 사람들이 아니겠습니까. 말하자면 이 섬에 삶을 의지하고 있는 사람들은 누구나 환자로서의 남다른 처지와 인간으로서의 보편적인 존재 조건들을 두 겹으로 동시에 살아나가고 있는 셈이지요. 우리로선 얼핏 이해하기 어려운 이 사람들의 행동의 모순은 바로 거기서부터 연유하고 있지 않나 생각됩니다."

상욱은 자신도 모르게 열을 올리고 있었다. 하지만 원장은 아직도 고개를 가로젓고 있었다.

"아까도 말했지만 당신은 역시 어려워. 말이 너무 유식하단 말요. 얘긴즉 간단하다고 하더니 무슨 말요술을 하고 있는 거요?"

하지만 그것은 물론 상욱의 말을 원장이 알아듣지 못하고 있다는 소리는 아니었다. 그는 이미 상욱의 뜻을 충분히 이해하고 있었다.

"그렇다면 말이오. 지금 말한 당신 얘기가 정말로 모두 사실 그

대로라고 하더라도 말이오. 당신 말대로 환자가 아닌 인간들이 섬을 나가는 데 반드시 그런 위태로운 모험을 택할 필요는 없는 거 아니오? 정말로 섬을 나가고 싶을 땐 언제나 당당하게 섬을 나갈 수가 있다지 않았느냐 말이우다."

원장이 다시 추궁해왔다.

상욱은 이제 입을 다물어버리고 말았다. 원장이 혼자 추궁을 계속하고 있었다.

"그리고 또 있어요. 그자들이 정말로 사람 노릇을 하고 싶어 그런 식으로 섬을 나간 것이라면, 그럼 이 섬은 도대체 사람 노릇을 할 수 없는 곳이란 말이 되지 않소? 이 섬이 정말로 그런 곳이오? 사람 노릇을 하고 싶으면 누구나 이곳을 도망쳐나가야 할 만큼 이 섬은 그런 흉악한 지옥이란 말요?"

할 수 없었다. 상욱은 계속 입을 다물고 있을 수가 없었다.

"전 다만 그자들의 탈출 사고가 병원 처사에 불만이 많아서라거나 육지에서 좋은 약을 구하기 위해서라는 그런 간단한 동기에서라고만은 보아넘길 수가 없다는 말씀을 드리고 싶었을 뿐입니다."

대답을 적당히 얼버무리고 나서 차창 밖으로 얼른 시선을 피해버렸다.

원장의 추궁에 대한 대답은 실상 너무도 가까운 곳에 있었다. 너무도 분명한 해답들이 상욱의 목구멍 속에서 사물사물 그를 충동질해대고 있었다. 하지만 그는 그것을 참고 있었다. 아직은 좀 더 기다려야 할 것 같았다.

자동차가 마침 병원 본부 앞까지 올라와 있었다.

3

  새 원장이 자기 동상을 숨겨 지니지 않았을지 모른다는 기대는 점점 깊어져갔다. 원장은 섬을 한 바퀴 둘러보고 돌아와서도 여전히 부임 인사 따위를 염두에 두는 기색이 없었다. 탈출 사고의 동기나 섬을 돌며 듣고 본 일들에 대해서도 생각보다는 조급한 결론을 내리지 않으려 애쓰는 흔적이 역력했다. 그 대신 그는 본부로 돌아오자 예사롭지 않은 지시를 한 가지 하달했다. 이날 낮 해가 지기 전에 모든 병사 지대 마을에다 건의함을 각기 하나씩 설치토록 하라는 것이었다. 그리고 이날 저녁 본부 직원들은 한 사람 빠짐없이 모두 병사 지대로 내려가 마을 사람들로 하여금 병원 시책에 관한 불만이나 시정 요구 사항, 또는 건의·호소·고발 따위 어떤 형식의 글이든 솔직한 개인 의견들을 적어넣도록 적극 권장하라는 것이었다. 그런 다음 원생들의 투서가 담긴 건의함은 임의로 개함하는 일이 없이 다음 날 정오까지 원장 앞으로 집결시켜 거기서 직접 원장이 원생들의 글을 볼 수 있게 하라는 것이었다. 원생들의 의견 개진이 자유롭도록 철저한 비밀 보장을 다짐한 원장이고 보면 건의함을 자신이 직접 개함하겠다는 것도 그런 비밀 보장책의 일환으로, 하급 직원들 사이에 행해질지도 모르는 투서 내용의 첨삭 가능성을 사전에 배제하려는 의도 같았다.

  원장은 그런 지시를 하달하고 나서도 별다른 공식 집회 같은 건 마련하지 않았다. 그는 곧 원장실에 깊숙이 틀어박혀 앉아서 무엇인가 혼자 골똘한 생각에 빠져 있었다. 이따금 간부 직원들을 한 사람씩 개별적으로 호출해 들여다간 신임 인사 겸 소관 업무에 관한 현황 청취 비슷한 것을 치러나가고 있는 게 고작이었다.

하지만 그는 대체로 그런 일보다도 그냥 시간을 기다리고 있는 것 같은 눈치였다. 건의함 설치에 대해 상당한 기대와 희망을 가지고 시간을 기다리고 있는 것 같았다.

직원들은 그런 새 원장의 일거일동에 신경들을 잔뜩 곤두세웠다. 모두들 긴장한 눈초리로 이 현역 군인 원장을 조심스럽게 지켜보고 있었다. 그러면서 이 조금은 언동이 거친 듯하면서도 속을 쉽사리 점쳐낼 수 없는 사내 앞에 직원들은 믿을 수 없을 만큼 재빠르게 자신을 압도당해가고 있었다.

지시가 떨어지자 직원들은 모두 규격에 정해진 건의함을 만들어 가지고 마을로 흩어져 내려갔다.

섬 전체에 갑자기 이상한 긴장이 감돌기 시작했다.

정도의 차이는 있었지만 그런 긴장은 상욱에게도 물론 마찬가지였다. 상욱은 차라리 새 원장이 취해놓은 조치의 결과를 미리 짐작할 수 있는 데서 비롯한 어떤 강한 호기심 같은 것이 일고 있었기 때문이었다.

게다가 이날 저녁엔 보육소의 서미연(徐美姸) 선생까지 그 원장의 일을 구실로 상욱을 다시 찾아왔다. 일과 시간을 끝내고 상욱이 막 그의 숙소로 돌아와 쉬고 있으려니 보육소의 서미연이 곧 그를 뒤따라와 방문을 두들겼다. 보육소의 선생이라면 새 원장의 병원 운영 시책의 향배에까지는 크게 관심을 두지 않아도 좋을 사람이었다. 보육소 일을 스스로 자청해서 섬으로 들어온 여자의 처지로는 더더구나 관계가 없을 일이었다.

서미연은 그러니까 한 달쯤 전서부터 이 섬 보육소의 미감아 아이들을 돌보고 있는 보모 겸 분교 여선생이었다. 이 섬 초등학교나 보육소엔 가끔 그런 아가씨들이 찾아와서 얼마간씩 일을 하다 돌아가는 일이 많았다. 어느 날 갑자기 섬을 찾아와선 가엾은 섬 어린이들을 위해 신명을 다하겠노라 간청들을 하고 덤벼들었다. 병원에선 물론 그런 아가씨들의 청원을 섣불리 받아들일 수가 없었다. 섬 사정을 자세히 설명해주며 좀더 생각을 해보라는 식으로 길을 다시 되돌려보내곤 했다. 아가씨들은 대개 그쯤에서 맘을 고쳐먹게 마련이었다. 생각을 다시 해보겠다거나, 부모들과도 좀더 의논을 해보겠다며 나루를 나가고 나면 대개는 다시 섬을 찾아오는 일이 없었다. 하지만 그런 중에도 가끔은 도대체 고집을 꺾지 않는 아가씨들이 있었다. 설득을 하다하다 이야기를 시켜보면 각오가 여간 단단하지 않은 아가씨들의 경우, 일단은 섬을 찾아온 뜻이나 신념을 사주고 싶은 때가 있었다. 그런 아가씨 중에 이 섬 병원 일을 맡아 남은 사람이 몇 있었다. 보육소나 분교 선생들 가운데도 그렇고, 간호사들 가운데도 그런 아가씨들이 한둘씩은 끼어 있었다.

서미연 역시 바로 한 달쯤 전에, 섬을 찾아왔다 돌아간 다른 모든 아가씨들이 그랬듯이, 그 정체를 알 수 없는 신념과 봉사 정신을 굳게 다짐받은 후에 비로소 보육소의 일을 시작한 육지 아가씨였다. 서울에서 무슨 신학 대학을 다니다 말고, 이런저런 생각 끝에 결국엔 이 섬에 뜻을 정하고 찾아왔노라는 조그맣고 귀여운 고집통이 아가씨였다. 거기다 누가 섬 일을 자청해오고 나서 마음이 일단 주저앉은 낌새를 보이기 시작하면, 더 이상의 자세한 개인 사정에 대해서는 누구나 서로 입을 다물어주는 것이 이 섬의 풍속이었다. 환자거나 건강인이거나, 이 섬 일에 관계를 짓고 있는 사람들에겐 나름대로 어떤 말 못 할 내력이나 비밀을 지니고 있는 수가 없지 않기 때문이었다. 서미연에 대해서도 섬사람들은 물론 마찬가지였다. 서미연이 섬 안에 주저앉게 된 다음부턴 그녀의 그 정체 모를 신념의 내력에 대해선 더 이상 관심을 두지 않았다. 그녀는 아닌 게 아니라 신학 대학을 다니다가 그런저런 생각 끝에 이 막다른 섬 구석을 찾아들게 된 별난 서울 아가씨쯤으로 여겨졌고, 그래서 조금은 고맙게도 생각되고, 조금은 또 건강인들에 대한 환자들 특유의 질시 어린 눈길도 견뎌야 하는 그런 정도의 여자쯤으로 여겨져온 터였다.

별로 원장을 두려워할 이유가 없는 아가씨였다.

하기야 원장의 일이 아니더라도 서미연이 상욱을 숙소로 찾아온 것은 그것이 처음 일은 아니었다. 보육소 아이들의 건강관리를 맡고 있는 보건과장이라는 직책 때문에 접촉의 기회가 많았던 탓도 있겠지만, 상욱을 어떻게 보았던지 그녀는 섬에 들어온 이후부터 유독 그 상욱한테만은 의논거리들을 자주 가지고 찾아왔다. 숙소나 취사 관리 따위와 같은 자자분한 일에서부터 보육소 근무의 요령이나 병원 풍속 일반에 이르기까지 거의 모든 일을 상욱에게 의논하고 의지해온 형편이었다.

병원 직원 가운데선 상욱을 가장 스스럼없이 대해온 그녀였다. 건강한 여자만 보면 엉뚱한 봉변을 주어서 섬으로부터 내쫓고 싶어 하는 윤해원(尹海原)이라는 같은 보육소 남자 선생이 하나 있는데, 한 번은 그 윤이라는 작자로부터 수상한 낌새를 눈치챈 미연이 그 일을 의논한다는 핑계로 상욱을 찾은 다음부터는, 사내 혼자 지내는 밤 숙소까지 몇 차례 내방해온 일이 있는 여자였다. 하지만 상욱은 실상 그녀가 가지고 온 의논거리보다 그 이상의 어떤 간절한 고백의 말 같은 것을 그녀의 분위기에서 자주 느껴오곤 하던 터였다. 의논거리를 꺼내놓으면서도 그녀의 눈은 무엇인가 늘 그것 이상의 깊은 이야기를 상욱에게 말하고 있는 것 같았다. 그녀는 무엇인가 분명 다른 이야기를 상욱에게 말하고 싶어 하고 있었다. 보다 더 분명한 목소리로 상욱에게 그것을 말하고 싶어 했다. 하지만 그녀는 번번이 그걸 채 말하지 못한 얼굴이었다. 끝끝내 말을 하지 못한 채 아쉽게 자리를 일어서버리곤 했다. 상욱은 종종 그녀의 그 숨은 이야기가 무엇인가를 혼자 상상해보곤 했다. 그것은 십중팔구 그녀의 어떤 비밀스런 내력이나 경험 같은 것에 상관이 되고 있기 십상이었다. 하지만 그게 어떤 것이든 그는 별 상관이 없었다. 그것이 어떤 것이든, 미연이 상욱 자기에게 그것을 이야기하고 싶어 한다는 것은, 그녀가 상욱을 믿고 싶어 한다는 증거였다. 그에게 보여준, 그녀의 신뢰감만이 고마울 뿐이었다. 상욱은 언제부턴가 자기도 모르게 은근히, 그리고 고마운 마음으로 그녀의 이야기를 기다리고 있었다.

　이날 밤도 서미연은 물론 마찬가지일 터였다. 그녀가 그토록 상욱을 기다리고 있는 말이 이날 낮 취해진 새 원장의 조처와도 무슨 관계가 있는 것인지 어떤지는 알 수 없는 일이었다. 그리고 그래서 원장의 그런 처사에 대해 그녀도 벌써 어떤 두려운 궁금증 같은 걸 느끼고 있었을는지도 알 수 없는 일이었다.

하지만 그 미연이 상욱을 찾아온 동기가 어떤 것이었든지, 그리고 그녀의 숨은 이야기가 어떤 것이 되었든지, 이날 저녁만은 상욱으로서도 다른 날처럼 그녀를 마음 편히 맞이할 수가 없었다. 그녀의 이야기에 관심을 모으고 기다려줄 수가 없었다.

"알고서 한 일은 아니겠지만 이번 원장은 일을 꾸밀 줄 알아요. 모르면 몰라도 내일은 아마 썩 재미있는 일이 벌어질 겁니다……"

원장 때문이었다. 그는 미연이 무슨 말을 꺼내려 하는 이날 밤엔 오직 그 원장의 일에만 마음이 매달리고 있었다.

섬 전체가 온통 그런 식이었다. 원장의 지시 하나로 섬 전체가 어떤 기묘한 긴장감 속에 조용히 숨을 죽이고 있었다.

그리고 이윽고 이튿날 아침이 밝아왔다.

날이 밝자 원장은 아침부터 눈에 띄게 긴장하고 있었다. 8시도 되기 전에 벌써 출근을 서둘러 나온 원장은 그때부터 오로지 자기가 정해놓은 12시만을 기다리고 있었다. 다른 일은 아무것도 손에 잡히지 않는 듯 우리에 갇힌 맹수처럼 쉴 새 없이 혼자 원장실 안을 왔다 갔다 하고 있었다. 시간이 흐를수록 그의 거동에는 점점 더 긴장감이 짙어져갔고, 직원들도 덩달아 흥분기를 감추지 못하는 얼굴들이었다.

마침내 12시가 되었다. 그리고 예정대로 병사 지대에선 밤을 새운 일곱 개의 건의함이 병원 본부의 원장 부속실로 운반되어왔다. 건의함 도착과 함께 병원 간부들도 빠짐없이 부속실로 모여들었다. 물론 원장의 사전 지시에 의해서였다.

원장은 곧 부속실로 나와 말없이 일곱 개의 건의함에 대해 이상 유무를 확인했다. 부속실은 마치 총선거를 치르는 선거 관리 사무실처럼 분위기가 무거웠다. 투표함을 개함하기 직전의 침묵 같은 것이 부속실을 짓누르고 있었다.

"자, 하나씩 열어봅시다."

원장의 한마디는 마치 개표 선언을 하는 선거 관리 위원장의 그 것처럼 엄숙했다.

드디어 첫번째 상자가 개함되었다. 직원 지대에서 제일 가까운 장안리 지역 상자였다.

그런데 이상한 일이었다. 첫번째 상자에는 아무것도 들어 있는 것이 없었다. 기대와 의구로 부속실을 기묘하게 긴장시키고 있던 장안리 건의함에는 원생들의 투서커녕 빈 휴지 조각 한 장 투함되어 있지 않았다.

그럴 리가?

당황하기는 병원 직원들도 원장이나 매한가지였다. 그럴 리가 없다는 듯 직원들은 잠시 말을 잃은 채 서로 얼굴들만 쳐다보고 있었다. 상자를 열기 전보다 더 무거운 분위기가 부속실을 가득 채웠다.

"담 걸 열어보구레!"

원장이 마침내 두번째 상자의 개함을 명령했다. 목소리에 그 관서 사투리의 강한 억양이 뒤섞이고 있었다.

이번에는 구북리(舊北里) 쪽 상자였다.

하지만 이번에도 마찬가지였다. 건의함 속에는 역시 휴지 조각 한 장 들어 있는 것이 없었다. 원장의 거무튀튀한 얼굴이 순식간에 벌겋게 상기되어갔다. 상자 더미 앞에 둘러선 사람들은 숨소리조차 제대로 못 내고 있었다. 하지만 원장은 얼굴색만 벌겋게 상기될 뿐 따로 할 말이 있는 것 같지 않았다. 그는 입을 꾹 다문 채묵묵히 다음 상자의 개함을 기다리고 있었다. 이번에는 안타까워 못 견디겠다는 듯 의료부장 김정일이 뛰어들어 성급하게 상자들을 열어젖히기 시작했다. 사정은 계속 마찬가지였다. 상자마다 아무것도 들어 있는 것이 없었다. 중앙리, 신생리, 동생리, 구북리, 남생리의 차례로 하나하나 건의함들이 열려나갔지만 텅텅 빈 상자속의 사정은 조금도 달라지지 않았다. 상자들을 열어나가는 의료부장의 손끝이 겁에 질린 듯 가늘게 떨리고 있었다. 하지만 그렇게 하나하나 상자들이 열려가고 있는 동안 붉어졌던 원장의 얼굴색은 뜻밖에도 다시 원래의 그것으로 되돌아가 있었다.

"이럴 수가 정말……"

일곱 개의 상자를 모두 열어보고 난 의료부장이 거북살스런 동작으로 천천히 허리를 펴고 일어났다. 얼굴빛마저 핼쑥하게 질려 보이는 의료부장이었다. 그는 원장을 대신하여 힐난하듯 주위를 둘러보았다.

"도대체 이게 어떻게 된 일이오?"

대답이 있을 리 없었다. 모두들 멍청스런 얼굴로 의료부장의 시선을 피하려 하지도 않고 있었다. 그런 가운데서도 꼭 한 사람 상욱의 입가에선 예의 그 알 듯 모를 듯 희미한 미소가 지나가고 있었다.

"말들을 좀 해보시오. 도대체 일들을 어떻게 하고 있는 거요?"

그때였다. 무엇인가 혼자 말없이 고개를 끄덕거리고 있던 원장이 느닷없이 그 의료부장을 핀잔하고 나섰다.

"그만두오. 예서 뭘 더 알고 싶단 말요. 이만하면 알 만한 건 다 알게 된 거 아니오."

4

그건 참으로 이상한 일이었다. 그러나 알고 보면 조금도 이상한 일이 아니었는지 모른다. 마지막에 가서 고개를 끄덕끄덕 주억이며 의료부장을 나무람한 원장이나, 뒷줄에 숨어 서서 남몰래 가는 미소를 입가에 흘리고 있던 이상욱 보건과장 두 사람에게만은 적어도 그 일이 그토록 이상스럽게 여겨질 수 없었던 게 분명했다.

이날 오후였다.

이날은 마침 미감아 보육소 아동들의 부모 면회가 있는 날이었다. 보육소 아동들의 면회는 한 달에 한 번씩 날짜를 정해 행해지는 서무과와 보건과의 협동 업무였으므로, 상욱은 점심을 끝내고 곧 양과의 실무 직원 몇 명과 함께 미감아 보육소로 내려갔다. 미감아 보육소는 완충 지대로 넘어가는 직원 지대의 경계선 철조망 안에 자리 잡고 있는 곳으로, 유아 보육원과 직원 지대에 있는 이 섬 초등학교의 분교 역할을 겸하고 있는, 반병사 지대나 다름없는 곳이었다. 3백여 미감아 가운데서 취학 적령기가 된 아이들은 고개 너머 건강인 초등학교에 서류상의 입학 절차를 취한 다음 이곳에서 따로 분교 수업을 받고 있었고, 나머지 유아기 아동들은 발병 증세를 보이지 않는 한 취학 적령기에 이를 때까지 그저 하릴없이 이곳에서 격리 수용 생활을 참아나가고 있는 격이었다.

병사 지대에선 벌써 아이들의 부모들이 완충 지대로 들어와 있었다. 완충 지대와 건강인 지대를 가르는 철조망 뒤쪽에 일정한 간격으로 도열해 서서 각기 자기 아이들을 기다리고 있었다.

면회 행사는 곧 시작되었다. 철조망을 기준으로 병사 지대 쪽 어른들이 먼저 2미터의 거리를 물러섰다. 군데군데 감시 직원이 배치되고, 이쪽 아이들이 제각기 자기 육친을 찾아 철조망 앞으로 다가섰다. 아이들 역시 철조망을 기준해서 2미터 거리를 표시한 직선 위에 일정하게 발을 머물러 섰다. 그리고 이때부터 이 섬이 생긴 후로 수많은 애화와 비원을 남긴 그들의 오랜 풍속이 다시 한 번 반복되기 시작했다.

면회 시간은 5분간이었다. 하지만 그 5분간은 어느 때 어느 곳에서보다도 많은 이야기와 사연이 오가는 시간이었다. 어른들은 철조망 너머로 먼저 자기 아이의 건강을 확인하고 학교 성적이라든가 그간에 있었던 다른 궁금한 일들을 묻는다. 그런 이야기들이 끝나고 나면 다음번엔 병사 지대의 집안 소식과 면회를 나오지 않은 쪽 부모의 안부 같은 걸 전하고, 그리고 돌아올 면회 날까지의 안타까운 당부들을 남긴다. 그러는 중간중간에도 감시 직원의 눈을 피해 옷깃 속에 숨겨가지고 온 음식 뭉치나 용돈 따위를 몰래 건네주는 일은 빠뜨릴 수 없는 면회 행사의 하나였다.

상욱은 물론 그 면회 행사에 끼어들어 그런 데까지 미주알고주알 잔간섭을 하지 않았다. 그는 언제나 그런 행사가 탐탁스럽게 여겨지질 않고 있는 편이었다. 맡은 일이니까 현장 근처를 나와볼 뿐 대열 가까이에서 면회 장면을 지켜보거나 오가는 대화들을 엿듣는 따위의 일은 도대체 상관을 않으려 했다. 그는 번번이 대열에서 멀찌감치 떨어져나와 서성서성 행사가 끝나기만을 기다리는 식이었다.

그런데다 이날은 마침 새 원장까지 이 월례 면회 광경을 참관하러 내려와 있었다.

"거참 볼만한 꼴이구만그래."

건의함 일에 대해선 자기대로 속에다 따로 어떤 치부를 해두고만 듯 아무렇지 않은 얼굴로 문득 상욱 곁으로 다가서오던 원장이었다. 상욱은 원장 곁에서 그 원장의 '구경거리'를 도울 수밖에 없었다.

"저 사람들 문둥병이 어떻게 전염되는 줄을 모르는 모양이구만그래."

행사가 시작되자 원장은 마치 남의 말을 하듯 불쑥 내뱉고 있었다.

"철조망까지 둘러쳐놓고, 게다가 또 뭐가 무서워서 저렇게 멀찌감치씩 거리를 떼어놓고 있는 겐가."

상욱은 원장의 말뜻을 알아들었다. 역시 성격이 썩 직선적인 위인이었다. 동시에 상욱은 이런 성격의 소유자일수록 보다 쉽사리 그리고 엄청난 배반이 감행될 수도 있다는 사실을 알고 있었다. 그는 조심스럽게 원장의 얼굴을 바라보았다.

"철조망을 둘러치고 거리를 떼어놓는 것은 불의의 감정 폭발 때문입니다. 아이들이 가끔 철없이 달려들어 제 부모들 품으로 안겨들 때가 많습니다."

"그렇겠지. 병을 앓아도 부몬 제 부모니까."

"원장님 말씀대로 이 섬 안에서는 모든 일이 입으로 말해지는 것과 실제 행동 사이에 거리를 가지고 있는 게 사실입니다. 그게 오히려 상식이 되고 있는 편이구요."

"구체적으로 어떤 경우가 그렇다는 게요."

원장은 면회 대열에 눈을 주고 있으면서도 상욱의 말을 놓치지 않았다.

"저흰 늘 저 아이들에게 나병은 유전이 아니라고 가르칩니다. 그리고 어떤 다른 병보다도 이 병은 전염성이 약하므로 너희들은 다른 건강한 아이들과 아무것도 다를 데가 없는 떳떳한 어린이라고 말해줍니다. 하지만 보십시오. 저 아이들은 직원들 자녀들이 다니는 고개 너머 초등학교로는 등교를 못합니다. 뿐입니까. 이 보육소의 분교에서마저도 건강한 선생은 수업을 맡아주러 오시는 분이 없습니다. 보육소의 미감아 교실 선생님은 거의 모두가 음성 병력자들뿐입니다."

"그건 아무래도 좀 기분 문제가 있을 테니까."

"물론 그건 기분 문제입니다. 하지만 치료소엘 한번 나가보십시오. 거길 가보시면 그 기분 문제가 어느 정도인 줄을 아시게 되실 겁니다."

"치료소에선 또 뭐가 어떻다는 게요?"

"환자에게 약을 나눠주는 간호사 한 가지만 예로 들겠습니다. 환자에게 약을 나눠주는 간호사들은 위생복에 위생장갑에 마스크를 뒤집어쓰고, 그것도 아직 기분이 꺼림칙해서 핀셋 끝으로 주저주저 약알을 손바닥에 놓아줍니다."

원장은 대꾸가 없었다. 입을 다문 채 한동안 언덕 아래로 면회장 풍경만 내려다보고 있었다.

그때 면회 대열 사이에서 다른 직원들과 함께 면회 감시를 하고 있던 직원 하나가 슬그머니 대열을 빠져나와 상욱들이 서 있는 언덕 쪽으로 올라왔다. 보육소의 말썽쟁이 윤 선생이었다.

"이 과장님이시군요. 그러잖아도 한번 찾아뵐 일이 있었는데 잘 나와주셨어요."

건강한 여자만 보면 엉뚱한 봉변을 주어서 섬에서 내몰고 싶어 하는 윤해원, 보육소의 동료 교사 서미연에게까지도 벌써 수상한 눈치를 보이기 시작하고 있다는 윤해원, 그 윤해원 역시 눈가에 불그스레한 병흔이 남아 있는 음성 병력자였다. 하지만 이 윤이란 위인이야말로 섬 안에서는 가장 불가사의한 말썽투성이 인물이었다. 그의 발병 내력이나 투병 과정에서의 일들은 둘째치고, 그가 이 미감아 보육소에서 보낸 몇 년 동안에 빚어온 이런저런 기행들로 해서도 섬사람들은 그를 거의 미친 사람 치부를 하고 지내는 판

이었다. 하면서도 그는 또 저주스런 이 섬 원생들의 병에 대해서
만은 낙천적일 만큼 대범하고 천연스러워서 어떤 때는 마치 실없
는 장난꾼처럼 허물이 전혀 느껴지지 않는 일면도 있었다.

그 윤해원이 곁에 서 있는 새 원장의 존재에는 조금도 아랑곳하
는 기색이 없이 상욱에게로 다가왔다.

"면회 시간은 끝난 거요?"

상욱은 작자의 출현에 공연히 마음이 편치 않았다.

원장은 별로 윤해원의 출현엔 관심이 없는 표정이었다. 하지만
이 윤해원이란 위인이야말로 원장에겐 누구보다도 먼저 소개해둘
필요가 있는 인물이기도 했다. 일부러 상욱이 소개말을 건넬 필요
는 없었다. 상욱과 윤해원 사이에 몇 마디만 이야기가 오가고 나
면 원장은 저절로 그를 알게 될 것이었다.

이자가 오늘은 또 무슨 장난기가 동한 건가.

상욱은 느닷없이 간밤의 그 서미연 선생을 생각하며 일부러 좀
추궁하듯한 말투로 윤해원에게 물었다. 윤 쪽의 반응은 역시 짐작
대로였다.

"끝나나 마나 그까짓 울고 짜고 하는 꼬라지들은 지켜봐서 뭘 합
니까. 그보다도 오늘은 저 과장님께 또 부탁드릴 말씀이 있어요."

다짜고짜 용건부터 들이댈 기세였다.

"부탁이라뇨, 무슨?"

"아 그 일전에 제가 말씀드린 조 뭐라는 녀석 있잖습니까. 그 녀
석 언제 한번 다시 데려다가 검살 받아봐야겠어요."

"그 아이라면 검사를 받은 지가 일주일도 안 되지 않았습니까."

상욱은 윤해원의 말을 알아들을 수 있었다. 그는 일단 작자를 안심해도 좋을 것 같은 생각이 들었다. 바로 며칠 전 일이었다. 윤해원은 조 모라는 보육소 아이 하나를 데리고 와서 일부러 세균 검사를 받게 한 일이 있었다. 외모로 보아서는 전혀 멀쩡한 아이였다. 한데도 윤해원은 굳이 검사를 부탁했다. 아무래도 예감이 수상쩍다는 것이었다. 검사 결과는 역시 마이너스였다. 마이너스로 판명되어 나온 검사 결과를 보고 이상스럽게 실망스런 표정으로 돌아서던 윤해원의 모습을 상욱은 아직도 생생하게 기억하고 있었다.

"며칠 되진 않았지요. 하지만 아무래도……"

"아무래도 제 검사 결과를 믿을 수 없다는 건가요?"

"그건……"

"그게 아니라면 윤 선생은 또 봄철도 아닌데 벚꽃 생각을 너무 하는 거 아니오?"

"그야 봄철이 아니니까 그놈의 벚꽃색이 너무 귀해서 그런지도 모르지요. 어쨌거나 이쯤 되면 한두 놈한테선 꽃 소식이 나타날 때도 되긴 했는데……"

분홍색이나 벚꽃 소식이란 이 병이 얼굴 근처에 첫 반응을 나타내기 시작할 때 자주 그 벚꽃의 분홍색을 볼 수 있는 데서 연유한 말이었다. 분홍색이나 자주색은 병이 나은 다음까지도 눈두덩 같은 데에선 평생을 두고 떠나가주지 않는 이 병 고유의 색조라 할 수 있었다. 섬사람들은 누구나 그 절망스런 분홍색의 경험을 가지고 있었고 지금도 그것을 저주하고 있었다. 하지만 이 섬에는 무슨 인연인지 붉은 황토색이 많았고, 봄만 되면 그 분홍색 벚꽃이

구름처럼 섬을 뒤덮었다. 육지 사람들은 봄이 되면 떼 지어 섬으로 와서 이 붉은 섬을 구경하고 돌아갔다. 황톳길과 벚꽃과 그 벚꽃의 분홍색이 원색의 그림자처럼 곱게 점 찍힌 사람들의 얼굴을 보고 돌아갔다. 분홍색은 절망의 색깔이었다. 누구나 분홍색을 저주했다.

하지만 섬 안에서 꼭 한 사람 그 분홍색을 저주하지 않는 사람이 있었다. 그는 분홍색을 저주하기는커녕 진짜로 무슨 꽃잎 자국이라도 되듯이 그것을 소중하게 기리고 다녔다. 봄철이 되어 섬 거리가 온통 벚꽃 무리로 뒤덮이고 나면, 그는 마치 그 분홍색에 넋이 빠진 사람처럼 시를 쓴다, 그림을 그린다, 함부로 그 분홍색과 분홍의 섬을 입에 올리고 다녔다. 그는 이를테면 분홍색 미치광이였다. 무엇보다 그는 바로 그 자신에게서 분홍색을 기다렸고, 끝내는 그 분홍색의 절망까지도 다른 사람과 똑같이 경험하고 난 위인이었다. 다름 아니라 그는 애초 이 섬 미감아 보육소의 관리원 직을 자청하고 왔을 때는 이 병과 아무 상관도 없는 건강인에 틀림없었지만, 이후 몇 년 동안 이해할 수 없는 분홍색 집착증에 빠져들면서 그는 자기 자신에게서마저 초조할 정도로 분홍의 반점을 기다리기 시작했고, 끝내는 그 어이없는 분홍색의 절망을 스스로 겪어내고 만 것이다.

그는 분홍의 증세가 시작되자 행복스러운 듯이 철조망을 건너 병사 지대로 들어갔다. 섬 병원 40년 역사에서 건강인 지대의 병원 직원이 발병을 기록한 최초의 인물이었다. 하지만 사람들은 그때까지도 병사 지대 안에 그의 누이 한 사람이 병을 앓고 있다는 사실을 까맣게 모르고 있었다. 그는 근 3년 동안 병사 지대의 누이 곁에서 치료 생활을 보냈다. 그리고 근 3년이 지나자 그는 조기 치료가 행해진 덕분이었던지 상흔도 그리 심하지 않은 모습으로 말끔히 건강을 되찾았다. 하지만 그는 치료를 모두 끝내고 나서도 여전히 섬을 떠날 생각을 하지 않았다. 그의 누이는 증세가 훨씬 악성이라 했다. 그의 누이는 계속해서 병을 앓았고, 그는 섬을 떠나지 않은 채 다시 철조망을 건너 직원 지대 끝에 있는 미감아 보육소를 나다니기 시작했다. 미감아 분교의 선생이란 언제나 그 수가 부족한 형편이었으므로 그는 다시 그곳에서 일을 계속할 수 있게 된 것이다. 윤해원의 분홍색 집착증은 그의 누이에 대한 병적인 애정처럼 그러면서 더욱 심해져갔다. 어쩌다 한 번씩뿐이었지만 아이들 가운데서 새 발병 사고가 생겨나도 그는 도대체 낭패감에 젖거나 실의 같은 것에 빠지는 일이 없었다. 실의커녕 그때마다 그의 표정에선 오히려 어떤 이상스런 활기 같은 것이 되살아나곤 하는 형편이었다.

— 한두 놈한테선 꽃 소식이 나타날 때도 됐는데……

상욱의 농담조에 윤해원은 아닌 게 아니라 굳이 부인하지 않으려는 태도였다. 자기 역시 농담조로 말을 받고 나서는 실없이 픽 웃음을 흘리고 있었다. 그 웃음 끝에 쓸쓸한 수심기 같은 것이 어리고 있었다.

"그 서 선생이란 여자하곤 이번에도 또 사이가 시원칠 않은 모양이구려."

상욱은 좀더 아는 체를 하고 나섰다. 윤해원을 대하고부터는 아무래도 그 서미연의 얼굴이 머릿속에서 지워지지 않고 있었기 때문이었다. 윤해원 앞에서는 터무니없는 상상만이 아니었다. 병원 일을 자청하고 섬으로 들어왔다가, 이런저런 곡절 끝에 간신히 섬 안에 몸을 주저앉힐 작정을 하고 난 아가씨들이라 하더라도 따지고 보면 그녀들이 처음 생각했던 것처럼 이 섬을 그리 오래 견뎌낸 아가씨는 많지 않았다. 한 달이 멀다고 금세 다시 섬을 떠나가버리곤 했다. 윤해원 때문이었다. 윤해원이란 인물이 번번이 그 여자들을 못 견디게 만들었다. 그는 참으로 이상한 방법으로 그녀들을 괴롭혔고 마침내는 그녀들로 하여금 섬을 떠나지 않을 수 없도록 만들어버리곤 했다.

서미연이란 여인에 대해서도 그는 역시 마찬가지였다. 미연이 일단 섬 안에 몸을 머물기로 작정하고 나서자 윤해원의 눈빛이 당장 새로운 음모로 빛나기 시작했다. 이번에는 그 윤해원의 방법에도 심상찮은 변화가 생기고 있었다.

며칠 뒤 윤해원은 그 조라는 미감아 한 녀석을 상욱에게로 데리고 와서 엉뚱한 부탁을 하고 나섰다.

"이 녀석 좀 자세히 살펴봐주십시오."

마치 그 아이에게서 발병을 기다리고 있기라도 하는 듯한 말투였다. 상욱은 평소부터 위인의 됨됨이를 알고 있던 터라 별다른 생각 없이 일을 끝내주었는데, 나중에 알고 보니 윤이 데려온 아이가 새로 온 여자 선생에게 특별히 귀여움을 사고 있는 녀석이라는 것이었다. 상욱은 금세 이상스런 느낌이 들기 시작했다. 윤해원이 녀석에게 특별히 따로 세균 검사를 받게 한 데는 다른 뜻이 있는 것 같았다. 보육소 아이들에 대한 여자들의 애정까지도 그는 건강인들의 오만스런 동정쯤으로 단정하고 마는 위인이었다. 그는 녀석에 대한 미연의 관심에서 자신이 어떤 모욕감을 느끼고 있음에 틀림없었다. 그는 결국 서미연이 조 소년을 배반하는 것을 보고 싶은 것이었다. 그리하여 소년에 대한 그녀의 애정이 오만스런 건강인들의 한낱 보잘것없는 동정심 이상의 것이 아니라는 것을 증명하고 싶은 것이었다. 그렇게 되면 그가 따로 나서지 않아도 서미연은 더 이상 섬을 견딜 수 없게 된다…… 거기서 그는 자신도 모르게 조 소년을 또 하나의 어린 문둥이로 만들고 싶은 무서운 자기 집착에 빠져들고 있는 건지도 모를 일이었다.

윤해원의 요량은 역시 그 상욱의 짐작에서 크게 벗어나지 않은 것 같았다. 그는 곧 상욱의 말뜻을 알아들은 표정이었다.

"글쎄요. 여기 온 여자들하고 제가 언제 사이가 좋아본 적이 있습니까."

역시 쓸쓸한 수심기가 어린 목소리였다. 하지만 그는 이내 또 무얼 감추다 들킨 사람처럼 상욱에게 은밀스런 미소를 지어 보냈다. 그러자 이번엔 상욱 쪽에서도 괜히 작자에게 무언가를 숨기고 있는 것 같은 꺼림칙한 기분이 되었다.

"그러게 말요. 윤 선생한텐 대개 보름을 못 견뎌내는 줄 알았는데, 그 여잔 벌써 한 달이 훨씬 지났지 않아요?"

"제가 뭐 여선생들 쫓아내는 문둥이 귀신쯤 되는 줄 아시는 모양이군요. 그 여자한테 절 너무 그런 식으로 말씀하시면 전 영 낭팬걸요. 하지만 어쨌거나 그 여잔 멋도 모르고 애새끼들을 너무 좋아하고 있어요. 특별히 그 녀석한텐 더 위험할 때가 많아요."

윤해원은 서서히 어떤 질투 같은 것이 어리기 시작한 눈길로 천연스럽게 지껄여댔다. 문둥이, 문둥이. 자학이 아니라면 이 섬 안에선 아무도 말하거나 듣기 좋아할 리가 없는 그 말을 아무렇게나 함부로 입에 담는 것도 그가 거의 유일한 인물이었다.

"가만 놔둬보구려. 그러다 지치면 제풀에 물러설 때가 있겠지요. 녀석한테도 그게 아직은 그리 해로울 게 없었을 테니 말요."

"그야 녀석한텐 아직 해로울 게 없었지요. 하지만……"

"윤 선생이 그토록 서 선생을 염려해주는 줄은 내 미처 몰랐구려."

"어쨌든 그 아인 한번 더 검살 받게 해주셔야겠어요."

언덕 아래선 그사이 면회 시간이 다 끝난 모양이었다. 철조망 양쪽으로 사람들이 다시 천천히 갈라져나가고 있었다.

윤해원은 한번 더 다짐을 주고 나서 사람들이 이미 넓게 흩어져 번지고 있는 면회소 쪽으로 흐느적흐느적 언덕을 내려가기 시작했다.

"보육소 아이들 가운데서도 가끔 발병 사고가 있는 모양이구만."

윤해원이 언덕을 내려가자 원장이 다시 상욱에게로 다가오며 혼잣말처럼 중얼거렸다. 짐작대로 원장은 역시 상욱과 윤해원의 이야기를 귀에 담고 있던 모양이었다.

"그런 경우가 전혀 없는 건 아닙니다. 1년에 한두 명꼴로는 증세가 나타나서 병사 지대로 다시 돌아가는 아이들이 있습니다."

상욱은 솔직하게 일러주었다. 그러나 그는 거기서 다시 덧붙이지 않을 수 없었다.

"나중에 알고 보면 그런 아이들은 대개 격리 조치가 늦어졌거나 부주의 때문이라는 게 밝혀지곤 했습니다만, 어쨌든 아이들에겐 그 영향이 아주 나쁩니다. 녀석들은 언젠가 자기들한테도 그런 일이 생길 것처럼 생각하고, 그럴 바엔 차라리 일찍 병이 솟아나서 부모들 곁으로나 돌아가게 되길 바라고 있는 형편이니까요."

"설명을 잘 믿지 않으려는 모양이군."

"녀석들에겐 무엇보다 말로 가르쳐준 것을 믿도록 해주는 일이 가장 어려운 노릇이니까요."

"무슨 얘긴지 알겠소. 한데 그 아인 어떻소? 아까 그 친구가 어떤 아이의 세균 테스트를 부탁한 모양이던데."

"아, 그 아인 별일 없을 겁니다. 그 사람이 괜히……"

"별일이 없는데 공연한 세균 테스트는 두 번씩이나 거푸 시키려고 해요? 그러지 않아도 그 친구 꼭 애녀석들한테서 병을 기다리는 투가 아닙디까."

원장도 벌써 그렇게 듣고 있었던 모양이었다.

"잘 보셨습니다. 그 친구 평소에도 좀 그렇게 보이는 데가 있습니다. 이 병에 대해선 전혀 무슨 혐오감이나 조심성 같은 걸 느끼지 않는 것처럼 대범스럽게 행동해 보이니까요. 이 병 알기를 무슨 몸살이나 되는 것처럼 천연스럽습니다. 섬사람들이 그래서 숫제 미친 사람 치부를 하고 지낼 정도니까요. 하지만 알고 보면 무서운 데가 있는 작잡니다. 사실은 이 병에 대해 이상스럽게 병적인 집착을 보여온 위인이거든요. 병을 피하거나 이기려 하기는커녕 오히려 작자가 거기에 반해 매달리고 있는 것처럼 보일 때가 많으니까요. 그런 점에서는 이 섬 안의 누구보다도 더 어려운 증상의 환자가 바로 저 작자인 셈이지요."

"보육소 선생이오?"

원장은 그것도 벌써 알고 있었음에 틀림없었다. 하면서도 일부러 그런 소릴 물어온 것은 어떻게 그런 미치광이 같은 사람이 조심스럽기 그지없는 보육소 일을 맡고 있느냐는 뜻이었다.

"윤해원이라고 여기서 한 10년째 아이들을 돌보고 있는 사람입니다만, 적어도 아이들을 직접 다치게 한 일은 없었으니까요. 겉으로는 사람이 제법 허허해서 아이들도 허물없이 잘 따르구요. 그자신은 중간에 병에 걸려 한 3년 일을 쉰 일도 있었지요."

"그럼 그 사람 이 섬엘 들어와서 병을 얻었단 말요?"

원장은 비로소 목소리가 달라지고 있었다. 예의 그 끊임없는 질문의 홍수가 또 한차례 정신없이 쏟아져 나올 기세였다.

"섬에선 처음 있는 일이었습니다. 그보다 먼저 그의 누이 한 사람이 병사 지대에서 몸을 앓고 있다는 사실이 뒤늦게 알려지긴 했습니다만, 어쨌든 그는 건강한 몸으로 이 섬에 들어와서 병을 앓게 되었고, 병이 낫고 나선 다시 또 보육소 일을 맡고 있는 중입니다."

"사람이 어지간히 독물인 게로군그래."

"이야기가 좀 많은 사람 같기는 합니다만, 거기 비해 깊은 내력은 별로 알려진 것이 없는 위인이기도 합니다."

언덕 밑 쪽엔 이미 사람들이 보이지 않았다. 상욱들도 이젠 천천히 사무 본관을 향해 발길을 옮기기 시작했다. 그러나 한번 둑이 터진 원장의 질문 홍수는 거기서도 아직 기세가 꺾일 줄 몰랐다. 몇 발짝 잠잠히 발길을 옮기고 있던 원장이 생각난 듯 문득 다시 상욱을 돌아다보았다.

"한데 서 선생이란 여잔 또 누구요? 그 여자 지금 그 윤이란 친구하곤 사연이 있는 모양이던데……"

이번엔 다시 서미연 이야기였다.

"사연이래야 뭐 대수로운 일은 아닙니다만……"

"대수로운 일이 아니라면…… 작자가 그 여자하고 무슨 연애질이라도 하고 있다는 게요?"

일부러 끝을 얼버무리는 듯한 상욱의 말투에 원장은 턱없이 조급해지고 있었다.

"그야 어디 연애가 되겠습니까. 그 친구 늘 성한 여자들만 보면 섬을 떠나보내고 싶어 못살게 구는 방법이 그런 식인 것 같습니다."

"일부러 여잘 못살게 군다?"

"원장님 말씀대로 그 친군 아가씨들이 나타나고 며칠만 지나면 사랑을 호소한다는군요."

"성사가 되어본 적이 없었던 게로군."

"그래서 그게 차라리 그 친구가 여자들을 쫓는 방법일 거라고 말씀드린 것입니다. 아가씨들은 그때마다 기겁을 하고 섬을 떠나가버리곤 했으니까요."

"아가씨들을 그처럼 못 견디게 하는 건 건강인에 대한 환자 특유의 질투 때문이겠구……"

"물론입니다. 하지만 질투심에 불을 붙여주는 것은 또 그 아가씨들 쪽인지도 모릅니다. 이곳을 찾아오는 아가씨들은 한결같이 이 병에 대해선 깊은 이해를 맹세하고 드니까요. 하지만 윤이란 친군 도대체 그걸 신용하지 않으려는 겁니다. 그리고 번번이 그런 자기 낭패를 통해서 여자들의 허세를 증명해낼 수 있었구요. 여자들은 그가 결국 다른 건강인과는 끝내 같을 수가 없다는 사실만을 되풀이 확인시켜준 셈이지요."

"질투가 맞을 게요. 그래서 작잔 서 선생이란 여자가 그 아일 귀여워해주는 것조차 견딜 수가 없어진 거요. 그 아이를 자기 맘속에서 진짜 문둥이로 만들어버리고 싶을 만큼 여잘 견딜 수 없게 된 거란 말요."

상욱은 아직 윤해원과 서미연 사이에 조 소년이 어떻게 관련되고 있는지를 설명하지 않고 있었다. 한데도 원장은 어느새 거기까지 눈치를 채고 있었다. 그는 제법 자신 있게 단정을 내리고 있었다. 상욱은 좀더 말을 비약해도 좋다고 생각했다.

"하지만 아마 어떤 식으로든 그 녀석이 문둥이가 될 필요는 없을 겁니다. 녀석이 아니더라도 언젠가는 윤 선생이 다시 여자에게 사랑을 호소하게 될 거고, 서 선생도 그때 가선 결국 또 섬을 떠나게 될 테니까요."

상욱은 아마 이번의 서미연만은 그렇게 되지 않을지도 모른다고, 그 서미연만은 그렇게 되지 않기를 바라는 자신의 은근한 기대를 짓누르며 정연한 목소리로 단정 짓고 있었다.

"거 좀 볼만한 구경거리가 되겠는걸."

역시 상욱의 말을 모두 알아듣고 있는 원장이었다. 그는 좀 장난스러울 정도로 상욱의 말에 쉽게 맞장구를 쳐나가더니 이윽고는 그만 입을 굳게 다물고 말았다. 그리고 한동안 말없이 발길만 옮기더니, 드디어는 다시 참을 수가 없어진 듯 침울하게 혼자 중얼거리고 있었다.

"모두들 참으로 무서운 병들을 앓고 있는 중이로군…… 이대로는 아무래도 탈출 사고를 막을 길이 없겠어. 몸으로 앓고 있는 것보다 더 무서운 질병을 앓아대고 있으니…… 섬을 빠져나가려는 자들이 생기는 걸 나무랄 수가 없겠어."

5

새 원장이 부임 초의 탈출 사고를 조금씩 이해하기 시작한 것은 반가운 일이라 할 수 있었다. 원장은 과연 더 이상 이 섬을 원생들의 낙원으론 믿지 않게 된 것 같았다. 탈출 사고가 일어나게 된 연유에 대해서도 그 나름의 이해를 보이기 시작한 셈이었다. 하지만 그 때문에 일은 오히려 좀 엉뚱한 방향으로 빗나가고 있는 것 같았다. 원장에게서 느닷없는 투지가 발동되기 시작한 것이다.

사흘째 되던 날 아침, 원장은 마침내 부임 연설을 결심하고 나섰다.

원장은 이날 아침 뜻밖에 출근이 늦고 있었다. 그는 아무래도 좀 모를 곳이 많은 사람이었다. 밤사이에 그는 아무도 모르게 혼자 병사 지대로 내려가서 고스란히 하룻밤을 밝히고 돌아왔다는 소문이었다. 원장실에서도 관사 주변에서도 밤사이엔 그의 모습을 본 사람이 없었는데, 새벽녘에 병사 지대를 순찰하던 지도소 순찰원이 중앙리 근처를 지나다가, 그곳 천주교 성당 안에서 새 원장이 비실비실 문을 걸어 나오는 걸 보았다는 것이다. 성당 안에서 밤을 새운 건지, 그때 마침 그곳을 들러 나오다 거동이 눈에 띄게 된 건지는 확실치 않았지만, 어쨌거나 원장은 그런 일로 해서 이날 아침 출근이 퍽 늦어진 것만은 틀림없는 것 같았다.

그 원장이 느지막이 사무실을 나와서는 갑자기 부임 인사를 서두르기 시작한 것이다.

"오늘 나 원생들을 좀 보게 해주오."

표현은 겸손했으나 결국은 그게 그 소리였다. 하기야 새 원장으로 섬으로 들어와서 끝끝내 부임 인사조차 치르지 않은 채 병원의 어른 노릇을 해나갈 수는 없는 일이었을지 모른다. 그동안 너무 잠잠해 있기만 하던 원장의 거동에 비해 이날의 부임 인사는 뜻밖에 만만치 않은 행사가 되고 있었다.

원장의 지시는 지체 없이 하달되었다. 보행이 불가능한 신체 부자유자를 제외한 병사 지대 일곱 개 마을 5천여 원생들은 오전 10시까지 빠짐없이 중앙 공원 광장으로 집결하라는 명령이 내려졌다. 그리고 나서 원장은 곧 그가 이 섬 병원에 온 후로 모처럼 첫 조회 행사를 부탁했다. 한 번도 공식 모임을 마련한 일이 없는 탓도 있었겠지만, 원생들 앞엘 나서기 전에 그로서도 직원들에게 먼저 할 말이 있었을 건 당연한 순서였다. 원장은 그 모처럼의 직원 조회에서부터 좀 심상치 않은 연설을 했다.

새삼스럽게 여러분한텐 따로 할 말이 없다. 오늘 나는 원생들을 만날 것이다. 하지만 이것은 나 혼자서 만나는 것이 아니라 여러분과 함께 만나는 것이다. 오늘은 여러분도 나와 함께 그들을 다시 만나야 한다. 따라서 내가 오늘 그들을 만나 그들에게 주문할 일들은 여러분도 나와 함께 그들에게 약속하고 주문할 일이라는 것을 명심해주기 바란다……

다른 원장들이 왔을 때와는 전혀 딴판이었다. 그것은 곧 원생들에게 행할 연설의 전제나 서두에 불과했다. 무엇을 약속하고 무엇을 부탁하겠다는 것인지 구체적인 것은 아무것도 밝히지 않았다. 그러나 그 간단한 몇 마디 가운데서도 그의 의도는 분명하게 드러났다. 그가 무엇을 원생들에게 약속하고 무엇을 요구하든 그것은 자기 혼자만의 것이 아니라 '우리들' 모두의 이름으로 '함께' 행해지는 것이라는 것. 그것은 바로 병원 직원 전체의 원장에 대한 무조건한 신뢰와 승복의 요구였다.

상욱은 불안했다. 결국 이 사내에게도 동상이 숨겨져 있었던 것인가.

그들에게 도대체 무엇을 약속하고 무엇을 구하겠단 말인가.

원생들이 집결할 시간을 기다렸다가 직원들과 함께 병사 지대로 내려가는 상욱의 머릿속에선 원장의 새삼스런 거동에 대해 끝없는 의구가 일고 있었다.

하기야 사람의 허울을 뒤집어쓰고 난 자 어느 부처님이라고 자신의 동상을 품어보지 않은 사람이 있을 것인가. 누구에게나 가슴 속 깊은 곳에는 그런 동상이 하나씩 숨겨지고 있게 마련인지 모른다. 차이가 있다면, 사람에 따라 그것을 어떻게 숨기고 지내느냐가 문제가 될 수 있었다. 그것을 어떻게 참으면서 그 동상의 환상에서 끝끝내 눈을 감고 견딜 수 있느냐가 문제였다. 더욱 무리한 주문을 말한다면, 어떻게 그 단단하게 굳어진 동상의 벽을 아픔을 무릅쓰고 스스로 헐어나갈 수 있느냐가 문제였다. 부임 연설 따윌 참지 못한다고 원장을 탓할 수는 없었다. 약속을 해도 상관이 없었다. 중요한 것은 그 약속이 원장의 가슴속에 은밀히 숨어 있을 그의 동상과 얼마나 가깝게 상관되고 있느냐는 것이었다. 원장 자신이 그의 좁은 가슴속을 튀어나와 만인 앞에 자랑스럽게 서고 싶은 그 은밀스런 동상의 충동을 어떻게 현명하게 견디어내느냐는 점이었다. 그의 약속이라는 것은 적어도 자신의 동상과 그 동상의 충동을 외면하고 난 다음의 것이어야 했다.

하지만 상욱으로서는 그것을 믿을 수가 없었다.

중앙 공원 광장에는 벌써 병사 지대 5천여 원생들이 집합을 완료하고 있었다. 원생들은 부락별로 나뉘어 정연한 대열을 지은 채 조용히 새 원장을 기다리고 서 있었다. 헛기침 소리 하나 일지 않는, 무섭도록 조용한 회중(會衆)이었다.

직원들이 그 원생들을 마주하여 앞쪽으로 도열해 섰다. 김정일 의료부장이 먼저 단 위로 올라갔다. 병원 설립 40주년을 기념하기 위해 세운 그 구라탑 앞 반석이 이 광장의 연단이었다. 그리고 그것은 20여 년 전 일본인 주정수 원장이 섬 밖으로부터 그 반석을 구해 들여다가 구라탑이 서기 전에 그곳에 세워져 있던 자신의 동상 앞에서 한 달에 한 번씩 보은 감사일 기도를 거두던 바로 그 유서 깊은 장소였다.

"어어 오늘 이렇게 여러분을 일부러 모이게 한 것은 다름이 아니라……"

의료부장이 집회의 목적을 설명하기 시작해도 대열 가운데선 여전히 별다른 반응이 안 보였다. 손가락 하나 까딱하지 않은 채 묵묵히 연단만 쳐다보고 서 있었다. 의료부장 김정일은 이미 그런 일에는 너무도 거동이 익숙해져 있었다.

"……하니까 이미 알고들 계시겠지만, 우리 병원에선 이번에 다시 새 원장님을 모시게 되었습니다. 새로 오신 원장님이 여기 계신 조백헌 대령님으로 지금까진 군 현역으로 전후방의 여러 병원에서 장병들의 위생 관리와 질병 퇴치에 전력을 기울여오시다가 이번에 마침 자비하신 하느님의 은총으로 우리 병원의 일을 책임 맡아오시게 된 어른이십니다. 그새 몇 달 동안 우리 병원은 정식 원장님을 모실 수 없었던 관계로 치료 업무나 기타 제반 사업에 여러 가지 차질을 피치 못해오던 바, 이번에 훌륭한 어른을 새 원장님으로 모시게 되어 여러분과 함께 다 같이 어른을 환영하고 부임을 경하해드려야 할 줄 압니다. 이제 원장님의 말씀이 계시겠습니다."

다소 장황스런 소개말을 끝내고는 단을 내려갔다. 대열 가운데선 역시 아무 반응도 엿보이지 않았다. 하다못해 목덜미를 쏘아대는 여름 햇볕 때문에 고개를 움칫거리는 기미조차 찾아볼 수 없었다. 아이들을 인솔해 온 보육소의 서미연과 윤해원 들이 맨 앞줄에 서 있는 게 보였지만, 그들도 역시 참을성 있게 햇볕을 잘 견디고 있었다. 회중은 그냥 바다 밑처럼 무겁고 커다란 침묵의 덩어리로 엉켜 서 있었다.

의료부장이 그 침묵의 한가운데로 원장을 안내해 갔다.

원장이 단 위로 올라섰다.

말없이 마주 선 1만여 개의 눈길이 일시에 그 원장에게로 쏠려드는 것 같았다. 원장은 원생들을 대표해 나온 지도소 요원으로부터 거수경례를 받고 나서도 한동안 입을 떼지 않고 있었다. 새 원장의 신임 인사에도 불구하고, 그리고 그 의료부장이 장황한 소개 말에서 일부러 새 원장의 부임을 환영해달라는 부탁을 건넸음에도 그저 박수 하나 보내지 않고 우두커니 서 있기만 한 원생들의 결례 따위를 탓하고 있을 원장은 물론 아니었다. 그는 마치 그에게로 쏠려 있는 말 없는 눈들이 자꾸 더 앞으로 다가드는 듯한 답답한 착각 속에 얼굴이 하얗게 질려가고 있었다. 그는 숨이 막힐 듯한 표정이었다. 훤칠한 키에 그렇게도 보기 좋게 잘 어울리던 유니폼까지 턱없이 어색해 보였다. 약모와 양어깨에 매달린 은백색 대령 계급장들도 이상스러울 만큼 위엄을 잃고 있었다.

"조백헌 대령입니다."

마침내 원장이 입을 열기 시작했다. 그는 어떻게 하든지 우선 이 음산스럽고 불가사의한 침묵부터 깨뜨려놓아야겠다는 듯 첫마디부터 갑자기 목소리를 높이고 있었다.

"날씨도 덥고 하니 거두절미하고 우선 이곳엘 오고 나서 며칠 동안 이 섬에서 보고 들은 저의 느낌부터 말씀드리겠습니다."

원장은 그러고 나서 이 이틀 동안 그가 이 섬에서 보고 느낀 일들을 단도직입적으로 털어놓기 시작했다.

"전 솔직히 이곳을 오기 전엔 이 섬이 어떤 곳인지 잘 알지 못했습니다. 그런 가운데도 물론 몇 가지 기초적인 지식이 없었던 것은 아닙니다. 이제는 병이 다 나아서 사회 복귀를 기다리고 있는 음성 병력자나 아직도 투병 생활을 계속하고 있는 전체 도민 수가 얼마만큼 된다든지, 그런 여러분을 돕기 위해 나라의 연간 국고 지출 규모가 어느 정도나 된다든지 하는 따위들이 미리부터 제가 이 섬에 관해 알고 있던 사실들입니다. 그중에서도 제가 가장 주의 깊게 마음에 새겨두고 있었던 일은 이 섬이야말로 이젠 그 저주스럽고 절망스런 오욕의 세월에서 벗어나 여러분의 둘도 없는 낙토요 자랑스런 고향으로 변해가고 있다는 사실이었습니다. 천형의 질병으로 저주받던 상처는 나아가고, 생활과 복지 시설은 늘어가고, 짓밟혀온 인권은 나날이 보호 신장되어가고 있으며, 그렇게 해서 이 섬은 바야흐로 여러분의 참된 낙원이 되어가고 있다는 것이었습니다. 그리고 저 역시 그런 생각을 가지고 이 섬으로 왔습니다. 섬을 와서 보고 헛소문이 아니라는 느낌이 들었습니다. 아닌 게 아니라 여러분은 원하는 대로 치료를 받고 있으며, 병은 나날이 나아가고 있습니다. 이 풍광 좋은 섬에선 더 이상 좋은 요양 환경이 없습니다. 여러분이 필요로 하는 모든 생활 이기와 복지 시설들이 확충되어가고 있습니다. 옛날처럼 여러분을 간섭하고 학대하는 사람도 없습니다. 이곳은 제가 보기에도 여러분의 자랑스런 고향이요 낙토로 여겨졌습니다.

그런데 말입니다. 그런데 여기 한 가지 저의 오해가 있었습니다.

며칠 전— 그러니까 제가 이 섬으로 와서 이곳에서 첫 밤을 지내는 동안 여러분 가운데선 이 섬을 빠져나간 사람이 있었습니다. 그것은 이 사람에 대한 여러분의 뜻있는 부임 선물이었습니다. 무슨 말씀이냐 하면 여러분은 아직도 이 섬을 여러분의 낙토라고 생각지 않고 있다는 것입니다. 탈출 사고는 그걸 제게 일깨워준 것입니다. 이유를 알 수 없습니다. 하지만 전 좀더 이 섬을 돌아보고 나서 금방 그 이유를 알았습니다. 저의 오해였습니다. 여러분은 아직도 무서운 병을 앓고 있습니다. 여러분은 물론 육신의 병은 놀랄 만큼 빠른 속도로 나아가고 있습니다. 하지만 여러분은 여러분이 몸으로 앓고 있는 것보다 더 무서운 질병을 마음으로 앓고 있다는 걸 알았습니다. 이 섬은 구석구석이 온통 불신과 배반으로 가득 차 있습니다. 그리고 여러분과 이 섬은 지금까지 여러분이 몸으로 앓아온 것보다도 더 치명적인 그 불신과 배반이라는 질병을 뼛속까지 깊이 앓아오고 있는 것입니다.

상관없는 일입니다. 저야 무엇을 어떻게 생각하든 여러분이 낙토가 아니라면 이 섬은 여러분의 진정한 낙토가 될 수 없습니다. 저에겐 그런 사실만이 중요합니다. 그리고 전 비로소 이곳에서 제가 해야 할 일을 찾은 것입니다."

원장의 어조는 필사적이었다.

하지만 대열 쪽에서는 역시 아무 반응이 없었다. 원장의 말을 듣고 있는지 어떤지조차 가늠할 구석이 없었다. 원장은 그 바다 밑처럼 무거운 침묵의 덩어리를 향해 기어코 어떤 반응을 얻어내고 말겠다는 듯 더욱 필사적으로 목소리를 돋워 올리고 있었다.

"우리는 이 섬을 다시 꾸며야겠습니다."

드디어 원장에게선 그 약속이라는 것의 정체가 드러나기 시작했다. 이 섬과 섬사람들을 위해 가장 두려워해오던 일이 원장의 입을 통해 흘러나오기 시작한 것이다. 그는 섬을 다시 꾸미겠노라고 선언했다. 섬을 다시 꾸며서 이번에는 정말로 이 섬에 발을 딛고 사는 모든 사람들이 이곳을 자신의 행복스런 낙토로 믿게 해주겠노라고 힘있게 다짐했다. 떠나가선 다시 또 돌아오고 싶은 그리운 고향을 만들어 갖자고 간곡한 설득을 펴기도 했다. 환경도 보다 개선하고 이 섬에 살고 있는 사람이면 누구나 자기의 생활을 각자가 창의적으로 개발해나갈 수 있도록 자활 대책을 연구하겠노라는 약속도 했다.

"나라가 온통 재건 사업에 총력을 기울이고 있는 이때, 우리들이야말로 이 섬을 다시 꾸미러 나서는 것은 어떤 다른 사람들의 그것보다 값지고 보람 있는 일이 아닐 수 없습니다. 하지만 이 일을 위해서는 중요한 전제가 있습니다."

거기서 비로소 원장은 원생들에 대한 자신의 주문을 말하기 시작했다.

"그것은 먼저 여러분의 협조와 솔선수범입니다. 여기 서 있는 이 사람이나 직원 일동도 물론 이 일을 위해서는 여러분과 함께 신명을 다할 것입니다. 우리도 여러분과 같이합니다. 하지만 이 일은 보다 먼저 여러분 자신의 일이라는 점을 잊지 말아야 합니다. 여러분의 자발적인 의욕과 소명감이 굳게 뒷받침되어야 가능한 일입니다. 한데 여러분은 지금 어떻습니까."

원장은 거기서 잠시 말을 끊고 추궁하듯 대열을 내려다보고 서 있었다. 그러다 느닷없이 격앙한 목소리로 단정을 내리기 시작했다.

　"자신이 없습니다. 자신이 없으므로 예부터의 그 추악한 불신감과 배신감만 앞서고 있습니다. 좀더 심하게 말씀드리면 여러분은 아직도 그 불신감과 배신감의 슬픈 노예가 되어 있습니다. 지금도 여러분은 무섭도록 자신을 깊이 움츠리고 있습니다. 그리고 입을 꼭꼭 다문 속에서 이 사람을 의심하고 엉뚱스런 배신을 꿈꾸고 있습니다. 이해하려곤 합니다. 여러분에게도 나름대로의 이유가 있을 테니까요. 세상을 당당하게 살아갈 수가 없었겠지요. 그리고 누구도 여러분을 용서하려 하질 않았으니까요. 여러분은 거기서부터 이미 자신을 잃어버렸고, 그렇게 자신을 잃고 살아온 생애 가운데선 배반과 불신밖에 버릇될 수가 없었겠지요. 하지만 이제 여러분에겐 용서받을 일이 없습니다. 누구에게 무엇을 용서받습니까. 누가 감히 여러분을 용서합니까. 이 섬을 재건하기 위해선 여러분 자신이 좀더 당당해지십시오. 그리고 불신과 배반의 습성을 버리고 단결하고 협조하십시오. 여러분이 떳떳하면 떳떳해질수록 그것은 쉬워집니다. 그리하여 여러분 자신이 먼저 자신의 인간 개조를 이룩하십시오. 이 일을 위해서는 그게 절대로 필요합니다.

　저의 말씀을 몇 마디로 다시 요약하겠습니다. 첫째로 우리 섬의 재건입니다. 그리고 이를 위해 다시 정정당당, 인화단결, 상호협조, 이 세 가지를 생활 지표로 삼아달라는 것입니다. 이게 저의 부탁입니다. 정정당당이란 물론 여러분 자신에 대해서, 이웃에 대해서, 그리고 여기 서 있는 병원 직원과 바깥세상 사람들 모두에 대해서도 똑같이 해당하는 말입니다. 인화단결이나 상호협조 역시 마찬가집니다. 이 역시 여러분 환우들 상호간이나 직원들에 대해서 다 같이 해당하는 말입니다. 이 사람을 비롯한 여기 선 직원 일동은 물론 기꺼이 그렇게 할 것입니다. 그렇다면 여러분은 기필코 여러분 자신의 인간 개조를 이룩해내십시오. 여러분의 새로운 낙토를 위해 이 사람은 신명껏 그것을 돕겠습니다. 아니 강제라도 하겠습니다."

입을 열고 나서부터는 제법 자신이 생긴 탓인지, 시간이 갈수록 점점 더 목소리가 고압적으로 격앙되어가던 원장의 그 필사적인 부임 연설은 거기서 간신히 끝을 맺었다.

연설을 끝내고 난 원장은 자신의 연설에 스스로 감동한 듯 얼굴이 검붉게 상기되어 있었다.

하지만 대열 쪽에서는 그래도 여전히 반응이 없었다. 연설이 끝나고 나도 대열은 미동도 없이 새 원장의 다음 거동만을 묵묵히 지켜보고 있을 뿐이었다. 머리 위까지 치솟은 늦여름 태양볕을 그 거대한 침묵의 덩어리는 무섭도록 끈질기게 견디고 있었다.

"그 작자들 도대체 내 얘긴 귓등에도 스치지 않은 것 같더구만."

이날 저녁이었다.

원장은 간부 직원 몇 사람을 숙소로 불러다 모처럼 술자리를 마련했다. 그런 자리를 빌려 직원들 입에서라도 좀 속시원한 얘기를 들어보자는 의도 같았다. 낮에 있었던 연설의 반응은 물론 섬 전체의 분위기를 다시 한 번 확인해보고 싶어진 게 분명했다. 의료부장 김정일과 서무과장·교도과장 들이 원장과 자리를 같이하고 있었다. 보건과장 이상욱도 근무 시간이 끝나기 조금 전에 다른 사람과 같이 원장의 부름을 받고 있었다.

그렇게 술자리가 시작되고 나서도 한동안은 누구 한 사람 낮에 있었던 원장의 연설에 관해선 입을 떼는 사람이 없었다. 새삼스레 할 말이 있을 리 없었다. 원장 쪽도 자기가 먼저 입을 떼기는 뭣한 모양인지 한동안은 별다른 기색을 보이지 않았다. 의례적인 대화 속에 부지런히 술잔들만 비워내고 있었다.

좌중은 빠른 속도로 취기가 번지기 시작했다. 삽시에 얼굴들이 번들번들 익어갔다. 원장과 상욱만이 좀처럼 표정이 흐트러지지 않고 있었다. 원장은 여기저기서 건네오는 술잔을 분주하게 되돌려 보내면서도 표정이 바뀌는 기색이 조금도 없었다. 원장이 취기를 아끼고 있는 기미가 엿보이자 상욱 쪽에서도 혈관 속을 흐르기 시작한 알알한 알코올기를 한껏 인색하게 견뎌내고 있었다. 하지만 원장은 미처 자기 외에 또 한 사람 이상욱 보건과장이라는, 이 기분 나쁘도록 얼굴색이 창백한 사내가 언제나처럼 조심스런 긴장의 끈을 풀지 않고 있는 낌새를 눈치채지 못한 모양이었다. 방 안 분위기가 어느 정도 흐느적흐느적 흔들리기 시작하자 마침내 원장은 더 참을 수 없어진 듯 속셈을 털어놓기 시작했다.

"난 오늘 숨을 쉬고 살아 있는 사람들 앞에서 얘길 떠들어대고 있었던 것 같지가 않아요. 그 작자들 도대체 내 얘길 듣고 있다는 게 그 모양이었소?"

흐느적거리기 시작하던 분위기가 원장의 소리에 갑자기 다시 가라앉아버렸다. 아무도 대답을 하는 사람이 없었다.

"말을 좀 해보시오. 그건 아마 내 말을 꽤는 열심히 듣고 있었거나 아니면 아예 아무 소리도 듣고 있질 않은 사람들이었습니다. 어느 쪽이었소? 어느 쪽 같았소?"

"그건 아마 원장님의 말씀을 조심스럽게 듣고 있는 편이었을 겝니다."

원장의 추궁을 피할 수 없게 된 의료부장이 자신 없는 소리로 대답했다. 그렇게밖에 대답할 수가 없는 노릇이었다.

한데 그때였다. 여태까지 잡담 제하고 술잔만 들여다보고 앉아 있던 상욱이 느닷없이 의료부장의 말꼬리를 휘어잡고 나섰다.

"하지만 그건 아마 아무것도 듣고 있지 않은 쪽일 수도 있을 겁니다."

좌중은 다시 한 번 물을 끼얹은 듯 조용해졌다.

"듣고 있었을 수도 있고, 그렇지 않았을 수도 있다…… 그건 또 무슨 뜻이오?"

원장이 술잔을 입으로 가져가다 말고 석연찮은 눈초리로 상욱을 건너다보았다. 섬을 오고 난 바로 그다음 날부터 이상하게 자주 얼굴을 마주하게 되는 상욱이었다. 그리고 이상하게 그의 주변을 살피면서 때로는 당돌한 듯싶다가도 때로는 알 수 없는 불안감 같은 것을 숨기지 못하던 위인이었다.

"여러 번 느낀 일이지만 난 당신이 늘 쉬운 말을 배배 꼬아대는 데는 정말 취미가 없어요. 좀 알아듣기 쉽게 말해보오."

원장의 목소리에 조급한 힐난기가 섞이고 있었다. 상욱도 이젠 내친김이라 말을 사양치 않을 기세였다.

"말씀을 쉽게 드려도 역시 마찬가집니다. 그 사람들 원장님의
말씀을 듣고 있었거나 그렇지 않았거나 애초부터 차이가 없는 일
이니까요."

"점점 모를 소리로군."

"그건 저……"

난처해진 의료부장이 상욱을 가로막고 나서려 했으나, 그 의료
부장을 상욱이 다시 앞질러나갔다.

"좀더 솔직히 말씀드린다면 아까 원장님의 말씀 도중에 그 사람
들은 원장님의 음성이 아니라 그 사람들 속에 오랫동안 간직되어온
또 한 분 다른 사람의 음성을 듣고 있었던 거니까요. 그 사람들은
오늘 원장님의 목소리를 빌려 그들에게 오랫동안 간직되어온 목소
리를 한 번 더 되풀이해 듣고 있었을 수도 있다는 말씀입니다."

"그렇담 내가 오늘 목소리를 빌려주고 있었다는 친구란 도대체
누구요?"

원장은 비로소 상욱의 말뜻을 알아들은 것 같았다. 상욱은 이제
망설일 필요가 없었다.

"당돌한 말씀 용서해주십시오. 그것은 아마 원장님께서 이곳을
오시기 전에 섬을 다녀간 여러 전임 원장들이었을 것입니다. 그리
고 그분들의 목소리였을 것입니다. 그중에서도 쉬운 예를 들자면
이 섬 병원의 네번째 원장이었던 일본인 주정수 같은 분을 들 수
있습니다."

"……"

"지금부터 30년쯤 전에도 아까 그 사람들은 새 원장님을 맞기 위해 오늘처럼 대열을 지어 그곳에 모여 서 있었습니다. 그리고 거기서 그들은 지금까지 어디서도 들어보지 못한 새 원장의 감동적인 취임사를 들었습니다. 그 사람들은 새 원장의 연설에서 모처럼 위로와 격려를 받고 새 희망과 용기를 얻게 되었습니다."

상욱은 자기도 모르게 차츰 목소리가 흥분되어가고 있었다.

"그런데 내가 오늘 30년 뒤에 또 그 사람의 약속을 되풀이하고 있었다는 거구려."

원장은 이제 좀 맥이 빠진 표정이었다. 하지만 그는 원래 여유가 만만한 사내였다. 그는 바야흐로 열이 오르기 시작한 상욱을 방해하려 하진 않았다. 맥이 좀 빠진 듯하면서도 이젠 그 상욱을 향해 빙긋빙긋 장난기 어린 미소까지 지어 보이고 있었다.

상욱은 그런 원장의 표정이나 말은 아예 상관을 않으려는 태도였다.

"그분은 무엇보다도 먼저 이 섬을 나환자의 복지로 꾸밀 것을 약속했습니다. 학대받고 쫓겨 다니며 서러운 유랑 생활을 되풀이할 것이 아니라, 오순도순 서로를 위로하며 의지하고 살아갈 그들의 고향을 만들자고 설득했습니다. 인간으로서의 최소한의 긍지와 보람을 누리자고 격려했습니다. 병사와 의료 시설을 늘리고 생활환경과 후생 시설을 다시 꾸미자고 했습니다. 그러자면 먼저 환자들 자신부터 절망과 비탄에서 벗어나 추악한 유랑 습벽을 버리고 새로운 인간으로 다시 태어나야 한다고 충고했습니다. 그리고 스스로의 복지를 스스로 꾸며간다는 자부심과 자활 의욕이 솟아나야 한다고 촉구했습니다. 환자들은 박수를 아끼지 않았습니다."

"그는 약속을 지켰겠지."

"하지만 그는 약속을 지킨 대신 이곳에 자신의 동상을 세웠습니다."

원장의 얼굴에서 비로소 웃음기가 사라졌다.

"당신 아무래도 좀 이상한 노이로제 증세가 있구만그래. 동상 이야긴 벌써 두번째 듣고 있는 것 같은데, 도대체 그 당신의 동상이라는 건 뭘 말하고 싶은 거요?"

원장은 당황하고 있는 게 분명했으나 상욱의 말을 중단시키려고 하지는 않았다. 눈에 보이지 않는 두 사람의 대결이 주위를 완전히 침묵시키고 있었다.

상욱의 어조에선 아직도 열기가 숙을 줄을 몰랐다.

"동상이 무엇을 뜻하는가는 원장님께서도 벌써 충분히 짐작을 하고 계실 줄 압니다. 그보다도 제가 벌써 두 차례씩이나 동상이라는 말을 원장님 앞에서 입에 담게 된 것은 아까 그 원장님 앞에 서 있던 사람들이 그동안에 그러한 동상을 너무도 많이 보아왔을 터이기 때문입니다. 그 사람들은 주정수 이후에도 새 원장님만 갈려 오면 번번이 또 그 원장의 새 동상을, 아니 실인즉슨 또 하나의 주정수의 동상을 보곤 했던 것입니다. 그 사람들은 오늘 낮 원장님을 뵙기 전에 벌써 열 번 이상이나 그곳에 서서 새 원장이 숨겨 가지고 온 주 원장의 동상을 보곤 했습니다. 누구든지 이곳에만 오면 주 원장의 동상을 새로 세우고 싶어 했습니다. 더러는 성공하고 더러는 실패도 했습니다. 어느 쪽이나 원장이 섬을 떠나고 나면 섬에 남는 것은 배반뿐이었습니다. 하지만 솔직하게 말씀드린다면 성공을 하고 간 쪽이 사정은 더 나빴습니다."

"……"

"그들은 결국 그런 식으로 어느 원장에게서나 똑같은 주정수 원장의 연설을 듣게 되었고, 그의 동상을 보게 되었습니다. 그런 경험을 그들은 열 번 이상씩이나 되풀이하고 있었습니다. 원장님께선 아까 이 섬 전체가 온통 불신과 배신으로 가득 차 있다고 말씀하셨습니다만, 그런 불신과 배반이야말로 바로 그 수많은 주정수의 동상으로부터 비롯된 것이라 할 수 있습니다. 죄송한 말씀입니다만, 그렇다면 그 사람들은 아마 원장님께 대해서도 마찬가지가 될 수밖에 없었겠지요. 원장님의 말씀이 계속되는 동안 그자들은 또 한 번 그 주정수의 연설을 들으면서 원장님에게서 그의 동상을 찾으려 하고 있었을 게 틀림없었으리라는 말씀입니다."

술자리가 느닷없는 동상 시비장으로 변해버린 바람에 좌불안석이 된 다른 사람들은 바람이라도 쏘이러 나가는 양 하나둘씩 방을 빠져나가기 시작했다.

하지만 원장과 상욱 사이의 이야기는 갈 데까지 가고 있었다.

"참으로 알 수가 없는 일이로군."

원장이 마침내 혼잣말처럼 지껄이기 시작했다.

"이 섬에선 어디서나 죽은 자들만이 말을 하고 있어요. 살아 있는 사람들은 아무도 말을 하지 않아요. 이젠 모습도 찾아볼 수 없는 동상이 말을 하고, 섬을 빠져나가다 물귀신이 되어간 사람들이 말을 하고, 그리고 그 납골당에 잠들어 있는 수많은 망령들이 말

을 하고…… 하지만 말을 하는 것은 오직 그들뿐이란 말요. 이 섬
은 온통 그 죽은 사람들이 다시 살아나서 그들만이 입을 가지고
그들만이 말을 하고 있는 것 같아요. 도대체 어떻게 된 거요."

"옳은 말씀입니다. 아닌 게 아니라 이 섬에선 죽은 자들만이 말
을 합니다. 말씀하신 대로 살아 있는 사람들은 말을 할 필요가 없
습니다. 죽은 사람들이 이미 모든 말을 하고 있으니까요. 그리고
그들만이 가장 정직한 말을 하니까요. 그런 뜻에서 말씀드린다면
이 섬은 바로 그 사자들의 넋이 살아 있는 사자들의 섬이라고 할
수 있겠지요. 하지만 살아 있는 사람들도 언젠가는 또 자신의 말
을 할 때가 있습니다."

상욱은 모처럼 만에 원장의 말을 시인했다. 이야기의 방향은 이
제 마지막 표적을 겨냥하고 있었다. 섬사람들에게 그토록 널리 만
연되고 있는 불신과 배반의 풍조가 이상스런 방법으로 원장의 이
해를 강요하고 있었다.

"사자의 섬, 사자의 섬이라…… 그게 차라리 그럴듯한 애기로
군."

원장도 이젠 제법 사정이 분명해진 듯 몇 차례 고개를 깊이 끄덕
였다.

"헌데 살아 있는 사람들이 말을 하게 된다는 것은 어느 때쯤 그
렇게 된다는 게요?"

원장이 마지막으로 다시 상욱에게 물었다.

상욱이 간단하게 그 원장의 궁금증을 풀어주었다.

"그건 물론 그들이 숨을 거두고 났을 때지요. 그들은 누구나 숨

을 거두고 나서 비로소 말을 시작합니다. 사자의 섬에선 언제나 그렇듯이 사자들만이 말을 하니까요."

6

원장의 부임 연설은 아닌 게 아니라 별로 달가운 편이 못 된 모양이었다. 상욱이 말한 것처럼 섬사람들이 다시 한 번 그 원장에게서 옛날 주정수의 그림자를 보았는지 어쨌는지는 단언할 수 없는 일이었다. 하지만 그것은 적어도 원장 자신의 희망처럼 큰 신뢰와 새로운 용기를 심어줄 수는 없었던 게 분명한 것 같았다.

다름 아니라 바로 다음 날 아침 섬에서는 또 한 가지 원장의 약속을 배반하고 나선 사건이 생겼다. 중앙리 독신사에서 밤사이 자살 사고가 발생한 것이다.

자살 사고는 새 원장에 대한 두번째 부임 선물이 된 셈이었다. 상욱이 사무실을 나왔을 때는 앞서 나온 원장이 의료부장과 함께 벌써 중앙리 쪽 사고 현장으로 달려간 다음이었다.

"원장님이 현장으로 가시면서 이 과장을 찾으시더군요."

상욱에겐 본부 사무실에 남아 있던 서무과장이 소식을 알려줬다. 그런데 그 소식을 알려주는 서무과장의 태도가 어딘가 좀 심상치 않아 보였다.

"어젯밤 이 과장이 원장님께 좀 심하지 않았는지 모르겠소. 이 과장을 찾다 말고 갑자기 이력을 물으시더군요."

"이력이라뇨?"

"이 과장의 경력 말이오. 원장님 말씀대로 한다면, 이 과장은 아마 이곳 사정을 밑바닥까지 갈아엎고도 남을 섬 두더지 같은데, 특별히 무슨 그럴 만한 내력이 있느냐구요. 말씀을 하고 나서 금세 웃어버리기는 하셨지만, 어젯밤엔 이 과장이 과했던 거 아닐까요?"

역시 심상치가 않은 대꾸였다.

상욱은 자신도 모르게 기분이 섬뜩해졌다. 원장이 사고 현장을 나가면서 보건과장을 찾았다는 것까지야 물론 이상할 게 아무것도 없는 일이었다. 하지만 농담투로나마 원장이 벌써 그의 내력에까지 관심을 갖기 시작했다면 그건 좀 반가운 일이 아니었다. 그야 물론 원장 쪽에서 그의 내력을 캐고 싶어 한다 해서 그의 과거가 간단히 옷을 벗어 보일 리는 없는 터이었다. 서무과장한테 그런 걸 물었다 해도 그런 데서 그의 과거에 대한 어떤 실마리를 얻어낼 수 있는 사정은 아니었다. 의과대학 본과 1년 중퇴의 짧은 학력과 6·25전란 중엔 육군병원에서 4년 가까이나 위생병 노릇을 하고 지냈노라는 이력서상의 경력 이외에, 이 섬 안에선 서무과장뿐 아니라 누구에게서도 상욱의 정확한 과거를 들을 수 있는 사람이 없었다. 비밀이 있다면 있다고 할 수도 있는 상욱이었다. 그의 생애를 통해 30년 이상을 혼자 가슴속에 지녀온 비밀이었다. 이 섬 병원을 찾아오고 난 다음만 해도 10년 가까운 세월을 고이 잠재워온 사연이 있었다. 한사코 비밀을 만들래서가 아니었다. 섬을 찾아온 사람들이 대개 그렇듯이 그런 걸 서로 묻는 사람도 없고 말할 일도 없다 보니 그렇게 된 것뿐이었다. 그리고 그만한 개인적인 사연은 누구에게나 으레 한 가지씩 말해지지 않은 것으로 남아 있을 수도 있는 일이었다. 이젠 상욱 자신도 마음을 쓰고 있지 않은 일이었다. 원장이 원한다면 일부러 자신을 감추고 나설 필요도 없었다.

다만 시기에는 문제가 있을 수 있었다. 아직은 그럴 시기가 아닌 것 같았다. 원장에게 쓸데없는 편견을 심어줄 염려가 있었다. 전날의 연설에서도 벌써 수상한 조짐이 엿보이기 시작한 원장이었다. 이 섬을 진짜 낙원으로 다시 꾸며놓겠노라 장담한 원장이었다. 하지만 아직은 그뿐이었다. 그가 꿈꾸는 낙원에다 자신의 동상을 걸게 해서는 안 되었다. 그를 조심스럽게 실패시켜야 했다. 그래서 끝끝내 그의 가슴속에 숨겨져 있을지도 모르는 그의 동상을 고집할 수 없게 해줘야 했다.

상욱의 언동이 원장에게 어떤 편견을 만들어주어서는 안 되었다. 그런데 원장은 어떻게 벌써 그의 내력에까지 관심을 갖기 시작했다는 것인가.

상욱은 어디선가 다시 그 보이지 않는 눈길이 그를 까맣게 숨어 보고 있는 듯 기분이 으스스해져왔다. 그는 그런 찜찜한 기분으로 중앙리로 내려갔다.

그러나 마을까지 내려간 상욱은 거기서 한번 더 가슴이 섬뜩해지고 말았다.

사고는 아침에 미리 본부로 보고가 되어온 대로였다. 한민(韓敏)이라는 중앙리 독신사 청년이 밤사이에 약을 먹고 절명한 것이었다. 상욱이 마을로 내려갔을 때는 약 기운 때문에 전신이 불에 익은 것처럼 검붉게 변색한 몸뚱이를 치료소로 미리 옮겨다 놓은 다음이었다.

상욱은 의외였다. 한이란 청년은 그로서도 전부터 이런저런 사정을 대강 다 알고 있는 사내였다. 그는 이미 환자가 아니었다. 섬을 찾아온 지 6년 만엔가 치료가 모두 끝난 사람이었다. 얼굴과 손가락 몇 곳에 병흔이 약간씩 남아 있긴 했지만, 세 차례의 세균 검사에서 모두 음성 판정을 받고 나서 희망에 부풀어 있던 청년이었다. 하기야 그 역시 음성 판정을 받고 난 다른 사람들처럼 병이 낫고 나서도 한두 해 동안 쉽사리 섬을 나갈 수가 없었던 것은 사실이었다. 하지만 그는 포기하지 않고 있었다. 끈질기게 섬을 나갈 희망을 붙들고 있었다. 그러면서 열심히 자기 이야기를 쓰고 있었다. 자신의 투병기와 섬 생활의 애환기를 쓰고 있었다. 그렇게 쉴 새 없이 글을 써서 자기 대신 뭍으로 내보내고 있었다. 잡지사나 신문사로 끈질기게 글을 내보내고 있었다.

—저의 이야기가 귀지에 소개될 수 있을 만한 것인지, 고견을 받들고자 감히 이 글월을 보내 올립니다.

—원고라도 일차 읽어주신다면 더없는 보람이겠습니다. 반가운 하교를 바라나이다.

—하교를 기다리나이다.

논픽션물 현상 모집 응모 때마다 별지에 따로 그런 부탁의 말을 적어넣으면서 한사코 희망을 잃지 않으려던 한민이었다. 그렇다고 물론 그런 부탁 때문에 그가 바라던 '반가운 하교'가 내려진 일은 없었다. 뭍에서는 소식이 없었다. 그의 글에 대해선 가타부타 도대체 소견을 들을 기회가 없었다. 원고만 고스란히 되돌아오고 말거나, 그도 저도 아주 소식이 깜깜해져버리기 일쑤였다.

하지만 한민은 지칠 줄을 모르는 것 같았다.

하교를 기다리나이다. 반가운 하교를……

"내 이야긴 아무래도 기분이 좋질 않은가 봐요. 하긴 글재간이 너무 짧은 탓인지도 모르지만. 그렇다고 번번이 이렇게 퇴짜만 맞아야 하다니. 오늘 또 이렇게 원고만 되돌아왔어요. 이건 숫제 봉지도 뜯어보지 않은 것 같아요."

며칠 전에도 상욱을 만나 그런 푸념 어린 농담을 건네오던 한민이었다. 상욱은 그때의 그 한의 얼굴에서 그의 마지막 절망감을 읽어내지 못하고 만 셈이었다.

그 한민이 마침내 스스로 목숨을 끊은 것이었다.

상욱은 입속에 침이 말랐다. 하지만 언제나처럼 그런 감정을 얼굴에 내비치거나 오래 지니고 있으려 하진 않았다.

치료소에는 원장을 비롯한 몇몇 사람이 사고 경위를 따지고 있었다. 원장은 부임 초부터 벌써 두번째나 잇닿은 사고에 적잖이 신경이 곤두선 모양이었다.

"그 빌어먹을. 그래 이 작잔 제 숨통을 끊어버리면서 유서 같은 것도 한 장 남기지 않았다는 겐가."

"……"

"좋아요. 그럼 평소에 이 작자의 언동이나 태도 같은 데서 이상한 구석을 눈치챈 사람도 없나?"

한민의 자살 소동으로 원장은 또 한 번 자존심을 몹시 상한 듯 목소리가 흥분되어 있었다.

하지만 이런 경우 특별한 경위 같은 것이 따로 있을 리가 없었다. 섬 안에서나 흔히 일어날 수 있는 그런 자살 사고의 하나일 뿐이었다. 경위를 따지나 마나 결과는 늘 비슷한 이유, 비슷한 사연이 남을 뿐이었다. 좀처럼 유서를 남기지 않는 이들의 자살 사고에 대해서는 이유나 사연을 따지지 않는 것이 상례였다. 그런 걸 따질 필요가 없었다. 따지지 않아도 이미 사자(死者)가 말을 하고 있기 때문이었다. 따라서 이들의 자살 사고에는 사후 처리도 간단했다. 사망 진단서가 떼어지고 나면 그 즉시 화장터를 거쳐 만령당 한구석이 새로운 유골로 채워지기까지의 간단한 서류 절차와 동료들의 일감이 조금 보태질 뿐이었다.

한민에 대해서도 물론 같은 절차가 취해졌다.

그것은 그가 자신의 생애를 미처 다 끝내지 않고 있었을 때부터 이미 다 그렇게 되도록 정해져 있었던 거나 마찬가지였다. 그렇게 미리 다 정해진 일에 자신의 소관 업무로 되어 있는 이상욱 보건과장이 간단한 수고를 보탰을 뿐이었다. 자살 동기 같은 것에 신경을 쓸 사람은 없었다. 그런 데까지 관심을 보인 것은 원장 한 사람뿐이었다. 하지만 이 너무도 자명한 자살 사고의 원인을 원장이라고 처음부터 아주 깜깜해 있을 리는 없었다.

"이 과장, 당신은 처음부터 나를 별로 신용하지 않은 눈치였는데, 그자도 역시 내 약속을 신용할 수가 없었던 게지, 아마?"

치료소를 나서면서 원장이 이번에는 느닷없이 상욱을 힐난하기 시작했다. 부임 연설 때 말한 그 낙토 이야기인 모양이었다. 상욱이 자기 약속을 달가워하지 않은 것처럼, 한민이란 자자 역시 자기의 약속을 신용하지 않았으니까 성급하게 그런 자살극을 벌이지 않았겠느냐는 말이었다. 상욱의 입장에서 보면 자기처럼 그렇게 정면에서 원장의 약속을 등져버린 용감한 친구를 만났으니, 그의 낭패를 실컷 고소해하지 않겠느냐는 힐난의 뜻이 역력한 말이었다. 이런 갑작스런 사고(적어도 원장이 보기에는)를 당하고도 눈 하나 깜짝하지 않는 듯한 상욱의 태도에서 원장이 화를 참지 못한 것은 당연한 노릇인지도 모를 일이었다.

상욱은 원장을 돌아보며 모처럼 부드러운 미소를 지어 보였다. 어쨌거나 원장은 그런대로 사태를 조금씩 냉정하게 이해하기 시작한 징조가 엿보였기 때문이다.

"저야 뭐 원장님의 약속을 신용하고 안 하고가 있을 리 있습니까. 하지만 그 친구가 아직 이 섬을 자신의 낙토로 여기고 있지 않았다는 것만은 사실인 것 같군요."

원장의 말을 한 번 더 조심스럽게 확인시켜주었다. 그러니까 원장이 그 상욱을 다시 한 걸음 앞지르고 나섰다.

"지금 이 섬을 낙토로 여기지 않은 것뿐 아니라 그 새긴 내일의 낙토도 믿지 않은 거요. 그래 가지곤 희망이 없어요."

그리고 나서 그는 앞뜰에서 본관 사무실로 돌아가는 차를 타려다 말고 다짐하듯 한 번 더 같은 말을 중얼거리고 있었다.

"그래 가지곤 정말 안 돼요. 그래 가지곤—"

그래서는 안 되지, 정말 그래서는—

원장과 헤어진 다음 상욱은 혼자 망연스런 기분으로 원장의 마지막 말을 되씹으며 한민의 독신사로 발길을 향하고 있었다. 한에게 무슨 유품 따위가 남아 있을 리는 없었다. 이곳에서 스스로 목숨을 끊은 사람들 가운데는 뜻있는 유품은커녕 글발 한 줄 제대로 남기는 사람이 없었다. 유서를 남기지 않는 것은 물론 이곳대로의 한 절실한 풍속이었다.

하지만 상욱은 아무래도 기분이 개운칠 않았다. 이번만은 직접 자신의 눈으로 사실을 확인해두고 싶었다. 한민이 얼마나 섬을 나가고 싶어 했는가를, 그리고 그러한 소망이 얼마나 무참스런 배반감 속에 허무하게 스러져갔는가를 자신의 눈으로 직접 한번 확인해보고 싶은 생각도 있었다. 하지만 그보다 상욱에겐 먼저 그 한민의 죽음에서 분명히 해두어야 할 일이 있었다. 상욱은 언젠가 그 한민에게 그가 알고 있는 한 섬 소년의 탈출 사고에 관한 이야기를 귀띔해준 일이 있었다. 한은 소년의 이야기를 듣고 나서 몹시도 좋아했다. 섬에 관해선 이런저런 이야기를 수집하고 있었지만, 소년에 관한 것은 그날이 처음이라며 마냥 눈빛을 빛냈었다. 한은 아마 그 후로 소년의 이야기를 쓰고 있는 것이 분명했다. 가만있어요, 내 이 과장님을 깜짝 놀라게 해줄 테니. 그 녀석 이야기는 정말로 좋은 글이 될 거예요.

하지만 상욱은 막상 한이 쓴 소년의 이야기를 본 일이 없었다. 그가 정말 소년의 이야기를 쓰고 있었는지 어쨌는지도 나중엔 별로 확실치가 않았다. 그 후로 한은 소년에 관한 말은 별로 입에 담는 일이 없었고, 소년을 소재로 쓰겠다던 자기 글에 대해서도 경과나 결과를 말한 일이 없었다. 일이 잘못되었나 싶어 상우 쪽에서도 거기 대해선 다시 말을 꺼내본 일이 없었다. 그러다가 한에게 일이 생기고 만 것이다. 소년의 이야기가 어떻게 되었는지를 알아둬야 할 것 같았다. 이야기가 씌어졌거나 말았거나 그런 건 상욱으로서는 상관이 없는 일이었다. 다만 소년의 이야기가 한민과 함께 세상에서 사라져버렸는지 어쨌는지 그것을 좀 분명하게 알아두고 싶었다.

방문이 열어제쳐진 채 텅 빈 한민의 독신사는 청소와 소독이 모두 끝나 있었다. 독신사라고 해야 미혼 동성 두 사람이 방 한 칸을 함께 쓰게 되어 있었으므로 독방 생활과는 뜻이 다른 말이었다. 하지만 한민의 한방 동료는 월여 전부터 이미 휴가 미귀 상태가 되어 있어, 지금까지 한민은 혼자서 방 한 칸을 쓰고 있었다. 그의 방을 청소하고 소독하는 일 역시 자치회 위생부 사람들이나 이웃 동료들의 수고에 의해서였을 터였다. 본부로 전해져오지 않은 고인의 유품 같은 것이 아직도 방에 남아 있을 리 없었다.

방 안에는 역시 아무것도 없었다. 그의 주변에 늘 즐비하게 흩어져 있던 원고지 조각 하나 흔적을 찾아볼 수 없었다. 원고지 같은 게 남아 있었다면 소관 사무 책임자의 확인 없이 위생부 사람들이나 동료들이 자의로 처분을 끝냈을 리 없었다. 한민 자신이 사전에 모두 일을 끝내둔 게 분명했다.

마침내 부엌에서 그런 흔적이 발견되었다. 연탄 부엌 아궁이 근처에 원고지 나부랭이를 불태운 자국이 꺼멓게 남아 있었다. 종이를 잔뜩 불태우고 나서 그 잿무더기를 물로 죽여 쓸어낸 흔적을 역력하게 알아볼 수 있었다. 물먹은 종잇재 조각이 군데군데 부엌

바닥에 말라붙어 있었다.

소년의 이야기도 한의 다른 원고들과 함께 그 불더미 속으로 던 져졌을 것이 분명한 사실 같았다. 더 이상 신경을 쓰지 않아도 좋 을 듯싶었다. 하지만 사실을 확인하고 나니 상욱은 이상스럽게 기 분이 더 허탈했다.

그래서는 안 되지. 정말로 그래서는—

부엌을 나온 상욱은 텅 빈 한민의 방문 앞마루 끝에 걸터앉아 다 시 한 번 원장의 말을 뇌까리고 있었다.

원장 말마따나 정말로 그래서는 안 되었다. 하지만 그것은 물론 상욱 자신도 처음부터 분명히 의식하고 있는 일이었지만, 원장이 그래서는 안 된다는 것과 그가 안 된다는 것은 결코 뜻이 같을 수 가 없었다. 상욱은 지금 자신도 원장과 같은 소리를 하고 있으면 서도 사실은 두 사람이 서로 정반대의 말을 하고 있다는 것을 똑똑 히 알고 있었다.

원장은 한민의 자살을 부임 첫날밤에 일어난 탈출 사고와 같은 식으로 생각하고 있을 것이 분명했다. 낙토를 꾸미겠다는 그의 약 속을 믿지 않고, 힘을 합해 그 낙토를 꾸밀 생각을 하지 않고, 한 은 보기 좋게 그를 배반해버리고 만 것이었다. 그것은 이 섬과 낙 토의 꿈을 등져버린 또 하나의 탈출 사고였다. 방법이 다른 두 개 의 탈출 사고였다. 원장에겐 그렇게 생각되고 있는 게 분명했다. 그래서 그는 두 가지 사고 앞에 그래서는 안 된다고 낭패스런 원 망을 짓씹고 있는 것이었다. 당연한 노릇이었다.

상욱은 물론 그렇게 생각지를 않았다. 그는 원장의 생각에는 눈을 감을 수가 없었다. 상욱에겐 두 가지 사고가 오히려 정반대의 성질의 것임을 알고 있었다. 하나를 진짜 섬에서의 탈출이라고 한다면, 다른 하나는 그 집요한 탈출 의지의 마지막 좌절이었다. 그리고 이 섬에의 귀의(歸依)였다. 한민의 그것은 탈출이 아니라 슬프고도 영원한 이 섬에의 마지막 귀의였다.

죽음이란 것이 이 섬에 붙박인 저주스런 운명의 굴레를 벗어나는 마지막 방법으로 여겨지던 시절이 있었던 것은 사실이었다. 병이 나을 수 없다고 생각되던 시절, 이 질병이야말로 하늘의 저주를 받은 추악한 유전성 질환이라고 생각되던 시절, 그리고 그러한 병을 안고 이 잊혀진 남해 한 끝 작은 섬으로 끌려들어와 절망과 비탄 속에 숨이 끊어지는 순간까지 가혹한 노력 착취를 당해야 했던 시절, 그런 시절 이곳 사람들에게는 이 섬과 이 섬의 무서운 질곡을 벗어날 수 있는 두 가지 방법이 주어져 있었다. 하나는 죽음을 무릅쓰고 바다를 헤엄쳐 나가는 길이었고, 다른 하나는 그러한 운명을 조용히 감수하고 나서 때가 되면 새로운 복락과 위안이 약속된 '주님의 날'을 맞는 것이었다. 용기 있는 사람들은 한사코 바다를 헤엄쳐 나가려 했고, 그렇지 않은 대부분의 사람들은 조용히 그 약속된 주님의 은총의 날만을 기다렸다. 섬 안에 흩어진 무수한 예배소와 교회당은 그러한 사람들의 깊고도 애절한 기구의 표상이나 다름이 없는 것이었다.

하지만 그런 사람들 가운데는 이따금 그 약속된 날을 기다리기에도 너무 깊이 지쳐버린 사람들이 있었다. 그리고 그러한 사람들 가운데는 그날을 기다리다 못해 마침내 스스로 그 주님의 날을 앞당겨 맞아가는 사람들이 있었다. 그런 시절 섬에서는 자살까지도 그 가혹한 운명의 종말을 마감하는 마지막 방법일 수가 있었다. 그리고 그런 점에서는 원장이 한민의 자살을 또 하나의 탈출 사고로 여기려는 것도 무리가 아닐 터였다.

하지만 그것은 역시 그 시절의 일이었다. 병이 낫는다는 희망은 없고, 섬은 하나의 거대한 노예 수용소가 되어 참을 수 없는 노역이 강요되고, 그러다가 끝내는 섬 안에 슬픈 문둥이의 운명을 파묻어야 하는 절망밖에 보이지 않던 시절의 일이었다. 지금은 사정이 전혀 달랐다. 병은 치료되고 유전성 질환이 아니라는 것도 분명히 밝혀지고 있었다. 옛날 같은 강제 사역도 없어지고 생활환경은 나날이 개선되어가고 있었다. 원하기만 한다면 누구든지 섬을 나갈 수도 있었다. 섬을 빠져나가기 위해 스스로 목숨을 끊을 필요는 없었다.

자살은 오히려 섬에의 귀의였다.

한민의 경우에는 그 점이 더욱 분명했다. 그는 정말로 끈질기게 섬을 빠져나가고 싶어 했었다. 그는 병이 나아 있었다. 그리고 그는 원하기만 한다면 언제라도 섬을 맘대로 나갈 수 있을 것처럼 보였다. 한데도 그는 좀처럼 섬을 나가지 못했다.

또 하나 엄청난 절벽이 그를 가로막고 있었다. 섬을 나가고 싶었지만 그것은 환자로서가 아니었다. 그는 이제 세상 사람들 곁으로 가서 그들 속으로 아무 스스럼없이 함께 섞여들 수 있기를 원했다. 병을 치료하고 난 환자로서가 아니라, 온갖 인간적인 욕망을 다시 숨 쉬기 시작한 한 인간으로서 바깥 인간들 속으로 자신을 섞으러 섬을 나가고 싶어 한 것이었다. 그것은 어쩌면 병을 나은 사람이 다만 그 자기 병의 소지(巢地)로부터 멀리 떠나가버리기 위해 섬을 나가고 싶어 하는 것보다도 더욱 간절한 소망이었다. 그에게는 이 특별한 처지의 인간 집단을 위해서 특별히 꾸며진 어떤 낙토도 이미 낙토일 수가 없었다. 문둥이는 섬을 나가도 따로 마음 놓고 살 곳이 없다는 병원 관리자들의 오랜 협박도 한민에겐 이미 문제가 될 수 없었다.

하지만 그 한민이 천성처럼 몸에 익혀온 두려움을 털고 세상 사람들 사이로 섞이고자 한 끈질긴 몸짓들은 한 번도 반응을 얻어낼 수 없었다. 절벽을 뚫을 수가 없었다. 그리고 끝내는 그 절벽 앞에 지쳐 쓰러져, 이 섬을 나갈 수 없었던 수많은 다른 사람들이 그랬듯이 만령당 남은 한구석에 그의 뼈가 담기기를 선택해버린 것이었다. 그것은 탈출이 아니라 한민이 그토록 떠나고 싶어 했던 이 섬과 섬의 운명, 그리고 영원한 문둥이에의 귀의였다. 약물로 검붉게 타버린 그의 모습이 그것을 더욱 잘 실감시켜주고 있었다.

원장이 그걸 이해할 리 없었다. 그는 한민을 위해서도 똑같은 낙토를 꾸미려고 한 사람이었다. 섬을 나가래도 나가지 않은 사람과, 죽음의 위험까지 무릅써가며 바다를 헤엄쳐 나가는 사람들이 똑같이 이 섬사람들이라는 것을 아직은 이해할 수 없는 원장이었다. 어디서부터 어째서 그런 배반이 일어나고 있는지를 알아차리지 못하고 있는 원장이었다. 그는 다만 이 섬이 아직은 낙토로 여겨지지 못하고 있다는 것, 그래서 그들에게 새로운 낙토를 약속하고, 그 약속을 이행해주기만 하면 그런 모순들은 저절로 해소될

줄 믿고 있을 그런 원장이었다. 그 원장의 눈에 한민의 자살까지가 하나의 단순한 탈출 행위로 보여지는 것은 나무랄 수가 없는 일이었다.

하지만 상관없는 일이지.

상욱은 마루 기둥에 뺨을 기대고 앉아 서편 쪽 십자봉(十字峯) 너머로 멀리 비껴 흐르는 하늘을 바라보면서 무연히 혼자 중얼거리고 있었다. 십자봉 너머로 푸르디푸르게 멀어져가는 늦여름 하늘로는 아까부터 몇 줄기 검은 연기가 희미하게 번져 오르고 있었다. 아마 봉우리 너머 화장터에선 한민의 영혼을 육신에서 풀어주려는 마지막 작업이 서둘러지고 있는 모양이었다.

상욱은 그 거무스레한 연기의 자국이 한동안 하늘을 흐리다가 다시 희미하게 사라져가는 모양을 바라보다가 문득 자리를 일어섰다.

"녀석은 이제 진짜 말을 하게 되겠군. 아니 녀석은 벌써 말을 시작했어."

그는 천천히 사무실 쪽으로 발을 옮기며 혼자 중얼거렸다.

"하지만 원장이 저들의 말을 알아들을 수가 있을까…… 언제쯤 원장은 저 사자들의 말을 알아들을 수 있게 된단 말인가……"

낙원과 동상

7

조 원장이 섬 안에 장로회(長老會)를 조직키로 한 것은 그로부터 며칠 뒤 일이었다.

상서롭지 않은 징조였다.

부임 초의 잇따른 사고들이 새 원장에게 어떤 작용을 하게 될 것인가는 병원 주변의 상당한 관심사였다. 원장의 일거일동에 일일이 신경이 가고 있는 상욱으로서는 적어도 그것이 근래의 관심사였다. 특별히 어떤 기미가 엿보여서는 물론 아니었다. 부임 연설 때 잠깐 느낄 수 있었던 뚝심 비슷한 것을 제외하고 나면 특별히 경계할 만한 거동은 아직 눈에 드러난 것이 없었다. 부임 연설 때의 약속이라는 것도 섬을 찾아온 원장들에게선 언제나 빠짐없이 되풀이되어온 일이었다. 그는 한동안 부지런히 물어대고, 열심히 관찰하고, 그리고 신중하게 생각을 추리고만 있었다. 좀처럼 자신을 못 갖는 기미였다. 새 원장이 자신을 못 갖는 듯한 기미야말로 상욱으로서는 일단 안심을 해도 좋을 현상이었다. 게다가 이 잇따른 사고들은 그런 원장을 더욱 무력한 망설임 속으로 빠뜨려놓을 수도 있었다.

그런데 결과는 정반대였다.

드디어 원장에게 수상한 조짐이 드러나기 시작했다. 부임 초부터 잇따른 사고들이 원장에겐 상욱의 기대처럼 작용해주진 못한 모양이었다.

한민의 자살 사고가 있었던 며칠 뒤, 원장이 돌연 행동을 시작하고 나섰다. 부지런히 물어대고 신중하게 생각을 재고 있었다는 게 오히려 조짐의 시초였는지 모른다. 그리고 이런저런 의구와 망설임 속에 충분히 자기 점검을 거친 사람의 생각이나 행동이라면 내용이 더욱 정연하고 완고한 것일 수밖에 없었다.

하루아침 원장은 병원의 새 운영 방침을 하달했다. 사무 본관과 치료소의 정면 벽 위에선 전임 원장의 병원 운영 방침이 내려지고 이날 안으로 조 원장의 그것을 바꿔 써넣은 새 액자가 내걸렸다. '인화단결' '정정당당' '상호협조' '재건'의 네 가지 새 병원 운영 방침은 며칠 전 원장이 취임 연설에서 긴 말로 밝힌 뜻을 보다 간결한 구호조로 요약한 것이었다.

어떤 일이 있더라도 애초의 뜻이 변할 수 없다는 무언의 과시였다.

조 원장이 이 섬 원생들에게 익혀주고 싶어 한 말은 아직 그뿐만이 아니었다. 나병은 낫는다— 나병은 유전하지 않는다. 그 며칠 사이에 섬 안 곳곳에는 그런 말들이 씌어진 커다란 구호판들이 수없이 솟아나고 있었다.

다음으로 조 원장이 조치를 취한 것은 병원 종사원들의 대환자 시료 행위의 개선이었다.

"병이란 무서워할수록 더 무서워지는 법이오. 환자도 마찬가진 게요. 환자들을 혐오하고 경원해하면 할수록 그들은 그만큼 더 비참하고 추악한 존재로 복수를 해옵니다. 당신들은 이제 이 병을 알고 있지 않소? 알고 있는 사람들부터 태도를 바꿔야겠소."

위생복, 위생장갑에 마스크까지 덮어쓰고도 원생들에게 약을 건네줄 때는 핀셋을 사용하는 따위의 경원스런 태도는 버리자고 충고했다. 보균자가 아닌 음성 원생의 경우는 물론 양성 환자를 대할 때라도 특별히 필요한 경우가 아니면 마스크나 위생상갑의 착용을 금지했다. 의사나 간호사나 병원 요원 모두가 원장의 지시를 이행토록 하라고 했다. 동시에 섬 전체 원생들에겐 양성이건 음성이건 건강인을 대할 때마다 4, 5보 거리에서 얼굴을 반쯤 옆으로 돌리고 거기다가 손으로 가리고서야 말을 건넬 수 있었던 규칙들을 일시에 모두 철폐시켜버렸다.

병사 지대의 환경 개선을 위해서는 그 옛날 주정수 원장 재임 시절부터의 그 힘겨운 노역과 학대의 역사를 상징하고 서 있는 중앙리 벽돌 공장의 높은 굴뚝을 철거해버림으로써 원생들의 가슴속에 도사린 오랜 구원(舊怨)의 뿌리를 뽑아버리는가 하면, 공원과 병사들은 원생들의 마음속에 어두운 그림자가 끼지 않도록 언제나 질서 있고 정결하게 단속되었다.

직원 지대와 병사 지대의 경계를 가르고 있던 철조망을 철거시켜버리고, 한 달에 한 번씩 철조망 사에서 시행돼오던 미감아 면회 행사는 양쪽 면회 당사자들의 필요에 따라 개별적으로 날짜나 장소가 주선되게끔 제도가 바뀌었다.

원장은 사무 본관과 병사 지대의 치료 본부 사이를 오르내리며 쉴 새 없이 그런 새로운 조처들을 고안해내고 그것을 집행해나갔다.

그런 원장의 여러 가지 조처들 가운데서도 가장 주위를 놀라게 한 것은 미감아 아동들과 직원 지대 아이들의 공학 단행이었다. 원장은 어느 날 돌연 미감아 보육소 안에 설치된 초등학교 과정의 분교 수업을 중단시켰다. 그것은 물론 직원 지대 쪽에 있는 본교의 송 교장과도 미리 의논이 된 일이었지만, 지금까지 그곳에서 분교 수업을 받던 아이들도 이후로는 직원 지대의 본교로 등교하여 본교 아이들과 똑같이 수업을 받으라는 것이었다.

아무래도 좀 성급한 조처였다. 병원 주변에서는 어이가 없는 표정들이었다. 직원 지대 사람들이라면 모두가 병원 종사원의 가족들이었고, 그만큼 다른 곳에서보다는 관대한 이해가 기대됨 직한 곳이었다. 그러나 그 직원 지대에서부터 당장 반발이 일어났다.

"그런 의논을 해오신 적은 있었지요. 문제가 간단칠 않으니 좀 시간을 두고 신중히 검토해보겠다고 했지요. 결정이 난 일은 아니었어요. 한데 다음 날 아침에 당장 원장님한테서 기별이 왔더군요······."

본교의 송 교장마저 어안이 벙벙해서 말을 잇지 못하는 형편이었다.

하지만 원장의 결정에는 이제 변동이 없었다. 그는 직원 지대의 반발 따위엔 아예 귀도 기울이지 않으려 했다. 한번 결정이 내려진 일에 대해서는 오로지 일사불란한 실행뿐이었다. 이튿날 아침부터 보육소 아이들은 기어코 본교 등교가 강행되었다. 직원 지대 아이들 몇몇이 학교를 쉬어가며 불만을 나타냈으나, 원장은 그날로 이미 모든 일을 기정사실화해버린 듯 더 이상 말을 하려 하지 않았다.

"됨됨이가 워낙 거인의 풍모거든. 일을 하려면 아예 그런 식으로 한주먹에 때려부수듯이 해치워야…… 하지만 우리 보육소 문둥이 선생들까지 본교로 가서 수업을 하라고 하지 않은 것만은 고맙지 뭔가. 거기까지 가랬다간 괜히 내 밥줄마저 떨어지고 말라구……"

보육소 윤해원의 실없는 익살처럼 거인증의 발로가 분명했다. 그것도 모처럼 정체가 드러나기 시작한 위험스런 거인증의 발로였다. 문제는 그 무모하고 파격적인 원장의 조처에 대한 병사 지대의 반응이었다.

섬 곳곳에 세워진 구호판에서 자신들의 병에 대한 새로운 각성을 요구받거나, 새 원장의 통솔 방침을 접하고 나서도 원생들은 한결같이 그저 늘 그러나 보다 하는 표정일 뿐이었다. 그들은 그저 그렇게 덤덤한 표정으로 공원 길을 다듬으라 하면 공원 길을 다듬고, 벽돌 공장 굴뚝을 헐어내라 하면 말없이 그것을 헐어낼 뿐이었다. 원장의 결정이나 지시에 대해서는 도대체 가타부타 말들이 없었다. 의사와 간호사들이 갑자기 맨손으로 약을 건네주기 시작해도 그저 그러나 보다. 자기들의 아이들이 직원 지대의 본교 건물에서 그곳 아이들과 똑같이 수업을 받으러 다닌다는 소식을 듣고 나도 여전히 그저 그러나 보다 하는 얼굴들이었다. 마음이 한결같이 꽁꽁 닫혀 있었다. 바닥이 느껴지지 않는 수렁 같은 침묵 속에 묵묵히 원장의 일거일동을 응시하고 있을 뿐이었다. 무엇을 생각하는지, 그리고 언제까지 그런 눅눅한 침묵만 계속하고 있을 것인지 속을 짚어낼 수 없는 사람들이었다.

원장은 마침내 짜증이 나고 말았다. 그것은 차라리 말보다도 훨씬 음험하고 위협적인 거부 반응의 일종일 수 있었다. 그는 그 거대하고도 허망한 침묵의 벽 앞에 당황하지 않을 수 없는 것 같았다. 어떻게 하든지 그 미궁 같은 침묵의 벽을 허물어뜨리려 한동안 무던히 애를 먹고 있는 기색이었다.

조 원장이 섬 안에 장로회 조직을 만들기로 결심한 것은 그러니까 그런저런 곡절 끝에 병사 지대 주민들의 생각을 풀어내기 위한, 이를테면 그 불안스런 침묵의 벽을 허물어뜨리기 위한 방책으로 고심 끝에 창안해낸 구상임에 틀림없었다.

어쨌거나 상욱으로서는 기분 좋은 징조가 아니었다.

하지만 조 원장은 이번에도 모든 일이 생각처럼 쉬울 수는 물론 없었다. 좋건 궂건 원장의 처분에는 말이 없는 그들이라 이번 일에 대해서도 원생들이 무슨 별다른 반응을 나타내 보일 리 없었다. 병사 지대 일곱 개 마을에서 가장 영향력 있고 나이 많은 사람을 각각 한 사람씩 뽑아 모으라는 원장의 지시가 떨어지자, 원생들 가운데선 기왕부터 마을 일을 보살펴오던 대표 일곱 사람이 정한 날 정한 시각에 말없이 중앙리 공회당 회의실로 모여들었다. 하지만 그 마을 대표들 역시 이 원장의 새 제안에 대해선 전혀 아무 반응이 없었다.

"앞으로 이 섬과 병원 살림을 꾸려나가는 데 있어서 모든 시책의 기본은 장로회 여러분의 모임에서 이루어지도록 할 작정입니다. 장로회는 병원 당국을 대표하고 있는 저 조백헌의 자문 역을 담당해주셔야 할 것은 물론, 병사 지대 일곱 개 마을 일 가운데서 여러분 스스로 해결해나가야 할 자치 사항에 대해서는 이를 최종적으로 심의 결정하는 공식 의결 기구로 삼도록 할 것입니다."

원장이 혼자 열을 올리거나 말거나 일곱 명의 마을 대표들은 시종 무관심한 얼굴 표정을 고치지 않은 채 바윗돌처럼 무거운 침묵만 지키고 앉아 있었다.

"여러분은 각기 지금 병사 지대 일곱 개 마을에서 온 섬 주민을 대표하여 이곳에 모였습니다. 그리고 지금 이 사람의 생각으로는 앞으로 여러분 병사 지대의 일은 병원 당국의 기본 시책을 벗어나지 않는 한 가능한 데까지 모든 사항을 스스로 결정하고 실천해나가도록 자치적 기능을 진작시켜나갈 예정입니다. 아무쪼록 여러분 마을과 동환들의 이익을 위해서, 그리고 이 섬을 여러분의 진정한 낙토로 만들기 위해 기탄없는 여러분의 뜻을 개진해주시기 바랍니다."

원장의 목소리가 아무리 간곡해도 대표들은 끝내 마음을 움직이려는 기색이 없었다. 관심보다는 오히려 어떤 두려운 예감에 사로잡혀 입이 얼어붙은 사람들처럼 묵묵히 원장의 거동만 응시하고 있을 뿐이었다.

하지만 원생들의 반응이야 어쨌건 한번 말을 꺼내놓은 이상 조 원장은 거기서 물러설 사람이 아니었다.

그런 일이 있고 난 다음 날 아침 상욱이 원장실로 업무 보고를 하러 들어갔을 때 그는 몹시도 자신이 만만해 있었다.

"그런데 이 과장, 나 당신이 하도 주정수라는 사람을 자주 들먹여대길래 그 친구 내력을 좀 자세히 알아봤더니, 사람이 꽤 시원시원했던 것 같더군요."

업무 보고가 끝나고 나자 원장은 벼르고 있었던 듯 느닷없이 주정수 원장의 이야기를 끌어냈다.

"그렇습니다. 그분이 일을 시원시원하게 많이 해치운 건 사실입니다. 언젠가도 원장님께서 말씀하신 것처럼 이 섬을 건설한 건 그분이었으니까요."

상욱은 영문을 몰라 우선 그렇게 대꾸해놓고 원장의 다음 말을 기다렸다.

원장이 말을 계속했다.

"일을 많이 했을 뿐만 아니라, 일하는 방법도 첨에는 그렇게 나무랄 데가 없었던 것 같아요."

"그렇습니다. 적어도 처음에는 나무랄 데가 없었을 겁니다. 그분의 사업 계획을 듣고 나선 섬 전체가 온통 감동을 했었다니까요. 노력 동원도 첨에는 거의 자발적이었다는 얘기구요."

"그 친구가 원생들로 하여금 자진해서 작업장으로 나서게 한 것은 대단한 성공이었던 것 같아요. 그런데 일이 그렇게 되기 위해선 아무래도 원생들 자신들의 자치적 창의성이 발휘될 수 있는 제도적 기구가 필요했겠지요."

"그래서 주정수 원장은 각 마을에서 환자 대표 열 명을 뽑아 평의회라는 기구를 만들었지요. 새로운 병원 시책의 결정 과정에서 원장의 자문에 응하기도 하고 동환들의 권익을 대표하여 그들의 의사를 집약하고 반영하는 반자치 반자문 기구 비슷한 걸로 말씀입니다. 원장님께서 요즘 구상하고 계신 장로회의 성격이 바로 그와 유사한 것 아닙니까."

결국 그 이야기였다. 상욱은 이제 원장이 주정수의 이야기를 꺼낸 이유를 짐작하고 남았다. 그는 원장을 한 발 앞질러 이야기의 핵심을 들춰냈다. 상욱이 그렇게 나오자 원장도 이젠 속을 훌훌 털어놓기 시작했다.

"역시 이 과장은 말귀가 빨라서 좋구만. 내 그래서 오늘은 이 과장한테 뭘 좀 알아보고 싶던 참이었는데 말요."

"……"

"도대체 그치들 언제까지들 그럴 게요."

상욱에게 무슨 허물이라도 있는 양 원장이 느닷없이 버럭 언성을 높였다.

"그 장로회라는 것 말요. 그 사람들 원장 대하길 꼭 소 닭 보듯 한단 말요. 도대체 무슨 까닭이오. 무슨 까닭으로 그렇게 입들을 봉하고만 있는지 사연이 있을 게 아니오?"

"……"

"이번에도 또 이 섬이 죽은 사람들의 것이기 때문이라는 게요?

하지만 죽은 사람들에게 섬을 맡기는 것도 한정이 있어야 하지 않겠소? 난 살아 있는 사람들한테 말을 한 게란 말요. 그것도 내가 뭐 그 사람들을 잡아먹겠다는 게요 뭐요. 당신들한테 무슨 애로 사항이나 건의할 일이 있으면 당신들 모임을 통해 공식적으로 병원 시책에 반영토록 해라, 그리고 이 젊은 원장이 하는 일에 못마땅한 대목이 있거든 당신들 5천 명 환자를 대표한 장로회의 이름으로 시정 건의를 내어달라. 내 뜻이 어디가 못마땅해서 깜깜 벙어리들이 되어버리느냐 말요."

"원장님의 뜻이 못마땅해서가 아니라 아마 그 사람들 배반이 생길 것을 두려워하고 있기 때문일 것입니다."

상욱이 마침내 입을 열기 시작했다. 거세어진 원장의 어조와는 대조적으로 상욱의 목소리는 낮고 차분하게 가라앉아 있었다.

"배반이라니? 누가 누굴 배반할 거란 말요? 이 조백헌이 그자들을 배반할까 봐 그걸 지레 두려워하고 있다는 게요?"

원장은 이제 사뭇 눈알까지 부라리려대며 정면으로 상욱 쪽을 공박해오고 있었다. 하지만 상욱은 바로 그런 원장의 태도로 보아 그가 말한 배반이라는 어휘가 원장에겐 훨씬 가볍게 받아들여지고 있는 거라고 생각했다. 상욱은 침착하게 말을 계속했다.

"주정수 원장을 한 번만 더 인용하게 해주신다면, 그 사람들은 결국 가서 그 주정수 원장이 자신의 동상을 세우는 것을 보았기 때문입니다. 그리고 그 주 원장의 동상이 세워지기 시작한 것은 실상 그분이 원생들의 대표를 뽑다가 평의회라는 기구를 설치한 바로 그때부터였다고 할 수 있거든요. 주 원장의 동상은 아마 이 섬이 남아 있는 한 영원히 저들의 마음에서 지워지지 않을지도 모릅니다."

"……"

"게다가 저 사람들의 두려움은 아마 직접적으로 원장님께 대한 것이라기보다는 그들 자신들의 배반에 관한 것일지도 모릅니다."

"쉽게 말해보오. 자신들의 배반이라는 건 또 뭐요?"

원장은 비로소 조금 기세가 누그러드는 어조였다.

"정확하게 말하자면 그 주정수 원장의 동상이란 실상 그 자신이 앞장서 나서서 직접 만들어 세운 것은 아니었으니까요. 동상 건립은 애초 그가 만든 평의회 위원들 입에서부터 발기 동의가 나온 일이었습니다. 동상은 원생들을 대표하는 평의회 위원 자신들이 스스로 지어 바친 것이었단 말씀입니다. 어떻게 그런 일이 일어날 수 있었던가는 원장님께선 좀 의심스러우실 수도 있겠지요. 하지만 이 섬에선 실제로 그런 일이 일어났습니다. 좀더 솔직히 말씀 드린다면 이 섬 안에서는 비단 주정수 원장 시대뿐만 아니라 다른 어느 때라도 그런 일이 얼마든지 다시 일어날 수가 있었습니다."

상욱은 좀더 말을 하고 싶었다. 주정수 시대의 평의회에 관해선 원장에게 좀더 설명을 해두고 싶은 것이 있었다. 뭐라고 해도 평의회가 환자들의 권익을 대표하여 그들의 의사를 병원 당국에 반영하는 일은 어디까지나 원장이 허용할 수 있는 통치 원칙 한계 안에 그칠 수밖에 없었다. 통치라는 말이 좀 마땅치 않은 표현일는 진 모르지만 이 섬 병원의 원장이라는 직위야말로 사실은 병원과 섬 전체를 통치한다고 말해도 좋을 만큼 모든 권한이 함께 주어진 절대 지배자의 그것이나 다름없었다. 병원뿐만 아니라 섬 주민 전체의 생활 일반까지 책임지고 있는 만큼 이곳대로의 질서를 유지하기 위한 기본 규율을 정하고, 그 규율을 시행하며, 그것을 위반하는 자에 대해서는 필요한 처벌까지 가할 수 있는 원장의 지위였다. 원생들의 이익을 대표하는 평의회의 기능에는 스스로 한계가 지어지게 마련이었다. 지배하는 원장과 지배를 받는 원생들 사이에 극단한 이해 상충이 일어나고 보면 물러서야 할 쪽은 처음부터 자명했다. 그런 경우 이편의 뜻이 사지고 안 사지고는 오로지 원장의 아량 하나에 달린 일이었다. 원장이 아무리 원생들의 이익을 배반하려 한다 해도 평의회에선 그 원장까지 갈아치울 수는 없기 때문이었다. 사실은 바로 그 점이 가장 근본적인 문제이겠지만, 한 원장에 대해 원생들이 자기편의 주장이나 이익을 지켜나갈 수 있는 힘의 근거란 그 원장에 대한 최종적인 선택의 기회가 주어지지 않고는 도대체 진정한 의미가 없는 것이었다. 하지만 평의회에서 어떤 극단한 경우라도 원장을 선택하고 안 할 권리는 주어지지 않고 있었다. 그것은 애초부터 가능할 수가 없는 일이었다.

평의회는 당연히 원장과의 극단적인 대치를 스스로 삼갈 수밖에 없는 처지였다. 원장의 아량과 관용의 한계 안에서 스스로 그와 맞서기를 꺼려 하는 것 또한 당연한 힘의 이치인 것이다. 그리고 한동안 그런 시기가 지나고 나자 그들은 차츰 다스림을 받는 자보다 다스리는 자의 힘 쪽에 가까이 있는 것이 자신을 위해 유리하다는 지극히 이기적인 힘의 철학을 배우게 된다. 병을 앓는 사람도 인간적인 욕망은 여느 사람들과 매한가지. 한데다 다스림을 받는 자의 고통이 심하면 심할수록 그것을 벗어나고 싶어 하는 소망도 함께 커지게 마련이고, 그것은 곧 자신 속에 기다리고 있는 그 지극히 나약한 인간적 욕망과 손을 잡고 쉽사리 다스리는 자의 힘 곁으로 다가가게 마련이었다.

주정수가 거기까지 계산을 하고 일을 시작한 것은 물론 아니었을 터였다. 하지만 그는 살인적인 노역과 날이 갈수록 도가 심해져 간 갖가지 규제를 통해 결과적으로 그의 평의회를 그렇게 만들고 있었던 것은 부인할 수 없는 사실이었다. 평의회는 다스림을 받는 자의 편에서 서서히 다스리는 자의 편으로 다가가기 시작했고, 마침낸 그 다스리는 자를 위해 스스로 그의 동상을 세웠던 것이다. 보다 결정적인 배반은 평의회 쪽에서 먼저 감행된 것이었다.

상욱은 차근차근 배반의 내력을 설명했다. 그리고 설명을 끝내고 나서는 어렴풋이 흥분기가 어린 눈으로 원장을 건너다보았다.

"문제는 평의회라 하더라도 자신들이 원장을 선택하고 안 할 수는 없었기 때문이었습니다."

말이 좀 지나치지 않았나 조금은 염려가 되기도 했다. 하지만 원장은 짐작대로 비위가 별로 거슬린 것 같진 않았다. 상욱의 생각은 될수록 간섭하고 싶지 않다는 듯 얼마간 무관스런 듯한 표정으로, 그러나 손에 쥔 담뱃재가 아슬아슬하게 매달린 것도 잊고 있을 만큼 신중하게 귀를 기울이고 있었다.

"하지만, 그 사람들이 자신을 배반했다기보다 주정수의 업적을 진심으로 감사했는지도 모를 일 아니겠소."

상욱의 이야기 끝에 원장이 모처럼 반응을 보여왔다. 빙긋빙긋

눈가에 웃음기가 떠도는 걸로 보아 상욱은 물론 그것이 원장의 진심이 아니라는 걸 금세 알아차릴 수 있었다. 하지만 그는 이제 농담을 하고 있을 만큼 감정의 여유가 없었다.

"그렇지요. 그들의 배반은 그만큼 서서히 이루어지고 있었으니까요. 그들 자신도 그때는 그것을 잘 알 수가 없었을 것입니다. 배반자의 진실이라는 게 있지 않습니까. 배반자는 언제나 새 주인에게 더욱 충직스러운 법이라니까요. 진심으로 감사하고 있었을지도 모르지요. 적어도 자신들이 세워 바친 동상 앞에 또 하나 살아 있는 주정수의 모습을 우러러보고 서 있을 때, 그리고 한 달에 한 번씩 보은 감사일마다 그 주정수의 동상 앞에서 그의 송가를 목메어 부르며 그를 찬송할 때…… 하지만 진실은 곧 드러났습니다. 어느 날 아침 그 평의회 위원 한 사람이 같은 환우의 칼을 맞고 쓰러졌거든요. 그리고 마침낸 그 동상의 주인공마저 어느 보은 감사일 아침 자신의 동상 앞에서 피를 쏟고 쓰러져갔습니다. 그들은 거기서 비로소 자신들의 배반을 똑똑히 보지 않을 수가 없었지요."

상욱은 얼굴빛이 창백하게 변해 있었다.

"하지만 그건 벌써 몇십 년 전 이야기가 아니오?"

"그 몇십 년 동안 이들은 되풀이해서 그 동상의 악몽에 시달려온 사람들입니다."

"거기다 이번에 또 내가 그 악몽을 들춰내고 있다는 말이구려. 하지만 이젠 그만 그 악몽에서 깨어날 때도 되지 않았소? 어차피 난 동상은 세우지 않을 테니 말요."

원장이 어조에는 역시 은근한 농담기가 담겨 있었다. 하지만 상

110

욱의 그 질린 듯 창백한 얼굴색은 좀처럼 풀어질 줄을 모르고 있었다.

"원장님께서 동상을 원하시느냐 않느냐는 오히려 다음 문젭니다."

"한다고 언제까지나 그러고만 있을 수는 없는 일 아니오."

"아직은 어쩔 수가 없습니다."

"아직이 아니에요. 아직이라니…… 이제 이 섬에서 다시 그런 배반은 일어나지 않는다고 말하지 않았소."

원장은 마침내 단호하게 말하고 나서 자신도 모르게 자리를 벌떡 일어섰다. 그러고는 상욱을 향해 안심하라는 듯 몇 차례 고개를 힘있게 끄덕여 보이고 나서 갑자기 엉뚱스런 부탁을 했다.

"그 대신 아마 이 과장이 가장 적합하다고 생각되는데, 당신이 그 사람들을 한번 따로 만나줘야겠소. 나로서도 이미 충분한 설명을 해둔 터이지만, 이 과장이 다시 그 사람들을 찾아가서 한 번 더 이쪽 뜻을 자세히 전해주는 게 좋을 것 같으니까 말요."

"……"

"아니 뭐 이건 꼭 오늘이나 내일로 서두를 필요는 없는 일이고, 언제 이 과장 마음이 내켜올 때……"

"원장님께서도 부탁 말씀을 하실 때가 있으십니까."

"아니, 이건 부탁이 아니오. 원장의 명령으로 알아야 하오."

원장은 다시 웃고 있었다.

"알겠습니다."

상욱은 원장실을 나왔다.

8

치료소로 내려가는 차는 이미 출발하고 없었다. 현관에는 원장의 지프만이 아직 주인의 거동을 기다리고 있었다. 하지만 원장은 언제 치료소로 내려갈지 예정을 알 수 없었다. 상욱은 혼자 걸어서 치료소까지 가는 수밖에 없었다.

―이건 부탁이 아니오. 원장의 명령으로 알아야 하오.

치료소를 들렀다가 황희백(黃希帛) 노인이라도 만나볼까 생각했다. 장로회 사람들 가운데서 누구를 만난다면 황희백 노인이 가장 적당했다. 올해 예순이 넘은 중앙리 장로였다. 섬 안 5천여 원생 가운데 그 나름대로 한 맺힌 내력을 지니지 않은 사람은 한 사람도 없다 해도 과언이 아니었다. 이 섬의 비극은 이미 이곳을 찾아와 살다 죽어갔거나 아직도 살아 있는 사람들의 수에나 맞먹는 것이었다. 하지만 그중에도 황희백 노인에겐 남달리 엄청난 내력들이 숨겨져 있었다. 병을 얻고 섬에 들어와서 그가 오늘날까지 겪은 일들에는 유독히도 끔찍스런 사연들이 많았다. 전설이 많은 사람이었다. 그는 이 섬의 슬픈 역사의 표상이었다. 살아 있는 신화의 주인공이었다. 하지만 그는 언제나 말이 없었다. 의연하게 눈을 감고 시련을 감내하면서 언젠가 그 모든 시련이 끝날 날을 기다리고 있었다. 섬사람들은 누구나 마음속에 그 황희백 노인을 지니고 있었다. 그리고 말없이 그를 따랐다. 노인이 기도할 때 그들도 기도했고, 노인이 하늘을 원망하면 그들도 비로소 하늘을 원망했다.

황희백 노인만 만나면 장로회 사람들뿐 아니라 섬사람 모두를 만난 것이 될 수 있었다.

상욱은 이윽고 옛 철조망 아래쪽 병사 지대를 내려다보며 천천히 내리막길을 걷기 시작했다. 중앙리 구역 안으로 활등처럼 휘어들어 온 바다가 이날따라 유난히 파래 보였다. ……하지만 노인을 만나고 나선 무슨 말을 한다는 건가. 앞에만 나서면 숨이 막힐 듯한 그 침묵의 심연 앞에 무슨 말을 할 수가 있단 말인가.

—이젠 그만 그 악몽에서 깨어날 때도 됐지 않소. 어차피 난 동상은 세우지 않을 테니 말요.

문득 원장의 자신만만한 목소리가 새삼 귀청을 울려왔다. 상욱은 일순 어떤 생각의 실마리가 잡혀오는 듯 발길을 흠칫 머물러 섰다. 그러나 그는 이내 다시 멈췄던 발길을 내디디며 혼자 고개를 가로저었다.

정말로 그걸 장담할 수가 있을까.

하지만 그 원장에게선 물론 아직 명확한 해답을 구할 수가 없었다. 원장이 아무리 자신 있는 장담을 한다 해도 그것은 아직 신용할 수가 없는 것이었다. 그에게선 기다리는 일밖엔 없었다. 하지만 상욱은 태평스럽게 원장만 기다리고 있을 수가 없었다.

그는 주정수 원장을 생각했다. 해답은 오히려 그 주정수 원장 쪽에 있었다. 아직도 이 섬 안에 그 주정수 원장의 망령이 살아 움직이고 있는 한 문제의 해답은 벌써 그 주정수 원장에게 미리 마련되어 있었다.

주정수 원장 역시 처음부터 그의 은밀한 동상의 꿈을 숨기고 있었던 흔적을 찾아볼 수 없었다. 그에게는 애초 이 섬을 정말로 쫓겨난 자들의 낙원으로 만들어보겠다는 지극히 순정적인 열망만이 가득해 보였다. 주정수 원장의 부임은 그때 벌써 1천 명이 넘고 있던 이 섬 원생들에겐 상당한 활기와 흥분을 불러일으켰을 정도였다. 섬 안에는 아직도 그의 부임 날을 잊지 않고 있는 사람들이 많았다.

그해 초가을 어느 날 아침, 병사 지대 1천여 원생들은 관례에 따라 새 원장의 착임 연설을 듣기 위해 일제히 공회당 앞뜰에 모여 있었다. 시간이 되자 직원 지대로부터 차를 타고 내려온 새 원장이 원생들의 도열 앞으로 첫 모습을 나타냈다. 떠들썩하던 잡담들이 일시에 뚝 그쳤다. 단 위로 올라선 원장의 첫인상이 불시에 도열을 긴장시킨 것이다. 6척 장신의 거구가 압도하듯 한동안 회중을 묵묵히 내려다보고 있었다. 새 원장은 거무튀튀한 안색에다 지나치게 끝이 휘어져 내린 매부리코를 하고 있었다. 우람한 체격이나 얼굴 윤곽에 어울리지 않게 눈만은 유독 빼꼼한 참새눈이었다.

—여러분 안녕하십니까.

그가 마침내 입을 열기 시작했다. 음성도 여자 목소리처럼 가늘고 세찬 쇳소리를 내었다. 강한 명예욕이나 야심을 지닌 수재형의 인물들에게서 흔히 볼 수 있는 그런 눈, 그런 목소리였다.

하지만 도열을 짓고 선 원생들은 이내 자신을 달래기 시작했다. 참새눈이나 쇳소리를 내는 목소리 따위로 사람의 됨됨이를 함부로 점쳐버릴 수는 없었다. 주정수는 이 섬과 원생들을 위해 스스로 원장직을 자청해 왔다는 소문까지 있는 인물이었다. 일본의 어떤 유수한 대학에서 의학 공부를 끝낸 데다, 총독부 위생관을 시작으로 그가 걸어온 관계(官界)의 경력만 해도 전도가 이미 훤한 인물이었다. 그런 인물이 보증된 출세의 길을 버리고 이 외진 섬으로 원생들의 치료를 자청해 온 것이라면 그 나름의 깊은 뜻이 있음 직한 일이었다. 그는 섬으로 부임을 해오기도 전에 벌써 구라협회(救癩協會)의 기금을 끌어내어 그때까지도 일부 수용이 불가능한 상태에 있던 섬 토지를 모조리 매수해 들였다는 소문까지 나돌고 있었다. 외모만으로 사람의 됨됨이를 점쳐버려서는 안 되었다.

그런데 이날 아침 주정수 원장의 취임 연설로 보아 그의 외모에서 풍기는 선입견을 씻으려고 한 원생들의 노력은 과연 크게 빗나가지 않은 것 같았다. 주정수는 그 여자처럼 가늘고 쇳소리가 나는 목소리로 정력적인 연설을 진행해나갔다.

— 나는 여러분에게 약속하겠습니다……

그는 무엇보다 우선 이 섬을 원생들의 낙원으로 꾸며놓겠다고 약속했다. 시책의 제일 목표를 새로운 병원 시설과 환자촌의 수용 시설 확충 및 요양 환경 개선 사업에 두겠다고 선언했다. 그리하여 이 섬을 동양 제일, 아니 세계 제일의 나환자 요양소로 꾸며 버림받고 쫓겨온 사람들의 새로운 고향, 자랑스런 낙토로 만들어놓고 말겠다고 장담했다.

— 여러분은 여러분의 이웃으로부터 끝없는 멸시와 박해를 당해왔습니다. 그 서러운 멸시와 박해의 기억을 안고 여러분은 그 절망적인 유랑의 길을 몇천 리 몇만 리나 걸어 헤매야 했습니까. 이

제 여러분은 유랑에 지쳤습니다. 그리고 이제 여러분은 여기 이렇게 새 이웃으로 모였습니다. 가엾은 이웃들과 함께 이곳에다 여러분의 새 고향을 꾸밉시다. 고향을 꾸며놓고 아직도 이웃과 가족들에게서마저 서러운 박해를 당하고 있는 여러분의 형제들을 이곳으로 맞아들여 그들과도 정다운 이웃으로 오순도순 보람있는 삶을 누립시다.

감동적이기까지 한 주정수의 연설은 이미 그곳에 모여 있던 원생들의 기우를 말끔히 씻어주고 남았다. 그의 연설이 끝났을 때 원생들의 도열 속에서는 여기저기 조용한 흐느낌 소리마저 일고 있었다.

주정수의 부임 기억은 그처럼 고무적인 것이었다.

주정수는 거기서도 좀더 태도가 신중했다. 그 정도 반응으로 그는 간단히 일을 시작하려 하지 않았다. 그는 부임 연설 이후에도 그의 낙토 건설 사업을 위한 몇 가지 사전 작업을 철저히 다져나갔다. 그는 먼저 원생들 가운데서 열 명의 대표를 뽑아 '환자 평의회'란 이름의 자문 기구를 설치했다. 그리고 그 평의회로 하여금 원장과 원생들을 연결지어주는 중간 교량 역을 담당시켰다. 그러고도 아직 주일마다 토요일이 되면 평의회를 열게 하여 새 낙토를 위한 건설 공사의 필요성을 되풀이 역설했다. 원생들 스스로 새 낙토의 꿈에 부풀어 몸살이 날 때까지 충분한 설득을 계속했다.

마침내는 원생들 스스로가 공사 협력을 다짐하고 나서게끔 되었다.

주정수는 비로소 본격적인 작업을 시작했다.

그는 섬을 새로 꾸미자면 무엇보다도 먼저 벽돌이 필요했고, 그 벽돌을 찍어낼 공장부터 세워야 한다고 생각했다. 그는 평의회 대표 열 사람과 함께 그 벽돌 공장을 세울 부지를 설정하고 곧이어 기공식을 올렸다. 그가 부임하고 나서 한 달 남짓 시일이 지난 어느 선선한 가을날 아침의 일이었다. 공장을 세우고 처음 얼마 동안은 중국인 벽돌공을 들여다 벽돌을 굽는 기술부터 익히게 했다. 기술이 숙달되자 원생들은 이제 그 중국인 기술자를 내보내고 자신들이 직접 벽돌을 구워내기 시작했으며, 그렇게 구워낸 벽돌들은 오래지 않아 곧 새로운 병사(病舍) 건축의 가장 요긴한 자재로 쓰이기 시작했다.

원생들은 누구라 할 것 없이 열심히들 일을 했다. 병사 지대 세 개 부락(당시)에서 작업이 가능한 사람은 매일같이 벽돌 공장으로 혹은 병사 신축장으로 고된 출역을 계속하면서도 누구 한 사람 피곤해할 줄을 몰랐다. 모처럼 일삶이라는 걸 받아보는 것도 대견스러웠지만, 자기 손으로 벽돌을 구워내고 자기 손으로 자기가 살 집을 지어낸다는 것이 더할 수 없는 위안을 느끼게 했다. 자기의 힘으로 자신의 낙원을 꾸민다는 자부심이 모처럼 가슴 뿌듯한 보람을 느끼게 했다.

작업 진행이 순조로울 수밖에 없었다. 벽돌이 충분히 확보된 이듬해 봄부터 3년 동안 계속 사업으로 진행된 시설 공사는 그러므로 성공적으로 끝이 났다. 그 3년이 지나고 나자 병사 지대는 이제 기왕의 세 개 부락 이외에 동생리·중앙리로 명명된 두 개의 새 마을을 더하여 원생 수 4천 명을 수용할 수 있는 방대한 시설로 확장되었다. 그 밖에도 병사 지대에는 불구 환자들을 위한 공동 취사장과 세탁소·공회당·정미소 따위의 공공시설들을 새로 마련하여 한껏 요양 생활의 편의가 도모되었다.

원생들은 모든 것이 만족이었다. 원장을 원망할 사람은 아무도 없었다. 공사 기간 중에는 배급 물량도 궁핍하지 않았을 뿐 아니라 작업 때문에 치료를 소홀히 한 일도 없었다. 원생들은 원장의 공덕을 칭송하기 시작했고, 공사가 끝나고 나서는 새로 지은 공회당을 열어 원생들이 꾸민 창극 「장화홍련」으로 자축 행사까지 벌였다. 주정수도 만족했다. 그는 오직 그 원생들 때문에 즐거워하고 그들이 만족해하는 것을 보고 그도 함께 흐뭇해했다.

하지만 문제는 바로 거기서부터였다. 주정수의 낙원 설계는 그보다도 더욱 완벽하고 신념에 찬 것이었는지 모를 일이었다. 게다가 그는 이제 1차 공사를 치른 경험을 통해 보다 충분한 자신감까지 얻고 있었다.

그는 거기서 다시 제2차 시설 확장 공사를 서두르기 시작했다. 그리고 그때부터 주정수 원장에겐 그의 종말을 엉뚱한 비극으로 결정짓게 될 운명의 씨앗이 서서히 싹터오르기 시작한 것이었다.

—아무도 장담을 해서는 안 된다. 아무도 장담을 할 수가 없는 일이다.

상욱은 어느새 치료소 앞에 이르러 걸음을 멈추고 있었다. 그의 머릿속이 몹시도 혼란스러웠다. 머리끝에서 발끝까지 어떤 무서운 전율 같은 것이 절절절 온몸을 흘러내리고 있었다. 그는 정신을 가다듬으려는 듯 한동안 머리를 하늘로 치켜들고 서 있다가, 이윽고 치료소 현관을 향해 다시 발길을 서둘렀다.

9

　상욱은 이날 낮 치료소 일을 끝내고 나와서도 황희백 노인을 찾아가지 않았다. 노인을 찾아가봐야 아직은 할 말이 없을 것 같았다. 점심때가 지나서 치료소를 나온 상욱은 노인을 찾아가는 대신 구북리 쪽 돌뿌리 해안으로 발길을 돌리고 말았다.

　돌뿌리 해안은 머릿속이 혼란할 때 상욱이 가끔 그 머리를 식히러 찾아오곤 하던 곳이었다. 물론 상욱은 이 돌뿌리 해변가를 찾아나서도 거기서 특별히 시간을 보낼 만한 일을 따로 가지고 있는 것은 아니었다. 그저 그 바닷가 바위 위에 걸터앉아 파도 건너 녹동 쪽 해변가를 바라보며 오랫동안 잊고 있던 한 소년의 이야기나 되새겨보는 것이 고작이었다. 그리고 언제나 그 소년의 귀를 통해 느릿느릿 섬 모퉁이를 지나가는 고깃배의 노랫소리를 듣는 것이 그가 이곳에서 시간을 보내는 유일한 방법이었다.

　구북리 돌뿌리 해변가라면 옛날부터 이 섬사람들이 육지로 물을 건너가는 소문난 탈출 거점이었다. 배반과 굴종을 익히다 못해, 이번에는 그들 스스로가 먼저 배반의 음모를 꾸미고, 마침내는 그것이 함부로 감행되던 또 하나의 배반의 현장이 그곳이었다. 그리고 그 돌뿌리 해안에는 오래전에 그곳을 통해 이 섬을 빠져나간 한 소년의 이야기가 있었다. 언젠가 상욱이 한민이란 청년에게 소설을 쓰게 하기 위해 들려준 그 소년의 이야기였다.

상욱이 고깃배의 노랫소리를 듣는 것은 그 소년을 통해서였다. 고깃배의 노랫소리는 소년의 귀를 통한 기이한 환청이었다. 소년에게 그 기이한 내력이 간직되어 있었다.

그야 소년에게 간직되고 있는 내력이 기이하다 함은 비단 그 고깃배의 노랫소리에 한해서만은 아니었다. 소년에겐 실상 그가 이 섬에서 태어나 섬을 떠나가기까지 겪은 일들 가운데 무섭고 기이하지 않은 일이 한 가지도 없었다.

소년의 첫 번 기억은 그가 자란 방에 관한 것이었다. 방문이 언제나 꼭꼭 걸어 잠겨져 있었다. 소년은 허구한 날 언제나 그 문이 잠긴 방에서만 숨어 지냈다. 손가락 하나 문밖으로 몸을 내밀어본 일이 없었다. 바깥으로 소리가 새어 나갈까 봐 어렸을 때부터 울음소리 한 번 맘대로 내어본 일이 없었다. 바깥에서 소리가 날 때는 이쪽에서 오히려 겁을 먹고 몸을 숨기기에 정신이 없었다. 어쩌다 말소리라도 조금 커지거나 하면 소년의 어미가 먼저 기겁을 해서 얼굴이 새파랗게 질려버리곤 했다. 소년은 언제나 그렇게 방문이 꼭꼭 걸어 잠긴 컴컴한 어둠 속에서, 그것도 대개는 이불때기 같은 것을 얼굴까지 흠뻑 뒤집어쓰고서 사람들의 눈을 피해 살았다. 어미가 일을 나간 낮 동안엔 혼자서 문을 밀고 나가지 못하도록 등덜미를 끈으로 묶여 매인 채로, 어미가 돌아와도 이웃 사람 눈 때문에 함부로 그 어두컴컴한 이불 더미 속을 빠져나올 수가 없었다.

그의 어머니 때문이었다. 소년의 어머니는 처음부터 그렇게 사

120

람들을 무서워했다. 소년도 결국은 그의 어미처럼 사람이 무서웠
다. 사람을 본 일이 없었다. 누군가가 집 문 앞을 지나가는 발소
리만 들려와도 가슴이 마구 두근거렸다. 제 겁에 제가 질려 머리
까지 이불자락을 뒤집어쓰며 숨을 죽이게 되곤 했다. 이불자락을
뒤집어쓰고서도 마음이 놓일 때가 없었다. 어디선가 벌써 자기를
까맣게 노려보는 눈동자 같은 것을 느낄 때가 많았다. 아무리 이
불을 깊이 뒤집어쓰고 있어도 어느새 그 어둠 속까지 무서운 눈동
자가 나타나 자기도 모르게 부르르 소름이 끼쳐질 때가 많았다.

그런데 소년에게도 그의 어미 외에 딱 한 사람 아직 무서움을 타
보지 않은 사람이 있었다. 가끔가다 밤이 까맣게 깊어지고 나면
남몰래 소년의 어미를 찾아오는 사내가 있었다. 밤늦게 방문을 숨
어 들어오면 늘 새벽녘이 가까워야 살금살금 발소리를 죽여가며
자기 집으로 돌아가는 사내였다. 소년이 사내를 겁내지 않는 것은
그 역시 늘 그의 어미나 자신처럼 겁을 먹고 있는 것을 알고 있기
때문이었다. 사내는 소년보다도 더 사람들을 무서워했다. 그가 갑
자기 방문을 들어설 때 보면 그는 항상 말을 하지 말라는 시늉으로
두 개뿐인 그의 오른손 손가락을 입에 대었다. 파랗게 질린 이마
엔 언제나 땀방울이 방울방울 맺혀 있었다. 사내는 그렇게 방문을
들어서고 나서도 아직 마음을 놓을 수 없는 듯 한동안씩 바깥 동정
에 귀를 기울이고 서 있기가 보통이었다. 겁에 질린 눈동자는 말
할 것도 없었다.

하지만 그런 모든 것보다 사내가 사람들을 몹시 겁내고 있는 것
을 분명하게 알 수 있는 것은 그의 숨소리 때문이었다. 사내가 비

로소 자리로 앉고 나면 그는 자신이 그처럼 겁을 먹고 있는 것을 소년의 어미에겐 되도록 숨기고 싶어 했다. 그는 늘 소년의 어미 앞에 그 숨소리를 참아내려 애를 쓰곤 했다. 하지만 아무래도 참아지지 않는 것이 그 숨소리였다. 소년의 어미 앞에서도 그것만은 끝끝내 숨길 수가 없는 것 같았다. 그는 오히려 소년의 어미를 보면 더욱더 겁을 먹고 숨소리도 점점 더 참을 수 없게 되곤 했다. 그가 숨소리를 참으려고 하면 할수록 초조한 불안기만 점점 더해 갔다.

사내는 소년의 어미만 찾아오면 새벽녘까지 늘 그렇게 캄캄한 어둠 속에 겁에 질린 숨소리를 견디다 돌아갔다. 어떤 때 소년이 잠을 깨고 보면 사내는 문을 스며들어온 기척도 없이 어느새 깜깜한 어둠속에 그의 어미와 함께 그 무서운 숨소리를 견디고 있을 적도 있었다.

소년은 사내를 두려워할 필요가 없었다. 그의 어미 역시 사내에 대해선 굳이 소년을 숨기려 하지 않았다.

그러나 이상한 일이었다. 소년의 오해였을까. 소년은 나중 그가 가장 무서움을 모르던 바로 그 사내 때문에 그의 어미 곁을 떠나 마침낸 섬을 나가게 된 것이다.

늦장마가 진 어느 초가을께의 일이었다. 열흘에 한 번꼴로나 뜸 뜸이 소년의 어미를 찾아오던 사내가 그 무렵엔 며칠씩 계속해서 밤을 타고 와 그녀를 만나고 돌아갔다. 그의 어미를 찾아와선 밤새도록 웅얼웅얼 무슨 얘긴가를 주고받다 돌아갔다. 겁을 먹은 사내의 숨소리 대신 이번에는 그 어미의 꺼질 듯한 한숨 소리가 밤을 밝혔다. 두 사람이 무슨 말다툼 비슷한 것을 벌일 때도 있었고, 가끔은 여인네의 낮은 흐느낌 소리가 들려 나올 적도 있었다.

그러던 어느 날 소년의 어미는 하루 종일 일도 나가지 않고 소년만 붙들고 소리를 죽여 울었다. 그리고 밤이 어두워지자 사내가 또 어둠을 타고 나타나 아직도 눈두덩이 퉁퉁 부어오른 여자에게서 소년을 빼앗아가버렸다. 사내는 소년을 등에 들쳐업고 캄캄한 빗줄기 속을 쏜살같이 달리다가 어느 바닷가 숲 덤불 근처까지 와서 소년을 내려놓았다.

지나가는 고깃배에 노랫소리가 들려오나 봐라ㅡ

사내는 소년을 숲 덤불 속으로 밀어넣고 나서 자신도 그 소년의 곁에 몸을 숨기고 엎드려 지나가는 밤 고깃배의 노랫소리를 찾았다.

하지만 이날 밤은 일이 허탕이었다. 어둠이 워낙 짙은 데다 빗줄기까지 심하고 보니 섬을 지나는 고깃배의 노랫소리 같은 건 흔적도 찾아볼 수 없었다. 사방은 온통 나뭇잎을 두들기는 빗방울 소리와 파도 소리 바람 소리뿐이었다.

사내는 다시 소년을 등에 업고 마을로 돌아갔다. 하지만 소년은 다음 날 다시 남자의 등에 업혀나가 전날의 바닷가 숲 속에서 지나가는 고깃배의 노랫소리를 기다렸다. 연사흘 동안이나 같은 일이 계속되었다. 연사흘을 날마다 비가 왔고 소년은 그 빗줄기 속으로 사내의 등에 업혀나가 사내와 함께 고깃배의 노랫소리를 찾았다. 그리고 3일째가 되던 날 드디어 고깃배의 노랫소리를 찾아냈다.

느릿느릿 노랫소리가 섬 모퉁이를 지나가고 있었다. 사내가 소리 나는 쪽을 향해 옷깃 속에서 성냥불을 한두 번 켰다 껐다 했다. 노랫소리가 그치고 잠시 후에 한 척의 고깃배가 어둠을 타고 섬 기슭으로 다가왔다. 뱃사람과 사내가 허둥지둥 몇 마디 이야기를 주고받은 다음 소년이 이내 배로 실렸다. 사내가 소년에게 비를 맞지 않게 윗도리를 벗어 덮어주었다. 뱃사람은 소년을 태운 채 다시 부리나케 어둠 속으로 노를 젓기 시작했고, 사내는 잠시 동안 물기슭에 남아 서서 빗줄기도 잊은 채 소년을 태운 배가 차츰 어둠 속으로 모습을 감춰가는 것을 바라보고 있었다.

하지만 이상하게도 소년은 이날 밤 다시 집으로 돌아오고 말았다.

배를 타고 떠나면서 소년은 비로소 울음을 참을 수가 없었다. 소리도 못 내고 울음을 깨물던 어미가 생각났다. 그리고 뱃사람이 무서웠다. 캄캄한 밤바다도, 창연스런 빗소리도 소년은 견딜 수 없이 무서웠다. 사내가 덮어준 윗도리를 쓰고 앉아서 소년은 오래도록 겁에 질린 울음소리를 참지 못하고 있었다.

뱃사람이 무슨 생각을 했는지 소년을 다시 섬으로 실어다 내려주었다. 소년은 비를 맞으며 집까지 혼자 밤길을 걸어갔다. 아아, 그리고 거기서 그 뜻하지 않은 사내의 무서운 얼굴을 보았다.

사내는 먼저 마을로 돌아와 소년의 집에 그의 어미와 함께 있었다. 전에는 늘 겁에만 질려 있던 사내의 얼굴이 뜻밖에 다시 섬으로 돌아온 소년을 보자 처참하도록 무섭게 일그러졌다.

—이 더러운 문둥이 새낄!

알 수 없는 분노 때문에 사내는 금방이라도 소년을 죽이고 말 것처럼 온몸을 부들부들 떨고 있었다. 소년은 그처럼 형세가 사나운 사내의 모양은 꿈에라도 본 일이 없었다. 상상조차 해본 일이 없었다. 이날 일이 처음이었다. 그리고 그것이 또 마지막이었다.

사내는 결국 소년을 용서하지 않았다. 이튿날 밤 사내는 다시 소년을 바닷가 숲 속으로 데려갔다. 소년은 또 바닷가 숲 속에서 밤새도록 비를 맞으며 고깃배의 노랫소리를 기다렸다. 그리고 마침낸 그 어둠 속을 지나가는 새벽녘 고깃배의 노랫소리를 불러들여 정말로 영영 섬을 떠나가고 말았다.

주정수 원장이 그의 야심에 찬 낙토 건설에 한창 열이 올라 있을 무렵 바로 그 돌뿌리 해변가에서 일어난 일이었다.

상욱은 그 돌뿌리 해변가만 찾아오면 소년의 귀를 통해 그때의 그 밤 고깃배의 노랫소리를 들을 수 있었다. 그리고 그 고깃배 노랫소리에 한동안 조용히 귀를 기울이고 있노라면 그는 어느새 자기도 모르게 가슴을 두근거리며 알알한 흥분기마저 느끼게 되곤 했다. 상욱이 애초 이 섬을 찾아오게 된 것도 사실은 바로 그 이상스런 뱃노래의 환청 때문이었다고 할 수 있었다.

너무도 일찍부터 소년의 이야기를 알고 있었기 때문이었을까. 상욱은 실상 섬을 찾아오기 전에도 언제부턴가 자주 그 이상스런 노랫소리의 환청을 겪는 일이 많았다. 학교를 다닐 때도, 피난길을 헤맬 때도, 군영 시절 규제가 심한 제복 생활 속에서도 상욱은 늘 그 남해 기슭의 한 작은 섬을 생각했고, 그곳을 지나가는 밤 고깃배와 고깃배의 유장한 노랫소리를 듣곤 했다. 그리고 어느 추운 겨울날 오후 마침내 이 섬 선창가에 배를 내린 상욱이 무엇 때문에 그 잊혀지고 버려진 사람들의 땅을 제 발로 찾아들고 있는지 이유를 알 수 없어졌을 때, 그는 새삼스레 그 고깃배의 노랫소리를 생각하곤 쓴웃음을 흘리지 않을 수가 없었다.

하지만 뭍에서와는 달리 상욱이 막상 섬을 찾아왔을 때는 그가 오랫동안 환청으로 지니고 있던 고깃배의 노랫소리는 어디서도 들을 수가 없었다. 아직도 섬을 지나가는 고깃배들은 있었다. 낮과 밤이 달랐기 때문이었을까. 하지만 그 고깃배들은 노랫소리가 없었다. 배들은 섬을 잊어버린 듯 소리 없이 지나갔다.

상욱은 실망했다. 고깃배의 노랫소리가 지나가지 않는 섬은 그가 그토록 오랫동안 마음속에 지녀오던 섬이 아니었다. 그는 노랫소리를 찾아내려 무던히 애를 썼다. 생각나면 돌뿌리 해변가를 찾아나와 지나가는 고깃배에 귀를 기울이고 앉아 있었다. 그리고 마침내 그 고깃배들의 노랫소리를 듣기 시작했다. 소년을 통해서였다.

이날도 상욱은 소년의 귀를 통해 그 하염없이 유장한 고깃배의 노랫소리를 좇으며 한동안 혼자 가슴을 두근거리고 있었다.

그리고 날이 어둑어둑 저물어들 무렵에야 간신히 자리를 일어섰다.

하지만 상욱은 이날따라 이상스럽도록 마음의 안정을 잃고 있었다. 숙소를 향해 병사 지대를 빠져나오다 문득 보육소의 서미연이라도 만나보고 이야기를 나누고 싶어졌다. 그는 숙소 대신 보육소 쪽으로 건너가 서미연을 끌어냈다. 상욱 쪽에서 미연을 찾은 것은 그것이 물론 첫 번 일이었다. 하지만 상욱은 미연을 만나서도 여전히 기분이 편해질 수가 없었다. 미연은 한눈에 벌써 상욱의 기분을 환히 다 읽어버린 것 같았다. 그리고 그 표정이나 언행이 한결같이 늘 침착하고 가지런하기만 하던 상욱의 동요 앞에 미연은 모처럼 어떤 은밀스런 안도감 같은 것을 느낀 모양이었다. 불안하게 흔들리는 상욱의 기분을 쓰다듬어주기는커녕 그녀는 이날 저녁 상욱에게 또 한 가지 지극히 불편스런 생각의 매듭을 더해준 것이다.

　주홍색 칸나꽃이 시들어가는 보육소 앞뜰 가 풀숲 위에 주저앉아 미연은 문득 몇 번이나 망설여온 그녀의 이야기를 털어놓았다. 상욱이 어슴푸레 짐작하고 있던 대로 그것은 그녀의 출생의 내력에 관한 것이었고, 어느 온후한 목사님 댁의 양녀로 자라온 성장기와 신학교 진학으로부터 이 섬을 찾아들기까지 그녀의 생을 걸고 행해진 중요한 선택들과 그 선택의 동기들에 관한 것이었다. 한마디로 그녀는 하필 이 섬을 찾아들어와 그녀 나름의 봉사와 헌신을 다짐하고 남아 있는 것이 그리 부자연스러울 수 없는 그런 내력의 여자였다. 그녀는 그런 모든 이야기들을 마치 무슨 상욱에 대한 반발처럼 또는 그녀 자신을 향한 익숙한 자학처럼, 그러나 한숨 소리 한 번 흘리지 않고 조용조용 속삭이듯 고백해왔다. 그러곤 마치 그녀가 상욱에게 자신의 가장 깊은 내력을 건넸듯이 이번에는 상욱 쪽에서도 뭔가 그의 가장 깊은 이야기가 그녀에게로 되돌아오기를 기다리듯 조용히 눈길을 지키고 있었다.

　하지만 상욱은 점점 더 마음을 가눌 수가 없었다. 처음부터 전혀 예상을 못하고 있던 사실은 아니었다. 그녀가 뭔가 자꾸 이야기를 망설이고 있는 기색을 눈치채고 나서부터 이미 그런 비슷한 예감이 들어오던 상욱이었다. 상욱은 물론 그것을 바라진 않았었다. 그리고 이날 그녀의 이야기도 그런 식의 비밀에 관한 것이 아니기를 은근히 바랐었다. 하지만 이제 그 예감이 사실로 밝혀지고 있었다. 미연은 아마도 그녀의 비밀을 털어놓음으로써 그녀가 늘 상욱에게 하고 싶었던 이야기도 함께 해버린 셈이었다. 크게 놀랄 일은 아니었지만 그렇다고 반가운 이야기는 더더욱 아니었다. 출생의 비밀을 털어놓음으로써 그녀가 상욱에게 한 이야기를 어떻게 받아들이고 어떻게 응대해나가야 할지 상욱은 아무래도 분명한 자신이 서오지 않았다. 문득 소년의 이야기를 들려주고 싶은 충동이 머리를 지나간 일은 있었다. 소년의 이야기라면 아마 그녀를 제법 위로해줄 수도 있을 것 같았다. 하지만 상욱은 끝내 그 소년의 이야기마저 단념하고 말았다. 미연에 대한 어쩔 수 없는 혐오감 때문이었다. 그리고 그녀에 대한 위로나 동정보다 정체 모를 실망감이 앞서고 있는 그 자신에 대한 참을 수 없는 혐오감 때문이었다. 그 혐오감 사이를 허우적거리고 있는 자신의 혼란 때문이었다. 무엇보다도 그 소년의 이야기는 그녀를 위로할 가장 저열한 수단이 아닐 수 없었다. 그것은 오히려 그녀를 위해서도 참을 수 없는 모욕이 아닐 수 없기 때문이었다. 소년의 이야기는 좀더 기다리지 않을 수 없었다.

결국엔 미연을 찾은 일까지가 낭패를 하나 더 보태고 만 꼴이었다.

10

원장은 상욱이 장로회 노인들을 만나지 않은 것을 알고 있었다. 상욱에겐 처음부터 기대를 걸지 않은 모양이었다. 그는 상욱에게 뒷일을 묻지 않았다. 노인들을 만나보지 않은 것을 못마땅해하는 눈치도 없었다. 그렇다고 원장이 그새 장로회에 대한 자신의 구상을 단념해버린 것도 물론 아니었다.

그는 묵묵히 혼자서 일을 추진해나갔다. 중앙리 교회에서 몇 번씩 모임이 열리고 있었다. 지극히 모호하고 추상적이기만 하던 장로회의 기능에 몇 가지 구체적인 권한이 주어졌다. 어떤 명목으로든지 병사 지대에서 원생들의 노역 차출이 행해질 때는 반드시 장로회의 동의를 거쳐야 하는 것 외에 지금까지 원생들의 비행에 대해 원장 단독으로 형량을 결정지어오던 30일 구류 이하의 처벌권 행사도 장로회의 심의 사항으로 변경되었다. 지금까지처럼 지도소 요원들의 고발에 따라 원장 혼자의 권한으로 원생들의 비행이 처벌되는 경우, 지도소 요원들의 일방적이고 감정적인 편견의 개입을 방지할 길이 없었다. 지도소 요원들의 감정적인 비행 해석에 대해선 일시적이나마 원생들의 입장이 보호받을 길이 없었다. 지도소 요원들이 자행해온 사형(私刑)이야말로 일정 시부터(당시는 순시소)의 오랜 악덕이었다. 하던 것을 원장은 차후 모든 비행을 장로회에서 우선 심의하여, 이곳의 의결을 거쳐 처벌이 결정되도록 조처한 것이었다. 다음으로 장로회에 부여된 기능은 산업부의 운영 감독권이었다. 산업부는 병사 지대로 수용되는 모든 물량을 인수·관리·배급하는 병사 지대 주민들의 생활 동력선이었다. 병원 부서 가운데서도 이 산업부만은 중앙리 병사 지대까지 사무실이 따로 들어와 있었고, 담당 직원들도 대개는 이재(理財) 능력이 있는 원생들 가운데서 일을 맡아 나와 있었다. 기왕부터 자치적 성격이 농후한 부서였다. 물량 규모가 방대하므로 마을의 장로들이 이 산업부의 업무 관리에 진작부터 상담과 감독 역을 담당해오고 있던 터이었다. 그것을 원장이 이번에 다시 공식적인 장로회의 권한으로 확정시킨 것이었다. 산업부의 물량에 대한 관리 자문과 경리 장부 감사권 부여는 그것이 곧 이 부서의 핵심적인 운영 협의체가 되는 것을 의미했다.

장로들은 반대가 없었다. 그렇다고 이 몇 가지 원장의 조처들에 대해 적극적인 찬성이나 환영의 빛을 나타내는 일도 없었다. 여전히 그저 그러나 보다 하는 식으로 원장의 뜻을 전해 들을 뿐이었다.

하지만 이제 원장의 생각은 그것으로 어느 정도 윤곽이 분명해진 게 사실이었다. 기어코 무슨 일을 벌이고 말 기세였다. 이 섬에다 그가 다시 세우겠다고 장담한 낙토의 본색이 그런 몇 가지 제도상의 개선만으로 간단히 충족될 수 있는 것은 물론 아닐 터였다. 그는 무엇인가 다른 일을 꾸미고 있는 게 분명했다. 다른 일을 시작하기 위해 원생들을 달래고 그들의 환심을 끌어내어 일의 기초를 다져가고 있음이 분명했다. 주정수가 하던 대로였다. 주정수역시 그런 식으로 일을 시작했었다.

아니나 다를까, 드디어 어느 날 원장의 첫 사업 계획이 드러났다. 그런데 그는 상욱이 상상했던 것보다 훨씬 더 엉뚱한 위인 같았다. 원장의 사업 계획은 주정수처럼 벽돌 공장을 세우자든가 집을 짓자든가 하는 것이 아니었다. 새로 길을 뚫거나 공원을 만들자는 것도 아니었다.

그는 섬 안에 축구팀을 만들자고 했다. 장로회 모임에서 그가 그 같은 의견을 내놓았다. 그리고 그 축구팀 결성을 위해선 장로회의 양해와 적극적인 협조가 요청되노라 열심히 설득을 펴나가기 시작했다. 축구팀을 만든다 해도 원장이 설마 투병 중인 양성 환자들까지 공을 차게 한다는 건 물론 아니었다. 하지만 어이없는 일이었다. 원장의 낙원 설계에 그런 축구팀 창설까지 끼여 있었다니. 어이가 없다기보다 차라리 짓궂은 심술기마저 느껴질 지경이었다. 하지만 원장의 설득은 진지하기만 했다.

—여러분도 알고 계시겠지만 이 섬은 지금 살아서 숨을 쉬고 있는 사람들의 섬이 아니오. 살아 움직이고 있는 것 같은 사람이 하나도 없어요. 모두가 유령입니다. 유령처럼 소리 없이 섬을 떠돌면서 죽은 사람들하고만 말을 하고, 자신들도 언젠가는 진짜 유령이 될 날만을 기다리고 있어요. 아직도 병을 못 나아서 절망이 큰 사람들은 그래도 이해가 간다고 합시다. 하지만 병이 나은 사람들도 마찬가지예요. 축구팀을 하나 만듭시다. 그래서 그 발이 없이 떠돌기만 하는 유령들이 제 발로 땅을 딛고 움직이는 사람 꼴을 좀 지녀보게 하잔 말이오. 병이 나은 사람들 가운데선 얼마든지 공을 찰 수 있는 사람이 많을 게요. 이 사람들은 자기 자신뿐만 아니라 누워 있는 환자들을 위해서도 공을 차야 합니다. 그래서 이 섬이

유령이 아닌 살아 있는 사람들의 섬이라는 것을, 여러분 자신이 유령이 아니라는 것을 알게 해야 합니다. 반드시 그렇게 해야 합니다. 이건 내 신념을 가지고 여러분에게 권려하는 바입니다……

원장의 설득은 대략 그런 식이었다. 웬만큼 병이 나은 원생들에게 공을 차게 해서 섬 안에 새 활기를 불어넣어주고 싶은 것이 원장의 동기인 것 같았다. 아무래도 썩 달가운 생각이 아니었다. 치료가 끝난 사람이라 해도 공을 찰 수 있을 만큼 손발 운동이 자유로운 경우란 좀처럼 찾아보기 어려운 형편이었다. 아차 하면 발가락 한두 개쯤 달아나는 일은 예부터 이 병의 상식이었다. 발가락 없는 발로 공을 찬다— 아무래도 어울리지 않는 광경이었다. 한데도 원장이 군이 원생들에게 그런 짓을 시키고 말겠다면 그에겐 또 그럴 만한 속셈이 있을 게 분명했다. 하지만 원장은 아직 거기까지는 말을 털어놓지 않고 있었다. 속셈을 알 수 없었다. 절벽처럼 입을 다물고 앉아 있는 장로들 앞에 원장의 일방적인 설득만 며칠씩 계속되고 있었다.

그러던 어느 날, 하루는 원장이 또 상욱을 조용히 원장실로 불러들였다.

"어서 오시오. 내 오늘은 또 이 과장하고 의논을 해볼 일이 생긴 것 같소."

부름을 받고 가보니 원장은 미리부터 응접 소파로 내려와 그를 기다리고 앉아 있었다. 상욱은 그 원장의 첫마디에서부터 벌써 심상치 않은 기미를 느꼈다.

"의논할 일이라 말씀하시니 오늘 아침엔 제가 좀 꾸중을 듣게 될 것 같군요."

원장의 부탁을 이행하지 않은 일이 생각나 사과 말부터로 우선 얼버무리려고 드니까,

"꾸중이라니 웬?"

원장은 도대체 자기가 부탁한 일은 기억에도 남아 있지 않은 사람처럼 대수롭지 않게 반문했다.

"일전에 원장님께서 저에게 장로회 사람들을 따로 만나보라고 지시하신 일 말씀입니다. 어쩌다 보니 그 사람들을 아직 만나보지 못하고 있습니다. 죄송합니다."

"아, 그거 말요? 이젠 상관없어요. 그보다도……"

다른 일이 있는 것 같았다. 입꼬리에 담배를 꼬나문 채 상욱을 건너다보는 원장의 표정에 어딘지 좀 장난기 같은 미소가 사라지지 않고 있었다.

"그 일이 아니시라면……"

"그보다도 내 요새 녀석들에게 축구를 좀 시켜보려고 한 거 말이오……"

"아직도 결말을 못 내고 계십니까."

"못 냈어요. 그래서 내 오늘은 그 일 때문에 이 과장한테 직접 부탁하고 싶은 일이 있어서……"

"글쎄요. 무슨 말씀이 계실지 모르겠습니다만 그거 아무래도 좀 무리가 아니겠습니까."

상욱은 결국 그 일이구나 싶어 말을 미리 자르고 나섰다. 하지만 원장은 실상 무리가 될 것은 아무것도 없다는 태도였다.

"무리라니, 무슨 무리라는 게요?"

"세상에선 문둥이라면 손가락 발가락이 없는 사람들로 아는데, 그런 사람들이 공을 찬다는 건 뭐랄까요, 아무래도 좀 우스운 느낌이 드는군요. 잔인스런 것 같기도 하구요."

"그 사람들이 어째서요? 그 사람들이 어디 세상 사람들 알고 있는 그런 문둥이들이오? 그 사람들이 왜 문둥이예요? 그 사람들은 병이 다 나은 사람들이란 말요. 다른 사람들하고 틀릴 게 아무것도 없어요. 잔인한 생각이 드는 것도 그런 상상을 일삼는 임자네 생각 자체가 잔인한 거지, 그 사람들한테 공을 차게 하는 거 그게 잔인한 게 아니야요. 공을 못 찰 이유가 없어요."

"……"

"한데도 그 친구들 영 자신이 없어 하누만요. 내 말은 도대체 귓등으로만 듣고 있어요. 뚱딴지같이 질투심만 대단하지요. 그 사람들 표정이나 눈을 좀 봐요. 온통 질투심 덩어리지 뭐요. 건강인들에 대한 질투. 자신을 못 가지니까 그런 질투나 불신감만 늘어가서 제풀에 자꾸 추악한 몰골이 되어가고 있단 말이야요. 무엇보다 우선 자신감부터 갖도록 해줘야 해요."

"제가 뭐 할 일이 있을까요?"

"있고말구."

그런데 거기서부터였다. 원장은 웬일인지 거기서 또 이야기의 방향을 엉뚱한 데로 끌어갔다.

"하지만 이 과장이 내게 해줄 수 있는 일보다 이쪽에서 먼저 이 과장한테 물어보고 싶은 게 있는데, 옛날의 주정수 원장 시절에 말요……"

느닷없이 주정수 원장의 이야기를 꺼내고 있었다. 비식비식 다시 장난스런 웃음기를 머금기 시작한 원장의 태도로 보아 그 자신의 부탁이라는 건 아무래도 금세 말을 할 것 같지가 않았다. 뿐만 아니라 그새 원장은 무슨 이유에선지 그 주정수 시절의 병원 사정에 대해서도 꽤나 세심한 지식을 얻어 지니고 있는 것 같았다.

"그 주정수 원장 시절에 대해 이것저것 기록을 들추다 보니 재미있는 인물이 하나 나타나더군요. 사토(佐藤)라는 간호수장(看護首長) 말인데, 이 사람에 관해선 이 과장도 물론 자세한 걸 다 알고 있겠지요?"

"알고 있습니다만."

상욱은 점점 의아스러웠다. 상욱은 물론 그 '사토'라는 인물을 일찍부터 알고 있었다. 상욱뿐만 아니라 이 섬에 발을 들여놓고 산 일이 있는 사람 가운데 사토라는 인물에 관한 이야기를 모르는 사람은 거의 한 사람도 없을 정도였다. 사토는 30년 이상이나 그렇게 섬사람들의 기억 속에 살아 있는 희귀한 인물 중의 한 사람이었다.

주정수의 시대는 곧 사토의 시대이기도 했다. 사토의 시대는 바로 주정수의 시대와 함께 막이 올랐다가 역시 주정수의 시대와 함께 막이 내려졌던 인물이었다. 사토는 주정수 원장의 그 우람한 체구에다 여자 같은 목소리로 이상스럽게 섬사람들을 감동시켰을 때부터 이미 그의 뒤에 서 있었다. 그리고 신임 원장의 감동적인 연설이 끝났을 때 잠깐 동안이었지만 사토는 그 신임 원장과 같은 단 위에서 간단한 부임 소개가 행해졌던 인물이었다. 하지만 그때 그 단 아래 모여 섰던 사람들 가운데선 이 땅딸막한 체구에 인상이 별로 유쾌하지 않은 신임 원장의 심복 부하에 대해 각별히 주의를 기울이려는 사람이 아무도 없었다.

사토는 곧 그날로 사람들에게서 잊혀졌다. 그리고 섬사람들은 한동안 그 사토라는 사내의 존재를 마음속 깊이 지니지 않아도 좋은 무심스런 한 시절을 보내고 있었다.

하지만 천성이 원래 표독스러운 사토의 존재가 다시 태어나듯 서서히 섬사람들의 마음속에 되살아날 날은 다가오고 있었다.

1차 공사에서 자신을 얻은 주정수가 2차 확장 공사 계획을 진행해나갈 즈음이었다. 주정수는 그 2차 공사가 시작되기 전에 벌써 몇 가지 다른 부속 시설들을 완성시켜놓고 있었다. 사망자들의 유해를 봉안시킬 만령당 건립과 종각 신축, 그리고 섬을 지나가는 선박들의 길잡이를 위한 등대 시설 따위를 그 사이에 모두 완료했다.

만령당은 신생리 뒷산 중턱에 원통형 건물로 갓 모양 지붕을 얹어 세웠고, 등대는 섬의 남쪽 남생리 해안에서 첫 점등식을 가졌다. 종각은 남생리 뒷산봉에다 열 자가량 석축을 쌓아 올리고 그 위에 법당 모양의 종루를 세웠다. 건물의 들보와 기둥에는 연꽃 무늬 속에서 황룡 청룡이 노니는 모양을 그려넣고, 그 속에 무게 5백 관이나 되는 큰 종을 달아매어 불교 신자로 하여금 종을 지키고 섬 안에 종소리를 울리게 했다. 종소리는 섬 안뿐 아니라 건너편 녹동까지도 멀리멀리 바다를 메아리쳐 건너가곤 했다.

그런데 이런 시설 공사가 하나하나 진행되어가는 동안 섬 안에 선 그 작업의 성격이 서서히 조금씩 달라져가고 있었다. 공사 경비가 원생들의 노력 봉사에 의해 충당되는 부분이 차츰 많아져갔다. 이 무렵부터 섬 안에선 병원 시설을 마련해준 시혜자에 대한 '보은감사일(報恩感謝日)'이란 날을 정해놓고 한 달에 한 번씩 감사 묵념회를 시행하고 있었는데, 이날 출역한 원생들의 작업 노임은 전액을 앞서의 시설 건립 기금으로 헌납토록 종용되었다. 원생들은 군말 없이 노임을 거둬 바쳤다. 더러는 당국의 취지를 기꺼이 수긍했고 더러는 그리 달가운 빛을 보이지 않는 사람도 있었다. 하지만 환자들을 대표하는 평의회의 결의라는 형식을 빌려 정해진 일이라 싫거나 좋거나 원생들은 누구나 일을 했고 누구나 노임을 거둬 바쳤다. 작업 진도가 아무래도 시원칠 않았다. 어딘지 열의가 덜한 듯했고 능률도 기대치만큼 오르지 않았다. 원생들에게 작업 노임을 헌납시켜야 할 만큼 여유가 덜한 병원 사정이 이들을 더욱 불안하게 하고 있었다.

작업 분위기가 1차 때와는 완연히 달랐다. 한데도 주정수의 신념은 변할 수가 없었다. 그의 낙원은 좀더 크고 화려한 것이었다. 그리고 그는 더욱더 많은 사람들에게 잊혀질 수 없는 원장이 되어야 했다.

그는 드디어 본격적인 2차 확장 공사를 서둘렀다. 무리가 따를 수밖에 없었다. 원생들에게선 1차 때와 같은 자발적인 열의를 기대할 수가 없었다. 마지못해 일을 했고 기회만 있으면 작업을 회피하려고 했다. 원생들은 원래부터 교육 수준이 낮았고 유랑과 무위도식의 악습에 물들어 있던 무리였다. 절망하기 잘하고, 까닭 없이 반항하고, 원망과 질투가 강한 병적 심리의 소유자들이었다.

주정수는 비로소 그 낙토 건설 작업에 동원된 사람들이 언제까지나 자기 기대에 부응해올 무리가 아님을 새롭게 인식하기 시작했다. 작업 능률을 위해선 지금까지처럼 원생들의 자발적인 열의만 기대할 것이 아니라 좀더 효과적인 통제 방안이 모색되어야 했다. 일이 너무 글러지기 전에 효과적인 조처가 필요했다.

그는 곧바로 조처의 구체적인 내용을 만들어냈다. 1차 공사 때부터 많은 공헌을 해온 평의회 위원들의 처우를 파격적으로 개선해주고, 그와 동시에 그 '평의회'의 기능을 한층 더 강화시켰다. 그리고 그 평의회를 통하여 원생들을 회유하고 보다 더 적극적인 협찬을 설득해나갔다. 하지만 그보다도 더욱 효과적인 조처는 이른바 '상관단(上官團)'의 설치였다. 주정수는 원생들의 치료와 작업 진행을 효율적으로 관리하기 위하여 각 마을에다 새로 건강인 직원을 몇 사람씩 배치하여 '상관단'이라는 조직을 만들고, 그 상관단과 원생 대표격인 평의회 간의 협의를 거쳐 마을의 모든 일을 운영해가도록 했다. 상관단은 간호주임을 책임자로 하여 간호수 한 명과 간호부 두 명, 농사 감독 비품 감독 서기 조수 각각 한 명씩으로 구성하고, 그 밖에 다시 평의회 위원을 겸한 부락 대표 한 명과 비품 조수 한 명, 작업 조수 삼사 명, 반장 두 명을 두었다. 상관단을 이끌고 각 마을로 배치된 간호주임은 출신 성분이 대개 전직 형사나 경찰관서 또는 헌병 경력을 가진 일본인들이었다.

주정수는 거기서도 아직 마음이 놓이지 않았던지 직원 지대와 병사 지대 경계에다 순시소 본부를 설치하고 순시부장 한 명과 순시 10여 명을 배치하여 수시로 병사 지대를 순회 감독케 하고 감금실과 면회 업무를 관리케 했다. 가위 강제 노역소를 방불케 하는 엄중한 관리 조직이었다.

원생들은 더한층 의기소침해질 수밖에 없었다. 마지못해 일을 하는 꼴이었다. 노골적인 불만이 일기 시작했다. 이 무렵엔 중일전쟁(中日戰爭)이 시작되고 있는 시기여서 일용품 배급마저 여간 인색해진 형편이 아니었다. 식량 배급도 줄어들고 치료약도 모자랐다. 일을 해도 노임이 제대로 지불된 적이 드물었다.

상관단의 통제는 갈수록 극성스러울 수밖에 없었다. 간호주임들의 기세는 나날이 더 모질고 거칠어져갔다. 원생들의 대표 기관인 평의회 사람들도 상관단의 거센 압력 앞에는 동환들의 권익을 들고 나설 엄두가 나지 않았다. 모두가 꿀 먹은 벙어리 꼴이었다. 평의회 사람들이나 한국인 순시들 가운데는 동병상련의 동료 의식커녕 자신의 처지를 돌보느라 상관단의 눈치를 봐돌기에도 여념이 없을 지경이었다. 자신의 직위를 유지하기 위해 상관단에 대한 충성심이 입증되기를 소원했고, 그렇게 되기 위해 동료 원생들의 처지를 함부로 배반하는 사례가 생겨났다.

'노루 사냥'이라는 사건이 있었다.

이 무렵 섬 안에는 병사를 따뜻하게 할 연료마저 부족하여 낮 시간엔 아궁이에 불을 지피는 것을 엄금하고 있었다. 밥을 짓는 일은 하루 조석 두 번으로 한정되었고, 낮 동안엔 환자의 미음을 데우는 일조차 허락되지 않았다.

그러던 어느 날, 구북리 여자 독신사에서 한 여환자가 같은 방에 누워 있는 동료 원생의 미음을 끓이기 위해 은밀히 불기를 쓴 일이 있었다. 감시 눈길이 많았으므로 그녀는 정말 잠시잠깐 일을 끝내려던 참이었다. 그런데 그녀는 운이 나빴다. 때마침 독신사 부근을 지나가던 순시 하나가 연기를 보고 말았다. 불기를 본 순시는 제풀에 눈이 뒤집혔다. 다짜고짜 집 안으로 뛰어들어 미음이 다 된 냄비를 구둣발로 짓밟아버리는가 하면 여자에게까지 모진 사형(私刑)을 가했다. 평소부터 일인들을 한 발 앞질러 설치고 다니며 동환들을 괴롭히던 이모(李某)라는 한국인 순시였다. 남몰래 어린애를 낳고, 그의 이웃과 섬사람들의 은밀한 배려 속에 그 아이를 숨겨 기르다 무사히 섬을 내보내게까지 된 일로 하여 그는 누구보다 이웃과 섬사람들에 대해 갚아야 할 은혜가 많은 인물이었다. 그런데 그는 뜻밖에도 그 은혜를 거꾸로 갚아낼 심산인 듯 엉뚱한 방향으로 태도가 돌변해온 문제의 인물이었다.

소식을 전해 들은 마을 청년들은 더 참고 견딜 수가 없었다. 청년들은 이 순시가 남몰래 아이를 숨겨 기르다가 섬을 내보낸 비밀을 병원 당국에 고발하는 대신 그들 자신이 이 순시를 직접 보복해주기로 결의했다. 청년들은 기회를 기다렸다. 마침내 그 보복의 기회가 다가왔다. 이 순시가 섬 외곽선 순찰을 맡은 날을 택해 청년들은 길가 수풀 속에 몸을 숨기고 그가 나타나기를 기다렸다. 드디어 청년들에게 덜미가 붙잡힌 이 순시는 그 자리에서 죽도록 매를 맞았다. 그냥 매를 맞고 있다가는 목숨마저 잃을 판이었다. 그는 죽을힘을 다해 청년들의 매질에서 몸을 피해 달아났다. 산비탈을 데굴데굴 굴러내리다시피 하여 해변 쪽으로 도망쳤다. 독이 오른 청년들은 소리소리 지르며 이 순시를 계속 뒤쫓았다. 소동을 눈치챈 마을의 간호주임 한 사람이 사연을 물으니, 마을 사람들은 아마 노루 사냥이 있는 모양이라 대답했다. 기실은 마을 사람들 역시 산에서 들려오는 고함 소리에 정말 노루 사냥이라도 벌어진 모양이라 생각한 것이었다. 어쨌거나 이 순시는 진짜 노루 사냥이 있는 줄 알고 헐레벌떡 달려온 상관단 사람들 때문에 구사일생으로 큰 화를 면했지만, 말썽을 일으킨 청년들은 그 일로 해서 3개월에서 6개월까지 짧지 않은 기간을 섬 안 감옥소에서 보내야 했고, 형기를 마치고 출옥해 나올 때는 규칙대로 그 매정한 단종수술의 고통을 감수해야만 하였다.

    ……어떻게 할 것인가.
    헌신짝도 짝은 있는데
    죄지은 병신에다 자식은 해 뭐하냐고
    사람이 사람의 불알을 잘라버려!
    어떻게 어떻게 할 것인가
    하늘이여 좀 말을 해보라!
          ——한하운의 「나병의 날에 부치는 시」 중에서 일부 인용 첨삭

  그 무렵 감옥소를 다녀 나와 강제 단종수술을 당하고 난 한 청년이 남겼다는 이런 한 맺힌 절규는 지금까지도 이 섬사람들의 입에서 가끔 오르내리고 있는 이른바 그 유명한 문둥이 시(詩)의 한

구절인 것이다.

 이른바 그 노루 사냥 사건은 그러니까 바야흐로 이 섬 안에 무서운 배반의 역사가 싹트기 시작한 상서롭지 못한 징후의 시초였다.

 하지만 주정수에게 아직 그런 건 별 문제되지 않았다. 그의 마음속에 설계된 낙토의 건설 사업은 어떤 방법으로든지 탈 없이 수행되어야 했고, 작업 능률도 좀더 높여야 했다. 그는 간호주임과 간호수들의 행패를 모른 척 눈감아 넘겼다. 원생들의 불평 같은 건 아주 시치미를 떼고 모른 척했다. 노루 사냥 사건에 대해서도 이 순시 쪽 과실은 전혀 추궁하지 않았다. 하극상은 절대로 용서하지 않는다— 노루 사냥 사건에서 그가 취한 태도는 다만 그뿐이었다. 3개월에서 6개월 동안 마을 청년들이 도내 감옥소 신세를 지고 나왔을 때, 어떻게 된 셈인지 사건의 장본인인 이 순시는 오히려 지난날의 순시에서 구북리 마을을 대표하는 평의회 위원으로까지 직위가 승진되어 있었을 정도니까.

 평의회의 자진 결의라는 구실로 발령되는 갖가지 규제와 강압 시책들은 날이 갈수록 가짓수가 늘어갔고, 상관단의 횡포도 갈수록 더 기세가 등등해갔다.

 그 상관단 간부 직원 가운데서도 유독 성미가 사나운 작자가 하나 있었다. 사람들은 차츰차츰 그의 이름과 매몰스런 얼굴 모습을 기억하기 시작했다. 그의 말이나 일거일동에 유다른 두려움을 느끼고 그를 기피하기 시작했다. 간호주임을 비롯한 각 마을 상관단의 총지휘자 격인 사토라는 간호장이 바로 그 사람이었다. 어려서 일찍 고아가 된 그는 주정수 원장이 양자로 데려다가 수의 학교를 졸업시키고, 그가 임지를 바꾸어 가는 곳마다 따로 수의 자리를 마련하여 그림자처럼 늘 곁에 데리고 다닌다는 인물이었다. 주정수 원장이 처음 이 섬으로 왔을 때 자신의 착임 연설을 끝내고 단 아래에 서 있던 그를 불러 올려 몸소 소개를 맡았을 만큼 원장의 신임과 배려가 각별한 충복이었다. 언제나 목이 긴 가죽 장화에다 손에는 기다란 채찍을 버릇처럼 흔들고 다니는 인물이었다. 그 사토라는 인물의 본성이 여지없이 드러나기 시작한 것은 병사 확장 공사에 이은 선창 건설과 섬의 외곽 도로 개설 작업 과정에서였다.

2차 확장 공사가 있은 이듬해 여름 주정수 원장은 또다시 섬 남쪽 해변가에 선창 공사를 시작했다. 섬을 드나드는 데는 이미 직원 지대 쪽으로 선창이 하나 마련되어 있었다. 하지만 그 직원 지대를 통한 물자 반입은 여러 가지 불편한 점이 많았다. 병사 지대까지의 거리도 멀었고, 건강 지대를 거쳐야 하기 때문에 직원들의 눈살을 찌푸리게 하는 일이 많았다. 병사 지대에 따로 선창을 마련할 필요가 있었다. 수심이 깊은 동생리 해변가에 자리를 정하고 곧 이어 석축 작업을 시작했다. 이번에는 원생들을 공사장으로 끌어내기 위해 구차스런 설득이나 회유를 벌이지도 않았다. 기동이 가능한 원생들은 남녀노유를 가릴 것 없이 작업장으로 몰아내는 총동원령이 내려졌다. 작업 방법도 가히 강제 노역장을 방불케 할 만큼 가혹스러웠다. 작업 기구가 모자랐으므로 모든 일이 손발 하나로 이루어졌다. 바위 같은 큰 암석들이 원생들의 목도질로 운반되었다. 조류 관계로 작업은 밤낮을 가릴 수 없었다. 때로는 초저녁에도 사나운 바닷바람을 견뎌가며 출역을 나서야 했다. 그런 작업이 넉 달 동안이나 계속되었다. 그리고 마침내 선창이 완성되었다. 모든 작업이 바로 그 사토라는 간호장의 무서운 가죽 채찍 아래서 이루어진 것이었다. 그는 그 넉 달 동안 하루도 빠짐없이 이 선창 공사장의 주위에서 그의 긴 가죽 채찍을 흔들어대며 인부들을 괴롭혔다.

　─이 더러운 문둥이 새끼들, 썩어 문드러진 몸을 아껴서 뭘 할 테냐!

　─엉뚱한 생각들 마라. 그런 놈은 이 채찍님이 용서하지 않을 게다. 제명에 못 돼지고 싶은 놈이 있거든 한번 나서봐도 좋다. 당장 죽여놓을 테다. 난 너희들을 죽여줄 수도 있단 말이다.

　위협만 가하는 게 아니었다. 이마에 반달형 칼자국이 뚜렷한 말상의 얼굴, 그 기다란 말코가 실룩거리며 히죽 한번 웃는 형국이 되면 벌써 그의 가죽 채찍이 누군가의 등줄기 위에서 사납게 춤을 췄다. 기력을 잃고 땅바닥에 몸이 쓰러졌다가도 그의 채찍질 세례에는 불에 덴 듯 사지를 솟구쳐 일어났다. 작업 감독을 따라 나온 간호주임이나 다른 상관단 녀석들도 그의 채찍질 앞에선 몸서리를 쳤다.

　원생들은 사토의 그림자만 보아도 치를 떨었다. 하지만 그의 잔학성은 그 작업장에서만으론 아직 만족스러울 수가 없었던 모양이었다. 그의 가죽 채찍은 좀더 부지런했다. 그는 작업장 감시 업무 중에도 틈만 나면 자주 마을까지 들어가 병사 안을 구석구석 뒤지고 다녔다. 출역을 나오지 않은 사람을 찾기 위해서였다. 작업 출역이 불가능할 만큼 몸이 쇠약해져 있어도 그의 채찍질을 면하기란 하늘의 별 따기였다. 작업 중에 부상을 입어도 고의적인 작업 기피 술책으로 몰아세우는 사토였다. 하지만 누구 하나 사토 앞에 선 불만을 말하거나 반항의 기색을 엿보일 수 없었다. 눈에만 벗어났다 하면 죽도록 매를 맞고 감금실 신세가 되었다. 감금실을 다녀 나오면 또 가차 없이 단종수술이 강행됐다. 사토는 그런 인물이었다.

선창 공사는 그 사토의 채찍 밑에서 이루어진 것이었다. 선창 공사뿐만이 아니었다. 선창 공사가 끝나고 나자 이번에는 추운 겨울 날씨에도 불구하고 그 사토의 채찍 밑에 또 하나 엄청난 공사가 시작됐다.

주정수의 낙원 설계는 그렇지 않아도 아직 실현이 요원하던 참이었다. 그런데 그 선창 공사가 끝나고 나니 그의 낙원 설계에는 또 한 가지 생각지 못했던 작업이 보태졌다.

선창 공사가 끝났을 때, 공사 중에도 가끔 그런 사고가 일어났지만 이때부터 원생들 가운데선 섬을 버리고 물을 건너가는 일이 자주 일어났다. 그것은 섬 안에 원생들의 낙원을 꾸며주겠다던 주정수의 약속에 대한 괘씸하고도 노골적인 배반이었다. 주정수의 약속은 빛을 잃고 있었다. 그의 약속은 차츰 온 섬사람들의 원망의 표적이 되어갔다. 병사 시설이 늘어가고 새 선창이 생기고 종각과 만령당이 새로 지어져도 그것들은 원생들의 낙원과는 아무 상관이 없었다. 낙원은 오직 주정수 원장 혼자 속에 있을 뿐이었고, 그러한 작업의 결과들도 그 주정수 원장의 낙원 설계 속에서만 뜻을 지닐 수 있었다. 원생들 쪽으로 보면 오히려 모든 게 고역이었다. 시설이 하나씩 늘어갈 때마다 원망은 백 가지나 더 늘어 갔다. 처참한 출역의 기억들이 늘어가고, 그 작업 결과를 손상 없 이 유지해야 할 부담이 늘어갔다. 편리한 데도 없는 건 아니었지 만, 상관단의 극성스런 간섭 때문에 새로운 시설들은 이용된다기 보다 조심스럽게 모셔지고 있는 형편이었다. 전쟁이 심해져감에 따라 물자는 더욱 궁핍해졌다. 노임을 받기커녕 이젠 숫제 치료조 차 제대로 해주지 않았다. 약품이 모자란 건 둘째치고 심한 노역 으로 인한 부상과 상처의 악화는 투병 능력을 형편없이 저하시켜 갔다. 주정수의 생각과는 달리 섬이 점점 더 지옥으로 변해가고 있었다. 시설이 하나씩 늘어갈수록 섬은 자꾸자꾸 지옥으로 변해 갔다. 사람들은 계속 섬을 빠져나갔다. 섬을 빠져나가려다 들킨 사람은 가차 없이 처벌되었다. 섬 외곽선 순시가 몇 배로 강화되 었다. 하지만 탈출 사건은 끊이지 않았다. 하루하루 수가 더 늘어 갔다.

탈출 루트를 조사해보니 구북리 십자봉 아래의 해변가였다. 십 자봉은 하늘을 뒤덮은 노송과 잡목들이 꽉 들어차 있어 노루가 많 은 곳이었다. 탈출자들은 대개 이 십자봉의 비탈 숲 속에 몸을 은 신해 있다가 지나가는 어선을 매수하여 섬을 빠져나갔다. 나무 판 때기 같은 것을 띄우거나 맨손으로 헤엄을 쳐서 바다를 건너가는 자들도 있었다. 더러는 성공을 하고 더러는 해협의 거센 물살에 휩쓸려 수중고혼이 되어간 자도 있었다. 한데도 이 필사적인 탈출 극은 날이 갈수록 빈번해져갔다.

저들 위해 꾸민 낙토를 저들 스스로 버리고 가는 미욱한 인간의 말종들이라니— 이런 괘씸한 배신자들이라니—

　주정수는 마침내 결심을 했다. 그렇지 않아도 육지 쪽에서 야음을 틈타 들어와 거목들을 마구 도벌해가는 일이 많던 참이었다. 십자봉 외곽 해안선을 따라 새 도로를 개설하기로 작정했다. 새 도로를 개설하여 순시를 재강화함으로써 도벌도 막고 탈출 사고도 줄여보자는 속셈이었다. 무엇보다도 그 외곽선 도로는 섬 전체를 균형 있게 개발하려는 그의 낙원 구상에도 매우 적절한 것이었다. 때가 하필 엄동설한이라 공사에 지장이 될 듯싶은 게 흠이었다. 하지만 주정수는 기다릴 여유가 없었다. 그는 곧 기공식을 올렸다. 또다시 강제 출역이 시작되었다. 사토의 가죽 채찍이 때를 만난 듯 다시 날뛰기 시작했다. 십자봉 기슭은 여간만 험준한 단애가 아니었다. 땅 밑은 순전한 암반 덩어리였다. 변변한 토목 기구 하나 없이 순전히 지게와 곡괭이와 목도질로 작업이 진행되었다. 공사장에서 작업 중에 떨어져나간 손가락 발가락들을 해진 옷자락 속에 싸 감춰가지고 와서 밤을 새우며 눈물을 삼킨 사람들의 수효가 셀 수도 없었다. 하지만 매몰스런 사토의 채찍은 작업 개시 한 달도 못 되어 그 험한 암반을 뚫고 연장 4킬로의 새 도로를 거뜬히 완성해놓았다.

　사토— 그는 잊을 수 없는 악령이었다. 그리고 잊혀질 수 없는 배반의 원흉이었다. 그 자신의 섬에 대한 배반은 물론, 이 섬으로 하여금 배반을 배우게 하고, 원장이 섬을 배반하게 하고, 그리하여 마침낸 그를 가장 충직스런 손발로 부려오던 자기 주인 주정수 원장 바로 그 사람에게까지 이상하고도 참혹스런 배반을 감행함으로써 그 주인과 함께 자신의 시대에 종막을 내려버린 비극의 주인공이었다.

그런데 조 원장은 또 무슨 일로 갑자기 그의 일을 묻고 있는 것인가. 상욱은 목이 마르고 있었다.

"물론 사토를 잘 알고 있습니다. 이 섬에 발을 들여놓은 사람치고 사토의 이야기를 모르고 떠나간 사람은 아무도 없습니다."

새 담배에 불을 붙여 물고 앉아 있는 원장에게 상욱은 잔뜩 긴장한 목소리로 한 번 더 같은 말을 되풀이했다.

"한다면 이 과장은 그 사람을 어떻게 알고 있소? 이를테면 주정수란 원장과의 관계 속에서 임잔 그 사토라는 인물을 어떻게 생각하고 있느냔 말야요."

원장은 여전히 장난기가 어린 표정이었다. 무엇인가 그가 미리 기대하고 있는 대답이 있는 모양이었다. 그는 상욱에게서 그 대답을 유도해내기 위해 그런 수수께끼 놀음을 벌이고 있는 게 분명했다. 그렇다면 상욱으로서도 짐작이 가지 않는 바가 아니었다.

"어떻게 생각하다니요? 주정수 원장의 손발 노릇을 하면서 자기 주인을 온통 망쳐놓은 인물이지요."

이자가 거기까지 이야기를 샅샅이 다 알고 있을까. 원장은 이야기를 알고 있었다. 그는 금세 상욱의 말뜻을 알아들었다.

"맞아요. 주정수를 몽땅 버려놓은 인물이오."

예상대로였다. 원장은 결국 그 말을 하고 싶었던 거라고 상욱은 생각했다. 하지만 무엇 때문에 원장은 지금 그걸 자기에게 확인시켜주고 싶어 하는가. 그것이 그에 대한 부탁이란 것과 무슨 상관이라도 있단 말인가. 상욱은 의심쩍어지면서도 원장의 말을 시인하지 않을 수 없었다.

"주정수 원장의 허물을 구체적으로 따지자면 사실 그 사토라는 인물에게서 저질러진 것이 대부분이라 해도 과언이 아니겠지요. 하지만……"

원장이 그때 갑자기 다시 상욱을 가로막고 나섰다.

"그렇다면 말이오. 그렇다면 주정수에겐 실상 허물이 없었다는 말이 될 수도 있지 않겠소? 주정수는 일을 잘해보려고 했지만, 사토라는 자가 그만 일을 그런 식으로 그르쳐버렸다면, 사토를 원망할망정 주정수의 처음 의도는 비난이 아니라 어쩌면 칭송을 받을 수도 있었지 않겠느냐 말이오."

"그렇게 생각하시는 분들이 가끔 있었지요. 하지만 사토는……"

"아, 사토는 물론 주정수가 데리고 온 사람이란 건 나도 알고 있어요. 그리고 그런 관계가 아니더라도 주정수와 사토는 일단 공적인 상하 관계가 있으니까 사토의 허물은 곧 병원의 최고 책임자인 주정수에게로 돌아간다는 사리도 물론 자명한 노릇이구요. 하지만 그런 공식적인 해석을 떠나서 주정수와 사토 두 사람만의 관계 속에서 이 일을 생각한다면 허물은 역시 사토 쪽이 더 크지 않겠소? 주정수가 섬을 배반하게 한 것은 사실상 사토 그 녀석이 아니었냐 말요."

"하지만 사토가 그렇게 할 수 있었던 것은 주정수 원장에 대한 공명심 때문이었지요. 그는 이미 주정수의 심중에서 그런 배반의 여지를 보고 있었던 거라 할까요. 적어도 주정수 원장이 그런 사토를 모른 척 묵인한 것은 사실이었으니까요."

"주정수는 신이 아니라 인간이었다는 점도 고려되어얄 게요. 그는 숱한 약점을 지닌 인간이었단 말이오다. 그 약점을 나무라기보다 그걸 이용한 사토라는 놈이 역시 간악했어요. 사토가 아니었다면 주정수는 아마 그런 비극적인 종말로 인생을 끝맺지는 않았을 게요."

"그러나 사토의 자리는 다른 누구라도 그걸 이용하게 된다는 것도 역시 사실일 겝니다."

"그런 결과를 알고 있는 사람이라면 그렇게 하지는 않겠지."

"무슨 말씀입니까."

"난 주정수가 되고 싶지는 않소."

"……"

"그리고 이 과장은 그 사토의 자리가 얼마나 배반의 가능성이 많은 곳이라는 것을 너무도 잘 알고 있소."

원장이 마침내 속셈을 털어놓고 있었다. 입가에 번져 있던 장난기 같은 미소가 어느새 깨끗이 사라져버리고 없었다. 그의 눈동자가 이상스럽게 강한 빛을 발하고 있었다.

상욱은 입을 다물고 있었다. 그의 얼굴이 갑자기 하얗게 질려가고 있었다.

원장이 드디어 그 부탁이라는 것의 정체를 밝혔다.

"난 또다시 주정수가 되고 싶진 않소. 이 섬은 한 사람의 주정수만으로 이미 충분할 게요. 사토 역시 한 사람으로 족할 게요. 이 과장이 사토가 되지 않는 한 나 역시 주정수가 될 염려는 없을 게요."

"절 아십니까?"

"조금은…… 이 과장은 날 조금도 신용하지 않는 사람이지요. 아니 그보다도 날 항상 경계하고 있는 사람이라고 할까요."

"전 원장님을 신용하지 않거나 경계하고 있다고 말씀드린 일은 없습니다."

"말을 들은 일은 없지요. 하지만 느낄 수 있는 일이지요."

"전 그토록 원장님을 불신하고 있진 않습니다."

"그렇담 이 과장이 불신하고 있는 건 역시 그 주정수란 인물이라고 말해야 정확할지 모르겠군. 하지만 당신은 늘 나한테서 그 주정수의 유령을 찾아내고 싶어 하니까……"

"비약이 아니겠습니까?"

"장담하진 마시오. 이래 봬도 난 이 과장에 관해서라면 뜻밖에 제법 많은 걸 알고 있을지도 모르니까……"

원장은 다시 그 수수께끼처럼 영문을 알 수 없는 미소를 머금으며 장난스럽게 상욱을 건너다보았다.

상욱은 그 원장이 새삼 두려워지고 있었다.

"도대체 원장님께선 제게 뭘 원하십니까."

"그저 나 하는 일을 구경꾼처럼 바라보고 있지만 말고 관심을 가지고 좀 도와달라는 것뿐이오."

"병신들에게 공을 차게 하는 일 말씀입니까. 그 병신들에게 기어코 공을 차게 하실 작정입니까."

"그렇지요. 당분간은 그저 그렇게 공이나 차게 하는 거요……"

"두려운 건 바로 그 원장님의 신념인 것 같습니다."

11

이날 오후, 상욱의 책상 위에 웬 원고 뭉치 비슷한 우편물이 놓여 있었다. 점심을 끝내고 사무실로 돌아와보니 누군가가 우편물을 책상 위에 놓고 간 것 같았다. 겉포장지에 씌어진 주소를 보니 수취인은 상욱이 아니라 한민 청년이었다. 발송지는 서울의 어떤 신문사 잡지부. 상욱은 대략 짐작이 갔다. 한민이 투고한 원고의 한 가지가 뒤늦게 반송되어 온 모양이었다. 포장지가 뜯긴 것으로 보아 누군가가 이미 내용을 조사해보고 상욱에게 뒤처리를 맡기러 가져다 둔 듯싶었다.

이건 또 무슨 얘기를 쓴 것일까.

상욱은 무심히 원고 뭉치를 꺼내 들고 첫 장을 들춰보았다. '귀향(歸鄕)'이라는 제목이 붙은 1백 장 정도의 소설 원고였다. 상욱은 아직도 좀 덤덤한 기분으로 원고의 첫머리를 읽어 내려가기 시작했다.

때는 1930년대 초반의 어느 가을날 저녁. 장소는 화물차나 진배 없는 야간 남행 열차의 한구석. 밤 추위를 피하기 위해서인 듯 옷깃으로 얼굴을 깊숙이 가린 청년 하나가 사람들의 시선을 피해 그 야간열차의 구석에 자루처럼 초라하게 쭈그려 앉아 있다. 그 청년의 맞은편 구석 희미한 전깃불 아래도 역시 옷깃으로 얼굴을 잔뜩 싸 가린 채 아까부터 자꾸 청년의 동정을 유심히 살피고 있는 여자가 하나 앉아 있다. 여자는 얼굴을 싸 가린 옷깃 속에서도 무엇인가 맞은편 사내의 정체를 읽어내려는 듯 한동안 주의를 게을리하지 않는다. 이윽고 여자가 무슨 확신이 생긴 듯 맞은편 사내 곁으로 슬그머니 자리를 옮겨와 속삭이듯 재빨리 귓속말을 건넨다.

—섬을 찾아가시는군요.

사내가 옷깃 속에서 흠칫 여자를 훔쳐본다.

—아까부터 쭉 댁을 눈여겨보고 있었어요. 틀림없이 그런 것 같았어요. 겁을 먹고 사람들의 눈길을 피하는 모습이…… 하지만 이제부터 너무 불안해하지 말아요. 저하고 같이 가면 되니까요. 저도 지금 섬으로 가고 있어요.

여자가 계속해서 낮게 속삭여댄다.

—보름 동안 휴가를 얻어 고향엘 다녀가는 길이죠. 어머니가 돌아가셨거든요. 휴가를 얻어 갔다는 게 마을까지도 못 들어가고 먼 발치서 어머니 장례 행렬이나 구경하다 돌아설 수밖에 없었지만 말이에요.

여자가 말을 하는 동안 사내의 눈빛이 이상한 반가움으로 빛난다. 그러나 사내는 아무 말이 없다. 말없이 여인의 눈을 바라볼 뿐이다. 여자도 이젠 그만 입을 다물고 만다. 두 사람은 흔들리는 차체에 몸을 맡긴 채 말없이 서로 눈길만 주고받는다. 아직도 두려움이 가시지 않는, 그리고 누가 누구를 동정하는 것인지 알 수 없는 연민 어린 두 눈길.

원고는 그런 식으로 서두가 시작되고 있었다. 상욱은 그쯤 이야기를 따라 읽어내려가자 지금까지 그 무심스럽던 표정이 갑자기 달라지기 시작했다. 그는 불현듯 어떤 예감에 사로잡힌 사람처럼 열이 오른 눈초리로 계속 이야기를 뒤쫓아나갔다.

사내의 이름은 이순구. 그리고 그 스물다섯 안팎의 사내보다 나이가 서너 살쯤 낮아 보이는 여자의 이름은 지영숙. 두 사람은 그런 식으로 말없이 동행이 되어 이튿날 아침 어둠이 걷히기 전에 순천역을 빠져나왔다. 그리고 거기서부터는 도보로 하루 한나절 먼지 길을 걸어 다시 이튿날째 저녁 무렵이 되어서야 간신히 섬으로 건너가는 녹동 마을에 다다른다.

— 집을 잘 떠나셨어요. 대단한 용기가 필요했겠지요. 하지만 이제부턴 더욱 용기를 내서야 해요.

— 잘만 하면 병을 나을 수도 있을 거예요. 가끔씩은 병을 고쳐 섬을 다시 나가게 된 사람들도 있으니까요.

길을 걷는 동안 가끔 위로 말 비슷한 소리를 하고 있는 것은 대부분 여자 쪽이었고, 사내는 그저 듣고만 있는 편이었다. 그리고 그런 식으로 두 사람은 이날 저녁 한배를 타고 그 녹동 앞바다 물길을 건너 나란히 섬으로 들어간다. 섬으로 들어온 사내에겐 뭍에서의 그의 생활과 꿈의 사연들이 어린 낡은 트럼펫 하나가 소중스레 간직되어 있을 뿐이었다.

이순구— 그 사내의 이야기가 틀림없었다.

'노루 사냥 사건' 때의 주인공 사내 이름이 바로 이순구였다.

상욱은 이제 의심할 여지가 없었다. 원고를 읽어내려가는 그의 눈길엔 점점 더 긴장기가 더해갔다. 이순구의 이야기라면 노루 사냥 사건에서 끝날 이야기가 아니었다. 섬을 나간 소년의 이야기가 있었다. 상욱이 죽은 한민 청년에게 들려준 이야기는 그 소년의 이야기였다. 한민은 소년의 내력을 설명하기 위해 거기까지 이야기를 거슬러 올라가고 있는 게 분명했다.

　섬으로 들어온 이순구는 남자 독신사로, 그리고 그를 안내해온 지영숙은 여자 독신사로 그날로 각각 격리 수용살이가 시작된다. 하지만 길을 같이 온 인연으로 해서 두 사람 사이는 오래지 않아 어떤 당연스런 관계가 이루어진다. 어느 날 밤 지영숙은 남독신사로 은연히 이순구를 찾아가 그에게 자신의 보호자가 되어줄 것을 간청한다. 이순구 청년은 섬 풍속대로 닭을 잡아 주위에 한턱을 낸 다음 이날로 그녀의 오라비가 되어준다. 섬에선 흔히 있어온 일이었다. 남녀 간의 애정 관계가 전혀 용납되지 않는 바는 아니었지만, 원생들 간의 이성 결합은 반드시 남자 쪽의 단종수술이 전제되어 있었다. 언젠가는 병이 나아 섬을 나가게 되리라는 꿈을 버리지 않는 한 선뜻 단종수술을 각오하고 나선 사람은 드물었다. 그렇다고 혼자서는 섬 생활이 너무 괴롭고 힘들었다. 원생들 가운데선 어느 사이에 끼리끼리 '오누이'가 되어 서로 은밀한 위로를 나누기 시작했다. 이순구와 지영숙도 이를테면 그런 오누이 사이가 된 것이다.

　하지만 두 사람의 관계는 거기서 끝나지 않는다.

　이순구가 섬으로 들어오고 나서 며칠이 지난 다음 날 저녁부터 마을 앞 바닷가 근처에선 때때로 구슬픈 트럼펫 소리가 멀리 어둠

속을 흘러 퍼지다 사라져가곤 했다. 물론 이순구의 나팔 소리였다. 그는 육지에서의 그의 젊은 꿈을 노래하던 나팔로 이제는 그의 절망을 슬프게 노래하기 시작한 것이다. 밤만 되면 그는 자주 바닷가로 나가 「고향의 봄」이나 「황성옛터」 같은 노랫가락으로 흐느끼듯 어두운 허공을 흔들어놓곤 한다.

그러던 어느 날 밤, 이순구가 이날도 그 바닷가 모래사장 한쪽에서 방금 어두운 허공을 뚫고 사라져간 유장한 트럼펫 소리의 여운에 스스로 귀를 기울이고 있을 때였다. 어디선가 갑자기 여인의 가는 흐느낌 소리가 들려왔다. 소리가 들려온 곳은 그가 서 있는 모래사장 근처의 수풀 속이었다. 어느 여인이 수풀 속에 숨어 그의 노랫소리를 몰래 듣고 있다 울음을 터뜨리고 만 것이었다.

이순구는 그만 발길을 돌이키려 한다. 하지만 흐느낌 소리가 그치지 않는 한 그는 발이 떨어지지 않는다. 그는 결국 소리가 나는 수풀 쪽으로 다가간다. 그의 발소리를 듣고 몸을 피해 달아나는 그림자를 붙들고 보니 소리의 주인은 지영숙이었다.

이날 밤 이순구와 지영숙은 두 사람 사이의 '오누이'를 단념하고 만다.

원고는 거기서 제1장이 끝났다.

상욱은 곧이어 2장을 읽어내려가기 시작했다. 2장의 이야기는 지영숙에게 새로운 생명이 잉태된 데서부터 첫머리가 시작됐다. 아무리 엄격한 통제와 간섭 속에서도 젊음이 있는 곳에서는 사랑의 장소도 찾아지게 마련이었다. 이순구와 지영숙의 사랑의 보금자리는 그 어두운 바닷가의 숲 속이었다. 심한 작업과 감시의 눈길 속에서도 이순구와 지영숙은 하루가 멀다 하고 밤이 어두워오면 남몰래 그 해변가 숲을 찾았다. 그리고 살갗으로 배어드는 초겨울 추위마저 잊은 채 두 사람은 새벽이 될 때까지 쉴 새 없이 사랑을 나누었다. 그러고는 말없이 이마를 맞대고 앉았다가 하루하루가 세상의 마지막 날인 듯 아쉬운 마음으로 길을 나눠 마을로 돌아가곤 했다.

이때 이미 여자에겐 새 생명이 잉태되고 있었다. 여자가 처음 그 놀라운 사실을 고백하던 날 밤 두 사람은 그 치열하던 사랑의 동작마저 잊고 있었다. 기쁨 때문인지 슬픔 때문인지 두 사람은 자꾸 눈물만 치솟아올라 동편 하늘이 희끄무레해올 때까지 서로 젖은 이마만 끝없이 비벼대고 있었다.

하지만 그런 며칠이 지나고 나니 두 사람 사이엔 새로운 두려움이 싹트기 시작했다. 사실이 탄로나고 보면 두 사람 앞에 닥쳐올 재난은 보나 마나 뻔했다. 단종수술 같은 건 나중 일이고 우선은 그 엄중한 금기를 범한 데 대한 병원 당국의 가혹한 벌책을 모면해나가는 것이 급선무였다. 스스로 비밀을 자백하고 나설 수도 없었고, 그렇다고 배 속의 아이를 떼어내버릴 수도 없었다. 방법이 나선다 해도 이젠 절대로 그럴 수가 없는 일이었다. 미적미적 시일이 흐르다 보니 이젠 이웃 간에서도 벌써 눈치를 채기 시작했고, 두 사람의 비밀은 어느새 섬 전체 원생들의 비밀이 되고 말았다. 그리고 이때부터 섬에선 그 설명이 불가능한 수수께끼 같은 일이 실현되고 있었다. 섬 전체가 한 생명을 잉태하고 그 생명을 당국의 눈을 피해 자기들끼리 은밀히 길러내기 시작한 것이다.

섬사람들은 아무도 두 사람의 비밀을 말하는 일이 없었다. 두 사람의 비밀이 곧 자신의 비밀인 양 쉬쉬 입을 막으며 주위를 깊이 감싸주었다. 두려운 눈길로 말 없는 축복들을 보냈다. 지영숙의 잉태는 모든 원생들의 두려운 희망 같은 것이었다. 그리고 그런 두려움 속의 열 달이 지나고 나자 지영숙은 마침내 섬 전체가 숨을 죽인 듯한 긴장 속에 그녀와 그녀의 사내를 위한, 섬 안의 모든 원생들을 위한 무거운 진통을 시작했다. 열 시간의 진통 끝에 지영숙의 어두운 독신사에선 이 세상에서의 첫 울음소리조차 이불자락 밑으로 조심스럽게 싸 숨겨야 했을 만큼 인색한 운명을 지닌 아이가 태어난다.

이튿날 아침 아이가 태어났다는 소식은 눈에서 눈으로 귀에서 귀로 순식간에 섬 전체로 퍼져나간다. 모든 마을 모든 원생들이 남몰래 안도의 한숨들을 삼켰다. 아낙들은 물기를 머금은 눈으로 그 기구한 생명의 내력을 축복했고, 사내들은 먼 하늘을 쳐다보듯 무심스런 눈길 속에 얼굴도 보지 못한 한 사내아이의 앞일을 걱정했다. 아이는 그런 섬사람들의 짐짓 묵연스런 눈길 속에, 바로 그 눈길들을 피해가며 몰래몰래 자라나기 시작한다. 아이는 그를 낳은 한 쌍의 사내와 여인에 의해서가 아니라 섬 전체가 마음을 합해 함께 길러나간 것이다.

하지만 이순구와 지영숙은 불안했다. 언제 누가 비밀을 꼬아바쳐 병원 당국에서 아이를 빼앗아가게 할지 알 수 없었다. 작업은 차츰 고되어져가고, 원생들에 대한 당국의 통제와 감시의 눈길도 하루하루 더해가는 판이었다. 어느 하룻밤 아기의 울음소리를 듣

고 그 극성스런 순시 녀석들이 갑자기 문을 박차고 덤벼들지 불안
스런 나날의 연속이었다. 아이를 늘 포대기 속에 숨겨놓고 바깥
동정을 살피기에 피가 마를 지경이었다.

이순구는 지영숙보다도 한층 더 불안했다. 불안했기 때문에 그
는 한사코 병원 부서 사람들의 신임을 사두고 싶었다. 그는 작업
장만 나가면 눈에 띄게 일에 열심이었다. 마을 일도 무엇에나 남
먼저 앞장을 서고 나섰다.

그는 마침내 작업 성적이나 마을을 위한 열의를 평가받아 병원
당국으로부터 순시원의 자리를 얻어내기에 이른다. 하지만 그는
원생들 가운데선 제법 신임도가 인정되고 있는 순시원직을 얻고
나서도 여전히 마음이 불안했다. 어느 정도 신임을 얻고 나니 마
음이 오히려 더 거북하고 불안스러웠다. 신임이 두터우면 두터울
수록 주위는 거꾸로 점점 더 불안스럽기만 했다. 그는 마음이 불
안한 만큼 더욱더 일에 열심이었다.

믿어지지 않는 세월이 5년이나 흘러갔다. 비밀은 불가사의할 정
도로 완벽했다. 하지만 이순구는 이제 더 이상 불안해서 견딜 수
가 없었다. 아이를 언제까지나 여자의 이불 속에만 숨겨두고 지낼
수가 없었다. 그는 마침내 비가 몹시 내리는 어느 여름밤을 이용하
여 아이를 등에 업고 몰래 숙사를 빠져나간다. 그리고 지나가는 고
깃배를 섬 기슭으로 불러들여 어린 소년을 섬에서 내보내고 만다.

이야기는 거기서 제2장이 끝나고 다시 3장이 이어졌다. 3장의
이야기는 소년을 내보내고 난 이순구의 배반 과정이었다. 이순구
는 소년을 섬에서 내보내고 나서도 여전히 불안한 마음이 걷히질

않는다. 섬 안엔 이제 그 악명 높은 사토의 채찍이 기승을 떨기 시작하던 시절— 작업은 더욱 가혹해져가고 그의 비밀은 계속 비밀로 남아 있었다. 그 비밀이 언제 탄로나서 하찮은 직위나마 그의 순시원 자리가 달아날지 모를 일이었다. 작업이 고되다 보니 순시원으로서의 그의 조그만 특권까지 부러워하는 자들이 있었다. 이순구는 이제 동료나 이웃마저 의심스러웠다. 그동안 공들여온 순시로서의 말단 관리직이나마 더없이 새로운 애착이 생기기 시작했다. 어떻게 하든지 그 순시원의 자리만은 계속 지켜가고 싶었다. 하지만 사람에 대한 불신은 무얼 좀 분명히 해두고 싶어 할수록 더욱 깊어져가게 마련인 것. 그는 상관단 사람들의 눈에 들면 들수록 자신이 불안했고, 주위를 분명히 하고 싶을수록 사람들이 온통 다 의심스럽기만 했다.

이순구는 마침내 자포자기가 되고 만다. 어디 한번 입을 열 테면 열어보라는 식으로 동환의 원생들에게 마구 신경질적인 행동을 드러내기 시작한다. 그러나 섬사람들은 무슨 일이 있어도 그의 비밀만은 절대로 입에 올리려 하지 않는다. 그것을 말하는 것은 이미 이순구 개인의 비밀이 아니라 섬사람 전체의 금기가 된 지 오래였다. 그런 만큼 이순구는 점점 더 거동이 자신만만해져간다. 병원 당국의 충직스런 손발이 되어 동료 원생들의 처지까지 노골적으로 외면하고 나선다.

한민의 이야기는 거기서 비로소 그 유명한 '노루 사냥 사건'을 소개하기 시작한다.

하지만 상욱은 이제 그만 원고를 덮고 말았다. 더 이상 이야기를 읽어나가기가 두려웠기 때문이다.

이상한 일이었다. 상욱이 한민에게 들려준 이야기는 다만 소년의 탈출에 관한 것뿐이었다. 노루 사냥 사건의 주인공이 소년의 아비라는 관계는 말로 일러준 일이 없었다. 한데도 한민은 이미 모든 것을 알고 있었다. 그는 노루 사냥 사건의 주인공 이순구의 내력에서부터 소년의 이야기를 풀어나가고 있었다. 한민이 알고 있는 일 가운데 상욱을 더욱 놀라게 한 것은 후일 소년의 귀향에 관한 것이었다. 상욱은 소설의 제목이 '귀향'이라 붙여진 데 대해 처음엔 납득이 잘 가지 않았다. 이야기가 어떻게 끝나고 있는지나 알고 싶었다. 원고지를 되짚어다 끝부분 몇 장을 들춰보니 소년은 후일 성년이 되어 다시 섬으로 돌아와 섬 일을 신념껏 돌보는 것으로 결말이 지어져 있었다. 그래서 아마 소설의 제목을 '귀향'이라 한 모양이었다. 소설 구성상으로 그런 식의 이야기 전개나 결말이 적합한 방법인지 아닌지는 상욱으로서 알 바가 아니었다. 하지만 그는 이제 그만 기가 질리고 말았다. 섬에서는 누구나 남의 내력을 들추는 일이 없었다. 내력을 알고 있다 해도 모른 척 눈감아주는 것이 섬사람들의 오랜 불문율이었다. 가명을 쓰는 사람도 많고 고향을 숨기는 사람도 많았다. 아무도 그것을 탓하는 사람이 없었다.

한민 역시 상욱이 귀띔을 해준 것 이상으로 소년이 섬을 나간 다음 일에 대해선 별로 깊은 관심을 나타내 보인 일이 없었다. 하지만 그는 소년이 섬을 나가고 난 뒷날의 이야기도 이미 다 훤히 알고 있었다. 알고 있으면서도 말을 하지 않은 것뿐이었다.

일이 거기까지 이르고 보니 상욱은 다시 한 가지 궁금한 것이 있었다. 원고지 포장이 뜯겨져 있는 것이 누군가 이미 이야기를 읽었을 수도 있었을 것 같았다. 누가 원고를 자기 책상에 가져다 놓았는질 알고 싶었다.

—장담하진 마시오. 난 이 과장에 관해선 뜻밖에 제법 많은 것을 알고 있을지도 모르니까!

수수께끼처럼 영문을 알 수 없는 미소 속에 장난스럽게 상욱을 건너다보던 원장의 얼굴이 머리를 지나갔다.

상욱은 원고를 서랍 속에 쑤셔넣고 나서 자리를 일어섰다. 그리곤 곧 서무과를 찾아가 원고가 전해지게 된 자초지종을 알아보았다.

일의 경원측 역시 상욱이 예상한 대로였다.

"아, 그 원고 말씀입니까. 벌써 며칠 전에 다른 우편물 속에 끼어왔어요."

늙은 서무과장이 대수롭지 않은 얼굴로 설명했다. 상욱은 그러나 그 서무과장에게 조급한 어조로 거푸 물어댔다.

"그래서 그 원고를 어떻게 했습니까."

"글쎄요, 한민이라면 지난번에 그 약을 먹고 죽은 친구 아닙니까. 주인도 없는 판에 마침 원장님이 곁에 계시다가 원골 구경하자고 가지고 가셨지요."

"원장님께서 원골 읽으셨어요?"

"며칠 동안 가지고 계셨으니 아마 몇 장쯤 들춰보실 수도 있으셨겠지요. 그런데 왜 그러십니까. 그 원고가 잘못된 거라도 있습니까."

"아니, 아닙니다. 아까 보니까 제 책상에 누가 그런 원고를 놓아두고 갔길래……"

"아마 원장님께서 누굴 시켜 거기다 갖다 놓게 한 모양이군요. 이 과장이 알아서 처리하시라구 말입니다."

"알았어요."

상욱은 더 이상 캐물을 것이 없었다. 그는 서무과를 나왔다.

12

축구에 대한 원장의 집념은 상욱이 상상했던 것보다도 훨씬 대단한 것이었다. 원장은 한번 말을 꺼낸 이상 이제부턴 그 축구공 한 가지로 섬을 온통 정복해버릴 결심인 듯 오로지 그 일에만 오만 정열을 쏟았다. 마을마다 축구공을 나눠주고, 원생들 가운데서 웬만큼 볼을 다룰 만한 청년들을 선발해선 섬을 대표하는 장로교와 천주교의 두 축구팀을 창설했다. 그 축구팀은 외지에서 초빙해온 코치의 지도 아래 본격적인 합숙 훈련을 실시케 했다. 훈련 중엔 며칠 만에 한 번씩 두 팀 간의 친선 시합을 갖게 하여 상호 기량을 가다듬어나가게 했다. 그런 친선 시합이 무려 수십 회나 치러져가는 동안 두 팀의 실력은 눈에 띄게 향상되어갔다. 한 번은 섬 밖에서까지 축구팀을 초청해다 시범 경기를 가진 일이 있었다. 원정군은 고흥군을 대표해 온 팀이었으나 섬에서는 오히려 2대 0이라는 스코어로 의외의 패배를 면치 못했다. 그런 친선 시합이 치러져나가면서 변화가 보이기 시작한 것은 물론 축구팀의 실력만이 아니었다. 보다 더 눈에 띄게 달라진 것은 섬사람들의 태도였다. 섬의 분위기였다. 섬사람들은 처음 반강제나 다름없는 원장의 축구 보급에 대해 적지 않이 냉담한 반응을 보였다. 원장의 처사엔 처음부터 아예 좋고 나쁜 의견이 없었다. 말없이 원장의 의사만 좇을 뿐이었다. 시키는 대로 선수를 골라내고, 그리고 팀을 짜서 공을 찼다. 합숙을 시키면 합숙을 했고, 친선 시합을 치르라면 친선 시합을 치렀다. 그것은 언제나 원장이 원하니까, 원장이 그렇게 시키니까, 그 원장의 뜻대로 그렇게 할 뿐이라는 식이었다. 장로회 사람들도 마찬가지였고, 심지언 고문의 일을 부탁받은 상욱까지도 그런 식이었다.

원장은 그러나 물러서지 않았다. 그는 집무 시간만 끝나면 합숙소로 내려가서 훈련을 간섭했다. 날이 갈수록 축구에만 빠져들어 가고 있었다.

섬사람들에게서도 마침내 변화가 나타나기 시작했다. 장로교 팀과 천주교 팀의 시합이 회를 더해갈수록 섬사람들도 차츰 이 희귀한 구경거리에 관심을 기울이기 시작했다. 열띤 응원전이 벌어지고 마침내는 섬 전체의 하루가 고스란히 이 축구 시합 구경에 바쳐지곤 했다. 섬사람들은 그렇듯 슬금슬금 축구에 취해 들어가다 끝내는 스스로 열이 올라 흥분하기 시작했다.

"그거 참 볼만한 구경거리가 되겠군그래. 난 여태 외발잽이 축구 시합이라는 건 구경을 해본 일이 없었는데, 우리 원장님은 워낙 상상력이 풍부한 분이시거든."

실없는 악담을 내뱉어가면서도 한두 차례 시합 구경을 나다니던 보육소 윤해원마저 나중엔 다리를 걷어붙이고 경중경중 운동장으로 뛰어들었을 정도였다.

친선 시합이 50여 회를 헤아리자 이젠 섬 전체가 온통 축구열에 들떠 지내는 판국이었다. 시합에 몰두한 운동장의 선수들은 물론, 열띤 응원전을 벌이는 주변 구경꾼들의 모습은, 냉랭하게 말이 없던 원장 부임 시의 그것과는 워낙 분위기가 달라져 있었다.

원장은 내내 그렇게 원생들에게 공만 차게 하고 있었다. 가을이 지나고 겨울이 왔다.

남해의 겨울은 볕발이 짙은 날이 많았다. 원장은 겨울에도 계속 공을 차게 했다. 당분간은 그저 공이나 차게 하겠다던 말대로 원장이 그렇게 원생들에게 공을 차게 하는 데는 따로 무슨 목적이 숨어 있는 것 같지도 않았다. 혼자서 무슨 다른 일을 꾸미고 있는 기미가 엿보이지 않았다. 무작정 그렇게 공만 차게 하고 있었다.

다시 겨울이 가고 봄이 왔다.

원장은 마침내 자신이 생긴 모양이었다. 봄이 되자 원장은 축구팀을 섬 밖으로 끌고 나갔다. 때마침 고흥군에선 무슨 기념일을 경축하기 위한 군민 체육 대회가 열리고 있었다. 원장은 그 고흥 군민 체육 대회장으로 축구팀을 끌고 나타났다. 그리고 그 군민 체육 대회의 최종 결승전에서 4대 2라는 큰 스코어 차로 우승을 차지했다. 기대 이상의 수확이었다.

조 원장은 점점 더 자신이 굳어져갔다. 그는 이윽고 축구팀을 이끌고 두번째로 원정 시합길을 나섰다. 광주에서 열리는 도내 춘계 축구 선수권 대회의 군(郡) 대표로 출전 신청을 낸 것이다.

섬 거리가 온통 연분홍 꽃무리로 뒤덮이기 시작한 4월 초순 어느 날, 소록도 병원 축구팀은 트럭 위에 몸을 싣고 그 벚꽃길을 지나 모처럼 장거리 원정 시합 길을 떠났다. 벚꽃가지가 머리 위를 스치는 트럭 위엔 군복 차림을 한 조백헌 원장과 빨간 바탕에 손가락이 잘려나간 모양의 검정색 팀 마크를 부착한 유니폼 차림의 선수들이 지금 막 싸움터로 떠나가는 병사들처럼 흥분과 긴장으로 뒤범벅이 되고 있었다.

　바뀌고 바뀐 세월 싸워가면서
　암흑과 먹구름도 이제 개이고
　동천은 밝아졌다 대지로 가자……

치료소 앞 광장에서부터 나루터까지 벚꽃길 연도에 늘어서서 「소록도의 노래」를 목이 터져라 불러대는 섬사람들의 환송에 답하여, 차 위에 올라앉은 선수들도 주먹을 휘두르며 합창을 계속했다. 선수들이 탄 차가 먼지를 뿜으며 고갯길을 넘어갈 때까지, 그리고 그 트럭이 나룻배에 실려 맞은편 녹동 포구를 향해 섬을 멀리 떠나갈 때까지도 섬사람들은 온통 붉은 눈자위가 더욱 붉어져 노랫소리를 그치지 못했다.

그런데 이 두번째 원정에서도 결과는 매우 만족스러운 것이었다. 병원 팀의 소식을 전해 들은 주최 측에서 출전 포기를 미리 종용해온 일이나, 병원 팀에 대한 다른 건강인 팀들의 대전 기피 경향 같은 것은 오히려 사소한 말썽거리에 불과했다. 그런 모든 난

관을 돌파하고 꿋꿋하게 치러낸 시합의 결과는 더욱더 자랑스럽고 만족스러운 것이었다.

적어도 조백헌 원장에겐 그건 기대 이상으로 만족스런 결과였다. 병원 팀이 마침내 도 선수권을 장악한 것이다. 이번에도 물론 축구 실력을 평가받고 안 받고는 그리 큰 문제가 아니었다. 원장의 집념이 문제였다. 섬사람들에게 건강인과 똑같이 싸워 그 건강인을 이길 수도 있다는 자신감을 심어주고 싶었던 원장의 집념이, 이 병원의 축구팀으로 하여금 우승컵을 안게 함으로써 무엇보다 분명한 증거를 보여준 것이었다.

이 두번째 원정 시합에 대해선 때마침 그 기이한 축구팀과 건강인과의 경기 모습을 취재한 기자가 있어, 뒷날 다시 그의 글을 대할 기회가 있었으므로 섬사람들은 누구나 그날의 시합 광경을 오래오래 마음속에 간직할 수 있었다.

그 기자의 기사 내용은 다음과 같았다.

그건 참으로 묘한 축구 경기였다. 빨간 유니폼에 손가락이 몇개 잘린 그런 깜장 마크가 흡사 나치스 독일의 국기만 같은 그 낯선 원정 팀의 선수들은 볼 다툼새가 매우 서툴렀다. 팀워크도 서툴렀다. 볼에 몇 사람씩 얽히어 달리다가 볼은 빼앗겨 이미 홈 사이드로 들어가 있는데, 달리던 관성대로 원정 팀 선수들은 몇 명씩 한꺼번에 마구 달리다가 어이없는 범칙을 저지르기도 했다. 공을 세차게 걷어차고 난 빨간 유니폼의 선수들은 거의가 발이 아파 그 자리에 몸이 나뒹굴어지기도 했다.

정말 묘한 축구 경기였다. 빨간 유니폼이 볼을 몰고 가면 상대편이 태클을 해 들어오기는커녕 오히려 도망을 쳤다. 그러기에 서툰 기술인데도 게임은 빨간 유니폼 쪽에 유리하게 이끌려갔다.

이 게임이 시작되자 빨간 유니폼의 홈 사이드에 널려 서 있던 관중들은 거의 돌아갔거나 멀찌감치 물러서서 구경을 했다. 선수들이 볼을 따라 몰려가면 라인 근처에 서 있던 관중들은 물이나 끼얹은 듯 도망을 치곤 했다. 빨간 유니폼을 응원하는 관중은 하나도 없었다. 물론 야유하는 사람도 없었다. 다만 군복 입은 한 고급 장교가 라인 밖을 쳇바퀴 돌 듯 맴돌며 발악에 가까운 응원을 했다. 군의관 대령인 이 장교는 지칠 줄을 몰랐다. 팀이 몰려 머뭇거리면 권총을 빼들고 힘을 내도록 협박까지 했다.

—인마 똑같은 사람이야! 똑같은 축구 선수란 말야! 다를 게 아무것도 없단 말이닷!

장교는 고함치며 꺼져들려는 투지에 불을 붙이며 뛰어다녔다. 팀의 마크처럼 손가락이 없는 선수들은 솜으로 축구화의 코를 메우고 공을 찼다.

—눈썹이 없다는 것과 문둥이라는 것과는 다르다고 말해오지 않았나 말이닷!

눈썹들이 없었다. 하지만 장교의 말대로 이전에 문둥이였다는 것과 지금도 문둥이라는 것과는 달랐다. 선수 교대가 잦은 것은 발가락이 없거나 발 신경의 어느 일부분이 마비되었거나, 어딘가가 성하지 못하기 때문이었다. 보결 선수가 다 나간 후였다. 한 선수가 공을 차고 뒹굴더니 일어서질 않았다. 빼들었던 권총을 버린 장교는 주섬주섬 유니폼을 주워입고 이번에는 그 자신이 경기장으로 뛰어들었다. 관중들은 놀랐다. 이미 게임을 보는 것이 아니라 음성 환자들을 두고 어떤 사람이 어느 만큼 더 성자적인 시련을 감당해내느냐를 보고 있는 관중이기 때문이었다.

이제까지 무심하던 관중은 빨간 유니폼에 환성과 박수를 보냈다. 몇몇 여학생은 돌아서서 울기까지 했다. 무슨 사연이 있길래 저 장교의 염원이 저토록 간절할 수 있는가.

경기는 마침내 끝이 났다.

장교는 마이크를 빌려 관중에게 인사를 했다.

—소록도 병원장 육군 대령 조백헌입니다. 문둥이를 이 경기에 끌고 와서 불쾌한 오후를 누리게 한 것을 사과드립니다. 하지만 여러분이 느낀 불쾌감만큼만 이 약자를 위해 박애를 베풀었다고 여겨주십시오. 이제 경기는 끝났습니다. 여러분에겐 이것으로 모든 것이 끝나버린 것이지만, 문둥이에겐 이제부터 시작인 것입니다. 문둥이도 축구 같은 걸 할 수 있구나 하는 조그마한 사연이 수만 나환자에게는 벅차고 갈피 잡을 수 없는 희망으로 받아들여지며, 그것이 그렇게 받아들여진 후에 일어날 그 벅찬 일들을 여러분은 상상할 수가 없을 겁니다. 나는 기쁩니다. 그리고 감사합니다. 여러분은 나와 수만 나환자로부터 감사받아야 할 충분한 이유가 있는 것입니다……

경기를 보고 돌아가는 관중들은 그저 단순한 축구 경기가 아니라 장렬한 한 편의 드라마를 보고 돌아가는 느낌들이었다.

—이규태, 「소록도의 반란」『사상계』, 1966년 10월호 일부 인용.

어쨌든 선수들은 이번에도 이기고 돌아왔다. 그리고 이들이 시합을 이기고 돌아오던 날 소록도는 이 섬이 생긴 이후로 가장 즐거운 잔치가 벌어졌다. 선수들이 건너오는 나루터엔 솔문을 만들어 세우고 교회에 걸어두었던 만국기를 가져다 바람에 나부끼게 했다.

    바뀌고 바뀐 세월 싸워가면서
    암흑과 먹구름도 이제 개이고……

선수와 섬사람들은 한덩어리가 되어 다시 「소록도의 노래」를 목이 터져라 합창했다. 군중들 사이에는 보육소의 윤해원이나 서미연까지도 서로 간의 처지를 잊은 채 함께 뒤섞였다. 반응을 얻을 수가 없어 그랬던지 상욱에게 비밀을 모두 털어놓은 다음부턴 이상스럽게 자꾸 그를 경원시해오던 서미연이었다. 그리고 그 서미연을 아직도 끈질긴 질투로 괴롭혀대고 있다는 윤해원이었다. 하지만 이날만은 누구에 대한 경원스러움도 없었고 질투 같은 것도 남아 있을 수 없었다. 모두가 함께 노래를 부르고 모두가 함께 감격했다. 상욱도 모처럼 그들 사이로 함께 뒤섞여들어 목청껏 노래를 불렀다. 노래를 부르면서 자신도 모르게 뜨거운 눈물이 볼을 적셔 내리고 있음을 느꼈다.

    나의 살던 고향은 꽃피는 산골
    복숭아꽃 살구꽃 아기 진달래……

170

노래는 그칠 줄 모르고 계속되어나갔다. 「소록도의 노래」에 지친 사람들은 이제 기억에서조차 아득해진 「고향의 봄」을 노래하기 시작했고, 그리고 마침내는 언제부턴가 이 섬사람들의 마음의 노래가 되어오던 한 유행가의 노랫가락이 성가처럼 장엄하게 무리 사이를 흘러 번지기 시작했다.

아무도 날 찾는 이 없는 외로운 이 산장에
단풍잎만 채곡채곡 떨어져 쌓여 있네
세상에 버림받고……

노래의 물결을 따라 눈물과 흐느낌이 함께 번져나가고 있었다.

그런데 그때, 상욱은 어느 순간 갑자기 전기라도 맞은 듯 깜짝 소스라쳐 놀라고 있었다. 노래를 부르다가 어느 순간 그는 차 위에 높다랗게 서 있는 원장의 모습을 본 것이었다. 조 원장은 아직도 차를 내리지 않고 있었다. 역시 차 위에 서서 이 경사를 누구보다 깊이 흡족해하고 있는 것은 사실이었다. 하지만 그는 노래를 부르지 않고 있었다. 목청을 합해 노래를 부르며 눈물을 흘릴 만큼 마음이 격동되고 있지 않은 모습이었다. 그는 아직도 섬사람들의 기분에는 섞이질 않고 있었다. 상기된 얼굴에 어렴풋이 미소가 스치고 있을 뿐이었다. 그는 눈물을 흘리지 않고 웃고 있었다. 상욱은 그 원장의 웃음 띤 얼굴을 보자 자신도 모르게 그만 기분이 오싹 가라앉았다. 그리고 그 원장을 조심스럽게 지켜보며 그 혼자 두렵게 중얼거렸다.

"이제 진짜로 뭔가 시작될 모양이군. 도대체 어느새 이렇게 되고 말았지?"

정말 알 수 없는 일이었다. 운동 시합이란 자주 개인의 사소한 대립이나 이해관계를 넘어 어떤 맹목적인 집단 의지 같은 것을 형성하는 데엔 큰 공헌을 하는 수가 있다. 거대하고 맹목적인 집단 의지 속에 잡다한 개인의 불평이나 의식의 편향 같은 건 일거에 깨끗이 해소되어버리기 일쑤였다. 그래서 어떤 사람들은 가끔 특정 집단의 작은 불평이나 이해 갈등을 해소시키고 그 집단에게 목적하는 바 새로운 질서를 부여하기 위해 엉뚱한 스포츠 행사를 이용하는 수가 있다. 그야 물론 모든 스포츠 행사가 그 스포츠 고유의 목적 이외에 여러 가지 다른 부수적인 의의를 지닐 수 있다는 것은 얼마든지 당연했다. 이 섬에 대해 말한다면 원장은 그 스포츠 행사를 통해 원생 개개인 간 또는 병사 지대와 직원 지대 간의, 원장과 원생들 간의 인간적인 신뢰감을 회복시키고, 그들로 하여금 자신의 생에 대한 투철한 자신감을 길러주는 데에 보다 큰 목적이 있었다. 조 원장 자신이 한 말이었다. 하지만 원장의 동기가 어디에 있었든 상욱은 역시 마음이 놓이질 않았다.

사람들이 너무 흥분하고 있었다. 어느새 이렇게 되어버린 건가?

운동 시합의 마력을 알고 있기 때문에 처음부터 원장의 의도에 대해 심상찮은 예감을 지녀오던 상욱이었다. 하지만 그 상욱마저 이젠 어느새 그 운동 시합의 마력에 말려들고 만 꼴이었다. 섬은 이제 5천 명 원생이 살고 있는 곳이 아니었다. 5천 명이 그냥 한 사람이었다. 5천 명이 한 사람처럼 똑같이 생각하고 똑같이 흥분하고 있었다. 이제 아무도 원장을 경계하는 사람이 없었다. 모두가 알 수 없는 자신감에 들떠 있었다. 그를 믿고 그에게 감사하고 있었다.

그 흥분 속에 원장은 혼자 웃고 있었다. 그리고 상욱은 혼자 치를 떨고 있었다.

13

예상대로 원장은 곧 다음번 사업 계획을 내놓았다.

이튿날 아침 원장이 다시 상욱을 호출했다.

"이젠 이 섬도 웬만큼 활기를 되찾은 것 같지 않소? 한번 일을 벌여봐도 좋을 만큼 자신들이 생긴 것 같던데, 어때요, 이 과장 생각은?"

상욱을 대하자마자 원장은 대뜸 전날의 시합 성과에 대해 동의를 구했다.

"어젠 참 다들 좋아하더군요. 축구를 시킨 보람이 있었어요."

상욱은 원장의 다음 말을 기다렸다. 원장이 갑자기 자리에서 벌떡 일어났다.

"됐어요. 이 과장도 그렇게 생각한다면, 이제 다 된 겁니다."

"……"

"이제 공은 그만 차게 해도 됩니다. 이제부턴 진짜 일을 시작합시다."

"무슨 일을 말씀입니까?"

"내 그사이 공을 차는 일에는 이 과장 협조를 크게 구하지 않았지만, 이제부턴 당신도 좀 본격적으로 나서줘야겠소."

"무슨 일인질 알아야지 않겠습니까."

"오늘 나하고 고흥 좀 나갑시다."

원장에겐 역시 각본이 미리 다 준비되어 있었다. 그는 모든 일을 그 각본대로 진행하고, 각본에 예정된 결과를 얻고 있었다. 섬 안에 축구를 보급시키고 시합에서 우승을 거둔 것 모두가 그 원장의 각본에 의한, 각본에 예정되어 있던 성과 그대로일 뿐이었다.

그가 새로 시작하고자 한 일 역시 지금까지 진행되어온 각본의 계속 부분이었다. 그는 상욱과 함께 나룻배로 섬을 빠져나온 다음 각본의 다음번 진행지를 비로소 상욱에게 설명했다.

바다를 잘라 막자는 것이었다. 지금은 이미 문둥이가 아닌 수천 명 섬사람들이 나라에서 주는 쌀 몇 줌 보리 몇 줌씩을 씹으며 하루하루 그 무서운 납골당의 어둠을 찾아들게 할 것이 아니라, 자신들의 손으로 땅을 일구고 자신들의 손으로 내일의 희망을 열어나갈 새 생활의 터전을 마련해주자는 것이었다. 바다를 막아 그들의 내일 앞에 어두운 납골당의 절망 대신 꿈에 부푼 들판을 마련해주자는 것이었다. 그리하여 고향을 잃고 육지에서 쫓겨난 이들에게 새로운 고향과 새로운 생활의 터전을 마련해주자는 것이었다.

막을 바다는 고흥 반도 남쪽, 득량만(得糧灣)이라 이름 지어진 협만의 일부였다. 고흥군 도양의 봉암 반도와 풍양의 풍남 반도를,

그 중간 지점에 자리 잡은 오마도를 디딤목으로 이어 막아 대략 넓이 3백만여 평의 농토를 얻어내려는 방대한 사업 계획이었다.

상욱은 그만 어안이 벙벙해지고 말았다. 무모하리만큼 엄청난 계획이었다.

하지만 원장은 상욱의 기색 같은 건 아랑곳도 하지 않았다. 그는 어느새 일대를 살필 수 있는 5만분의 1짜리 자세한 지도까지 마련해 가지고 있었다. 뿐만 아니라 전날 시합을 끝내고 돌아오는 길에 측량 기사 한 사람을 미리 초빙해다 녹동여관에 대기시켜놓고 있었다. 상욱은 이미 계획에 대한 원장의 의논 상대가 아니었다. 계획은 벌써 결정이 나 있었다. 상욱은 그 원장의 결정에 따라 작업 진행 방법상이 이견밖에 용납될 수 없는 단계였다. 그는 하루 종일 원장과 측량 기사를 따라 기초 측량 현장을 견학했다.

주정수 시대의 일들이 끊임없이 머릿속을 어지럽혀왔다. 하기야 조 원장의 그런 사업 계획을 물론 나무랄 순 없었다. 고향을 잃은 자에게 고향을 만들어주고, 납골당의 어둠이 기다리는 저들의 내일에 그 죽음의 어둠 대신 활짝 트인 평원의 꿈을 심어주겠다는 원장의 동기나 명분은 누가 들어도 나무랄 데가 없는 것이었다.

하지만 주정수 시대에도 명분이나 동기에 잘못이 있었던 것은 아니었다. 주정수에게도 더할 수 없는 동기와 훌륭한 명분이 있었다. 문제는 오히려 그 명분의 지나친 완벽성, 명분이 너무도 훌륭했기 때문에 아무도 그 명분엔 입을 열어 말을 할 수 없었던 명분의 독점성이었다. 게다가 명분이라는 건 언제나 힘있는 자의 차지였다. 주정수는 최고 최선의 명분을 그 혼자 독차지해버리고 있었다. 그 주정수의 명분 앞에 다른 사람들은 아무도 자신을 주장할 자신의 명분을 따로 지닐 수가 없었다.

주정수의 명분은 물론 낙원이었다. 그리고 그 주정수의 낙원에는 공원이 빠질 수 없었다. 하지만 바로 그 훌륭한 명분 위에 시작된 공원 건설 작업이 주정수와 사토에겐 또 한 번 치명적인 배반의 과정이 되고 있었다. 십자봉 외곽 도로 공사가 끝나던 해에 주정수는 일본 황실의 부름을 받아 일경(日京)을 다녀온 일이 있었다. 그 자리에서 주정수는 병원 설립을 크게 도운 바 있던 일황 태후로부터 각별한 치하와 격려를 받았다. 그는 병원에 대한 공로를 인정받아 작위까지 봉함받았다. 주정수는 감격해서 돌아왔다. 섬으로 돌아온 주정수는 태후가 당신의 위로를 전하기 위해 원생들에게 내린 어가(御歌)를 선물로 간직하고 있었다. 그는 일황 태후가 내린 어가를 비에 새겨 길이 기념할 계획을 세웠다.

어가비는 금세 세워졌다. 십자봉에서 운반해 내린 커다란 화강암에 태후의 노래를 새겨 공회당 앞에 우뚝 세웠다.

—가기 어려운 나를 대신하여 끼리끼리 벗 되어라.

그 어가비의 제막식이 문제였다. 주정수가 공원 건설을 계획하게 된 직접 동기가 바로 어가비의 제막식에 있었다.

이해 11월 중순께 거행된 어가비 제막식에는 총독부의 정무총감을 비롯하여 각계각처의 고위 인사들이 섬을 찾아왔다. 그리고 주정수가 이루어놓은 사업 실적을 돌아보고 그의 업적을 실컷 치하해주었다.

주정수는 그의 낙원이 자랑스러웠다. 자신이 이룩한 섬을 보고 감동하는 사람들을 보자 그는 다시 한 번 벅찬 보람을 느꼈다. 그는 이제 이 낙원 건설 사업에 마지막 마무리를 지어야겠다고 생각했다.

공원이 있어야 했다. 가엾은 환자들이 남은 여생을 편히 쉬다 갈 공원을 만들어야 했다. 그는 곧 계획을 세우고 일을 시작했다. 이젠 설득이고 뭐고 필요가 없었다. 모두가 원생들을 위한 일이었다. 그들을 위한 일에 일일이 구차스런 설득을 벌일 필요가 없었다. 지금까지 이룩해놓은 모든 작업 결과가 주정수 자신뿐 아니라 섬을 다녀갔거나 이야기를 들은 사람들을 한결같이 감동시키고 있었다.

그는 언제나 옳았다는 생각이었다. 그 칭송에 값하기 위해서도 섬을 좀더 멋있게 꾸며야 했다. 이해에는 예년에 없이 일찍부터 혹한이 밀어닥치고 있었으나 주정수는 일을 미루고 있을 수 없었다. 그는 일본까지 연락하여 일급 원예사를 초빙하여 공원 건설 공사를 착수했다.

그는 우선 중앙리와 동생리 사이에 공원 부지를 정하고 진흙밭 매립 작업을 시작했다. 혹한 속에서도 원생들은 또다시 노역장으로 끌려나가기 시작했다. 그동안 계속된 노역으로 대부분의 원생들은 병세가 악화되고 상처투성이의 손발들이 궤양으로 파여 들어가고 있는데도 노역을 피할 길이 없었다.

원생들은 이제 어김없는 노예였다. 병원 처사에 대해서는 애초부터 비판이 용납되지 않았다. 항거를 해볼 기력도 없었다. 기계처럼 산을 허물고 진탕을 메우고 산봉우리를 찾아 올라가 공원을 꾸밀 거목 거석들을 떠메어 날랐다. 사토의 채찍 아래 원생들은 짓무른 육신 속에 남아 있는 마지막 한 방울의 힘까지도 어김없이 짜내야 했다. 그 마지막 한 방울의 힘을 소모하고 나면 그들은 매정스런 사토의 채찍 아래 쓰러져 누운 채 조용히 숨길을 거두어가기도 했다.

자살 사건과 탈출 사고가 하루가 멀다 하고 꼬리를 물었다. 외곽선 도로의 순찰이 몇 배로 강화돼도 빈약한 나무토막 하나에 의지하여 바다를 건너가다 해협 물살에 휩쓸려 가버린 사람들이 수를 셀 수 없었다.

그 숱한 인명의 희생에도 불구하고 공사는 어김없이 진행되었다. 장흥과 완도 등지서 운반해온 기암괴석들이 여기저기 배치되고 공원 일대는 남국의 정취를 북돋우기 위해 멀리 대만에서까지 남국 식물들을 주문해다 심었다.

이듬해 4월에는 어느 도회의 한복판에 내놓아도 손색이 없을 넓고 호사스런 공원이 그 마지막 작업을 끝내게 되었다.

주정수는 크게 만족했다.

그러나 원생들은 물론 만족할 수가 없었다. 주정수의 부임 이후론 거의 모든 일이 그랬듯이 이번에도 원생들은 즐거워할 줄을 몰랐다. 섬 안에 시설이 한 가지씩 늘어갈 때마다 그만큼 섬 전체가 천국에 가까워지기는커녕 오히려 점점 더 지옥으로 변해가고 있었듯이, 이번에도 이 섬은 공원이 하나 더 늘고 그곳에 바쳐진 자신들의 노력(勞力)과 희생이 크면 클수록 그 노력이나 희생의 크기만큼 섬은 점점 더 낙원과는 인연이 멀어져갔다. 원생들에겐 다만 새로운 원망거리가 하나 더 늘었다는 느낌 외에 보람 같은 건 눈곱만큼도 지녀볼 수가 없었다. 게다가 이번에도 원생들에겐 공원을 자랑스럽게 관리하기 위해 보다 많은 주의와 노력 봉사가 명령되었으므로 더 할 말이 없었다.

주정수는 공원 시설을 훼손할 염려가 있다 하여 원생들 마음대로 공원 지역을 출입하는 것을 금지했다. 공원을 언제나 깨끗이 단장시켜놓고, 섬을 찾아오는 손님만 있으면 어김없이 그곳으로 데리고 가서 이 섬에 건설한 그 자랑스런 원생들의 낙원을 증거해 보였다.

도대체 모든 것이 배반의 연속이었다. 자신들의 낙원을 꾸미기 싫어 목숨을 내걸고 바다로 뛰어드는 사람들의 행작으로부터, 원생들의 휴식과 위안을 위해 만들어진 공원이 오히려 그것을 누릴 사람들에게 모셔지고 있는 데에 이르기까지 어느 한 가지도 배반 아닌 일이 없었다.

공원은 정말 원생들에게 모셔지고 있었다. 그렇게 모셔지고 있는 공원이 섬을 구경 온 사람들에게 침이 마르도록 칭찬을 받고 있었다. 공원은 원생들을 위해 원생들에게 있는 것이 아니라, 주정수와 섬을 다녀간 엉뚱한 구경꾼들의 것이었다. 섬에 꾸며졌노라는 낙원 역시 원생들에게 있는 것이 아니라, 주정수와 섬을 다녀간 사람들에게만 있었다.

소록도의 환자들에겐 낙원이 없었다. 환자들에게 낙원이 없는 한 소록도엔 낙원이 없었다. 그들의 이기적인 소문 속에만 소록도의 천국은 존재하고 있었다.

명분은 믿을 것이 못 되었다. 섬사람들은 그것을 알고 있었다. 몇십 년이 지난 지금까지도 섬사람들은 그것을 잊지 않고 있었다. 상욱도 그것을 알고 있었다.

문제는 명분이 아니라 그것을 갖게 되는 과정이었다. 명분이 과정을 속이지 말아야 한다. 명분이 제물을 요구하지 않아야 한다. 천국이 무엇인가. 천국은 결과가 아니라 과정 속에서 마음으로 얻을 수 있는 것이어야 했다. 스스로 구하고, 즐겁게 봉사하며, 그 천국을 위한 봉사를 후회하지 말아야 진짜 천국을 얻을 수 있었다.

그런데 원장의 계획은 어떤가. 명분은 물론 나무랄 데가 없었다. 하지만 섬사람들이 진심으로 그 명분에 따를 수가 있을까. 따르려 한다 해도 손발이 성하지 않은 그들이 끝끝내 그 명분을 감당하고 견뎌낼 수가 있을까. 언젠가는 명분이 그들을 속인 결과가 되지 않는다고 장담할 수가 있을까. 게다가 큰 명분의 뒤에는 알게 모르게 늘 누군가의 동상이 그림자를 드리우게 마련이었다. 원장에게 동상의 꿈이 숨겨지지 않았다는 사실이 증명될 수 없는 지금 그를 온통 신용해버릴 수가 있을까. 명분만으로 그를 믿을 수가 있을까.

바다를 막는다는 일은 너무도 엄청난 계획이었다.

이날 저녁, 섬으로 돌아오는 길로 상욱은 오랜만에 황희백 노인을 찾아갔다. 이날만은 그를 찾아가지 않을 수 없었다. 원장의 생각은 이제 명명백백했다. 상욱 자신의 처지도 더할 수 없이 분명해져 있었다. 피할 수 없는 운명의 배반이었다. 황 노인의 이야기를 듣고 싶었다.

황희백 노인에겐 누구보다도 분명한 배반의 이야기가 있었다. 그것은 이 섬 병원이 생긴 이래 최초로 일어난 살인 사건에 관한 이야기였다. 그리고 그 첫 번 살인이야말로 섬 병원 환자들이 스스로 그 배반의 한 부분을 담당해온 데 대한 명백한 자기 폭로극이었고, 주정수 원장에게는 그의 오랜 동상의 꿈을 실현함으로써 마지막으로 섬에 대한 그의 배반을 완성케 한 비극의 시초였다.

황희백 노인은 언제나 그 배반의 내력을 되풀이 이야기했다. 상욱은 이 섬과 자신에 견딜 수 없어질 때마다 노인에게로 가서 그 참혹스런 배반의 내력을 들었다.

노인은 상욱에게 이야기를 사양한 일이 없었다. 상욱은 노인을 알고 있었다. 왜 그가 그 배반의 이야기에 취해 일생을 살아가고 있으며, 누구에게나 그 이야기를 사양치 않는지를 알고 있었다. 노인 역시 상욱을 알고 있었다. 노인은 상욱이 때로 무엇 때문에 자기를 찾아와서 그 무참한 배반의 이야기에 열심히 귀를 기울이다 가는지를 똑똑히 알고 있었다. 하지만 두 사람은 아직까지 서로를 속이고 있었다. 상욱은 노인을 모른 체하고, 노인도 상욱을 모른 체했다. 상욱은 그저 노인을 찾아가 이야기만 들었고 노인은 그저 몇 번이고 같은 이야기를 상욱에게 되풀이 들려줄 뿐이었다.

이날도 상욱은 그런 식으로 노인을 찾아갔다. 한 번 더 노인에게서 그 배반극의 내력을 들어두고 싶었다. 그러지 않고서는 섬 병원과 원장을 견뎌나갈 수가 없을 것 같았다. 자신을 견뎌낼 수가 없을 것 같았다.

노인은 이번에도 역시 이야기를 사양하지 않았다.

"그때는 누구나 그럴 수 있었지. 그때는 누구라도 그럴 수가 있었어."

상욱이 그의 앞으로 자리를 잡아 앉자 황희백 노인은 눈꼬리를 가늘게 끌어모으며 손가락이 떨어져나간 손으로 마른 볼을 쓰다듬었다. 상욱의 머리 너머로 멀리 허공을 좇고 있는 노인의 시선은 그러나 전광처럼 재빠르게 묵은 세월의 벽을 뚫고 있었다.

그때는 누구나 그럴 수 있었지. 그때는—

노인의 시선은 그 세월의 벽 저쪽에서 차근차근 이야기의 실마리를 더듬어나갔다.

"계속되는 노역과 학대 때문에 이젠 누구나 윗사람의 눈치를 살피지 않을 수 없게 되었거든. 그 평의회 사람들 말야. 일은 고되지, 먹을 것은 모자라지, 게다가 병든 몸을 고칠 가망은커녕 무도한 채찍질로 상처만 날로 깊어가지…… 눈치 안 보고 배겨낼 장사 있나. 사람들이 모두 그 지경이 되어 있을 때 심판의 날이 오고만 거야……"

다름 아니라 주정수는 마침내 그의 천국 건설의 장엄한 대미(大尾)를 자신의 동상으로 장식할 계획을 세운 것이었다. 마지막 배반극이 감행되기에 이른 것이다.

하지만 이 우습도록 장엄한 비극의 시말은 애초부터 주정수의 천국 각본에는 예정이 없었던 것인지도 알 수 없었다. 그 마지막 배반극은 이를테면 주정수 원장과 섬사람들이 손을 맞잡고 지혜를 보태어 이룩해낸 합작품 같은 것이었다.

노인의 이야기는 계속되고 있었다.

그 무렵 병사 지대에서는 보다 효과적인 노력 동원과 병원 사업에 대한 협력 방안을 논의하기 위해 평의회 회의가 빈번하게 소집되고 있었다. 그리고 그 평의회·회의장에는 각 마을을 대표하는 정 위원 외에 간호수장 사토가 항상 감시 역으로 임석하고 있었다.

위원들은 벌써부터 동환들의 처지를 돌볼 겨를이 없었다. 생지옥으로 변해버린 섬 생활에서 어떻게 하면 자기 혼자만이라도 그 혹독한 노역과 학대를 면할 수 있느냐가 문제였다. 평의회 위원으로서의 작은 특혜나마 그것을 될수록 오래 누릴 수 있기를 염원했다. 사토나 병원 당국의 비위에 거슬릴 말은 전혀 금물이었다. 기회만 있으면 병원 당국에 대한 자신의 충성심을 증명해 보이고 싶어 했다.

하루는 이순구라는 사람이 기상천외의 제안을 내놓았다. '노루 사냥 사건' 때의 그 한국인 순시― 그는 이제 누구보다도 병원의 신임이 두터운 마을 대표의 한 사람이었다. 그리고 주정수의 낙토 건설을 위해 가장 창의적으로 자신을 봉사시킴으로써 당국에 대한 그의 충성심을 백분 발휘하고 있는 인물이었다.

그가 내놓은 제안이란 다른 것이 아니었다. 주정수 원장이 이 섬에 이룩한 업적을 후세까지 오래 기릴 수 있도록 섬 안에 그의 기념 동상을 모시자는 것이었다.

이의를 말한 사람이 없었다. 이의를 말하긴커녕 다른 대표들은 자신이 먼저 그런 생각을 해내지 못한 것이 애석하기 그지없는 듯 다투어 의견을 보태기 시작했다.

평의회에서는 이날 중으로 곧 기념 동상 건립 발기위원회가 조직되고, 그에 따른 여러 가지 대책과 방안들이 일사천리로 결의되어나갔다. 이 일에 무엇보다 중요한 것은 동상 건립 기금 갹출이었다. 원생들에게서 헌금을 거두기로 결의했다. 고향집에서 생활 보조금이 오는 원생들에게선 송금액의 일정액을 공제하고, 일반 원생들에게선 작업 임금의 3개월분을, 송금도 없고 작업 동원도 불가능한 신체 부자유 원생들에게서는 이들에게 지급될 식량과 의류의 배급량에서 상당액분을 공제하여 헌금액을 충당키로 했다.

이내 모금 사업이 시작되었다.

주정수는 말이 없었다. 동상 건립 결의가 있었다는 소식을 듣고도 그리고 강제나 다름없는 모금 작업이 시작되고 있다는 소식을 듣고도 그는 말이 없었다. 자신의 동상 건립 계획을 사양하지도 않았고 모금 운동을 중단시키려 하지도 않았다. 아는 듯 모르는 듯 그 일에 대해선 도대체 아랑곳을 하지 않았다.

사토가 그를 대신해 모든 일을 추진해나갔다. 그리고 맨 처음 그 일을 제안하고 나섰던 이순구가 모금 운동에 앞장서 돌아다녔다. 모금 성적이 나쁜 부락 대표들에게는 갖가지 위협과 압력을 가했다.

마침내 4만 7천여 원(당시 일당 임금 3전)에 이르는 기금이 모아지고, 본격적인 동상 건립 작업이 시작되었다.

그래도 주정수는 끝내 말이 없었다.

원생들은 다시 동상 건립장으로 노역을 나가야 했다. 공원 정면, 연단처럼 두드러진 구릉 위에다 동상을 세울 터를 정하고 거기에 다시 축대를 쌓아 올렸다. 화강암을 18척이나 쌓아 올린 축대의 전면에는 '周正秀園長像'이 새겨지고, 그 후면에는 사토와 이순구를 비롯한 동상 건립 역원 명단을 새긴 사방 3척 넓이의 커다란 동판이 부착되었다.

작업은 언제나처럼 하루도 예정에서 어긋남이 없이 정확하게 진행되어나갔다.

그해 8월 20일.

마침내 동상이 완성되어 제막식이 거행되었다.

섬에서는 다시 한 번 성대한 의식이 벌어졌다. 일본 황실에서 보내온 축하 사절과 국내의 각 종교 단체 대표·유지 들이 수백 명씩 모여든 장엄한 식전이었다.

이윽고 주정수 가족 중의 어린아이 하나가 축대 아래로 늘어뜨려진 포장의 끈을 조심스럽게 잡아당기자, 지금까지 부드럽고 흰 비단포 속에 가려져 있던 또 하나의 주정수가 만장을 압도하듯 그 거대하고 시커먼 모습을 나타냈다.

이어 주악에 따라 이날 행사를 위해 특별히 지어진 원장의 노래가 합창되었다.

　나라를 정화하기 위하여 몸을 바치신
　우리들의 자부 원장 각하
　은혜의 동산에 세운 동상을
　축하하자 축하해 오늘은 즐거운 날……

동상 건립에 특히 진력한 이순구에겐 원생을 대표하여 특별 공로 표창이 수여되고, 이어 섬 안에서는 오랜만에 하루 동안의 흥겨운 유흥이 벌어졌다.

　하지만 주정수의 동상을 둘러싸고 일어난 그 우스운 배반극은 그것으로도 아직 끝이 나지 않았다.

　동상이 세워지고 나서 원생들에게는 또 한 가지 새로운 부담이 늘었다. 매월 20일을 새 '보은 감사일'로 정하고, 이날이 되면 병사 지대의 모든 원생들은 공원 광장에 도열해 서서 동상을 참배해야 했다. 한 달에 한 번 20일만 되면 원생들은 남녀노소나 병세의 경중을 가릴 것 없이 공원 광장으로 모여와 살아 있는 주정수와 그의 동상 앞에 경례를 바치고 훈시를 들어야 했다.

　그러던 어느 보은 감사일이었다. 병원이 세워진 지도 어언 25년.

　아침부터 볕발이 제법 후텁지근한 열기를 뿜어대기 시작한 초여름 한낮.

　마침내 이날 첫번째 살인이 저질러지고 말았다. 이날도 물론 원생들은 주정수의 동상 참배식에 나가고 병사 지대는 거의 무인지경으로 골목들이 텅텅 비어 있었다.

　하지만 모든 원생들이 깡그리 공원 광장으로 휩쓸려나간 다음에도 아직 마을을 떠나지 않고 있는 사람이 하나 있었다. '노루 사냥 사건' 때의 그 이순구였다.

　그는 이날 하필 이상스럽게 몸이 불편해 슬그머니 동상 참배를 빼고 쉬고 있었다. 주위가 온통 괴괴하게 가라앉은 다음 그는 자기 집 아랫목에 누워 편안히 몸조리를 하고 있었다. 몸이 조금

불편하다 해서 누구나 동상 참배를 함부로 빠질 수 있는 것은 아니었다. 하지만 그는 이제 어느 누구보다 상관단 사람들의 두터운 신임을 얻고 있었다. 동상 건립 시의 공로로 특별 표창까지 받은 처지였다. 그만이 누릴 수 있는 일종의 특권이었다.

그런데 사실은 이날의 동상 참배식엘 빠진 것은 그 이순구 한 사람만이 아니었다.

어느 때나 되어서였을까. 아마도 그때쯤 공원 광장에선 참배식이 한창 엄숙하게 진행되고 있었을 터이다. 그리고 그 참배식에 참가한 원생들의 목줄기에선 땀방울이 연상 방울방울 맺혀 흐르고 있었을 터이다. 이순구는 가슴속까지 스며드는 여름 낮의 고요에 겨워 스르르 눈이 감겨져오고 있을 참이었다.

그때 느닷없이 이순구의 방문을 들어서는 사내 하나가 있었다. 이순구의 이웃에 살고 있는 이길용이라는 청년이었다.

이길용은 손가락이 없는 불구 환자였다. 그는 그 손가락이 없는 팔목 끝에 붕대로 비수를 친친 동여매 들고 있었다.

이순구는 이길용 청년의 갑작스런 행동을 의아해할 틈이 없었다. 반항을 해볼 여지도 없었다. 청년은 이순구가 채 몸을 일으키기도 전에 불문곡직 팔목 끝에 감고 온 비수를 그의 가슴 깊숙이 꽂아버린 것이다.

"사람들은 모두가 이 섬을 문둥이들이 살기 좋은 천국이라고들 말했지."

황희백 노인은 이제 이야기가 거의 다 끝나가고 있었다. 노인은 또다시 그의 눈꼬리를 가늘게 끌어모으고 있었다. 담배가 다 타버린 그의 곰방대에선 이제 연기가 나지 않았다.

"사람들이 그렇게 믿은 것도 무리는 아니야."

노인은 한두 번 그 타버린 곰방대를 헛빨고 나서 지금까지 이야기를 하나하나 매듭지어나가기 시작했다.

"하지만 그 이길용이란 청년은 그렇게 믿질 않았던 모양이지. 그잔 나중에 자수를 하고 나서, 그렇게 해서라도 이 섬의 사정을 바깥세상에 알리고 싶었다니까. 하지만 일은 물론 그가 바란 대로는 될 수가 없었지. 그는 얼마 뒤에 섬 가막소에서 제풀에 목숨을 끊었지만, 그걸 슬퍼해준 사람은 오직 이 섬 안에 살고 있는 더러운 문둥이들뿐이었거든. 하고 보면 이 섬을 우리 문둥이들의 천국으로 믿지 못한 것은 그 이길용 청년 한 사람만도 아니었던 모양이야. 나중엔 더욱더 고약한 일들이 생겼지. 임자도 알겠지만 그 주정수란 사람한테 문둥이들이 저지른 행패만 보더라도 말이야. 그건 벌써 다른 문둥이들도 자기들의 천국을 참을 수가 없게 된 증거였거든……"

황 노인의 그 말은 이제 주정수 원장의 살해 사건을 암시하고 있었다.

이순구의 살해 사건이 일어나고 다시 1년이 지난 이듬해 6월 20일. 그날도 마침 원생들은 주정수의 동상을 참배해야 하는 보은 감사일이었다. 원생들은 이날도 관례에 따라 아침부터 부락별로 열을 짓고 서서 이제나저제나 살아 있는 동상의 주인공이 나타나기를 기다리고 있었다.

한동안 시간이 흐르고 나서 직원 지대로부터 승용차를 타고 내려온 주정수 원장이 수행원들과 함께 천천히 자신의 동상을 향해 대열 앞을 걸어가고 있었다. 그 주정수가 막 중앙리 원생들의 대열 앞을 지나가고 있을 때—, 그때 대열 가운데서 한 청년이 벽력 같은 소리를 지르며 갑자기 주정수 원장 앞으로 튀어나왔다.

청년은 비수를 감추고 있었다.

주정수 원장은 청년의 비수에 정통으로 심장을 맞고 그 자리에 쓰러졌다.

눈 깜짝할 사이의 일이었다. 도열해 있던 원생들이 소리를 듣고 머리를 들어 보았을 때는 주정수를 쓰러뜨리고 난 청년이 두번째 표적을 찾아 피 묻은 비수를 휘두르며, "사토, 사토 나오너라"고 미친 듯이 악을 써대고 있었다. 원장을 뒤따르던 수행원들조차 미처 손을 써볼 틈이 없었다.

섬 안에선 성미 활발하고 의협심 강하기로 소문이 난 성주(星州) 태생 이춘성(李春城) 청년의 원한 맺힌 복수극이었다.

주정수는 어쨌든 그렇게 해서 갔다. 그리고 살아 있는 사람의 동상이 대개 그렇듯이, 그 주정수 원장이 비명에 가고 나자 마침 내 그의 동상마저 헐려지고 그 자리엔 이제 병원 설립 40주년을 기념하는 구라탑이 대신 우뚝 솟아 있었다.

하지만 노인은 그 주정수의 비극적인 종말에 대해서는 굳이 더 설명을 보태지 않았다. 상욱 쪽에서도 이미 이야기를 들어 알고 있을 일인 데다 이날의 상욱은 그 주정수 쪽보다 다른 데에 더 관심이 매달리고 있음을 환히 꿰뚫어보고 있는 노인이었다.

"하지만 그게 다 어쩔 수 없는 배반이었지. 그땐 누구나 다 그럴 수가 있었으니까. 누구나가 다……"

노인은 거기서 그만 뒷이야기를 생략한 채 자기 다짐 비슷이 처음과 같은 말을 한 번 더 되풀이하고 있을 뿐이었다.

상욱은 입이 타고 있었다. 그는 애원하듯 노인에게 되물었다.

"이순구라는 사람 말씀입니다. 어른께선 그 이순구라는 사람도 다들 그럴 수가 있었기 때문에 용서하고 계신단 말씀입니까."

황 노인이 그 상욱을 이상스럽게 연민 어린 눈초리로 내려다보았다.

"그렇지…… 이순구라는 사람, 누구나 그런 처지에 서게 되면 그럴 수가 있을 테지. 원장이라는 사람 그 주정수도 마찬가지였을 게고……"

"주정수는 그 처지 때문이 아니라 미리부터 그런 계략을 알고 있었다는 말도 있지 않습니까. 이순구가 동상 이야기를 꺼낸 것은 자의에 의해서가 아니라 사토한테서 미리 귀뜀을 받았을 거라는 소문 말씀입니다."

노인이 다시 한 번 상욱을 이윽히 건너다보았다. 그러고는 마침내 작정이 선 듯 천천히 입을 열었다.

"공연히 쓸데없는 소리들이야. 사토가 귀뜀을 했거나 안 했거나 무슨 차이가 있나. 원장이 사토를 시켰다면 그렇게 해서 자기 동상을 갖고 싶어 한 거나 아랫사람들이 그걸 지어 바친다고 하니 맘이 쏠리기 시작한 거나…… 어차피 그는 이 섬을 배반하지 않았나. 이순구로 보아도 그가 자의로 말을 꺼냈거나 사토의 시킴을 받아서거나 어차피 그의 배반은 더하고 덜할 수가 없는 것이지.

주정수고 이순구고 그 처지에선 그렇게 될 수밖에 도리가 없었던 게야. 우리가 군이 그 일을 되돌아봐야 할 일이 있다면 다시는 서로 그런 처지를 만들지 말아야 한다고나 할지……"

노인은 말꼬리를 흐린 채 거기서 그만 입을 다물어버리고 말았다. 상욱도 이젠 입을 다물었다. 그는 이제 듣고 싶은 이야기는 모두 듣고 있었다. 노인의 입을 통해 그로선 너무도 아픈 배반의 내력을 다시 한 번 확인한 셈이었다.

황 노인은 너무도 간단히 이순구라는 사내를 용서해버린 것처럼 보였다. 하지만 노인은 자신의 말처럼 그 인간의 모든 것을 받아들이고 있지는 않았다. 노인은 이순구 한 사람의 배반을 용서한 대신 이 섬과 섬사람 모두를 용서하지 않고 있었다. 처지가 달라지면 섬사람들은 누구나 또 이 섬과 섬사람들을 배반하게 되리라고 근본부터 섬사람들을 용서하지 않고 있었다. 그런 점에서 보면 이순구라는 사내도 정말로 노인의 용서를 받고 있는 것이 아니었다.

상욱은 그동안 혼란스럽기만 하던 생각들이 정연하게 한 가지로 모아지고 있었다. 그 역시 이순구라는 사내에 대한 노인의 용서를 바란 것은 아니었다. 용서를 바라기는커녕 노인의 입을 통해 보다 분명한 사내의 배반을 듣고 싶었고, 그 배반에 대한 노인의 단죄와 저주를 보고 싶었을 뿐이었다.

노인의 이야기를 더 이상 기다릴 필요가 없었다. 그는 한동안 혼자 생각에 싸여 있다가 엉거주춤 자리를 일어섰다. 노인은 그 상욱을 말리지 않았다.

그러나 상욱이 막 인사를 끝내고 방문을 나서려고 했을 때였다.

"그런데……"

무언가 문득 생각난 일이 있는 듯 노인이 다시 상욱을 불러 세웠다.

"오늘 또 이런 소릴 시키러 온 걸 보니 임자 처지에 또 무슨 귀찮은 일이라도 생긴 모양 아닌가."

엉거주춤 돌아서 있는 상욱을 보고 노인이 이날따라 전에 안 하던 소리를 물어왔다.

"아닙니다. 제 처지라니요…… 그저 어른을 한번·찾아뵙고 싶어 왔다가 쓸데없이 또 긴 말씀을 여쭙게 된 것뿐입니다."

상욱은 흠칫 속으로 놀라며 대답을 얼버무렸다. 노인은 이미 그 상욱에게서 뭔가 눈치를 채고 있는 것 같았다. 노인은 금세 고개를 끄덕거렸다.

"그래, 별일이야 없겠지. 자넨 한 번도 내게 자기 말을 털어놓은 일이 없었으니까……"

고개를 끄덕이면서도 상욱을 건너다보는 눈시울에 알 듯 모를 듯 희미한 미소가 스치고 있었다.

"드릴 말씀이 따로 있어야죠."

상욱이 송구스러운 듯 변명을 보탰으나 노인은 그가 뭐라고 하든 이젠 모든 것을 다 훤히 알고 있는 사람처럼 한 번 더 같은 다짐을 되풀이하고 있었다.

"그렇겠지. 나도 군이 임자 이야길 듣고 싶은 건 아니니까. 하지만 어쨌거나 우린 서로 처지들을 아껴줘야지. 무슨 일이 있어도 이제 다시 이 섬에 치욕스런 배반이 일어나선 안 될 테니……"

제2부

출소록기

14

축구 경기를 보급시키고 시합의 승리를 맛보게 함으로써 섬사람들에게 어느 정도 자신감을 갖게 한 조백헌 원장은 마침내 그의 본격적인 사업 계획을 드러내고 나섰다.

그러나 섬사람들의 반응은 아직도 그의 기대에는 훨씬 미치지 못했다. 조백헌 원장이 오랫동안 혼자 가슴속에 숨겨오면서 공을 들여오던 사업 계획을 실현해내는 데는 아직도 뛰어넘어야 할 수많은 장벽들이 가로놓여 있었다. 무엇보다 그가 먼저 싸워 넘어서야 할 장벽은 5천여 소록도 주민 바로 그 사람들의 불신감이었다. 축구 시합 승리의 소식을 안겨다 줌으로써 어느 정도 활기를 되찾은 듯싶던 섬사람들은 원장의 새 사업 계획이 드러나자 다시 또 냉랭하게 굳어져버린 것이다.

"여러분, 이제 여러분은 이 섬을 나가야 합니다. 여러분과 여러분의 후손을 위한 고향을 꾸미기엔 이 섬은 너무도 비좁습니다……"

구름처럼 섬을 뒤덮고 있던 연분홍 꽃무리가 소리 없이 자취를 감추고 난 어느 조용한 봄날 오후, 조백헌 원장은 각 마을 장로 일곱 명을 중앙리 공회당으로 불러모아놓고 모처럼 그의 사업 계획을 털어놓았다.

"물론 이 일은 지난날 이 섬에 있었던 어떤 다른 역사보다도 더 힘들고 긴 세월이 필요할 겁니다. 그리고 과거의 다른 어떤 역사에서보다 그 혜택이 멀고 아득한 곳에 있다고밖에 할 수 없는 일입니다. 우리가 마음속에 지니고 기도해온 약속이 내일 당장 우리에게 이루어질 수는 없습니다. 여러분 자신은 아마 이 일을 여러분의 손으로 이룩해내고 나서도 그 땅에서 얻은 것을 가지고 지금보다 더 배불리 먹게 될 수도 없을는지 모릅니다."

원장은 5만분의 1 지도를 벽에 걸어놓고 그가 계획하고 있는 간척 사업의 개요를 설명한 다음 장로들을 간곡히 설득하기 시작했다.

장로들 쪽에서는 반응이 없었다. 바다를 막아야 한다는 원장의 말이 떨어지면서 차갑게 굳어지기 시작한 장로들의 얼굴 표정은 계속되는 원장의 설득에도 불구하고 좀처럼 변화의 기미가 엿보이지 않았다.

원장은 맥이 풀렸다. 지난 1년 동안 그가 섬에서 이룩해놓은 것들이 일시에 다시 허사가 되어버리고 있는 것 같았다. 그는 지난해 8월 이 섬으로 부임해 왔을 때의 그 숨이 막힐 듯 깊고 거대한 침묵의 회중 앞에 땀을 뻘뻘 흘리고 서 있었던 바로 그날의 그 회중 앞에 다시 선 기분이었다. 하지만 그는 이제 물러설 수가 없었다.

"그러나 우리는 이 일을 하지 않으면 안 됩니다. 비록 여러분은 오늘 여러분이 이룩해놓은 것의 혜택을 누릴 수 없다고 하더라도 뒷날 여러분의 후손이 그것을 누리게 될 것입니다. 여러분은 여러분 자신의 후손의 미래를 위해서도 이 일을 감당하지 않으면 안 됩니다. 물론 이 일에는 생각을 달리하는 사람도 있을 수 있습니다. 내 가까운 친구 가운데서도 나는 이 일을 마음속으로 깊이 마땅찮아하고 있는 사람을 한 사람 알고 있습니다. 하지만 그런 몇몇 사람의 반대 때문에 우리는 주님께서 이 섬에 내려주신 우리의 소명을 저버릴 수는 없습니다. 나는 감히 이 일이 주님께서 우리에게 주신 우리의 소명이라는 말을 방금 사용했습니다. 과연 그렇습니다. 이것은 우리들의 주님께서 나와 당신들에게 내려주신 모처럼 크고 값진 소명이 분명합니다."

입을 열게 하기 위해 원장은 함부로 그들의 주님까지 팔고 나섰다. 하지만 장로들은 역시 반응이 없었다. 원장의 말은 도대체 귓가에도 스치지 않는 듯 끄덕들을 않고 앉아 있었다. 땀을 흘리며 떠들어대고 있는 원장을 마치 무슨 진기한 구경거리나 되는 것처럼 유심히 바라보고 있을 뿐 누구 하나 잔기침 소리를 내는 사람조차 없었다.

원장은 그 장로들의 눈길에서 분명히 어떤 증오심 같은 것을 느꼈다. 그리고 소리 없는 비웃음을 듣고 있었다. 그는 사력을 다해 말을 계속했다.

"당신들은 결국 이 섬을 나가야 합니다. 당신들이 나가지 못하면 당신들의 후손이라도 언젠가는 이 섬을 나가게 되어야 합니다. 당신들은 아마 여기 서 있는 나보다도 그 점을 더욱 분명히 알고 있을 터이고 또 소원하고 있을 것입니다. 그렇다면 도대체 누가 당신들을 섬에서 나가게 해줍니까. 당신들의 기둡니까, 뭍에 살고 있는 당신들의 친척입니까. 육지 사람들은 아무도 당신들이 이 섬을 다시 나오기를 원하지 않습니다. 그 점도 역시 여기 선 나보다 당신들이 더욱 잘 알고 있는 일입니다. 당신들 스스로 나가야 합니다. 오늘 당장 섬을 나가지 못한다 하더라도 언젠가는 당신들이 또는 당신들의 아들딸들이 이 섬을 나갈 수 있도록 당신들이 길을 만들어야 합니다. 오늘 내가 여러분에게 하고 싶은 말은 다만 이 것뿐입니다. 이제 여러분의 의견을 듣고 싶소."

말을 끝내고 나서 원장은 한동안 이윽히 장로들의 표정을 둘러보았다.

아무도 입을 여는 사람이 없었다. 물을 끼얹은 듯 차가운 침묵 속에서 모두들 원장의 얼굴만 뚫어지게 바라보고 있었다.

"여러분은 지금 이 섬 5천 원생들을 대표하여 여기 와 앉아 있소. 그리고 여러분과 나는 지금 그 어느 때보다 중대한 결단의 순간을 함께 맞이하고 있는 게요. 여러분의 생각을 말해주시오."

이윽고 장로 한 사람이 조용히 자리를 일어섰다. 중앙리 대표 황희백 노인이었다. 순간 원장과 다른 장로들의 시선이 일제히 노인에게로 집중되었다. 자리를 일어선 노인은 비로소 뭔가 중대한 결심이라도 말하려는 듯 원장 쪽을 향해 입술을 몇 차례 움직이고 있었다.

"말씀을 하시오."

원장이 노인을 재촉했다.

그러나 노인은 말을 하지 않았다. 말 대신 노인의 입술 가엔 이상하게 살기가 어린 비웃음기 같은 것이 번지고 있었다. 그런 눈길로 잠시 원장을 찬찬히 건너다보고 있던 노인이 이윽고 그 원장으로부터 조용히 몸을 돌이켰다. 그리고는 원장의 재촉 소리도 들은 척 만 척 혼자 출입구 쪽을 향해 의연히 발길을 옮겨버리고 있었다. 지금까지 가만히 입을 다물고 앉아 있던 다른 장로들도 일제히 자리를 일어섰다. 자리를 일어선 다음 그들도 똑같이 그 살기가 깃들인 웃음을 띤 얼굴로 유령처럼 소리 없이 노인을 뒤따랐다.

"말을 해라, 말을. 왜 말을 않는 거냐!"

흥분한 원장이 어느 틈에 허리께의 권총을 뽑아들고 소리쳤으나 장로들은 뒤도 한 번 돌아보지 않은 채 휑하니 공회당을 나가버렸다.

첫번째 장벽이었다. 조 원장의 실망은 말로 할 수 없었다.

그는 또다시 출발점으로 되돌아가 있었다. 무엇보다도 그는 보건과장 이상욱의 노력의 흔적이 조금도 엿보이지 않는 데 대해 섭섭한 마음을 금할 길이 없었다. 황희백 노인은 섬 안 장로들 가운데서 누구보다 신망이 두텁고 영향력이 큰 사람이라는 것을 원장으로서도 일찍부터 익히 알고 있던 터였다. 보건과장 이상욱이 가끔 그 황 노인을 찾아가 섬 일을 은밀히 의논하곤 한다는 것도 짐작하기 어려운 일이 아니었다. 원장은 그 황희백 노인의 언동에서 먼저 상욱의 의중을 읽고 있었다. 상욱은 노인을 설득하여 협력을 구해놓기는커녕 오히려 노인을 통해 원장을 방해하고 은근한 협박까지 해오고 있는 꼴이었다.

하지만 원장은 이제 또다시 시간을 허비하고 있을 수는 없었다. 계획이 알려지고 나면 상당한 반발이 있으리라는 것도 미리부터 각오하고 있던 터였다. 이상욱 보건과장만 하더라도 이 일엔 그가 처음부터 섬사람들보다 앞장서 나서주기를 기대할 수 있는 위인이 아니었다. 원장이 알고 있는 내력이나 사람의 됨됨이로 보아 그는 마지막까지 일을 망설이고 있을 사람이었다. 그는 이 섬에서 일어났거나 앞으로 일어날 수 있는 일들에 대해선 사사건건 부정적이었다. 그가 이 섬에서 겪은 일들이, 그 자신의 어두운 과거가 그를 그토록 비관적인 사고의 인물로 만들어버리고 있음에 틀림없었다. 그의 모든 사고의 근거는 오직 이 섬의 어두운 내력 한 가지뿐이었다. 걸핏 하면 그는 이 섬의 내력을 들추어내어 그것만을 생각하고 그것 위에서 모든 일을 간단히 결론지어버렸다. 그는 자신의 어두운 경험 세계와 불행스런 섬의 역사에 짓눌려 언제나 우중충하고 무기력한 얼굴을 하고 있었다. 그는 누구보다도 사람을 믿으려 하지 않았다. 뿐만 아니라 아무것도 이루려 하지 않았고 아무것도 이루어보려는 행동을 하지 않았다. 섬에서 먼저 구해내야 할 사람은 상욱 바로 그 사람이었다. 하지만 원장은 아직도 그 상욱에게 기대를 걸고 있었다. 이번 공사는 상욱에게 그의 사고로서가 아니라 눈에 보이는 현실로서 그가 일찍이 겪지 못했던 새로운 경험을 맛보게 할 수 있었다. 상욱을 구해내는 것은 이 섬의 모든 사람을 그 배반과 불신의 악몽으로부터 구해내는 것이 될 수 있었다.

그리고 조 원장은 상욱의 그 철저한 불신과 망설임이야말로 그가 끝끝내 이 섬을 배반할 수 없는 가장 확실한 증거로 여기고 있었다. 판단이나 결심은 얼마간 늦어져도 상관없었다. 그 대신 결단이 내려지고 나면 상욱은 어떤 일이 있어도 또다시 배반을 감행하고 나설 인물이 아니었다.

원장은 상욱을 포함한 섬사람들의 동의가 있건 없건 혼자서라도 우선 필요한 공사 준비를 서두르기 시작했다.

그는 며칠씩 섬을 비운 채 대규모 간척 사업이 벌어지고 있는 영암과 장흥 등지를 돌아다니며 견문도 넓히고 기술자도 불러들였다. 경험 많은 토목 기술자들로 하여금 공사 예정지에 대한 보다 세밀한 정밀 측량을 시행케 하여 한 단계 한 단계 공사 계획을 구체화시켜나갔다. 서울과 도를 오르내리며 공사 허가와 사업 재원을 교섭하는 데도 며칠씩 바쁜 시간을 잡아먹었다.

공사 계획이 어느 정도 완성 단계에 들어서자 원장은 마지막으로 제방이 뻗어나갈 예정 수면을 따라 백열전구를 길게 가설했다. 고흥(高興) 반도의 남단, 거기서 다시 바다로 내민 두 작은 반도가 까마득히 먼 백열 전등열로 서로 마주 이어졌다. 풍양(豊陽)의 풍남 반도에서부터 오동도(梧桐島)까지의 375미터와 오동도에서 오마도(五馬島) 남단 기슭까지 338미터, 그리고 그 오마도에서 도양면(道陽面) 봉암 반도까지 1,560미터의 해면이 수백 개의 밝은 전등열로 경계 지어지고, 그 전등열로 이어진 경계선 안쪽으로 분매(紛梅) · 고발(古發) · 현도(峴島)의 세 섬과 넓이 330만 평의 광활한 바다가 미래의 옥토로 구분 지어졌다. 만 안에 흩어져 있는 다섯 개의 섬 가운데서 네 섬은 제방으로 연결되거나 그 안으로 사라지고 제방 예정선 바깥 해면에 위치한 만재도 한 섬은 제방 축성 작업에 필요한 바윗돌로 깎아 쓸 계획이었다. 만조 시의 최고 수심이 8미터나 되는 바다였다. 그 바다 한가운데에 백열 전등열 따윌 늘어세워놓고 미래의 옥토를 그린다는 것은 너무 허황한 노릇일지 모르지만, 원장으로선 무엇보다도 우선 눈에 보이는 것을 한 가지라도 마련하여 섬사람들의 의욕과 용기를 유도해보자는 생각에서 그 일을 일찍 서두른 것이었다. 공사가 시작되고 나면 밤낮 가릴 것 없이 밀물 때를 따라 뱃길로 투석 작업이 행해져야 하기 때문에 전등열은 그런 야간작업을 위해서도 필요했다.

조 원장은 거기까지 일을 끝내고 나서 다시 한 번 장로들을 모이게 했다. 그사이에도 섬사람들은 원장의 일에 대해 일언반구 알은체를 하지 않고 있었다. 심지어 원장을 따라다니며 작업 과정을 하나하나 도와오고 있는 이상욱 보건과장마저 앞으로의 일에 대해선 전혀 말을 꺼내려 하지 않았다. 원장을 이해하려 하기는커녕 무얼 좀 궁금해해보는 일도 없었다. 조 원장은 섬사람들의 그 심상찮은 무관심 속에 혼자서 모든 일을 진행해나가고 있었다.

그는 이제 기다릴 만큼 기다렸다고 생각했다.

마지막으로 한 번 더 장로들을 설득해볼 참이었다.

이번에는 조 원장으로서도 말이 필요 없었다. 그는 배를 한 척 내게 하여 장로들을 태우고 장흥으로 건너갔다. 득량만 바다를 가운데 두고 이웃해 있는 대덕면(大德面)의 대규모 간척장을 보여주기 위해서였다. 한편에선 아직도 바닷물을 밀어내는 일이 한창인

데도 다른 한편에선 이미 조수가 끊긴 갯벌을 농지로 개간해가고 있을 만큼 어마어마한 넓이의 간척장이었다. 이해부터는 바닷물을 씻어내고 모를 심기 시작한 곳도 있으리라는 것이었다. 장로들을 이곳으로 데려온 것은 원장 혼자 사전 답사를 했을 때부터 이미 생각을 정해두고 있던 일이었다.

원장은 두 시간 남짓 배를 몰아가는 동안 아무 말도 하지 않았다. 장로들도 말을 하지 않았다. 장로들은 묵묵히 원장을 따라 배로 올랐고 간척장에 도착하자 묵묵히 또 원장을 따라 배를 내렸다. 배를 내리고 나서도 원장과 장로들 사이엔 여전히 말이 없었다. 필요한 지시가 있으면 원장을 수행해온 이상욱 보건과장이 그를 대신했다. 배를 내린 원장은 따끔따끔 열기가 여물기 시작한 초여름 볕발 속으로 말없이 일행을 앞장서 나섰다. 장로들도 묵묵히 원장을 뒤따라 걷기 시작했다. 바닷물을 막아 일군 새 농장은 둘레가 20리도 더 넘는 어마어마한 넓이였다. 더러는 파랗게 이른모를 심어놓은 곳도 있었고 더러는 지금 한창 모를 심느라 사람들이 널려 있는 곳도 있었다.

원장은 점심도 굶은 채 끈질긴 침묵과 긴장 속에 농장을 한 바퀴 빙 걸어 돌았다. 그리고 해가 설핏해진 다음에야 비로소 출발지로 되돌아온 조 원장은 장로들을 다시 배에 태웠다. 허기와 피로가 극도에 달했으나 그는 이를 악물고 뱃머리를 다시 고흥 쪽으로 돌려세웠다.

이번에는 공사 예정지로 장로들을 싣고 갔다. 세 시간 가까이 걸려서 원장 일행을 태운 배가 목적지 해면 근처에 이르렀을 때는 바다 위에 서서히 저녁 어둠이 깔리기 시작하고 있었다. 인부들에게 미리 일러놓은 대로 바다 위의 전등열엔 불이 밝혀져 있었다. 어둑어둑한 바다 위로 길게 뻗어 있는 전등열의 불빛이 뭍으로 이어지는 밝은 길목처럼 원장 일행 앞으로 다가오고 있었다. 그 전등열 안에 갇힌 바다가 이날따라 아늑한 정적을 안고 누워 있었다.

원장은 이제 거기서 더 이상 전등열로 배를 가까이 끌고 갈 필요가 없었다. 그 이상 가까이에선 구경할 것이 없었다. 그는 바다 한가운데에서 그냥 배를 머물러 서게 했다. 그리고는 한동안 꼼짝도 않고 서서 그 전등열로 경계 지어진 바다 쪽을 뚫어지게 응시하고 있었다.

"잘들 보아두시오."

이윽고 그가 말하기 시작했다.

"지금은 저 바다 위에 한 줄 전등불밖에 늘어선 것이 없습니다. 하지만 언젠가는 저 전등불에 둘러싸인 바다가 여러분이 씨를 뿌리고 수확을 거둘 여러분의 땅으로 바뀔 날이 올 것입니다. 여러분에겐 아마 믿기지 않을 일일는지 모릅니다. 믿고 싶지 않은 일일는지도 모르지요. 상관없는 일입니다. 난 오늘 여러분의 동의를 구걸하기 위해 하루 종일 이 꼴을 하고 돌아다닌 것은 아니니까요. 여러분이 이 일을 동의하고 안 하고는 이제 내가 상관할 일이 아닙니다. 왜냐하면 이 일은 처음부터 당신들의 일이며 나의 일이 아니기 때문입니다. 오늘 내가 여러분을 여기까지 배에 태우고 와서 저 바다를 보게 한 것은 다만 한 가지 내 약속을 말해주기 위해서입니다. 여러분이 이 일을 동의하든 안 하든 저 바다를 막는 일에 당신들로부터는 땀 한 방울 바쳐지는 일이 없다 하더라도 저 바다는 결국 여러분 아닌 다른 사람들의 땀과 노력에 의해 기름진 옥토로 변해져서 당신들에게 바쳐질 날이 있을 것이라는 내 약속을 말하기 위해서인 것입니다. 당신들이 아니더라도 저 바다는 막아집니다. 내가 그렇게 하고 맙니다. 노임을 지불하면 일꾼은 얼마든지 사들일 수 있습니다. 이 일이 싫으시면 여러분은 그때 그냥 구경만 하고 있으면 되는 것입니다. 그리고 일이 끝나고 나면 당신들에게 바쳐진 땅에서 당신들은 씨도 뿌리지 않고 추수를 거둬들이기만 하면 그만인 것입니다."

　장로들은 아직도 입을 굳게 다문 채 바윗돌처럼 잠잠했다. 누구 하나 원장의 말에 대꾸를 하고 나서려는 사람이 없었다. 한동안 말을 끊고 배 안을 둘러보고 있던 조 원장이 천천히 다시 말을 잇기 시작했다.

　"난 여기서 한 가지만 더 말해두고 싶은 게 있습니다. 당신들은 너무 지난날의 일을 내세우지 말라는 것입니다. 당신들의 과거는 자랑거리가 될 수 없습니다. 당신들의 과거가 무엇입니까. 치욕과 절망과 배반의 기억뿐입니다. 그 어두운 과거의 망령을 벗어나지 못하는 한 당신들의 과거도 그랬고 지금도 그렇고 또 앞으로도 끝끝내 문둥이일 수밖에 없습니다. 과거를 버리지 않으려 함은 당신들 스스로가 문둥이로 자처하고 가련한 문둥이기를 고집하는 것 외에 아무것도 아닙니다. 당신들뿐만 아니라, 병이라곤 앓아본 일이 없는 당신들의 아들딸까지도 그 추악스런 문둥이의 후손으로 영원히 이 섬을 떠나지 못하게 될 거란 말입니다.

당신들은 이미 병이 나았으니 문둥이가 아니라고 말하고 싶어 하겠지요. 당신들의 자식들도 물론 문둥이라는 소리와는 아무 상관도 없는 아이들입니다. 자랑거리가 될 수 없는 지난날의 악몽을 씻고 이젠 내일을 바라보아야 합니다. 섬을 나가야 합니다. 하지만 당신들은 이 섬을 나가기 위해, 당신들의 후손들을 또다시 문둥이로 만들지 않기 위해 무슨 일을 했습니까. 여러분이 아시다시피 나는 예수를 믿지 않습니다. 하지만 나는 여러분의 기도를 알고 있습니다. 당신들의 주님이 단 한 번만 하늘에서 인간의 기도를 받아들여주시게 된다면 나는 아마 그것이 틀림없이 당신들의 기도여야 하리라고 믿고 있습니다.

나 역시 당신들의 처지가 위로를 받아야 할 것인 줄은 너무도 잘 알고 있습니다. 당신들은 주님의 위로를 받아야 마땅합니다. 하지만 위로를 받는 것이 당신들의 권리일 수는 없습니다. 위로만 받으려고 하지 마시오. 당신들 스스로 자신의 처지를 이겨 넘어서려 하지 않으면 주님께서도 언제까지나 당신들을 위로만 해주실 수는 없을 것입니다. 하느님은 스스로 돕는 자를 도우신다고 하신 말씀이야말로 당신들에겐 보다 큰 위로가 되리라는 점을 깨닫게 되기를 바랄 뿐입니다."

말을 끝내고 난 원장은 이제 장로들의 반응 같은 건 기다려볼 생각도 없다는 듯 한동안 검은 하늘로 시선을 흘리고 서 있었다. 그리고 그는 비로소 자신이 할 일을 다한 사람처럼 조용히 뱃머리를 섬 쪽으로 돌려세웠다.

15

장로회 사람들의 반응이 나타난 것은 그런 일이 있고 난 바로 다음 날 아침이었다.

이날 아침 조백헌 원장은 전날의 피로도 아직 채 덜 가신 채 습관대로 서둘러 잠자리를 떨치고 일어났다. 해가 높아지기 전에 공사장으로 건너가 외지 인부들을 지휘하기 위해서였다.

잠자리를 빠져나온 원장이 방문을 열고 밖으로 나와 보니 마루 끝 기둥 곁에 무슨 편지 봉투 같은 것이 하나 하얗게 놓여 있었다. 가까이 다가가 보니 그것은 바람에 날리지 않도록 일부러 작은 돌멩이를 눌러놓은 진짜 편지 봉투였다.

원장은 금방 어떤 직감이 작용했다. 병사 지대에서 누군가가 간밤에 관사를 다녀간 게 분명했다. 누군가가 원장에게 은밀한 전갈을 가지고 왔다가 건강 지대를 몰래 숨어들어온 허물 때문에 편지만 놓아두고 돌아간 게 틀림없었다.

원장은 무슨 소중한 물건이라도 다루듯 조심스럽게 봉투를 집어 올려 사연을 꺼내 읽기 시작했다.

짐작대로 그것은 병사 지대의 황희백 노인으로부터 원장 앞으로 보내진 것이었다.

―원장이 왜 이러는지 모르겠소.

노인의 사연은 서두부터 가파른 핀잔조로 시작되고 있었다.

―우리는 지금 1년 동안 원장을 보아왔소. 마찬가지로 그 1년

동안 원장도 우리를 보아왔소.

원장은 이제 우리를 속속들이 알고 있소.

하지만 우리가 우리의 자손들을 문둥이로 만들지 않기 위해 아무것도 한 일이 없었다고 우리를 저주한 것은 원장이 아마 말을 잘못한 것일 게요.

우리는 지난 수십 년 동안 문둥이가 아닌 사람으로 이 섬을 나가기 위해 갖은 시련을 겪어왔소. 하지만 우리는 언제나 속아왔소. 이것은 원장도 모르고 있을 리가 없는 일이오. 섬을 나가고자 했던 우리의 소망과 노력 뒤에는 언제나 배반밖에 남는 것이 없었소. 위정자가 우리를 속였고 원장들이 속였고 병원 직원들이 우리를 속였소. 거짓 얼굴을 한 자선가들이 우리를 속였고 육지의 약장수들이 우리를 속였고 심지어는 고향의 육친들과 교회의 형제들마저도 우리를 속이거나 버리고 돌아서기 일쑤였소. 그리고 마지막엔 문둥이 자신들이 자신을 속이고 자신을 배반했소.

우리는 그러나 이제 그 모든 일을 원망만 하고 있는 건 아니오. 우리의 지난날을 무슨 권리나 되는 것처럼 들춰 내세우고 싶어 하지도 않고 있소. 돌이켜보면 그 모든 것은 우리가 주님 앞으로 나가기 위한 값진 시련이었던 것이오. 그리고 자비로우신 주님께서 그 시련의 세월 끝에 끝내는 우리를 구해주셨소. 우리는 주님의 인자하신 위로 속에 있소. 주님의 그 크신 위로 속에서 우리는 주님만을 믿으며 아직도 이 섬에 살고 있소.

이제 우리에겐 시련이 끝난 것이오. 우리를 속이지 않은 것은 오직 주님뿐이오. 주님은 절대로 우리를 속이지 않을 것이오. 이

208

모든 일도 원장은 우리들 자신보다 더욱 잘 알고 있을 터이오.

그런데 원장이 오늘 또 왜 이러는지 모르겠소—

황 장로는 원장을 혹독하게 추궁하고 있었다. 그러나 그것은 이 소록도 반세기의 오욕의 역사를 낱낱이 지켜본 증인으로서의 황 장로의 마지막 다짐이었는지도 모른다.

충혈된 눈빛으로 사연을 읽어내려가던 조 원장의 얼굴이 이윽고 환하게 밝아져오기 시작했다.

—아마도 우리들의 시련이 아직 부족했나 보오.

노인의 어조가 거기서부터 갑자기 급전하고 있었다.

—주님께선 우리의 시련을 끝내시기 위해 다시 또 우리에게 원장을 보내셨는가 보오.

자랑스럽지 못한 과거 때문에 원장을 너무 상심시켜서 미안하오. 하지만 이젠 우리가 원장을 믿기를 원하듯이 원장도 우리를 믿어주기 바라오. 원장이 하겠다면 우리도 하겠소. 우리가 정말로 새 땅을 얻어 섬을 나가게 될 일이라면 우리가 원장을 앞장서 나서야 한다는 것은 우리도 알고 있소. 더구나 그것은 우리들의 무고한 후손의 장래가 걸린 일일진대 그 후손의 장래를 원장에게만 맡겨둘 수는 없는 일 아니겠소. 다만 하나 두려운 것은 주님의 참뜻이오. 이것이 정말로 인자하신 주님의 뜻인지 모르겠소. 이것이 진실로 주님의 뜻이라면 당신께선 우리에게 이 일을 감당할 용기도 함께 주실 것이오.

이제 원장께 부탁하겠소.

원장은 어제 우리 주님의 이름을 빌려 당신의 뜻을 우리에게 전했소. 그리고 우리들의 후손의 이름을 빌려 우리를 책망하였소.

원장은 우리가 저 바닷속에서 우리의 땅을 건져내어 섬을 나가게 한다는 약속을 주님의 이름으로 다시 서약해주시오. 이 일이 만약 또 한 번의 고난스런 시련으로 끝나고 말 때, 원장은 우리 주님과 후손의 이름을 가장 욕되게 팔고 있는 인간이 될 것이오.

이 일을 잊지 말아주시오.

주님은 진실로 우리를 속이시는 일이 없습니다.

하회를 기다리겠소······

사연을 다 읽고 난 원장은 비로소 후 하고 안도의 한숨을 내쉬었다. 이젠 아무것도 거리낄 일이 없었다. 서약을 두려워할 이유가 없었다.

원장은 이날로 당장 공개 선서식을 행하기로 작정하고 황 장로에게 사람을 보내어 그의 뜻을 전했다. 그리고 병원을 나가는 길로 곧 이상욱 보건과장을 불러 선서식을 행할 방법과 절차를 의논했다.

선서식 시간으로 미리 통보해둔 낮 12시가 가까워오자 원장은 병원 직원들을 전원 인솔하고 자신의 선서식이 행해질 중앙리 공회당으로 내려갔다.

공회당에는 이미 장로회의 노인들 외에 병사 지대를 이끌어가는 각급 유지 대표들과 학교 관계자들이 2백여 명이나 모여와 원장을 기다리고 있었다. 회당 정면에는 간략한 식단이 마련되어 있고 그의 선서식을 주재할 신부님도 한 사람 미리 와서 그의 도착을 기다리고 있었다.

원장 일행이 도착하자 선서식은 곧 시작되었다.

"이제 시작합시다."

원장이 스스로 말하고는 뚜벅뚜벅 식단 앞으로 걸어나가 신부에게로 다가섰다. 신부가 그의 앞에 성서를 내밀었다. 원장은 신부님이 시키는 대로 그 성서 위에 오른손을 얹고 기다렸다.

"이제 원장께서 서약하시겠습니다."

신부님이 주위를 한번 일깨우고 나서 원장에게 묻기 시작했다.

"당신은 앞으로 이 섬과 섬사람들을 위해 당신이 시작하고자 하는 일에 일신을 위해서는 물 한 모금 사사로이 취하지 않을 것임을 자비하신 주님과 여기 모인 증인들 앞에서 서약하시겠습니까?"

"서약합니다."

"당신은 이 일을 하는 동안 당신 일신을 위해서는 어떠한 공훈이나 명예도 좇지 않을 것이며, 보답을 바라지 않고 우상도 만들지 않을 것임을 여기 모인 증인들 앞에 주님의 이름으로 서약하시겠습니까?"

"서약합니다."

장내는 물을 끼얹은 듯 조용했다. 서약을 묻고 있는 신부님과 그것을 받아들이는 원장의 나지막하면서도 힘있는 대답 소리가 장내를 한층 더 숙연하게 만들고 있었다.

"원장님께선 서약을 하셨습니다."

신부님이 침묵에 싸인 증인군을 향해 말하고 나서 이제 그걸로 서약을 만족할 수 있느냐는 듯이 물었다.

"원장께 또 다른 서약을 원하는 분이 있습니까?"

"있습니다."

증인의 무리 중에 대답을 하고 일어서는 사람이 있었다. 황 장로였다. 장내는 다시 한 번 분위기가 무겁게 가라앉았다.

"지금 원장께서 하신 서약을 우리 문둥이들의 가엾은 후손의 이름으로 한 번 더 행하게 해주십시오. 그리고 그 서약대로 일이 이루어지지 않을 때, 원장의 목숨을 이 섬 5천 문둥이를 대신해 여기 모인 주님의 증인들에게 맡길 수 있는가를 물어주시오."

"알았습니다."

황 장로가 말을 끝내고 자리로 주저앉자 신부님이 다시 원장을 향해 묻기 시작했다.

"원장께선 여기 모인 증인들의 뜻에 따라 다시 한 번 서약을 하시겠습니까?"

"서약하겠습니다."

원장은 아깟번보다도 한층 더 힘주어 대답했다.

"당신은 지금 자비하신 주님의 이름으로 서약하신 일들을 여기 모인 증인들과 그들의 후손의 이름으로 서약하겠습니까?"

"서약합니다. 그리고……"

원장은 대답하고 나서 이번에는 신부님이 묻기도 전에 자신이 먼저 다음 순서를 대신해나갔다.

원장은 공사석을 가리지 않고 언제나 그랬듯이 이날도 물론 육군 대령 계급장이 달린 푸른 군복 차림이었고, 오른쪽 허리께에는 이제 그의 몸의 일부분처럼 섬사람들의 눈에 익은 가죽 권총집이 매달려 있었다.

원장은 느닷없이 그 권총집에서 진짜 금속물을 꺼내어 식단 위로 올려놓았다. 그리고는 오른손을 성서 위에, 왼손은 그 권총 위에 올려놓고 신부님을 앞질러 스스로 서약을 계속했다.

"미안합니다. 하지만 여러분이 원하신다면 나는 지금 나 자신을 보다 분명하게 지켜줄 이 권총으로 나의 서약을 거듭해드리겠습니다. 나에게서 만약 배반이 행해질 때 나의 목숨은 물론 당신들의 것입니다. 하지만 그보다도 먼저 이 권총이 여러분과 여러분의 주님 앞에서 행한 나의 서약을 지켜줄 것입니다. 그리고 여러분의 주님이나 여러분에 앞서 이 권총이 나의 배반을 단죄할 것입니다."

조용하던 장내가 원장의 그 뜻하지 않은 행동으로 별안간 술렁대기 시작했다. 부러지도록 분명한 원장의 태도에 비로소 안도의 한숨을 내쉬는 사람도 있었고, 원장의 그 당돌스런 결의 앞에 오히려 겁을 집어먹고 놀라는 사람도 있었다. 원장은 그 사이에 서약을 끝내고 단을 내려왔고 신부님은 이제 마지막 축도라도 내릴 기색으로 잠시 소란이 멎기를 기다리고 있었다.

황 장로가 그때 또 자리를 일어섰다.

"배반은 원장님께만 일어날 수 있는 것이 아니오. 보다 더 추악하고 무서운 것은 그 배반이 바로 우리들 자신에서 일어났을 때라는 것을 우리 모두가 알고 있소. 원장님께서 서약을 하셨으니 이제 우리가 서약을 해야 할 차례요. 우리도 마땅히 서약을 해야 하오."

황 장로는 원장의 서약을 재촉할 때보다도 더욱 무거운 얼굴로 말하고 나서는 그 자신 식단 앞으로 몸을 이끌어 나갔다. 술렁대던 주위가 전기에 맞은 듯 일시에 다시 잠잠해졌다. 그 무거운 정적을 뚫고 조용히 식단 앞까지 걸어나간 황 장로는 방금 원장이 손을 얹고 서약했던 성서 위에 이번에는 자신의 손을 얹고 스스로 서약하기 시작했다.

"자비하신 주님. 오늘 이처럼 저희가 살 땅을 마련하도록 의로운 사람을 보내주신 은혜에 감사합니다. 주님께선 저희에게 이처럼 의로운 사람을 보내주심과 같이 저희에게도 이 일을 감당하여 이 섬 5천 형제들이 다 함께 시련을 견뎌 이길 용기와 지혜를 허락하여주시옵소서. 그리하여 주님의 뜻이라면 이것이 저희들의 마지막 시련이 되게 하여주시옵고, 이 섬 안에 한 사람도 주님의 뜻을 따르지 않는 자가 없게 하여, 저 의로운 사람과 주님의 불쌍한 종들이 다 함께 주님의 영광을 보게 하여주시옵소서.

저희 육신은 저희 것이 아니옵고 주님의 것이옵니다.

저희 마음도 저희 것이 아니옵고 주님의 뜻이옵니다.

주님의 뜻에 따라 저희 육신을 요긴히 부려주시옵소서.

주님의 뜻에 따라 어리석은 저희로 하여금 가장 작은 배반이라도 저지르지 않게 인도하여주시옵소서.

저희보다 먼저 주님 곁으로 간 수많은 형제들의 넋과 아직도 태어나지 않은 저희 불쌍한 후손의 이름으로 주님께 이 서약을 바치옵니다……"

16

선서식이 있고 난 다음부터는 당분간 모든 일이 순조로웠다.

작업 개시 일자를 7월 10일로 정해놓고부터는 본격적인 기공 준비를 서둘렀다. 서울과 도를 오르내리며 미리부터 약속을 받아놓은 공사 허가를 맡아내고 근로 구호 양곡도 얻어왔다. 장로회 사람들과는 틈틈이 자리를 같이하여 작업 진행 방법과 공사가 완료될 때까지의 생계 대책들을 의논했다.

설계대로 공사가 끝나고 나면 바다에서 건져낼 땅은 소록도 넓이의 두 배가 더 넘는 330만 평, 원장의 계산으로는 그 땅에 음성 환자 1천 세대 2천 5백여 명과 일반 영세 농가 1천 세대 5천 명을 이주시켜 1인당 경지 면적 3백 평, 5인 가족 1세대에 1천 5백 평 정도의 농토가 분배될 수 있는 가경 면적이 나왔다. 신체 조건에 따라 원생 이주자들에게는 논농사보다 채소나 맥곡류의 밭농사를 권장하고 물을 필요로 하는 논농사는 일반 이주자에게 맡길 계획이었다. 그렇게 되면 채소나 잡곡류를 제외한 주곡 생산만 하더라도 연간 수확 벼 3만 석에 보리 2만 석의 소출을 내다볼 수 있었다.

하지만 그것은 어디까지나 공사가 끝나고 난 다음에야 생각할 일이었다. 일을 하자면 그동안에 우선 먹고살아야 할 생계 대책부터 마련되어 있어야 했다. 작업 개시 후 공사 진행도 70퍼센트를 목표로 한 제1차년도의 예산 규모는 총 5천만 원에 달했다. 작업이 진행되는 동안 병원에서는 원생 1인당 쌀 두 홉 보리 두 홉 외에

당신들의 천국 215

사업장 출역 원생들에 대하여는 작업 종류에 따라 일당 노임 30원에서 35원까지를 별도 지급하기로 했다. 이외에도 원장은 사업을 이끌어갈 중요 재원으로 근로 구호 양곡을 따로 확보해놓고 있었다.

공사 진행 방법은 공사장 출역이 가능한 음성 환자 2천 명으로 2개 작업대를 편성하여 1천 명 1개 작업대씩 한 달 간격으로 일을 교대해나가기로 했다. 섬 주민 5천여 명 중 음성 병력자는 그 65퍼센트에 달하는 3천 3백 명이나 되었고, 그 가운데서 공사장의 출역이 가능한 가동 인원만도 2천 5백 명이나 되었으므로 작업대의 편성은 문제될 것이 없었다. 2개 작업대와 일반 작업반을 총괄하는 기관으로는 '오마도 개척단'을 설치하여 조백헌 원장이 그 단장이 되고 황희백 장로가 섬 안의 모든 환자들을 대표하여 부단장 일을 맡기로 했다.

원장은 장로회와 병사 지대 유지들로 하여금 자체 작업대를 조직하고 그 선발대를 공사 현장으로 파견하는 한편, 자신은 장흥과 영암 등지의 간척장을 돌아다니며 공사 기술자들을 교섭하고 필요한 작업 공구들을 구해들였다. 조직이 끝난 자체 작업대에는 송목(松木)을 구해들여다 수십 척의 채석 운반선을 짓게 했다.

눈코 뜰 새 없이 바쁜 날들이 흘러갔다.

이윽고 예정한 작업 개시일이 며칠 앞으로 다가왔을 때는 기공에 필요한 준비도 거의 다 끝나 있었다. 작업 공구도 어느 정도 확보되고 섬 밖에선 줄을 이어 인부들이 몰려들고 있었다.

원장은 마지막으로 공사 현장에 작업 지휘 본부를 설치했다. 예정된 제방의 중간쯤에 위치한 오마도 67고지 위에 지휘 본부 막사

를 짓고, 손가락이 잘려나간 모양의 그 소록도 축구팀의 표지를
오마도 개척단의 깃발로 만들어 막사 앞에 높이 세웠다.

바닷바람에 힘차게 펄럭이는 그 오마기 아래에는 자신의 운명을
넘어선 한 불굴의 시인의 피맺힌 절규와 손가락이 없는 그의 검은
장압(掌押)이 힘차게 내리찍힌 시판(詩板)이 세워졌다.

문둥이가
땅에서 못 살고 쫓겨난 恨은
땅에서 살아보려는 願은
땅에서 살아보지 못한
땅을 만들어……
살아서 마지막으로
학대된 이름을 씻어……

———한하운의 시 「오마도」 중의 일절

마침내 7월 10일. 시판에 씌어진 그 오랜 세월의 한과 원을 풀
러 나설 기공식 날이 찾아왔다. 장관과 도지사까지 참석한 기공식
잔치로 하여 섬 안은 어느 때보다 들뜬 축제의 기분에 휩싸였다.
교회들은 종을 울려 공사의 성공을 기원했고, 중앙리 운동장에서
는 섬을 온통 두 조각으로 갈라놓은 듯한 열띤 축구 경기가 벌어졌
다. 초등학교에선 어린이들의 노래와 춤 잔치가 벌어졌다.

기공식 현장에서는 공사장 인부들의 충고에 따라 돼지머리 고사
를 지내는 것도 잊지 않았다. 돼지 세 마리를 잡아 세 방조제의 둑

머리마다 차려놓고 지신(地神)과 해신(海神)을 달랬다.

밤이 되자 바다 위에 가설된 전등열이 일제히 불빛을 받기 시작했고, 작업 지휘 본부가 있는 오마도 일대는 대낮처럼 휘황하게 횃불이 밝혀졌다. 조 원장은 그 오마 고지 둔덕의 횃불 아래 작업대 원생들과 한데 얼려 휘황한 전등열의 불빛 속에 떠오른 내일의 옥토를 눈 아래로 내려다보며 밤늦도록 술을 마셨다.

하지만 원장에겐 바로 그 기공식 날을 고비로 하여 또 하나의 크나큰 시련이 기다리고 있었다. 원장은 미리부터 그것을 알고 있었다. 섬사람들을 설득해내는 것이 안으로부터의 첫번째 시련이라 한다면, 언젠가는 또 한차례 섬 밖으로부터 어려운 시련의 고비가 닥쳐오고 말리라는 것을 늘 혼자서 근심해오던 원장이었다. 하지만 원장으로서도 그 밖으로부터의 시련이 그토록 일찍 닥쳐오리라고는 짐작을 못해온 형편이었다.

술에 취해 관사로 돌아온 조 원장이 이튿날 아침 피곤한 잠에서 깨어나 막 첫 기동을 시작하고 있을 때였다.

공사장에서 밤을 새운 작업대원 하나가 느닷없이 숨을 헐떡거리며 관사문을 뛰어들어왔다.

오마도 대안 일대의 마을 사람들이 수백 명씩 작당을 해서 성난 파도처럼 공사장을 습격해오고 있다는 것이었다. 소식을 전해 들은 조 원장은 그길로 곧 배를 내어 공사장으로 달려갔다.

원장 일행이 작업 지휘 본부에 이르렀을 때는 이미 소동이 한바탕 섬을 휩쓸고 간 다음이었다. 배를 내려보니 측량 기사 두 사람이 뻘투성이가 된 채 정신을 잃고 물가에 쓰러져 있었다. 측량 기구와 작업 도구들은 산산조각 박살나고 작업 지휘소 막사 앞에 세워둔 '오마기'도 갈가리 찢겨 땅바닥에 팽개쳐져 있었다.

문둥이가 땅에서 못 살고 쫓겨난 한(恨)은, 땅에서 살아보려는 원(願)은—

오마기 깃발 아래 마련되었던 시판(詩板)의 절규는, 일이 시작되기도 전에 그 시판이 부서져나가듯 무참히 짓밟히고 있었다.

막사 안의 정경은 말할 것도 없었다. 부서진 책상과 사무 집기들이 온통 목불인견의 난장판을 이루고 있었다. 창문 하나 성한 것이 남아 있지 않았다. 막사를 지키던 선발대원 한 사람이 뒤집힌 책상 밑에 깔린 채 아직도 이마에서 피를 쏟으며 끙끙 신음 소리를 내고 있었다.

원장은 배를 내려 막사까지 올라오는 동안 분노 때문에 몸이 온통 부들부들 떨리고 있었다. 한바탕 소동을 피우고 난 침입자들은 원장 일행이 현장에 닿기 직전에 벌써 섬을 빠져나가고 없었다. 몇십 척이나 되는지 알 수 없는 마을 사람들의 배들이 아직도 해변 쪽에 떼를 지어 몰려 있었다. 오마도까지 건너와서 작업 지휘소를 이 지경으로 만들어놓고 갔다면 제방머리 쪽 사정은 더 알아볼 것도 없는 일이었다.

원장은 침입자들의 배가 몰려 떠 있는 바다를 멀리 노려보며 몇 번이나 허리께의 권총집으로 손이 내려가고 있었다.

하지만 원장은 행동이 침착했다. 이럴 때일수록 행동이 침착해야 한다고 자신을 타일렀다.

그는 우선 다친 사람들의 상처부터 살펴보고 동행해온 작업대

간부들에게 사고의 수습 방안을 지시했다.

"다친 사람들은 지금 곧 병원으로 실어가시오. 그리고 여기 지금 파손을 입은 물건들은 무슨 수를 쓰든지 오늘 안으로 완전히 원상 복구를 해놓아야 하오. 저자들에겐 우리가 실망하거나 겁을 먹는 기색을 보이면 안 되니까…… 작자들이 어떻게 나오든지 우리는 기어코 우리의 일을 하고 만다는 결의를 보여줘야 한단 말이우다. 이 점 잘 명심해서 오늘 중에 깨끗이 원상회복을 해놓도록……"

지시를 내리고 나서 그는 다른 배를 한 척 내어 그 혼자서 난동의 무리를 쫓아 나섰다.

어차피 한 번은 겪어내야 할 일이었다.

조 원장은 인근 마을 사람들의 입장을 알고 있었다. 나환자 섬을 곁에 두고 있기 때문에 다른 어느 곳보다도 병에 대한 경계가 심한 사람들이었다. 병에 대한 이해는 이제 어느 정도 깊어졌다 해도 그들의 섬 때문에 인근 해역에서 건져낸 해산물의 거래에서 마저 항상 손해를 보아온 사람들이었다. 이제 공사로 인해 바다까지 막히고 보면 그나마 생업을 이어오던 조개류나 해태류의 어장이 몽땅 사라지고 만다. 농장을 이루어 육지로 상륙한 병력자들과는 마을을 이웃하여 거래를 트고 살아야 한다. 생업에 대한 위협과 나병에 대한 원시적인 공포감이 인근 주민들의 처지를 그토록 절박하게 하고 있음이 틀림없었다.

피할 수 없는 싸움이었다.

일이 터진 김에 원장은 이쪽 결의도 분명히 다짐해둬야겠다고 생각했다. 혼자선 위험하지 않겠느냐는 주위의 걱정을 물리치고 그는 기관사 한 사람만을 태우고 마을 사람들 쪽으로 배를 몰게 했다. 습격자들의 배는 풍남 반도 쪽 제1호 방조제 둑머리 근처에서 바글바글 소동을 계속하고 있었다. 일부는 배를 내려 작업 공구창을 짓부숴대고 있었고 다른 일부는 아직도 배 위에서 제방 예정선을 따라 가설된 백열 전등열을 바다로 마구 거둬 던지고 있었다. 원장의 배가 난동 현장으로 쏜살같이 달려들자 마을 사람들은 비로소 소란을 멈추고 말없이 그 원장의 거동을 지켜보기 시작했다.

훤칠한 키에 아무렇게나 제복을 꿰어 걸친 조 원장의 허리께에는 이날따라 무심스러워 보이지만은 않는 그의 권총집이 치렁치렁 길게 매달려 있었다. 달려드는 뱃머리에 우뚝 버티고 서서 그 권총집 근처의 허리께에 한 손을 짚어 얹고 있는 원장의 모습에 마을 사람들은 어딘지 기가 질리는 표정들이었다.

원장은 배가 물 끝에 닿자마자 훌쩍 몸을 날려 사람들 사이로 들어섰다. 마을 사람들은 그 원장을 비켜서지도 않았고 일부러 그의 주위로 몰려들어오지도 않았다. 그들은 그냥 자기들이 서 있는 곳에서 위태위태한 침묵으로 원장을 계속 경계하고 있었다.

원장은 저절로 그 침묵의 한가운데로 갇혀들었다.

"누구요? 누가 당신들을 이곳으로 선동해 왔소?"

원장이 마침내 주위를 한 바퀴 휘둘러보며 소리쳤다.

아무도 대답을 하는 사람이 없었다.

"이건 폭동이오!"

한동안 반응을 기다리고 있던 원장이 다시 한 번 위협 어린 목소리로 선언했다.

원장을 둘러선 무리의 입에서는 역시 아무 대꾸도 흘러나오지 않았다. 멀긋멀긋 원장을 지켜보고 서서 신중하게 그의 다음 행동을 기다리고 있을 뿐이었다.

　"당신들은 지금이 혁명 정부의 군정 치하라는 것을 알고 있을 게요. 나는 소록도 병원 5천 원생들의 생명과 재산을 보호하고 섬의 안녕과 질서를 유지할 현역 군인 원장으로서 마땅히 이 폭동 사태를 진압할 권리와 의무가 있는 사람이오."

　원장 혼자서 다시 말을 이어나갔다. 우선 침입자들을 적당히 협박해놓은 다음 서슬을 다소 누그러뜨리며 차근차근 설득을 펴나가기 시작했다.

　"하지만 난 지금 이 폭동 사태를 나의 권리로만 다스리려 하지는 않겠소. 난 여러분의 입장을 알고 있소. 이 일로 해서 여러분의 바다가 막히고 나면 직접 간접으로 여러분이 입게 될 피해에 대해서 이 사람도 깊이 생각한 바가 있다는 말이외다."

　원장이 말을 계속하는 동안 그의 거동을 가만히 지켜보고 있던 사람들이 하나하나 그의 주위를 두껍게 둘러싸오기 시작했다.

　원장의 목소리에는 점점 더 자신감이 차올랐다.

　"그러니 자, 나하고 얘기를 해봅시다. 이 일은 때려부수고 짓밟아대는 것만으로는 절대 해결이 나지 않습니다. 여러분이 아무리 짓밟고 때려부숴도 이 일은 몇 번이고 다시 시작됩니다. 그리고 끝내는 일을 이루어내고 맙니다. 왜냐하면 저 섬 5천 원생들은 여러분보다 더 지독한 고난과 역경 속에서 모진 생명을 지탱해온 사람들이기 때문입니다. 저 사람들은 이 일을 하느님의 지상 명령으로 알고 있고 저들의 하느님과 굳은 약속을 하고 있습니다. 이미 당신들 때문에 이 일을 단념할 수는 없게 되어 있습니다. 무모한 폭력으로는 해결이 나지 않습니다. 그러니 지금 나하고 이야기를 합시다. 이야기를 해서 쌍방의 이해를 조절할 수 있는 길을 찾아봅시다. 누굽니까. 어느 분이 여러분의 입장을 대표해서 나와 이야기를 해주겠소? 대표가 나와주시오."

"대표는 없소. 우리 모두가 대표요!"

무리 가운데서 누군가가 비꼬듯 한마디 대꾸해왔다. 원장의 기세가 예상보다 덜한 데에 작자들은 오히려 그를 만만하게 보기 시작한 것 같았다. 그 한마디가 계기가 되어 마을 사람들의 입에서는 중구난방으로 사방에서 원장을 공박하는 소리가 터져나왔다.

"그렇소. 대표는 따로 없소. 이야기를 하려면 숨어서 쑥덕거릴 생각 말고 여기서 우리 모두랑 함께합시다."

"이야긴 도대체 무슨 이야길 하자는 거요? 우리가 할 말은 이 일을 그만두라는 것 한 가지뿐이오. 그걸 설득할 생각이라면 차라리 그 권총으로 우릴 쏘아 죽이든지 때려 죽이든지 하는 편이 쉬울 거요."

"그보다도 원장 당신이 먼저 말을 해보시오. 당신이 우리들 입장을 알고 있다니 도대체 뭘 어떻게 알고 있다는 건지 그것부터 좀 들어봅시다."

어차피 대표는 나오기가 힘들게 되어 있었다. 대표를 정할 수 없는 대신 집단 담판에 응할 뜻은 분명했다.

"좋소. 어차피 나도 이 일을 쑥덕공론으로 해결할 생각은 아니었소. 지금 여기서 함께 이야길 합시다. 내가 먼저 이야기하겠소. 그 대신 당신들 편에서 내게 묻고 싶거나 요구할 말이 있으면 한 사람 한 사람씩 질서 있게 해주시오."

원장이 주위를 가라앉히고 나서 다시 말을 계속했다. 물이 차오른 바닷가 자갈밭 위에서 마침내 기이한 노천 토론회가 벌어진 것이다.

원장은 먼저 이 공사로 인해 인근 마을들이 입게 될 피해에 대한 자신의 이해를 표시했다. 그리고 그런 이해 위에서 그가 어떻게 그 사람들의 피해를 조절하고 보상할 각오인가를 설명했다. 원장은 지금까지 소록도라는 나환자들의 섬으로 하여 인근 주민들이 겪어온 직접 간접의 피해뿐만 아니라, 앞으로 바다가 막힘으로써 해산물 채취장과 해태 양식장을 잃게 될 생업상의 위협을 솔직히 인정했다. 그리고 원생들의 작업장 상륙과 정착으로 하여 그들이 감당해내야 할 심리적 불안과 혐오감에 대해서도 깊은 이해를 표해 보였다.

그러나 원장은 이곳으로 올 원생들이란 예전에 병을 앓았거나, 병을 앓은 적이 있는 사람들을 부모로 해서 태어났다는 허물 아닌 허물을 지닌 사람들일 뿐 지금은 일반 건강인과 아무것도 다를 바가 없는 사람들이라는 점을 힘주어 설명했다. 그리고 이곳이 아니면 다른 어디로 가서라도 그들은 결국 자기들이 살아갈 땅을 새로 마련해야 할 처지에 있으며 이곳 아닌 다른 어느 곳에서도 똑같은 반발과 학대가 뒤따르리라는 것을 알고 있는 이상, 그들은 이미 뜻이 정해진 곳에서 그 싸움을 끝끝내 감내할 수밖에 없을 것이라고, 이웃 주민으로서의 간곡한 이해를 촉구했다.

"여러분은 지금까지 저들의 가까이에 있었으니 누구보다도 저들의 처지를 잘 알고 있을 것입니다. 우리는 누구도 저들을 심판할수 없습니다. 저들은 죄가 없소. 저들의 병력이 저들의 죄가 될 수없다는 것은 여러분도 잘 알고 있는 일이오. 설사 그들의 병이 저들의 죄의 증거라고 하더라도 그 죄를 심판할 수 있는 것은 하느님뿐입니다. 우리들은 누구도 저들을 심판할 수 없습니다. 하물며그 처지를 누구보다도 깊이 알고 있는 여러분이 저들을 심판할 수는 없습니다. 이곳에서 저들을 내쫓으려 하지 마십시오."

원생들의 정착을 양해해주기만 한다면 잃어버린 바다 대신 농사를 지을 땅을 분배하겠다고 약속했다. 아무래도 원생들을 이웃해살기가 싫어 이곳을 떠나겠다는 사람에겐 상당한 피해 보상을 감수할 각오라고도 말했다.

하지만 그 모든 원장의 약속이나 설득에도 불구하고 담판의 상대 쪽은 좀처럼 그의 뜻을 받아들이려 하지 않았다.

"이건 숫제 우리더러 여길 떠나라는 협박 공갈이구만그래."

"문둥인 들여오구 우리더런 외려 여길 나가라구?"

"말 마라. 권총 찼으니까 하느님 아닌가베. 글쎄 우리더러 심판을 하지 말라면서 자기 혼자 들이고 쫓고 야단하는 걸 보면 자기가바로 하느님 아닌가 말여."

말을 하는 동안 여기저기서 계속 그런 투의 비아냥거림이 튀어나오고 있었다. 하지만 그런 소리는 그저 감정이 치솟은 김에 그럴 수도 있으려니 접어넘어갈 수 있었다. 원장의 설득이 처음부터 온통 헛수고가 되고 만 것을 깨달은 것은 그보다도 그의 이야기가 모두 끝나고 났을 때였다.

원장이 이야기를 끝내고 나서 이제 당신들 쪽에서 할 말이 있으면 해보라는 듯 주위를 둘러보고 있을 때였다.

"그럼 이젠 우리가 좀 물어봐도 되겠습니까?"

회중 가운데서 한 사내가 느릿느릿 원장 쪽을 손짓하고 있었다. 40세가 좀 넘었을까 말까 한 나이에 얼굴 표정이 제법은 여유가 있어 보이는 친구였다.

"좋습니다. 말하시오."

원장은 다시 한 번 자신을 도사리며 사내 쪽을 똑바로 건너다보았다.

하지만 사내는 원장의 예상과는 전혀 딴판이었다.

"원장님은 도대체 의삽니까, 사회사업갑니까?"

사내는 그 얼굴 표정만큼이나 여유가 있는 목소리로 느릿느릿 물어왔다. 말을 꺼내는 폼으로 보아 입심이나 세상 물정이 어지간한 위인 같았다. 주민들을 뒤에서 지휘해온 인물 중의 한 사람임이 분명했다.

당돌스런 질문이었다. 원장은 물론 이내 사내의 말뜻을 알아들었다. 원장 자신이 오랫동안 그와 같은 의문 속에서 갈등을 계속해오던 물음이었다. 아무리 해답을 구해보려 해도 마땅한 해답이 구해지지 않던 물음이었다. 그는 유독 이 병의 병원체·발병·전염·치료 등에 대해 의사로서 엄격히 의학적인 입장만을 고수하려 했을 때와, 이 병에 대해 지나치게 부당한 일반의 통념과 관련하여 병원 원장으로서보다 인간적인 환자 관리자의 입장에 서려 했을 때와는 차이 지는 일이 여간 많지 않았다. 하지만 조 원장이란 인물은 원래가 그런 자자분한 데보다는 결단과 행동이 늘 앞서버리곤 하는 위인이었다. 그리고 그런 결단과 행동 속에서 그는 뒤늦게 그 어려운 질문들의 해답을 어렴풋이 조금 느껴보거나 말거나 하는 그런 위인이었다.

원장은 사내의 갑작스런 질문에 대답을 할 수가 없었다. 사내가 그 원장을 더욱더 난처하게 추궁해들어왔다.

"우리는 도대체 원장님이 문둥병을 고치고 그 병을 더 번지지 못하게 하는 의사님인지, 아니면 그저 병이 불쌍해서 이런저런 그 사람들의 사정을 이해시키러 나온 지극히 인도적인 사회사업간지 분간이 잘 가지 않는단 말입니다."

"폭동 진압하러 다니는 군인이라지 않아."

누군가가 또 사내를 부추기고 나섰다.

하지만 사내의 추궁에는 그 의도가 좀더 깊은 곳에 감춰져 있었다. 그가 말을 계속했다.

"대답을 하고 싶지 않으신 모양이군요. 상관없는 일입니다. 우리 역시도 원장님께 굳이 그것을 알고 싶은 건 아니니까요. 원장님께선 의사이건 사회사업가이건 또는 폭동을 진압하러 다니는 군인이건, 적어도 한 가지만은 확실할 겝니다. 원장님도 물론 우리들처럼 그 병을 앓으신 적이 없으실 테고, 솔직히 말해서 우리들 못지않게 그 병을 두려워하고 계실 것만은 틀림이 없을 테니까요. 우리는 원장님께 대해 그 점을 믿고 있으며 그 원장님께 말씀을 드리고 싶은 것입니다."

"……"

"원장님의 말씀을 외면하려 한다고 우리들을 너무 섭섭하게만 여기지 마십시오. 사실상 우리는 원장님께서 염려하고 계신 것처럼 이번 일을 그토록 심각하게 생각하고 있는 건 아닙니다. 지내 보면 밝혀질 일이지만 우리들은 이 일이 정말로 실현될 수 있으리라고는 믿고 있지 않으니까요. 다만 한 가지 염려스러운 것은, 이 일로 해서 또 한 번 저 문둥이들의 끔찍스런 소동이 일지 않을까 하는 바로 그 점입니다. 이것은 우리 자신을 위해서라기보다 오히려 원장님의 처지를 생각해서 드리는 말씀입니다. 아무래도 우리는 원장님보다는 저들의 본성을 더 잘 알고 있으니까요. 오랫동안 곁에서 그들을 보아왔으니까요. 피비린내가 물을 건너오는 살인극이 그동안 몇 차례나 일어났습니까. 원장님은 아직 저들의 진짜 속셈을 모르고 계십니다. 두고 보십시오. 이 일이 결국 실패로 끝나고 말았을 때…… 우리는 원하지도 않는 그 끔찍스런 참극을 또한 번 구경해야 합니다. 원장님 말씀처럼 진정으로 이웃을 생각해야 한다면 이 일은 우리가 처음부터 시작을 막아야 합니다……"

어이없는 일이었다.

사내는 일이 결국 실패로 끝나게 될 것을 굳게 믿고 있는 터이므로 원장의 말처럼 마을을 떠나거나 생업상의 위협 같은 건 걱정을 하지 않는다고 했다. 그의 말은 오히려 자신들을 위해서가 아니라 최소한의 양심을 지닌 선린으로서 또는 몸이 성한 사람들끼리의 동류의식에서 원장을 위해 충언을 아끼지 못하노라는 식이었다.

228

원장이 거꾸로 설득을 당하고 있었다.

조 원장은 사내의 노회한 궤변의 의도를 알고 있었다. 건강인으로서의 동류 의식을 구실 삼아 원장을 아예 자기들 편으로 만들어버리려는 수작이었다. 그리고 그것을 위해 작자는 지금 한창 원장을 구슬려보기도 하고 음흉스런 협박을 가해보기도 하고 있었다.

"다른 분들의 생각은 어떻소? 다른 할 말은 없소?"

원장이 주위를 둘러보며 누군가 다른 말이 있을 것을 기다렸으나 사내의 이야기가 끝나고 난 다음부터는 자기들도 모두 그 말에 동조하고 있노라는 듯 아무도 다시 입을 여는 사람이 없었다.

"조상 가운데 수상한 내력이 없다면 지금 그 말 잘 명심해서 들어둬야 할 거요."

동료들 등 뒤로 얼굴을 가려 숨긴 사내 하나가 마지못해 한마디 농기 어린 충고를 지껄이자, 원장의 주위에선 노골적으로 그를 비웃는 웃음소리가 번지고 있을 뿐이었다.

이해의 조절 따윈 염두에도 두고 있지 않은 사람들이었다.

조 원장은 일순 앞이 캄캄해왔다.

더 이상 입씨름을 벌이고 있을 필요가 없었다. 말로써는 불가능했다. 말로 되지 않는 일은 행동으로 이쪽 뜻을 지켜나갈 뿐이었다.

원장은 그만 섬으로 돌아가기로 작정했다. 하지만 그는 발길을 돌이키기 전에 마지막으로 다시 그의 각오를 분명히 해두지 않을 수 없었다.

"난 아마 조상 가운데 문둥이 내력이 있었던 모양이오. 그러니 이제 당신들과는 더 이상 이야기를 계속할 수가 없을 것 같소. 하지만 아까 말한 내 약속들에 덧붙여 이것 하나만은 더 분명히 해두고 싶소. 당신들이 나를 의사로 알든 사회사업가로 알든 또는 폭동을 진압하러 다니는 군인으로 알든 오늘 같은 일은 이 조백헌이 모가지를 내걸고 다시 용납하지 않으리라는 걸 명심해두시오. 난 이제 오늘 같은 난동은 이번 한 번으로 족한 것으로 알고 돌아가겠소."

17

기공식 이튿날 아침의 사건은 그러나 공사를 위해서는 차라리 전화위복이었다.

사고 소식은 섬에 있던 원생들을 크게 자극하여 자신들의 땅에 대한 새로운 집념과 열망을 불러일으켰다. 부상자들이 동생리 선창가로 실려 들어왔을 때 섬에서는 마치 전승 영웅이나 맞이하듯 온 섬 원생들이 뱃머리로 몰려나와 있었다고 했다.

원생들은 그길로 곧 제1작업대의 출발을 서둘렀다. 조 원장이 섬으로 돌아와보니, 제1작업대 1천여 명 중의 일부가 이미 배를 출발시키고 있었다. 원생들은 자체 조직에 의해 작업대를 동원하고 스스로 조를 나눠 차례차례 섬을 떠나기 시작한 것이다. 배를 나눠 탄 작업대가 선창을 빠져나가면서 목이 터져라 외쳐대는 「소록도의 노래」가 바다를 쩡쩡 울려대고 있었다. 그 노랫소리에 화답하듯 선창가를 가득 메워 선 환송 인파의 만세와 함성 소리가 섬을 뒤흔들고 있었다. 출진가가 있고, 만세의 함성이 있고, 섬을 온통 털어낸 듯한 환송 인파가 있고…… 그것은 섬 역사 반세기 만에 비로소 출소록(出小鹿)의 꿈이 이루어지기 시작한 장엄한 드라마의 한 장면이었다.

조 원장은 선창으로 향하던 뱃머리를 돌려 작업대 선단을 앞장서서 다시 오마도 공사장으로 향했다.

"조백헌 원장 만세!"

그의 배를 알아본 작업대의 이 배 저 배에서 그의 만세를 합창해 보내주고 있었다. 조백헌 원장은 눈물을 참을 수가 없었다. 아침결에 당한 일이 다시 생각났다.

"하느님, 저들의 간절한 소망을 헛되지 않게 하소서. 어떤 난관이나 위협 앞에서라도 저들에게서 당신의 자비로운 뜻이 이루어지게 하소서."

원장은 신자가 아니었다. 하지만 그는 오래오래 간절한 기구를 외고 있었다.

배가 공사장에 도착하자 원장은 남은 원생들을 실어오기 위해 빈 배들을 섬으로 되돌려 보낸 다음 자신은 현장에서 도착한 작업대를 지휘하기 시작했다.

해가 저물기 전에 남은 작업대도 모두 공사장에 도착했다. 원장은 1차 작업대 1천 명 중 풍남 반도에서 오동도까지의 제1방조제 공사에 3백 명, 봉암 반도에서 오마도까지의 제3방조제 공사에 6백 명을 각각 배치했다. 오마도에서 오동도까지의 제2방조제 공사는 일반 인부들만이 따로 일을 맡아 하게 했는데, 그 1천 명의 원생

작업대원 가운데서 몸이 허약한 사람 1백 명을 따로 골라내어 제2 공구의 보급품 감독 및 작업 실적 기록원으로 배치했다.

해가 저물어들었을 때는 봉암과 풍남의 두 둑머리에 거대한 천막 마을이 생겨났고, 이날 밤엔 인근 마을 주민들의 재습격을 경계하여 특별히 주의를 게을리하지 않았다.

본격적인 작업은 날이 밝은 이튿날 아침부터 시작되었다.

제1단계로 착수한 일은 채석과 투석 작업이었다. 제1방조제 공구에서는 풍남 반도의 둑머리 근처에 있는 산 하나를 헐어내고, 제3방조제 공구에서는 둑 바깥 바다 가운데에 솟아 있는 만재도를 헐어내기 시작했다. 산과 섬을 헐어내어 캐낸 돌을 등짐이나 배에 실어다가 전등열이 가설된 제방 예정선을 따라 바닷물 속으로 던져넣는 것이었다.

작업 성격이 단순한 데다 일하는 방법도 지극히 원시적일 수밖에 없었다. 작업 진도가 빠를 수도 없었다. 보기에 따라서는 무모하기 한량없는 노릇이었다. 무작정 돌을 던져넣어 그 돌더미가 바닷물 위로 솟아오르기를 기다리는 작업이었다. 그 돌무더기가 최저 수심 8미터가 넘는 바닷물 속으로 장장 5킬로 이상을 뻗어나가야 했다. 시일을 기약할 수 없는 작업이었다. 기대할 것은 언제고 일이 끝날 날이 있을 것을 참고 기다리는 원생들의 믿음과 끈기뿐이었다.

다행히 원생들은 원장 이상으로 작업열이 대단했다. 충천한 의욕 때문에 공사판의 사기는 더 바랄 수 없을 만큼 드높았다. 아침부터 저녁까지 바다를 사이에 둔 양쪽 채석장에서는 다이너마이트 터지는 소리가 쉴 새 없이 쿵쿵거렸고, 등짐으로 또는 뱃길로 돌을 실어 내가는 운반조의 대열은 바다와 산비탈을 개미 떼처럼 까맣게 뒤덮었다.

밤이 되면 그 바다 위에는 다시 환한 백열 전등열이 밝혀져 만조 (滿潮)를 아끼는 작업 대열의 움직임이 더 한층 부산스런 광경을 이루었다.

원생들은 어찌나 일을 열심히 했던지 작업 개시 후 첫 주일이 지나자 이젠 더 이상 일을 계속하기 어려울 만큼 급작스레 힘이 지쳐 나기 시작했다. 한 달 교대의 작업 기간을 보름쯤으로 단축시키지 않으면 안 될 정도가 되고 있었다. 한데도 원생들 쪽에서는 전혀 불평을 하고 나서려는 기미가 없었다. 아무도 출역을 기피하려 하거나 신병을 칭하고 나서는 자가 없었다. 원장의 독려나 간섭 같은 건 전혀 필요가 없었다. 공사장 질서나, 취사·경비·인원 관리 따위의 모든 일을 장로회나 작업대 자체에서 일사불란하게 처리해 나갔으므로 오마도 개척단장으로서의 조백헌 대령은 당분간 전혀 신경을 따로 쓸 일이 없었다.

거기에는 물론 개척단 부단장으로 선임된 황희백 노인과 '장로회' 사람들의 역할에 힘입은 바도 크겠지만, 그보다도 근본은 원생들 자신들의 각성과 그 각성이 밑바탕 된 의욕과 헌신적 봉사가 아니고서는 도저히 가능할 수가 없는 일이었다.

원장은 대만족이었다.

몸이 불편스런 원생들의 작업 공구인 제1, 제3방조제 쪽 작업이 일반 건강인들의 작업 공구인 제2방조제보다 훨씬 더 진도를 앞서

가고 있었다. 그 공사장 근처에서 원장이 중앙리의 장로 황희백 노인을 자주 만날 수 있는 것은 무엇보다 즐거운 일의 하나였다. 개척단 부단장으로 선임된 황희백 노인은 일이 본격적으로 시작된 다음부터는 항상 그 공사장 근처를 떠나지 않고 있었다. 별로 할 일이 없는 사람처럼 어칠버칠 작업장 근처를 배회하는 노인의 얼 굴에는 그러나 항상 신명을 다하고 있는 사람들의 그 간절하고도 경건스런 기구가 어리어 있었다.

"지난 수십 년 동안 이곳에선 사람의 이름으로 해서는 일어날 수 없는 일들이 수없이 일어났었지. 지금 우리들에게선 그 사람의 이름으론 이해해낼 수 없는 일이 또 하나 이루어지려 하고 있단 말 이거든. 아마 이것이 그 사람의 이름으로 해서는 이루어질 수 없 는 일 가운데서 우리에게 행해지고 있는 마지막 이적이 틀림없을 게야. 이게 어찌 자비하신 하느님의 뜻이 아니겠소."

원장을 마주칠 때마다 노인은 개미 떼처럼 부산한 작업대의 행 렬을 먼발치로 내려다보며 은근히 원장의 결단을 칭찬하곤 했다.

노인과 만나고 나면 그는 언제나 그 비정하리만큼 황량스러워진 섬사람들의 가슴속에 비로소 따뜻한 인간애의 신뢰가 싹돋아오르 는 것을 보고 혼자서 기쁨을 금할 수가 없었다. 원장은 그 황 노인 에게서 예기치 않은 위로와 용기를 자주 경험하곤 했다.

그러나 원장이 공사 현장에서 만날 수 있었던 사람 가운데 황 노 인 못지않게 그의 용기를 고무시켜준 또 다른 한 사람은 윤해원 선 생이었다.

원장은 물론 부임 초에 들은 위인의 심상치 않은 행적으로 하여 이후로도 늘 작자의 소식에 대해선 각별한 관심을 가져왔던 편이었다. 보육소에서 초등학교 과정의 분교 수업이 중지되고, 해당 연령층 아이들이 건강 지대의 본교 등교를 시작한 다음까지도 윤해원은 그냥 그 보육소에서 남은 아이들을 돌보고 있었다. 윤해원이 섬에서 쫓아내기를 소원하고 있다는 서울 아가씨 서미연도 여태껏 그냥 보육소에 남아서 윤해원의 비위를 거슬리고 있었다. 어찌된 일인지 그 서미연 아가씨만은 윤해원이 좀처럼 당해내질 못하고 있다는 소문이었다. 상욱이 처음 예상했던 대로 윤해원은 마침내 그 서미연에 대해 짓궂게 사랑을 호소하고 나선 일까지 있었지만, 윤해원은 그의 그 마지막 비방을 가지고도 끝끝내 여인을 굴복시킬 수는 없었다는 것이었다. 떠도는 소문에 의하면 상욱에 대한 그녀의 어떤 미묘한 반발심 같은 것에서였다던가.

다름 아니라 서미연이 그 윤해원의 사랑 공세를 뜻밖에 수월히 받아들일 기세였기 때문에 사내 쪽은 오히려 기가 질려 여자를 멀리하기 시작하고 있다는 것이었다.

윤해원이 그 서미연 앞에 떳떳하지 못한 것은 서미연에 대한 그의 구애가 사랑을 위한 호소가 아니었다는 사실이 분명해진 때문이라 했다. 그는 마치 약 기운이 떨어져가는 마약 환자처럼, 지금까지의 그 엉뚱스런 객기를 잃고 죽어 지낸다는 소문이었다.

— 윤해원은 자기의 병을 약으로 세상을 살아가는 작자였습니다. 그의 병력이 세상을 저주하고 증오하게 만들어갔고, 거기서 그는 오히려 세상을 살아나갈 힘을 얻고 있었단 말씀입니다. 그의 광태나 분홍색 집착증도 따지고 보면 다 그런 심리에서 비롯한 자기 지

탱의 한 방편이었을 겝니다.

매사를 어렵게만 생각하는 이상욱 보건과장이 그 서미연이나 윤해원의 일에 대해서는 이상스럽게 깊은 관심을 쏟으며 조 원장에게 한 말이었다.

—그런데 작자는 이제 그만 저주와 증오의 근거를 잃어버린 것입니다. 서미연이란 여자가 그의 꿈을 깨게 한 것이지요. 윤해원은 그 증오의 근거— 이를테면 그의 생의 동력을 상실하고 나자 갑자기 다리가 휘청거리고 기력을 잃기 시작한 것입니다. 그리고 참담스런 각성 속에 새로운 절망을 경험하기 시작한 것입니다. 왜냐하면 작자는 지금까지 그런 증오 속에서 자신을 속이고 있었기 때문입니다.

윤해원은 자신의 증오를 확인하기 위해 그 숱한 여선생들에게 거짓 구애를 되풀이하고 있었지만, 그러면서도 그는 진실로 그녀들을 사랑하고 싶은 보다 깊은 자신의 욕망을 보지 못하고 있다는 것이었다. 그런데 그는 바로 그 서미연이란 여인에게서 그의 증오 대신 그녀를 정말로 사랑하고 싶은 자신의 정직한 욕망을 보고 말았을 거라는 말이었다.

—윤해원을 위해서는 차라리 서 선생이라는 여자가 혹독한 실망을 주어버린 편이 나았을는지 모릅니다. 윤해원은 자신이 정말로 건강한 여자를 사랑하고 싶다는 욕망을 깨달음과 동시에, 또는 그런 일이 자신에게서 현실로 이루어질 수 있다는 가능성을 발견한 순간에 자기로서는 그것을 이루어내는 일이 여자를 미워하기보다 더욱더 어려운 일이라는 각성도 함께 이루어지고 있었을 테니

236

까요. 그는 절망을 할 수밖에 없었을 것입니다.

서미연의 행동이 상욱에 대한 어떤 반발 때문이었으리라는 소문에서도 이미 심상찮은 기미를 눈치채고 있던 터이기는 했지만, 윤해원에 대한 상욱의 그런 태도에서 조 원장은 어떤 짙은 질투의 감정을 엿보고 나서 은근히 혼자 고소를 금치 못한 일까지 있었을 정도였다. 그리고 아마도 서미연이라는 여자가 상욱과 윤해원 사이에 그런 어떤 심각한 갈등을 빚어내고 있다면, 조 원장으로서는 모든 것을 머리와 말 속에 행해온 상욱보다 윤해원의 그 처절스런 대범성과 행동 속에 오히려 그 갈등이 쉽게 해소될지도 모른다는 가능성을 읽으며, 또 그러기를 바라온 터였었다. 그리고 그 후 어떤 구라 운동 잡지에서 아직도 병사 지대에 남아 있는 그의 누이에 대한 연민을 읊은 듯한 윤해원의 시를 보고는, 그것이 이미 누이에 대한 시가 아니라 누이의 슬픔을 빌려 쓴 윤해원 자신의 사무친 자기 각성에 다름 아니라는 것을 깨닫게 되었고, 그로부터 더욱더 상욱의 심각해진 얼굴을 뜻있게 관찰하면서, 윤해원의 절망 쪽에 그 나름의 이해를 보태고 싶어해오던 조 원장이었다.

구라 운동 잡지에 실린 윤해원의 시라는 것은 이런 것이었다.

너의 얼굴에 분홍으로 고운 꽃 얼룩은
아무도 꽃이라 말하지 않는다.
우리도 이젠 꽃이라 말할 수 없다.
너의 그 그리운 색깔을 위해
우리가 흘린 눈물이 낙화가 되었다면

누이여, 우리는 지금쯤 꽃길 위를 걷고 있으련만……

한데 조 원장은 어느 날 제1방조제 채석 운반꾼 행렬 가운데서 우연히 돌덩이를 등에 진 그 윤해원을 발견한 것이다.

"누이가 아직 병사 지대에 있습니다. 전 누이 때문에 이곳으로 왔습니다. 다른 사람을 위해서는 일할 힘이 없으니까요."

그 윤해원이 비실비실 원장 앞을 피해 달아나며 변명처럼 늘어놓고 간 말이었다. 원장은 그때 윤해원이 자기 앞에 서기를 면구스러워하며 그 한마디를 남기고 쭈뼛쭈뼛 행렬 사이로 끼어들어가는 뒷모습을 바라보며 자신도 모르게 문득 머리를 깊게 끄덕이고 있었다.

그가 누구를 위해 작업을 지원해 나섰든 그것은 아무 상관도 없는 일이었다. 윤해원이 그의 누이를 위해 그런 시를 썼거나 건강한 서미연에 대한 절망 때문에 썼거나, 또는 그의 말대로 아직도 병사 지대에 누워 있는 그의 누이를 위해 출역을 자청하고 나섰거나 그 건강한 서미연으로 인한 슬픈 자기 각성 때문에 그 절망을 견뎌 이기려고 돌짐질을 시작했거나, 이 일에는 모든 섬사람이 마음과 육신이 힘을 한데 모아주기만 하면 그만이었다. 원장은 다시 한 번 확신이 솟아올랐다.

그런데 사실은 그 황희백 노인이나 윤해원보다도 조 원장을 더욱더 흐뭇하고 놀라게 한 것은 얼마 전 섬을 탈출해 나간 축구팀의 한 사람이 제 발로 다시 공사장으로 돌아왔을 때였다. 투지나 볼 다룸새가 누구보다 앞섰기 때문에 남다른 관심을 끌었던 유길상이

라는 청년— 그러나 막상 중요한 공사 계획이 이루어지려 할 즈음
엔 무슨 낌새라도 눈치챈 것처럼 원장과 축구부를 버리고 미련 없
이 섬을 떠나가버린 배신자— 한데 그 유길상 청년이 어느 날 홀
연히 이상욱 보건과장과 함께 작업 지휘소의 조 원장을 찾아 나타
난 것이었다.

알고 보니 유청년은 공사장으로 돌아와 일을 시작한 지가 이미
며칠이나 지났다는 것이었다.

원장은 물론 더할 나위 없이 반가웠다. 묻지 않아도 녀석이 왜
다시 섬으로 돌아왔는지는 짐작을 하고도 남을 일이었다. 새삼스
럽게 부탁을 할 말도 없었다.

"이번에 돌아와줬으니 그만이지만 이담에 또 한 번 그딴 수작했
다간 마지막인 줄 알아."

원장은 유 청년을 퉁명스럽게 응대해 내보내고 말았지만, 속으
로는 이때처럼 사람이 반갑고 고마워본 적이 없었던 것 같았다.

그런 가운데서도 다만 한 사람, 아직도 태도가 분명치 않은 것
은 이상욱 보건과장 그 사람이었다. 이상욱은 공사가 시작되고부
터 원장의 총참모 격으로 항상 그의 곁에서 그를 돕고 있었다. 하
지만 그는 원장의 생각이나 작업 결과에 대해서는 어딘지 아직 겁
을 먹고 있는 사람처럼 끝끝내 회의적인 눈치였다. 원장의 지시는
항상 성실하게 이행해나가고 있었으나, 그 대신 스스로 무슨 일을
만들려 하거나 원장의 생각에 자신의 적극적인 의견을 더해나가는
일은 거의 없었다.

"글쎄요. 그 친구든 누구든 다시 이 섬을 버리고 떠날 사람이 생

길지 어떨지는 장담할 수가 없는 일 아니겠습니까. 무제는 이 공사가 어떻게 소망대로 되어가느냐에 달려 있을 테니까 말씀입니다."

유길상 청년을 원장에게 데리고 와서 그를 흐뭇하게 한 것도 이상욱 과장이었지만, 그 유 청년과 같은 일이 다시 되풀이되어서는 원생들 사기를 위해서도 절대 안 되겠다는 원장의 걱정에 대해 지극히 냉담스런 반응으로 원장을 협박해온 것도 바로 그 이상욱이라는 인물이었다.

그러나 이상욱 한 사람을 제외하고 나면(아니 그 이상욱마저도 일단 자기가 맡아 해야 할 일에 대해서는 똑같은 말을 할 수 있는 터이지만) 모두들 열심히 일을 했다. 작업은 아직 시작에 불과했으므로 그 노력의 결과에 대해 원장처럼 조바심 같은 걸 지니고 있는 사람도 없었다. 낮이면 뙤약볕 아래 구슬땀을 흘리며 돌등짐을 져 나르고, 밀물이 높은 밤이면 백열전등 휘황한 밤바다 위로 새벽까지 배질을 쉬지 않았다.

와르르 쿵……

이쪽저쪽에서 산비탈 무너지는 소리, 바다로 실어낸 바윗돌을 물속으로 던져넣는 소리, 피곤기를 잊으려는 선박 운반꾼들의 영치기 소리, 그 소란하고 부산한 공사장 분위기에 휘말려 원생들은 밤낮이 바뀌는 것도 잊은 채 하루하루 손발이 헐고 얼굴과 등덜미의 피부들이 온통 까맣게 익어가고 있었다.

18

공사 시작 보름 만에 원장은 결국 한 달로 예정된 1개 작업대 출역 기간을 절반이나 앞당겨 작업대 교대를 단행하지 않을 수 없었다.

원생들의 무모하고도 광적인 작업열 때문에 출역 원생들 가운데선 병약자와 부상자가 속출하기 시작했다. 열흘쯤 지나면서부터는 작업 능률마저 눈에 띄게 떨어지기 시작했다. 그런 상태로는 한 달을 내리 끌어대기가 도저히 불가능해 보였다.

원장은 마침내 결단을 내려 작업대의 교대를 명령했다.

지금까지 일을 해온 제1작업대 1천 명 원생들은 보름째 되던 날 저녁 배를 타고 섬으로 돌아갔고, 섬에서는 다시 제2작업대 1천 명이 동생리 선창가에 미리 대기해 있다가 공사장으로 출발했다.

동생리 선창가는 또 한 번 들어오고 나가는 사람들로 장관을 이루었다. 들어오고 나가는 사람뿐 아니라 이들을 맞아들이고 떠나보내는 사람들의 수는 그보다도 더 많았다. 어둠이 내리기 시작한 선창 일대는 섬에서 켜 들고 나온 횃불로 해서 주위가 온통 대낮처럼 밝았다. 들어오는 사람을 맞는 쪽은 10년도 더 떨어져 있던 사람을 만난 듯이 흥분에 들떴고, 거꾸로 사람을 일터로 내보내는 쪽은 모처럼 당해보는 이별이 안타까워 눈시울까지 적셔가며 쉽사리 발길들을 돌이키지 못했다. 짧은 기간 동안이나마 그 이별과 만남 또한 이 섬사람들에게는 희귀하고도 소중한 인간사의 한 향

수 어린 경험이 분명했으리라. 아니 이 섬에선 애초 섬을 떠나고 들어옴은 물론 사람을 떠나보내고 맞는 것조차도 경험해본 적이 드문 일이었으리라.

어쨌든 작업대는 그렇게 해서 보름 만에 일차 교대가 있었고, 다시 또 보름이 지난 다음에도 똑같은 교대 행사가 동생리 선창가를 들떠 붐비게 했다.

한 달이 지나고 두 달이 지났다.

어느 정도 능률이 떨어져가는가 싶다가도 작업대 교대가 있고 나면 공사장은 다시 전날처럼 활기가 되솟아오르곤 했다. 작업은 별다른 기복 없이 꾸준하게 진행되어나간 셈이었다.

하지만 그 7월과 8월이 지나고 남해 바다가 어느새 차가운 회색빛으로 식어가는 9월로 접어들자 원장은 서서히 마음이 조급해지기 시작했다. 아무리 돌을 깨다 던져넣어도 바다 밑에선 도시 작업을 한 흔적이 나타나질 않았다. 열 길이나 되는 물속에서 한두 달 사이에 불쑥 돌둑이 솟아오르리라고는 애당초 기대를 하지 않고 시작한 일이었다. 그러나 아무리 애를 써도 흔적이라곤 찾아볼 수 없는 바닷물 속에 무작정 돌만 깨다 던져넣기란 웬만한 각오와 참을성을 가지고는 건뎌내기 어려운 일이었다. 원장은 마치 바닷속으로 던져넣은 바윗돌이 그때그때 다시 물결에 휩쓸려 아무것도 바다에는 남아 있는 것이 없지 않나 싶어질 지경이었다. 잠수부를 동원하여 물 밑을 조사해보면 그런 건 아니었지만 원장은 날이 갈수록 마음이 불안하고 조바심이 더해갔다. 말없이 끈질기게 돌을 져 나르는 원생들이 오히려 두려워지기 시작했다. 원생들뿐만이 아니었다. 그는 바다마저 두려워졌다. 돌을 던져도 던져도 하얀 거품만 솟아오르는 바다가 두려웠다. 그리고 그 자신이 두려워지기 시작했다.

그러던 어느 날.

원장에겐 마침내 상서롭지 않은 이야기가 한 가지 들려왔다. 일이 시작된 후론 처음 있는 일이었다. 그것은 원장으로서도 아직 상상을 못하고 있던 불길한 이야기였다.

이야기를 건네준 사람부터가 뜻밖의 인물이었다.

그날도 원장은 돌둑이라고는 윤곽조차 찾아볼 수 없는 바다를 내려다보며 오마도 67고지의 작업 지휘소 근처만 맴돌고 있던 참이었다. 그는 개미 떼처럼 바다를 오르내리고 있는 원생들이 금방이라도 발길을 돌려 아우성아우성 자기를 향해 몰려올 것 같은 환상에 시달리고 있는데, 아닌 게 아니라 어느 때쯤 해선가 문득 그 인부들의 한 떼거리가 허우적허우적 작업 지휘소 쪽을 향해 달려오는 것이 보였다.

원장은 제물에 잔뜩 긴장이 되어 산을 올라오는 일행을 기다렸다. 사람들이 산을 가까이 올라오는 것을 보니 그건 제2공구의 건강인 작업대 인부들이었다.

작자들의 거동이 아무래도 수상했다. 서슬이 시퍼런 인부들 사이에 한 키 작은 사내가 끌려오다시피 원장 앞으로 연행되고 있었다. 일행 가운데에는 원생들 중에서 작업 실적 기록원으로 선발돼 나가 있는 음성 나환자까지 한 사람 끼여 있었다.

무슨 사고가 생긴 건가?

사고는 아니었다.

"원장님, 이 자식 잘 좀 족쳐보십시오. 아무래도 뒤가 수상한 놈입니다."

일행 중에서 기록 일을 맡고 있던 친구가 데리고 온 사내를 다짜고짜 원장 앞으로 밀어뜨리며 말했다.

원장은 무슨 일인지 영문을 알 수 없어 사내를 데려오게 된 사연부터 물었다.

"이 자식 품삯 받고 일하러 이런 데 떠돌아다니는 노동꾼이 아니야요. 캐보면 뭔가 틀림없이 다른 속셈이 있어서 일부러 우리들 사이로 끼어든 놈일 겁니다."

사내를 원장 앞으로 밀어뜨린 원생 녀석이 자초지종을 말하기 시작했다.

인부들 가운데 아무래도 일손이 얼떠 보이는 녀석이 하나 끼어 있더라고 했다. 돌등짐질이 서툰 건 둘째치고 거동이나 말씨까지 여느 인부들하고는 동떨어진 데가 많더라고 했다. 전에 어디서 일을 하다 왔느냐고 물어도 곧이들릴 만한 대답을 못하더랬다. 며칠 동안 눈치를 살피다가 이날은 몇몇 인부들과 합심해 녀석의 정체를 까놓고 추궁해보았지만, 작자는 아직도 한사코 입을 열려고 하질 않더라고. 그래 그렇듯 속셈을 털어놓지 않으려는 것이 더욱 수상해서 녀석을 원장 앞까지 끌고 왔노라는 것이었다.

원장은 사내의 설명을 들으며 한편으로는 이 엉뚱스런 피의자의 면면을 조심스럽게 살폈다. 땅딸막한 키에 가슴이 제법 넓게 벌어

244

진 당당한 체구였다. 선이 굵은 검은 테 안경알 속에서 양순한 듯
하면서도 만만찮은 시선이 원장을 줄곧 정면으로 마주 바라보고
있었다. 작업복 점퍼가 땀과 황톳물로 찌들어 있는 것으로 보아
일판을 끼어든 지는 꽤 오랜 듯싶었으나, 전력이 공사판 날품팔이
꾼이 아닌 것은 한눈에도 금세 알아볼 수 있었다.

"자식의 손을 보십시오. 손만 보아도 그냥 품팔이꾼이 아니라는
것이 분명합니다."

곁에 서 있던 다른 사내가 금세 주먹이라도 한 대 쥐어박을 듯
험상궂은 기세로 덧붙였다.

원장은 사내의 손을 보았다. 돌에 씻겨 헐고 부르트기는 했어도
역시 그런 마구잡이 돌일과는 어울리는 손이 아니었다.

"당신 뭐하러 온 사람이오?"

원장이 마침내 확신이 선 듯 퉁명스럽게 물었다.

그러자 사내는 이제 더 이상 버티기가 어렵다는 것을 알아차린
듯 순순히 정체를 털어놓기 시작했다.

"실은 저 C일보에서 온 기잡니다."

예상했던 대로였다.

"신분증 보여줄 수 있소?"

"이런 식으론 취재가 제대로 되지 않을 것 같아 일만 하다 빠져
나가려고 했습니다만……"

사내는 지저분한 점퍼 안주머니에서 신분증을 꺼내주며 객쩍은
웃음을 흘리고 있었다.

"이딴 데 웬 기삿거리가 있을 게라구!"

원장은 잠시 사내의 얼굴과 그가 내민 신분증 조각을 번갈아 들여다보고 나서 꺼림칙한 목소리로 중얼거렸다.

이날 저녁이었다.

원장이 상서롭지 못한 이야기를 들은 것은 그렇게 뜻하지 않은 인연으로 해서 만나게 된 『C일보』의 한 현장 취재 기자로부터였다.

조 원장은 어쨌거나 작자의 의사가 고맙고 대견스러워 이날 저녁 그를 섬 관사까지 함께 데리고 갔다. 그리고 그사이에 쌓인 자신의 긴장도 풀 겸해 밤이 깊을 때까지 모처럼 둘이 함께 술잔을 나누고 있었다.

이름이 이정태(李正泰)라고 다시 한 번 자기소개를 하고 난 그는 알고 보니 그사이 벌써 대단한 취재 활동을 전개해오고 있었다. 그는 섬의 내력이나 공사가 착수되기까지의 경위에 대해서는 무엇 하나 빠뜨림이 없이 속속들이 다 취재를 끝내놓고 있었다.

작업 분위기나 노역에 참가한 원생들의 실태에 대해서도 원장보다 오히려 훨씬 자세한 데까지 관심이 뻗쳐 있었다.

"그런데 황희백 장로라고 개척단 부단장 일을 맡고 계신 분 있지 않습니까?"

이 기자가 이런저런 이야기 끝에 나중엔 무슨 생각을 했는지 갑자기 그 황 노인의 이야기를 꺼냈다.

"원장님께선 그분이 어떻게 해서 문둥이가 되어 이 섬으로 오게 되었는지 내력을 들어본 일이 있습니까?"

"글쎄요. 그 노인 얘긴 몇 차례 귀띔을 받은 일이 있었지만, 그렇게 자세한 데까진 아직 관심을 가져보지 못했는걸요. 무슨 특별한 사연이라도 있습디까?"

　원장은 이 기자가 무슨 말을 하려는지 알 수 없어 자신 없는 어조로 되물었다. 그러니까 이 기자는 그런 줄 알고 있었다는 듯 고개를 두어 번 끄덕이고 나서 천천히 말을 잇기 시작했다.

　"사연이 있지요. 끔찍스럽기 그지없는 사연입니다. 하지만 제 말씀은 사실 그런 내력이 문제가 아닙니다. 이 섬을 찾아들어온 사람치고 어디 황 장로만 한 내력을 지니지 않은 사람이 있을라구요. 문제는 노인이 언젠가는 그 내력을 스스로 원장님께 말하게 될 때가 오지 않겠느냐고 하는 것입니다."

　"무슨 말을 하려는 건지 알아듣기가 어렵구료."

　"바로 말씀드리지요. 노인을 알고 있는 사람들은 노인이 누구 앞에 그 무서운 자신의 과거를 들추어대기 시작하면 이 섬에선 반드시 변이 일어난다는 것입니다. 노인은 지금까지 늘 그래 왔었답니다. 좀처럼 자기의 과거를 들추는 일이 없는 노인이지만, 그 노인이 어쩌다 자신의 옛날 일에 대해 입을 열기 시작하면 그것은 바로 이 섬 안에 무서운 비극이 일어나리라는 어김없는 예고가 된다는 것입니다. 일정 시에도 그랬고 해방 후에도 그랬고, 노인은 그때마다 그 자신의 과거를 되씹으며 무서운 복수극을 감행하곤 했다는 것입니다."

　"……"

　"방조제 이야깁니다. 물 밑에 숨어 있는 돌둑이 언제 솟아올라와 주겠느냐는 말씀입니다. 돌둑이 쉽사리 떠올라와주지 않는 한, 원장님은 이 일을 미처 다 끝내기도 전에 언젠가는 그 황 장로의 내력을 먼저 듣게 되는지도 모른다는 말씀입니다. 그리고 그렇게 되면 원장님께선……"

"알겠소."

원장이 급히 이 기자의 말을 가로막고 나섰다.

"그러고 보니 이 기자는 이 일의 결과에 대해 별로 신통한 기대를 걸고 있지 않은 것 같군요."

또 한 사람 어려운 말썽꾼을 만나고 있다는 것은 벌써부터의 생각이었다. 등덜미가 벗겨지도록 인부들과 함께 돌등짐을 져 나른 이 기자였다. 이젠 손발 씻고 남은 취재나 끝내고 돌아가라는 원장의 권유도 뿌리치고 그 인부들 틈바구니에서 며칠만 더 같이 지내보겠노라는 이 기자였다.

하지만 이 일에 대해서는 조 원장으로서도 충분한 각오를 다짐하고 나선 일이었다. 그는 이 기자의 완곡한 추궁 앞에 자꾸만 무력해지려는 자신을 견디면서 완강한 어조로 말했다.

"하지만 난 이 기자에게 그걸 묻기 전에 내 쪽에서 먼저 말해두고 싶은 게 있는 것 같소. 난 끝끝내 둑이 솟아오르지 않으면 그때 가서 내가 어떻게 될 것인가를 이미 다 각오하고 있는 사람이오. 그리고 그것은 일을 시작할 때 황 장로하고도 다 서약을 했던 일이오. 그러나 나는 아직 걱정하고 있지 않아요. 황 장로는 이 기자의 생각처럼 그렇게 성미가 조급한 사람은 아닙니다."

"둑이 좀처럼 떠오를 기미가 없는데두요?"

"둑은 결국 떠오르고 맙니다. 나는 지금 그때를 기다리고 있는 거외다."

"황 장로도 원장님처럼 언제까지나 그때를 기다려줄 수 있을까요."

"물론이오. 황 장로뿐 아니라 이 섬사람들은 누구나 다 같이 그걸 기다리고 있어요. 그리고 앞으로도 당신의 생각보다는 훨씬 더 오랫동안 끈질기게 그것을 기다릴 수 있을 게요. 그 왜 작업장에서 다 보지 않았소. 우리 원생들은 지금 사기가 조금도 꺾이지 않고 있어요."

"정말 그럴까요?"

이 기자가 심각한 어조로 되물었다. 그리고는 앞에 놓인 술잔을 단숨에 꿀꺽 털어 삼키고 나서 조심스럽게 말을 이었다.

"눈에 보이는 것만 너무 믿으려 하지 마십시오. 전 벌써 황 장로의 이야기를 다시 듣고 싶어 하는 사람을 보았습니다. 원장님께선 아직 작업장 사기가 떨어지지 않았다고 말씀하시지만, 그것도 제가 처음 이곳에 왔을 때하곤 차이가 많습니다. 그것이 불과 며칠 사이인데도 말입니다. 이쯤 되었으면 황 장로가 또 한 번 옛날이야기를 들려줄 때가 되지 않았느냐…… 황 장로의 옛날이야기를 듣고 싶어 하는 사람이 하루하루 늘어가고 있단 말씀입니다. 거기다가 황 장로는 그들에게 직접 말을 듣지 않아도 놀랍도록 정확하게 그걸 알고 있을 사람이랍니다."

"……"

원장은 마침내 대꾸할 말을 잃고 말았다. 올 것이 오고 있다는 망연한 느낌뿐이었다. 느닷없이 상욱의 그 냉랭한 미소가 흐르고 있는 얼굴이 떠올랐다.

이정태 기자는 적어도 그가 알고 있는 사실을 말하고 있었다. 신념이나 각오만으로는 사실을 바꿔놓을 수가 없었다. 그렇다고 또 대뜸 황 장로나 섬사람들을 나무라고 나설 수도 없었다—

하지만 그는 아직 황 장로나 섬사람들에 대한 믿음을 버릴 수 없었다. 그는 그 때문에 아직도 겉으로는 의연스런 표정으로 이 기자의 말을 듣고 있었다.

이 기자는 끝끝내 그런 믿음의 뿌리마저 송두리째 흔들어놓고 싶은 것 같았다.

"전 오늘 원장님께 제가 알고 있는 황 장로의 옛날이야기를 들려드릴 필요는 없을 것 같습니다. 유쾌한 이야기도 아닐 뿐더러 그것을 제가 말씀드린다는 것은 별반 의미가 있는 일도 아닐 테니까요. 하지만 원장님께선 저 아닌 다른 누구로부터도, 더욱이나 그 황 장로 당자의 입에서는 절대로 그런 이야기를 듣지 않게 되기를 바라는 마음에서 이런 말씀을 드린 것입니다."

난동을 부리고 간 대안 마을 사람들의 경우에서와 같이 역시 그 몸이 성한 사람들끼리의 은밀한 충고였다.

"……"

"아무쪼록 무작정 기다리려고만 하지 마십시오. 저들이 얼마나 더 기다려줄 수 있을 것인지는 아무도 장담할 수 없는 일 아니겠습니까."

그것은 참으로 받아들이기 어려운, 그리고 불길한 경고가 아닐 수 없었다.

19

다시 한 달이 흘렀다.

물밑에서는 여전히 돌둑이 솟아오를 기미가 안 보였다.

하루하루 작업 능률이 떨어져가는 것을 보면서도 원장은 달리 무슨 뾰족한 방도를 생각해낼 수가 없었다. 기다리는 것뿐이었다. 채석장에서 투석 지점까지 돌을 져 나르는 대신 레일과 궤도차를 투입하여 작업 능률을 보충해가며 끈질기게 둑이 솟아오르기만을 기다렸다. 그런 하루하루가 원장에겐 마치 10년만큼이나 길고 고통스런 나날이었다.

만재도의 한쪽이 절반 가까이나 바닷물 속으로 깎여들어가고 있을 때쯤 해서는 조 원장도 이제 지칠 대로 지쳐 있었다. 이젠 오래지 않아 겨울 추위까지 닥쳐올 판이었다. 지금도 벌써 아침저녁 찬바람이 여간만 거북스런 게 아니었다. 피부가 성할 리 없는 원생들로서는 벌써부터 밤바람이 심한 야간작업은 은근히 출역을 기피하는 눈치들이었다. 본격적인 겨울 추위가 몰아닥치고 보면 그런 몸들을 해가지고선 아무래도 일을 계속한다는 게 무리였다. 그 전에 둑이 솟아올라와주기나 하면 모르되 그러기 전엔 공사를 일단 중지했다가 이듬해 봄에 다시 일을 시작하든지 하는 무슨 결단이 내려져야 할 판이었다.

그래저래 원장은 황 장로를 보기가 정말 두려웠다. 노인이 언제 그 무거운 입을 열어 그의 과거를 들어 보일지 알 수 없었다. 두렵다 못해 원장은 이제나저제나 자기 쪽에서 지레 그 황 장로를 기다리고 있기라도 한 것 같은 심경이 되어가고 있었다.

원장이 그렇게 우왕좌왕 자신이 흔들리고 있을 때였다.

설상가상으로 하루는 또 난처한 사고가 벌어졌다. 봉암리 제3방조제 공구 채석장에서 바윗돌이 무너져 내려 그 밑에서 일하던 인부 한 사람을 깔아버리고 만 것이다. 그러나 그것은 다만 이날 사고의 발단에 불과했다.

원장이 사고 현장으로 달려갔을 때는 옆에서 함께 변을 당할 뻔한 동료들이 바위 밑에 깔린 사람을 끌어내놓은 다음이었다. 변을 당한 인부는 몸이 온통 피투성이로 붉게 물들어 있었지만, 불행 중 다행으로 생명에만은 큰 지장이 없어 보였다.

원장은 채석장 근처에 마련된 구호소로 부상자를 운반해다 자신이 우선 급한 응급조치를 취했다. 응급조치를 끝낸 다음 환자 후송선이 도착할 때까지 부상자를 구호소에 뉘어놓고 다시 작업을 계속시켰다.

거기까지는 흔히 있어온 사고였다. 돌이 구르거나 무너져 내린 흙더미에 사람이 깔려 묻히는 일은 전서부터도 이따금 있어온 사고였다. 다행히 아직 목숨까지 잃게 된 불상사는 없었지만 이만한 공사판에서는 어쩔 수 없는 일이었다. 돌짐을 지고 가다 넘어지는 바람에 머리를 다치는 사람도 있었고, 배가 뒤집혀 반물귀신이 되었다 간신히 다시 살아난 사람도 있었다. 날씨가 써늘해지기 시작한 뒤부터는 그런 사고가 점점 더 빈도를 더해가고 있던 참이었다.

이날 사고도 거기까지는 이를테면 그런 흔한 사고의 하나였을 뿐이다.

진짜 사고는 오히려 그다음부터였다. 첫 번 불상사가 물론 그 진짜 사고의 발단이었다.

작업을 다시 명령하고 나서 원장이 한동안 채석장 안전도 검사를 실시하고 있을 때였다. 어디선가 느닷없이 여인의 날카로운 비명 소리가 들려왔다.

원장이 번뜩 고개를 돌려보니 어느 사이엔가 그의 곁을 따라다니고 있던 황 장로가 소리가 들린 쪽을 향해 부리나케 뛰어가고 있었다. 원장은 전에 없이 불길한 예감이 들었다. 여자의 비명 소리가 들려온 곳은 구호소가 있는 데서 산등성이를 하나 더 넘은 골짜기 쪽이었다.

공사장 주변에서는 소위 '후생반'이라 불리는 잡상인 여자들이 언제나 인부들 근처를 빙빙 맴돌고 있었다. 작업대 인부들은 휴식 시간을 이용하여 그 '후생반' 여인들에게서 떡이나 빵 같은 것을 곧잘 사다 먹곤 했다. 이따금은 여인을 불러다 앉혀놓고 아예 술자리를 펴는 친구들까지 있었다.

원장은 제발 무슨 일이 없었기를 빌면서 자신도 한달음에 산등성이를 넘고 있는 황 장로를 뒤쫓아갔다.

사태는 역시 그의 예감대로였다. 피투성이가 된 사내 한 녀석이 잡상인 여자 하나를 무참스럽게 깔아뭉개고 있었다. 방금 전에 부상을 입고 구호소 천막 아래 누워 있던 바로 그 녀석이었다.

녀석은 마치 개구리를 잡아 삼키려는 뱀처럼 여자의 작은 몸을 휘감아 안고 정신없이 짓눌러대고 있었다. 이미 옷이 찢겨져나간 여인의 젖가슴과 허벅지에 누구의 것인지 모를 핏자국이 낭자하게 얼룩져 있고, 여자는 이제 비명을 지를 기력마저 잃은 채 난폭한 사내의 몸집에 깔려 바들바들 가는 경련만 일으키고 있었다. 산등성이를 달려 내려가던 원장은 그만 넋을 잃고 그 자리에 우뚝 발을 멈춰서버렸다.

원장은 자신이 바로 그 사내의 몸뚱이 아래 깔려 짓뭉갬을 당하고 있는 듯 온몸에서 힘이 쫙 빠져나갔다. 그는 후들후들 떨려오는 다리를 간신히 버티어 선 채 한동안 그 자리에 두 눈을 감고 있었다.

황 장로가 혼자서 사내에게로 달려들었다. 그리고는 난폭한 동작을 그치지 않고 있는 사내의 머리칼을 끌어당겨 여자로부터 간신히 녀석을 떼어놓았다.

하지만 사내는 아마 누가 오건 말건 처음부터 그런 것은 상관을 않을 작정이었던 것 같았다.

"놓아! 놓아두란 말이닷!"

사내는 황 장로에게 머리칼을 끄들려대면서도 고래고래 악을 쓰며 한사코 여자의 몸뚱이를 놓치려 하지 않았다. 거의 초인적으로 보이는 황 장로의 완력에 끌려 몸이 일으켜진 사내가 불꽃을 튀기듯 붉게 충혈된 눈초리로 노인을 무섭게 쏘아보았다.

그것도 순간뿐. 사내는 느닷없이 황 장로의 뺨을 몇 차례 세차게 후려갈기곤 제풀에 풀썩 몸을 땅바닥으로 주저앉히고 말았다.

"왜 가만 놔두지 못하는 거야. 문둥이가 마지막으로 한 번 사람 노릇을 해보고 죽자는데 왜 그것도 놔둬두지 못하는 거야. 놔둬두면 이 썩고 부서진 몸뚱이를 끌고 가서 돌더미 대신 바닷물에 던져넣어 둑을 솟게 해줄 텐데 왜 그 짓도 못하게 하느냔 말이다."

사내는 얼굴을 두 손으로 감싼 채 혼자서 울부짖었다.

황 장로는 사내에게 뺨을 얻어맞고 나서도 눈썹 하나 까딱하지 않은 채 덤덤한 얼굴로 사내를 묵묵히 내려다보고 있었다.

원장 역시 아직도 두 발이 땅에 얼어붙어버린 듯 멍청스레 사내의 흐느낌만 지켜보고 서 있었다.

어느 사이엔가 그 원장의 주위에는 다른 원생이 10여 명이나 넘게 달려와 있었지만, 작자들 역시 이 참담스런 광경 앞에 누구 하나 섣불리 입을 열려는 사람이 없었다. 깔려 있던 여자가 옷자락을 추스를 틈도 없이 허둥지둥 골짜기를 빠져 달아나고 있었지만 아무도 그 여자 쪽에 주의를 기울이는 사람이 없었다. 사내만이 아직 흥분이 가시지 않은 채 목멘 절규를 계속하고 있었다.

"바다를 막고 싶다면 맘대로들 막아보아. 원장이고 장로님이고 그게 정 소원이라면 소원 풀 일 하란 말야. 하지만 이제 쓸데없이 돌을 지라고 하지는 마라. 돌을 나르다 돌더미에 깔려죽느니 차라리 쓸모없는 이 몸뚱이를 바닷물 속으로 던져넣어서 둑을 떠오르게 하란 말이다. 장로님도 벌써부터 그걸 알고 있으면서 입을 다물고 있는 판에, 그러기 전엔 어떤 놈이 이 바다를 막아. 어떤 미친놈이 이 바다를 막아내냔 말이다……"

황 장로가 마침내 자신의 소름 끼치는 옛날이야기를 들추고 나선 것은 그런 일이 있고 난 바로 다음 날 일이었다.

사고가 있었던 다음 날 오후.

조 원장은 작업 지휘소가 설치되어 있는 오마도 언덕배기에 올라 앉아 하루하루 겨울 색이 짙어져가는 잿빛 바다를 하염없이 내려다보고 있었다. 그의 눈길이 전에 없이 깊은 수심에 차 있었다. 나뭇가지에 올라앉은 겨울 까마귀처럼 수긋하니 상체를 굽히고 있는 그의 모습에는 체구가 큰 사람에게서 흔히 볼 수 있는 어떤 이상스런 외로움 같은 것이 어려들고 있었다.

그는 아닌 게 아니라 외로웠다. 그리고 피곤했다.

전날의 사고는 물론 마무리가 간단치 않았다. 조 원장은 이날 밤 우선 사내의 수술을 끝내주지 않으면 안 되었다. 음성이건 양성이건 나환자의 외과 수술이란 웬만한 각오로는 감당해내기가 어려운 일이었다. 하지만 조 원장은 이날 밤 그런 역겨움이나 피로감을 의식해볼 여유도 없이 두 시간 가까이 걸린 수술을 거의 혼자서 치러냈다. 어떻게 해서든지 사내를 살려놓아야겠다는 일념에서였다. 앞뒤 가릴 것 없이 사내를 살려놓지 않으면 안 된다는 무조건한 절박감이 이날 낮부터 끊임없이 그를 강박해온 때문이었다.

그러나 그 힘겨운 수술을 끝내고 난 것만으론 이날의 사고를 다 마무리 지을 수가 없었다. 병원 일을 끝내고 관사로 돌아온 원장이 수술 뒤의 역겨움과 피로를 씻기 위해 막 술병을 찾아내 들고 있을 때였다. 짐작하고 있었던 대로 바다 건너 마을에서 밤뱃길로 원장을 관사까지 찾아온 사람들이 있었다. 기공식이 있었을 무렵 공사장으로 몰려와 난장판을 벌이고 간 무리와 같은 사람들이었다.

"안심하십시오. 우린 원장님께 일을 걷어치우시라고 말하러 온 것은 아니니까요."

방문객들은 원장을 만나고도 한동안 딴전을 피우고 있었다.

"믿지 않으실지 모르지만 우리도 이젠 저 바다 밑에서 하루빨리 옥토가 솟아올라와주기를 고대하고 있단 말씀입니다."

하루빨리 돌둑이 솟아올라 바다가 옥토로 변하여 자기들도 그 땅에서 원장의 환자들과 형제처럼 오순도순 농사를 짓고 살게 될 날이 오기를 진심으로 빌고 있노라 했다. 일을 꾸미자면 원생들에겐 제방 작업만 끝내게 하고 바다에서 정말 땅이 솟아오른 다음엔 원생들을 다시 섬으로 쫓아 들여보내고 농장은 자기들끼리만 송두리째 차지해버릴 수도 있는 일이 아니냐고, 태도를 돌변하게 된 연유를 거꾸로 원장에게 납득시키려 하였다.

그것은 물론 조백헌 원장에 대한 위인들의 짓궂은 비아냥거림일 뿐이었다.

"한데, 그건 어쨌거나 그놈의 돌둑이 솟아올라와주기나 한 다음 일이니까 우선은 그 돌둑부터 떠올라줘야 할 텐데 말입니다."

녀석들은 숫제 원장은 동정하고 있었다. 언젠가도 그랬던 것처럼 위인들 역시 날이 갈수록 돌둑이 절대로 물 위까지 솟아오를 수는 없다고 믿고 있는 게 분명했다. 설사 그럴 수 있다고 하더라도 그런 기적이 나타날 때까지 원생들이 참고 기다려줄 리가 없다고 믿고 있음이 분명했다.

위인들은 분명히 안심을 하고 있는 태도들이었다. 게다가 이날 낮 사고로 해서 위인들은 비로소 원장의 덜미를 단단히 틀어쥐게 되었다는 듯 은근한 여유들을 보이고 있었다. 하지만 밤뱃길로 섬까지 원장을 찾아온 위인들이고 보면 그 정도로 간단히 시비를 끝내고 돌아설 사람들이 아니었다.

"그런데 말입니다. 원장님께서 오늘은 좀 책임을 져주셔야 할 일이 있을 텐데요."

일행 중의 한 친구가 마침내 섬을 찾아온 진짜 용건을 꺼내기 시작했다.

"오늘 낮 당신네 원생 하나가 우리 마을 부녀자를 겁탈한 불상사 말입니다. 아까도 말했지만 우린 이제 원장님이 하는 일을 방해하려고 하진 않아요. 원장님의 일은 아무쪼록 좋은 성과가 있어야겠지요. 하지만 아직은 원장님의 입장과 우리 입장이 다르지 않습니까. 원장님 일 때문에 가난한 이웃 마을 부녀자들이 문둥이들한테 함부로 겁탈을 당할 수는 없는 노릇 아니겠습니까. 그런 일을 당하면서도 그냥 모른 척하고 참아넘길 수는 없는 노릇이 아니냔 말씀입니다. 자, 이 점에 대해 원장님께서는 어떻게 생각하고 계시는지……?"

차근차근하면서 다부진 추궁이었다.

조 원장도 이미 그만한 추궁은 각오하고 있던 참이었다. 어물어물 넘길 일이 아니었다. 그는 이날의 사고에 대해 성의껏 정중한 사과를 했다. 앞으로 다시 그런 사고가 일어나지 않도록 주민들의 공사장 접근을 엄격히 금하겠다는 다짐도 주었다. 기왕의 사고에 대해서는 법이 허용하는 한 엄중한 책벌을 가할 방침이며, 피해자에 대해서도 절차에 따른 응분의 보상을 이행하겠노라 약속했다.

원장의 사과나 다짐들은 물론 쉽게 받아들여지지 않았다. 방문객들은 가해자의 책벌이 재판을 통한 법적 제재 따위로는 만족할 수가 없다고 했다. 그가 가엾은 부녀자를 무도하게 덮쳐 눌렀듯이 책벌 역시 그와 똑같이 야비하고 무참스런 고통으로 값을 치르게 해줘야 한다고 고집했다. 자신들이 직접 보복을 하겠다는 것이었다. 그리고 그것을 승복해줘야 앞으로 다시 그런 사고가 일어나지 않게 하겠다는 원장의 말을 곧이들을 수 있노랬다. 그러질 못한다면 원장의 약속들은 무엇으로 신용할 수 있겠느냐는 다그침이었다.

밤이 깊도록 실랑이가 계속됐다.

원장이 녹초가 되도록 지쳐나는 것을 보고서야 방문객들은 서서히 자리를 일어섰다.

"오늘 밤 우리들이 한 말을 너무 나쁘게만 생각하지 마십시오. 원장님께서도 오래지 않아 우리들의 입장을 이해하게 될 때가 올지 누가 압니까. 저들의 본심이 터져 나오게 되면 원장님인들 게서 어찌 원장님 자신이나 이 섬까지 따라와 함께 고통을 겪고 계신 원장님의 가족들을 무사히 지켜낼 수가 있겠느냐는 말씀입니다. 아, 그야 우리로서도 물론 그런 변을 당하기 전에 돌둑이 얼른 솟아올라와주길 바라고는 있지만, 그게 어디 생각처럼 쉬운 일이어야 말이지요."

문을 나가면서 위인들 중 한 친구가 마지막으로 내뱉고 간 말이었다.

음흉스럽고 기분 나쁜 협박이었다. 돌둑이 떠오르더라도 그 땅에서 농사를 짓고 살게까지 가만 놔두질 않겠지만, 일은 거기까지

가기도 전에 풍비박산이 나서 원장은 무참스런 복수극을 겪게 되리라는 소리였다.

완전히 사면초가였다.

원장은 어느 곳에 등을 기대고 자신을 버티어나갈 의지(依支)가 없었다.

이런저런 생각 속에 조 원장은 공사 현장을 내려가볼 엄두도 내지 못한 채 작업 지휘소 앞 언덕배기에 주저앉아 맥없이 바다만 내려다보고 있었다. 개미 떼처럼 바글바글 바쁘게 돌아가고 있는 원생들의 모습이 오히려 두렵기만 했다.

그는 원생들의 무리가 지금이라도 당장 일손을 놓고 아우성아우성 자신을 향해 밀어닥쳐올 것 같은 환상 때문에 몇 번씩 몸을 떨곤 했다.

얼마 동안이나 그러고 있을 때였을까. 문득 등 뒤에서 인기척이 있어 돌아다 보니, 언제 올라왔는지 황 장로가 너덧 발자국 뒤쪽에 등을 돌리고 서서 그 역시 원장처럼 물끄러미 바다를 내려다보고 있었다.

"사람들은 거개가 다 세상을 살아오면서 사람의 힘으로는 도저히 감당해낼 수 없는 일을 뜻밖에 자기 힘으로 감당해낸 기억을 한두 가지씩 숨겨 가지고 있게 마련이거든."

원장이 자기를 알아본 기척을 느낀 황 장로가 누구에게랄 것도 없이 느릿느릿 혼잣말처럼 중얼거리고 있었다.

"사람들 속에 숨어 있는 그런 내력이 때론 더욱더 엄청난 일을 감당해내게 하는 이상한 힘을 낳는 수가 있거든. 오늘 난 원장이 그러고 있는 모양을 보니 자꾸만 부질없는 충동이 들솟는구만그래."

노인의 말은 분명히 원장을 염두에 두고 있었다. 그는 뭔가 원장에게 말을 하고 싶어 하고 있었다. 조백헌 원장은 영문을 알 수 없었다. 가만히 입을 다물고 기다리고 있으니 노인이 다시 말을 이어나갔다.

"그래, 원장 같은 사람들한테도 그럴 때가 있을까 몰라. 아마 있을 게야. 지금 원장이 그러고 있는 모양을 보니까, 난 오늘따라 자꾸 옛날 얘길 하나 들려주고 싶은 생각이 굴뚝같아졌거든. 원장 탓이야. 하지만 이게 다 나이를 먹어가면서 늙어가는 늙은이 망령기가 아닐까 모르겠어……"

원장은 비로소 정신이 번쩍 들었다.

올 것이 오고 만 것이었다. 노인이 마침내 자신의 옛날이야기를 들춰내려 하고 있는 것이다. 노인은 그 이야기를 위해 일부러 여기까지 원장을 찾아올라와 있는 것이었다.

원장은 입이 얼어붙어버린 것 같았다. 그는 말없이 두려운 눈초리로 노인의 옆얼굴만 지켜보고 있었다.

노인은 비로소 몸을 천천히 돌이켜 원장을 유심히 건너다보기 시작했다.

"원장은 뭘 그렇게 두려워하고 있는 겐가?"

황 장로가 다시 위엄 어린 목소리로 원장을 나무랐다.

"문둥일 두려워하면 그 문둥이가 점점 더 심술궂어진다는 걸 원장은 알고 있는 줄 알았는데…… 내 아무래도 이야길 참아둘 수가 없겠어."

노인은 그러면서 원장으로부터 다시 몸을 돌려 천천히 땅바닥으로 몸을 쪼그려 앉았다. 그리고는 들고 있던 담뱃대에 불을 붙여 문 다음 한동안 말없이 또 바다 쪽에다 시선을 던지고 있었다.

조 원장은 숨이 막힐 것 같았다.

그는 황 장로 앞에 아직 입 한번 뻥긋해보지 못하고 있었다. 사지가 마비되어오는 듯한 긴장 속에 무력하게 노인의 거동만 지키고 있었다.

"글쎄, 어디서 밀려와서 어디로 밀려가는지 근본을 알 수 없는 사람들의 떼거리였지. 그 병자년 흉년 때 물밀듯 내리닥친 북쪽 사람들 말야."

노인이 마침내 이야기의 실마리를 꺼내기 시작했다. 원장이 원하든 원하지 않든, 노인은 이제 그 원장하곤 아랑곳도 없이 시선을 짐짓 외면하고 앉아서 차근차근 혼자 지난날의 기억들을 들춰나가기 시작했다.

"원장도 아마 병자년 흉년이라면 얘길 들어 알고 있겠지만, 그거 참 굉장한 난리였지."

그 병자년 흉년 때 황 장로는 평안도 묘향산 근처의 어느 산골 마을 변두리에서, 땜장이 일을 하는 늙은 할아버지와 그 땜장이 일을 거드는 꼬마둥이 시절을 보내고 있었단다.

흉년이 들던 해 가을부터 겨울까지 북쪽에선 날마다 수백 명 수천 명씩 사람들이 떼 지어 남쪽으로 몰려 내려가고 있었는데, 이 철부지 꼬마둥이 녀석에겐 그 그칠 줄 모르는 사람들의 떼를 구경하는 것이 무엇보다 신기하고 즐거운 일이었다.

그러던 어느 날, 소년이 늙은 땜장이 노인과 마을을 다녀와보니 그들의 외딴 움막집에 놀라운 일이 벌어져 있었다. 홀어미가 되어서도 차마 그 늙은 땜장이 노인과 어린 자식을 떠나지 못하고 있던 소년의 어머니가 무참한 죽임을 당해 있었던 것이다. 소년의 어머니는 벌거벗겨진 하반신이 온통 선혈로 낭자했고, 두 눈은 아직도 소년을 기다리고 있는 듯 천장을 멀겋게 쳐다보고 있었다.

이날도 산을 지나간 유랑민들의 짓이었다.

땜장이 노인과 소년이 죽은 어머니와 움막집을 버리고 남쪽으로 밀려 내려가는 유랑민들 사이로 끼어든 것은 바로 일이 있었던 날의 해 질 녘 일이었다.

노인과 소년은 있는 대로 옷을 껴입고 집에 남아 있는 보리쌀과 소금 등속도 있는 대로 거적에 말아 지고 길을 떠났다.

정처가 있을 리 없었다.

노인과 소년은 사람들의 떼에 섞여 무작정 남쪽을 향해 걸었다. 걷다가 날이 저물면 아무 곳에서나 길가에 거적을 깔고 밤을 새웠다. 하룻밤을 자고 나면 추위와 굶주림 때문에 곁에 쓰러져 누워 있던 사람들 중에 송장으로 변해 있는 사람도 많았다.

노인과 소년은 밤만 되면 언제나 둘이서 꼭 몸을 붙이고 잤기 때문에 어느 정도까지는 제법 추위를 견딜 수 있었다. 그러나 그것도 결국은 집을 떠난 지 며칠 동안뿐. 지치고 늙은 노인과 소년의 체온은 두 사람의 것을 합해봐야 한 사람 몫을 넘을 수가 없었던 모양이었다. 어느 날 아침 소년이 잠을 깨고 보니 이번에는 땜장이 노인마저 숨이 멎어 있었다. 노인은 그의 몸속에 남아 있는 온

기를 모조리 소년에게 건네주고 나서 아직도 아쉬운 듯 두 팔로 소년을 품 안으로 꼭꼭 끌어안고 있었다.

소년은 그 노인의 뻣뻣한 팔에서 빠져나와 거적 속에 남아 있는 몇 줌의 보리쌀을 싸 짊어지고 다시 길을 떠났다.

황 장로는 거기서 잠시 말을 끊고 목이 마른 듯 헛기침을 두어 번 했다. 그리고는 묘하게 음산스런 미소를 입가에 흘리는가 싶더니 천천히 이야기를 다시 이어갔다.

"하니까 그때 내가 웬 친절한 여편네를 한 사람 만난 것은 그렇게 다시 혼자 외톨박이로 길을 걷고 있을 때였지……"

소년 혼자 터벅터벅 길을 걷고 있으려니 움막집에 버려두고 온 어머니 또래의 한 중년 아낙이 함께 길동무가 되어 가자고 사람 좋게 소년을 꼬드겨오더라는 것이다.

노인은 그때 자기가 아낙을 만난 것이 무척이나 행운으로 여겨졌었노라고 했다. 아낙은 보리쌀과 밀을 섞어 삶은 것을 소년에게 나누어줄 뿐 아니라, 그 보리쌀 삶은 것을 열심히 씹고 있어 그런지 살집이나 혈색도 다른 사람처럼 초췌해 보이지 않아서 소년에겐 큰 의지가 될 수 있을 것 같았다는 것이다.

하지만 소년의 행운에는 대가가 있었다.

그날 저녁 소년은 어느 산골 길가에서 아낙과 함께 거적을 깔았다. 그리고 깡마른 땜장이 노인 대신 이날 밤엔 그 살집 좋은 아낙과 서로 체온을 의지하며 모처럼 기분 좋은 잠자리를 차렸다. 아낙은 소년의 손을 끌어다 자기의 젖가슴을 주무르게 했다. 움막집에 버려두고 온 어머니의 그것보다 훨씬 크고 따뜻한 젖가슴이 소년의 손길을 그득하게 했다. 소년은 한동안 그 아낙의 젖무덤을 즐기며 눈망울을 말똥말똥 밤별들의 장난을 쳐다보고 있었다.

그런데 이윽고 아낙이 소년으로부터 그 밤별들을 빼앗아가버렸다. 아낙의 치마폭이 불시에 소년의 얼굴을 뒤집어씌워버린 것이었다.

다음 날 아침 소년은 아낙이 나눠준 삶은 보리쌀을 몇 줌 얻어 씹으며 다시 그녀와 동행이 되어 길을 걷기 시작했다. 그리고 소년은 이날도 해가 저문 다음 그녀와 함께 길섶에 거적을 깔고 밤을 지새웠다.

아낙은 이제 소년에 대해 조금도 허물을 느끼지 않았다. 소년도 아낙의 눈치를 쉽사리 알아차렸다. 그는 아낙의 젖가슴을 빨아대고 치마 밑을 들추고 들어가 그녀의 두 가랑이 사이에 머리를 끼워넣고 간밤부터 그녀가 몹시도 가려워하는 곳을 건드려주었다. 아낙은 혼자 킬킬거리며 좋아하기도 했고, 어떤 때는 아직도 그 가려움이 가시지 않은 듯 힝힝 앓는 소리를 하며 그 단단한 허벅지 살로 소년의 머리통을 사정없이 졸라대기도 했다.

밤마다 그런 일이 쉬지 않고 계속되었다. 늦게까지 아낙에게 부대끼고 난 소년은 아침잠이 부족할 때가 많았다.

하지만 소년은 그 짓을 그만둘 수가 없었다. 몇 줌씩 얻어먹는 삶은 보리쌀이 소년을 아낙에게서 떠나지 못하게 했다. 아낙과 살을 맞대고 자는 훈훈한 새벽잠 역시 소년을 쉽사리 그녀에게서 떠나지 못하게 했다. 길을 걷는 것도 혼자서는 심심하고 겁나는 일이 아닐 수 없었다.

소년이 아낙을 떠나지 않기 위해 그녀에게 해줄 수 있는 일은 오직 그 한 가지뿐이었다.

며칠 동안이나 아낙과 함께 그런 밤을 겪고 난 다음이었을까. 그러나 소년은 마침내 그가 아낙에게 해줄 수 있는 오직 한 가지 봉사마저 기회를 빼앗기게 되는 날이 왔다. 아낙은 소년과 길을 걸으면서 앞서 가는 무리를 따라잡게 되면 거기서 늘 누군가를 찾고 있는 눈치가 엿보였다. 앞선 무리 가운데서 사람을 찾아내지 못하면 뒤따라오는 무리를 기다렸다 거기서 또 누군가를 찾기 위해 유심스레 눈알을 굴려대곤 하였다.

어느 날 저녁 무렵 아낙은 충청도 땅 한 마을 어귀에서 역시 유랑민 사내들의 패거리를 한 떼 만나게 되었는데, 아낙은 이날 밤 비로소 그녀가 찾고 있던 사람을 찾아낸 듯 쉽사리 그 사내들의 패거리와 얼려버렸다.

아낙은 그날 저녁도 역시 소년과 함께 사내들 사이에서 거적을 깔았으나 이제는 소년에게 가려운 곳을 맡기려 하지 않았다. 그녀는 패거리 중의 사내 하나와 밤새도록 몸이 엉켜 힘겨운 뒤집개질을 계속했다. 고마운 것은 이튿날 아침 그 사내나 아낙이 자기들의 패거리에서 소년을 아주 쫓아버리려 하지 않은 것이었다.

소년은 그때부터 아낙과 함께 사내들의 패거리에 끼여 지내기 시작했다. 사내들은 한사코 길을 남쪽으로만 잡으려 하진 않았다. 다른 사람들처럼 서두르는 일도 없었다. 아낙은 소년을 쫓지 않았을 뿐 아니라 삶은 보리쌀을 나눠주는 일도 잊지 않았다. 보리쌀 외에도 아낙은 사내들로부터 뜨뜻한 국물과 죽 같은 것을 얻어다가 소년에게 모처럼 간이 든 식사를 시켜주곤 했다.

하지만 소년은 이제 아낙에게 해줄 일이 없었다. 다른 일을 찾아야 했다. 패거리의 사내들이 그 소년에게 새로운 일을 시켜주었다.

소년은 부지런히 일을 했다. 싫거나 좋거나 이젠 사내들이 시키는 일을 거역할 수 없는 처지가 되었다. 패거리를 빠져나갈 생각도 없었거니와, 그런 생각을 했다 치더라도 감히 엄두를 내볼 수 없을 만큼 사내들은 거칠고 난폭스러웠다.

그는 해가 저물고 나면 다른 유랑민의 떼가 몰려 쉬고 있는 잠자리로 스며들어가 머리맡에 숨겨 넣어둔 보리쌀이나 밀기울 같은 것을 훔쳐 날랐다. 아낙네들의 뒷머리에서 비녀를 빼오기도 했고, 밤이슬을 막기 위해 어린것의 머리를 뒤집어씌운 옷가지를 벗겨오기도 했다. 먹을 것을 못 먹어 시들시들 비틀거리는 개를 돌로 쳐죽여 등덜미에 메고 낑낑거리며 사내들을 따라다닌 적도 있었다. 다른 유랑민의 떼가 밤을 새우고 떠나간 곳에서 숨이 끊어져 남아 있는 젊은 여자를 발견하면 소년은 사내들에게 그 여자가 있는 곳을 알려주고, 사내가 그 여자의 아랫도리를 벗기고 괴상한 장난을 치는 동안 소년은 사내가 힘들이지 않고 그 짓을 할 수 있도록 시체의 뻣뻣한 두 다리를 벌려 붙잡고 멍청하게 앉아 있어야 할 때도 있었다. 그리고 사내가 그 짓을 다 끝내고 나서 침을 퉤퉤 뱉으며 그곳을 떠나가고 나면 이번에는 소년이 그 여인에게로 달려들어 시체의 머리털을 깡그리 잘라오곤 했다. 한 번은 조금이라도 더 머리털을 길게 자르고 싶은 욕심에서 가닥가닥 뿌리까지 머리를 뽑아오느라 사내들의 패거리를 아주 놓치고 말 뻔한 일도 있었다.

하지만 소년은 마침내 사내들의 패거리를 떠나고 말았다.

그가 그토록 열심히 일을 해가며 따라다닌 사내들이 어렸을 때 땜장이 할아버지로부터 여러 번 이야기 들었던 그 무서운 문둥이 떼라는 것을 알았기 때문이었다.

하지만 소년이 패거리를 떠난 것은 사내들이 문둥이였기 때문에 그게 무서워서가 아니었다. 소년이 그런 사실을 알았을 때는 그 자신의 몸에도 이미 여기저기서 붉은 반점이 솟아나고 있었다. 소년은 자신이 이미 문둥이가 되어 있다는 사실에도 불구하고 어머니의 시체를 움막집에 버려두고 길을 떠나올 때처럼, 그리고 어느 날 아침 땜장이 할아버지가 기척도 없이 송장으로 변해버린 것을 알고 났을 때처럼 조금도 서럽거나 무서운 생각이 들지 않았다.

문둥이도 되고 보니 별 게 아닌걸.

소년은 오히려 이상한 용기가 솟았다. 오히려 이젠 패거리를 떠나서도 넉넉히 혼자 살아갈 수 있을 것 같은 이상스런 자신감마저 생겼다.

어느 날 저녁, 그는 슬그머니 아낙과 사내들의 패거리를 빠져나와 거꾸로 길을 걷기 시작했다. 날이 밝을 때까지 밤새도록 길을 걷고 나서 아침 해를 본 것이 경상도 봉화 땅이었다.

황 장로의 이야기는 갈수록 더 끔찍스러워져가고 있었다.

2, 3년 후의 일이었다. 봉화 땅 산중 고갯마루의 한 주막집에서 소년은 그 후 한 이태 동안 주동(酒童) 노릇을 하고 있었다. 병세가 별로 눈에 드러나지 않아서 주막집 주인 녀석은 그때까지도 아직 소년의 비밀을 눈치채지 못하고 있었다.

그 주막집 주인 사내는 성미가 마침 음흉스럽기 짝이 없는 작자였다. 작자는 주모 겸 밤색싯감으로 엉덩판이 요란스런 계집 하나를 함께 데리고 지냈는데, 길손이 주막을 지내게 되는 날은 그 색시를 슬그머니 길손에게 안겨주고 자기는 그 손님의 물건을 훔쳐내는 데 재미가 붙어 있었다.

소년이 그런 눈치를 알아차리게끔 되자 작자가 소년에게 그 짓을 대신 시켰다. 어쩌다 일이 빗나가 말썽이라도 붙게 되면, 작자는 그제서야 두 눈에 불을 켜달고 나타나서 자기 계집 빼앗긴 사내구실을 톡톡히 행사하곤 했다. 길손들은 잃은 물건을 다시 찾을 생각커녕 엉큼스레 남의 계집 넘본 허물을 뒤집어쓰고 곤욕만 실컷 당하다 쫓겨가기 일쑤였다.

소년은 주인 사내를 그토록 번거롭게 할 일도 별로 없었다. 그는 이제 세상만사 거리낄 일이라곤 없었다. 소년은 이윽고 제 손으로 길손들을 붙들어다 색시를 붙여주고, 자신이 모든 일을 결말지어버릴 수 있을 만큼 담이 커져 있었다. 물건을 훔치다 들키기라도 하면 그는 오히려 비실비실 맥 빠진 웃음을 흘리며 품속에 숨기고 있던 부엌칼을 내보였다. 술에 취한 길손들은 덤벼들려는 사람이 없었다. 덤벼들어서도 안 되었다. 덤벼들기만 하면 소년은 정말로 칼침을 사양하지 않을 참이었고, 비실비실 맥 빠진 웃음을 흘리고 서 있을 때 소년의 얼굴에는 언제나 그 이상스런 살기가 돌고 있었기 때문이다.

그런 짓을 한 이태쯤 되풀이하고 나니 소년은 이제 그 짓도 그만 시들해지고 말았다.

소년은 다시 주막을 떠날 생각을 하고 있었다. 이때쯤 해서는 병세도 제법 눈에 드러나 보일 정도가 되어 그렇지 않아도 이젠 길을 떠나지 않으면 안 될 형편이었다.

그러던 어느 늦은 가을.

하루는 주인 사내가 물건을 구하러 읍내 쪽으로 산길을 내려가 버린 바람에 주막집에는 소년하고 색시만이 남아 있게 되었다. 하룻길이면 돌아오곤 하던 사내가 웬일인지 이날은 밤이 늦도록 사립을 들어서는 기척이 없었다. 이날따라 주막을 찾는 길손도 없었다.

주인 사내든 길손이든 색시는 남자가 없으면 원래 잠시도 사지를 가만히 개고 앉아 있질 못하는 성미였다. 색시가 심심해 죽을 지경이었던지 끝내는 소년에게 한 가지 엉뚱한 선심을 베풀어왔다. 소년에게 자기의 젖을 먹여주겠다는 것이었다. 주인 사내가 돌아오지 않으면 이날 밤 소년을 자기와 함께 곁에 재워주겠다고도 했다.

소년은 그러나 기분이 냉큼 내켜오질 않았다. 웬일인지 연전에 길을 걸어오다 만난 그 살집 좋은 아낙과의 일이 떠올랐다.

그는 불쑥 짓궂은 장난기가 솟아올랐다. 그는 색시에게 자신이 문둥병을 숨기고 있다고 일러주었다. 그리고는 곧이를 잘 들으려 하지 않는 색시에게 비실비실 실없는 웃음을 흘려 보이며, 자주색 반점이 수놓인 자신의 속살을 들춰 보였다.

색시가 비로소 질겁을 하며 소년에게서 도망질을 쳤다.

하지만 소년의 장난기는 거기서 그치지 않았다. 그는 여전히 그 반쯤 맥이 풀린 듯한 웃음기를 흘리며, 부엌칼을 찾아들고 지긋지 긋 심술궂게 색시를 쫓아다녔다. 그리고는 아직도 소년의 행동을 장난으로 믿고 싶어 하는 계집의 옷을 벗기고 천성처럼 여인들이 늘 간지럼을 안고 다니는 곳을 알뜰히 도려내주었다.

"주막집을 도망쳐 나오면서 나는 옛날 움막집에 버려두고 온 어머니 생각을 했지. 생각을 할래서가 아니라 어쩌다 그때 일이 다시 떠오르드구만. 아마 눈 못 감고 죽은 여자를 보게 되니까 그랬는지 모르지."

황 장로가 비로소 원장 쪽을 돌아보며 가만히 혼자 한숨을 삼키고 있었다.

그는 이제 그만 이야기를 끝낼 참인 것 같았다.

원장은 처음이나 이때나 입을 열 엄두를 내지 못하고 있었다. 때때로 오한 같은 것이 부르르 육신을 스쳐가는 자신을 견디면서 그는 줄기찬 침묵으로 노인과 맞서고 있었다. 차분차분 노인의 목소리가 가라앉아가면 갈수록, 원장의 두려운 침묵에는 그나마 초인적인 인내가 필요했다.

도대체 이 영감은 무얼 어쩌자는 것인가. 무얼 어쩌자고 저토록 잔혹스런 이야기를 저토록 한가하게 들춰내고 있는 것인가—

결판을 내라, 결판을! 그래서 이젠 일을 그만두자는 것이냐. 그래서 당신은 오늘 또 어떤 무서운 음모를 준비하고 있다는 것이냐.

원장은 속으로 혼자 절규하고 있었다. 그러나 그 절규는 한마디도 원장의 입술을 통해 소리가 되어 나오진 못했다.

"그런데 말씀이야, 원장. 지금까지 이야기가 이 늙은이 한 놈만의 이야기가 아니라는 건 원장도 벌써 익히 알고 있는 일이 아니겠나……"

황 장로는 이제 이야기의 결론을 말하려는 듯 다시 원장을 향해 입을 열었다.

그러나 황 장로의 말은 뭐가 뭔지 당장 그 뜻을 분명히 알아들을 수가 없었다.

"이건 우리 섬 문둥이들 모두의 이야기야. 사정은 조금씩 다를지 모르지만 모두들 같은 이야기를 가지고 있거든. 모두가 그런 녀석들이야. 모두들 무서운 일을 감당하면서 이 섬으로 왔고 섬으로 와서도 또 못지않게 무서운 일들을 감당해내면서 지금까지 살아남았지. 한데 원장이 또 이번 일을 시작하자고 했지. 하지만 원장도 이미 다 그런 사정은 알고 대든 일이 아니었나 말야."

"무슨 말씀을 하고 싶으신 겁니까?"

원장이 결국은 견디다 못해 다그치고 들었다.

황 장로가 잠시 말을 끊고 그 원장의 얼굴을 조용히 훑고 있었다. 그리고는 뭔가 짚이는 것이 있는 듯한 표정으로 천천히 다시 말을 이어나갔다.

"아무래도 원장은 뭔가 오해를 하고 있는 것 같구만. 원장은 지금 나한테까지도 겁을 먹고 있는 얼굴이거든. 그게 탈이야. 원장이 그렇게 겁을 먹으면 일은 크게 빗나가지. 아까도 말했지만 문둥이는 누가 겁을 먹은 걸 보면 공연히 심술이 사나워져서 점점 더 추악하고 난폭한 꼴을 보인다지 않았는가 말야. 그 주막집 색시 얘긴데, 생각해보면 그 여자도 아마 겁을 먹고 날뛰었기 때문에 엉뚱한 화를 부르게 된 꼴이었지. 겁을 먹은 걸 보니까 난 점점 더 심술기가 동했거든. 문둥이끼리라면 절대로 서로 겁을 먹을 일은 없으니까 말야. 문둥이들은 그걸 알고 있지."

황 장로의 말투는 지금까지 원장이 예상하고 있던 쪽과는 거리가 꽤 있었다. 원장은 지금까지 노인이 일을 벌이기 전에 자신의 각오를 한번 더 매섭게 다지고 있는 거라고만 생각했다. 그것이 황 장로의 이야기에 대해 그가 들어온 공통적인 해석이었다. 하지만 노인은 지금 이야기의 방향을 엉뚱한 곳으로 끌어가고 있었다.

원장은 노인이 필시 그의 노회한 속셈을 숨기고 있는 것만 같았다.

"도대체 저더러 지금 무얼 어떻게 하라는 말씀입니까?"

원장은 거의 신경질적인 어조가 되고 있었다.

"무얼 어떻게 하다니? 원장이 내게 그걸 물어서 쓰나?"

황 장로가 원장을 나무랐다.

"그야 원장이 할 일이란 간단하지. 원장은 그저 앞으로도 뱃심좋게 우리 문둥이들을 부려주기만 하면 되는 거지. 원장은 문둥이들만 잘 부려주면 되는 게야. 지금까지 이야기도 내 그래서 원장한테 무슨 도움이 될까 하고 귀띔을 해준 게 아닌가 말야."

"……"

"겁먹지 말고 죽도록 일을 부리라 이 말이지. 그렇게 지내온 놈들이라 하려고만 들면 무슨 일이고 끝장을 보고 말 위인들이니까. 게다가 원장은 이번 일에 대해 추호도 망설일 필요가 없는 명분이 있지 않나. 그건 원장이 우릴 부려낼 명분도 명분이지만 우리들 쪽에서도 지금까지 감당해온 숱한 고난들 가운데서 모처럼 명분다운 명분이 서는 일이거든. 하지만 원장이 먼저 겁을 집어먹은 꼴을 보이면 모든 건 끝장이야. 저 위인들 가슴속에 숨겨진 독기는 아닌 게 아니라 제 몸을 던져 둑을 쌓아 올리라면 능히 그렇게 할 수도 있을 것이지만, 원장이 겁을 먹은 기색을 보이고 보면 그건 하루아침 동안에도 썩 잔인스런 심술로 변할 수 있는 것이니까……"

"……"

"추위는 몰아닥치겠다, 돌둑은 솟아오를 기척이 안 보이겠다, 원장도 아마 어지간히 속이 썩을 게야. 그렇다고 이제 와서 발 개고 나앉아버릴 수도 없는 일, 어쨌거나 맘을 더 크게 먹고 버텨나가잘밖에. 겨울 걱정도 원장이 지레 할 일은 아니야. 제 놈들 가운데 눈비 가리며 목숨 부지해온 놈이 몇이나 된다고 겨울 일 마다할 주제들이 되나. 막말로 제 몸뚱어릴 던져넣어서 둑으로 솟아오르래도 우린 아직 원장을 탓하진 않아."

황 장로는 비로소 할 말을 다한 듯 천천히 자리를 털고 일어섰다.

원장은 아직도 입을 열지 못하고 있었다.

그는 이제 노인의 뜻을 알 만했다. 노인의 충고에 원장은 손이라도 덥석 붙들고 싶을 만큼 고마웠다. 하지만 그는 그럴수록 노인이 두려웠다. 황 장로는 자신의 진짜 내심을 숨기고 있었다. 노인에겐 말로 드러난 것 외에도 끝끝내 자기 속에다 혼자 숨겨버린 것이 있었다.

원장은 그런 황 장로를 알고 있었다. 그는 원장보다도 더 줄기

찬 인내로 자꾸만 무력하게 허물어져가는 자신의 의지를 지탱해내려 하고 있었다. 그것은 노인이 원장에게 한 말 가운데에 은연중 암시되고 있었다. 문둥이들은 가슴속에 숨긴 독기로 제 몸을 물속으로 던져넣어 둑을 솟아 올리라면 능히 그렇게 할 수도 있을 것이지만, 바로 그 독기야말로 원장이 겁을 먹은 기미만 보이면 하루아침에 곧 잔인스런 심술로 둔갑할 수도 있는 것이라는 노인의 말은 그것을 충분히 짐작할 수 있게 했다.

문제는 그 독기의 향방이었다.

원장이 두려워하고 있는 것은 다른 사람 아닌 바로 그 황 장로였다. 그리고 그 독기가 자꾸만 잔인스런 심술로 바뀌려 하고 있는 것도 그 황 장로 자신에게서였다.

황 장로는 원장 앞에 자꾸만 자신의 의지가 흔들리고 있는 것을 알고 있었다. 돌둑이 솟아오르지 않는 것을 보고 원장 못지않게 초조해하고 있는 것도 황 장로 자신이었다. 그는 누구나 서로 배반을 용서하지 않으리라던 원장과의 약속에도 불구하고 자꾸만 옛날의 심술이 되살아나려 하고 있었음에 틀림없었다. 그는 원장의 두려움을 보고 더더욱 그것을 견딜 수 없었을 터이었다. 그가 어느새 깊이 잠들어 있는 자신의 독기를 주물럭거리고 있었다는 것이 그 가장 좋은 증거였다.

하지만 노인은 끈질기게 참고 있었다. 그는 그 자신의 독기를 방둑이 떠오를 때까지 자신을 견디며 기다릴 인내력의 증거로 삼고 싶어 했다. 노인은 마침내 조 원장 앞에서 그것을 어느 정도 성취하고 있는 것도 같았다.

하지만 원장은 그 황 장로를 섣불리 안심할 수가 없었다. 노인은 지금 그토록 혹독한 자기 시련 속에 각오를 새로이 해야 할 만큼 마음이 흔들리고 있었다. 그 끔찍하고 잔혹스런 이야기 속에서도 그는 원장에 대해서보다는 기실 그 자신에게 더 많은 충고와 회유를 행하고 있었음이 분명했다. 그러면서도 노인은 끝끝내 자신의 동요는 털끝만큼도 내색을 해 보이지 않았다.

원장은 그런 노인을 알고 있었다.

생각하기에 따라서는 사태가 이제 막바지 고비까지 와 있는 셈이었다. 원장은 무어라고 입을 뗄 수가 없었다.

노인은 그러고 있는 원장이 아무래도 미심쩍어진 모양이었다. 한두 발자국 천천히 비탈길을 걸어 내려가던 노인이 다시 한 번 다짐을 줄 일이 있다는 듯 원장을 돌아다보았다.

"문둥이들을 어떻게 부리더라도 원장을 탓하진 않는다는 거 원장 듣기 좋으라고 한 소리는 아니야. 오해가 있을지 몰라 내 한 가지 더 얘기해두고 싶은 게 있는데, 우리 문둥이들은 세상을 살아오면서 뼛속에 새겨두고 있는 일이 두 가지 있지."

"……"

"그 두 가지가 뭐고 하니, 팔다리 성한 놈 어느 놈도 문둥이 위해 본심으로 일하는 놈 없고 선심 베풀고 싶어 하는 놈 없다는 거 알고 있는 게 그 하나고, 그러니까 문둥이도 자기 말고 딴사람 위해 아무것도 생각할 거 없고 일할 거 없다는 생각 가지게 된 것이 그 두번째지. 문둥인 남이 자기 위해 일해준다는 거 곧이들을 수 없고, 남 위해 일하는 법 없다는 소리야. 이건 원장한테도 마찬가지야. 우린 아직도 원장이 우리 위해 일한다고 믿고 있지 않아. 마찬가지로 우리 문둥이들이 원장 위해 일한다는 생각 역시 천부당만부당한 생각이지."

"저도 이젠 누굴 위해서라거나 누가 바라서 이 짓 하고 있다는 생각 같은 건 하지 않겠습니다."

원장이 오랜만에 결연스런 목소리로 말하고 나서 황 장로를 똑바로 건너다보았다.

"그거 참 옳은 생각이야. 그렇다면 우리 문둥이들이 원장을 탓하거나 원망을 지닐 리가 없다는 말도 믿을 수가 있겠구만."

그러나 노인은 거기서 다시 고개를 지그시 기울이며 마지막으로 원장을 힐난하고 있었다.

"하지만 아마 원장의 맘이 다 그렇지는 못할 게야. 원장은 지금까지 그런 오핼 하고 있었던 흔적이 분명하거든. 원장은 우릴 위해 일하고 우리 문둥이들은 원장 때문에 일한다는 생각…… 그런 오해가 없고서야 오늘 와서 새삼 겁을 먹을 일이 있나."

"장로님께 제가 그토록 겁을 먹고 있는 걸로 보였다면 그건 아마 저 바다나 제 자신에 대해서였을 거라고 하는 편이 옳을지 모르겠습니다. 하지만 장로님 말씀처럼 전 앞으로 저 수많은 원생들에게 닥쳐들지도 모르는 만일의 실망에 대해서도 정말 아무 두려움을 지닐 필요가 없을까요?"

"그야 물론 그런 실망이 오게 해서는 안 되지. 오늘 우리 이야기도 종당엔 다 그런 실망을 미리 불러들이진 말자는 거니까. 하지만 그런 일이 생긴대도 원장이 미리 겁을 집어먹을 필요는 없겠지.

그래서도 안 되는 일이고. 그래서는 문둥이들한테 속마음을 들키기 쉽게 되거든. 도대체 원장이 우리 문둥이 위해 일한다는 생각을 지니고 있다면 그거부터가 웃음거리니까. 게다가 우리 문둥이가 원장 위해 일하고 원장 때문에 실망을 하게 될 거라 생각한다면 그건 더 큰 웃음거리지. 글쎄, 문둥인 남 위해 일하는 법 없다는데 그러는구만."

20

공사장 일은 겨울 추위에 상관없이 강행되었다.

그것은 참으로 길고도 위태로운 싸움이었다.

그것은 스스로 인간을 용납할 줄 모르는 비정한 바다와의 싸움이었고, 길고 긴 겨울 추위와의 싸움이었고, 사람과 사람이 상대방에 대한 자신의 신뢰를 마지막까지 시험해보고자 하는 인내력과의 싸움이었다.

원장으로선 그 바다보다도 겨울 추위보다도 사람과 사람끼리의 싸움이 더한층 힘겨웠다. 그는 원생들과도 싸웠고 황 장로와도 싸우지 않으면 안 되었다. 원생들이나 황 장로도 그 원장을 상대로 같은 싸움을 계속했다. 원장과 황 장로들은 서로 누구 쪽이 이 싸움에서 자신을 더 오래 견딜 수 있는가를 판가름내기 위해 끈질긴 인내를 발휘하고 있는 것 같았다. 그것은 결국 바다도 없고 추위도 없고 종국에는 상대방마저 문제가 되지 않는 그 자기 의지와의 줄기찬 싸움이었다.

그 길고 쓰라린 싸움에도 종말은 다가오고 있었다. 한 해가 바뀌고 겨우내 충충한 회색빛으로 가라앉아 있던 남해 바다가 서서히 냉기를 벗기 시작한 2월 하순 무렵이었다. 어느 날 아침 조 원장은 오마 고지 작업 지휘소를 들러 나오다 거기 언제나처럼 눈앞에 가득 차오르는 바다 가운데서 문득 이상한 변화를 보았다. 풍남 반도와 오동도 사이의 제1방조제 작업장 일대의 해면 위에 전에는 볼 수 없던 긴 물 띠 같은 것이 하얗게 뻗어 있었다.

원장의 눈길에선 일순 번갯불 같은 섬광이 지나갔다. 다음 순간 그는 정신없이 산비탈을 뛰어내려가기 시작했다. 몸을 굴리다시피 해서 산을 내려온 원장은 그길로 곧 배를 내어 오동도 쪽으로 나아갔다.

배를 타고 보니, 좀더 분명히 떠올라보여야 할 그 물 띠는 다시 눈앞에서 사라지고 없었다.

환각이었던가?

환각이 아니었다. 원장은 곧 그것을 깨달았다.

때가 마침 사리 무렵이었다. 바다는 어느 때보다도 밀물이 높아지는 대신 썰물 때는 또 어느 때보다 바닥이 얕아진다. 지금은 그 바다 밑이 가장 얕아지고 있는 사리 때의 썰물이었다. 물 띠는 바다 밑에 숨어 있던 돌둑이 비로소 그 얕아진 물길 속 어디쯤에서 안타까운 발돋움을 해 올라오고 있는 신호였다.

물 띠로 보인 것이 바로 돌둑은 아니었다.

돌둑은 물밑에서 파도를 죽이고 있었다. 넘어진 파도가 이어져서 하얗게 긴 물 띠를 이루고 있었다. 그 물 띠 밑에서 돌둑이 솟아오르고 있었다. 물 띠는 높은 곳에서나 분별이 될 수 있는 것이었다. 배에서는 다만 파도에 가려진 다른 파도를 볼 수 있을 뿐이었다.

원장은 실성한 사람처럼 황급히 배를 몰아갔다. 그리고 그의 배가 오동도를 지나 1호 제방 축성 수면 위로 들어섰을 때 그는 그 산 위에서 내려다본 물 띠 밑으로 또 하나 하얀 돌 줄기가 환상처럼 길게 뻗어나가고 있는 것을 보았다. 한두 길 물밑까지 마침내 그 진짜 돌둑이 솟아올라와 있는 것이었다.

원장은 숨이 막힐 듯했다. 그는 벅찬 감동을 누르기 위해 잠시 동안 조용히 눈을 감고 기다렸다. 그러나 그는 그 하얀 돌둑이 요술처럼 금세 눈앞에서 다시 사라져버리기라도 할 것처럼 제풀에 흠칫 소스라쳐 놀라고 있었다.

쉴 새 없이 밀려드는 파도 아래로 돌둑은 여전히 길고 곧게 드러누워 있었다.

원장은 아무래도 그 돌둑이 돌둑으로 보이지가 않았다. 그는 지금까지 그가 살아온 생애 가운데서 가장 아름다운 무엇을 보고 있었다. 물 밑을 달리고 있는 그 어슴푸레 흰 선분은 너무도 아름답고 환상적이었다. 그것은 영혼을 지니고 숨을 쉬며 살아 있는 하나의 생명체였다.

원장은 꿈길을 따라가듯 하얀 돌둑을 쫓아 조심스럽게 배를 몰아갔다. 배가 앞으로 나아가면 나아간 만큼 물 밑의 선분도 앞으로 앞으로 그를 앞장서며 물 밑을 뚫어 나아가고 있었다.

이윽고 이 초봄의 남해 바다 위에서는 원장이 375미터 1호 제방 예정선을 따라 풍남 반도 쪽 둑머리로 올라설 때까지 한바탕 뜻하지 않은 해상 행진이 벌어졌다.

조 원장의 배가 오동도를 지나면서부터 돌을 실어 나르던 작업선들이 한 척 두 척 그의 배를 뒤따르기 시작하더니, 이윽고 그것이 제법 거창한 해상 행진의 대열을 이루며 바다를 온통 뒤덮고 말았다.

"조 원장 만세!"

"소록도 만세!"

"오마도 개척단 만세!"

작업선의 원생들은 조 원장의 배를 뒤따르며 목이 터져라 함성을 질러댔다. 풍남 쪽 대안에서도 낌새를 알아차린 원생들이 하얗게 둑머리로 몰려나오고 있었다.

바뀌고 바뀐 세월 싸워가면서……

대안의 원생들은 갈퀴 모양의 개척단 표지가 그려진 오마기를 뒤흔들며 오랜만에 다시 「소록도의 노래」를 합창했다. 합창 소리는 이내 이쪽 선단까지 번져 건너왔다. 둑머리와 배 위에서 불러대는 합창 소리가 한곳으로 점점 가까워지다가 둑머리 근처에서 마침내 뒤죽박죽으로 서로 뒤섞이기 시작했다. 둑머리 쪽 원생들은 물 밑으로 뻗어 나온 돌둑을 따라 아랫도리를 적시며 바다로 몰려 내려왔고, 배를 저어온 원생들은 물가에도 닿기 전에 동료들 사이로 성급하게 배를 뛰어내렸다.

원장이 배를 내리자 둑머리 일대는 온통 흥분의 도가니였다. 원장을 에워싸고 다시 한 번 만세 소리가 터지고 합창이 시작되었다. 흥분한 원생들은 차가운 줄도 모르고 무작정 둑을 따라 바닷물 속으로 밀려 내려가고 있었다.

그때였다. 그 와중에서도 아직 냉정을 잃지 않고 있는 사람이 한 사람 있었다. 언제 건너와 있었는지 황 장로가 미리 원장을 기다리고 있었다. 흥분한 원생들을 제지하며 그 황 장로가 원장 앞으로 나섰다.

"모두들 기다릴 수가 없는가 보오."

황 장로의 목소리는 낮고 침착했다. 그러나 원장은 그 노인의 목소리가 전에 없이 떨리고 있음을 알 수 있었다.

"우리 오늘로 이 둑을 걸어 건너고 맙시다. 원장이 앞장을 서주시오."

그건 참으로 이상한 제안이었다. 이 차가운 물속으로 황 장로는 지금 둑을 걸어 건너가자는 것이었다.

하지만 원장은 황 장로의 그런 제안이 조금도 이상스럽지가 않았다.

"앞장을 서구말구요. 풍남과 오동도를 걸어서 건너는 일을 누가 오늘 사양하겠소."

조 원장도 어느새 목소리가 떨리고 있었다.

"다들 원장님께 먼저 둑을 건너도록 해드려라."

황 장로가 원장을 앞질러 둑 위로 들어서 있는 원생들에게 소리쳤다.

모두들 원장에게 길을 열어주었다.

원장은 망설이지 않았다. 그는 바짓가랑이를 걷어 올릴 생각도 않고 하얗게 돌둑이 뻗어 나간 바닷물 속으로 성큼 들어섰다. 물론 신발도 발에 신은 그대로였다. 그는 여느 때의 차림 그대로 그냥 물속을 휘적휘적 걷기 시작했다.

그 사이 돌둑 위를 넘나들던 물길이 훨씬 더 낮아져 있었다. 바닷물은 원장의 오금 높이에서 이제 썰물이 끝나 있었다. 원장은 둑 위를 얇게 넘나드는 파도를 가르며 거인처럼 꿋꿋하게 바다를 걸었다. 너덧 발자국 뒤에서 황희백 노인이 그 원장을 뒤따랐고, 다시 그 황희백 노인의 뒤를 이어 수백 명 원생들이 너나없이 돌둑을 가득 밟아 나오고 있었다.

바다를 건너가는 대열에선 합창 소리가 그치지 않았고, 그 대열의 어떤 데선 덩실덩실 춤을 추며 한동안씩 행진을 멈칫거리기도 하였다.

추위 같은 걸 느끼는 사람은 아무도 없었다. 행진을 앞장서 이끌어가고 있는 원장은 한 번도 그를 뒤따르는 무리를 돌아다보는 일이 없었지만, 그것도 그가 아랫도리가 시려오는 것을 못 견뎌서 걸음을 재촉하고 있어서가 아니었다. 그는 비로소 바다를 이긴 개선장군이었다. 그리고 그것은 바다보다도 더 깊은 절망의 심연에서 5천 문둥이의 영혼을 되살려낸 개선의 행진이었다. 그 개선 행렬을 인도하고 있는 원장은 자신도 모르게 더운 눈물이 자꾸 볼을 적셔 내렸다. 그는 울면서 바다를 건너고 있었다. 그는 그 눈물을 들키지 않으려 뒤를 돌아다보지 않았다.

차가운 바닷물 속의 행진―, 그것은 참으로 무모하고도 이상스런 광경이었다. 그러나 그것은 행렬에 끼어들어 있는 사람들에겐 조금도 이상스럽거나 무모할 것이 없는 행사였다. 그것은 오히려 그만큼 장엄하고 감동적인 한 편의 해상 드라마였다. 그리고 그 감동스런 해상 행진은 물론 그 한 번만으로 족할 수가 없었다. 아직도 제2호, 제3호 방조제가 남아 있었다.

오동도와 풍남 반도를 연결하는 제1호 방조제 돌둑을 걸고 난 원생들은 꺼져가던 사기가 되살아났다. 공사장은 다시 활기가 넘치고 작업 능률은 어느 때보다도 급상승했다. 3호 방조제 바깥 바다 위에 떠 있는 돌섬 만재도가 빠른 속도로 작아져갔다.

1호 방조제를 걸은 지 한 달 만에 조 원장은 원생들과 함께 다시 2호 방조제 338미터 돌둑을 걸었다. 두번째의 방조제가 떠올라왔을 때는 상욱까지도 원장 곁에서 돌둑을 함께 건너고 있었다. 첫번째 돌둑이 떠올랐을 때는 걷잡을 수 없는 원생들의 흥분 속에서도 이상스럽게 오히려 겁을 먹은 사람처럼 표정이 잔뜩 굳어져 있던 상욱이었다. 섬사람들이 모두 돌둑을 걸어 물길을 건널 때도 그만은 차마 엄두를 내지 못하고 있던 상욱이었다. 그 상욱이 두번째 방조제가 떠올랐을 때부터는 제물에 성큼 돌둑을 들어서며 말 없는 감동 속에 묵묵히 그 원장의 뒤를 따라나선 것이다. 어쨌거나 이제 남은 것은 3호 방조제뿐이었다.

만재도가 더욱더 빠른 속도로 헐려져나갔다. 4월이 지나고 5월로 접어들면서부터는 만재도마저 가물가물 해면 아래로 마지막 모습이 가라앉아 들어가고 있었다.

제3방조제 쪽은 시일이 아직 좀더 걸렸다. 길이도 길이지만, 이

3호 방조제가 연결되고 나면 간척장 안으로 들어가는 조수(潮水)가 끊어지고 둑 안에선 장차 옥토로 일구어질 해상(海床)이 떠오르게 될 참이었다. 물길이 끊긴 조수의 횡포가 이만저만 거세지 않을 터이었다.

3호 방조제에는 좀더 많은 돌을 던져넣었다. 5월도 하순 무렵이 되자 만재도는 이제 침몰선의 돛대처럼 마지막 돌기둥 하나를 남긴 채 완전히 해면 아래로 모습이 사라져버렸다.

원장은 마침내 만재도의 채석 작업을 중지시켰다. 뒷날 누군가가 그곳 내력을 물으면 땅에서 쫓겨나 땅에서 살기를 염원했던 옛날의 어떤 사람들이 그들의 후손을 위해 이 섬을 헐어다 후손의 땅을 막으며 한을 풀고 갔노라는 말을 전하기 위해, 무심한 돌기둥 하나를 섬의 흔적으로 남겨두기로 했다.

원장이 마지막으로 오마도와 봉암리를 잇는 제3방조제 1,560미터를 걸어 건넌 것은 그 5월이 채 다 가기 전의 어느 날 일이었다. 원장이 그 3호 방조제를 걷고 나서도 한동안 더 돌을 던져넣자 이젠 제방 안쪽 해상이 서서히 모습을 드러내기 시작했다.

해상은 날이 갈수록 점점 더 넓이를 더해갔다. 드디어는 만조 때가 되어도 돌둑을 넘어드는 파도가 없어지게끔 되었다. 조수는 몇 군데 절강터로 남겨둔 물길을 타고 둑 안을 길게 뻗어 들어왔다가곤 할 뿐이었다. 제방을 향해 기세 좋게 달려들던 파도들이 넘실넘실 썰물 때까지 둑 안을 기웃거리다가 하릴없이 다시 심해로 물러가버리곤 했다.

가나안은 눈앞에 있었다. 제방에 갇힌 섬들이 이젠 거뭇한 개펄

위로 완전히 발부리를 드러내게 될 만큼 돌둑이 높아진 어느 날, 조 원장은 작업 지휘소가 있는 오마 고지 둔덕에서 다시 한차례 술잔치를 베풀었다.

그리고 그 술잔치가 벌어지고 있는 둔덕에서 원장과 섬사람들은 자신들이 이룩해낸 역사(役事)의 결과를 보고 다시 한 번 놀라움을 금치 못했다.

눈 아래로 내려다보이는 땅과 바다가 완전히 모습을 바꾸고 있었다. 늘펀하게 바다가 드러누워 있어야 할 그곳에 330만 평의 광활한 대지가 새로 솟아올라 있었다. 해변 위에 점점이 뿌려져 있던 섬들은 이제 한낱 보잘것없는 언덕이 되어 지표 위에 납작 엎드려 있었고, 벌판은 거기서도 아직 눈길이 아득할 만큼 먼 대안의 산기슭까지 펼쳐지고 있었다. 절강터를 비집고 들어선 물줄기가 그 넓은 벌판을 순례자처럼 이리저리 휘돌아나가고 있었다. 둑 바깥쪽 해면에는 눈에 익은 만재도가 사라지고 없는 것도 보는 사람의 감회를 새롭게 했다. 만재도가 떠 있어야 할 해면 위엔 옛 섬의 흔적으로 일부러 남겨진 석주 하나가 하얗게 가물거리고 있을 뿐이었다.

그것은 이를테면 제2의 천지창조였다. 천지창조라는 말이 신의 권능을 모독하는 것이라면 그것은 아마 그 신의 권능과 보살핌을 입은 인간들이 그들의 의지와 노력으로 이룩해낸 가장 아름답고 장엄한 지상의 예술 작품 같은 것이었다.

조 원장은 눈부신 오후의 태양빛 속에 가물가물 하얗게 떠올라 있는 그 해면 위의 돌기둥을 내려다보고 있다가 자신도 알 수 없는 어떤 두려운 전율 같은 것을 느꼈다. 그리고 그때 조 원장은 문득 그 수많은 문둥이들과 그 문둥이의 후손들을 위해 바다 위의 석주에 새겨 남기고 싶은 간절한 몇 마디 말이 떠올랐다.

여기,

그토록 인간을 소망하던 문둥이들에게—

그 지친 영혼들이 안식할 땅을 위해

큰 산이 바다 되고, 바다가 다시 육지 됨을 보게 하여주신

거룩한 신의 섭리여!

배반 1

21

투석 작업이 일단락지어지고 난 다음 공정(工程)은 솟아오른 돌 둑 위로 흙을 돋워 올리는 성토 작업이었다.

성토용 흙을 운반하는 데는 궤도차를 이용하는 것이 가장 편리 했다. 형편이 닿는 데까지 많은 궤도차를 들여왔다. 흙을 실은 궤 도차들이 채토장과 둑 사이를 부산하게 오르내렸다. 궤도차를 밀 지 않는 사람들은 등짐과 뱃길로 흙을 날라다 부었다. 그것은 밑 바닥이 보이지 않는 수면 아래로 무작정 바윗돌을 던져넣는 1단계 투석 작업 때보다 훨씬 신이 나는 일이었다.

돌둑은 거센 파도를 견디면서 하루하루 안쪽 벽이 두꺼워져갔 다. 둑 벽이 두꺼워진 만큼씩 궤도차의 레일도 날마다 길이를 연 장해나갔다.

일을 한 만큼 작업 성과가 눈에 드러나 보였으므로 그만큼 사기도 높았고, 작업 진도 또한 저절로 가속도가 붙어갔다.

한데 그런 성토 작업이 한창 진행 중이던 7월 초순께부터였다.

공사장에 큰 걱정거리가 하나 생겼다. 태풍에 대한 걱정이었다. 머지않아 곧 태풍철이 시작될 시기였다.

조 원장 나름으로는 벌써부터 그게 은근히 근심이었다. 더욱이 이해 8월 15일에는 민간 정부가 수립되어 병원장 직무는 민정 이양과 동시에 민간인 원장에게 넘어가게 되어 있었지만, 때가 때인 만큼 조백헌 원장은 20년 가까운 군영 생활의 제복을 미련 없이 벗어던지고 스스로 민간인 원장이 되어 계속 섬 안에 주저앉고 만 터였다. 오마도 일을 시작할 때 서약을 걸었던 권총 한 자루를 증거로 남겼을 뿐, 제복을 벗고 나서도 여전히 간척장 일에 매달리느라 전역의 아쉬움조차 달래볼 틈이 없던 이즘의 그의 나날이었다. 하지만 방둑이 웬만한 바람쯤 쉽게 견뎌낼 수 있게 되기 전에 일을 만나고 보면, 지금까지의 수고는 하룻밤 사이에 말끔 허사가 되고 말 염려가 있었다.

걱정을 하면서도 뾰족한 대비책을 마련할 수가 없었다. 일을 서둘러서 진짜 태풍철로 접어들기 전에 방둑을 조금이라도 튼튼하게 돋워두는 수밖에 없었다.

이해에는 마침 진짜 태풍철로 접어들고 나서도 아직 큰 바람이 일지 않은 채 그럭저럭 여름을 넘겨가고 있는 것이 유일한 희망이었다. 어쩌면 이 섬에 주님의 돌봄이 있어 이해만은 아주 바람이 없이 위험한 시기를 넘기게 될지도 모른다는 간절한 희망의 한철이었다. 그런데 그럭저럭 아슬아슬한 고비를 거의 다 넘겨가고 있는가 싶던 9월 초순의 어느 날이었다. 빙둑 일의 진척 상태는 아직도 전혀 마음을 놓을 수 없는 형편인데, 끝내는 그 비정스런 태풍 소식이 가차 없이 전해져오고 말았다.

원장은 안절부절못했다. 원생들의 동요가 염려되어 그는 함부로 불안스런 내색조차 드러낼 수 없었다. 하루 종일 라디오 뉴스에 귀를 기울이고 앉아 바람의 진로가 바뀌기만을 빌고 빌었다.

하지만 오후 해가 설핏해질 무렵부터는 득량만 일대에도 벌써 파도가 하얗게 뒤집히기 시작했다. 잿빛 수평선을 넘어온 구름장들이 걷잡을 수 없이 빠른 속도로 머리 위를 낮게 지나갔다.

그는 원생들의 작업을 중단시키고 막사 단속을 지시했다. 이날은 물론 야간작업도 단념한 채 모든 작업 공구와 기재들을 한데 모아다가 바람의 피해를 막게 했다. 토석 운반선들은 제방 안쪽 수로 끝에다 안전하게 대피시켰다.

저녁 식사가 끝나자 원장은 철저한 야간 경비를 명령하고 나서, 이날 밤엔 자신도 오마 고지 작업 지휘 막사에 남아 라디오 뉴스를 지키고 있었다. 제주도 남쪽을 치달아 올라오고 있는 바람이 이튿날 새벽녘까지는 오마도 일대에도 본격적인 상륙을 시작할 것 같았다. 바람의 중심 세력이 스치는 지역의 피해는 예상을 불허할 만큼 심대하리라는 예보가 잇따랐다.

원장은 시시각각 거리를 좁혀 들어오는 비극의 발자국 소리를 들으며 뜬눈으로 밤을 지키고 있었다.

—제발 이곳만은 바람을 비키게 해주십시오. 바다와 육지가 온

통 거꾸로 뒤바뀌는 한이 있더라도 이곳만은 제발……

원장의 기구도 아랑곳없이 자정 녘이 지나서부터는 세찬 바람기에 빗방울까지 흩뿌리기 시작했다.

원장은 이제 막사 안에 숨어 앉아 부질없는 기구만 외우고 있을 수가 없었다. 그는 불현듯 우의를 뒤집어쓰고 작업 지휘소 언덕길을 내려갔다. 빗속을 굴러내리다시피 하면서 둑머리에 도착해보니 원생들도 여태 잠을 자지 않고 있었다. 둑머리 일대의 어둠 속에는 가마니때기를 둘러쓰고 몰려나온 원생들의 그림자가 장바닥처럼 여기저기 비를 맞으며 웅크리고 있었다.

원장은 그 소리 없는 원생들의 소망 앞에 다시 한 번 가슴이 메어져왔다.

하지만 엄청난 자연의 위력 앞에 인간들의 기원 따위 너무도 무력했다. 새벽녘부터 본격적인 상륙을 시작한 바람은 방둑을 요절내지 않고는 절대로 소동을 끝내고 물러서려 하지 않았다. 기원을 해도 소용없고 앙탈을 해도 소용없었다. 거파(巨波)들은 능히 방둑을 쌓아 올린 바윗돌까지도 후려 날려버릴 만큼 기세가 사나웠다. 바다와 하늘과 육지가 온통 한 덩어리로 얽혀붙어 연사흘을 미쳐 날뛰었다.

공사장 원생들은 그 사흘 밤낮을 잠 한숨 자지 않고 폭풍 속에서 방둑을 지켰다. 제각기 거적을 한 장씩 둘러쓰고 둑가로 몰려나와 바람이 물러가주기를 애가 타게 기원했다. 하지만 쉴 새 없이 덮쳐드는 거파들에 시달리면서 방둑은 시시각각 허리가 가늘어지고 있었다.

원생들과 함께 꼬박 연이틀 밤을 새우고 난 원장은 이제 더 이상 그 방둑의 마지막 운명을 멍청하게 지켜보고 있을 수가 없었다. 소동이 사흘째 계속되던 날 밤 조 원장은 마침내 도망이라도 치듯이 원생들을 버리고 혼자 지휘 막사로 올라가버렸다. 그리고 그날 밤 그는 그 지휘 막사의 어둠 속에서 바다 밑이 갈라져나가는 듯한 몇 차례의 무서운 지동음을 들었다.

바람이 물러간 것은 그 3일째의 새벽녘부터였다.

그러나 그것은 너무도 늦은 시각이었다. 바람은 물러갔지만 그것은 이제 더 이상 심술을 부릴 필요가 없을 만큼 방둑을 깨끗이 요절내고 난 다음이었다.

방둑은 흔적도 없이 다시 물속으로 가라앉아버리고, 끝이 보이지 않던 330만 평 벌판은 경계를 알아볼 수 없는 늘편한 바다로 되돌아가 있었다. 거뭇한 벌판 위에 보잘것없는 야산 부스러기로 메말라 붙어 있던 섬들도 다시 바닷물을 만나 가물가물 옛 모습을 되찾고 있었다.

폭풍 뒤의 햇살은 얄밉도록 성급해서, 그렇게 다시 옛 모습을 되찾은 바다 위엔 어디선가 바람을 뒤따라온 바닷새 몇 마리가 한가롭게 떠돌고 있었다.

길고도 무서운 배반극의 첫 시발이었다.

원생들은 말이 없었다.

밥을 먹으려 하지도 않았고 잠을 자려고 하지도 않았다. 거적을 뒤집어쓴 채 공사장 이곳저곳에 아무렇게나 쓰러져 누워 뒹굴기만 했다.

그것은 참으로 끔찍스러운 광경이었다.

허탈감은 조 원장도 마찬가지였다.

조 원장 역시 처음 한동안은 그 엄청난 자연의 배반 앞에 원망스런 느낌조차 들지 않았다. 그는 다만 주체할 수 없는 허탈감 속에 넋을 잃은 사람처럼 멍청스레 며칠을 흘려보냈다. 그리고 그 며칠이 지나고 나자 조 원장은 비로소 자신에 못지않은 수천 나환자의 무서운 절망감에 눈길이 미치기 시작했다.

원생들의 절망감은 시간이 흐름에 따라 어떤 위험스럽기 그지없는 원망과 증오감으로 변색되어가고 있었다. 원생들의 원망과 미움이 누구를 표적으로 겨누게 될 것인가는 물으나 마나였다.

원생들에게는 옳은 표적이 찾아질 리 없었다. 배반의 원흉은 물론 바람을 몰아온 자연의 심술이어야 했지만, 원생들의 미움은 그토록 먼 표적을 들춰낼 여유가 있을 수 없었다.

원생들의 표적은 그들에게 가까이 있는 조 원장 자신일 수밖에 없었다. 조 원장 자신도 원생들이 그렇듯이 그 자연을 원망의 표적으로 삼을 수는 없었다. 자신을 원망할 수밖에 없었다.

조 원장은 차츰 자신에 대한 무서운 복수심이 불타오르기 시작했다. 문둥이는 남 위해 일하는 법이 없노라고 충고해준 것은 아마도 그 황희백 노인의 진심이 분명했을 것이었다. 그리고 그 문둥이들의 웃음거리가 되지 않기 위해 그런 생각일랑은 앞으로 절대 지니지 않겠노라고 한 조 원장 자신의 장담은 아마도 모두 사실은 아니었을 것이다.

하지만 이번에야말로 조 원장은 생각이 분명했다. 그는 이제 황
장로 말마따나 자기 아닌 누구를 위해 다시 일을 시작하겠다는 생
각은 추호도 없었다. 그는 오직 스스로의 복수심 때문에 어떻게든
지 그 자연의 횡포를 견뎌 이겨내고 난 자신의 모습을 보고 싶은
집념 때문에 다시 일을 시작하기로 결심했다.

결심을 하고 나서 어느 날 다시 그는 오마도로 건너갔다.

하지만 그는 물론 자기 혼자의 결심만으로는 당장 일이 다시 시
작될 수가 없음을 깨달았다. 원생들은 아직도 거적때기 속에서 짐
승처럼 뒹굴어대고 있었다. 그 원생들을 다시 공사장으로 몰아내
려 했다간 무슨 변을 당하게 될지 알 수 없었다.

황 장로조차도 이젠 이렇다 저렇다 말이 없었다.

일을 시작하게 할 무슨 계기가 마련되어야 했다. 원생들로 하여
금 그 살인적인 허탈감을 이기고 일어설 수 있게 해줄 새로운 계기
가 있어야 했다.

그런 계기가 원생들 자신에게서 마련되기를 기대할 수는 없었
다. 원장이 계기를 만들어야 했다. 조 원장으로서도 그것은 당장
가능한 일이 아니었다. 섬에서는 이제 어떤 식으로도 그런 계기를
구해낼 수 있을 것 같지가 않았다.

원장은 그것을 밖에서 구해 들이는 도리밖에 없다고 생각했다.

그는 조용히 혼자 섬을 떠나 낭인(浪人)처럼 다른 간척장들을
찾아다니기 시작했다. 가까운 장흥과 영암의 그것을 다시 찾아가
보았다. 크고 작은 사업장들이 널려진 서해안 일대를 누비고 나서,
마지막엔 겨우 5정보 남짓한 농토를 얻기 위해 8년 동안 바닷물과

싸움을 계속해오고 있다는 덕적도(德積島)의 3형제 가족 간척장까지 찾아 들어갔다.

다른 사업장들을 찾아 돌아다니다 보니 조 원장은 비로소 그가 지금까지 오마도에서 해온 일이 결코 허사로 끝난 것이 아니었음을 배우게 되었다. 무엇보다 그 파도에 휩쓸린 돌둑의 침하는 그날의 바람이 아니었더라도 거의 필연적인 것이었음을 깨달았다. 바닷물 속에 던져넣은 바윗돌은 일정한 기간을 두고 침하를 계속하게 마련이랬다. 돌둑이 가라앉지 않을 만큼 지반이 튼튼해지려면 적어도 몇 차례의 침하는 더 각오해야 한다는 것이었다.

몇 가지 기술적인 지식 이외에도 조 원장은 그 간척장 답사 여행에서 보다 더 값진 교훈을 하나 얻고 있었는데, 그것은 그가 마지막으로 찾아간 덕적도 3형제의 조그만 가족 사업장에서였다.

덕적도의 외딴 해변가에선 예정 면적 5정보의 땅을 얻기 위해 30대 안팎의 사내 3형제가 힘을 합해 150여 미터의 방조제를 쌓고 있었다. 쇠망치와 목도질만으로 돌을 깨어 바닷물에 던져넣기 여덟 해. 그 여덟 해 동안 여덟 차례의 침하를 겪으면서 3형제는 아직도 꺾일 줄 모르는 집념의 세월을 꿋꿋이 견디어가고 있었다.

그것은 이미 5정보의 땅을 얻기 위한 노동이 아니었다. 그것은 3형제의 젊음을 털어 바친 바다와의 피 어린 싸움이었다.

"이제 침하는 끝났습니다. 하지만 우리가 여태 이곳에 남아 있었던 것은 겨우 5정보의 땅 때문이 아니었습니다. 우리는 바다를 이기기만 하면 그만입니다. 기어코 바다를 이겨내고 말겠다는 집념 하나로 지금까지 이곳을 떠나지 못하고 있는 것입니다."

여덟 해의 세월과 여덟 차례의 침하가 이들 3형제에게 길러준 것은 그 바다에 대한 끝없는 적개심과 그것을 꺾어 이기고 말겠다는 강인한 투지뿐이었다. 침하는 끝났지만 3형제는 이후로 다시 열 번 스무 번의 침하가 오더라도 자기들은 이제 그 열 번 스무 번을 되풀이해서 다시 돌둑을 쌓아 올릴 수밖에 없노라는 것이었다.

조 원장은 이제 더 이상 시간을 허비하고 떠돌아다닐 수가 없었다.

그는 다시 오마도로 발길을 돌이켰다.

하지만 원장에겐 아직도 숙제가 하나 남아 있었다.

— 절망의 구렁텅이에 주저앉아 있는 원생들을 어떻게 다시 일으켜 세울 것인가.

원생들이 힘을 얻어 일어설 분명한 계기가 아직 마련되지 않고 있었다. 침하 현상에 대한 설명은 원생들에게도 어느 정도 사실을 납득시킬 수는 있을 터였다. 하지만 사실의 납득만으로 일을 다시 시작하기에는 원생들의 실망과 상처가 너무도 깊었다.

덕적도 3형제의 이야기 역시 마찬가지였다. 여덟 번의 침하를 겪으며 여덟 번을 다시 시작한 3형제의 이야기가 뜻한 바는 원장으로서도 이미 경험한 바가 있는 그 외롭고 힘겨운 자기 의지와의 끝없는 싸움이었다. 그것은 충격적일 만큼 감동스런 이야기였지만 원생들에게서도 같은 충격과 감동을 기대할 수는 없었다. 3형제의 이야기가 원생들에게도 감동적일 수 있다면, 그것은 앞으로도 끝없는 희생과 절망을 되풀이 감수해야 한다는 냉혹한 각성에 이를 수 있을 뿐, 그 각성을 실현해나갈 3형제의 용기까지를 살 수 있을 것인지는 지극히 의문이었다. 용기를 사지 못한 사실의 각성은 공포일 뿐이었다.

원생들을 불러일으킬 계기는 아무래도 다른 데서 구해져야 할 것 같았다.

그런데 그도 또 무슨 인연이었을까. 원장은 마침내 뜻하지 않은 곳에서 뜻하지 않은 사람들로부터 그런 계기가 마련될 수 있는 돌 파구를 찾아내기에 이르렀다.

조 원장이 다시 섬으로 건너가기 위해 고흥 땅을 들어섰을 때 였다.

그는 그곳에서 우연히 심상치 않은 소문을 한 가지 듣게 되었다. 오래지 않아 소록도 병원장이 갈리어 지금의 조 원장은 곧 섬을 떠 나게 되리라는 것이었다. 그것은 물론 조 원장 자신의 신상에 관 한 소문으로 아직은 그 소문의 당사자인 조 원장 자신조차도 사정 을 까맣게 모르고 있는 일이었다.

내막을 알고 보니 그런 소문이 나돌게 된 다른 이유가 있었다.

소문의 표적은 조 원장이 아니었다. 오마도 간척 사업장이 소문 의 애초 목적이었다.

언젠가 공사장 근처에서 부녀자 겁탈 미수 사건이 있었을 때, 인근 마을 청년들이 조 원장에게 항의를 하러 왔다가 남기고 간 말 이 있었다.

—안심하십시오. 우린 원장님께 이 일을 걷어치우라고 말하러 온 건 아닙니다. 믿지 않으실지 모르지만 우리도 이젠 저 바다 밑 에서 하루빨리 옥토가 솟아올라와주기를 고대하고 있단 말입니다.

거기까지는 되지도 않을 일에 헛수고 그만하라는 비아냥거림이 분명했다. 하지만 그 옥토가 하루빨리 솟아올라와서 자기들도 그 땅에서 원장의 환자들과 형제처럼 오순도순 농사짓고 살 날이 오기를 진심으로 고대하고 있노라는 너스레에 이르러서는 두고두고 꺼림칙하게 짚여오는 것이 남아 있던 조 원장이었다. 그리고 일을 꾸미자면 원생들에겐 제방 작업만 끝내게 하고 바다에서 정말 땅바닥이 솟아오른 다음엔 원생들을 다시 섬으로 쫓아 들여보내고 농장은 자기들끼리만 송두리째 차지해버릴 수 있는 일이 아니냐고, 묘하게 여유 만만한 표정을 지어 보였을 때는 조 원장 쪽에서도 이미 그만한 각오를 다져두고 있던 일이었다.

요컨대 사업장을 빼앗자는 것이었다.

바다가 농토로 변할 수 있는 가능성은 이제 육지 사람들도 자신의 눈으로 직접 보아온 사실이었다. 한두 차례의 침하 역시 그들에겐 이미 상식일 수 있는 일이었다. 그리고 그 첫 번 침하 사고야말로 위인들에겐 다시 만날 수 없는 절호의 기회일 수 있었다.

—1년 내 쌓아 올린 방둑이 무너지고 나면 조백헌 너로서도 다시 덤벼들 엄두가 나지 않겠지. 너는 그럴 수가 있다고 하더라도 섬 문둥이들이 그걸 용납하진 않을 테니까.

그 기회에 일을 빼앗아 대신하려는 음모였다.

위인들은 벌써 관계 요로에 대해 공사 업무 인수를 위한 청원 사무를 서두르고 있는 듯했고, 그것이 주민들의 상당한 호응까지 얻고 있는 기미였다. 그런 일은 공사가 완성 단계에 들어서고 나면 아무래도 명분이 뭣한 짓이었다. 지금처럼 일이 난관에 부딪혀 있을 때가 안성맞춤이었다. 환자와 인근 주민들 사이의 마찰 때문에 골머리를 앓아온 당국으로서도 이런 기회에 차라리 일을 그런 식으로 매듭 지어버리고 싶어 할 가능성을 부인할 수 없었다.

조 원장이 섬을 떠나리라는 소문은, 그러니까 이 일을 추진해나가는 데는 누구보다도 조 원장이 가장 방해거리가 되리라는 계산에서 될 수만 있으면 그 조 원장부터 우선 섬에서 내몰아버리고 싶은 희망에서 비롯된 것이었다.

—그쯤 낭패를 보았으면 너는 이제 손을 떼고 물러서는 것이 좋을 게다.

—이 일은 이제 우리가 대신해주마. 끝끝내 방해를 하겠다면 우리가 네 목을 자르도록 해주겠다.

능히 그럴 수 있는 사람들이었다.

안에서는 구할 수 없었던 계기가 마침내 밖에서 구해진 셈이었다.

원장은 곧 섬으로 돌아왔다.

소문의 진위를 자세히 따져 확인할 필요는 없었다. 소문의 충격이 원생들을 다시 일터로 끌어낼 수 있는 계기로 작용해주기만 하면 그만이었다. 그것이 비록 원생들을 속이는 행위가 된다 하더라도 지금의 조 원장 처지로는 거기까지 잔신경을 써가며 일을 주저할 수는 없었다. 5천 원생들의 전체 이익을 위해서는 그 정도 독단이나 원장으로서의 통치 기교를 사양해서는 안 된다고 생각했다.

섬으로 돌아온 조 원장은 우선 장로회를 다시 열어 방조제 축조 과정상의 기술적인 하자와, 침하가 일어나게 된 경위부터 자세히 설명했다. 다른 공사장의 선례를 설명하고, 지금까지 쏟아넣은 땀과 정성이 단 한 번의 침하 때문에 결코 허사가 되어버리지 않았음을 힘주어 역설했다.

짐작대로 장로들에게선 별로 이렇다 할 반응이 나타나지 않았다.

원장은 다시 덕적도 3형제의 이야기를 들려주었다. 5정보의 땅을 얻기 위해 여덟 차례의 침하를 겪으면서 아직도 후회 없는 싸움을 계속하고 있는 그 3형제의 꿋꿋하고도 강인한 의지는 섬사람들에게도 상당한 감동을 주는 듯했다.

그러나 장로들은 역시 그뿐이었다.

원장이 이젠 당신들도 몇백만 평의 땅을 위해서만이 아니라, 인간이면 누구나 스스로의 운명을 개척해나갈 의무가 있는, 그 인간의 이름에 값하기 위해서도 이 일은 다시 시작할 수밖에 없노라고 말했을 때, 장로들은 아예 입을 다물어버렸다. 3형제의 이야기로도 지쳐 넘어진 원생들에게 새로운 용기를 심어줄 수는 없었다.

할 수 없었다. 원장은 이제 마지막 처방을 따르는 수밖에 없었다. 그는 마침내 이 사업장을 빼앗아 일을 대신하고 싶어 하는 사람들의 이야기를 시작했다.

"뭍에서는 지금 그렇지 않아도 당신들이 이제 이 일을 단념해주기를 고대하고 있는 사람들이 있소. 내가 말을 하지 않아도 당신들은 벌써 그자들이 누군가를 짐작할 수 있을 게요. 아니 당신들이 단념하지 않으려 해도 일은 결국 그자들이 원하는 쪽으로 되어버릴 수도 있는 겁니다. 그자들은 지금 당신들을 영원히 다시 섬으로 쫓아 들여보내고 자기들이 이 일을 대신하고자 일을 꾸미고 있단 말이외다. 당신들이 안 된다는 일을 작자들이 미쳤다고 그럽니까. 작자들이 왜 그럽니까. 저네들은 이 일이 헛되이 끝나지 않으리라는 걸 알고 있기 때문이오. 당신들이 지금까지 이룩해놓은 것을 거저 공짜로 떠맡아가겠다는 그 속셈이란 말이외다."

원장은 이제 필요한 과장이나 협박술을 서슴지 않고 모두 동원했다. 그는 섬사람들의 가슴속에 깊이 잠들어 있는 육지 사람들에 대한 원망과 증오감을 일깨우기 위해 가능한 한 그 육지 사람들로부터 당해온 지난날의 학대와 저주의 세월들을 과장적으로 상기시켰다. 그리고 그 육지 사람들에 대한 그들의 공포를, 그 공포로부터 비롯한 생존에의 불가피하고도 본능적인 투지를 유인해내기 위해, 그 육지 사람들의 위협을 더욱더 절망적이고 배타적인 모습으로 과장했다.

"당신들은 저들이 누구인가를 알고 있을 게요. 저들이 당신들을 어떻게 저주해왔으며 당신들을 어떻게 심판해왔는가를, 당신들을 어떻게 이 섬으로 쫓아 들여보낸 사람들이었던가를 말이오. 그리고 이곳에 작은 당신들의 땅을 마련하지 않으면 안 되었던 여러분의 소망과 고난이 어떠했던가를 당신들은 아마 절대로 잊을 수 없을 것입니다. 그것을 또한 잊어서도 안 될 일이구요. 그런데 어떻습니까. 지금은 사정이 달라질 수가 있습니까? 이제 이 땅을 버리더라도 당신들은 그 육지로 가서 어디서든 다시 당신들이 살 땅을 용납받을 수 있습니까. 당신들에 대한 육지 사람들의 이해가 그처럼 달라지고 있습니까. 어림없는 일입니다. 육지 사람들과의 싸움은 아직도 여전한 상탭니다. 그리고 당신들은 끝끝내 그 싸움에 지고 물러설 수는 없습니다. 싸움의 패배는 그것이 곧 당신들의 마지막 생존권의 상실을 뜻하기 때문입니다. 이 싸움은 당신들의 생존권을 건 싸움이기 때문입니다. 여기서 싸움을 중단하고 물러설 수는 없습니다."

조 원장의 과장은 거의 어떤 선동에 가까운 연설조가 되고 있었다.

"하지만 하루를 더 이러고 있으면 우리는 그 하루만큼 저들에게 우리의 일을 빼앗아갈 구실을 만들어주는 것입니다. 저들은 심지어 여기서 이러고 있는 이 조백헌이가 방해가 되어 나를 이 섬에서 쫓아낼 계략까지 꾸미고 있습니다. 저네들의 소망대로— 아마 당신들 가운데도 지금 그런 생각을 하는 사람이 있을 줄 압니다만, 어쨌든 귀찮기 그지없는 이 조백헌이가 여기서 사라져주고, 당신들은 다시 섬으로 돌아가버리기만 하면 모든 건 그만입니다. 하지만 이 일은 실상 그렇게 간단하지가 못합니다. 당신들은 이미 당신들이 이곳으로 섬을 떠나올 때처럼 그렇게 간단히 다시 섬으로 돌아가버릴 수는 없습니다. 누군가가 내게 그렇게 말했지요. 당신들한텐 그냥 바윗돌이 아니라 당신네 몸뚱이를 던져넣어 둑을 솟아오르게 하라고 말이오. 과연 맞는 말이었소. 당신넨 지난 한 해 동안 그냥 바윗돌이 아니고 당신들의 육신을 저 바닷물 속으로 던져넣고 있었던 거요. 지금 저 물밑에 가라앉아 방둑의 지반을 이루고 누워 있는 것은 그냥 바윗돌만이 아닌 당신네 육신의 일부도 그곳에 함께하고 있다는 말입니다. 당신들은 섬으로 돌아가도 그 물 밑에 누워 있는 또 다른 당신들의 분신은 영원히 그곳에 남아 둑을 지킬 것입니다. 그리고 그 튼튼한 방둑 안에 지금 당신들이 섬으로 돌아가기를 고대하고 있는 사람들은 대대손손 안심하고 풍성한 추수를 거두게 될 것입니다……"

22

섬사람들에게 공사를 중단시키고 싶어 한 사람들의 희망은 거꾸로 원생들에게 다시 일을 시작할 수 있게 한 계기를 만들어준 셈이었다. 공사장에는 다시 다이너마이트 터지는 소리가 진동하고 돌을 실은 궤도차와 등짐꾼들의 행렬이 줄을 잇기 시작했다.

파도에 휩쓸리고 침하로 인해 물속으로 자취를 감춰 들어갔을망정 옛 돌둑의 흔적은 두번째 투석 작업을 훨씬 용이하게 했다.

일을 새로 시작한 지 3개월 — 또 한 해가 바뀌어갈 무렵 사라졌던 방둑은 다시 솟아올라왔다.

솟아오른 돌둑은 열흘도 지나지 않아서 다시 가라앉아버렸다.

사람들은 그러나 이제 돌둑이 솟아오르거나 가라앉거나 아랑곳을 하지 않았다. 방둑이 솟아올라와도 돌을 던져넣는 일손을 쉬는 일이 없었다. 그 방둑이 하룻새에 다시 물속으로 자취를 감춰버린 것을 보고도 원생들은 전날처럼 실망의 빛을 드러내지 않았다. 묵묵히, 꾸준하게, 끝날 날이 없는 역사(役事)처럼, 또는 숙명처럼 원생들은 그저 그 바닷물 속으로 끊임없이 돌을 던져넣고 또 던져넣었다.

원생들이 다시 놀라운 인내력을 발휘하기 시작하자 난처해진 것

은 이미 김칫국을 마셔두고 있던 사람들이었다. 그럴수록 뭍에서
는 조 원장과 공사장에 대한 반갑잖은 소문들이 더욱 활기를 더해
가는 눈치였다. 조 원장이 곧 목이 잘려 쫓겨나리라는 소리가 심심
찮게 공사장까지 흘러들어왔다. 신문이 오마도 나환자 정착 사업장
과 인근 주민들 사이의 알력을 써낼 때도 있었고, 병원 상급 기관
에선 조 원장에게 직접 그 알력의 진상을 물어오는 때도 있었다.

사태가 제법 심상치를 않았다. 조 원장으로서도 그냥 언제까지
나 모른 척하고 있을 수가 없었다. 이제 와서 그런 식으로 슬그머
니 섬을 쫓겨날 수는 없었다.

조 원장은 곧 대응책을 마련했다. 그는 먼저 소문을 선수 쳐서
'장로회'로 하여금 원생들의 새로운 여론을 발의시키도록 유도했
다. 원생들을 기만하고 있다는 느낌이 들었으나 섬을 위해서는 불
가피한 일이었다. 문제는 결과였다. 결과가 좋으면 방법이나 과정
은 양해가 되어야 했다. 어쨌거나 그건 이제 어려운 일이 아니었다.

장로회는 이제 원장의 편일 수밖에 없었다. 장로들은 그 일의
필요성을 충분히 납득했고, 원생들은 흥분을 금치 못했다.

섬에서는 곧 오마도 간척 공사에 대한 바깥사람들의 부당한 여
론과 간섭에 대항하는 당국에의 진정서가 작성되고, 조백헌 원장
의 공사 완료 전 전출설에 반대하는 전체 원생들의 청원 서명 운동
이 벌어졌다.

과열한 원생들의 기세 앞에 음흉스런 육지의 소문이나 계략 따
위는 더 이상 맥을 출 수가 없게 되고 말았다.

그러는 가운데도 투석 작업은 꾸준히 계속되어, 가라앉은 둑을

다시 솟아오르게 하는 데는 또 한 번 3개월의 세월이 흘렀다. 이번에도 돌둑이 수면 위에 모습을 드러낸 것은 며칠 동안뿐이었다.

둑은 다시 가라앉아버렸다.

가라앉으면 솟아올리고, 솟아올려놓으면 다시 가라앉는 싸움이 끝없이 되풀이되었다. 제1, 제2, 제3, 세 개의 방조제가 마치 숨바꼭질을 하듯 여기저기서 교대로 가라앉아 들어갔다. 제1방조제에서 10미터가 무너진 것을 쌓아 이어놓으면 제2방조제에서 20미터가 물러나 앉았고, 그것을 어렵사리 이어 발라놓으면 이번에는 제3방조제 쪽에서 다시 30미터가 가라앉아들어갔다.

원생들도 이젠 원장과 마찬가지로 그 싸움 자체에 대한 집념이 쌓여갔다. 원생들도 이제 땅에 대한 소망 같은 건 둘째 문제였다. 틈만 나면 물속으로 모습을 숨겨 들어가려고 하는 그 돌둑과의 싸움에만 정신이 팔려 지냈다. 땅을 얻기 위해서가 아니라, 그 싸움을 이기고 말겠다는 집념이 그들에게 돌을 던지고 또 던지게 했다. 돌둑은 벌써 인간이 자연을 다스리기 위한 무의지한 수단이 아니었다. 그것은 무서운 복수심을 가지고 인간의 의지에 끈질기게 거역해오는 두려운 생명체였다.

하지만 그런 싸움이 무한정 계속되다 보면 지쳐나는 쪽은 역시 인간들 쪽일 수밖에 없었다. 그리고 사람들은 심신이 지치다 보면 무엇엔가 터무니없는 곳에까지 의지의 손길을 뻗치게 마련이었다.

여름철로 접어들면서부터는 한동안 뜸해 있던 사고까지 빈발했다.

한 번은 채토장의 흙더미가 무너져 내리는 바람에 밑에서 일을 하고 있던 작업 인부가 열 사람씩이나 한꺼번에 깔려버린 사고가 있었다. 열 명 가운데서 아홉 명까지는 목숨이라도 간신히 구해낼 수 있었지만, 나머지 한 명은 숨이 이미 끊어진 채 흙더미 속에 시체로 끌려 나왔다.

또 한 번은 작업선이 뒤집혀 인부 한 사람이 파도에 휩쓸려버린 익사 사고가 있었다. 원장은 그때 공사장의 모든 일을 중지하고 익사체를 찾는 데만 연사흘을 허비했다.

작업장의 사기는 급속도로 저하되어갔다. 조 원장을 대하는 원생들의 눈빛이 드러나게 달라지기 시작했다.

기력이 다한 원생들 사이에선 터무니없는 미신과 헛소문이 떠돌기 시작했다.

"애초에 안 될 일을 시작한 거야. 땅귀신 물귀신이 이 일을 좋아할 리가 없어."

"귀신들이 방해를 놓고 있는 한, 일은 몇 해를 더 끌어가더라도 사람만 자꾸 상하게 할 뿐이야."

원장의 설득이나 명령 따윈 아예 들은 척도 하지 않으려 했다.

조 원장은 어쨌거나 그 흉흉한 섬사람들의 인심부터 달래야겠다고 생각했다. 원생들에게 위안이 될 수 있는 일이라면 무슨 짓이라도 사양할 여유가 없었다.

그는 한 번 더 고사를 지내기로 했다.

날짜를 잡아서 돼지를 잡고, 방조제마다 돼지머리를 바치고 다니며 바다귀신 땅귀신들의 노여움이 풀리기를 진심으로 빌었다.

하지만 이제는 그런 고사마저도 효험이 없었다. 고사를 지내고 난 다음에도 침하는 여전히 계속되었고, 원생들의 귀신 공포증은 날이 갈수록 도를 더해갔다. 돼지머리쯤으로는 도대체 노여움이 달래질 귀신들이 아니라는 것이었다.

마침내 그 원생들의 소문 속에 감춰진 끔찍스런 음모의 정체가 드러났다.

어느 날 저녁, 조 원장이 오마도 작업 지휘 막사에서 밤을 새우고 있을 때였다. 자정이 넘을 시각쯤 해서 이상욱 보건과장이 예고도 없이 불쑥 그를 막사로 찾아왔다. 그는 옷이 찢어지고 흙투성이가 다 된 작업 인부 세 사람을 죄인처럼 막사 안으로 이끌고 들어섰는데, 불편하게 다리를 절룩거리고 있는 그 인부들 중의 한 사내는 얼마 전 채토장의 붕괴 사고로 심한 부상을 입은 자였다.

뭔가 심상찮은 흥분기를 짓누르고 있는 듯한 네 사람의 분위기에서, 그러나 너무도 완벽하게 그 흥분기를 숨겨버리고 있는 이상욱의 차디찬 표정에서 원장은 대뜸 불길한 예감부터 들었다.

"오늘 밤 살인극을 저지르려던 자들입니다."

이상욱이 역시 냉랭한 목소리로 찾아온 용건을 말하기 시작했다.

이날 밤 상욱은 좀처럼 잠이 오지 않더라고 했다. 방둑 형편이나 한차례 돌아보리라 생각하고 혼자 둑길을 걸어 내려가고 있었는데, 그의 발길이 아직 물웅덩이가 남아 있는 한 침하 지점에 가까워지고 있을 때였단다. 웅덩이 쪽 어둠 속에서 느닷없이 다급한 비명 소리가 들려오더랬다. 상욱이 소리를 듣고 급히 달려가보니, 작업반 원생 두 사람이 방금 다른 한 동료 원생의 목덜미를 졸라대며 기를 쓰고 물웅덩이 속으로 밀어넣으려 하고 있더라는 거였다. 목덜미를 졸라 매인 사내는 사내대로 물속으로 몸이 떨어지지 않으려 사력을 다해 저항하고 있었지만 두 사내의 완력에 짓눌린 녀석의 저항은 이내 맥이 풀리기 시작했고, 비명 소리도 차츰 목구멍 속으로 희미하게 기어들어가고 있었다고 했다.

상욱이 끌고 온 사내들 중 두 사람이 가해자였고, 다리를 절뚝거리는 한 녀석은 물귀신이 될 뻔한 피해자였다.

"무엇 때문에 동료를 죽이려 했나?"

자초지종을 듣고 난 원장이 사내를 뚫어지게 내려다보며 모처럼 입을 열어 물었다.

사내들은 고개를 푹 수그리고 있을 뿐 대답이 없었다.

"문둥이 꼴에 이젠 다리 병신까지 되었으니 세상은 더 살아 뭣 하겠느냐는 거랍니다. 불쌍한 이웃 원생들을 위해 그런 식으로 일찌감치 목숨 값이나 하고 죽으라고 말씀입니다."

사내들을 대신해서 상욱이 비꼬듯 천연스럽게 설명했다.

"이건 살인이야! 동료를 때려죽이는 백정 놈의 짓이야. 누구한테 무슨 목숨 값을 해준다는 게야."

누구에게랄 것도 없이 원장이 버럭 언성을 높였다. 상욱의 표정은 그러나 침착하기만 했다. 그는 마치 원장을 타이르려고 하기나 하듯 조용조용한 목소리로 설명을 계속해나갔다.

"그건 원장님께서 이 친구들을 잘 이해하지 못하고 계신 탓입니다. 이 사람들은 지금 방둑이 자꾸 가라앉고 있는 것이 단순한 침하 현상이라고만 생각하고 있는 건 아니니까요. 이 사람들 말로는 그게 다 이 오마도 다섯 섬 때문이랍니다. 오마도 바다귀신이 그 다섯 섬 대신 다섯 명의 산목숨을 원하고 있답니다. 그 다섯 사람의 산목숨을 제사지내지 않고서는 바다귀신의 노여움이 몇 번이고 다시 방둑을 가라앉혀버릴 거라구요. 채토장이 무너지고 배가 뒤집혀서 벌써 두 사람은 제사를 지내놓은 셈이지요. 이 사람들은 이제 하루빨리 나머지 세 사람을 제사 지내고 싶은 것일 겝니다."

"……"

"오늘은 다행히 제가 현장을 붙잡아서 불상사를 면할 수가 있었습니다만, 앞으로의 사고에 대해서는 원장님께서도 아마 어떤 획기적인 대비책을 마련해주셔야 할 것 같습니다. 방둑의 침하가 계속되는 한, 섬들은 끊임없이 산목숨을 원하게 될 것이고, 원장님께서 지금보다도 더 현명한 방법으로 저들의 미신을 그치게 해주시지 않는 한, 원생들은 기회만 있으면 또 누군가의 생목숨을 제사지내려 들 게 아니겠습니까."

원장은 대꾸할 말이 없었다.

그는 부들부들 온몸을 떨어댈 뿐 무엇을 어떻게 해야 할지, 지금 당장은 자신의 육신조차도 뜻대로 가누고 서 있을 수가 없었다.

"나가! 다들 눈앞에서 꺼져 없어지란 말이닷!"

그는 마치 실성한 사람처럼 악을 써대기 시작했다. 겁에 질린 사내들이 비실비실 이상욱 보건과장 뒤켠으로 몸을 숨겨 들어갔다. 상욱만이 그 원장을 무슨 구경거리라도 되는 듯 한동안이나 더 냉랭하게 바라보고 서 있었다.

상욱과 사내들이 막사를 나가고 난 다음에야 원장은 비로소 상욱이 무엇 때문에 일부러 이 오밤중에 그에게까지 사고를 알리러 왔는지, 작자의 의도를 알 수 있을 것 같았다. 그것은 물론 사고

자체에 대한 원장의 처벌이나 해결책을 구하기 위해서가 아니었다. 상욱은 사고를 빌려 원장에게 그의 말을 하고 싶었음이 분명했다.

동료의 손길에 물귀신의 제물이 될 뻔했던 사내마저 그것이 이젠 어쩔 수 없는 비극이듯 체념스런 표정을 하고 있었다. 피해자마저도 그토록 공범 의식이 절실할 수 있었던 살인극이라니. 그것은 이제 이 오마도의 고통을 끝맺기 위해서라면 원생들 서로가 서로의 목숨을 원하는 일까지도 극히 당연스런 일로 여겨질 수 있을 만큼, 바야흐로 그 살인적인 절망감이 일반화되고 있는 증거였다.

상욱은 원장에게 그것을 보여주고 싶었음이 분명했다.

— 방둑의 침하가 계속되는 한 원생들도 계속해서 누군가의 목숨을 다시 원하게 될 것이다⋯⋯

그것은 참으로 상욱의 뜻깊은 경고였다. 그리고 그 오마도 사람들이 마음속에서 진실로 원하는 바는 가엾은 자기의 동료가 아니라 조 원장 바로 그 자신이라는 것도 분명히 알고 있었다. 아니 그것은 당연히 조 원장 그 자신이어야 한다고 생각했다.

상욱도 아마 그것을 말하고 싶었을 것이다. 그렇다면⋯⋯

조 원장은 새삼 막다른 골목까지 와 있는 자신을 의식했다.

잠이 오지 않았다. 뜬눈으로 밤을 밝히면서 이 엄청난 시련을 뚫고 나갈 방도를 궁리했다. 상욱이 충고해온 그 '획기적인 대비책'이나 '현명한 방법'을 따를 수는 물론 없었다. 상욱의 표정이나 어조로 보아 그것은 공사의 중단을 암시하고 있음이 분명했다. 그럴 수는 없었다. 황 장로와 일차 의논을 해볼까도 생각했으나, 요

310

새 와선 그 황 노인마저 몹시 자신을 잃고 있는 기색이었다. 원장을 대하는 황 장로의 눈에서는 전에 볼 수 없던 고뇌와 망설임 같은 것이 문득문득 느껴져오곤 해서 조 원장 쪽에서 자주 시선을 피해버리곤 해오던 터였다.

자신의 힘으로 시련을 뛰어넘는 도리밖엔 없었다. 방법은 단 한 가지뿐이었다.

아침이 밝아오자 원장은 마침내 결심이 서고 있었다.

─저들이 원한다면 나를 내주는 길밖에.

자신을 내줄 결의만 분명하다면 조 원장으로서도 그들에게 마지막 주문을 할 수 있었다. 오마도 사람들이 그의 목숨을 원하고 그가 그들의 소망대로 자신의 목숨을 내줄 수 있다면, 원장으로서도 그들에게 그의 목숨 값을 요구할 권리가 있었다. 그는 자신의 목숨 값을 담보로 마지막 주문을 해보기로 결심했다. 언젠가 상욱이 그처럼 두려운 표정으로 다짐하여 덤비던 그 일의 명분이라는 것도 아직은 원장 쪽에 속해 있었다. 목을 내건 마당에서라면 원장은 이제 그 명분의 힘도 충분히 빌려야 한다고 생각했다.

그는 이날로 당장 새 작업 진행표를 작성했다. 그리고 그것을 차질 없이 시행해나가기 위한 엄중한 지시 사항을 공사장 앞에 크게 써붙였다. 공사장 앞 게시판에 나붙은 원장의 새 지시는 어느 때보다도 강경하고 혹독한 협박이 곁들인 일종의 선전 포고문 같은 것이었다.

그 지시문의 내용은 이러했다.

1. 본 오마도 간척 공사의 제1차 사업 단계인 3개 방조제 축조 작업은 그 최종 시한을 금년 12월 말일로 하고, 이 시한 안에 기필코 이를 완료해야 한다.

2. 시한 내의 작업 목표 달성을 위하여, 공사에 방해가 되거나 작업 능률을 저하시킬 수 있는 일체의 파괴적 언동이나 유언비어는 이를 용납지 않을 것이며, 이 시각 이후 다음 각 항에 해당하는 금지 사항 위반자는 당공사와 다수 도민의 공공 이익을 위하여 이를 단호히 처벌할 방침임을 엄중히 경고하는 바이니, 개척단원 제위는 각별한 유의 바란다.

'금지 사항'

가. 연말까지의 방조제 축조 완료 시한 설정에 대하여 무단히 이를 반대하거나 비방함으로써 타 단원의 작업 의욕을 손상케 하는 자.

나. 오마도 수신·해신 운운하는 미신이나 기타 그와 유사한 유언비어로 공사장 인심을 현혹시키거나, 공포심을 조장하여 작업 질서를 파괴한 자.

다. 타 단원에 대한 신체적 정신적 가해 행위, 또는 그러한 가해 행위의 정을 인지하고도 이를 선도·교정, 고지치 아니한 자.

라. 작업 진행에 불필요한 일체의 집회 모의를 행한 자.

마. 기타 당사업 추진 과정에 있어서 장애의 정이 현저하다고 인정되는 자.

23

원장의 강력한 지시와 경고가 하달된 다음부터 공사장 분위기는 다시 한동안 잠잠했다.

침하는 여전히 그치지 않았으나, 원생들은 불평 없이 묵묵히 돌과 흙을 져 날랐다.

사고가 일어난 날도 공사장 원생들은 동요의 빛이 그리 없었다. 그러니까 원장이 그 연말까지로 작업 시한을 정해놓은 지 채 반달도 되지 않은 어느 날 다시 채토장 붕괴 사고가 일어나 흙더미 속에서 두 사람이 시체가 되어 나온 것이다. 오마도 물귀신이 정말로 생사람을 원한다면 그것으로 이제는 네 사람째가 되는 셈이었다. 제물로 바쳐져야 할 사람은 이제 나머지 한 사람뿐이었다.

그런데 그 끔찍스런 사고 현장을 목격하고도 원생들은 도대체 표정 하나 달라지는 기미가 안 보였다. 사고는 무슨 당연한 작업 절차나 되는 것처럼 조용히 마무리지어졌다.

공사장은 천연덕스럴 정도로 평온한 침묵을 유지하고 있었다.

조 원장은 이미 그 기분 나쁜 침묵의 뜻을 알고 있었다. 그는 몸서리가 나도록 조용한 침묵 속에 한 걸음 한 걸음 그에게로 다가들고 있는 자기 운명의 그림자를 보고 있었다. 그리고 마침내 자연의 횡포에 이은 인간들의 두번째 배반극의 막이 서서히 올려지고 있었다.

이날 저녁 조 원장은 섬 관사로 돌아오자 다시 한 번 자신의 마지막 각오를 다짐했다. 그리고 조용히 눈을 감고 기다렸다.

병원 직원 한 사람이 헐레벌떡 그의 관사로 뛰어들어왔을 때도 그는 새삼스럽게 놀라는 빛이라곤 없었다.

그는 이미 어떤 일이 일어나고 있는지를 알고 있었다.

"원장님, 어서 몸을 피하십시오."

달려온 병원 직원은 오마도 원생들이 지금 한창 공사장을 버리고 섬으로 몰려오고 있다는 보고였다. 섬에는 이미 원장의 탈출을 막기 위해 해안선까지 모조리 봉쇄해놓고 있는 낌새랬다.

"하지만 어디로든지 우선은 좀 몸을 피하셔야 합니다. 몰려오는 원생들의 형세가 이만저만 험하질 않습니다. 저자들은 필시 원장님을 해치고 말 기셉니다."

다급한 전갈이 끝나기도 전에 조 원장의 귀엔 벌써부터 바다를 건너오는 원생들의 합창 소리가 들려오기 시작했다.

바뀌고 바뀐 세월 싸워가면서
암흑과 먹구름도 이제 개이고……

합창 소리는 노도처럼 바다를 울리며 원장의 관사 아래쪽 해안으로 점점 더 가까이 다가왔다.

원장은 그러나 조용히 눈을 감은 채 언제까지나 그 노랫소리에 귀를 기울이고 있었다. 몸을 피할 생각은 추호도 없었다. 전갈을 가지고 온 직원의 재촉 소리 따위는 귓가에도 스치지 않는 표정이었다. 괴롭고 힘든 남편의 섬 생활을 견디다 지쳐 혼자 뭍으로 돌아가버린 아내 이후로 조 원장의 곁에는 이제 그가 따로 돌보아야 할 가족이 한 사람도 남아 있지 않는 점이나 다행이라면 다행이랄 수 있었다. 병원 직원은 그 원장에게 오히려 기가 질린 듯 제풀에 비실비실 관사를 빠져 달아나버렸다.

노랫소리가 점점 턱밑까지 다가들고 있었다. 그것은 이제 노랫소리가 아닌 노호와 함성의 뒤범벅이었다. 순식간에 섬 안이 온통 수라장이 되고 있었다.

조 원장은 마침내 몸을 일으켰다. 언덕 위에 올라앉은 그의 관사 아래로는 바다와 언덕길이 한눈에 내려다보였다.

바다와 언덕길이 온통 횃불로 가득했다. 원생들이 저마다 횃불을 하나씩 켜 들고 있었다. 배들은 횃불 더미가 되어 전장터처럼 바다를 가득 메우며 다가오고 있었다. 횃불의 선두는 이미 언덕 아래 해변으로 내려서서, 원장의 관사를 향해 언덕길을 줄줄이 행진해 올라오고 있었다.

조 원장은 이윽고 다시 방 안으로 들어가 권총을 뽑아들었다. 예편을 하고서도 계속 서랍 속에 따로 간직해온 권총 탄알을 꺼내다가 그중의 한 알을 조심스럽게 탄창에 장전했다.

그러나 그가 집은 탄환은 꼭 한 알뿐이었다. 그는 탄환을 장전하고 나서도 계속해서 권총을 만지작거리며 원생들의 대열이 좀더 가까워지기를 기다렸다.

"원장 나와라!"

이윽고 횃불 빛이 관사 창문에 어른대기 시작하면서 원생들의 소란스런 합창 가운데서 원장을 찾는 고함 소리가 들려왔다.

"조백헌이 새끼 빨리 나와라! 하나 남은 오마도 물귀신이 오늘은 네 놈의 피를 마시고 싶대서 데리러 왔다!"

"문둥이들만 몰아대지 말고 너도 한 번 우리 손에 물구멍으로 죽어들어가서 방둑을 지켜보란 말이다!"

고함 소리는 다시 원한과 체념과 복수의 옷을 입어버린 「소록도의 노래」로 변했다가, 합창 소리가 한차례 지나가고 나면 다시 또 재촉을 계속해오곤 했다.

"조백헌이 들어라! 조백헌이 네가 나오지 않으면 우리가 널 모시러 들어간다."

마침내는 돌격대 몇 사람이 대문을 부수고 집 안까지 뛰어들었다. 원장은 비로소 천천히 방문을 밀치고 원생들 앞으로 모습을 드러내고 나섰다. 원생들은 이미 두 겹 세 겹으로 관사를 빙 둘러 포위하고 있었다.

원장이 침착하게 관사 뜰로 내려서자 원생들은 물을 끼얹은 듯 일시에 소란을 그쳤다. 사위는 한동안 횃불 타오르는 소리만이 적막한 밤공기를 조용히 흔들고 있었다.

원생들은 그 횃불 말고도 저마다 곡괭이나 쇠망치 같은 작업 공구들을 하나씩 움켜쥔 모습으로 원장의 진로를 철통같이 막아서 있었다. 횃불 빛 속에 일렁이는 수천 원생들의 일그러지고 성난 얼굴들을 대하고 서자, 원장은 그가 처음 부임 연설을 하기 위해 중앙 공원 연단 위로 올라가 그 거대한 침묵의 벽 앞에 몸서리를 치고 있었을 때처럼 별안간 숨이 꽉 막혀왔다. 일렁이는 불빛 속에선 누구 하나 눈에 익은 얼굴을 찾아볼 수가 없었다. 하지만 이번에는 원생들의 침묵이 그때처럼 오래가지 않았다.

"저 새끼가 권총을 꺼내가지고 있다!"

누군가가 침묵을 깨고 다시 고함을 지르기 시작했다. 그러자 그것이 신호가 되어 햇불의 무리가 무섭게 다시 일렁이기 시작했다.

"저 새끼를 빨리 잡아 죽여라!"

"문둥이의 피를 팔아 제 명예를 사려고 한 조백헌을 때려죽이자!"

"저 새끼 제물이 되어간 우리 문둥이들의 원한을 풀어주자!"

하지만 이번에도 그 고함 소리는 오래가질 못했다.

급박한 노호의 소용돌이 속에서 햇불 하나가 천천히 원장 앞으로 나서고 있었다. 햇불이 원장 앞으로 다가오자 원생들은 일시에 다시 소란을 멈추고, 이제 마지막이 될지도 모르는 두 사람의 기이하고 숨 가쁜 대면을 지켜보기 시작했다.

조 원장 앞으로 다가온 햇불의 주인공은 황희백 장로였다. 황희백 노인은 이제 이 섬에선 문제가 되지 않고 있는 '다섯 발짝의 금기'를 새삼스럽게 다시 상기시켜주고 싶은 듯 정확히 그만한 거리까지 조 원장 앞으로 다가와 멈추면서, 자신의 햇불을 옆으로 슬쩍 비켜 들었다. 그리고는 무슨 하릴없는 잡담이라도 하러 온 사람처럼 한가한 표정으로 느릿느릿 말하기 시작했다.

"원장, 내 생각으론 말이야, 내 생각으론 아무래도 원장이 사람이 할 수 있는 일과 없는 일을 분별해내는 눈이 우리 문둥이들보다 못했던 게 탈이었던 것 같구만그래……"

원장의 반응 같은 건 알아야 할 필요가 없다는 듯, 노인은 그렇게 혼자 조 원장의 주위를 천천히 맴돌면서 자기 말만 계속해나가고 있었다.

"그런데 참, 언제던가, 그 육지 사람들이 원장을 데려간다고 했을 때 말이야. 일이 결국 이렇게 끝날 줄 알았더라면 그때 그 사람들이 원장을 원했을 때 우리가 그 사람들에게 임자를 그만 놓아 보내주는 게 좋았을걸 그랬어. 공연히 그때 원장을 붙들었지. 하지만 그땐 누가 용케 일이 이렇게까지 될 줄을 알 수가 있었나······ 그래, 이젠 때가 너무 뒤늦은 얘기가 되고 말았지만, 우리가 그토록 앞일을 분간하지 못했다는 건 아마 우리가 일찍이 주님의 참뜻을 깨닫지 못했거나 그것을 깨닫고도 그 뜻에 복종하고 따르기를 주저하고 있었기 때문일 게야."

황 장로는 짐짓 한가하기 그지없는 얼굴로 거듭거듭 원장의 주위를 맴돌았다.

"참 묘한 일이야. 사람이 할 수 있는 일과 없는 일을 분별지어주시는 주님의 뜻을 그나마 뒤늦게 알아차리는 것은 항상 이 추하고 권세 없는 문둥이들뿐이었거든. 원장들은 한사코 그걸 알아차리려 하질 않는단 말씀야. 그게 화근이야. 그 벌써 20년 저쪽 시절의 일이지만, 그 주정수 원장 말씀이야. 그 사람 때도 그랬었지······"

겹겹이 횃불의 장벽을 이루고 선 원생들은 마치 마지막 제례를 행하는 추장의 거동을 지켜보는 식인종들처럼 언제까지나 험상궂은 침묵을 지키고 서 있었다.

톡, 톡, 탁—

횃불에서 불똥 튀기는 소리만이 침묵의 파편처럼 여기저기서 검은 허공을 향해 튀어올라갔다.

"주정수 원장 때도 그는 이 섬에다 문둥이들의 천국을 꾸며주겠노라 함부로 장담을 했지. 첨에는 그 말을 듣고 우리도 모두 눈물을 흘리며 감격을 하지 않았나. 하지만 그건 주님의 참뜻이 아니었어. 주님은 실상 처음부터 우리를 말리고 계셨던 게야. 문둥이의 천국이라니……, 어림도 없는 소리지. 한데도 주정수란 사람 끝끝내 고집을 버리려 하질 않더군. 원장도 벌써 아는 일이겠지만, 그래서 결국 무슨 일이 일어났었나…… 끔찍스러웠지. 문둥이들이 눈에 보이는 하느님처럼 두려워하고 복종하던 그 주인한테 비수를 품고 덤벼들지 않았었나. 그리고 그 주정수 원장이 함부로 이 문둥이들에게 흘리게 한 피 값을 자기 피로 다시 갚게 하지 않았었나…… 하지만 글쎄. 그 주정수인들 설마 이 문둥이들의 피를 보기 좋아하는 몹쓸 취미가 붙은 인간일 리는 없었겠지. 문둥이들의 천국을 꾸미면서 피를 좀 흘리게 한들 그게 무슨 큰 배신이 되리라곤 생각하지 않았던 게야. 허물은 다만 그가 너무 늦게까지 주님의 참뜻을 보지 못하고 있었다는 것뿐이지. 문둥이들도 벌써 그걸 알아차리고 있는데, 주정수 원장 혼자서만 유독 그것을 모르고 있었던 게 탈이었더란 말이지. 난 아무래도 그렇게 생각하고 싶구만. 한데 이번에는 조 원장이 또 그토록 답답한 사람일 줄을 누가 알았겠나. 묘한 것은 글쎄, 원장으로 오는 사람마다 이 한 가지 일에만은 뜻밖에도 늘 미숙한 데가 많은 점이거든. 도대체 사람이 할 수 있는 일과 없는 일을 분별해내는 데는 이 문둥이들보다 늘 깨우침이 늦단 말야. 그래서 오늘 밤처럼 또 이렇게 섭섭한 일들이 벌어지고⋯⋯"

"그만두시오."

흉물스런 산짐승이 미리 사람의 혼을 뽑아놓기 위해 멀리서부터 빙빙 주위를 좁혀 들어오고 있는 듯한 노인의 사설에, 조 원장은 그만 견딜 수가 없어지며 소리를 버럭 지르고 나섰다. 참혹스런 일을 저지르려 할 때면 언제나 조용조용 옛날 얘기들을 들추어내는 것이 노인의 버릇이라고 했던가. 조 원장은 노인의 그 음침스런 예감이 깃들인 목소리가 마치 함정에 걸려든 날짐승을 다루는 거미줄처럼 끈적끈적 온몸을 옭아매 들어오고 있는 기분 때문에 더 이상 자신을 견디고 있을 수가 없었다. 사냥에 성공한 거미가 먹이의 가슴팍에 독침을 꽂아넣기 전에 포획물의 생명이 충분히 시들기를 기다리듯, 노인은 원장의 영혼과 육신의 힘을 서서히 마비시켜 들어오고 있는 것이었다.

"이제 와서 그런 걸 내게 납득시키려는 건 당신들의 친절이 아닐게요. 막바로 말하시오. 당신들은 이제 날 어떻게 하겠다는 게요? 날 어떻게 하고 싶은 게요?"

조 원장은 혼신의 힘을 다해 자신의 흥분을 가라앉히려 애를 쓰고 있었다.

스스로의 이야기에 취해버리기라도 한 듯 느릿느릿 원장의 주위를 맴돌고 있던 황 장로가 그 바람에 문득 다시 발길을 멈추고 섰다. 그리고는 뭔가 그 원장 때문에 뜻하지 않은 낭패를 당한 사람처럼 한동안이나 상대방의 얼굴을 찬찬히 건너다보고 있었다. 하더니 그는 비로소 조 원장의 긴장한 얼굴에서 이날 밤 이 입장이 썩 난감해진 사내를 상대로 그가 해야 할 일이 무엇인가를 간신히 생각해낸 사람처럼 다시 음산한 미소 속에 말을 이어나가기 시작했다.

"그렇구만. 원장한텐 그게 미상불 궁금한 일이기도 할 게야. 하지만 뭐 그렇게 조급하게 굴 건 없는 일이지. 이 사람들은 원장을 어떻게 하고 싶어 이렇게 집까지 떼를 지어 찾아온 건 아니니까. 이 사람들은 그저 다만……"

"이 사람들, 이 사람들, 하지 말고 우리라고 정직하게 말하시오. 그래서 당신들은 다만…… 무엇입니까."

"그래 우리라고 해도 상관은 없겠지. 여기서 원장 한 사람을 빼고 나면 우리는 모두가 다 문둥이들이니까 말씀야. 그리고……"

황 장로는 결코 말을 서두르려 하지 않았다. 그의 어조나 표정은 조 원장과는 반대로 시종 지루할 정도로 한가했다.

"그리고 원장은 말씀이야. 우리가 원장을 어떻게 하고 싶어 이러는 건 아니라고 말해도 영 곧이가 들리질 않는 것 같구만그래. 우리가 원장을 어떻게 하고 싶어 하다니 천만의 말씀이지. 원장을 어떻게 하고 싶어서가 아니라, 우리는 그저 원장이 자기의 약속을 어떻게 지켜주는가를 지켜보러 온 것뿐이라니까 그러네."

"……"

"그 왜 원장은 지금도 권총을 가지고 있지만, 우리가 처음 오마도 일을 시작할 때 말씀이야. 원장은 그때 자신이 행한 서약을 아직도 잊지 않고 있을 게야. 이 일을 하면서 원장과 우리 사이에는 어떤 배반도 없게 해주십사고, 자비하신 주님과 우리들 5천 문둥이들의 후손의 이름까지 빌려가면서 행한 서약 말씀이야. 그때 원장은 만약 이 일에 어떤 배반이 생기게 되면 원장의 목숨은 우리들 문둥이의 것이어도 상관이 없노라고 했었지. 그렇다고 오늘 밤 우리가 지금 원장에게 그 서약을 물으려는 건 아니야. 전에도 여러 번 말한 일이 있지만, 우리 문둥이들이 지금까지 원장 당신을 위해 일을 해오고 있었던 건 아니니까 말씀야. 그보다도 우리는 아무도 다른 사람을 심판할 수가 없는 주님의 가엾은 종일 뿐이거든. 주님의 종들 가운데서도 가장 더럽고 미력한 문둥이들이지. 우리가 원장을 심판할 수는 없어. 한데 말씀야. 문제는 그때 원장 스스로 자신의 권총을 걸어 행한 두번째 서약이야. 원장 혼자서 자의로 행한 두번째 서약은 바로 지금 당신이 손에 들고 있는 그 권총이 증거였지. 우리는 그 총에 대한 원장의 서약이 어떤 것인가를 잊을 수가 없었구만. 원장은 정말로 우리를 놀라게 했던 게야. 그리고 오늘…… 못된 호기심이지만 도저히 잊혀지지 않는 그 임자의 권총에 대한 약속이 어떻게 지켜지는가를 구경하러 오게 된 게지. 다만 그뿐이야. 우리가 원장을 어떻게 하고 싶어 하는 게 아니냐고 생각한다면 그건 절대로 원장의 오헬 게야."

　말을 마치고 나자 황 장로는 이제 원장에 대해 자기가 취할 절차는 다 끝났노라는 듯 원장으로부터 한두 발짝 몸을 비켜 물러섰다.

　조 원장은 이제 노인의 뜻을 분명히 알아듣고 있었다.

　어떻게 말을 해도 이들은 결국 나의 피를 보고 싶은 거다—. 원장 스스로 피를 보여주지 않는다고 그대로 돌아설 사람들이 아니었다.

노인의 말은 무서운 협박을 숨기고 있는 최후통첩 한가지였다.

조 원장으로서는 물론 거기서 그만 모든 것을 황 장로에게 승복해버릴 수는 절대로 없었다.

"그때 우리가 서약을 행한 것은 나 혼자뿐이 아니었소. 당신들도 나와 함께 서약을 하지 않았소."

그는 한두 발짝 뒤로 물러서고 있는 황 장로를 쫓아나서며 다급하게 소리쳤다.

"물론 그랬었지. 우리도 그때 원장과 함께 서약을 했지."

황 장로가 이런 딱한 사람이 있느냐는 듯 찬찬히 다시 원장을 돌아다보고 서 있더니, 이윽고 그 원장을 타이르듯 천천히 말하기 시작했다.

"하지만 원장은 아직도 이 점을 오해하고 있는 것 같구만. 우리가 오마도 일을 시작한 데까지는 아직 배반 같은 건 없었다는 점을 말씀야. 배반은 그 일을 말리시는 주님의 뜻이 분명해진 다음부터였거든. 우리는 주님의 참뜻을 깨닫고 주님께 복종하고자 했으나, 원장이 끝끝내 고집을 세우다 보니까 거기서부터 배반이 생기기 시작한 거란 말씀이야. 주님의 뜻이 그처럼 분명해진 다음까지도 원장은 그 주님을 거역하면서 함부로 우리 문둥이의 피를 보게 하지 않았나…… 제 피가 아니라고…… 더러운 문둥이의 피라고…… 함부로 남의 피를 흘리게 하는 데서, 거기서부터 배반이 시작되고 있었던 게란 말씀이야……"

기묘한 말의 요술이었다. 배반이 없게 하자고 똑같이 서로 서약을 하고 시작한 일이었다. 배반을 당한 기분으로 말하면 이날 밤 조 원장 쪽에서도 결코 원생들만 못할 수가 없는 형편이었다. 배신에 대한 대가를 치러야 할 사람은 오히려 그 황 장로와 원생들 쪽일 수도 있었다. 그것이 황 장로의 말 속에선 처지를 정반대로 바꾸어놓고 있었다. 주님은 오로지 원생들의 편일 뿐이었고, 배신의 죗값을 치러 보여야 할 사람은 오직 조 원장 한 사람뿐이었다. 이유는 다만 조백헌 그 한 사람만이 문둥이가 아니라는 점 때문일 터였다. 문둥이가 아닌 조백헌 한 사람과 문둥이들뿐인 섬사람들 사이에서 배반은 그토록 일방적으로 결판이 나고 있었다.

조 원장은 아무래도 아직 그 자신의 배신을 스스로 승복할 수 없었다. 그는 마지막으로 한 번 더 황 장로를 추궁하고 나섰다.

"그렇다면 오늘 밤 당신들이 내 피를 보고 싶어 하는 것은 사람이 할 수 있는 일입니까. 당신들 앞에 내 피를 보게 하는 것이 정말로 그 자비하신 주님의 뜻일 수가 있느냔 말이오."

그러나 이제 황 장로의 표정이나 어조는 놀랍도록 냉랭해지고 있었다.

"함부로 피를 보게 한 것은 원장 쪽이 먼저였으니까. 우리 문둥이들이 자기들 일을 하면서 피를 흘린 만큼 원장은 자신의 일을 위해 자기 피를 흘린 일이 없었거든. 원장은 언제나 우리에게만 피를 흘리게 했지. 우리가 이제 그만 피를 흘리고 싶다고 해도 원장은 계속해서 피를 흘리라 했거든. 그로부터 우리는 아마 우리 일을 위해서가 아니라 원장을 위해 피를 흘리고 있었을 게란 말이지. 그야 누구의 것이 됐든 주님께서 피 흘리는 일이 좋아하실 리는 물론 없으시겠지. 하지만 앞으로 흘리게 될 열 방울의 피를 아끼기

324

위해 오늘 한 방울의 피를 보아야 되겠다면 주님께서도 아마 용서를 하실 게라고, 다들 그렇게들 말을 하더군……"

무서운 복수심이었다.

조 원장은 더 이상 버티어낼 수가 없었다.

"좋습니다. 배반이 있었다면 서약에 대한 약속을 이행하겠소."

그는 마침내 손에 들고 있던 권총의 총신을 가슴팍에다 두어 번 쓱쓱 문지르고 나서 한 발짝 더 황 장로 앞으로 다가섰다. 그리고는 그 권총을 노인에게로 불쑥 내밀면서 담담하게 말했다.

"자, 이 총을 가져다가 당신들 가운데서 누가 나를 쏘게 하시오."

"아, 그건 경우가 그렇질 않아……"

황 장로의 대꾸는 그러나 갈수록 싸늘하기만 했다. 그는 입가에 차디찬 미소를 잃지 않은 채 조롱기 섞인 어조로 내뱉고 있었다.

"우린 원장을 심판하진 않는다고 했을 텐데 말씀이야…… 서약에 대한 약속은 원장 스스로가 행해 보여야지. 우린 다만 곁에서 그걸 구경만 하면 된다니까."

"심판을 하지 않는다구?"

원장이 거의 반사적으로 되물었다. 되묻고 난 원장은 그러나 이제 마지막으로 할 말이나 다 하고 말겠다는 듯, 노인의 대꾸도 기다리지 않고 모질게 상대방을 몰아세우기 시작했다.

"어울리지 않는 궤변은 이제 그만두시오. 당신들은 벌써 마음속에서 열 번 백 번 나를 심판하고 있는 게요. 도대체 당신들의 자비하신 주님은 어째서 당신들 편에만 있고 내게는 그 주님이 있어주시지 않는단 말이오. 내게도 당신들의 주님이 함께 있고 내가 그 주님의 뜻을 배반한 일이 없다고 믿는다면, 당신들은 또 누구의 이름을 팔아 나에게 서약의 약속을 이행해 보이라 하겠소."

갑작스런 원장의 추궁 앞에 황 장로는 마침내 할 말이 궁해진 것 같았다. 그는 원장에게 총을 받으러 나서지도 못하고 그렇다고 그의 세찬 추궁을 외면하고 돌아설 수도 없는 엉거주춤한 자세에서 언제까지나 대답을 망설이고 있었다.

하지만 이제 한번 말길이 터지기 시작한 조 원장은 굳이 그 황 장로의 대꾸가 필요한 것은 아니었다. 그는 좀더 추궁을 계속했다.

"말끝마다 당신들은 주님을 앞세우고 나서지만 당신들에게 주님이 계시다면 나에게도 내 주님은 계실 것 아니오. 당신들에겐 다만 당신들의 처지가 가엾어 당신들의 피를 아끼기 위해 오마도 공사를 그만 끝내라는 주님이 계시지만, 내게는 앞으로도 끊임없이 이 섬을 헤엄쳐 나가다 물귀신이 되어갈 더 많은 사람들의 피를 아끼기 위해 오늘 이 일을 끝내놓으라는 나의 주님이 계셔온 거란 말요. 당신들의 후손들이 이 섬으로 쫓겨 들어오고, 쫓겨 들어왔다가 다시 섬을 빠져나가기 위해 온갖 계략과 모험을 되풀이해야 하는 그 끝없는 유랑의 습성을 끝내주기 위해, 그리고 그 후손들로 하여금 자기 손으로 자신의 땅을 일구며 당신들의 주님을 진심으로 찬미하고 살아갈 당신들의 보금자리를 만들기 위해 이 일을 기어코 끝내놓아야 한다는 것이 나의 주님의 뜻이었단 말요."

마지막을 모두 각오하고 나선 사람답게 원장의 어조는 추호의 망설임이나 두려움의 빛이 없었다. 그는 이미 자신의 목숨을 부지하기 위해서가 아니라, 그에 대한 원생들의 심판과 자신의 마지막을 조금이라도 덜 욕되게 하기 위해 말을 계속하고 있는 것 같았다.

"그러나 내가 지금까지 한 번도 나의 주님을 당신들 앞에 내세우지 않은 것은 아직도 그곳에는 우리들 인간의 노력과 정성이 다 바쳐지지 못하고 있다고 생각했기 때문이었소. 주님의 큰 뜻이 이루어지기까지에는 아직도 우리의 피와 땀이 충분히 바쳐지지 못하고 있다고 생각했기 때문이었단 말이오. 더 많은 피와 땀으로 우리 인간들 스스로에 대한 믿음이 먼저 증명되지 않고는 주님에 대한 우리들의 믿음도 증거할 수가 없기 때문이었소."

"⋯⋯"

"당신들은 주님의 뜻을 믿으려 했고 여기 선 나는 인간의 힘과 우리 인간들끼리의 믿음을 먼저 행하려 했다는 건 그러나 그리 큰 차이는 아닙니다. 그렇다 하더라도 당신들의 주님과 나의 주님은 그토록 뜻이 다를 수가 있을는지 모르겠소. 그 끝없는 유랑과 절망의 세월로 당신들의 이웃을 다시 거두어가는 것이 정말로 당신들의 주님의 참뜻인지 의심스럽소. 한두 줌씩 나눠주는 정부 양곡과 멀시 어린 구호품을 나눠 가지며 납골당의 어둠 속을 향해 뜻없는 발걸음을 한 발 한 발 옮겨가거나, 용감한 사람들이라야 해협을 건너가다 사나운 물살에 수중고혼이 되어가는 것이 당신들의 주님의 참뜻일 수가 있는질 알 수 없단 말이외다."

"⋯⋯"

"나는 아직도 내가 자신을 쏘아야 할 이유를 모르겠소. 누가 진정 누구를 배반하고 있는지를 알 수 없기 때문이오. 하지만 이제 와서 당신들에게 비겁하게 목숨을 구걸하고 싶은 생각은 추호도 없소. 자, 오늘 밤 내 한 사람의 피가 진실로 당신들의 피를 아끼는 길이라 믿는다면 주저하지 말고 어서 이 총으로 나를 쏘시오."

말을 마치고 나서 원장은 권총을 황 장로 앞으로 내던졌다.

"총알은 단 하나밖에 들어 있지 않소. 당신들이 심판해야 할 사람은 나 한 사람뿐일 터이니 말이오. 탄환이 하나뿐이니 정확하게 쏘지 않으면 안 될 거요."

황 장로는 그러나 총을 집으려 하지 않았다. 미동도 하지 않고 그는 그 원장만 뚫어지게 바라보고 서 있었다.

아무도 총을 집으러 나서는 사람이 없었다. 횃불이 차츰 시들어 가면서 주위는 점점 더 무거운 침묵 속으로 가라앉아 들어가고 있었다.

그런데 그때—

누군가가 원장의 뒤쪽에서부터 땅에 떨어진 권총 앞으로 터벅터벅 몸을 드러내고 걸어 나오는 사람이 있었다. 이상욱이었다.

그는 물론 횃불도 켜 들지 않은 채 원장의 뒤쪽 어둠 속에 숨어서서 이날 밤의 소동을 시종 다 지켜보고 있었던 모양이었다. 그는 침착하게 허리를 굽혀 땅에 떨어진 권총을 집어 들고 나서는, 황 장로와 원생들 쪽을 천천히 한 바퀴 둘러보다 말고 별안간 발작이 난 사람처럼 소리치기 시작했다.

"뭐야, 당신들은. 뭐가 무서워서 당신들은 지금 그렇게 겁을 먹고 서 있기만 하느냔 말이다!"

침묵에 싸여 있던 원생들 쪽에서 잠시 조용한 술렁임이 일었다. 그러나 그것도 한순간뿐. 상욱의 흥분한 목소리가 금세 그 술렁임을 다시 덮어 눌러버렸다.

"주님은 당신들에게 피를 아끼라고 했는데, 이 원장님이란 사람은 지금까지 자기 한 사람의 이름을 사기 위해 당신들에게 얼마나 피를 흘리게 했는가 말이다. 당신들은 오직 이 조백헌 원장 때문에 쓸데없는 땀을 흘리고, 그 원장의 고집과 명예욕 때문에 억울한 피를 흘려온 게 아닌가 말이다. 그래서 당신들은 오늘 밤 이 원장에게 당신들의 피의 값을 받으러 몰려왔고, 여기 이제 원장님은 당신들에게 심판을 내맡기고 나서 있는 게 아닌가. 그런데 이제 와서 또 무엇이 두려워 그렇게 망설이고 있는 거냔 말이다."

상욱은 마치 미친 사람처럼 원생들을 정신없이 다그쳐댔다.

지독한 추궁이었다. 수많은 섬 원생들에 대한 무서운 혐오감의 토로였다. 그리고 자기 절망의 절규였다. 윤해원과 서미연들의 그 참담스런 자기 각성과 극복의 노력에 떠밀려 상욱과 서미연 사이는 이제 거의 명백한 파탄이 오고 말았다던가. 아름답고 갸륵한 여자여! 상욱의 절망은 어쩌면 그래서 더욱 난폭스런 절규가 되고 있는지도 알 수 없는 일이었다.

하지만 조 원장은 그 격렬한 상욱의 저주 속에서 원생들을 향한 매도나 힐난기보다는 오히려 조 원장 자신을 겨냥한 어떤 무서운 추궁과 원망을 더 많이 느끼고 있었다. 그리고 그의 그 처절스런 혐오감의 폭발이 무서운 대결 의식으로 조 원장 바로 그 자신을 향해오고 있음을 느끼고 있었다.

"자 어서 나와라. 누구라도 지금 당장 이 앞으로 나와 원장을 쏘아 죽이고 나면 당신들은 이제 더 이상 앞으로는 피를 흘릴 일이 없게 될 거 아니냐."

"……"

"아무도 없느냐, 정말 아무도? 그렇다면 좋다. 당신들이 원장을 심판할 수 없다면 그럼 이번에는 당신들이 심판을 받아야 할 차례다. 오늘 밤 당신들의 소동이 그토록 터무니없는 것이었다면, 이 총 속에 들어 있는 한 알의 탄환은 바로 그 당신들의 배반극을 단죄하는 데 쓰여져야 예의가 될 게다. 원장을 쏠 수 없다면 자신의 배반을 단죄할 줄 아는 용기라도 보여야 할 게 아니냐. 자, 누구든지 지금 이 앞으로 나와서 원장을 쏘거나 자신의 배반을 심판받을 용기를 보이도록 해라. 누구냐? 누가 나서겠느냐!"

헬쑥하게 핏기가 가신 상욱의 이마에선 어느새 땀방울이 번들번들 얼룩져 흐르고 있었다. 그 울부짖음에 가까운 상욱의 절규는 거기서도 좀더 계속되었다.

"왜 아무도 나서지 못하고 있는 거냐. 어서 빨리 이 원장을 죽여 없애야 당신들은 다시 옛날의 그 문둥이다운 문둥이로 되돌아갈 수가 있을 거 아니냔 말이다. 원장을 쏠 용기가 없는 인간들이라면 오늘 밤에 저지른 당신들의 배반을 원장한테 심판받을 용기라도 보여야 할 거 아니냔 말이다. 이 더럽고 못난 문둥이들아……"

문둥이들 앞에 겁을 먹어서는 안 된다던 어느 날의 그 황 장로의 충고는 바로 이런 때를 두고 한 말이었을까. 그리고 이날 밤 그 문둥이들의 눈으로는 조 원장의 태도에서 그처럼 전혀 겁을 먹고 있는 구석을 찾아볼 수가 없었던 것일까.

"이상욱 과장……"

조 원장에게 그런 충고를 주었고, 이날 밤엔 몸소 조 원장 앞으로 원생들을 앞장서 나선 황 장로가 이때 다시 무슨 생각이 들었던지 그 상욱 앞으로 천천히 몸을 비켜서기 시작했다. 그리고 그 황 장로의 다음 말은 아직도 그의 뒤로 진을 치고 지켜 선 원생들이나 조 원장의 예상을 훨씬 빗나간 것이었다.

"이 과장, 오늘 밤은 아무래도 탄알을 아껴두는 게 좋겠구만그래. 일을 공평하게 하자면 아마 탄알이 두 알쯤은 들어 있어야 할 것 같은데, 거긴 겨우 한 알밖엔 아니라니 말씀야."

황 장로는 천천히 상욱으로부터 권총을 빼앗아 든 다음 그것을 유심스레 만지작거리며 혼자서 말을 계속해나갔다.

"아니 이제 와서 이 한 알의 탄알이라도 용도가 더욱 분명해지긴 한 셈이지. 이 과장이 욕을 해주길 잘했어. 이 문둥이들 때문에 이 과장이 그토록 화가 나서 욕을 해주니까 이상하게 속이 후련해지는구만그래. 문둥이들이란 원래 그렇게 독한 욕을 먹어야 좋아하지. 욕을 먹고 내몰리면서, 개처럼 남에게 복종을 하면서 살아온 게 문둥이들 아닌가 말야. 농담이나 비웃자고 하는 소리가 아니야. 농담이 아니라는 건 방금 이 과장한테 욕을 먹으면서 한 가지 또 깨달은 일이 있었거든. 이 탄알로 말야, 이 탄알로 원장을 쏘지 못한다면 다음에는 그것을 누구의 가슴에다 겨눠야 할 것인지가 불을 보는 것 같아졌거든. 유감스러운 건 다만 이 과장 자네 말처럼 우린 아직도 용기가 모자란 모양이야. 용기가 모자란다는 건 아직도 시련이 모자란다는 증거지. 탄알을 좀 아껴두잘밖에……"

그는 다시 원장 앞으로 다가와 땅바닥 위에 권총을 공손히 놓아두고 물러서면서, 이번에는 그 원장을 향해 말하기 시작했다.

"안 그렇소 원장? 당신도 알다시피 문둥이들이란 원래 이토록 비굴한 무리가 아니었나 말야. 말이 길어지면 오늘 밤도 난 어차피 또 일이 이렇게 끝나게 될 줄 알았지만, 우린 원래가 이토록 못나고 비굴한 인간들이었거든. 이 늙은이만 해도 그랬지. 눈 못 감고 죽은 어미를 떠나면서부터 오늘 밤 이 소동이 일기까지, 할애비가 죽고 나서도 남은 보리죽이나 찾게 된 걸 좋아하고, 굶어 죽은 여인네를 욕보이는 도둑 떼를 거들고 다니다간 가엾은 술집 여자의 피나 흘리게 하는 따위의 못된 짓에만 용감했지. 정말로 용기를 보여야 할 일 앞에서는 공연히 남의 눈치나 보고 핑계나 둘러대려 했지⋯⋯"

"⋯⋯"

"하지만 원장! 탄알을 좀더 아껴두잔다고 이 늙은이를 너무 심하게 나무랍하진 말아주게나. 그렇다 한들 이 늙은이한텐 그래 제 배신을 알고서도 제 가슴에 총을 겨눌 만한 조그만 용기조차 없었겠나. 탄알을 아껴두자는 건 아직도 이 문둥이들에게 남아 있는 제 몫의 시련을 마저 끝내게 하자는 바람 때문이었구만. 원장도 앞으로 그 점을 헤아려두면 조금은 도움이 될 게야."

"⋯⋯"

"자, 그럼 이제 그 권총으로 문둥이들을 쫓아주게. 이 못된 문둥이들에게 다시 오마도 돌둑으로 내려가서 제각기 제 몫의 시련을 마저 감당해내도록, 어서 그 총부리로 녀석들을 쫓아달란 말이야."

황 장로는 말을 끝내고 나서 자신이 먼저 몸을 천천히 돌이켜세웠다.

노인이 언덕길을 내려가자, 그를 기다리고 서 있던 원생들의 무리도 이내 소리 없이 그를 뒤따라 언덕길을 내려가기 시작했다.

노인의 주문처럼 원장 쪽에서 따로 무슨 거동을 취할 필요는 조금도 없었다. 사실은 전혀 그럴 엄두가 날 수도 없는 원장이었다.

황 장로와 원생들은 어쨌든 이날 밤 안으로 모두 다시 오마도로 건너갔다. 이날 밤은 상욱마저도 더 이상 조 원장에겐 별말이 없이 조금 전까지도 그가 그토록 저주를 퍼부어댄 원생들의 무리를 뒤쫓아 겁도 없이 그들과 함께 섬을 훌쩍 건너가버렸다.

조 원장은 밤이 한참 늦을 때까지도 그냥 그 관사 앞뜰에 혼자 우두커니 못 박혀 선 채, 어두운 밤바다를 밝히며 오마도로 건너가는 그 원생들의 횃불을 넋 없이 내려다보고 있었다.

24

공사는 다시 계속되었다.

그러나 연말까지 제방 축조 작업을 일단락 지으려던 조 원장의 당초 목표는 그 시한을 다시 이듬해 봄까지 연기하지 않을 수 없었다.

조 원장은 그러나 이제 일을 너무 조급하게 서두르지 않았다. 그날 밤 사건이 있은 이후로 작업장 출역 원생들은 그런대로 또 묵묵히 참을성을 발휘해주었기 때문이다.

다시 한 해가 바뀌었다.

　오마도 바닷물 속에 돌을 던져넣기 시작한 이후로 세번째 맞이하는 새해였다. 이 세번째로 맞이하는 새해 안에는 어떤 일이 있더라도 오마도 사업장 일을 완전히 마무리 지어놓고 말겠다는 것이 조 원장의 결심이자 간절한 새해 소망이었다.

　그러나 그 오마도 일이 조 원장의 소망처럼 이해 안에 그의 손으로 마무리가 지어지게 될지 어떨지는 지극히 의문스러운 바가 있었다.

　어느 날 오마도 간척 사업장으로 반갑지 않은 손님 몇 사람이 조 원장을 찾아왔다. 사내들이 오마도를 찾아온 것은 지금까지 진행되어온 간척 작업의 실적 평가와 기술 조사를 위해서랬다. 사내들의 소속 단체는 대한정착사업개발회라는 곳이었으나, 그들이 오마도 사업장까지 기술 조사를 나오게 된 것은 도(道) 당국 관계 부서의 의뢰에 따른 것이라 했다.

　─이럴 수가!

　사내들을 만나보고 난 조 원장은 대뜸 사태의 심각성을 예감했다. 그것은 또 하나의 결정적인 배반이었다. 드디어 올 것이 오고 말았다는 느낌과 함께, 피가 온통 몸속을 거꾸로 흐르는 듯한 무서운 배신감을 억제할 길이 없었다.

　그는 개발 회사 사람들을 섬 안에 내팽개쳐둔 채 단걸음에 도청으로 쫓아올라갔다.

　정말로 그럴 수가 없는 일이었다. 언젠가는 그 일로 다시 골머리를 크게 앓을 때가 오리라고 미리 단단한 각오를 하고 있던 터였지만, 그사이에 설마 거기까지 계략이 무르익어가고 있을 줄은 상상을 하지 않고 있던 일이었다.

한마디로 사업장을 빼앗기게 될 위험이 눈앞까지 닥쳐와버린 것이었다. 작업 조사반이 섬까지 파견되어온 것은 단순한 실적 평가나 기술 지도가 목적이 아니었다. 도청 쪽에서 거기까지 자상하게 관심을 기울여줄 리가 없었다. 자신들은 굳이 입을 열어 말하기를 꺼렸지만, 그것은 벌써 사업장을 인수받으려는 누군가의 사전 준비 작업임이 분명했다. 사업장을 인수받으려고 하는 것이 어느 단체, 어떤 인물인가는 문제가 되지 않았다. 문제는 이 섬 병원과 원생들에게 오마도 간척장을 맡겨두지 않으려는, 각계 요로에 청원과 압력을 행사하며 그렇게 일을 꾸며오고 있는 사람들이었다.

원망스러운 것은 아량과 관용이 없는 선거 제도였는지도 모른다. 모든 승부를 수의 우열 한 가지로 결정짓고 마는 기계적인 선거 제도란 바로 그 수의 거래 행위와도 같은 것이었다.

소록도 원생들에겐 원래 투표권이라는 것이 없었다. 투표권을 주지 않을래서가 아니라 이 섬 병원은 원래 신원이 불확실한 유민 집단의 기착지 같은 곳이 되어 있어 모든 원생들에게 자신의 투표권을 행사시키는 데는 행정 절차상의 난점이 많기 때문이었다. 하지만 개개인의 이해가 한 가지 길로 쉽게 일치될 수 있는 사람들의 집단은 선거가 되면 그 집단 전체가 하나의 알뜰한 표밭으로 변할 가능성이 많은 곳이었다. 소록도는 손만 잘 쓰면 그대로 거대한 표밭이었다.

어느 해 총선 땐가 한 유능한 인사가 바로 이 섬 병원의 그런 점에 착안을 한 모양이었다. 그는 선거기가 다가오자 이 섬 주민들이 자신의 투표권을 행사케 하는 데에 많은 노력과 정성을 쏟아바쳤다. 그리고 그는 그 총선 투표에서 모처럼 한 표의 권리를 행사하러 나온 원생들로부터 그의 노력과 정성에 값할 만큼 충분한 보답을 받아낼 수 있었다. 그는 이 고마운 섬 병원과 환자들에 대해 앞으로도 자신의 헌신적인 봉사가 계속될 것임을 다짐했고, 그 다짐이 헛된 것이 되지 않고 있음을 증명하기 위해 이후로도 섬에 대해 적지 않은 노력과 관심을 기울여야 했다.

일이 그쯤 되고 보니 이제 섬 병원과 원생들에 대해 관심을 갖는 것은 그 인사 한 사람뿐만이 아니었다. 선거를 기다리고 기회를 노리는 사람이면 누구나 섬을 소홀히 할 수 없었다. 누구나 섬과 섬사람들을 위해 기꺼이 '종'이 되기를 희망했다. 병원 원생들은 이제 지역 내에서는 가장 큰 압력 단체였고, 선거를 노리는 사람들은 그 원생들에게 단단히 발목들을 붙들리게 된 셈이었다.

하지만 사정은 늘 그렇게 유리할 수만은 없었다. 선거구 안의 투표 결과는 원생들의 그것만으로 결판이 나는 것이 아니었다. 선거구 전체를 따져 헤아리자면 원생들의 표 수는 아직도 결정적인 숫자는 아니었다. 투표의 결과를 결정지을 수 있는 진짜 다수는 섬 바깥에 있었다. 그 다수의 섬 바깥사람들이 오마도 사업장을 둘러싼 싸움에서 자신들이 지닌 표 수의 위력을 내세우지 않을 리 없었다. 자신들의 다수를 담보로 출마 인사들을 자기들 편에 고용하기를 원한다면, 그 인사들은 불가피 섬 안의 소수를 단념할 수밖에 없는 처지였다.

이번 일은 아마도 그런 경로를 거치고 있었기가 십상이었다. 원생들로부터 간척장을 빼앗아내야 한다는 육지 쪽 여론과 명분이 어떤 식이었는지, 그리고 그들의 주장을 따라 여기까지 일을 꾸며 온 사람들이 어떤 입장에 있어온 사람들인지, 조 원장은 듣지 않아도 이미 다 사정을 훤히 알 수 있을 것 같았다.

　　하지만 조백헌 원장은 도청 관계자를 만나, 사태가 이미 예상한 것보다 훨씬 더 급박해져 있음을 알고는 다시 한 번 놀라움을 금할 수 없었다. 주민 대표와 의뢰인들이 발이 닳도록 도청을 쫓아올라다닌 것은 이미 그가 짐작한 대로라 하더라도, 사업장 관리 단체의 변경은 그 계획의 검토나 추진 단계를 지나 이미 기정사실로 매듭이 나 있는 판이었다. 도에서는 이미 대한정착사업개발회라는 곳으로 사업장 인수 예정 단체까지 결정을 지어놓고 있었다. 대한정착사업개발회라는 데서 오마도 사업장으로 작업 실적 평가반을 파견해온 것도 단순한 작업 진도의 평가나 기술 지도를 위해서가 아니라, 사업장 업무 인수를 위한 사전 작업의 한 절차였음은 말할 나위가 없었다.

　　"이제 조 원장께서도 그만 단념해주시는 게 좋겠습니다. 조 원장의 입장이나 심정을 개인적으로 이해 못하는 것은 아닙니다마는, 이 일은 위아래로 워낙 신경들을 쓰고 있어서 저희들로서도 이젠 어찌할 수가 없을 것 같습니다."

　　사업장 일로 도청을 드나들면서 알게 된 담당관의 말이었다. 위아래로 신경을 쓰는 사람이 많다는 것은 주민들의 청원 청탁이 도청 이상의 상급 기관까지 미쳐가고 있다는 뜻이었고, 그 일을 그린 식으로 결정지으려 하는 데도 도 이상의 고위층 양해가 미리 이루어지고 있음을 암시하는 말이었다.

"사리를 따지자면 이 일은 물론 조 원장과 충분한 사전 협의를 거쳤어야 했을 줄 압니다만, 그런 식으로 순리대로 일을 처리하려 했다간 아마 쓸데없는 말썽만 자꾸 커지게 될 것 같아서 말씀입니다…… 오마도 일은 앞으로 몇 년을 더 끌어간다 해도 조 원장 자의로는 단념을 하고 나설 리가 없다는 게 위아래로 다 똑같은 의견이었거든요."

한마디로 감독관청의 입장으로선 조 원장이 지금까지 해온 일을 실패로 설명하고 싶은 눈치가 분명했다. 애초의 예정에서 몇 번이나 완공 기간을 연기해가면서도 작업 진도가 아직 그렇게 지지부진한 실정이라면 공사 관리권을 일찌감치 다른 곳으로 넘겨주는 것이 조 원장으로서도 온당한 처사가 아니겠느냐는 소리였다.

"조 원장께서는 좀 섭섭한 말씀이 되겠습니다만, 우리가 가지고 있는 자료로는 공사 진도뿐만 아니라, 제방의 폭이 너무 좁게 축조되고 있어서 공사 설계 자체를 전면 재검토해야 한다는 것입니다. 그야 뭐 보는 사람에 따라 말이 달라질 수 있겠습니다만, 어쨌든 이번 일은 조 원장께서 너무 무모하게 덤벼들지 않았나 하는 감이 없지 않아요. 솔직히 말씀드려서 조 원장께서도 이런 일엔 별로 경험이 없으신 분 아닙니까. 경험보다는 오히려 의욕이 너무 앞선 바람에 충분한 기초 조사도 없이 대뜸 일부터 시작해버린 조 원장이셨지요. 게다가 기술이나 장비까지 충분치 못한 처지에 병원 환자들의 사기를 위해서는 작업 성과부터 우선 눈에 드러내 보여야겠고……"

조 원장은 당장 작자의 목뼈를 분질러놓고 싶었지만, 그길로 곧 자리를 차고 나와 지사실로 올라갔다.

지사를 만난 조 원장은 다짜고짜 사업장 관리권 변경의 부당성부터 호되게 따지고 들었다.

"이건 순 치사한 도둑질입니다. 문둥이가 성한 사람 것 비럭질하고 도둑질하는 일은 있어도 성한 사람이 문둥이 것을 도둑질하는 법은 천하에 없습니다."

지사도 물론 조 원장을 알고 있었다. 그는 조 원장이 어떤 불평이나 공박을 하더라도 자기로선 별로 할 말이 없다는 듯, 그를 대하고 나서도 공연히 난처한 미소만 흘리고 있었다.

"사람들은 문둥이들의 비렁뱅이질을 무엇보다 싫어합니다. 그건 지사님께서도 마찬가지실 줄 압니다. 전 이 일로 해서 무엇보다 먼저 그자들의 더러운 비렁뱅이질을 그치게 해주고 싶었습니다. 조그만 땅이라도, 그들끼리 한곳에 모여 살 자신들의 땅을 갖게 해주고 싶었습니다. 이제 그들도 어느 정도는 희망을 가지게끔 되었습니다. 그런데 이게 뭡니까. 저희 오마도 개척단 단기의 마크는 손가락이 잘려나간 문둥이의 몽당손 모양입니다. 원생들은 그 손가락이 없는 손을 그린 깃발 아래서 역시 손가락이 없는 손으로 돌을 나르고 둑을 쌓아 올렸습니다. 저들은 아마 저들의 썩어들어가는 몸뚱이를 물속에 던져넣어 둑을 쌓아 올리라 해도 능히 그렇게 할 각오들이었습니다. 그렇게 해서 건져 올린 오마도 땅입니다. 그런데 그 땅을 이제 작업 부진과 공사 기술 부족이라는 구실로 억울하게 빼앗길 수는 없습니다. 그 누가 어떤 명분을 내세우며 일을 그렇게 만들어오고 있었는진 모르겠습니다만, 저는 이 일에서 물러설 수가 없습니다. 기술이 부족하더라도, 장비가 모자라더라도, 그리고 작업 기간이 1, 2년쯤 더 먹히는 한이 있더라도 이 일은 기어코 제가 끝내고야 말겠습니다. 저와 저 손가락이 없는 문둥이들의 손으로 일을 끝내고 맙니다."

"일을 누가 끝내게 되든 공사가 완성되면 그 농토의 분배권만은 도에 속해 있도록 했으니까……"

조 원장의 항변이 끝나자, 지사는 그를 달래기 위해 애써 생각해낸 말이 겨우 그 한마디뿐이었다. 농토의 분배권은 도가 갖게 되어 있으니 지금까지 원생들이 바쳐온 노역의 대가는 그때 가서 충분한 보상을 받게 하겠노라는 뜻이었다. 조 원장이 농장 일에서 손을 떼는 것은 지사까지도 이미 기정사실로 쳐두고 한 말이었다. 조 원장의 속마음을 밑바닥까지 다 헤아리고 있을 리가 없는 지사였다.

"원생들로부터 오마도를 빼앗는 것은 저들에게 땅을 빼앗는 것만이 아닙니다. 문둥이들에겐 땅보다도 더욱 값지고 귀한 것이 그 오마도에 있습니다. 모처럼 제 힘으로 세상을 살아보겠다는 희망과 긍지야말로 오마도 앞바다를 막아 건져낸 땅의 몇십 배 몇백 배 귀중한 가치가 있는 것입니다. 저들에게서 오마도를 빼앗는 것은 모처럼 움이 돋기 시작한 그 희망과 긍지와 저들의 삶 전체를 빼앗는 것이 될 것입니다. 이번 한 번만이라도 저들에게 희망을 지녀보게 해주어야 합니다. 이 밝은 태양 아래 사람으로 살아 있는 최

340

소한의 보람과 긍지를 경험하게 해주어야 합니다. 저는 결코 물러설 수 없습니다."

조 원장은 지사를 만나고 나서 그길로 다시 서울로 올라갔다.

서울로 올라가선 장관까지 찾아가 만났으나 장관은 또 더더욱 할 말이 없는 사람 같았다.

"예까지 날 쫓아 올라온 걸 보니 요즘 간척장 일로 신경이 꽤 피곤해진 모양이구만그래."

장관은 오히려 자기 쪽에서 무슨 양해라도 구하고 싶은 사람처럼 거북하게 말을 자꾸 얼버무리고 있었다.

"고집이나 의욕만 가지고 모든 일을 혼자서 감당해내려는 건 아무래도 무리지. 사람 사람마다 능력이라는 것이 따로 있고, 자기 처지라는 것이 있는 법이니까."

조 원장을 만나는 동안 장관은 몇 차례씩이나 너털웃음을 터뜨리면서 무슨 심통스런 어린애라도 달래듯 쉴 새 없이 그의 어깨를 두들겨댈 뿐이었다.

장관 역시 오마도 일로 꽤나 시달림을 당해온 기색이 역력했다. 그리고 그런 장관의 태도로 보아 본심이든 아니든 오마도 간척 사업장의 관리권 변경 문제는 그가 이미 상당한 정도까지 양해를 하고 있음도 쉽게 짐작할 수 있었다.

조 원장은 맥이 풀리지 않을 수 없었다.

"장관님이 어떻게 결정을 내리시든 저는 절대로 이 일에서 물러설 수가 없습니다. 무슨 일이 있더라도 저는 결국 저와 저희 병원 5천 문둥이들의 손으로 이 일을 끝내놓고 말겠습니다."

장관실을 물러나면서 마지막으로 한 번 더 단호한 결의를 다짐해두기는 했지만, 장관의 태도마저 그런 식이고 보면 조 원장의 처지는 완전히 사면초가였다.

마지막 기대를 걸어볼 곳은 오직 섬사람들뿐이었다.

그는 풀이 죽어 다시 섬으로 돌아왔다.

섬으로 돌아오자 아직도 공사장에 남아 은밀히 공사 업무 인수 작업을 진행하고 있는 사람들을 조용히 뭍으로 내보내고 나서 이 날 밤으로 곧 장로회 사람들을 만났다. 조 원장은 그 장로들의 모임에서 자기가 방금 도와 서울을 다녀오게 된 경위와 그 출장 기간 중에 확인된 오마도 사업장의 운명과 관련된 그간의 사정들을 낱낱이 다 털어놓았다. 저들은 오마도 간척 사업이 오직 이 조백헌이 한 사람의 고집 때문에 시작된 일로 오해하고 있으며, 앞으로 당신들에게서 이 일을 빼앗아내는 데도 오직 이 조백헌이 한 놈의 훼방만 물리치면 그것으로 족하다고 생각하고 있다. 하지만 이 일은 물론 누구 한 사람의 고집 때문에 시작된 일도 아니고, 또 그럴 수도 없었던 일이다. 마찬가지로 저들이 당신들에게서 오마도를 빼앗아가는 데도 이 조백헌이 한 놈의 배신 행위나 굴복만으로는 절대로 가능할 수 없는 일이라는 것을 나는 믿고 있다……

바깥에서 되어가고 있는 사정에다 원장이 일부러 그런 자극적인 소리를 덧붙인 것은 물론 섬사람들에게서 배전의 작업열을 발휘시키고 그것을 다짐받기 위함이었다.

조 원장은 이제 누구도 오마도 일을 간섭하고 나설 구실이나 명분을 남겨주지 않는 길만이 사업장을 지켜낼 수 있는 가장 효과적인 방법이라고 생각했다. 정식으로 사업장 인계 명령이 떨어지기 전에 공사 완료를 선언할 수 있게만 된다면 저들로서도 오마도를 내놓으라 마라 할 명분이 서지 않을 터였다.

무엇보다도 일을 더욱 서둘러야 한다. 사업장 관리권을 넘기라는 명령이 언제 떨어질지 모른다. 일이 터지는 날까지 저들이 아직 오마도를 넘볼 구실이 남아 있어서는 안 된다. 무슨 일이 있더라도 나는 당신들의 손으로 이 일을 끝내는 걸 보고 싶다. 이 일은 당신들의 손으로 끝이 나야 한다…… 원장은 비장하게 호소했다.

장로들은 시종 이렇다 할 표정이 없이 묵묵히 원장의 이야기를 듣고만 있었다. 그리고 원장의 이야기가 끝났을 때 장로들은 입에 바른 격려나 위로 말 한마디 없이 지극히 담담한 얼굴들을 하고 조심조심 원장 앞을 물러가버렸다.

하지만 이날 밤 그 장로들에 대한 조 원장의 기대와 호소는 결코 부질없는 헛수고에 그쳐버린 것이 아니었다.

날이 밝기도 전에 섬에서는 한차례 소동이 벌어졌다.

정체가 드러나기 전에 조 원장이 미리 개발 회사 사람들을 섬에서 내보낸 것은 참으로 잘한 일이었다. 작업반 원생들 몇 사람이 이날 밤 안으로 은밀히 봉암리 쪽 개발 회사 사람들의 숙소를 덮친 것이다. 끔찍스런 사고가 모면될 수 있었던 것은 다만 위인들로 하여금 한 발 앞서 섬을 떠나게 한 조 원장의 사전 방책 때문이었다.

원생들은 물론 그쯤에서 작자들을 단념하려 하지 않았다. 개발 회사 사람들이 이미 오마도를 떠나버린 것을 알고 난 다음에도 원생들은 밤새도록 숙소의 주변을 뒤져대는가 하면, 그중의 몇몇은 녹동 쪽 찻머리로 쫓아나가 날이 밝을 때까지 꼬박 위인들의 도주로를 숨어 지키다 돌아왔을 정도였다.

간척장 일을 다른 사업 단체로 인계시키려는 구체적인 작업이 서둘러지고 있다는 사실은 그동안 설마설마 하던 섬사람들에게 확실히 큰 충격을 주게 된 것 같았다. 눈에 보이는 복수의 표적조차 찾을 길 없는 섬사람들의 분노는 이튿날 아침부터 당장 무서운 작업열로 변해졌다. 오마도 공사장엔 이제 그것을 빼앗기지 않으려는 원생들의 집념과 복수심으로 전날까지는 거의 상상할 수도 없었던 무서운 작업열이 폭발했다.

오마도엔 겨울에도 밤낮이 없었다. 눈 내리는 날과 바람 부는 날이 따로 없었고, 이제 와선 일의 성패를 따지거나 결과를 의심하려는 사람도 없었다. 그들은 다만 오마도를 빼앗기지 않으려는 무조건한 집념과 그것을 빼앗으려드는 자들에 대한 떨리는 복수심으로 그렇게 일을 했다. 추위 속에 밤낮없이 일을 해도 동상 환자 한 사람 나타나지 않았다.

원장은 지극히 만족스러웠다. 그는 충천한 작업장 사기를 보고 다시 한 번 각오를 다지지 않을 수 없었다. 어떤 일이 있더라도 저들에게서 이 오마도를 빼앗아가게 할 수는 없다―

그는 이제 그 원생들의 힘만으로도 그것이 충분하다는 자신이 생겼다. 원생들의 기세는 이제 앞으로 한 달도 안 가서 섬을 빼앗으려 하는 자들의 모든 명분과 구실을 쓸어 없애버릴 수 있을 것 같았다. 이젠 침하도 웬만큼 뜸해졌겠다, 앞으로 한동안만 더 그런 식으로 일을 계속해주면 머지않아 마지막 절강제 행사를 치르고 제방 작업을 일단락, 마무리 지어버릴 수 있을 것 같았다. 절강제까지 치러지고 난다면 그때 가선 어떤 얼굴 두꺼운 사람이라 하더라도 더 이상 이 오마도를 넘볼 명분을 마련할 수가 없을 터이었다.

무엇보다 중요한 것은 그 섬사람들의 뜨거운 열기였다. 설령 절강제가 치러지기 전에 사업장 인계 명령이 내려지는 경우가 온다 하더라도 원생들의 분위기가 그쯤 되어 있다면 아무도 그 원생들에게서 호락호락 오마도를 빼앗아갈 수는 없을 터이었다.

—저들에게서 기어코 오마도를 빼앗고자 하는 자들이 있다면 지금 저들을 와서 보라. 저들의 저 무서운 집념과 열망을 보고 누구라서 감히 저들로부터 그것을 빼앗을 수가 있단 말이냐. 어떤 훌륭한 명분과 구실이 있어 저들로부터 그것을 빼앗을 수 있으며, 누구라서 감히 그것을 빼앗기고 난 저들의 피맺힌 저주와 복수를 감당할 수 있단 말이냐……

조 원장은 그 원생들만을 굳게 믿었다. 그리고 사태가 더욱 악화되기 전에 어떻게 하든지 일을 어느 정도까지 자기 손으로 마무리 지을 수 있게 되기를 간절히 소망했다.

조 원장의 처지로선 당장 그 이상의 대비책이 있을 수 없었다.

그러나 조 원장에겐 실상 아직도 모르고 있는 일이 있었다.

오마도 간척장을 빼앗기 위해 일을 꾸미는 사람들이 있으리라는 그의 추측이 사실이라면, 그 일을 꾸미는 사람이란 언제나 계략에 말려들어 그것을 벗어나고자 하는 쪽보다 지혜가 앞서기 일쑤였다. 조 원장은 다만 시간을 벌고 싶어 했을 뿐, 일을 꾸미는 사람들 쪽에선 아예 그의 그런 지혜를 발휘할 기회마저 빼앗아버릴 한 발 앞선 지혜를 마련하고 있음을 알지 못했다.

어느 날 조 원장은 뼈가 비틀리는 듯한 아픔 속에 그것을 때늦게 깨달았다. 그는 그 공사 관리권 인계 명령에 앞서 병원장 전임 발령을 먼저 받아버린 것이었다. 그를 놔두고 오마도 사업장을 인계시키자면 아무래도 말썽이 클 듯싶으니까, 처음부터 아예 그를 섬에서 내쫓아버리고 일을 벌이려는 수작이었다.

— 고집이나 의욕만 가지고 모든 일을 혼자서 감당해내려는 건 아무래도 무리지. 사람마다 다 능력이라는 것이 따로 있고, 자기 처지라는 것이 있는 법이니까.

공연히 너털웃음을 터뜨리며 그의 추궁을 얼버무리려 들던 장관의 말뜻이 비로소 훨씬 분명해지고 있었다. 그야 원장이 정 말썽을 부리고 나선다면 녀석의 모가지부터 떼 옮겨놓겠노란 협박은 조백헌 원장으로서도 읍내 거리에서 자주 소문을 들어 알고 있던 터였다. 조 원장 자신 그런 경우를 전혀 예상해보지 않았던 바도 아니었다. 하지만 일판의 처지가 어떻다는 걸 상하가 다 알고 있는 처지에 설마하면 그런 식으로까지 야박스런 방법이 동원되리라 곤 차마 상상을 못하고 있던 조 원장이었다.

하지만 일은 결국 그 사람들의 장담대로였고, 그 거리의 소문대로였다. 그것도 또 너무나 갑자기, 그리고 일방적인 방식으로 해서였다.

조 원장은 한동안 눈앞이 캄캄했다. 병원 일 외에도 방대한 간

346

척장 업무 인계 기간을 감안해서인지, 신구 원장의 이착임일을 한 달 가까이나 앞질러 발령을 내려준 것만이 위안거리라면 마지막 위안거리가 될 수 있었다.

조 원장의 새 임지는 마산에 있는 어떤 국립 요양원이었고, 새 원장의 병원 부임 날짜는 아직 한 달쯤 여유가 남아 있는 새달 3월 7일로 되어 있었다. 발령 전 상의나 전화 호출 한 번 없이 전임 명령은 오직 그 간략한 서면 통보 한 가지뿐이었다. 전임 명령서를 접수하고 난 뒤로도 윗동네 관계관들로부터는 도대체 위로 전화 한 통이 없었다.

조 원장은 당장 서울로 뛰어올라가고 싶은 충동이 치받쳐오르기 시작했으나, 그로 인해 원생들의 사기에 또 무슨 좋지 않은 동요라도 생기지 않을지 염려되어 이미 사실을 알고 있는 병원 본부 직원들에게마저 별명이 있을 때까지는 일체 원장의 전임 사실을 비밀에 부쳐두도록 함구령을 내렸다. 그리고 그날부터 공사장 순행도 단념한 채 그 혼자 원장실에 틀어박혀 이 갑작스런 사태에 대처하기 위해 자신이 앞으로 해야 할 일과 할 수 있는 일들을 곰곰 궁리하기 시작했다.

배반 2

25

이틀 동안 궁리 끝에 작정을 내린 것이 조백헌 원장은 결국 전임일 이전까지 작업을 좀더 서두르는 길밖에 없다는 것이었다. 가능한 한 빠른 시일 안에 오마도의 운명이 결판날 수 있도록 작업을 힘껏 서두르는 길뿐이었다. 전임일 이전에 절강제라도 치러놓고 보는 것이 우선의 급무였다.

조 원장은 작정을 내리고 나서 이틀 후부터 다시 공사장을 나가기 시작했다.

공사장으로 나가서는 새로운 작업 목표를 하달했다.

그는 먼저 오마 고지 작업 지휘소로 황희백 장로를 불러놓고 머지않아 그가 섬을 떠나지 않으면 안 될 처지에 있음을 귀띔하고, 그러니 어떤 식으로든 그전에 먼저 간척장 일에 가닥을 내지 않으면 안 되겠다는 자신의 결의를 분명히 했다.

"발령장 날짜대로 하면 전 늦어도 다음 달 7일까지는 이곳을 떠나야 합니다. 하지만 전 오마도 간척 공사가 어느 단계까지나마 이 섬사람들 손으로 마무리 지어지는 것을 보기 전에는, 적어도 그 사람들의 손으로 마무리가 지어질 수밖에 없다는 것을 보여주기 전에는 섬을 떠날 수 없습니다. 제가 이곳을 떠나기 전에 거기까지만 일을 서둘러주십시오. 전 그것을 보고서야 이 섬을 떠날 수 있습니다."

조 원장은 자기 눈으로 절강제를 치르는 것을 보지 못하면 그때까지 그냥 섬 안에 몸을 주저앉히고 기다리기라도 할 사람처럼 단단히 오금을 박아 말했다. 아닌 게 아니라 그는 그러지 않고는 새 임지의 부임을 단념할 수도 있다고 생각했다. 그는 이제 명령에 죽고 사는 제복의 신분이 아니라는 사실이 그런 결심을 가능하게 할 수도 있었다. 그는 이제 군인이 아니므로 어느 때나 필요한 때 행사할 수 있는 편리한 권리가 한 가지 있었다. 사직서를 쓸 수 있는 것이었다. 사표를 내던지고 섬 안에 그대로 몸을 담을 수 있었다. 그건 물론 최선의 방법은 아니었다. 병원장의 직권이 없는 조백헌 개인은 그 경우 섬에 대한 자신의 충정을 증명해 보이는 외에 별달리 효과적인 봉사를 바칠 수는 없을 터였다. 어차피 거추장스런 인물로 섬에서 쫓아 내보내려는 사람들이 그가 그대로 섬에 주저앉는다고 그에게 다시 힘을 보탤 여지를 남겨줄 리가 없었다. 그건 좀 신중하게 생각을 해봐야 할 일이었다.

황 장로는 언제나처럼 원장의 말에는 그리 별다른 느낌이 없는 사람처럼 그저 망연스런 눈초리만 하고 있었다. 망연스런 눈초리로 한동안이나 그저 먼바다만 내려다보고 있던 황 장로의 눈길이 이윽고 오마도 기슭을 오르내리는 흙차들 쪽으로 옮겨졌다가, 그것이 다시 곁에 선 조 원장에게로 되돌아왔을 때, 노인의 눈가에는 뜻밖에도 어떤 짓궂은 장난기 같은 것이 배어들고 있었다.

"그 참, 최 고집 강 고집이 황소고집이라는 소리는 들었지만, 조씨 성바지가 또 자기 신세까지 그르치고 나설 왕고집인 줄은 원장한테 첨 보는 일이로구만그래."

노인이 마치 두 사람이 지금까지 무슨 실없는 농담들을 지껄이고 있었기라도 하듯 조금도 힘을 들이지 않은 목소리로 말해왔다.

"하지만 어차피 우린 서로 남 위해 이 일 하는 것 아니라 말해왔는데, 원장이 우리 문둥이들 핑계하고 신세 망치려 드는 걸 그대로 모른 척해버릴 수가 있을라구. 절강제를 못 보면 팔자까지 그르칠 사람이 있다는데, 우리도 원장이 절강제라도 보고 가도록 일을 서둘러보아야지. 그래 원장 가기 전에 절강제를 지내자면 날짜는 언제쯤으로 잡았으면 좋을꼬."

오마도 일이 가닥 나기 전에는 섬을 떠나지 않겠노라는 조 원장의 결의에 대해 황 장로 역시도 고마움이 앞서 절강제부터 서두르고 나섰다.

조 원장은 물론 그 황 장로의 말뜻을 알아들었다. 황 장로가 그에게 발령 날짜대로 섬을 떠나라는 듯이 말을 했든 안 했든 이제 그에 대한 노인의 신뢰는 어차피 달라질 리가 없는 것이었다. 노인이 절강제를 서두르는 것은 그 역시도 원장과 섬사람들을 위해선 그 길밖에 당장 다른 뾰족한 방도가 없었기 때문일 터였다.

"3월 6일로 정합시다. 그날이 제가 이곳 병원의 원장으로 남아 있을 수 있는 마지막 날이니까요."

원장은 마침내 3월 6일로 절강제 날짜를 정했다. 3월 6일로 정해진 절강젯날까지는 무슨 일이 있더라도 제방 공사를 모두 끝내야 한다는 새로운 작업 목표가 정해진 것이었다.

오마도 사업장을 빼앗기게 될지도 모른다는 위협에 겹쳐, 그 사업장을 지켜주겠노라던 원장의 전임설까지 함께 알려지고 나니, 공사장 분위기는 또 한 번 뜻밖의 변화가 일어났다.

조 원장의 전임 전에 절강제를 치러야 한다는 새로운 작업 목표가 하달되고, 전임일까지 절강제를 치르지 못하게 될 경우 새 임지 부임을 단념하고서라도 계속 오마도 사업장을 지키겠노라는 원장의 결의가 결정적인 것으로 과장되어 전해지자, 원생들은 그 절강젯날까지의 작업 목표를 달성해내기 위해 또다시 결사적인 투지를 발휘하기 시작했다.

원장의 전임설은 오히려 원생들의 작업열에 대한 또 한 차례의 점화제가 되고 있었다.

그러던 어느 날이었다.

하루 저녁은 조 원장이 방금 전에 막 공사장의 작업 진척 상황을 살펴보고 섬으로 돌아와 있는 참이었는데, 작업장 근처에서도 수시로 얼굴을 마주하고 지내던 이상욱이 이날은 또 웬일인지 병원 옆 원장 관사까지 일부러 그를 만나러 왔다.

원장은 상욱의 새삼스런 내방에 우선 수상쩍은 생각부터 들었다. 병원이나 작업장 근처에서 수시로 얼굴을 대하면서도 사무적인 일 이외에는 좀처럼 입을 잘 열지 않는 위인이었다. 지난 연말 원장이 섬사람들의 습격을 받아 위급한 처지를 당해 있을 때는 의외로 그가 앞장서 나서서 사태를 무사히 수습해주기도 했지만, 그때의 일에 대해서마저 상욱은 그 후 조 원장 앞에선 빈소리 한마디 지껄인 일이 없었을 만큼 모질고 냉찬 성미의 사내였다. 그날 밤 일에 대해 작자가 그토록 입을 다물고 지내는 것도 조 원장으로선 그지없이 기분이 불편스러운 일이었지만, 그가 어쩌다 소관 업무 이외의 일로 입을 여는 경우가 있더라도 상욱은 늘 그날 밤 사고 때처럼 원장으로선 도대체 유쾌할 수가 없는 일이거나 이상스럽게 원장을 경계하고 비꼬아댈 일로만 해서였다.

조 원장은 상욱을 방 안으로 들여앉히고 나서도 계속 마음이 편해지질 않았다. 공사장에 무슨 사고라도 생겼다면 상욱의 거동이 또 그처럼 차분할 수가 없었다. 원장에게 뭔가 따로 할 말이 있어 찾아온 것이 분명했다.

상욱 역시 무슨 일에 일단 작정이 서고 나면 쓸데없이 말 뜸을 길게 들이고 있는 성미는 아니었다.

"원장님께서 직접 손을 써주시지 않으면 안 될 일이 생겨서 일부러 원장님의 도움을 구하러 왔습니다."

이윽고 상욱이 단도직입적으로 찾아온 용건을 말하기 시작했다. 그의 이야기는 한마디로 지금 장로회를 중심으로 한 섬사람들 사이에 조 원장의 전임 발령을 취소하라는 청원 서명 작업이 한창 진행되고 있으니, 원장이 당장 앞장을 서 나서서 그 일을 중단시켜 달라는 주문이었다.

"지금 형편으로는 누가 그 일을 말리려 해도 소용없고 또 말리려 나설 사람도 없습니다. 제가 보기엔 지금 그 짓을 말리고 싶어 하는 사람도 없는 것 같습니다만, 혹시라도 누구 하나 그 일을 반대하고 나서거나 협조를 하지 않으려 했다가는 그 당장 배반자의 낙인이 찍혀 곤욕을 치러야 할 형편이니까요. 원장님밖에는 이 일을 중단시킬 사람이 없습니다."

원장이 나서주지 않는다면 이 이상스런 협박극은 섬 안을 진짜 배반자들로 가득 채우고 말 거라는 것이었다.

원장으로서는 도대체 그런 서명 운동이 행해지고 있다는 사실부터가 금시초문이었다. 언젠가도 한번 그런 예가 있기는 했었다. 그때는 조 원장 자신 그것을 예상하고 있었고, 또 그러기를 바라기도 했던 일이라 처음부터 사정이 썩 밝은 편이었지만, 이번만은 조 원장으로서도 미처 거기까지는 생각이 미치지 못하고 있던 일이었다.

하지만 상욱은 마치 조 원장이 그런 사실을 뻔히 다 알고 있으면서도 일부러 시치미를 떼고 있는 줄로나 여기고 있는 듯한 태도였다.

"그 새끼들, 그거 일은 하지 않구 공연히 쓸데없는 짓들을 하고 있었구먼그래. 임자래두 그걸 당장들 그만두게 하지 않구서……"

원장은 그런 일을 가지고 일부러 자기를 찾아온 상욱부터가 몹시 마땅칠 않았다. 그는 내일이라도 곧 사람을 불러 서명 작업을 중지시키겠노라고 상욱부터 우선 안심을 시켰다. 상욱이 바라는 대로 다짐을 해 보이고 나서도 원장은 실상 그 상욱이 무엇 때문에 그토록 그 일에 신경이 곤두서고 있는지에 대해선 위인의 속마음이 적이 불쾌했다.

조 원장의 전임 발령 취소를 청원하는 서명 운동을 중지시켜달라는 것은 바로 그 조 원장더러 섬을 떠나달라는 말 한가지였다. 원장의 유임 청원이 섬에 대한 배반 행위가 된다면, 그것을 용납하는 행위 역시 이 섬을 위해선 똑같은 배반 행위가 아닐 수 없었다. 서명 운동을 중지시키지 않으려 했다간 상욱은 그 원장마저도 섬에 대한 배신자로 낙인을 찍고 말 판이었다. 조 원장은 상욱의 그런 심사를 좀체 납득할 수가 없었다. 섬사람들이 원장에게 오마도 공사를 위해 얼마 동안이라도 더 그가 이 섬에 남아 있어주기를 바라고, 또 조 원장 자신도 그러기를 소망하는 것이 어째서 이 섬에 그토록 큰 배반이 될 수밖에 없다는 것인지, 조 원장은 상욱의 속마음을 헤아릴 길이 없었다.

원장은 그 상욱이 괘씸스런 생각마저 들었다.

하지만 상욱은 원장의 기세에 눌려 쉽사리 자기 고집을 꺾고 물러설 위인이 아니었다.

"한데 이 과장의 생각은 어느 쪽이오? 난 그저 이 과장이 그 서명 운동만을 중지시켜달라는 것인지, 아니면 이 조백헌이더러 발령 날짜대로 냉큼 섬을 떠나달라는 건지 분별이 잘 가지 않는구려. 이 과장한테 내 쪽에서 가끔 신세를 지는 일은 있었지만, 설마 하면 그런 일로 이 과장이 내게 무슨 원한 같은 걸 품었을 리도 없을 테고 말이오."

짐짓 농 섞인 어조로 튕겨보는 조 원장의 말에 상욱은,

"그야 원장님께서 이 섬을 떠나고 안 떠나시고는 원장님의 의사
에 달린 문제 아니겠습니까."

조 원장과는 반대로 정색을 하고 반문해왔다. 원장이 섬을 떠나
든 안 떠나든 그것은 원장 자신이 결정할 문제이며 거기 무슨 다른
사람의 의견이 보태질 여지가 있느냐는 태도였다. 원장이 섬을 떠
나든 안 떠나든 상관을 않겠다는 것은 이 경우엔 섬을 떠나라는 쪽
이었다.

"그 참, 갈수록 섭섭한 소리뿐이로구만그래. 섬사람들이 모두
이 조백헌일 내쫓고 싶어 한다 해도 임자만은 날 좀 붙들어주지 않
나 싶었더니…… 그야 이 섬에서 이 과장보다 날 경계하고 못 미
더워해온 사람도 없을 터이긴 하지만, 그래도 세월이 이쯤 흘렀으
면 무슨 믿음 같은 게 조금은 쌓일 줄 알았는데 이건……"

여유를 잃지 않으려는 듯 자꾸만 실없는 농조가 되고 있는 조 원
장의 말투에 상욱은 그 원장을 찾아온 의도가 점점 더 분명해져가
고 있었다.

"그야 섬을 떠나주기를 바라는 것은 굳이 원장님이 아닌 다른
분에 대해서라도 마찬가지였을 테니까요."

상욱은 눈 하나 깜짝 하지 않고 정확하게 자기 할 말을 하고 있
었다.

"마찬가지로 전 오마도 간척장 일 역시 그 일의 시작과 결말이
원장님 아닌 다른 누구에 의해서든지 간에, 굳이 특정한 한 사람

의 책임일 필요는 없을 거라고 생각해왔습니다. 일을 시작하신 것은 물론 원장님이었습니다만, 그렇기 때문에 전 그 일의 결말을 짓는 것도 반드시 원장님만이 하실 수 있는 원장님만의 책임이어야 한다고는 믿고 싶지 않다는 말씀입니다. 외람된 말씀일지 모르겠습니다만, 전 사실 절강제만이라도 꼭 보고 말겠다는 원장님의 생각에 대해서도 별로 그래야 할 이유를 찾을 수가 없습니다."

"이 일을 할 수 있는 건 너 혼자뿐이라고 자만하지 마라, 절강제를 보고 싶어 하는 것도 네가 시작한 일이니 네 손으로 끝장을 내고 말겠다는 부질없는 욕심일 뿐이다……"

원장은 혼잣말처럼 상욱의 말을 되씹고 나서, 이제 비로소 농담기가 가신 육중한 시선으로 상욱을 똑바로 건너다보기 시작했다.

"전 원장님께서 절 어떻게 생각하시든 역시 원장님을 믿고 있는 편입니다. 믿고 있기 때문에 감히 여기까지 말씀을 드리고 있는 것입니다. 굳이 원장님께서 모든 일을 끝내고 떠나려고 하지 말아주십시오. 이 섬사람에겐 그런 원장님의 경험을 남겨주는 것이 훨씬 더 바람직한 일인지도 모릅니다."

담배조차 피우지 않는 상욱의 어조는 갈수록 단호했다.

"부인하고 싶으실지 모르겠습니다만, 원장님께서 그간 이 섬에 이룩해놓으신 일은 참으로 큰 것이었습니다. 원장님께선 이미 이 섬에서 너무도 큰일을 이룩하고 계십니다. 그리고 그것은 원장님께서 절강제를 치르게 되시든 안 되시든 원장님께서 염려하고 계시듯 오마도 간척장을 다른 사람에게 억울하게 빼앗기는 경우에 있어서까지도 이 섬에선 이미 훌륭하게 성취되어진 것입니다. 절강제나 원장님의 전출 때문에 그것이 달라질 수는 없습니다. 한데도 원장님께선 아직 이 일에 다른 사람의 힘이 보태지는 것을 원하지 않고 계십니다. 다른 사람의 힘이 더 보태질 여지가 없을 만큼 이 일은 원장님 혼자서 결말을 지어놓고 싶어 하십니다. 그것은 원장님의 지나친 욕심입니다. 왜냐하면 원장님 스스로도 이제 이 일엔 더 보태실 것이 없기 때문입니다. 원장님 자신이 기어코 이 일을 결말내고 싶어 하시는 것은 원장님께서 이미 이 섬에 이룩해 놓으신 것에 대한 원장님의 당연하면서도 인색스런 권리의 주장이 될 뿐이기 때문입니다."

"동상 때문이겠군. 이 과장은 아직도 그 동상의 망령이 내게 되살아날까 봐 겁을 집어먹고 있는 거 아니오?"

원장은 이제 노골적으로 불쾌한 어조로 말하고 나서, 그러나 그 동상의 망령에 대해서라면 전혀 안심을 해도 좋다는 듯 자신만만한 미소를 지어 보였다.

하지만 상욱은 이제 그만한 여유조차도 원장에겐 용납하지 않으려는 기세였다.

"알고 있습니다. 원장님께선 자신의 동상을 지으실 생각을 가진 일이 없으시다는 걸 전 누구보다도 잘 알고 있습니다. 그러나 원장님께서 스스로 동상을 짓지 않으신다 하더라도 다른 사람들이 그것을 지어 바치려고 할 수도 있습니다. 이 섬이 아니라면 동상이란 원래 그 편이 정상이니까요. 동상에 관해서라면 전 원장님을 의심하고 있는 건 아닙니다."

"그렇다면 이번 일엔 임자가 그렇게 근심을 안 해도 되겠구랴."

상욱이 너무 힐난조로 나오다 보니까 조 원장 쪽에서도 가만히 성미를 죽이고만 있을 수는 없었다.

"이 과장 말대로 동상이란 게 원래 본인이 원하거나 원하지 않는 데엔 상관없이 다른 사람들이 지어 바치는 게 정상이라면, 내가 지금 그것을 원하든 원하지 않든 그건 나하곤 상관이 없는 일이 아니냔 말이오. 하물며 내가 그것을 소망해본 일이 없는데도 이 섬사람들이 그걸 내게 지어 바치겠다면 나로선 그걸 오히려 자랑스럽게 생각해야 할 일이 아니겠소."

조 원장은 상욱을 못 견디게 하기 위해 일부러 뻔뻔스런 말만 골라 하고 있는 식이었다. 아무래도 이야기가 좀더 길어질 수밖에 없었다.

상욱이 다시 그 원장의 말꼬리를 물고 늘어졌다.

"이 섬 일이 아니라면 그건 물론 자랑스럽고 떳떳한 일일 수도 있습니다. 하지만 이 섬에선 사정이 다릅니다. 원장님께서도 알고 계시듯이 이 섬에서도 물론 동상이 세워진 일이 있었고, 또 그 동상은 동상의 주인공이 그것을 원해서 그렇게 했던 것은 아닙니다. 당사자는 말을 한 일이 없었습니다. 하지만 사람들은 누구나 그가 그것을 원하고 있음을 알고 있었습니다. 그가 그것을 원하고 있었기 때문에 그가 말을 하기 전에 스스로 그것을 지어 바치지 않을 수가 없었습니다. 이 섬사람들에겐 그가 그것을 말하거나 말하지 않거나 동상을 지어 바쳐야 할 사정은 어차피 마찬가지일 수밖에 없었던 것입니다."

"임잔 그럼 아직도 내가 말을 하지 않고 있지만 내심으론 은근히 내 동상을 바라고 있을 게라는 거요?"

"아까도 말씀드렸듯이 전 원장님을 믿고 있습니다. 하지만 이 섬사람들이 이미 원장님의 동상을 지을 준비를 끝내고 있습니다."

"저들이 어떻게?"

"원장님께선 아직 그 사람들을 나무라실 필요는 없습니다. 그 사람들 자신도 아직은 자기들이 머지않아 곧 시작하게 될 일이 무엇인지를 분명히 알고 있질 못할 터이니까요. 하지만 원장님이 오신 후로 이곳 사람들이 지금까지 어떻게 달라져왔는가를 주의해보시면 제가 지금 원장님께 드린 말씀을 이해하시기는 어려운 일이 아닐 것입니다. 이를테면 원장님께서 여기로 오신 후까지 한동안 끊이지 않던 그 골치 아픈 탈출 사고만 해도 요즘은 아주 자취를 감추고 말았습니다. 그 위에다 원장님께선 그간 몇 차례 섬사람들과의 위태로운 대립에서도 한 번도 물러서시는 일이 없이 언제나 주위를 잘 설득해서 원장님 뜻대로 일을 이루어오셨습니다. 원생들은 지금 무슨 일에나 원장님의 뜻대로 잘 따라 이끌리고 있습니다. 저들은 심지어 몸이 아파도 아픈 척을 하지 않고 오마도에서 죽자 살자 일을 하고 있습니다. 피곤한 노역을 불평하거나 섬을 빠져나갈 궁리 같은 건 아무도 하지 않습니다. 사람들이 스스로 원장님을 따르고 있기 때문입니다. 이런 현상은 물론 원장님께서도 만족하실 일이고, 그러시는 원장님을 비난드릴 바도 없습니다. 하지만 원장님께선 저들이 이제 아무도 이 섬을 빠져나가려는 자가 없게 되었다는 사실이 무엇을 뜻하는가를 훨씬 더 다른 쪽으로 생각해보셔야 합니다. 저들은 이제 아무도 원장님의 뜻을 거역하지 않게 되었다는 사실이, 원장님을 거역할 수도, 거역할 의사도 없게 되어버렸다는 사실이 그러나 결국은 그들을 어떻게 만들어놓고 말 것인가를 주의 깊게 생각해보셔야 합니다. 진심으로 원장님께서 이 섬을 떠나지 말아주시기를 바라고 있으면 있을수록 저들은 이미 눈에는 보이지 않는다 하더라도 원장님의 동상을 지니기 시작하고 있는 것입니다. 그리고 언젠가는 결국 저들 스스로 그 동상을 원장님 앞에 지어 바치는 날이 오고 말 것입니다."

"……"

"원장님께서 부임 초에 말씀하셨던 대로 이 섬은 애초 누구도 어쩔 수 없는 유령들의 섬이었습니다. 원장님께선 그 유령들을 깨워 일으켜 땅 위를 걸어 다니는 인간으로 만들었습니다. 자신들의 생에 대한 희망과 신념을 갖게 하고 이웃 간의 신뢰도 심어주셨습니다. 그런데 그 모처럼 만의 희망과 신념이 또 다른 속박에로의 안내등이 되어서는 안 된다는 것입니다. 동상이란 언제 어느 곳에 세우게 되든 그것을 세우는 사람들에게는 일종의 자기 속박일 수 있기 때문입니다. 하물며 이 섬에 다시 누구의 동상이 세워지게 된다면 그 동상이 이 섬사람들에게 말하게 될 바는 조금도 짐작하기 어려운 일이 아닐 것입니다."

"……"

"섬사람들이 눈에 보이지 않는 곳에 원장님의 동상을 지니는 일까지 나무랄 수는 없습니다. 그리고 그렇게 해서 저들이 지니게 된 원장님의 동상이야말로 진실로 값진 것이 아닐 수 없습니다. 하지만 그 값진 원장님의 동상이라 하더라도 그것은 결국 원장님을 위해서가 아니라 이 섬 5천 나환자 자신들을 위한 동상이 되어야 한다는 것은 원장님께서도 즐거이 시인을 해주실 줄 믿습니다. 원장님께서 이 섬에 남아 계시는 한 저들은 원장님의 동상을 저들 자신을 위한 동상으로는 그것을 완성할 수가 없으리라는 것이 저의 생각입니다."

"도대체 이 과장이 내게 바라는 게 무엇이오?"

상대방의 존재조차 망각해버린 듯한 상욱의 열기에 눌려 한동안 묵묵히 입을 다물고 듣고만 있던 조 원장이, 마침내는 더 이상 참을 수가 없어진 듯 퉁명스럽게 상욱을 제지하고 나섰다. 원장의 퉁명스런 목소리로 보아 그는 지금까지 계속되어온 상욱의 열띤 충고를 받아들이려 하기는커녕 오히려 걷잡을 수 없이 세찬 반발심만 돋워오고 있었던 것 같았다.

"아니, 이 과장이 내게 바라고 있는 게 무엇인가는 나도 이미 짐작을 하고 있소. 하지만 여태까지 이 과장이 내게 해온 주문이나 충고들을 받아들일 수 있을지 없을지는 내가 우선 불타나 예수가 될 수 있는지 없는지부터 알아본 다음이어야겠구려."

원장의 말투는 거의 노골적으로 상욱을 비웃고 있었다.

하지만 어느 날 밤엔가도 그랬듯이 상욱은 한번 열이 오르면 자신의 진실에 겨워 적당한 대목에 가서 그 열기를 가라앉히지 못하는 것이 탈이었다.

상욱은 조 원장의 그 심사가 비틀린 반응에도 아랑곳없이 끝끝내 정색을 한 어조로 상대를 괴롭혀오고 있었다.

"제가 지금 원장님께 바라고 있는 것은 원장님께서 예수나 불타가 되셔야만 가능할 만큼 어려운 일은 아닙니다. 전 지금 이 섬사람들의 가슴속에 자라고 있는 원장님의 농상이 아무리 값지고 귀한 것이라 하더라도 원장님 스스로 그것을 완성시킬 순 없다는 것을 말씀드리려는 것뿐입니다. 그냥 섬을 떠나주십시오. 원장님께선 때가 왔을 때 이곳을 떠나주시기만 하면 그만입니다. 그리하여 원장님께선 이 섬에 남아 계심으로써가 아니라 이 섬을 떠나심으로써 섬사람들 스스로 저들을 위한 원장님의 동상을 완성해 지니도록 해주십시오. 아마도 그렇게 하시는 것만이 원장님께서 지금까지 이 섬에서 섬과 섬사람들을 위해 이룩해오신 것들을 앞으로도 계속 이곳에 남아 있게 하는 길이 될 것입니다. 원장님으로 해서 이루어질 수 있는 것은 이제 이 섬에선 모두 이루어져버리고 있기 때문입니다."

26

이상욱 보건과장이 관사를 다녀간 다음에도 조백헌 원장은 여전히 그 절강젯날까지의 작업 계획표나 자신의 생각을 변경할 의사를 갖지 않고 있었다.

그는 도대체 상욱이 자기에게 무엇 때문에 그토록 열심히 섬을 떠나게 하고 싶어 하는지, 아직도 그의 동기에 대해 속 시원한 납득을 구할 수가 없었다. 그 상욱의 동기가 어떤 쪽이든 그가 그토록 자기에게 바라고 충고해온 일이란 한마디로 그는 이제 더 이상이 섬에 남아 있을 필요가 없는, 또 남아 있으려 해도 안 될 인물이라는 것을 본인 스스로 깨닫도록 해주려는 것인 것만은 분명했다. 원장더러 이젠 섬을 떠나달라는 그 한 가지 단순한 주문이 밤새도록 되풀이한 그의 가장 분명한 주문이었다.

그러나 조 원장은 설사 그 상욱의 주문을 그대로 다 받아들인다해도 아직은 그가 절강제까진 치르고 나서, 또 그것을 치러내는 원생들의 열망과 노력을 보여줌으로써 오마도의 일에 그 나름의 어떤 결말을 짓고 나서, 섬을 떠나더라도 그쯤에서 떠나고 싶어했던 애초의 생각엔 별다른 변경이 필요한 것 같지 않았다.

그는 상욱이 다녀가고 나서도 이날 밤 작자의 불편스런 주문들에는 조금도 구애됨이 없이 애초의 계획대로 끝까지 일을 추진해나갈 결심이었다.

하지만 그 조 원장마저도 며칠 뒤엔 상욱과 섬사람들에 대해 다시 한 번 생각을 달리 해보지 않을 수 없었다. 상욱이 조 원장을 관사로 찾아와 만나고 돌아간 며칠 뒤의 일이었다. 상욱은 원장에게 그날 밤 늦도록 긴 충고를 하고 나서도, 아직도 뭔가 다른 말을 하고 싶은 것이 남아 있었던지, 혹은 그럼으로써 그날 밤의 긴 이야기에 다시 한 번 다짐을 주고 싶어서였던지, 까닭도 없이 홀연 섬을 떠나가버린 것이다. 그리고 그것으로 상욱은 지금까지 조 원장이 그를 알고 겪어온 것보다도 더욱더 불가사의하고 요령부득의 인물이 되어버린 것이다.

게다가 상욱은 섬을 조용히 떠나간 것도 아니었다. 옛날부터 이 섬의 수많은 사람들이 자주 그렇게 해왔듯이 그 구북리 돌뿌리 해변가의 차가운 밤바닷물로 뛰어들어 그로서는 참으로 목숨까지 함께 내걸어야 했을 이상스런 방법으로 불편스럽게 섬을 나간 것이었다.

상욱은 입원 환자가 아니라 병원 요원이었다. 그는 다른 원생들처럼 고된 노역 때문에 섬을 탈출까지 해나가야 할 필요가 없는 사람이었다. 섬을 떠나고 싶으면 그는 언제든지 떳떳하게 나루를 건널 수 있었다. 한데도 그는 그 나루를 건너지 않고 내력 깊은 돌뿌리 해변가를 택해 차가운 겨울 바다를 건너간 것이었다. 그냥 섬을 떠나간 것이 아니라, 섬을 버리고 간 또 하나의 '탈출 사건'이었다.

바다를 무사히 건넜는지 어쨌는지는 아직 확실치가 않았다. 돌뿌리 해변가에는 누구나 상욱이 그곳을 통해 섬을 탈출해나간 사실을 확인할 수 있는 몇 가지 분명한 흔적을 남기고 있었다. 물로 뛰어들기 전에 숲 끝에 벗어놓은 옷가지와 신발짝들이 고스란히 그대로 남아 있었다. 해변으로 가기 전 그가 밤늦게 병원 본관 사무실을 들러 숙직 직원들을 만나고 간 것도 실상은 자신의 행적을 용이하게 추리시키기 위함이었다.

모든 것은 상욱이 일부러 만든 소동이었다.

조 원장은 어느 정도 상욱의 동기를 짐작할 수는 있었다. 상욱이 무엇 때문에 하필 그런 위험하고 불편스런 모험이 불가피해졌는지, 그리고 엉뚱스런 탈출극으로 상욱이 자기에게 하고자 한 말이 무엇인지는 조 원장으로서도 어슴푸레 짐작할 수 있었다. 그것은 한마디로 상욱이 조 원장으로 하여금 이제 더 이상은 섬을 견딜 수 없게 하려는 결사적인 압력 수단이었다. 조 원장 자기로 하여금 끝내는 그 스스로 섬을 떠나지 않을 수 없게 하려는 음흉스럽고도 지능적인 협박 행위였다.

상욱의 동기가 어느 쪽이었든지 간에 조 원장으로선 어쨌든 기분이 좋을 수 없었다. 때가 왔을 때 섬을 떠나주는 것이 조 원장 자신을 위해서나 섬사람들을 위해 더욱 기릴 만한 치덕(治德)이 되리라는 점에 대해선 조 원장으로서도 어느 일면 상욱의 충고를 참아넘길 수 있었고, 적어도 그의 진심만은 허심탄회하게 사줄 수 있다고 생각했다. 하지만 상욱이 굳이 그 돌뿌리 해변을 통해 섬을 '탈출'해 나간 사실은 어느 모로나 유쾌할 수가 없는 일이었다.

상욱은 자신의 탈출 소동으로 섬사람들의 가슴속에 깊이 도사리고 있는 어떤 배반의 기억을 되살리고, 원장과 섬사람들 앞에 자신이 직접 그것을 시범해 보임으로써 섬사람들을 노골적으로 충동질하고 있는 것이었다.

하지만 보다도 중요한 것은 대부분의 섬사람들이 아직도 상욱의 내력을 잘 모르고 있다는 점이었다. 상욱과 섬의 관계가 밝혀진 바가 없다는 점이었다. 상욱이 탈출을 시범해 보임으로써 원생들의 어떤 충동을 깨어나게 하고 싶었던 의도에도 불구하고 그는 이 섬을 못 견디게 된 원생으로서가 아니라, 언제라도 그 섬을 버리고 떠나갈 수 있는 건강인으로서 섬을 빠져 달아났다는 사실이 더욱 고약한 여운을 남기고 있었다.

—그러면 그렇지. 원장도 이젠 별수가 없어진 게지.

—섬만 나가면 그만일 사람이 뭣 땜에 이런 고생을 더 사려고

하려구.

─꽁무니를 슬슬 빼려는 수작일걸.

전임 발령 취소 청원 서명 운동을 중지시키고 나자, 그렇지 않아도 원장의 일거일동에 색안경을 쓰고 보기 시작한 원생들이었다. 작업장 분위기가 형편없이 다시 가라앉아가던 판이었다. 건강한 육지 사람들이 진심으로 섬을 생각할 리 없고, 원장도 결국엔 그렇게 될 수밖에 없으리라는 그 이상스럽게 체념스런 반발기 같은 것이 느껴져오던 섬 분위기였다. 끝끝내 자신의 내력을 숨긴 채 섬을 나가버린 걸 보면 상욱 역시도 그 점을 충분히 계산에 넣고 있을 수 있었다. 이런 때에 와서 건강인 한 사람이 섬을 버리고 떠나버린다는 사실이 원생들의 심리에 어떤 영향을 주고, 원장의 입장을 어떻게 만들리라는 것을 몰랐을 상욱이 아니었다. 상욱은 건강인으로서 섬과 섬사람들을 보란 듯이 배반하고 간 것이었다. 조 원장은 그 점이 더욱 난처했다.

아니나 다를까. 상욱의 '탈출'에 대한 섬사람들의 반응은 과연 조 원장이 염려했던 그대로였다.

─이 과장이란 작자까지 그렇게 겁을 먹어버린 걸 보면 일은 벌써 다 알고도 남을 조지.

─작자 말고도 이제 사지 성할 때 섬을 나가자면 바빠질 놈들이 많겠구만……

상욱의 일로 해서 원생들은 당장 눈빛까지 이상스럽게 달라지기 시작했다. 작업을 서두르기는커녕 빈둥빈둥 게으름만 피워댔다. 조 원장으로선 참으로 위태롭고 거북살스런 반발이었다.

한데다가 그 원생들 가운데서도 유독 노골적으로 원장을 괴롭혀 온 인물이 있었다. 보육소의 서미연이란 여자로 인해 상욱과는 특별히 미묘한 갈등을 빚어오던 분홍색 미치광이 — 그리고 그 서미연으로 인한 아픈 자기 각성을 견디기 위해 힘겨운 돌등짐을 지기 시작하면서부터(병사 지대의 누이를 위해서라는 변명은 있었지만)는 서서히 서미연에 대한 자신의 질투를 용납하게 되어가고 있노라던 윤해원 — 그 윤해원이 하루는 술이 곤드레가 되어 밤늦도록 오마도 작업장을 떠나지 않고 있는 조 원장을 막사로 찾아왔다.

"그 친구 문둥일 꽤 이해하는 척 버티더니 결국은 자신을 속이진 못하더군요."

알고 보니 윤해원은 그동안 각고의 인내 끝에 서미연과의 사이가 제법 바람직스럽게 무르익어 있던 참이었다. 두 사람은 마침내 절강젯날쯤으로 날을 잡아 간략한 혼인식을 올릴 약속까지 되어 있었다 했다. 두 사람 사이의 혼인 약속은 이미 섬 안의 화젯거리로 공공연한 사실이 되고 있었다는 것이다.

"그런데 그 상욱이란 작자 끝끝내 우리 사이를 축하해주진 못하는군요. 문둥이 주제에 건강인 여자라니 눈뜨고 차마 넘길 수가 없다는 것이지요."

윤해원 역시 상욱이 어렸을 때 미감아로 섬을 나가 자라 돌아온 내력(조 원장에게도 그것은 상욱 자신의 입으로 말한 일이 없었지만)은 아직 눈치를 채지 못하고 있었다. 조 원장에겐 그래서 그 윤해원이 더욱 거북하고 불편스런 상대였다. 서미연에 대한 그의 소망은 건강한 상욱으로 하여 몇 배의 망설임과 자기 비하를, 체넘 어린 질투와 고통스런 인내의 세월을 거듭하지 않으면 안 되었을 터였다. 그 건강인이라는 상욱의 위용 앞에 그는 서미연을 싶이 생각하면 할수록 절망이 거듭될 수밖에 없었을 터였다. 그것을 이기고 넘어선 오늘의 두 사람 사이라 했다. 그런데 그 이상욱이 마침내 윤해원들의 마지막 결합에 즈음하여 건강인으로서 건강인답게 보란 듯이 섬을 나간 것은, 바로 그 건강인으로서의 서미연과 자기에 대한 오만스런 선택권의 시위임이 분명하다는 공박이었다.

상욱의 탈출극은 윤해원의 경우에서 보다 심각한 파괴 작용을 하고 있었다. 상욱의 탈출극을 윤해원은 오히려 그쪽에서 더 큰 동기를 찾고 싶어 하고 있었다. 조 원장으로서는 물론 윤해원의 그런 감정적인 반발에도 충분히 수긍할 만한 대목이 있다고 여겨졌다. 윤해원의 추측처럼 상욱은 아닌 게 아니라 두 사람의 결합을 견딜 수가 없었거나, 거기서 어떤 윤해원의 반발이나 자기 억제력을 유발시키기 위해 일부러 그런 연극을 꾸몄을 가능성을 부인할 수 없었다. 그가 끝끝내 자신의 내력을 숨기고 있었다는 사실이 하나의 증거일 수 있었다. 서미연을 사이에 두고 그가 자신의 비밀을 숨기고 있었던 사실이, 그가 윤해원 앞에 피부가 깨끗한 건강인으로 육박해오고 있었다는 사실이 윤해원을 얼마나 고통스럽게 만들고 그를 얼마나 망설이게 할 수 있었을지를 상상해보지 못했을 리 없는 상욱이었다. 한데도 그는 윤해원 앞에 그것을 밝히지 않고 있었다. 윤해원을 저지하고 싶었기 때문이었을 것이다. 그리고 그가 섬을 떠난 날까지 끝끝내 그것을 숨겨버리고 만

368

것은 윤해원의 추측대로 그의 엉뚱한 반발과 새로운 절망으로 인해 두 사람 사이를 다시 파탄시키고 싶어서였는지도 알 수 없는 일이었다.

그것은 며칠 뒤에 서미연 자신이 조 원장을 찾아와 저간의 사정들을 털어놓았을 때도 다시 한 번 비슷한 의혹을 씻을 수 없었던 일이었다. 서미연 역시 상욱이 섬을 나간 뒤로 형편이 달라진 윤해원과의 사이를 털어놓고 원장의 도움을 청해보려 어느 날 은밀히 그를 찾아왔다. 하지만 두 사람 사이는 이제 윤해원이 원장을 찾아와 주정을 부리고 돌아간 때보다도 사정이 더욱 악화되어 있었다. 상욱의 탈출을 계기로 윤해원의 그 건강인들에 대한 질투가 무섭게 다시 폭발하고 있다는 것이다. 위인은 거의 맹목적인 증오로 상욱을 질투하고, 건강인의 건강을 질투하고 그 건강을 지닌 서미연을 질투한다는 호소였다. 그리고 무서운 절망과 체념기 속에 그 이상스럽도록 병적인 분홍색 집착증을 다시 드러내 보이기 시작했다는 것이다. 그는 옛날 공사장 돌등짐질을 시작하기 이전으로 완전히 다시 되돌아가버렸으며, 그로 하여 둘 사이에 절강겟날로 예정했던 결혼식도 허공의 꿈으로 산산조각이 나고 말았다는 것이다.

거기다 또 놀라운 것은 상욱이 아직 그 서미연에게조차도 자신의 비밀을 밝히지 않고 있었던 사실이었다. 서미연이 상욱에게 자신의 내력을 고백했음에도 불구하고 (이 점 또한 조 원장으로서는 처음 듣는 일이었지만) 상욱 쪽에선 그런 눈치를 전혀 보이지 않았다는 것이다. 서미연에게조차 자신의 비밀을 숨기고 있었던 상욱의 태도가 그저 우연이랄 수는 없었다. 떳떳지 못한 동류의식을 빌려 그녀를 구하려 했을 상욱이 아니었으리라는 싱싱도 기능하기는 했다. 하지만 그가 정말로 서미연을 원한 게 사실이라면, 또는 그와 반대로 서미연과 윤해원 사이를 허심탄회하게 용납할 수 있는 심정이었다면, 그는 그 어느 쪽에 대해서든 당연히 그의 비밀을 밝혀주었어야 했으리라는 것이 조 원장의 생각이었다. 한데도 상욱은 부자연스러울 만큼 그럴 의사가 없었던 셈이었다. 윤해원에 대한 그의 건강을 의식하고 있었음이 분명했다. 그의 건강이 두 사람의 접근을 억제하는 것을 의식적으로 방치해두고 있었다. 그리고 그는 두 사람의 결합이 결정적인 단계에 이르렀을 때 그것을 더욱 적극적으로 시위해 보이고자 한 혐의를 씻을 수 없었다. 두 사람의 결합을 못 견뎌 해서였거나, 상욱 자신을 포함한 세 사람의 모든 것을 함께 파탄으로 몰고 들어가고 싶어 해서였거나, 자신의 비밀에 대한 상욱의 침묵과 건강인으로서의 그의 탈출극은 원장이나 서미연으로 하여금 충분히 그런 혐의를 걸게 하고 있었다.

하지만 조 원장은 이제 그런 절망적인 서미연의 호소에조차 별다른 조언을 보낼 수 없는 형편이 되어 있었다. 상욱이 미감아로 자라온 내력 따위는 이제 서미연에겐 아무런 뜻도 지닐 수 없는 비밀이었다. 자랑스런 선택을 과시하면서 섬을 나간 상욱의 그 오만스런 건강에 대한 해명도 감정이 이미 극도에 달해버린 윤해원에 대해서는 한낱 부질없는 사후 약방문 격일 터이었다. 조 원장이 서미연에게 권해볼 수 있는 말은 다만 이제라도 그녀의 내력을 고백하여 건강인에 대한 윤해원의 맹목적인 질투를 녹여보는 것이 어떻겠느냐는 것뿐이었다. 그리하여 원하는 일이라면 혼례식부터라도 우선 무사히 치러넘기고 보는 것이 어떻겠느냐는 어정쩡한 소리뿐이었다.

하지만 조 원장의 그런 조언조차도 서미연들에겐 물론 전혀 쓸모가 없는 것이었다.

"저의 건강 때문에 그이가 받는 고통을 알면서도 지금까지 제가 윤 선생님 앞에 제 비밀을 숨겨온 것은 저의 그런 알량한 건강을 자랑하자는 것이 아니었어요. 전 윤 선생님이 제 건강에 대한 고통을 이겨넘기기를 원했기 때문이었습니다. 그래서 끼리끼리 병신들끼리 모여 산다는 저열스런 나태감을 심어주고 싶지가 않았기 때문이었습니다. 건강한 여자에 대한, 건강한 사람에 대한, 건강에 대한 자기 모멸감과 질투를 벗고, 자신의 병력을 잊고 건강인 여자를 떳떳하게 차지하고 사노라는 당연하고 인간적인 긍지를 지니게 해주고 싶었기 때문이었지요. 그게 별일도 아니라는 걸 알 수 있게끔요. 앞으로도 전 그것을 단념할 수는 없어요. 적어도 그때까진 전 제 비밀을 밝히지 않을 거예요. 혼인을 서두를 필요는 없겠지요. 끝끝내 입을 다문 채, 오늘의 고통을 딛고 다시 일어설 때를 기다리겠어요."

원장의 조언에 대한 서미연의 대답이었다. 조 원장은 그토록 다부진 서미연 앞에 섣불리 무슨 다른 할 말이 있을 수가 없었다.

그러나 그건 어쨌든 무서운 결과였다.

상욱의 탈출 동기는 아직까지도 물론 분명한 것이 밝혀지지 않고 있었다. 그의 참 동기가 어느 쪽에 있었든지 간에 그의 탈출극이 계기가 되어 섬 안은 바야흐로 이제 그런 식의 불신과 반발들로 또 한 번의 엄청난 파괴를 꿈꾸고 있는 것이었다.

조 원장은 이럴 수도 저럴 수도 없었다. 작업 진도를 독려하고 돌아다닐 수도 없었고, 그렇다고 원장실 구석에 죽치고 들어앉아 맥없이 전임 날짜만을 기다리고 있을 수도 없었다. 사정이 그 지경에 이르고 보면 이젠 사표를 쓰고서라도 섬 안에 남아 주저앉겠노라는 것은 또 한 번의 속임수로밖에 보이지 않을 일이었다. 이것저것 될 일이 없을 바엔 굳이 전임 날짜를 기다릴 것 없이 섬을 미리 떠나버릴 수도 있었지만, 그렇다고 지금에 와서 그럴 수는 더욱이 생각조차 할 수 없는 일이었다.

27

조 원장은 완전히 진퇴유곡이었다.

설상가상으로 원장의 처지를 더 난처하게 만든 일이 또 한 가지 생겼다.

그 무렵 어느 날인가 원장에겐 또 새 전화 통지문이 한 통 하달되어왔다. 새 원장 부임 시 오마도 사업장 업무 인계를 위한 사전 준비를 모두 끝내놓으라는 지시와, 그에 대비한 별도의 공사 실적 평가반을 파견할 시 이들의 업무 수행에 만유감 없는 협조를 바란다는 당부가 전통문의 골자였다. 그것은 이를테면 조 원장의 감정적인 반발을 고려하여 사업장 업무를 일단은 후임 원장에게 인계시키는 형식을 취하면서도, 공사 실적의 평가반은 실제 업무의 인수자로 대신 시킴으로써 편리한 대로 적당히 일을 얼버무려넘기려는 인상을 씻을 수 없는 주문이었다. 새로 파견되어 올 공사 실적 평가반이란 사실상의 업무 인수 기관으로 내정된 앞서의 개발회 사람들임은 묻지 않아도 알 수 있는 일이었다.

하지만 조 원장으로서도 이젠 더 이상 그 일에 대해 손을 쓸 여지가 없는 형편이었다. 모종의 분란을 각오하고서라도 상부의 명령과 맞서 싸울 길이 남아 있지 않았다. 평가반은 결국 다시 나타나게 되어 있었고, 그 사람들이 오고 보면 원장으로서 그 사람들의 신변 안전을 모른 척해버릴 수도 없는 일이었다. 그는 살얼음 위를 가는 심경으로 다시 한 번 간곡하게 원생들의 자숙을 당부했다.

—이번에 또 작업 진도를 평가하고자 사람들이 섬으로 올 것이다. 하지만 우리도 이제 분명하게 정해진 목표를 가지고 일을 하고 있는 이상 그 사람들을 적대시할 필요는 없을 것이다. 그 사람들이 섬을 찾아와서 무슨 일을 하든 그 사람들 하고 싶은 대로 자기들 일을 하도록 내버려두라. 우리는 그들이 무슨 일을 하든지, 우리 일에 대해 무슨 말을 하든지 상관하지 말고 우리가 정한 목표를 향해 착실히 우리 일을 계속해나가면 그만이다.

그런데 그 평가반 사람들이 막상 오마도 공사장을 찾아들어왔을 때였다. 평가반 사람들은 물론 전번에도 일차 공사장을 다녀간 개발회 소속 기술자들이었다. 원생들은 그 사람들이 섬을 찾아들어온 일에 대해서마저도 전혀 무관심이었다.

조 원장은 오히려 뜻밖이었다. 오마도를 지키기 위해서는 능히 살인마저도 불사했을 원생들 사이에서 요행히 섬을 빠져나간 사람들이 또다시 같은 목적으로 섬을 찾아들어왔는데도 원생들의 반응이 너무 싱거웠다. 그것은 이를테면 이제 오마도를 지키든 빼앗기든 원생들로서는 더 이상 상관을 않겠다는 것 한가지였다. 너희들 일이니 너희들끼리 알아서 하라는 것 한가지였다. 역시 그 음험스럽고 위태로운 반발이었다. 도대체 이 꺼림칙하고 무표정한 원생들의 침묵을, 그 음산스럽도록 철저한 복종과 무반응을 어떻게 이해하고 응대해나가야 할지 조 원장은 주위가 다 온통 으스스했다.

　그러나 문제는 그 원생들의 침묵이나 음산한 무관심 쪽보다 평가반 사람들의 어이없는 횡포였다.

　원생들이야 그를 어떻게 생각하든, 조 원장은 일단 떠날 때 떠나는 한이 있더라도 작업장 일은 그가 할 수 있는 데까지 최선을 다해보자는 생각이었다. 사업장 일이 어차피 병원 사람들의 손을 떠나 개발회 쪽으로 넘어가게 되어 있는 처지라면, 그리고 그가 발령 날짜에 맞춰 섬을 떠나기로 한다면, 조 원장은 그 후임 원장 도착 전에 병원 업무의 인계 준비를 모두 끝마쳐놓아야 했다. 후임 원장의 부임 예정일은 이제 두 주일 남짓밖에 남아 있지 않았다. 형편이 바뀌어 그가 다시 이 섬에 계속해서 주저앉게 되는 일이 생긴다 하더라도 오마도 사업장의 공사 실적 평가만은 개발회 사람들의 손에 가만히 맡겨두고 볼 일이 아니었다. 후임 원장의 입장을 위해서도 그가 지금 할 수 있는 데까지는 일을 유리하게 매듭 지어둘 필요가 있었다. 구체적인 공정도 평가가 행해지고 있는 이상 절강제 따위는 이제 치러지거나 말거나 문제가 될 수 없었다.

그는 병원 일은 각 부·과장들로 하여금 자기 기준에 따라 소관 부서의 업무 현황을 정리해두도록 당부하고, 자신은 오마도 사업장 일을 조금이라도 유리하게 마무리 지어주고자 대부분의 시간을 그 과욋일에 할애했다. 또한 개발회 소속 평가반 사람들에겐 늦어도 2월 말 이전까지 일체의 공정도 평가를 끝내도록 주문하고, 이일 역시도 공사장 기술진으로 구성된 자체 평가반 요원들의 작업 수행 과정을 쫓아다니며 공정도 평가 방법과 근거들을 하나하나 메모하고, 나름대로의 기술적인 기준을 마련해갔다.

드디어 2월 하순경이 되자, 양쪽 평가반에서는 예정대로 각기 그간의 공사 실적 평가 결과를 종합해 내놓았다.

놀라운 일이었다.

피차간의 결론이 너무도 엄청나게 달랐다. 원장 지휘하의 개척단 쪽 결론은 2월 25일 현재 공사 진척도 83퍼센트로 평가된 데 반해, 개발회 쪽은 같은 날짜 기준의 공사 실적이 이쪽의 절반도 못 되는 40퍼센트로 평가되고 있었다.

83퍼센트와 40퍼센트.

조 원장은 어이가 없었다. 그야 조 원장으로서도 처음부터 그런 결과를 전혀 예상하지 못한 것은 아니었다. 조 원장이 유독 그 공정도 평가에 관심을 가진 것은 차후 사업장 관할권이 개발회 쪽으로 넘어간 다음에라도, 원생들의 손으로 이룩해낸 작업 성과분에 대해서는 정당한 평가와 그에 따른 응분의 대가를 배당받도록 하기 위함이었다. 사업장 관리자가 바뀌더라도 개간 농지의 분배권은 도 당국에 속하도록 한다는 것과 그 농지의 분배 비율은 관리권 이관 시의 공정도 평가에 관계하지 않는다는 당국자들의 자발적인 약속이 있었던 터이기는 하지만, 조 원장으로서는 어쨌거나 이 일에 대한 원생들의 기여도를 높이 평가받아놓는 것이 섬을 위해서나 그 자신을 위해 절대로 필요한 일이라 여겨온 것이다. 그는 할 수만 있다면 사실 이상으로라도 공정도를 높게 평가받아두고 싶은 욕심이었다.

조 원장 쪽이 그럴진대, 사업장을 새로 인수받을 개발회 쪽의 입장은 더 말할 나위가 없었다. 공정도를 가능한 데까지 낮게 평가해내는 것이 이를테면 그 개발회 쪽 평가반 사람들의 기본 임무인 셈이었다.

양편의 평가 결과에 현격한 차이가 나리라는 것은 처음부터 어느 정도 예상을 하고 있었던 일이었다. 하지만 그것도 정도 문제였다. 40대 83이라는 엄청난 수치의 차이까지는 조 원장조차도 미처 상상을 못해온 결과였다.

조 원장은 물론 개발회 쪽 평가 결과를 인정할 수 없었다. 그는 40퍼센트라는 수치가 산출되기에 이른 실적 평가 방법과 기준 근거에 대한 설명을 요구했다. 그리고 그쪽에서 제시한 방법과 기준에 대해 개척단 자체 기술진으로 하여금 엄밀한 검토를 가하게 하고 잘못을 시정토록 했다. 조 원장 자신도 그간의 지식을 총동원하여 개척단 편의 입장을 열심히 옹호했다. 그는 개발회와 개척단 양쪽 기술진을 망라한 공동 평가반의 설치를 제의해보기까지 했다.

하지만 결과는 역시 마찬가지였다.

376

처음부터 이해 상관이 엇갈린 양편의 주장은 어떤 논리나 설득으로도 양자에게 다 공평할 공동의 기준을 마련할 수가 없었다.

공사는 시공 단계에서부터 기술적인 하자가 숱하게 발견되고 있어서 눈에 나타난 결과를 가지고 그대로 모두 작업 실적으로 평가해줄 수는 없다는 것이 개발회 사람들의 주장이었다. 발견된 하자의 보완 책임이나 부분적인 설계의 수정 변경은 눈에 나타난 작업 실적의 수치를 엄청나게 체감시킬 수 있다는 것이었다. 이를테면 제방의 폭을 넓게 잡아야 한다든가, 수심과 해류를 감안한 조수의 압력에 비해 제방의 외벽 경사각 변화가 무리하게 측정 설계되고 있다는 따위가 개발회 사람들로부터 지적받은 기술적인 하자의 실례들이었다.

개척단 기술진에서도 물론 그들대로의 주장은 많았다.

하지만 이해가 극단으로 상충하고 있는 입장에서, 개발회 사람들이 그들의 주장을 굽히려 하지 않는 한 조 원장으로서도 별다른 뾰족한 수가 있을 수 없었다. 다만, 상대편이 거리를 좁혀줄 의사가 없는 이상 조 원장 쪽에서도 불리한 확인 절차를 취해줄 필요는 없었다.

조 원장은 다시 한 번 무참스런 배신감 속에 열병을 앓는 사람처럼 싸움을 계속하고 있었다. 거기다가 또 조 원장의 기분을 묘하게 허망스럽게 만들고 있는 것이 원생들의 태도였다. 원생들은 여전히 그 섬 일에 대해 별다른 감정의 변화를 엿보이지 않고 있었다. 원장이 정말 섬을 떠날 것인지 어떨지에 대해서도, 또는 이제 며칠 앞으로 다가온 절강제 행사가 정말로 제 날짜에 치러지게 될지 어떨지에 대해서도 무엇 하나 앞뒤를 궁금해하는 빛이 없었다. 이 몇 년 동안 오마도 앞바다에 바친 자신들의 피땀 어린 노력의 결과가 사업장 전체 공정의 40퍼센트에 불과하다는 실적 평가를 받고 났을 때도, 그리고 조 원장이 그 수치를 조금이라도 더 높여 보려 혼자서 섬 안팎을 뛰어다니는 꼴을 보면서도, 막상 이해의 당사자인 원생들 쪽에서는 아무도 이렇다 할 관심을 보이지 않고 있었다.

원생들의 그런 불가사의한 침묵과 무반응에 대해선 어느 정도 버릇이 되다시피 한 조 원장으로서도 이번만은 그 원생들의 태도가 무척은 서운했다. 그는 마치 그 섬과 섬사람들에게 바친 몇 년 동안의 아까운 세월이 그의 생애 가운데서 문득 흔적도 없이 사라져가려 하고 있는 것 같은 허망스런 느낌이 들곤 했다. 아니 억울하기 그지없는 공정도 평가에 대한 원생들의 그런 무관심은 그 복지에 대한 기대와 꿈만으로도 이미 그 은총을 지치도록 누려버린 원생들에게 이제는 오히려 그 꿈이 초라한 현실의 모습을 드러내려는 순간의 허탈감에 대한 본능적인 두려움이, 또는 그 허탈감으로부터 비롯한 무참스런 복수가 시작되고 있는 징조가 아닌가 싶었다.

조 원장은 날이 갈수록 하루하루 자신의 처지만 점점 더 초라해져가고 있음을 느꼈다.

28

그러던 3월 초순의 어느 날.

그날쯤 해서는 조백헌 원장 자신에게도 정해진 날짜대로 섬을 떠나는 것이 거의 불가피한 사정이 되어가고 있을 무렵이었다. 확실한 결정을 내린 바는 없었지만 조 원장 스스로도 이젠 그런 자신을 어슴푸레 의식하기 시작한 그 어느 날 오후— 조 원장은 이날 자신의 그런 심경도 좀 명확하게 정리해볼 겸 작업 지휘소가 있는 오마 고지 둔덕으로 흐느적흐느적 몸을 이끌고 올라가 있었다. 그리고 그는 마치 기나긴 전투에도 불구하고 끝내는 싸움의 종말이 오기 전에 진지를 떠나게 된 지휘관처럼 아쉽고 착잡한 감회 속에 그 오마도 일대의 경관들을 오래오래 지켜보고 있었다.

바닷물 아래서 몇 차례나 떠올랐다 가라앉았다 하던 광활한 개펄은 이제 월여 전보다도 훨씬 살이 찐 제방 안에서 허연 소금꽃이 피고 있었다. 눈이 가물거릴 만큼 끝이 먼 제방 너머론 아직도 선득선득 차가운 느낌을 주는 바닷물이 음흉스럽게 꿈틀댔다.

만재도가 사라진 제방 바깥 해면 위엔 섬이 있었던 흔적으로 남겨진 돌기둥이 저녁나절 햇빛 속에 하얗게 빛나고 있었다.

— 여기, 그토록 인간을 소망하던 문둥이들에게—그 지친 영혼들의 안식의 땅을 위해—큰 산이 바다 되고, 바다가 다시 육지 됨을 보게 하여주신 거룩한 신의 섭리여!

묵묵히 바다를 내려다보고 있던 조 원장은 문득 어디선가 그의

당신들의 천국 379

귀를 아프게 파고드는 소리를 들었다.

그것은 물론 조 원장 자신 거기서 처음 들은 소리가 아니었다. 그가 오랫동안 가슴속에 간직해온 자신의 마음의 소리였다. 언젠가는 오마도 일대가 진정한 나환자의 복지로 변하는 날, 이 땅을 위해 몸 바친 사람들과 오래오래 그것을 지켜갈 그들의 후손을 위해 만재도가 사라지고 남은 돌기둥 위에 새겨 전하리라 벼르고 별러오던 조 원장 자신의 말이었다.

하지만 조 원장은 아직도 그곳에 그의 말을 새기지 못하고 있었다. 뿐더러 조 원장 자신은 이제 그의 손으로 그것을 새기게 될 날을 기다릴 수조차 없는 처지가 되어 있었다.

끝내는 저들이 이 땅의 주인이 될 수도 없었던 것을! 그리고 나는 이렇게 아쉬운 사람 하나 남김없이 섬을 떠나야 했던 것을!

원장은 알 수 없는 회한과 원망으로 몹시 가슴이 아파왔다. 무엇보다도 그 돌기둥 위에 그토록 오랫동안 간직해온 한마디조차 남겨두지 못하고 섬을 떠나게 된 일이 견딜 수 없도록 안타까웠다. 이 땅의 주인이야 누가 되든, 저 돌기둥 위엔 그 말이 새겨졌어야 하는 것을. 이 땅의 주인이야 누가 되든, 애초에 이 바다를 육지로 바꾸려 했던 사람들이 누구였으며, 한 조각 땅을 얻어 그 땅의 주인이 되어보고자 했던 사람들의 소망이 과연 얼마만 한 것이었기에 끝내는 그 일을 이룩해낼 수 있었던가를 보이기 위해 그곳에 그 말이 새겨졌어야 했던 것을. 그리고 또 이 땅의 주인이 누가 되더라도 저들의 기도와 노력만은 영원히 스러져버릴 수 없고 헛되어질 수도 없음을 보이기 위해 그곳에 그 말이 새겨 남겨져야 하는

것을······

조 원장이 그처럼 망연스런 심정으로 이젠 이미 때가 늦어버린 듯한 헛된 상념들을 좇고 있을 때였다.

"원장도 그동안 사람이 참 많이 달라졌구만그래."

등 뒤에서 별안간 그의 상념을 방해하고 드는 소리가 들려왔다.

이번에는 착각이나 환청이 아닌 진짜 사람의 목소리였다.

돌아다보니 언제 다가왔는지 여남은 발짝 등 뒤에 황 장로가 시선을 반쯤 외면한 채 한가로이 뒷짐을 지고 서 있었다.

그는 언젠가, 바윗돌을 아무리 던져넣어도 바닷물 속에선 좀처럼 돌둑이 솟아오르지 않는 것을 보고 실망과 두려움에 젖어 있는 원장을 이 오마 고지 둔덕 위로 찾아올라와 그 나름의 고마운 격려와 용기를 주고 갔을 때처럼, 홀연히 한가하기 그지없는 표정으로 짐짓 시선을 먼 데로 흘리고 서 있었다.

이 노인이 오늘은 또 내게 무슨 할 말이 있었던고······

조 원장은 예기치 않았던 황 장로의 출현에 갑자기 긴장기를 느끼며 노인의 표정을 지키기 시작했다.

"사람이 달라지다니요. 제가 어떻게 달라졌다는 말씀입니까."

그는 여태까지 노인과 이야기를 계속하던 뒤끝이기라도 하듯 다짜고짜 황 장로의 말꼬리를 휘어잡고 나섰다. 실상 조 원장과 황 장로 사이의 이야기는 다른 때도 늘 그런 식이었다.

황 장로 역시 조 원장과는 언제나 늘 그래 왔듯이 처음 한마디를 불쑥 내던져놓고는 마치 자신이 한 말을 방금 다시 잊어먹어버리기라도 한 듯 원장의 대꾸에는 한동안 아랑곳도 하지 않고 있었다.

그는 조 원장이 그의 다음 말을 기다리고 있는 동안 눈시울을 가늘게 좁히며 천천히 발아래 경관을 한 바퀴 둘러보고 나서는 그제서야 간신히 원장의 존재를 다시 깨달은 듯 느릿느릿 입을 열기 시작했다.

"원장이 처음 이 섬을 찾아왔을 때는 어두운 밤이었지? 그리고 불쑥 나루로 건너와선 출영 나간 사람들을 괜히 못마땅해서 무안을 주었다던가? 원장도 아직 기억을 하고 있는 일이겠지만, 난 그 얘길 듣고 하도 신기해서 아직까지도 그걸 잊어먹지 못하고 있는 참이거든."

노인은 또 짐짓 딴전을 피우는 투였다. 그 역시 황 장로의 화법이었다. 본심을 드러내 말하기 전에 으레 변죽부터 울려 들어오는 그의 독특한 화법이었다. 노인의 본심이 드러날 때까지 조 원장은 한참 더 공손하게 기다릴 수밖에 없었다.

"아마 그랬었던 것 같습니다만…… 그런 일을 여태까지 자상하게도 기억하고 계시는군요."

"기억하지 않구. 그게 내가 여태까지 생각하고 있는 원장의 변함없는 모습이었는걸. 무슨 소린지 알아듣겠나? 원장이 처음 이 섬을 왔을 때는 그처럼 소박하고 겸손한 위인이었더란 말이지."

노인의 본심이 조금씩 모습을 드러내기 시작했다. 이날만은 황 노인이 원장을 위로하거나 격려를 주기 위해 언덕을 올라온 것이 아닌 듯한 서두였다.

"그런데 지금은 제가 그렇게 보이질 않는다는 말씀입니까."

"지금은 그렇게 보이질 않아. 지금은 좀 달라졌어. 달라졌구말구. 그리고 앞으로도 또 더욱 달라지려 하고 있는 중이구!"

"……"

"원장은 지금 섬을 떠나는 데 너무 번거로운 생각들을 하고 있어. 아닌 척하면서도 이젠 제법 화려하게 섬을 떠나가고 싶어 한단 말씀이야. 섬을 올 때하곤 그게 사뭇 달라졌지."

이야길 듣다 보니 노인은 이미 원장이 섬을 떠나는 것을 바꿀 수 없는 기정사실로 못 박고 있는 투였다. 그럴 수 있는 노인이었다. 조 원장으로선 이제 그쯤은 신경을 쓸 일도 아니었다.

황 장로의 지적이 너무도 뜻밖이었다. 섬을 화려하게 떠나고 싶어 하다니? 내가 언제 그런 꿈을 꾸고 있었던가? 황 장로와 섬사람들에겐 내가 어느새 그런 식으로까지 보이기 시작했더란 말인가?

"그게 제가 분명히 달라지고 있는 점입니까?"

조 원장은 다소 언짢은 목소리로, 그러나 막판에 와서 굳이 감정까지 상할 필요는 없다 싶어 가능하면 자기편에서 노인의 오해를 설득해볼 요량으로 조심스럽게 물었다.

하지만 한번 말을 꺼내놓은 황 장로의 어조는 예상 밖으로 엄숙하고 완강했다.

"원장이 이 섬을 화려하게 떠나고 싶어 하고 있다면 원장 자신이 당장 아니라고 하겠지. 그건 아마 원장 자신도 아직 모르고 있을 수 있는 일이니까. 하지만 이 늙은이 눈에는 그게 환히 떠올라 보이거든. 내 눈이 별로 틀리진 않을 게야. 내 지금 원장이 은근히 그런 바람을 숨기고 있다는 증거를 하나 말해볼까?"

노인은 정말 조 원장이 옴짝달싹 못할 분명한 증거라도 들이댈 참인 듯 한두 발짝 더 원장 곁으로 몸을 다가와서는 차분히 자리까지 잡아 앉고 있었다. 순간 조 원장은 방금 전에 그가 마음속에서 혼자 만재도 돌기둥에 새기기를 염원했던 글귀가 떠올라 제물에 가슴이 찔끔해왔다.

　—섬을 화려하게 떠나고 싶어 한다는 이 노인의 말은 아마 부인할 수가 없을는지도 모른다.

　하지만 황 장로의 다음 말은 물론 조 원장의 마음속 깊이 감춰진 그런 글귀 따위에 대한 시비는 아니었다.

　"난 요새 원장이 저 공사장 작업 실적 때문에 개발회 기술자들하고 심하게 다투고 다니는 걸 자주 보아왔지. 아, 그야 원장이 우리 문둥이들 편에 조금이라도 더 공로를 인정토록 해주고 싶어 하는 건 우리들로서도 크게 감사할 일이고, 원장의 인품으로 해서는 더더욱 당연한 노릇일지 모르지."

　노인은 거기서 잠시 말을 끊고 담배를 한 대 꺼내어 불을 붙여 문 다음 천천히 그리고 시선만은 여전히 원장을 멀리 외면한 채 본론을 말하기 시작했다.

　그것은 물론 원장도 짐작하고 있었듯이 만재도 돌기둥에 새겨 남기기를 염원했던 그의 가슴속의 글귀에 관한 것은 아니었다. 그러나 그건 결국 그 글귀로써 그가 이 섬에 남기를 소망했던 이상의 어떤 것, 이를테면 황 장로나 원장이나 섬사람들이 그토록 조심스럽게 경계해오던 누군가의 동상이나 그 비슷한 것에 관한 이야기였다. 그리고 그것이야말로 황 장로가 이날 일부러 오마 고지까지 원장을 찾아와서 하고 싶었던 진짜 충고임에 분명했다.

"원장이 그런 일에 신경을 써주는 건 어쨌든 고마운 일이지만, 그러나 난 원장이 아무래도 좀 모르는 게 있는 것만 같아."

"장로님께선 제가 작업 실적을 높게 평가받아놓고 싶어 하는 것이 모두가 저의 공로를 크게 인정받고, 그래서 제가 섬을 떠날 때는 이 섬사람들의 넘치는 감사와 아쉬움 속에 나룻배를 타고 싶은 사사로운 욕망에서라고만 보고 싶으신 거겠지요. 장로님께선 마치 이 오마도 땅을 조금이라도 더 차지하고 싶은 데는 전혀 관심이 없으신 것처럼 말씀입니다."

"내가 잘못 듣고 있는진 모르지만, 지금까지 우리가 한 일이 얼마라고 정해지든 간에 정작 농사를 지을 땅을 나눌 때는 도지사가 얼마를 떼준다고 미리 약속이 되어 있다더구만그래."

"그건 사실입니다. 하지만 아까 장로님께서도 말씀하셨듯이 모든 일이 약속처럼 될 수는 없는 것 아닙니까. 우리가 저 사람들에게 도장을 찍어 넘겨준 작업 실적표가 정말 땅을 나눌 때도 장로님께선 아무 상관이 안 될 듯싶으십니까."

"상관이 된대도 할 수 없는 일이지."

"그게 정말로 장로님의 진심일 수가 있습니까?"

"진심일 수 있지. 우린 우리가 할 일을 다 했을 뿐이고, 우리들한테 땅을 조금이라도 나눠주고 안 나눠주고는 다음번 일을 맡아간 사람들의 일이니까. 설사 그 사람들이 우리한텐 한 조각의 땅도 나눠주고 싶지 않다 해도 그 역시 이젠 그 사람들의 일이거든."

"이 섬 5천 원생들의 생각도 모두가 장로님처럼 태연스러울 수 있을까요?"

"같지 않아도 할 수 없는 일이지. 아, 원장도 알지 않는가? 문둥이들이란 원래가 그런 식으로 살아온 걸 말야. 그런 건 다들 벌써 익숙해 있을 게야."

"……"

"그렇다고 뭐 그 문둥이들을 너무 안되어 할 것도 없는 일이지. 안되어 할 게 없는 것이, 언젠가 그 문둥이들은 남 위해 일하는 법 없다고 말했지만 문둥이들도 이 일을 해오면서 벌써 제 누릴 몫의 은혜는 다들 누려온 셈이거든. 문둥이들이 제 힘으로 일하면서 제 힘으로 살아갈 땅을 얻겠다고 이 몇 년 동안 제법들 땀을 흘려보지 않았나. 저마다 제가 살 천국도 그려보고. 그만만 해도 문둥이들한텐 대단한 은혜지. 너무 못 미더워 안되어 할 건 없어. 내 원장이 아직 잘 모르고 있을 게란 것도 바로 그 점이지. 그 점을 잘못 알고 있길래 원장은 여태도 그 사람들하고 쓸데없는 실랑이를 벌이고 있는 게야. 그야 기왕지사 섬을 떠나게 된 마당에 원장으로서도 일을 좀 만족스럽게 마무리 지어두고 싶긴 하겠지. 그걸 나무랄 순 없을 게야. 하지만 내 보기엔 그게 아무래도……"

"그게 아무래도 제가 이 섬사람들의 공로를 온통 저의 것으로 만들어 또 다른 동상을 짓고 싶어 하는 증거가 아니냔 말씀이시지요."

원장은 드디어 참고 있던 말을 제풀에 토설해버리고는 떨떠름하게 웃었다. 그는 이제 황 장로가 자기에게 화려하게 섬을 떠나고 싶어 한다는 말을 수긍하지 않을 수 없었다. 화려한 전출이란 곧 또 다른 그의 동상의 꿈을 뜻했다. 그건 이제 어쩌면 조 원장 자신도 쉽게 부인할 수 없는 어떤 무의식적 진심일지 몰랐다.

아프지만 시원스런 충고가 아닐 수 없었다. 하지만 조 원장은 새삼스럽게 그 황 장로에게 자신의 솔직한 심정을 말할 기분이 아니었다. 그는 묘하게 면구스런 미소를 입가에 머금은 채 다시 한번 자신을 다짐하고 있었다.

—그렇지. 섬을 떠나기로 하고서도 난 아직 이 섬을 썩 화려하게 떠나고 싶은 욕심만은 끝끝내 외면할 수 없었을지도 모른다. 한다면 이제 일이 여기까지 분명해진 이상 내일이라도 당장 섬을 떠나는 것이 옳을 게다.

그때였다. 황 장로가 이번엔 그 원장을 위로할 차례라도 기다렸다는 듯 한동안 물끄러미 그를 돌아다보고 있다가는 서서히 어조를 바꾸기 시작했다.

"그 이상욱이란 사람이 그러더구만…… 아 참, 그러고 보니 내 여태 잊고 있었던 일이 한 가지 있는데, 그 상욱이란 사람 섬을 나가기 전에 날 찾아왔더라는 말을 원장한테 미리 일러주는 건데 말씀야. 상욱이란 사람이 그날 밤 섬을 나가기 전에 나를 찾아왔었지. 날 찾아와선 섬을 나가겠노라 하더구만. 자기가 섬을 나가는 건 이러이러한 생각에서라는 이야기가 꽤 길어지는 걸 보곤 나도 그 사람을 말릴 수가 없어졌구 말야. 그런데 하여간 그날 밤 이 과장 이야기 가운데에 원장의 그 동상 이야기가 나왔었지. 그게 다 눈에 보이지 않은 원장의 동상일 게라고 말씀야. 그리고 우리 문둥이는 자칫 그 원장의 동상을 보지 못하고 동상의 종이 될 거라고 하더구만. 하지만 원장, 내가 이렇게 말을 한다고 원장까지 이 늙은일 너무 섭섭하게만 생각진 말아야 할 게야. 나 역시도 원장한텐 오해를 남기고 싶지가 않아서 하는 소린데, 이제 내 솔직한 본심을 말해볼까…… 원장도 이젠 어차피 섬을 떠날 작정이 선 듯 싶어 뵈니 말씀이야……"

"……"

"바로 말을 하자면 난 우선 원장한테 고맙단 치하부터 해얄 게야. 왠 줄 아나? 기왕지사 동상 얘기가 나왔으니 나도 그 동상을 빌려 말하자면, 원장은 마지막까지도 용케 이 늙은이의 동상을 깨부숴버리질 않았기 때문이지. 이 늙은이가 지닌 딱 한 사람의 소중한 동상을 말씀야."

뜻밖의 이야기였다. 노인은 여태까지 그가 원장에게 하고 있던 것과는 정반대의 말을 하고 있었다. 황 장로가 동상을 지니고 있었다니? 그 동상을 끝끝내 깨부숴주지 않았기 때문에 그는 오히려 원장을 고마워해야 한다니?

"동상이라니요? 장로님께서는 방금까지도 제게 터무니없는 동상을 꿈꾸지 말라고 나무라지 않으셨습니까. 장로님께선 도대체 누구의 동상을 지니고 계시다는 말씀입니까?"

원장은 어리둥절한 기분으로 거푸 물어댔다.

그러나 황 장로는 이제 점점 더 목소리가 느릿느릿 가라앉았다. 그리고 그 느릿느릿한 황 장로의 말투에는 그만 노인 또래의 나이에서 흔히 느낄 수 있는 어떤 깊은 신뢰와 확신 같은 것이 담기고 있었다.

"그렇지, 조금 전까지도 난 원장한테 엉뚱스런 동상 같은 건 꿈도 꾸지 말라고 말을 한 게 사실이지. 하지만, 바로 그게 원장의 오해란 게야. 원장한텐 하기야 무리도 아닐 테지. 내가 아간 이 섬 문둥이들의 추한 목소리로만 말했거든. 원장의 결심이라도 좀 쉬워지라고 말씀이야. 기왕지사 떠나게 될 일, 원장이 좀 가벼운 마음으로 섬을 떠나게 되라고 말야. 하지만 문둥이가 아닌 온당한 사람의 목소리로 말을 하자면 내 말은 사실 반대였지. 원장도 한번 생각을 해봐. 아니 원장은 나보다도 사실 그걸 더 잘 알고 있을 게야. 누가 뭐라고 해도 사람들은 누구나 자기 맘 깊은 곳에 각자 자기 나름의 동상을 지을 꿈을 지니고 있기 십상이지. 그건 뭐 별로 나쁠 것도 없는 일이야. 말썽은 다만 그 동상을 짓는 방법이지. 원장은 방법이 좋았어. 원장의 방법은 이 섬이 지닌 가장 나쁜 경험도 능히 뛰어넘을 수 있었거든. 그래 사실은 원장이 그걸 원했든 안 했든 간에 이 섬 문둥이들 마음속엔 이미 자기도 모르게 임자의 동상이 크게 들어앉아버렸던 게란 말야. 그 임자의 방법이라는 게 어떤 것이었는지 아나? 어째서 임자의 방법만이 유독 이 섬 문둥이들에게 제물에 모두 임자를 제 동상으로 지니게 할 수 있었는 줄 아나 말씀야. 그야 임자 나름으론 그 때문에 쓰린 경험도 많았고 본심을 속인 적도 없지 않았다고 할지 모르지만, 어쨌거나 내 보기론 임자만이 끝끝내 자기 동상을 혼자 견디려 했기 때문인 게야. 임자만이 유독 그 동상이란 걸 남의 손으로 지으려 하지 않았기 때문에 그 남들이 스스로 임자의 동상을 지니게 된 게란 말씀야. 하지만 상욱이란 사람은 그것도 용납을 하려 들지 않더구만. 그것이 바로 원장과 원장의 동상에 종이 되는 길이라고 말씀야.

하지만 이 늙은이는 달라. 나도 물론 그 사람 맘을 알고는 있지만 난 이제 너무 늙었거든. 기력이 파해가는 모양이야. 난 이제 내가 지닌 원장의 동상이 무서워지질 않는단 말야……"

노인의 목소리가 좀 이상스러워지는 듯싶어 돌아다보니 그는 언제부턴가 말을 하면서 소리 없이 혼자 울고 있었다. 원장을 외면하고 앉은 노인의 두 눈에서 흐리터분한 눈물 줄기가 조용히 뺨 위를 흘러내리고 있었다.

어머니의 죽음을 보고도 슬프거나 무서워할 줄을 몰랐다던 황장로가, 추위에 얼어 죽은 땜장이 할아버지의 품에서 잠을 깨고 나서도 한 줌 보리쌀이 남아 있어 즐겁게 다시 길을 걸을 수 있었노라던 노인이, 문둥병이 몸에 옮은 것을 알고도 별로 대단스레 놀라워할 줄을 모르고 지내왔노라던 그 황희백 노인이, 이제 비로소 그의 앞에 어린애처럼 스스럼없는 눈물을 흘리고 있는 모양을 보자, 조 원장은 우선 기이한 느낌부터 들었다. 노인은 그 본모습을 찾아볼 수 없도록 병으로 일그러지고 나이로 쪼그라든 두 뺨을 지난날 그가 겪은 고난과 원한의 세월을 아프게 되쏟아내놓듯 서서히 그리고 끊임없이 눈물로 적셔 내리고 있었다. 조 원장은 아마 그 자신마저도 자신의 눈물을 의식하지 못한 듯 먼발치로 물끄러미 바다만 내려다보고 있는 노인의 황량스런 모습에서, 그 흐리터분한 눈물로 얼룩이 진 추하디추한 얼굴에서, 그러나 지금까지 끊임없이 그의 눈앞을 가리고 있던 장막이 활짝 걷혀지며 비로소 노인의 진짜 얼굴을 보고 있는 것 같았다. 노인의 진짜 얼굴을 보고, 문둥병 환자가 아닌 그의 깊은 인간의 얼굴을 보고 있는 것 같았다. 그리고 노인이 그에게 하고 있는 모든 말들을 비로소 똑똑히 알아들을 수 있는 것 같았다.

하지만 조 원장은 아직도 그 노인에게 묻고 싶은 것이 한 가지 남아 있었다. 아니 노인의 눈물을 보고 그의 깊은 얼굴을 보고 비로소 그의 말을 알아들을 수 있기 때문에 더욱 하고 싶은 말이 한 가지 남아 있었다.

상욱이 섬을 나가기 전에 황 노인을 찾아왔더라는 사실은 이제 새삼스레 원장을 놀라게 할 바가 없었다. 그가 노인을 찾아가 주고받았을 이야기들에 대해서도 노인이 다시 그를 찾아온 지금으로선 더 이상 깊이 궁금해할 바 없었다. 궁금한 것은 그런 것이 아니었다. 도대체 황 노인과 섬사람들은 그러면서도 무엇 때문에 아직 원장을 용납할 수가 없는가. 노인은 이제 원장을 두려워하지 않는다는데 무엇 때문에 그는 이 섬에서 아무것도 이루어낼 수가 없으며, 아무것도 이루어냄이 없이 섬을 떠나려는 그를 모른 척하고만 있는 것인가—

"말씀을 들으면서 점점 더 알 수 없는 것은 그런데도 전 어째서 지금 이 섬을 떠나야 하는지를 모르겠군요. 이 조백헌인 아무것도 이룸이 없이 이런 꼴로 용서받지 못한 몸으로 섬을 떠나야 하는지를 모르겠단 말씀입니다."

조 원장은 자신의 심경을 솔직하게 털어놓았다.

황 장로는 그러나 조 원장의 그런 소리는 전혀 귀에도 들어오지 않은 듯 여전히 그 먼발치의 바다만 황량하게 내려다보고 있었다. 하더니 그는 역시 원장의 추궁을 끝끝내 그런 식으로 묵살해버릴 수는 없다고 생각한 듯 한참 만에야 다시 짤막하게 대꾸를 해왔다.

"그건 아마 우리가 하느님과 사람의 역사를 믿음으로 행하지 못하고 있기 때문일 테지."

"믿음으로 행하지 못하면 지금까지 장로님께선 이 섬 일을 무엇으로 행해오셨습니까."

조 원장이 곧 노인에게 되물었다.

바다를 내려다보고 있는 노인의 얼굴에선 어느새 그 눈물 자국이 다시 흔적을 감추고 없었다.

"글쎄……, 믿음으로 행하지 못했다면 사랑으로 행하지 못했다는 것이니까…… 믿음과 사랑으로 행하지 못했다면 미움과 의심으로 행하고 있었다는 도리밖에 되질 않지 않아……?"

"어째서 미움과 의심으로밖에 행할 수가 없었습니까? 장로님과 이 섬사람들은 누구보다도 주님을 따르는 사람들이 아닙니까."

"글쎄, 어째서 주님을 따른다는 자들이 그렇지 않은 사람들보다도 더 의심과 미움으로밖엔 행할 수가 없었는지, 그 미움이나 질시가 어디에서 연유하고 있는진 나도 참 생각을 많이 했지. 이게 혹 우리 문둥이들의 진짜 습성이 아닌가고 말야. 주님의 이름을 빌려 그 주님의 믿음과 사랑을 팔면서도 사실은 아무도 그 믿음과 사랑을 행하진 않으려 했던 게 바로 우리 문둥이들의 습성 때문일 수가 있었거든. 그런데 그 이 과장이란 사람이 말을 해주더구만. 섬을 나가기 전에 나를 찾아와서 말씀야. 그 사람은 그걸 자유라고 하더구만. 이 과장이나 나나 이 섬 문둥이들이 지금까지 이 섬에서 행해온 것은 모두가 그 자유라는 것으로 해서였다고 말씀야.

그리고 문둥이가 누구의 종이 되지 않는 길은 그 자유라는 것으로 이루어내는 길밖에 다른 방법은 없다는구만. 생각해보니 그게 제법 옳은 소리 같더라니까. 이 섬에선 아닌 게 아니라 자유로밖엔 행할 수 없었고 자유로밖엔 행해온 바가 없었거든. 이상욱이란 그 사람도 결국 모든 것을 그 자유 한 가지로 행하고 그것으로 섬을 나가고 만 사람 아닌가 말씀야. 그가 그토록 원장의 동상을 경계하고 섬사람들을 경계하고, 끝내는 스스로 섬을 버리고 나간 것 모두가 실상은 그 섬의 자유라는 것 때문이었거든."

노인은 조 원장이 이미 상욱의 비밀을 알고 있을 것을 전제로 그 상욱을 말하고 있었다. 조 원장으로선 황 노인이 미리 상욱의 비밀을 알고 있었던 점에 대해선 조금도 이상한 생각이 들 수 없었다.

하지만 그는 계속해서 묻지 않을 수 없었다.

"장로님의 말씀이 사실이라면, 그렇다면 그 자유로 행함이 이 섬사람들의 습성이나 섬사람들이 저를 용납하지 못하는 이유하고도 무슨 상관이 있다는 말씀입니까. 자유로 행함이 이 섬에선 무슨 허물이라도 되고 있다는 말씀입니까."

"허물이 될 수도 있지. 적어도 이 섬에서는 말씀이야. 내 요 며칠 동안 생각 끝에 얻어낸 것이 바로 그거라니까. 글쎄 그 자유로 행함이 이 섬에선 어째서 허물이 되는 줄을 모르겠나, 원장."

"……"

"그건 이 섬에서야말로 자유라는 것보다 더욱더 귀중한 다른 무엇으로 행함이 있어야 하기 때문인 게야. 자유보다도 더 귀하고 값진 것이 무엇인고 하니 그게 바로 사랑이거든. 이 섬에선 자유보다도 사랑으로 앞서 행했어야 한다는 말씀이야."

"……"

"자유라는 거 그거 말대로만 된다면 그보다 더 좋은 것도 없지. 제 가고 싶은 대로 맘대로 가고, 제 살고 싶은 대로 맘대로 살고, 제 생각하고 말하고 싶은 대로 생각하고 말하게 되는 것보다 우리 같은 문둥이들에게 더 소망스런 바람이 있을 수 있겠나. 하지만 원장도 알다시피 우리한테 언제 한번 그 자유라는 것이 말처럼 그렇게 되어본 적이 있었나. 아옹다옹 언제나 싸움질만 되풀이되어 왔지. 핍박과 원망과 의심의 버릇만을 길들여왔지. 하지만 곰곰 생각해보면 그 또한 당연한 노릇인지도 모르는 일이야. 자유라는 게 원래가 그런 것이었거든. 자유라는 거 누가 가만 앉아 있어도 우리 문둥이들한테 가져다 바쳐주는 게 아닌 터에, 어차피 그건 제 힘으로 빼앗아 가져야 하는 거 아니던가 이 말씀야. 빼앗아 가지려니 싸움질을 해야 하고, 싸움질을 하다 보니 그 사이에 자연 의심과 원망과 미움을 익히게 마련이지. 이상욱 과장이란 사람 모든 일을 그 자유로만 행하고 싶어 했고, 또 오로지 자유로만 행할 줄은 알았어도 거기서 익혀진 몹쓸 버릇들, 일테면 덮어놓고 남을 의심하고 원망하고 미워하는 따위의 심성에 대해서는 미처 눈을 뜨지 못했던 게야. 남을 용서할 줄을 몰랐지. 모든 것을 그저 그 자유 한가지로만 행하려 한 허물이지. 걸핏하면 섬을 빠져나가려는 것도 그렇고, 원장이 문둥이들을 위해 아무리 피땀을 흘려줘도 믿지 못하고 고마워하지 못하는 것도 그렇고 사람을 용서하지 못하는 것, 믿지 못하고 의심하는 것, 미워하고 질투하는 것 모두가 그 자유라는 거 한가지로만 행하려 해온 허물이었어. 빼앗는 자와 빼앗긴 자가 생기게 마련인 싸움이라 당연한 노릇일 게야. 그래 이 섬에서도 우리 문둥이들만의 독특한 버릇과 목소리가 생겨난 모양이겠구. 아까 내가 원장을 섬에서 나가랄 때 말한 그런 뻔뻔스럽고 고약한 문둥이의 버릇들 말씀이야. 생각해보면 자유라는 거 그저 믿음이 먼저 앞서야만 하는 건데, 믿음이 없이는 함부로 행할 것이 못 되는데, 우리 문둥이들한텐 그게 부족했거든. 믿음이 없이 억지 자유를 하자니까 불신과 미움밖에 번지는 것이 없었단 말씀야."

"그렇다면 장로님께선 지금부터 이 섬에서 자유로 행하심을 단념하시겠다는 말씀입니까. 자유로 행하심을 단념하신다면 그럼 이 섬에선 장차 무엇으로 행하고 무엇으로 이룩함이 옳은 길입니까."

조 원장은 이제 노인이 말하고 싶은 것을 거의 분명히 헤아려볼 수가 있었다. 하지만 그는 아직도 황 장로에게 좀 미심스러운 것이 남아 있었다. 이 노인은 이제부터 정말로 자유로 행하기를 단념하겠다는 것인가. 그렇다면 이 섬은 앞으로 도대체 어떤 모습이 되어갈 것인가. 그 위태롭고 부질없는 탈출극은 마침내 이 섬에서 자취를 감출 날이 올 것인가—

하지만 황 장로는 이미 조 원장의 그런 궁금증들에 대해서도 경탄스럴 만큼 명쾌한 해답을 마련해두고 있었다.

"그야 물론 사랑이어야겠지. 이제 이 섬은 자유로는 안 된다는 걸 알았으니 다시 또 그런 자유로만 행해나갈 수는 없을 게야. 자유라는 건 싸워 빼앗는 길이 되어 이긴 자와 진 자가 생기게 마련이지만, 사랑은 빼앗음이 아니라 베푸는 길이라서 이긴 자와 진자가 없이 모두 함께 이기는 길이거든. 하지만 이건 물론 자유로 행해나갈 것도 지레 단념을 한다는 소리는 아니야. 아까도 잠깐 말했지만 이제 이 섬에선 자유보다도 더 소중스런 사랑으로 행해나갈 수 있어야 한다는 소리일 뿐이지. 자유가 사랑으로 행해지고 사랑이 자유로 행해져서, 서로가 서로 속으로 깃들이면서 행해질 수만 있다면야 사랑이고 자유고 굳이 나눠 따질 일이 없겠지만, 이 섬에서 일어난 일들로 해서는 자유라는 것 속에 사랑이 깃들이기는 어려워도, 사랑으로 행하는 길에 자유가 함께 행해질 수도 있다는 조짐은 보였거든. 그리고 아마 이 섬이 다시 사랑으로 충만해지고 그 사랑 속에서 진실로 자유가 행해지는 날이 오게 되면, 그때 가선 이 섬의 모습도 많이 사정이 달라질 게야."

황 장로는 이제 그쯤 하고 싶었던 말이 거진 다 끝이 나가고 있는 것 같았다. 그는 말을 끝내고 나서 이젠 그만 내려가봐야 하지 않겠느냐는 듯 아래쪽 공사장을 향해 스적스적 언덕길을 몇 발짝 앞장서 걸어 내려갔다.

남해의 3월이라고는 하지만 바닷가 바람 끝이 제법 옷깃 속을 차갑게 스며들고 있었다. 조 원장도 이젠 그만 자리를 일어서려던 참이었다.

그런데 몇 발짝 언덕길을 앞장서 내려가던 노인이 또 무슨 생각이 떠올랐는지 슬그머니 다시 발길을 멈추고 돌아서며 혼잣말처럼 낮게 중얼거리고 있었다.

"그런데 참, 인연하곤 참으로 이상스런 인연이란 말씀이야."

그리고 나서 황 노인은 조 원장 쪽에서 무슨 대꾸가 있건 없건 혼자서 계속 말을 이어나갔다.

　"이 섬에서 진실로 사랑으로 행해야 할 사람들은 그것으로 행할 줄을 모르고 오히려 그것을 배워 알게 하여주십사 기도를 바쳐야 할 사람한테서 거꾸로 그것을 배워 깨닫게 된 인연이라니……"

　하지만 그것은 이미 조 원장으로서는 무슨 대꾸도 할 수가 없는 말이었다. 그리고 황 노인의 그 마지막 몇 마디 말이야말로 이날 오후 그가 조 원장에게 일깨워주고 싶고 기억시켜주고 싶었던 가장 값진 다짐의 말이 아닐 수 없었다.

　"원장은 그래도 하느라고 했거든. 지금 와서 보면 원장이 이 섬에서 행해온 것은 모두가 사랑으로 해서였던 게란 말야. 그 원장을, 원장과 함께 사랑으로 행할 수 없었던 못난 문둥이들이 받아들일 수가 없었던 게야. 그 알량한 자유 하나로 모든 것을 행하려 한 옹졸스런 문둥이들이 외려 그 원장을 용납할 수가 없었던 게란 말씀야. 일이 왼통 거꾸로만 되어왔던 심이지. 그렇다고 뭐 그동안 원장이 이 섬에서 행해온 일들이 오늘로 모두 허사가 되어버릴 수는 또 없을 게야. 이 황량한 문둥이들의 가슴속에 원장은 그래도 제법 훈훈한 사랑을 보여주려 했거든."

　언제부턴가 다시 길을 천천히 걸어가고 있는 노인의 입에선 마치 신이라도 내린 듯 거기서도 한동안 더 혼잣말이 계속되어 나오고 있었다.

　"그건 아마 모처럼 이 섬에 남겨진 사랑의 동상이 될 게야. 눈에는 잘 보이지 않겠지만, 이 섬에선 그래도 처음으로 제 손으로 제가 지어 지니게 될 그런 동상, 아무도 목을 매어 끌어내리고 싶어 할 자가 없는, 이 섬이 우리 문둥이들의 것으로 남아 있는 한 오래오래 이곳에 남아 있어야 할 단 하나의 사랑의 동상으로 말씀야……"

제3부

천국의 울타리

29

조백헌 원장이 섬을 떠나간 지도 어언 7년여의 세월이 흐르고 있었다.

7년이라면 강산이 절반은 훨씬 변했어야 할 짧지 않은 세월이었다. 그러나 7년여의 세월 동안 어느 곳보다도 변화가 많았어야 할 섬에는 오히려 아무것도 변한 것이 없었다.

바뀌고 변한 것은 사람들뿐이었다. 그동안 섬 병원 원장 직을 맡아 왔다 간 사람 수만도 세 명이나 되었다. 어떤 경우는 불과 반년 남짓한 부임 기간 동안 원생들의 투병 실태나 여타의 섬 실정과는 제대로 손발이 익어지기도 전에 섬을 떠나가버린 원장도 있었다.

사람이 바뀐 것은 원생들 쪽도 마찬가지였다. 원생들도 쉴 새 없이 변하고 바뀌어갔다. 조 원장이 섬을 떠날 무렵에도 나이를 먹고 있던 사람들은 그새 많은 수가 벌써 만령당 영혼의 집으로 갔고, 소 원상의 마지막 친구였던 황희백 장로 역시 어느 해 가을 마침내 그 끝없는 '주님의 날'을 맞아 영원한 안식의 길을 떠나갔다. 섬에는 그러나 떠나간 사람들보다도 더 많은 수의 생명들이 태어나 자라가고 있었고, 그 새로운 생명들의 아비와 어미들은 그들보다 먼저 주님의 날을 맞아 간 수많은 섬사람들을 뒤따라 성장하고 늙어갔다.

변하고 바뀌어온 것은 대체로 그 사람들뿐이었다.

사람들을 제외하면 섬에서는 7년 전이나 지금이나 달라진 것이 거의 없었다. 오마도 간척지는 아직도 마무리가 지어지지 않고 있었다. 사업장은 제방 공사만 끝났을 뿐 더 이상 개간이 진행되지 못하고 있었다. 3백만 평 간척지엔 몇 년 동안 허연 소금꽃만 피어 있었다. 개간지 분배권을 넘겨받은 군(郡) 당국이 아직 땅 주인을 정하지 못하고 있기 때문이었다.

섬사람들의 생활은 다시 그 오마도 공사를 시작하기 이전으로 되돌아가고 있었다. 무엇보다 아직까지도 그 탈출자가 그치지 않았다. 잊을 만하면 별반 이유도 없이 탈출 사고가 생겨나서 섬 안에 새로운 말썽을 빚어냈다.

따지고 보면, 섬에서 달라진 것이란 오직 그 사람들뿐이라 말한 것도 옳은 소리는 아니었다.

과연 그러했다. 섬에서는 그 사람들조차 별로 달라진 것이 없는 셈이었다. 사람들이 달라진 것은 외모나 이름뿐이었다. 예나 이제나 마음속은 늘 마찬가지였다. 생활 습성도 이전 그대로였다.

섬은 변하지 않고 있었다.

원장이 자주 바뀌게 된 것도 실상은 거기 원인이 있었다. 그야 이 섬 병원 원장 자리가 어느 누구에게나 마음이 선뜻 내켜올 만큼 인기가 좋은 곳은 아니었다. 섬으로 가라 하면 대개는 마음이 주춤했다. 하지만 그사이 벌써 네 번씩이나 원장이 바뀌어 들었다면, 그 책임이 원장들에게만 있는 것은 아니었다. 섬을 변하게 할 수 없었던 데에 원장이 자주 바뀐 이유가 있었다.

섬을 변하게 하자면 무엇보다도 오마도 일이 옳은 방법으로 해결지어져야 했다. 애초의 약속과 희망대로 원생들로 하여금 그들이 땀 흘려 일한 만큼 자신들의 몫을 차지하게 해줘야 했다. 그들의 땅에서 농사를 짓고 수확을 거두게 해줘야 했다. 오마도 문제의 떳떳한 해결만이 섬사람들에게 변화를 줄 수 있었다. 오마도만이 섬사람들에게서 사라져가는 믿음을 회복해줄 수 있었고, 오마도만이 그들에 버릇되어 있는 비생산적인 생활의 타성을 바꾸어줄 수 있었다.

하지만 원장들은 아무도 그것을 할 수 없었다. 아무도 오마도 간척지 분배 문제에 바람직한 해결책을 구할 수가 없었다. 원장들은 누구나 그 오마도 일부터 해결을 짓고 싶어 했지만, 오히려 그 때문에 더욱더 무력하게, 그리고 서둘러서 섬을 떠나가지 않으면 안 되었다.

오마도 문제는 누구의 힘으로도 쉽사리 끝장이 날 수 없었다.

그러던 어느 해 봄 3월 하순경. 2, 3일 정도만 지나면 섬 거리 전체가 온통 구름 같은 벚꽃으로 뒤덮이게 될 그 이른 봄의 어느 날 이 섬에는 한 낯익은 손님이 찾아왔다. 이제는 이미 환자와 건강인이 사리를 함께 뒤섞여 타고 있는 소록도와 녹동 간 나룻배로 남해의 한 유서 깊은 해협을 건너온 사람은 『C일보』의 이정태 기자였다.

— 원장님, 아무쪼록 무작정 기다리려고만 하지 마십시오. 저들이 얼마나 더 기다려줄 수 있을 것인지는 아무도 장담할 수 없는 일 아니겠습니까.

오마도 공사가 시작된 지 반년—바닷물 속에 아무리 바윗돌을 던져넣어도 물속에서 돌둑이 솟아오를 기미를 안 보이고 있을 때, 그때 마침 오마도 공사 현장 취재차 사업장 원생들 사이에서 함께 돌등짐질까지 했던 이정태 기자—, 그리고 마침내는 참으로 받아들이기 고통스러운 불길한 경고를 남기고 섬을 떠나갔던 그 이정태 기자가 섬을 다시 찾아온 것이다.

뭍에서는 무심히 넘겨볼 수 없는 기이한 결혼 잔치가 섬 안에 준비되고 있었기 때문이다. 벚꽃 피는 봄을 맞아 섬 안에선 미구에 건강인 처녀 한 사람과 음성 병력자 총각 사이에 드물게 보는 혼인 잔치가 치러질 예정이었다.

이정태 기자가 섬을 찾아온 것은 그 혼인식의 취재가 표면적인 목적이었다. 그러나 그는 그 혼인식 취재 이외에도 또 하나 다른 방문의 목적이 있었다. 그것은 그 두 남녀의 어려운 결합을 성사시킨 혼사의 중매인 겸 후견인 노릇을 해온 한 집념의 사내를 만나보는 것이었다. 이정태는 이번 혼사의 당사자들인 윤해원과 서미연의 사연을 일찍부터 알고 있었다. 그만큼 두 사람의 결합에 남다른 관심과 이해를 가지고 있었다. 그것이 이 섬과 섬사람들에게 뜻하는 바가 무엇인가도 알고 있었다. 그 두 사람의 결합에는 한 후견인의 심상치 않은 역할이 크게 작용을 하고 있었다. 두 사람의 결합을 성사시킨 것도, 그리고 두 사람의 혼인식을 때맞춰 마련한 것도 모두가 그의 주선 아래 이루어지고 있는 일이라 했다.

조백헌 전 원장이 바로 그 인물이었다. 조백헌 원장— 그러니까 그 전임 날로 예정한 절강젯날을 이틀이나 앞두고 있던 7년 전의 3월 초순 어느 날 저녁, 이렇다 할 이임 행사조차 없이 홀연 섬을 떠나갔던 조백헌 원장, 황희백 노인과 서무과장 두 사람만의 조촐한 배웅 속에 조용히 섬나루를 건너갔던 그 조백헌 전 원장이 이젠 다시 섬으로 돌아와 있었던 것이다.

조백헌 원장이 다시 섬으로 돌아온 것은 그러니까 그에겐 사실 숙명이나 다름없었다. 그는 섬을 떠난 후로도 물론 섬을 잊을 수가 없었다. 그는 계속해서 섬 소식을 듣고 있었다. 오마도 일이 끝끝내 원생들을 실망시키고 있다고 했다. 원장들이 쉴 새 없이 자주 바뀌어간다고 했다. 그는 마음이 잡히지 않아 자기 병원 일도 온전히 감당을 해낼 수 없었다.

그는 그가 해야 할 일을 알고 있었다. 그는 진실로 그가 해야 할 일을 알고 있었으므로, 마산 쪽 병원일엔 자기가 잘 맞지 않고 있음도 알고 있었다.

그는 다시 섬으로 돌아가고 싶었다. 섬으로 다시 돌아가야 했다.

그는 관계 요로의 고위층 인사를 접할 기회가 있을 때마다 자주 소록도 병원으로의 재임을 희망했다. 그의 청원은 번번이 묵살당

했다. 그렇지 않아도 불이 붙어 있는 오마도 간척지 분배 문제에 또 하나 위험스런 불씨를 끌어늘이지 않으려는 속셈에서였다면, 그건 너무나 당연한 노릇이었다.

사표를 써 던질까도 여러 번 생각했다. 하지만 아무래도 용기가 나지 않았다. 전임 발령을 내주지 않아서보다도 그를 더욱더 망설이게 하는 것이 있었기 때문이다. 그가 진실로 다시 섬으로 돌아가야 한다는 스스로의 구실과 명분을 마련할 수 없었기 때문이다. 섬을 떠나지 않을 수 없게 했던 황 장로와 상욱들에 대답할 자기 명분이나 이해가 아직도 마련되지 못하고 있었기 때문이다. 섬은 자유로 행하려 하기 때문에 그를 용납할 수 없다고 했다. 섬사람들은 자유로 행하려 했고 원장은 사랑으로 행하려 했음도 알고 있노라고 황 장로는 설명했다. 하면서도 황 장로는 그의 그런 개인적인 감사를 표했을 뿐, 조 원장의 그 사랑의 방법이라는 것을 말로 인정할 수 있었을 뿐, 그들의 섬 위에 그것을 용납할 줄을 몰랐었다. 그 섬에선 자유가 사랑 속에 깃들이는 것을, 그 자유를 사랑으로 행할 수 있음을 황 노인은 믿으려 하지 않았다. 사랑의 징후를 말했을 뿐 노인은 그것을 느끼거나 믿을 수가 없었던 것 같았다. 그래 그는 끝끝내 조 원장을 섬에서 나가게 했었다. 조 원장은 아직도 그처럼 섬의 자유와 그 자신의 사랑이라는 것이 배타적이어야만 하는 이유를 알 수 없었다. 그의 사랑의 방법이 진실로 섬사람들의 가슴에, 그들의 자유 속에 깃들일 수 없는 이유를 알 수 없었다. 그것을 분명하게 이해할 수 없는 한엔 전임 명령을 얻어낸다 해도 돌아갈 수가 없는 섬이었다. 돌아가도 의미가 없는 일이었다.

그는 5년을 기다렸다. 자유와 사랑의 방법이 서로를 용납할 수 있는 길을, 그와 섬사람들 사이에 그것이 그렇게 될 수 없었던 수수께끼의 해답을 기다리고 있었다.

그러던 어느 날이었다. 그에게로 느닷없이 한 통의 편지가 날아들었다. 그보다 한 발 앞서 섬을 버리고 갔던 이상욱에게서였다. 그리고 그 상욱의 편지 속에서 그는 비로소 모든 것을 깨달았다.

그는 마침내 마산병원을 스스로 물러났다. 그리고 그길로 곧 섬으로 돌아왔다. 하지만 이번에는 물론 병원의 새 원장으로서가 아니었다. 섬을 위해 무엇인가를 해보겠다는 개인 조백헌의 신분으로서였다.

그렇게 그가 다시 섬으로 돌아온 지도 2년여. 하지만 조백헌 원장(섬사람들이 그를 여전히 조 원장 조 원장 하듯이, 여기서 그를 원장이라 부르는 것은 전관의 예우로서도 당연한 호칭이 되리라)이 돌아온 이후의 그 2년여 기간 동안에도, 그는 아직 오마도 문제에 대해서만은 역시 별다른 해결의 실마리를 찾지 못하고 있었다. 모습조차 분명치 않은 상대와 기나긴 싸움만 계속하고 있었다. 더욱이나 그는 이제 현역 원장의 신분도 아니었다. 섬을 찾아 들어올 때는 그것이 오히려 바람직하다 생각했고, 그것이 그 자유와 사랑의 실천적 화해라는, 섬사람들과 원장 사이의 눈에 보이지 않는 갈등을 해소해나가는 데도 결정적으로 유리한 입장일 수 있다고 생각한 조백헌 원장이었다. 하지만 막상 일을 당하고 보니 사실은 그게 아니었다. 그로서는 또 한 번의 거듭된 실패였다.

사정이 그런 조 원장이었다.

　이정태 기사는 물론 조 원장의 그런 자세한 사연을 다 알고 있진 못했다. 그가 어떻게 해서 섬을 나갔고, 어떤 동기에서 어떤 각오로 다시 이 섬을 들어오게 되었는지는 그의 생각을 들은 바도 없거니와 짐작을 하기도 어려웠다. 하지만 그는 애초부터 이 섬과 섬 사람들의 운명에 대해, 그 섬의 운명과 조백헌이라는 한 집념 질긴 사내와의 관계에 대해 남다른 관심과 이해를 가져오던 사람이었다. 조 원장이 섬을 떠난 후로도 이 섬에 대한 소문에는 늘 소홀히 하지 않아왔던 이정태였다.

　그러던 어느 해던가. 그는 그 조백헌 원장이 다시 또 섬으로 돌아갔다는 소식을 듣게 됐다. 그는 언젠가 그 조백헌이라는 사내를 다시 한 번 찾아볼 생각을 먹기 시작했다. 그를 찾아보고 그가 섬을 떠나게 된 경위와, 관직을 버리고 다시 섬을 찾아오게 된 동기하며 각오 같은 것을 듣고 싶었다. 이정태 기사가 보기에도 섬의 일은 실패가 분명했다. 조 원장을 만나보면 그 눈에 보이지 않은 실패의 원인을 들을 수 있을 것 같았다. 그를 한번 찾아가보리라. 조 원장을 찾아가 만나보는 것이 거의 어떤 의무처럼 여겨져오던 몇 년이었다. 그러면서도 그럭저럭 틈을 못 잡고 기회를 미뤄두고 있던 이정태였다.

　그러던 이정태 기사에게 마침내 기회가 왔다. 섬 안에 벚꽃이 만발하는 4월에 보기 드문 두 남녀의 혼인 잔치가 벌어진다는 소식을 전해 들은 것이다. 더욱이나 그 한 쌍의 결혼을 주선하고 두 사람의 혼인 잔치를 서두르는 데는 이 병원의 현직 원장이 아닌 조백헌 개인의 노력이 크게 작용하고 있다는 소식이었다.

— 작자가 또 무슨 일을 꾸미는 건가.

그는 곧 섬을 찾을 결심을 했다. 그리고 그 3월 하순 무렵의 따스한 일요일 아침 마침내 섬을 들어가는 나룻배를 타게 된 것이다.

섬 건너 녹동읍 여관방에서 하룻밤을 지내고 난 이정태 기자가 나루를 건너 조 원장 숙소를 찾았을 때는 그 일요일 아침 10시쯤이었다. 건강인 지대의 관사촌 빈집을 하나 빌려 쓰고 있는 조 원장은 가족도 없이 한 음성 병력자 처녀의 시중 속에 혼자서 불편한 섬 생활을 하고 있었다.

하지만 이정태가 조 원장을 숙소로 찾았을 때는 일요일 아침인데도 그는 벌써 집을 비우고 없었다. 일요일 아침나절이었으므로 원생들은 모두 교회당으로 가고 섬 안은 온통 길거리가 텅텅 비어 있었다. 하지만 조 원장은 원래 교인이 아니었다.

원장은 아침부터 산으로 나무를 캐러 나가 있다고 했다

처녀 아이가 곧 산으로 쫓아 올라가 조 원장을 데리고 왔다.

"아니, 이게 누구요. 이정태 기자가 아니오!"

처녀 아이에게 미리 전갈을 전한 탓도 있었겠지만, 조 원장은 아직 이정태를 기억하고 있었다. 기억을 할 뿐 아니라 그는 이정태의 방문을 진심으로 반기는 기색이었다.

"어떻게 된 일이오? 어떻게 이런 먼 길을 다시 찾아주신 거요?"

나무를 캐러 갔더라는 사람이 마음이 바빴던지 조 원장은 풀포기 하나 캐어 오지 않았다. 그는 관사 문을 들어서자 괭이와 삽을 처녀 아이에게 맡기곤 이정태를 껴안을 듯 두 팔을 벌리고 덤벼들었다. 흙도 털시 않은 손으로 이정태의 두 손을 덥석 부여잡은 그는 오랫동안 인적을 몹시 그리워해오던 사람처럼 티 없이 반갑고 유쾌한 얼굴을 했다. 그리고 이정태가 무엇 때문에 다시 섬을 찾아왔든, 그를 다시 만나게 된 것이 적지 않이 즐거운 듯 다짜고짜 그를 집 안으로 끌어들였다. 그리고는 다다미방 응접실에 이정태를 혼자 앉혀놓고 자신은 한동안 사람도 없는 집 안을 여기저기 들추고 다니며 손님 접대 준비를 서둘렀다. 흙 묻은 손을 씻고, 옷을 갈아입고, 그리고 심부름을 하는 처녀 아이에게 이것저것 시중거리들을 부탁했다.

"휴게실에 정순이란 아이 나왔거든 이리로 차 좀 보내달래라. 손님이 오셨다구."

"난 오늘 누가 찾아와도 안 만날 게니 공판장에 가서 술이나 좀 가져오도록 해라. 안주 할 것 있으면 안주도 좀 하고—"

"그리고 참 이따가 구라회관 내려가서 최 영감한테 손님 쉴 방 하나 덥혀놓으시라 일러놓아야 할 게다."

그는 이정태의 의향은 묻지도 않고 이것저것 모든 일을 마음대로 결정해버리고 있었다. 묻지 않아도 이정태의 방문 목적이나 체재 일정을 짐작하고 있다는 식이었다. (그야 결혼식 취재를 하고 가자면 어차피 하루 이틀은 밤을 묵어갈 곳을 정해놓아야 할 이정태의 형편이기는 했다.) 그리고 나서야 조 원장은 간신히 이정태와 자리를 함께해오며, 이제부턴 둘이서 술이나 모처럼 한번 실컷 취해보겠다.

"자 그럼 이제부터 우린 술이나 합시다. 이 기잔 아마 결혼식 때문에 섬을 찾아왔겠지만 결혼식은 4월 초하루로 날을 받아놓았으니까 아직은 며칠 시간이 남았어요. 섬 거리에 벚꽃이 활짝 피어줘야 하거든요. 그때까진 안심하고 술을 마실 수 있겠지요."

30

이윽고 휴게실의 한 음성 병력자 처녀 아이로부터 차가 날라져 오고 술자리도 곧 마련되었다. 두 사람은 아침부터 무슨 굶주린 술귀신들처럼 술잔을 비워대기 시작했다. 그렇게 한참 취기를 돋우다 보니 이정태는 문득 한 가지 새삼스런 생각이 들었다. 조백헌 원장은 원래 성격이 그리 유쾌한 위인이 아니었다. 유쾌하다기보다는 무뚝뚝한 편이었고, 호탕하기보다는 우직스런 쪽이었다. 그러던 그가 사람이 달라져 있었다. 이정태로서는 상상도 할 수 없을 만큼 유쾌해하고 걷잡을 수 없이 호탕스러워지고 있었다. 술기가 어지간히 배어 오르기 시작하면서 그 호탕스러움은 차츰 어떤 자신도 의식하지 못한 거센 광기로 휘말려들고 있었다.

하지만 이정태는 알고 있었다. 조 원장은 진실로 유쾌해하고 진실로 호탕스러워지고 있는 것이 아니었다. 그 유쾌함, 그 호탕스러움에서도 이정태는 이상스럽게 처절스런 어떤 조 원장의 광기 같은 것이 느껴졌다.

이정태는 오히려 그 원장의 광기 속에서 그의 소망과 괴로움을 볼 수 있었다. 외로운 침묵 속에 얼마나 많은 말들이 참아져오고 있었던가를 알 수 있었다. 입을 다물고 견딜 수밖에 없는 그의 진실이 얼마나 힘겹고 외로운 것인가를 알 수 있었다. 그가 얼마나 사람을 만나 그의 고통스런 말들을 나누어 지녀주기를 바라왔는가를 알 수 있었다.

"내 이 형한테 하나 보여주고 싶은 게 있는데, 이 형은 이게 뭔지 말해줄 수 있겠소?"

술이 어지간히 취해오자 조 원장은 이제 이정태 기자를 이 형이라 불렀다. 한 되들이 청주 한 병이 다 비워지고 새 술병이 들어왔을 때, 조 원장은 갑자기 생각이 떠올라오는 듯 이정태를 손짓해 불렀다.

"난 벌써 이 형 쪽에서 물어올 줄 알았더니…… 저게 이 형은 뭘로 보이오? 저 구석에 세워진 거 말이오."

조 원장이 가리킨 것은 웬 커다란 고목나무 뿌리를 둥치째 캐어다 세워놓은 것이었다. 하얗게 껍질을 벗기고 잔뿌리를 잘라낸 고목 뿌리 둥치에는 거뭇거뭇 불지짐질을 가한 흔적이 남아 있었다.

"저게 뭡니까. 무슨 고목나무 뿌리가 아닙니까?"

이정태는 영문을 몰라 원장에게 되물었다. 원장의 말은 그러나 물론 그걸 물은 것은 아니었다.

"맞아요. 고목나무 뿌리를 캐어다 껍질을 벗겨놓은 거요. 하지만 내가 이 형한테 묻고 싶은 건 그게 아니야요."

"그럼 뭘 묻고 싶으신 겁니까."

"저게 예술 작품이 될 수 있느냐 어떠냐는 거요. 이 형은 도회지

412

에서 많이 보았으니까 알 게 아니오. 이를테면 전람회 같은 델 가
보면 저런 조각품 비슷한 것들이 많지 않소? 하지만 비슷한 것만
가지고는 장담을 못하지요. 저게 정말로 작품이랄 수가 있는 거냐
어떠냐 그걸 알고 싶단 말이우다."

"원장님께선 그럼 조각 작품으로 손수 저걸 다듬어놓으신 겁니
까?"

"아니지요. 난 그저 고목 뿌리를 캐다가 껍질을 벗기고 잔뿌리
를 적당히 잘라냈을 뿐이오. 그래 놓고 보니 아닌 게 아니라 이게
진짜 무슨 작품이라도 된 것 같단 말야요. 아름답지 않아요? 그래
서……"

하고 보니 그가 산으로 나무를 캐러 나간 것은 살아 있는 나무가
아니라 죽은 나무뿌리나 고목 둥치 같은 것을 구하기 위해선 모양
이었다. 집 안에 여기저기 그런 물건이 놓여 있는 것으로 보아 하
루 이틀 나다닌 일이 아니었다.

"원장님께서 아름답게 보고 계시다면 그걸로 작품의 가치는 충
분한 것 아닙니까."

이정태는 대꾸가 차츰 조심스러워졌다.

조 원장은 아직 그쯤으론 만족할 수가 없는 모양이었다.

"아니, 그런 소릴 듣자는 게 아냐요. 난 확신을 얻고 싶어요. 일
테면 공인을 받자는 것이지요. 나 혼자서 말고 다른 사람에게도
이게 작품이랄 수가 있느냔 말이오. 다른 사람들도 이 나무뿌리의
아름다움을 보고 그것과 말을 할 수가 있느냐 이거요."

"……"

엉뚱하게도 원장은 예술성을 묻고 있었다. 원장이 묻고 있는 것은 이를테면 창작자와 창작물 사이의 대화에 대해서였다. 창작자와 대상과의 영혼의 교감에 대해서였다. 조 원장으로서는 어쩌면 당연한 노릇일지도 몰랐다. 어쨌거나 그 역시 그 광기의 한 모습이었다.

이정태는 잠시 대꾸를 잃고 앉아 있었다.

"난 이런 생각을 자주 해왔어요. 눈을 뜨고 찾아내려고만 하면 이 땅 위엔 아름답고 귀한 것이 얼마든지 많을 거란 생각 말이오. 하지만 그 아름답고 귀한 것들은 우리가 눈을 뜨고 찾아내지 않으면 함부로 모습을 드러내 보이질 않습니다. 볼 수가 없습니다. 누구의 눈에도 띄어본 일이 없이 우리 눈앞에서 숨어 사라져버리는 것들이 얼마든지 많습니다."

이정태가 대꾸를 않고 있으니까 조 원장이 다시 혼자서 말을 이어갔다. 그는 이제 번들번들 눈빛까지 빛내가며 추궁하듯 이야기를 계속해나갔다.

"바로 저 나무뿌리가 그런 것 중의 하나지요. 산에만 올라가면 저런 고목나무 뿌리는 얼마든지 많습니다. 모두가 땅속에 숨어 있어요. 놔두면 제물에 썩어 없어져버릴 것들이지요. 하지만 내가 올라가 땅을 파고 썩어가는 뿌리를 찾아주면, 저것들은 제 몫의 아름다움을 되찾아 지니고 저렇게 내게 말을 하기 시작합니다. 요즘 사람들 현상의 실첸가 뭔가를 찾아낸다고 생 유리창을 주먹으로 두들겨 깨기도 하고, 새끼줄을 이리저리 얽어매는 따위의 별스런 짓까지 하는 모양입디다만, 이 나무뿌리는 그렇게 힘이 들 필요가 없어요. 일부러 뭘 만들어낼 필요가 없어요. 제가 원래 지닌 아름다움이 있거든요. 그 숨어 묻혀 있는 아름다움을 찾아내주기만 하면 그만이니까. 놔두면 그냥 땅속에서 썩어 없어질 나무뿌리를 찾아내주기만 하면 그만이란 말이우다. 그게 예술이 안 됩니까. 그래선 예술 작품이 안 되는 거외까?"

"하지만 원장님께서도 그냥 나무뿌리만 찾아 내다놓은 건 아닌 것 같군요. 여기 이렇게 불지짐을 해놓은 건 무업니까. 원장님께서 일부러 불자국을 낸 거 아닙니까. 나무뿌리 자체로는 부족하니까 거기에 아마 원장님의 만족스런 조형 의지를 실현해낼 목적으로……"

이정태는 아무래도 그 거뭇거뭇한 불지짐 자국 쪽에 더욱 주의가 기울고 있었다.

이정태의 추궁에 대한 조 원장의 대꾸는 너무도 진지하고 분명했다.

"아, 그거 말이오! 그거 다 내가 나무뿌리하고 말을 한 흔적이오."

"말을 한 흔적이라뇨?"

"싸움에 지치고 나면 혼자서라도 말을 해야 하니까요. 이렇게 말하면 이 형은 이미 짐작이 가겠지만 싸움이 오죽 많습니까. 오마도 농장 일에, 원생들의 눈에 보이지 않는 반발에…… 의사가 부족한 일이라 가끔가다 선심 삼아 돕는 일이지만 그 지겨운 문둥이 수술 때의 긴장하며……, 덮어놓고 기다리는 것도 못 견딜 싸움입니다. 그렇다고 누구 눈에 보이는 싸움의 상대나 있습니까.

이웃이 있습니까. 그래 나는 말을 해야만 했어요. 혼자서라도 말 야요. 혼자서 말을 하는 방법이야 많지요. 술도 마시고 산으로 올라가 나무뿌리도 캐고…… 그것으로도 부족하면 그땐 쇠꼬챙이를 불에 달구어 저것들을 저렇게 지져대곤 했지요. 내 몸을 지지는 아픔을 느끼면서 저걸 저렇게 지져대곤 했어요. 그런 짓이라도 하고 나야 속이 좀 후련해집니다. 그게 내 말입니다. 검은 상처들은 모두가 저 나무뿌리와 나 사이에 오간 말의 흔적입니다. 그래야 겨우 자신을 지탱해나갈 수가 있었거든요. 일부러 작품을 만들고자 한 짓은 아니야요."

조각가가 작품을 제작할 때마다 그 피조물과 정말로 무슨 말을 주고받는 것일까. 하더라도 사람과 작품 간의 영혼의 교감이 조백헌 이 사람에게서처럼 치열할 수가 있을까. ─듣고 보니 원장의 나무뿌리는 참으로 귀중한 예술 작품이 아닐 수 없을 듯싶었다. 땅속에 묻힌 아름다움을 찾아내주고 그것과 말을 하고 영혼의 교감을 통해 가장 값진 위로를 받고 있다면, 원장의 나무뿌리야말로 그에게는 가장 진실한 의미의 예술품이 아닐 수 없었다. 그리고 그 나무뿌리의 아름다움과, 그것과 원장 사이의 영혼의 교감과 위로가 다른 사람에게도 함께 전해질 수만 있다면 그것은 원장이 원하듯 만인의 예술로 공인이 될 수도 있을 것이었다. 적어도 이정태 스스로는 그것을 충분히 확언할 수 있었다.

거뭇거뭇 불 자국이 남은 나무뿌리의 모습이 이정태 기자 앞에서 서서히 숨을 쉬기 시작한 생명체로, 원장의 말과 영혼을 간직한 아름다운 구원자로 변해가고 있는 것 같았다. 조 원장 자신이 그것을 의식하고 있었는지 어쨌는지는 알 수 없었지만. 그것은 어쩌면 이 섬사람들과 조 원장 자신과의 어떤 불가결하고도 치열스런 관계를 상징적으로 보여주고 있는 것 같기도 하였다.

하지만 어쨌거나 그 역시도 또한 조 원장의 광기의 한 모습이었다. 그는 때로 핀을 뽑은 폭발물을 손에 쥔 사람처럼 불안스런 투지와 자신감에 넘쳐 보이기도 했고, 때로는 이제 모든 것을 체념해버린 무기력하고 지친 한 중년의 한 모습을 하고 있기도 했다. 자신감에 넘쳐 있거나 피곤한 얼굴을 하고 있거나 이정태는 조 원장의 그런 모습과 언동에서 쉴 새 없이 일렁이고 있는 그 무서운 광기와 불안스런 감정의 소용돌이를 느끼고 있었다.

"섬에만 오래 계시더니 원장님은 이제 무엇엔가 잔뜩 미쳐가고 계신 것 같군요."

이정태는 그 원장을 두고 마침내 참고 있던 한마디를 뱉어버리고 말았다. 아닌 게 아니라 이정태는 원장이 이제 미쳐가고 있는 거라고 생각했다.

그는 물론 그것을 위태롭게 생각하진 않았다. 더더구나 이정태 자신으로선 그런 원장을 발견한 것이 무엇보다 다행스러울 지경이었다. 오랫동안 망설여오던 그의 숙제를 한 가지 풀어버린 것 같았기 때문이다. 원장의 광기를 보자 그는 섬까지 다시 그를 찾아오지 않을 수 없었던 오랜 숙제에서 무거운 짐 한 가지를 내려놓은 듯싶었기 때문이다.

"내가 미쳤다구요? 이 형한테도 내가 그렇게 뵈오?"

이정태의 갑작스런 말에 원장은 비로소 술기가 조금 가신 얼굴

로 상대방을 노려보았다. 하지만 이정태는 원장이 성을 내고 있지
않다는 것을 알고 있었다. 이정태도 조 원장도 새삼 화를 내야 할
일은 없었다. 조 원장도 물론 그것을 알고 있었다.

"하긴 그렇게 보일 수도 있겠지요. 그렇지 않아도 난 섬사람들한
테 가끔 그런 소릴 듣고 있는 판이니까. 나도 그걸 알고 있어요."

원장은 다소 기가 꺾인 어조로 제풀에 실토했다.

"하지만 난 부끄럽진 않소. 이런 식으로 미쳐 지내기라도 하지
않으면 난 이 섬을 참을 수가 없어요. 미치기나 해야 견딥니다. 알
겠소? 이 섬은 미치지 않고는 견뎌낼 수가 없단 말요."

"저도 그걸 힐난하자는 건 아닙니다."

이정태도 이젠 사뭇 목소리가 가라앉고 있었다. 아닌 게 아니라
조 원장은 이제 그런 광기가 아니고는 더 이상 자신을 지탱해갈 수
없을지 모른다는 생각 때문이었다.

"원장님이 미쳐 계신 것을 힐난하자는 게 아니라, 전 오히려 그
런 원장님을 보게 된 것이 저 개인으로는 무척 다행스런 일로 생각
되고 있으니까요."

"개인적으로 다행스럽다니?"

원장이 어리둥절한 얼굴로 이정태를 건너다보았다.

"전 사실 섬을 찾아온 목적이 있었거든요. 원장님께 술이나 얻
어 마시러 여기까지 올 수는 없는 일 아니겠습니까."

"그야, 찾아온 목적은 있었겠지. 내일 모레면 이 섬에 혼인 잔치
가 벌어질 테니까."

"혼인 잔치도 물론 구경을 해야지요. 하지만 그보다도 더 중요

한 목적이 있었지요."

"그보다 중요한 목적이라면?"

"이 섬에서 거인의 우상을 부수는 일이라고 할까요?"

"……"

"전 사실 이 섬과 원장님에 대해선 이상하게 거북한 빚을 한 가지 지고 있었지요. 저 나름의 어떤 해답을 풀어내야 할 숙제 같은 거라고 할까요……?"

"……"

"언젠가 전 원장님이 그 오마도 공사를 시작했을 때, 어느 잡지에 원장님과 이 섬사람들의 이야기를 쓴 적이 있었지요. 아마 그건 제가 그 오마도 사업장에서 일주일 동안 일을 하고 간 지 한 달쯤 지난 다음이었을 겁니다. 그런데 그때 제가 쓴 기사가 제겐 오히려 다른 숙제를 한 가지 남기게 된 겁니다. 전 그때 섬을 떠나갈 때 원장님께 덮어놓고 일을 기다리려고만 했다간 언젠간 원생들 쪽에서 원장님을 무섭게 배반하고 나설지도 모른다고, 기분 나쁜 충고를 드리고 갔던 것으로 기억됩니다. 하지만 전 그때 섬을 나간 다음엔 그와 반대의 글을 썼지요. 오마도 공사는 결국 성공을 하게 될 거라고 말입니다. 그리고 그건 아마 조백헌이란 원장의 인간 됨됨이나, 초인적인 집념과 의지의 힘으로 반드시 그렇게 될 수 있을 거라고 서슴없이 장담을 했습니다."

"그런데 그 기사가 결국 이 형에겐 난처한 숙제를 남겼다는 것이겠구먼?"

"그런 셈이었죠. 원장님은 제 기사 속에서 굉장한 거인으로 묘사되었으니까요. 사실은 결과가 어떻게 되었습니까. 공사는 그럭저럭 끝났다 해도 일의 결과는 처음 예정과는 딴판으로 되어가고 있질 않습니까. 오마도 일은 결말이 날 기미조차 보이지 않고 원장님은 오늘도 또 시간만 무작정 기다리고 계시는 형편이니 말입니다. 이 점은 아마 원장님께서도 솔직히 시인하실 줄 믿습니다."

"이 형도 아마 이 섬 일을 실패로 보고 계신 모양이군요."

"적어도 이 시점까지 해서는 실패로 볼 수밖에 없는 형편 아닙니까."

"그래서 엉뚱한 영웅만 한 사람 만들어놓은 결과가 되어, 그 기사에 대한 책임을 느끼고 있었던 게로구만……"

"이해해주시니 제 이야기가 쉬워지는군요. 제가 기사에서 잘못 소개한 영웅에 대한 책임을 져야 한다면, 그 영웅에 대해 다시 옳은 기사를 써줘야 하지 않겠습니까?"

"그때 영웅은 가짜였다고 쓰면 되겠군."

"그럴 수만 있다면 일이 쉽겠지요. 혹은 그 반대로 원장님께서 앞으로 오마도 일을 기어코 섬사람들 기대에 배반하지 않도록 마무리를 지어주셔도 그만일 테구요. 하지만 그게 간단치가 않은 것이 사실 그때 제가 쓴 기사에 대한 책임은 오마도 공사로만 변명될 수 있는 것도 아니라는 데 문제가 있었던 거죠."

"……"

"전 그때 원장님을 위해서 원장님을 거인으로 썼던 게 아니라, 이 섬을 위해서 필요한 거인을 한 사람 만들었던 겁니다. 그런데 일이 결국 이렇게 되어왔고 보면, 이 섬을 위해 진실로 그런 거인이 필요한 존재였느냐 아니었느냐 하는 회의가 생기게 마련이었지요. 원생들은 아직도 섬을 빠져나간다더군요. 아무도 이제 이 섬에선 낙토를 꿈꾸는 사람이 없다더군요. 오마도 일이 저렇게 되고 보니 원생들의 불신은 전보다도 더 심해졌다더군요…… 영웅은 결국 실패를 했더군요. 영웅의 실패는 더욱더 고통스럽고 외로운 법이지요. 섬을 위해서도 그건 견딜 수 없는 불행입니다. 전 기사를 다시 써야 했습니다. 영웅이 왜 실패를 하느냐, 영웅이 섬을 다스리는 데 섬은 왜 더욱 불행해져가야만 했느냐, 이 섬에 진실로 영웅이 필요했느냐, 이 섬사람들의 행복은 과연 어디에서 찾아져야 하느냐……"

"……"

"미안한 일입니다만, 해답은 모두 원장님께 대해 부정적인 쪽뿐이었습니다. 제가 다시 써야 할 기사도 물론 원장님에 대해 지극히 부정적인 것이 될 수밖에 없었습니다."

"그렇담 이 조백헌이가 죽일 놈이었다고 써버리면 그만일 것을 뭘 그깟 일로 숙제니 뭐니 그토록 망설일 필요가 있었지요?"

"아니, 그렇지는 않습니다. 원장님이 정말 이 섬에서 끝끝내 실패를 하고 만다 하더라도 전 아직 원장님의 희생과 선의의 동기만은 믿고 있으니까요. 원장님의 희생과 선의의 동기가 있었더라도, 다스리고 다스림을 받는 일은 다스리고 다스림을 받는 사람들 사이의 관계 속에서 이루어져야지, 어느 한쪽의 선의나 의욕만으로 끝나는 것은 아니지 않습니까. 원장님의 실패도 아마 원장님께 그런 선의나 희생이나 의욕이 없어서가 아니라, 원장님의 다스림을 받는 원생들과의 관계에서의 실패일 것입니다. 그래서 전 다음번 기사를 아무리 부정적인 방향으로 쓴다 해도 원장님 개인의 선의와 동기만은 배반하고 싶지가 않았습니다. 원장님께도 그건 참으로 견딜 수 없는 고통이 될 것임에 틀림없었기 때문입니다. 전 원장님 개인만은 구해드리고 싶었다는 말씀입니다. 하지만 막상 제 부정적인 기사 속에선 개인적으로나마 원장님을 구해드릴 방법이 늘 막연했습니다. 아마도 제가 원장님을 아직 잘 알고 있지 못했기 때문이었겠죠. 그런데 이번에 원장님을 만나 뵙고 보니……"

"날 구해줄 방법이 떠올랐단 말요?"

"그런 것 같습니다."

"어떻게 말요?"

"원장님께서 미쳐 계시는 걸 보고……, 원장님께서 미쳐가고 계신 걸 보니 이 섬 이야기에서 원장님 스스로 이미 자신을 구해낼 길을 마련하고 계신 것 같군요. 전 미친 원장 이야기만 쓰면 그걸로 제 글에서도 원장님은 구해지실 수가 있을 것 같단 말씀입니다."

"고맙소. 내 구원을 그처럼 늘 생각하고 계셨다니. 하지만……"

조 원장은 진심으로 이정태가 고맙다는 듯 한참 동안 그의 얼굴을 유심히 건너다보고 있었다. 그러나 그가 그 이정태를 말처럼 진심으로 고마워하는지 어떤지는 아직 잘 곧이들을 수가 없었다.

"하지만 이 형이 그토록 내 구원을 생각해주셨다면 난 이제 내 실패를 설명해야 할 번거로운 짐을 안게 된 셈이겠구려. 나를 구할 길이 마련되었다면 이 형은 이제부터 진짜로 이 섬의 실패에 대한 이 형의 숙제를 풀어야 할 차례가 될 테니 말요."

조 원장은 이제 이정태에게 마음대로 섬을 물으라는 식으로 말했다.

그러나 그는 그렇게 말해놓고도 이정태에게 당장 자신의 실패를 시인하려 하진 않았다.

"그러려면 우선 섬부터 한 바퀴 둘러보는 게 좋을 게요. 이야기를 듣느니보다 이 형의 눈으로 직접 보고 이 형의 머리로 판단을 한번 내려보라는 말이외다. 이 형은 벌써 섬을 알곤 있겠지만, 그 사이 또 달라지고 변한 것도 많을 테니까……"

그 달라지고 변한 것을 이정태 자신의 눈으로 직접 살펴보고서야 이 섬이 정말로 실패하고 있는지 어떤지를, 또는 실패하고 있다면 그 원인이 어디 있으며 어떤 모습으로 실패하고 있는지를 판단할 수 있으리라는 소리였다.

하고 나서 원장은 지금 당장 그 이정태에게 몸소 섬을 구경시켜 주려는 양 술상을 박차고 자리를 벌떡 일어섰다.

31

조 원장이 이정태로 하여금 자신의 눈으로 섬을 보고 자신의 생각으로 판단을 내리게 하려 한 것은 물론 그 나름의 이유가 있었던 게 틀림없었다.

조 원장을 따라 섬 안을 둘러보기 시작하면서부터 이정태의 눈에는 새삼스러운 느낌을 주는 일이 한두 가지가 아니었다. 길가의 벚나무들은 가시마다 불그스럼한 꽃망울들을 촘촘히 머금고 있었다. 벚꽃이 만발하면 그것은 꽃잎의 구름이었다. 꽃들의 함성이요 아우성이었다. 남쪽으로 뻗은 가지 끝엔 이미 한두 방울씩 성급하게 흰 꽃송이가 터져 나오고 있었지만, 그것은 차라리 어느 날의 눈부신 합창을 위한 조심스럽고도 가슴 두근거리는 개화의 예행연습 같은 것이었다. 그 벚나무가 줄을 늘어선 도로 아래로는 부드러운 봄바람이 여인네의 머리채를 빗질하듯 수북한 보리밭 이랑 사이를 가지런히 지나가곤 했다.

섬은 듣기보다 평화로웠고, 생각으로 알기보단 행복해 보였다. 섬이 평화롭고 행복해 보인 것은 그러한 섬 거리의 외관에서뿐 아니었다. 외관은 오히려 변한 것이 아니었다. 변한 것은 섬사람들의 풍속과 생활 질서였다. 적어도 이정태가 눈으로 보고 귀로 듣기에는 그동안 섬 안에서도 많은 것이 변해 있었다. 섬의 건강 지대와 병사 지대를 갈라놓은 철조망이 사라진 것은 조 원장 재임 시절부터의 일이었다. 섬에서는 이제 그 철조망이 사라지고 없을 뿐만 아니라 원생들의 금기 사항이던 건강 지대의 출입마저 자유로이 허용이 되고 있었다. 건강인 지대의 사무 본관 옆엔 다방 비슷한 휴게실 시설을 하나 내어놓고 있었는데, 그 휴게실의 차 시중을 드는 아이들도 모조리 외상이 적은 음성 원생 처녀 아이들뿐이랬다. 조 원장의 숙소 심부름을 맡고 있는 처녀 아이도 그런 식으로 병사 지대에서 직원 지대로 들어온 아이였다. 이정태는 비로소 섬을 드나드는 나룻배 역시 전날과는 달리 원생과 건강인이 한배에 자리를 섞어 타고 있던 일을 생각해냈다.

"병을 나은 원생들에게 그런 일부터 시켜가며 자활 의욕을 길러 주자는 뜻도 있지만, 병을 다루는 당사자 격인 건강 지대의 사무 요원과 가족들에서부터 먼저 병에 대한 이해를 구하고 선입견을 씻어주려는 데 더 큰 목적이 있는 일이지요. 하지만 이건 물론 내가 결정한 일은 아니고, 지금 원장이 단행한 일입니다. 난 그저 옆에서 조언이나 보탰을 뿐이지요."

조 원장의 설명이었다. 병원 직원들이나 가족들은 처음 원장의 처사를 몹시 언짢아하기도 했지만, 시간이 흐름에 따라 스스로 자기 선입견을 씻고 나서, 나중에는 제 발로 휴게실을 드나들며 병흔이 완연한 그곳 처녀 아이들에게도 별다른 스스럼이 없게끔 되었다는 것이다.

그런 음성 병력의 원생들이 건강인 지대를 들어와 있는 것은 물론 그곳뿐만이 아니었다. 구라회관 역시 마찬가지였다.

육지에선 때로 환자들을 위문하거나 건강한 사람들 나름의 이해를 보태기 위해 일부러 먼 길을 섬까지 찾아오는 손님들이 많았다. 섬 안에는 이들이 머물러 있을 시설이 따로 없었다. 부득이 밤을 지내야 할 경우 손님들은 원장의 관사 신세를 지거나, 저녁에 나루를 건너 녹동으로 가서 밤을 지낸 다음, 이튿날 아침 다시 섬으로 들어오는 불편을 겪어야 했다. 구라회관이란 원래 그런 고마운 육지 손님들이 섬을 나가지 않고 밤을 쉬어갈 수 있도록 하기 위해 마련된 여인숙 같은 곳이었다. 병원 본관 건물과 원장 관사의 중간에 위치한 건물로 원래는 물론 건강인들이 그곳 일을 맡아 해오던 곳이었다.

　그러던 섯을 새 원장이 마침내 사람을 모두 바꿔버렸다. 외상이
적은 원생들로 하여금 직접 구라회관을 운영해가면서 섬을 찾아온
손님들에게 숙식을 제공하게 하고 있다는 것이다. 조 원장이 미리
이정태의 숙소로 정해준 곳도 그 원생들 운영의 구라회관이었다.

　"섬을 찾아온 분들은 누구보다 이곳 사람들에 대한 관심이 많고
병에 대해서도 이해가 깊은 분들이지요. 그런 분들이라면 그분들
을 위한 구라회관 일도 당연히 원생들 자신이 맡아야지요. 그러자
니 사실은 재미있는 일이 많아요. 구라회관에서 내놓는 식사는 좀
처럼 손을 대려고들 하지 않는다지 않아요. 그냥 여관인 줄 알았
다가 원생들을 보고는 잠자리도 덮으려 하지 않아요. 체면상 싫다
는 소리는 차마 못하고 새우등으로 밤을 지내고는 다음 날로 당장
섬을 나가고 만답니다. 어쩌면 그게 오히려 당연한 일인지도 모르
긴 하지만 말요."

　나병에 대한 부당한 편견을 불식시키고, 환자들에게 인간다운
삶의 길을 열어주고자 섬을 찾아오는 사람들도 아직은 어쩔 수가
없는 모양이라고, 조 원장은 씁쓸하게 덧붙였다.

　하지만 어쨌거나 섬은 변하고 있었다. 미감아 아이들을 부모 곁
에서 떠나 있게 했던 보육소도 폐쇄해버렸고(부모들 품으로 돌아간
아이들에게선 발병률이 오히려 줄고 있댔다), 섬을 들고 나고 싶으
면 누구나 마음대로 나룻배를 탈 수 있었다.

　원생들의 비뚤린 인간 체험을 감안하여 갖가지 정서 순화책도
마련되고 있었다. 공원을 꾸미고, 「보리피리」의 시비(詩碑)를 세

우고, 사슴 동물원을 마련해놓은 따위는 모두가 그런 마음의 치료 효과를 위한 시설들이었다. 뿐만 아니라 섬마을 청소년들 사이엔 문예반이 조직되어 책읽기와 글쓰기가 제법 활발했다. 학교 아이들은 물론 마을마다 젊은 청소년들, 특히 나이 어린 아가씨들이 중심이 되어 이루어진 합창단의 노래 연습이나 음악 감상회 활동도 눈에 띄게 활발했다. 마을마다 세워진 교회당 또한 가장 소망스런 영혼의 정화소가 아닐 수 없었다. 축구 시합과 오마도 공사를 계기로 유령의 잠에서 깨어나 격앙되기 시작한 원생들의 그 무질서한 성정들이 이제는 제풀에 제법 안정된 정서의 순화기를 맞고 있는 것 같은 인상이었다.

그 섬은 실상 이제까지 수십 년 동안 오로지 원장 한 사람의 일사불란한 통제와 규제에 의해 다스려져오고 있었다. 원장은 제왕이었고 섬은 그의 왕국이었다. 그런데 이제 섬은 새로운 질서를 꿈꾸고 있는 징조가 역력했다. 새로운 질서란 통제에 의해서가 아닌 조화에 의한 것이었다. 원생들이 책을 읽고 글을 쓰는 것, 공원을 산책하고 노래를 부르는 것, 그리고 교회당으로 나가 예배를 드리고 기도하는 것, 그 모든 것은 무엇보다도 우선 원생들의 정서 순화라는 일차적인 의의를 지녀야 하겠지만, 그것은 또한 모든 원생들의 독립적인 인격 획득의 값진 개인화 과정이기도 했다. 섬 전체가 하나의 운명 단위로 집단으로만 존재해온 원생들이 개별적인 독립 인격체로 분화되어가는 현상은, 그 인격체의 조화에 의한 새로운 질서에의 지향은, 이 섬을 지금까지 지탱해온 획일적인 지배 질서로부터의 눈에 보이지 않는 해방의 징후였다.

섬은 이제 많은 것이 달라져가고 있었다. 무엇보다 수많은 규제와 억압의 규율들이 하나하나 사슬을 풀어가고 있는 게 요즘의 섬 모습이었다. 분명히 이해할 수는 없었지만 이정태로서도 그것은 가슴 뿌듯한 일이 아닐 수 없었다. 한데다가 섬에선 머지않아 또 한 가지 감격스런 행사가 행해질 참이었다. 윤해원 청년과 서미연의 혼인 잔치는 그런 의미에서도 이정태에겐 더욱 관심이 가는 일이었다.

섬에서라고 결혼 행사가 없었을 리는 물론 없었다. 나환자의 단종수술은 원래부터가 창조주의 섭리에 어긋나는 행위였다. 병세가 아무리 지독한 양성 환자라 하더라도 인간의 생식 기능 하나만은 항상 깨끗하게 보호해주는 것이 이 병의 또 다른 특징이었다. 사지가 온통 허물어져나가도 상처가 성(性) 부위까지 침입해 들어오는 일은 없다고 했다.

그것은 절대로 우연일 수가 없는 조물주의 섭리였다. 원생들은 그 창조주의 섭리를 스스로 거역하지 않았다. 환자들끼리 짝을 지어 나름대로 가정을 이루고 살았다. 요란스런 결혼 행사를 치르지는 않더라도 간략한 교회 의식과 이웃의 축복만으로 마음과 몸을 한데 합하는 일이 많다고 했다.

하지만 이번만은 경우가 달랐다. 원생들끼리의 결혼이 아니었다. 건강인과 원생 사이의 정식 결혼이었다. 음성 판정을 받았다곤 하지만 신랑은 아직도 그 스스로 문둥병자임을 자처하고 있는 사내였고, 신부는 누구보다 그의 그런 사정을 속속들이 다 알고 있는 건강인 아가씨였다. 감격스런 일이 아닐 수 없었다.

"마산에서 돌아와보니 이 작자들 아직도 결판이 나지 않고 있질 않아요. 애초엔 공사판 절강젯날 혼인식을 올리려다 그 보건과장을 하던 이상욱이란 친구가 섬을 도망뺴 나간 바람에 끝내는 파탄이 오고 말았던 거지요. 어려울 때 섬을 도망뺴 나가는 건강인을 보고 오랫동안 여자의 노력으로 달래놓은 그 건강인에 대한 질투가 다시 폭발했기 때문이었어요. 상욱에 대한 질투가 여자에 대한 증오로 변한 거죠. 원래가 그렇게 좀 병적인 데가 많았던 친구니까. 한데 사정을 더욱 나쁘게 만든 건 그런 일이 있고 얼마 뒤 병사 지대에서 치료를 받고 있던 작자의 누이가 자살을 해버린 일이었어요. 그 친구가 섬을 찾아들어와 있는 것도, 섬엘 들어왔다가 병을 앓게 된 것도 모두가 그 누이에 대한 묘한 집착 때문이었는데 말야요. 내가 다시 섬을 돌아왔을 때까지도 그 친구 더러운 술주정뱅이가 되어 있지 뭐요. 여자는 또 무작정 기다리고만 있는 편이고 말요. 보육소가 폐쇄되어버린 다음부턴 그래도 두 사람이 다 중앙리 초등학교 쪽으로 의좋게 자리를 옮겨 앉아 있는 게 신통했어요. 그래 결국은 내가 나섰지요…… 나로서는 또 그럴 만한 사정도 있었지만."

혼사를 이루기까지의 경위에 대한 조 원장의 설명이었다.

어쨌거나 그렇게 해서 성사가 된 혼인 잔치를 위해 섬은 바야흐로 잔치 준비가 한창 무르익어가고 있었다.

모든 잔치 준비는 물론 현임 원장의 양해를 얻은 조백헌 전 원장의 뒷주선에 의해서였다. 그는 이미 오래전에 철거된 병사 지대와 건강인 지대를 가르는 철조망 중간 완충 지대 위치에다 원생들로 하여금 아담한 집까지 한 채 짓게 해놓고 있었다. 물론 윤해원과 서미연 부부의 신혼살림을 위한 집이었다. 그는 이제 이 섬에선 건강인도 환자도 따로 나뉘어 살 필요가 없다는 뜻으로 자신들 스스로 몸을 합해 그것을 행해 보이려는 두 사람을 위해 그곳에 집을 짓게 한 거랬다. 한 채로 시작된 마을이 세월따라 차츰 집 수가 늘어 번져가서 종당에는 섬 전체가 환자 마을도 건강인 마을도 따로 없는 하나의 커다란 동네로 변하기를 바라는 뜻으로 그곳에 두 사람의 집을 세우게 했다는 것이다.

두 사람의 결혼식을 위한 조 원장의 계획은 그뿐만이 아니었다. 그는 결혼 당일 축제 분위기를 돋워주기 위해 한동안 뜸했던 축구 시합까지 새로 계획하고 있었다. 그리고 4월 초순경엔 남해안 각처에서 벚꽃 구경꾼이 수없이 몰려들던 여느 해의 관례를 이용하여 인근 고을마다 그날의 결혼식 잔치를 널리 알리게 했다. 중앙리 교회 목사님으로 주례도 미리 부탁해놓고, 예식장은 그 중앙리 교회당으로 정해 병사 지대 학교 남녀 교사들로 하여금 식장 치장을 맡겨두고 있었다.

섬은 참으로 나루를 건너오며 지녔던 생각과 많은 것이 달라져 있었다. 그야 이정태로서도 아직 한두 가지 미심스런 느낌이 없는 건 아니었다. 잔치 준비에 들떠 있어야 할 원생들의 모습이 너무 좀 무표정하기는 했다. 원생들은 그저 묵묵히 일만 할 뿐 두 사람의 혼인을 자신의 일처럼 허심탄회하게 기뻐해주는 기색이 눈에 띄지 않았다. 그건 이정태로서도 알 수 없는 일이었다. 그리고 그보다 더욱 알 수 없는 일은 모든 규제가 풀리고 있는 이 섬에서 아직도 그 요령부득의 탈출 사고가 끊이질 않고 있다는 점이었다. 어찌 된 일인지 섬에서는 잊힐 만하면 아직도 그 같은 사고가 되풀이되고 있다는 것이었다.

한두 가지 그런 미심쩍은 점만 아니라면 이정태는 이제 섬을 들어올 때의 자신의 생각을 바꿀 수도 있다고 생각했다.

하지만 그는 아직도 장담을 할 수가 없었다. 조 원장의 표정이나 말투가 그의 판단을 그토록 망설이게 하였다. 그는 아마 자신이 아직 섬을 잘못 보고 있을 수도 있다고 생각했다. 눈에 보이는 대로만 말한다면 섬은 어쨌거나 이제 옛날과는 모습이 훨씬 달라져가고 있었다. 섬이 실패만을 계속하고 있었다고는 함부로 단정을 지을 수 없었다. 섬은 실패하지 않았으나 조백헌 원장 개인만이 실패를 하고 있었을 수도 있었다. 탈출이라는 그 해묵은 섬 풍속이 근절되지 않는 데 대한 조 원장의 지나친 완벽주의, 그리고 그 오마도 일을 매듭지어놓을 수 없는 데 대한 조 원장의 낭패감 쪽에 그의 실패는 원인을 두고 있을 수 있었다. 그리고 조 원장이 그 개인의 실패를 섬 전체의 실패로 과장할 이유도 충분했다.

하지만 이정태는 역시 자신이 없었다.

조 원장은 과연 그런 모든 이정태의 망설임에도 불구하고 그의 관심을 보류시킬 마지막 길 안내를 서둘렀다. 그리고 이 섬의 어떤 숙명적인 실패가 간직되고 있는 그 중앙리 교회당 옆 특별 병사를 찾아 내려가는 길가에서 지금까지와는 전혀 반대의 사실 한 가지를 털어놓았다.

"그런데 참 골치 아픈 일이 한 가지 있어요."

조 원장은 길을 내려가다 말고 갑자기 생각이 떠올라오는 듯 이 정태를 돌아보며 걱정스럽게 말했다.

"그 윤해원이란 친구 말야요. 그 친구가 요즘 엉뚱한 고집을 부리고 있어요. 어차피 이 형 귀에도 들어갈 얘기니까 미리 말하지만, 작자가 혼인식 전에 기어코 제 불알을 까달라 졸라대고 있단 말야요. 그 우라질 놈의 단종수술이라는 걸 말이오."

병원에서 그 수술을 해주지 않으면 윤해원은 혼인식마저 작파하고 말겠다는 식으로 느닷없는 협박을 가해오고 있다는 거였다.

"무슨 이율까요. 기왕지사 결혼을 작정하고 나선 마당에 말입니다."

이정태의 물음에 조 원장은 짐짓 씁쓰레한 웃음을 지었다.

"그야 물론 그 단종수술이라는 게 이 섬에선 워낙 원한이 맺힌 풍속이라서 그렇겠지요. 그리고 여기선 아직도 단종수술을 많이들 권하고 있거든요. 시집가고 싶은 처녀 아이들 눈썹 성형수술하며 혼전 단종수술이라는 건 이 섬에서만 유독 많이 보는 수술이지요. 거기 대한 반발도 클 거야요. 하지만 일을 난처하게 만든 건 병원 쪽에서도 이번엔 작자가 원하는 수술을 쉽게 행해줄 수가 없는 처지라는 점이지요."

"어째서 수술을 할 수 없습니까."

어렴풋이 짐작이 가면서도 이정태는 원장에게 그것을 물어보지 않을 수 없었다.

"작자의 반발이 사실은 보다 뿌리 깊은 불신과 섬에 대한 절망감을 내포하고 있기 때문이지요."

"어떤 식으로 말입니까?"

"이 섬은 지금까지 문둥이들의 후손을 팔아 다스려지고 있었다는 겁니다. 후손의 이름을 빌린 미래를 구실로 하여 현재가 다스려지고 있다는 생각, 그러나 섬의 현실은 실패할 수밖에 없다는 생각, 현실이 미래로 인해 속고 있다는 생각, 그러나 사실 이 섬에선 미래보다도 현실이 더욱 중요하다는 생각, 그런 생각들 때문에 그런 반발이 생기고 있는 것 같아요. 현실을 위한 미래 부정이라기보다, 근본적으론 현실의 실패 때문에 섬의 현실이 더 이상 속 아넘어가지 않도록 하자는 생각이 그런 식의 반발로 연결되어 나온달까. 자식을 갖지 않겠다는 건 결국은 현실의 실패에 대한 그 위인 특유의 야유 어린 추궁인 셈이지요. 하고 보니 이쪽에선 수술을 해줄 수도 안 해줄 수도 없는 형편이야요. 수술을 해주는 건 곧 현실의 실패를 자인하는 꼴이 될 테니."

"여자 쪽도 그것을 동의하고 있나요?"

"작자는 첨서부터 여자 쪽 양해를 구해놓고 있었다는구려. 하긴 여자 쪽도 워낙 가파른 데가 많은 성미였으니까. 게다가 이젠 그 여자도 섬 사정을 누구보다 깊이 알고 있는 편이구……"

"그렇다면 그 두 사람이 다 섬의 현실을 그런 식으로 실패로만 보고 있나요?"

"글쎄요. 실패로 보고 있는지 아닌지는 내가 결판낼 일이 아니지만, 자식을 갖지 않을 수술을 원한다는 것은 적어도 자신들의 현실만을 문제 삼고 싶다는 뜻이겠지요. 걱정입니다. 어쨌든지 그 현실이라는 게 보다 많이 문제가 되어야 한다는 덴 나도 어느 면 공감하고 있는 곳이 많은 터이고 보니 말이야요······"

조 원장은 거기서 그만 입을 다물고 말았다. 하지만 그가 이윽고 그 중앙리 교회당 옆 특별 병사로 이정태를 안내해 들어갔을 때, 그는 그 병원의 참상으로 하여금 자신의 입을 대신하여 그 눈에 보이지 않은 섬의 깊은 현실을 스스로 말하게 하였다.

조 원장이 이정태를 안내해 들어간 병사의 첫번째 건물에는 손가락이나 발가락, 심한 경우에는 팔다리까지 떨어져나간 나이 많은 불구 환자들이 수용되어 있었다. 기동이 자유로운 젊은 원생 몇 사람이 불구 환자들의 보호자 겸 간호역을 맡고 있었다. 병사 마을에서 뜻있는 젊은 원생들이 자진 봉사로 그 일을 맡아 나와 있다고 했다.

환자들은 대부분 성경책을 읽거나, 젊은 원생들이 읽어주는 성경 말씀에 조용히 귀를 기울이고 있거나 했다. 숙연히 눈을 감고 기도를 하고 있는 사람도 있었다. 기동이 불가능한 환자들이 대부분이어서 식사나 배변까지도 모두 남의 도움을 받고 있는 형편이라 했다.

병사의 다음 건물은 팔다리뿐 아니라 눈이나 귀와 코와 같은 중요한 감각 기관들이 마비된 환자들이었다. 눈이 성하면 귀가 멀었고 귀가 들리면 눈이나 코를 잃은 환자들이었다.

눈이나 귀의 어느 한 편이 남아 있는 쪽으로 모든 지각 활동을 대신하고 있는 사람들이었다. 이번에도 젊은 원생들이 불구 환자의 모든 병 시중을 들고 있었지만, 그 참상은 차마 눈을 뜨고 볼 수 없을 정도였다.

원장은 말없이 마지막 병사까지 이정태를 안내해갔다.

이번에는 아예 일그러진 입 하나를 제외한 모든 감각 기관을 상실한 환자들이었다. 네 팔다리와, 눈, 코, 귀가 하나도 성해 남아 있지 않은 사람들이었다. 코와 귀와 눈들이 흔적도 없이 짓물러버린, 흡사 옷에 싸인 살덩이 한가지의 모습들이었다. 보지 못하고 듣지 못한 지가 오래되어 입을 열어도 사람의 것이라고는 할 수 없는 괴상스런 소리들을 내고 있었다.

이런저런 특별 병사 환자들의 수를 모두 합하면 3백 명 이상이나 될 것 같았다.

"하느님을 섬기고 기도하는 것으로 살고 있는 사람들입니다. 그리고 누구보다 하느님의 은총과 위로에 충만해서 그것을 감사하고 있습니다. 보지 못하고 듣지 못하고 말을 하진 못하더라도 이 사람들의 기도만은 하느님께서도 그 누구의 기도보다 즐거이 들어주고 계십니다. 저토록 말이 서투른 저들의 기도를 우리들 인간들은 들을 수가 없어도 하느님만은 누구보다 분명히 그것을 알아들으시기 때문입니다. 이 세상 어느 곳에서도 인간의 기도가 이곳보다 깊은 소망과 진정을 담을 수는 없을 것입니다."

병사를 나오면서 조 원장이 무겁게 몇 마디 덧붙였다. 다만 그 몇 마디뿐 그는 다시 한동안 묵묵히 입을 다문 채 병사를 떠나갔다. 진실을 보여줄 수 있을 뿐 그 자신도 더 이상 설명을 덧붙일 수 없었기 때문이었으리라.

이정태도 그 원장을 뒤따르며 같은 생각을 하고 있었다.

—저런 모습으로 살아 있을 수가 있다니. 인간의 삶이 저기서도

기도를 하고 감사를 지닐 수 있다니……

그것은 참으로 이정태로선 일찍이 경험하시 못한 충격이었다. 그리고 형언하기 어려운 이상스런 감동이었다. 더 이상 원장의 입을 빌릴 필요가 없었다.

— 실패로 보고 있는지 아닌지는 내가 결판낼 일이 아니지만…… 그 현실이라는 게 보다 많이 문제가 되어야 한다는 덴 나도 어느 면 공감하고 있는 곳이 많으니까……

조 원장의 목소리가 다시 한 번 귓가에 쟁쟁하게 되살아났다. 과연 그것은 미래라는 것과는 거의 상관을 지을 수 없는 섬의 모습이었다. 미래보다는 당장의 현실이 그들의 삶에 무엇을 해줄 수 있는지가 더욱더 절실한 섬의 참모습이었다.

이정태는 그동안 뭔가 눈앞을 가리고 있던 것이 다시 한 번 서서히 모습을 바꿔가고 있는 듯한 기분이었다. 그리고 조백헌 원장의 그 이상스런 광기의 정체에 대해서도 비로소 더욱 깊은 이해가 가능할 것 같은 기분이었다.

오마도를 둘러싼 긴 싸움에서, 말 없는 섬사람들의 압력 속에서, 그를 무겁게 짓눌러온 의혹 속에서, 몰인정한 일반의 편견 속에서, 진실로 이 섬과 섬사람들을 위한 조 원장의 소망은 갈수록 깊이를 더해갔고, 그러나 그것은 또 어느 것 하나도 제대로 이루어진 것이라곤 없었다. 그런 뜻에서는 바로 이 섬사람들 전체가 조 원장 못지않은 광인일 수 있었다. 그리고 그것은 또한 이 섬과 섬사람들 전체의 실패일 수 있음도 물론이었다.

436

32

이날 저녁이었다. 이정태는 이날 저녁 섬의 첫 밤을 조 원장이 미리 정해준 구라회관 숙소에서 혼자 맞고 있었다. 기분이 내키지 않으면 그냥 자기 숙소에서 함께 지내도록 하자는 조 원장의 권유가 있었지만, 이정태는 병사 지대를 돌아 나오는 길로 곧 저녁을 핑계로 잠자리를 구라회관 쪽으로 정해온 것이다. 섬을 찾아온 사람들이 하룻밤 그 구라회관 신세를 지고 나면 다음 날로 당장 꽁무니를 빼고 달아나버리더라는 조 원장의 말이 생각난 때문이었다. 오마도에서 원생들과 함께 돌등짐질까지 한 이정태로서는 구라회관에서 밤을 묵는 일쯤 아무것도 마음 꺼릴 데가 없었다.

하지만 막상 방을 찾아들고 나니 이정태로서도 생각처럼 기분이 아주 편하지만은 않았다. 회관 규모에 비해 인적이 너무 뜸했다. 인적이 뜸한 정도가 아니라 사람의 그림자를 전혀 찾아볼 수가 없었다. 회관 식객은 오직 이정태 한 사람뿐인 데다 손님에게 일부러 성치 않은 모습을 내보이기 싫어 그런지 회관 관리인들도 이정태에게 방을 안내해온 관사 영감님 한 분이 문 앞을 잠시 어른대다 갔을 뿐, 다른 사람은 그림자조차도 얼씬하지 않았다.

저녁상을 차려왔을 때에도 누군가가 문밖에서,

"손님, 저녁 진짓상 가져다 놓았습니다. 진지 드시고, 상을 밖으로 내놔주십시오."

조용히 전갈을 들여 보내왔을 뿐 이정태가 문을 열고 상을 받으러 나갔을 때는 모습이 이미 사라진 다음이었다. 그가 저녁을 끝낸 뒤 빈 상을 다시 문밖에 내다 놓았을 때도 마찬가지였다. 도대체 누가 상을 치우러 나오는 기척이 없었다. 기다리다 못해 문을 열어보면 아직도 상이 그대로 남아 있곤 했다. 그러다가 다시 어느 참쯤 되어서는가 문을 열어보니 이번에는 발소리의 기척도 없었는데 어느새 감쪽같이 상을 들어내가고 없었다. 모든 것이 그런 식이었다.

그런데 이정태가 저녁을 마치고 혼자서 다시 그 구라회관 숙소를 나서려던 참이었다. 어떻게 알았던지 조 원장이 그 이정태의 밤 외출을 방해하듯 어둠 속에서 불쑥 그의 앞을 가로막고 나타났다.

"내 그러잖아도 오늘 밤 이 형이 가만히 앉아 있지만 않을 것 같아 쫓아왔지요. 지금 혼인할 처녀 총각들을 만나러 갈 참이었지요?"

조 원장은 으레 그럴 줄 알았다는 듯, 그리고 그건 절대로 허용할 수가 없다는 듯 이정태를 다시 방 안으로 밀어 넣으며 단정적인 어조로 말했다.

사실이었다. 이정태는 윤해원과 서미연 들을 만나러 나가려던 참이었다. 어차피 한 번은 만나봐야 할 사람들이었다. 그리고 그간의 경위나 혼인식을 앞둔 두 사람의 심경이며 각오 같은 것을 본인들의 입으로 직접 들어둬야 할 의무가 그에게는 있었다. 이날 낮 조 원장과 한나절을 지내고 나서부턴 더욱 두 사람을 한번 따로 만나보고 싶던 그였다. 저녁 식사를 구실로 조 원장과 일찍 헤어진 것도 실상은 나름대로 그런 계산이 있었기 때문이었다.

"용케도 잘 짐작을 하고 계셨군요. 전 어차피 두 사람의 혼인식 취재를 구실로 섬을 왔으니까요."

하지만 조 원장은 반대였다.

"일을 너무 성급하게 서두르려다간 낭패를 보기 쉬울 게요. 무슨 일에나 순서라는 것이 있는 법이니까. 환자가 환자 아닌 사람과도 결혼을 해서 잘 살 수 있다는 자신감이나 각오 같은 걸 본인들한테서 직접 들어두는 것도 해롭지는 않겠지요. 하지만 한 남녀의 결합에 대해 그런 식으로 유별난 관심을 갖는 것 자체가 이미 환자와 건강인의 구분을 염두에 둔 선입견의 소산이라는 식으로 보인다면 그건 좀 바람직한 노릇이 아니지요. 각오가 이미 되어 있다고는 하지만 아까도 설명했던 것처럼 아직은 조심스런 데가 있는 사람들이니까 말야요. 그야 이 형 입장으론 어떤 식으로든 두 사람을 직접 한번 만나보고 가셔야 하긴 하겠지요. 하지만 두 사람의 결합과 이 섬을 진심으로 생각해주신다면 그런 식으로 일을 다그쳐대는 건 다시 생각해봐주셔야겠어요. 적어도 그 단종수술에 대한 말썽이 어떤 식으로든 결말이 날 때까지는 말야요. 두 사람을 만나보는 건 혼인식을 치르고 난 다음이라도 때가 늦지 않을 거 아니오. 그 대신 내 이 형한테 오늘 밤 재미있는 걸 하나 보여드리리다."

그리고 나서 조 원장은 두 사람이 방 안으로 들어서자 이정태에게 웬 편지 봉투 하나를 건네주었다.

"이 형도 기억하고 계실지 모르지만 전에 이 병원 보건과장으로 있다가 섬을 나간 이상욱이란 사람한테 받은 편지요. 마산병원에 있을 때 그 사람이 내게 보낸 편진데, 그걸 읽어보면 이 형도 아마 이 섬의 숙명이랄까, 그런 어떤 실패의 모습 같은 걸 볼 수 있을 게요. 이 형도 사실은 그걸 알고 싶었던 게 낮부터의 관심이 아니었소? 아까 낮참에 이 조백헌이 개인의 구제책이 마련되었노라고 한 다음서부터 말이오."

이정태는 일단 윤해원 들을 만나보려던 계획을 단념하는 수밖에 없었다. 조 원장의 말이 모두 사실이기 때문이었다. 그리고 그의 그런 자상한 배려 또한 이정태로선 전혀 우연스런 느낌이 들지 않았기 때문이었다. 두 사람은 다시 방 안으로 들어가 자리를 잡고 앉았다.

"지금 읽어봐도 되겠습니까."

자리를 잡고 나서 이정태가 물으니까 조 원장은 물론 그러라고 했다. 그러고 나서 그는 다시 그 인적 소리조차 없는 적막한 집 안을 향해 무작정 큰 소리로 외쳐댔다.

"애, 거기 안에 누구 없더냐…… 누구 있으면 공판장 가서 여기 술 좀 가져오너라. 귀한 손님이 오셨는데 이대로 그냥 주무시게 할 수는 없는 일 아니냐. 손님 덕분에 오늘 밤엔 나도 좀 맘 편히 취해보고 싶구 하니……"

이정태는 그러는 조 원장을 내버려둔 채 우선 그가 건네준 상욱의 사연부터 꺼내 읽기 시작했다.

조 원장의 설명대로 그것은 상욱이 섬을 나간 지 5년 만에 그 역시 섬을 떠나 있던 조백헌 원장에게 길고 긴 자기 고백을 적고 있는 글이었다. 이정태는 그 상욱의 긴 사연을 읽어 내려갈수록 이날 밤 숙소까지 일부러 그를 찾아온 조 원장의 의중을 충분히 짐작할 수 있을 것 같았다.

상욱의 편지는 두 가지로 되어 있었다. 하나는 이상욱이 섬을 나간 지 5년 만에 마산병원의 조 원장에게 써 보낸 것이었고, 다른 하나는 그 상욱이 7년 전 원장을 한 발 앞서 섬을 나갈 때부터 이미 써 지니고 다니던 것을 뒤늦게 함께 동봉해온 것이었다.

조 원장님.

원장님께 이런 글을 올리려 하니 새삼스런 느낌이 앞을 서오는 군요.

원장님께서도 아마 의외로 여기시리라 믿습니다……

조 원장에 대한 문안 인사에 이은 상욱의 첫 번 편지는 그런 식으로 사연이 계속되어나갔다.

하지만 전 그해 봄 원장님에 앞서 불시에 섬을 떠난 이후부터 언젠가는 한번 원장님께 대한 저의 사죄와 감사의 말씀을 전해 올릴 기회를 기다려오고 있었습니다. 그리고 제가 섬을 떠나게 된 동기나 이유에 대해 보다 분명한 제 나름의 해명 말씀을 드리고자 마음을 작정하고 있었습니다.

하지만 전 기다리지 않으면 안 되었습니다. 자신이 없었기 때문입니다(원장님께서도 이미 저의 출생에 관한 내력을 알고 계실 것으로 믿고 솔직하게 말씀드립니다).

자신이 없었던 것은 저와 저를 포함한 그 섬사람들이 도대체 무엇 때문에 그토록 원장님을 용납할 수 없었는지를 스스로 설명할 수가 없었기 때문입니다. 그리고 무엇 때문에 전 섬을 버리면서까지 원장님을 배반하지 않으면 안 되었으며, 설사 그때 제 자신이 그 구실을 마련하고 있었다고 해도 그것이 누구에게나 부끄럼이 있을 수 없는 정직하고 당당한 것이었는지 어쨌는지를 분별할 자신이 없었기 때문입니다.

그러니까 그때는 물론 제게도 나름대로의 구실이 마련되고 있었던 셈이지요. 그리고 저는 그것을 글월로 적어서 원장님께 전해 올릴 작정까지 세우고 있었습니다. 하지만 전 결국 그 글월을 원장님께 전해 올릴 수가 없었습니다. 글월 대신 어느 날 저녁 원장님을 찾아가 못난 소리들만 늘어놓다 자리를 물러서버린 저였습니다. 그리고 섬을 떠나버린 저였습니다.

그 글월 가운데서 제가 주장하고 있던 이유들에 자신을 가질 수 없었기 때문이었겠지요. 그리고 그것이 가령 저나 저의 이웃들에 부끄러움이 없는 진실을 대신하고 있는 것이었다 하더라도, 그러면 도대체 그런 식으로 원장님과 저희들이 그 섬에서 함께 이룩해온 것들을 부인해버리고 난 다음에는 섬이 과연 어떻게 되어가야 하며, 무엇을 이루어갈 수 있을 것인가에 대해선 아무것도 대답할 바를 알고 있지 못했기 때문일 것입니다. 그에 대해 자신을 가질 수 없는 것은 원장님께 지금 글월을 올리고 있는 이날 이 시각까지도 아직 사정이 달라지지 못하고 있는 형편이니까요. 자신이 없었기 때문에 전 원장님께 전해 올리지 못했던 저의 글을 섬을 나온 후로도 계속해서 지니고 살아온 것입니다. 그리고 때때로 그것을 되풀이 읽으면서 저와 제 행위에 대해 그리고 원장님과 섬의 운명에 대해 수없이 많은 자문을 되풀이해오곤 했습니다. 그리고 기다렸습니다.

하지만 전 해답을 얻을 수가 없었습니다. 분명한 것은 언제나 원장님께서 그 섬에 기울여주신 관심과 원장님의 개인적인 노고에 대한 감사의 마음뿐이었습니다. 감사를 하면서도 원장님의 천국을 전면적으로 수락할 수는 없었다는, 그것을 수락해서는 안 되었다는 사실뿐이었습니다. 그리고 저는 그때 섬을 떠나지 않을 수 없었고, 섬과 원장님과 저의 처지 모든 것이 그것을 불가피하게 하고 있었다는 사실뿐이었습니다.

섬을 떠나지 않을 수 없었던 저의 처지라고 하면 아마도 원장님께선 어떤 야릇한 상상을 하실지도 모르겠습니다. 전 사실 섬을 떠난 이후로 제가 그 섬을 버린 일로 하여 윤해원과 서미연이라는 젊은 한 쌍의 결합을 방해하고 있었다는 후문을 들어 알고 있으니까요. 원장님께서도 저와 서미연 들과의 관계를 짐작하고 계셨으리라 믿고 솔직히 말씀드린다면, 그 두 사람의 일로 해서 저는 그때 신경이 좀 날카로워져 있었거나, 그로 해서 더욱 음흉하게, 그리고 보다 더 결정적인 섬의 파탄을 갈구하고 있었으리라는 사실은 부인할 수 없을는지 모르겠습니다. 하지만 제가 그때 건강한 사람으로 섬을 나간 것은, 솔직히 말씀드려서 그냥 그 건강한 사람으로 섬을 버리고 가는 것으로, 건강한 사람이면 누구나 그렇게 할 수 있는 가능성을 섬사람들에게 보여주고 싶었던 쪽이 더욱 큰 동기였을 것입니다. 후문에 의하면 원장님께서도 사실은 그 점을 무엇보다 난처해하셨다니 말씀입니다. 원장님께 괴로운 기억을 다시 들춰드리고 싶진 않습니다.

하지만 원장님께서 아무리 다시 돌이켜보고 싶지 않으신 일이더라도 저희가 어찌하여 그토록 원장님의 천국을 수락할 수 없었고 원장님을 끝끝내 용납할 수가 없었느냐에 대해서는 좀더 이야기를 계속해야 할 것 같습니다. 왜냐하면 오늘 이 글을 원장님께 올리기 위해 전 너무도 긴 세월을 기다려왔고, 그리고 아직도 그에 대한 속 시원한 해답을 구해내지 못하고 있기 때문입니다. 기다림 끝에 해답을 구해내서가 아니라, 그것을 알 수 없는 답답함(해답을 얻을 수 있었다면 저는 벌써 훨씬 전에 원장님께 글월을 쓰고 섬으로 돌아갔을 것입니다)을 아직도 그 섬에 대해 각별한 관심이 머물러 계실 원장님께밖에는 말씀드릴 분이 없으며, 원장님께 다시 한 번 그것을 여쭙고 싶어 이 글을 드리고 있기 때문입니다. 그야 물론 제가 그때 섬을 버리지 않을 수 없었던 사정이나, 섬이 끝끝내 원장님을 용납해드릴 수 없었던 이유에 대해서만 말한다면 그 나름대로 사정이 분명했던 점은 있었지요. 동봉해 올린 전번 글에서도 그것을 여러 번 말씀드린 바 있습니다만, 그것은 한마디로 원장님과 섬사람들의 길이 다르기 때문이었습니다. 원장님이 아무리 섬사람들을 생각하고 섬을 위해 노고를 바치고 계셨다 해도 원장님은 결국 그 섬사람들과 같은 운명을 사실 수는 없었기 때문입니다. 그런 까닭에 원장님께서 꾸미고자 하신 섬사람들의 낙토가 원장님과 섬사람들의 공동의 천국은 될 수 없었기 때문입니다. 원장님은 저들의 천국이라 하고 저들은 원장님의 천국이라 말하게 되겠기 때문이었습니다.

사람과 사람의 운명이라는 것이— 그 거리가 얼마나 깊고 멀다는 걸 전 섬을 나온 후로부터 더욱더 절실하게 느끼고 있습니다. 전 섬을 나온 이후부터 이것저것 참 여러 가지 일을 해봤습니다. 일을 통해 육지 사람들의 생활과 의식 속으로 자신을 섞여들어 보려구요. 하지만 섞일 수가 없었습니다. 섬 생각이 사라지게 하질 않았어요. 육지 사람들이 절 그렇게 만들었고, 저 자신이 저를 그렇게 만들고 있었습니다. 흔적 없이 섞인다는 건 불가능한 일이었습니다. 억지로 섞여들면 숨는 꼴이 되었구요. 초인적인 인내와 용기가 없는 한 운명을 같이하기란 그토록 힘이 드는 일이었지요. 그래서 전 저 자신에게서나마 숨어 산다는 생각이 가실 때까지 이 육지를 견뎌보려고 오늘까지 이 안간힘을 써가며 버티고 있는 꼴입니다.

　어쨌거나 그 섬과 원장님 사이의 화해가 불가능했던 것은 처음부터 양쪽 다 각자의 운명을 따로따로 살고 있었기 때문이었습니다. 그리하여 섬사람들은 그들의 운명의 가르침대로 자유를 행해야 했고 자유로써 그들의 운명을 살아내야 했기 때문이었습니다. 끊이지 않는 탈출극의 윤리가 섬과 섬사람들의 내력 깊은 자유에 근거하고 있었음을 원장님께선 이해하고 계실 줄 믿습니다.

　그런데 그 섬에 어딘지 잘못이 있었어요. 원장님과의 불화가 섬사람들의 목적일 수는 없습니다. 탈출이 목적일 수도 없습니다. 불화와 탈출 외에 섬에서는 이루어지는 것이 없어왔어요. 아무것도 섬에서는 이루어볼 수가 없었습니다. 이룰 수도 없었고 이루어낸 것도 없었어요. 그것은 목적이 아니었습니다. 이루어질 수 없는 것이 원생들이 바라는 섬의 모습도 아니었구요. 어딘지 아직 잘못이 많았습니다.

하지만 진 아직도 그 잘못이 무엇언지를 알 수가 없습니다. 어디가 잘못되어 있는지도, 무엇 때문에 그런 잘못이 저질러져오고 있는지도, 그리고 그 잘못을 바로잡기 위해 무엇을 어떻게 해야 할지도, 아무것도 알 수가 없었습니다. 전 끝끝내 이 육지 사람들 사이에서 운명을 섞을 수는 없는 저를 알고 있습니다. 섬을 떠나 나와 있더라도 제 운명은 그 섬에 있음을 알고 있습니다. 언젠가는 결국 다시 섬으로 돌아가야 할 저의 숙명을 알고 있습니다. 이젠 원장님께서도 그 섬을 떠나 계십니다. 섬을 떠나 계신 지가 벌써 5년이 되고 있습니다. 하지만 원장님은 그 섬을 알고 계십니다. 그리고 아직 섬에 대해 이해가 더욱더 맑고 깊어지고 계시리라 믿습니다. 언젠가 제가 다시 원장님을 찾아뵙게 될 때 원장님의 그 깊은 지혜를 제게 주십시오. 원장님께서 섬을 떠나 계시기에 감히 이런 청원을 말씀드릴 수가 있는지 모르겠습니다.

끝으로 때늦은 인사나마 원장님께서 섬사람들을 위해 그 섬에 이룩하고자 행하신 노력과 정성에 대해 다시 한 번 개인적인 감사를 바치오며, 그러한 원장님의 노력과 정성으로 하여 섬에서 이루어진 바가 있거나 없거나, 그것은 영원히 잊혀짐이 없이 섬과 섬사람들의 가슴속에 살아 있기를 기원합니다—

상욱의 첫 번 글은 그렇게 끝났다. 그리고 다음에 다시, 그가 섬을 떠날 때의 생각을 적은 것이 참이든 거짓이든, 분명한 이유도 없이 섬을 떠나 조 원장을 괴롭혔던 그날의 죄과를 사과드리고 뒤늦게나마 그때의 이유와 심경을 밝혀드림이 도리일 것 같아 그때 쓴 편지를 동봉해 보낸다는 추신을 몇 줄 덧붙이고 있었다.

"그러니까 추신을 덧붙여 보내온 것이 아깟번 것보다 5년을 먼저 써두었던 것이라는 소리가 되지요. 하긴 이쪽이나 저쪽이나 다 내 손으로 받아 읽은 것은 2년 전쯤 내가 아직 마산병원에 있을 때 일이었지만 말야요."

이번에는 방 안까지 날라져온 술상 앞에 혼자서 잔을 따르고 있던 조 원장이 모처럼 만에 한마디 끼어들었다.

이정태는 그 원장을 내버려둔 채 계속해서 두번째 편지를 읽어 내려가기 시작했다. 이번 것은 첫번째 것보다 내용이 더 가파르고 긴 글이었다. 조 원장에 대한 추궁과 설득으로 일관한 그 상욱의 두번째 편지의 사연은 이러했다.

존경하옵는 조 원장님—

이 글월을 정말로 원장님께 전해 올리게 될지 어쩔지는 저로서도 아직 의문입니다. 왜냐하면 저는 지금 이 글월을 쓰고 있는 순간까지도 이미 작정된 저의 행동에 대해 저 자신 속 시원한 해명의 말씀을 드릴 수가 없기 때문입니다. 그 동기와 목적에 대해 또는 그 명분과 정당성에 대해 일도양단식의 명쾌한 설명의 말씀을 마련하지 못하고 있기 때문입니다. 하지만 전 이제 이 섬을 떠나지 않으면 안 된다는 점만은, 이제 이 섬을 떠날 수밖에 없다는 사실만은, 무엇보다도 제게 확실한 일이 되고 있습니다. 제게 이미 작정된 행동이란 바로 이 섬을 나가는 일인 것입니다. 전 이제 섬을 나가겠습니다. 그것은 저로서도 이미 변경할 수가 없는 일입니다.

동기나 목적이 불분명하더라도, 구실이나 명분을 떳떳하게 설명 드릴 수 없더라도, 전 어쨌든 이제 섬을 떠날 수밖에 없습니다. 그리고 섬을 떠날 저의 결심에 덧붙여 오늘은 원장님께 대한 그간의 제 모든 생각들을 숨김없이 말씀드릴 기회를 빌려보고 싶습니다. 그것이 원장님 먼저 섬을 나가게 될 저의 원장님께 대한 최소한의 도리가 되리라 여겨지기 때문입니다.

그러므로 혹 이 글월을 원장님께 전해 올리게 된다 하더라도 원장님께서 그것을 읽으실 때는 저는 이미 이 섬을 나가고 난 다음이 되리라 믿습니다. 비굴한 말씀이 될지 모르겠습니다만, 하기야 전 그래서 원장님께 대해 조금이라도 더 정직해질 수 있는지 모르겠습니다—

상욱은 그러니까 그가 섬을 떠날 때는 그의 말처럼 그 글을 조원장에게 전해주지 못한 셈이었다. 글을 전하는 대신 그날 밤 조원장을 직접 만나 그에 대한 자기 나름의 추궁과 암시만을 남기고 그길로 섬을 나가버린 셈이었다.

그리고 5년 후에 비로소 섬을 나가 있던 조 원장에게 그 글을 다시 부쳐온 것이었다. 당연한 일이지만, 그러니까 상욱의 글은 그가 직접 조 원장을 만나고 있었을 때보다 그 어조가 훨씬 더 신랄하고 분명했다.

상욱의 글은 이제 단도직입적으로 본론이 시작되고 있었다.

원장님께 제가 말씀드리고 싶은 것은 무엇보다 우선, 원장님께선 이제 때가 왔는 만큼 그만 이 섬을 떠나주심이 옳겠다는 저의 생각입니다.

　이제 원장님께서 이 섬을 떠나주시기를 바라는 마음은 물론 어제 오늘 갑자기 시작된 것이 아닙니다. 원장님께서도 아시다시피 전 원장님께서 이 섬으로 오신 후로 끊임없이 원장님을 의심하고 경계를 해온 것도 더 이상 부인할 수 없는 사실입니다. 그리고 그럴 때마다 전 언젠가 때가 오면 원장님께서도 허심탄회하게 이 섬을 떠나실 마음의 준비를 갖춰 지니고 계시기를 끊임없이 소망해왔습니다. 그런데 이제 원장님께서 섬을 떠나주셔야 할 바로 그때가 온 것입니다.

　원장님께선 어쩌면 아직도 제가 무엇 때문에 원장님을 그토록 심히 경계해왔고, 이제 와선 감히 섬을 떠나주시기를 바라는지, 확실한 이유를 이해하지 못하고 계실지도 모르겠습니다. 하지만 감히 말씀드리자면, 그것은 아마 원장님께서 지금까지 이 섬에 대해 잘못 이해하고 계신 몇 가지 근본적인 오해만 해명해드리면 해답이 스스로 자명해질 줄 믿습니다.

　이 섬에 대해 원장님의 오해가 행해지고 있었던 곳이란 다름 아닌 그 원장님의 의욕적인 천국에서부터였습니다.

　문둥이들의 천국— 그렇습니다. 원장님은 분명히 이 섬을 문둥이들의 새로운 천국으로 꾸며주실 것을 약속하셨고, 실제로 원장님의 정직한 노력과 성실성으로 언젠가는 이 섬이 진짜 5천 나환자들의 자랑스런 고향으로 변할 날이 오고 말리라는 굳은 신념을 지니고 계셨습니다. 그리하여 원장님께선 이 몇 해 동안 섬을 위하여 정말로 피나는 징력을 쏟아오셨고, 그 결과 이젠 그간의 공직을 칭송받아 마땅할 만큼 현저한 성과를 이룩하고 계신 것도 부인할 수 없는 실정입니다.

하지만 사실을 말씀드리자면, 원장님의 그 의욕적인 천국 설계에는 처음부터 몇 가지 오해가 따르고 있었습니다.

아니, 이제 와서 다시 원장님께 그 주정수 원장 시절의 이야기를 꺼내려는 것은 아닙니다. 주정수 시대의 동상의 망령을 구실로 원장님을 애꿎게 허물하려 해서도 아닙니다. 주정수의 동상으로 인한 섬사람들의 오랜 의구와 경계심은 그동안 원장님의 끊임없는 노력으로 이제 말끔히 소제되고 있습니다. 원장님께선 그동안 원장님 개인의 온갖 인간적인 욕망들을 감내하시면서, 오랫동안 그 동상의 망령에 시달려온 섬사람들 앞에 참으로 비범한 인내와 봉사로 원장님의 진실을 적절히 증명해 보이셨습니다.

전 이제 원장님의 동상을 걱정하지 않습니다. 제가 지금까지 걱정해왔고 또 지금도 걱정하고 있는 것은 원장님의 동기가 아니라 그 천국의 진실입니다. 원장님의 진정 어린 동기에도 불구하고 원장님 자신도 미처 어쩔 수 없었던 그 천국의 깊은 정체인 것입니다.

도대체 그 원장님의 천국이란 누구를 위해 꾸며지는 누구의 천국입니까? 원장님께서는 물론 쫓기고 학대받아온 이 섬 5천 나환자를 위해 천국을 꾸미고 싶어 하셨고, 지금도 그런 믿음에는 변함이 없으실 줄 압니다. 그러나 원장님께서 이 섬 위에 꾸미고 계신 나환자의 천국이 진정 저들의 천국이 될 수 있으리라고는 원장님 자신도 아직 장담을 하실 수 없는 몇 가지 분명한 증거가 있습니다.

　그것은 먼저 원장님의 천국에는 아직도 높은 철조망이 둘러쳐져 있다는 점입니다. 철조망 울타리가 둘러쳐진 천국― 그것은 누구에게도 진짜 천국일 수가 없습니다.

　이 섬에 무슨 철조망이라니― 원장님께선 물론 이 섬 안에 아직 무슨 철조망이 남아 있느냐 반문하시겠지요. 원장님께서는 섬의 병사 지대와 건강인 지대를 갈라놓고 있던 높다란 철조망을 원장님 스스로 철거시켜버린 사실을 분명히 기억하고 계실 테니까요.

　하지만 원장님께서도 설마 그 눈에 보이는 철조망을 제거해버린 것으로 이 섬에서 진실로 모든 철조망이 자취를 감춘 것으로는 믿고 있지 않으시겠지요. 이 섬에 관한 한 그 철조망은 눈에 보이는 것뿐 아니라 눈에 보이지 않는 것이 더욱 근원적으로 원생들을 지배하고 있다는 사실을 원장님께서도 충분히 짐작하고 계시겠지요. 아니 원장님께선 사실 그 눈에 보이는 철조망을 제거하심으로써 다른 한편으로는 보다 더 높고 튼튼한 철조망으로 섬을 은밀히 둘러싸고 싶으셨는지도 모릅니다.

　언젠가도 말씀드린 일이 있습니다만, 우리는 누구나 오늘의 자기 현실을 최종적이고 불가변의 것으로 살아가고 있는 것은 아닙니다. 오늘의 현실이 아무리 만족스럽고 행복한 것이라 하더라도 그 현실은 내일 다시 선택적으로 개선해나갈 수 있다는 가능성 위에 내일의 선택이 열려 있지 않는 한 그 현실은 누구에게도 천국일 수가 없습니다. 선택과 변화가 전제되지 않은 필생의 천국이란 오히려 견딜 수 없는 지옥일 뿐입니다.

그런데 이 섬 위에 꾸미고 계신 원장님의 천국은 어떻습니까. 정직하게 말해 그것은 이 섬 원생들의 천국이기 전에 우선 원장님의 천국인 것입니다. 아니 그것은 어쩌면 오직 원장님 한 분만의 천국일 수도 있습니다.

　원장님께서는 이 섬 원생들이 목숨을 다할 때까지 편안히 지내다 갈 수 있는 그런 천국을 꾸미고 싶어 하십니다. 원생들 역시 즐거이 그 천국을 받아들여야 하리라고 굳게 믿고 계십니다. 그리고 내일 다시 그 천국을 바꾸거나 버리는 일이 없어야 한다고 믿고 계십니다. 원장님께서는 그처럼 누구도 그 원장님의 천국을 거역할 수 없는 필생의 천국을 만들고 싶어 하십니다.

　하지만 진정한 천국이라면 전 그것을 누리고자 하는 사람에게 먼저 선택이 행해져야 할 것이고, 적어도 어느 땐가는 보다 더 나은 자기 생의 실현을 위해 그 천국을 버릴 수도 있어야 하는 것으로 믿고 싶습니다. 천국이란 실상 그 설계나 내용이 얼마나 행복스러워 보이느냐보다 그것을 누리고자 하는 사람들의 선택 여부와 내일의 변화에 대한 희망이 어느 정도까지 허용될 수 있느냐에 더욱 큰 뜻이 실릴 수 있기 때문입니다. 형식만 있었을 뿐 원생들의 진정한 선택이 있을 수 없었던 그 마지막 정착지로서의 천국— 필생의 천국 — 그것은 원생들의 천국이 아니라, 다만 그들이 그렇게 믿어주기를 바라면서 거의 일방적으로 그것을 점지해주고 싶어 하신 원장님이나 원장님과 같은 생각을 가진 분들— 섬 바깥에서 이 섬을 저들의 천국이라고 말하게 될 바로 그 사람들의 천국일 뿐인 것입니다. 그리고 그 천국은 그것을 이룩하고자 하는 사람들이 그것을 완벽하게 만들어갈수록 그것을 살아야 하는 사람들에게는 오히려 숨막히는 지옥이 되어버릴 수도 있을 것입니다.

원장님께서는 결국 그와 같은 천국으로 이 섬에 또 다른 철조망을, 눈에는 보이지 않지만 보이는 것보다도 더욱 높고 비정스런 철조망의 울타리를 세우고 계셨습니다.

원장님의 천국에 또다시 보이지 않는 철조망이 둘러쳐지고 있다는 증거는 이뿐만이 아닙니다. 원장님의 천국이 진정 저들의 천국이 될 수 없다는 보다 더 좋은 증거는 바로 원장님 자신의 국외자적 편견 속에도 있습니다. 원장님께서 이 섬을 그냥 누구나 살기 좋은 사람의 천국이 아니라, 쫓기고 학대받아온 문둥이들을 위한, 그 문둥이들만의 천국으로 만들고 싶어 하신 바로 그 점이 또한 그 천국의 철조망이 아닐 수 없습니다. 원장님께선 이 섬을 모든 나환자들의 자랑스런 고향으로 만들어 그 나환자끼리 이곳에서 오순도순 함께 살아가기를 희망하십니다. 나환자들의 슬픈 인생 역정이나 습성과 관련하여 그 나환자들만을 위한, 그리고 나환자들에게 알맞은 여러 가지 특별한 풍속과 질서들을 섬 위에 새로 만들어오셨습니다. 그것은 물론 건강한 사람이라면 반가워할 리도 없고 결코 익숙해질 수도 없는 가엾은 문둥이들만의 천국이었습니다. 원장님께서는 나환자들이 그 천국을 찾아오고 아무도 그 천국을 버리고 나가는 일이 없기를 바라오셨습니다. 여기 너희 천국이 마련되어 있는데— 원장님께서는 이미 섬을 빠져나가려는 원생들을 이 섬과 동환에 대한 배신자로 낙인찍고 계십니다.

문둥이들만을 위한 천국— 여기에 또한 원장님의 그 눈에 보이지 않는 또 다른 모습의 철조망이 마련되고 있었던 것입니다.

비록 불행한 병을 앓으나 하더라도 저들에게도 온갖 인간적인 소망과 자기 생의 실현욕은 근본적으로 여느 인간들과 다를 바가 없을 것입니다. 기구한 생의 역정을 걸어온 사람들이라 하더라도 저들이 기구해온 천국이 여느 세상 사람들의 그것과 다를 수는 없습니다. 저들이 비록 그것을 망각했다 하더라도, 우리는 그것을 잊지 말아야 하며, 우리가 저들에게 그것을 다시 찾아주어야 합니다.

원장님께서는 그러나 저들에게 그냥 인간의 천국을 지어주시려는 것이 아니라, 문둥이의 천국을 지으려 하고 계십니다. 원장님의 천국 계획은 처음부터 이 나라의 나환자를 한데 모으려는 것이었습니다. 그리고 이 섬 원생들이 섬을 떠나지 않게 하려는 것이었습니다. 섬 안에 낙토를 꾸미시겠다는 원장님의 계획은 섬을 나가기만 하면 육지 사람들의 무서운 복수를 면할 수 없으리라는 협박으로 원생들의 발목을 섬 안에 붙들어두고 싶어 하는 사람들의 소망과 방법이 다를 뿐 효과에 있어서는 목적이 같은 것이었습니다. 원장님께서는 저들을 그냥 한 인간으로서가 아니라 특수한 조건과 양보 위에 그 것을 수락할 수 있는 문둥병 환자로서만 이해하려 하심으로써 오히려 저들로 하여금 원장님 자신의 문둥이 천국을 짓게 하고 계신 것입니다.

그야 가난한 자의 천국은 우선 재산을 누리는 곳에서, 병을 앓는 자의 천국은 건강을 되찾는 곳에서 먼저 만나질 수 있을는지도 모르겠습니다. 그러나 재산이나 건강은 그것이 극도로 결핍된 처지에서나 어떤 특수한 천국의 내용이 될 수 있을 뿐, 그것들이 언제 어디서나 모든 인간의 궁극적인 천국의 내용일 수는 없습니다. 너희는 이 세상 누구에게서도 너희의 병을 용서받아보지 못한 가엾은 문둥이들이므로—, 너희의 과거는 너무도 쓰리고 아픈 상처의 자국뿐이므로—. 원장님께서 저들에게 만들어주시려는 천국이야말로 결국은 돈 없는 자에겐 돈으로, 병을 앓는 자에겐 건강으로 각각 그의 천국을 삼게 하는 것 이상의 뜻을 지닐 수가 없습니다. 그것은 그 가난한 자와 병을 앓는 자에게, 가난하고 병을 앓을망정 아직도 차마 눈감아버릴 수 없는 뜨거운 진실과 인간적인 소망이 살아남아 있는 한, 그 진실과 소망 그리고 그 인간에 대한 오만스럽고도 난폭한 테러 행위가 아닐 수 없습니다.

울타리가 둘러쳐진 천국이 진짜 천국일 수는 없습니다. 그리고 문둥이를 위한 문둥이만의 천국을 꾸미시려는 원장님의 의지 바로 그것 속에 이미 그 보이지 않는 철조망은 마련되고 있습니다.

하지만 원장님께선 지금까지 한 번도 그 철조망을 생각해보신 일이 없으셨을 줄 압니다. 그리고 아마 지금도 원장님은 그것을 믿으려 하지 않으실 줄 압니다. 원장님의 그 천국에 대한 신념은 차라리 어떤 신성불가침의 계시처럼 언제나 확고부동한 것이었으니까요.

그렇다면 원장님께서는 무엇 때문에 이 섬사람들이 원장님의 천국을 그토록 수락할 수 없느냐고 묻고 싶으시겠지요. 원장님의 선택이 섬사람들의 선택과 일치할 수도 있는 것을 원장님으로 인해 그 선택이 행해졌기 때문에 무작정 배척받아야 할 까닭은 없지 않느냐고 반문하려 하시겠지요. 원장님의 선의를 믿음으로 받아들일 수도 있지 않느냐고 물으시겠지요. 그렇습니다. 사실은 바로 그 믿음이 문제인 것입니다. 불행히도 섬사람들은 원장님께 대해 절대적인 믿음을 지닐 수가 없었던 섯입니다. 절대의 믿음을 지닐 수 없었기 때문에 원장님과 원장님의 선택을, 원장님의 천국을 무조건하게 받아들일 수 없었던 것입니다.

하기야 섬사람들이 원장님께 대한 절대의 믿음을 지닐 수 없었던 것을 원장님께 허물할 일은 못 되는 줄 압니다. 원장님께선 처음부터 섬사람들과는 길이 다른 분이었으니까요. 섬사람들에게는 섬이 평생의 천국이어야 하지만 원장님께는 그럴 필요가 없었으니까요. 원장님께서 섬에 꾸미시려는 천국은 원장님 자신의 운명을 묻을, 사실 원장님 자신의 삶의 천국은 아니었으니까요(불행한 문둥이들을 위해 섬 위에 문둥이들의 천국을 꾸미시겠다는 말씀의 뜻을 다시 한 번 상기해주시기 바랍니다). 원장님은 언젠가 이 섬을 다시 떠나게 되실 가능성을 부인하지 않고 계셨습니다. 그리고 이번에 원장님이 섬을 떠나지 않을 수 없게 되신 원장님의 사정은 동기나 경위가 어떻게 되었든 마지막으로 그것을 똑똑히 증명해 보이고 있습니다. 원장님은 이 섬이나 섬사람들과 운명을 같이하시지 못합니다. 운명을 같이하지 못하는 사람들 사이에선 절대의 믿음이 생길 수 없습니다. 더욱이나 이 섬에서는 사정이 그렇습니다. 그리고 그 같은 운명을 살 수 없는 사람들 사이의 믿음이 없는 사랑이나 봉사는 한낱 오만한 시혜자로서의 자기도취적인 동정으로밖에 보일 수가 없습니다. 믿음을 줄 수 없는 사람을, 그 사람의 천국을 받아들이기는 어려운 일이었을 것입니다. 시혜자의 일방적인 동정이라 해도 그 이유 한 가지만으로 그의 값진 봉사가 함부로 배척되어서는 안 될 일인지는 모르겠습니다. 또 그 때문에 원장님을 탓할 일도 아닐는지 모릅니다. 원장님과 섬사람들은 애초부터 서로가 다른 운명을 살게 마련이었으니까요. 그렇더라도 아직 문제는 있습니다. 문둥이들의 천국이라는 것은 거기에서 스스로 그 한계와 정체가 분명해지고 있으니까요. 원장님의 그 보이지 않는 철조망 말씀입니다. 원장님은 어쨌든 그렇게 해서 자신도 모르게 이 섬 위에 문둥이의 천국이라는 이름의 또 하나의 보이지 않는 울타리를 높이고 계셨으니까요. 그리고 본의든 아니든 원장님께선 그 높다란 철조망 울타리 안에서 지금까지 이 섬사람들을 너무도 잘 다스려올 수 있었으니까요.

하지만 이런 바람직스럽지 못한 사실의 확인이 지금 제가 원장님께 이런 글을 쓰고 있는 목적은 아닙니다. 보다 중요한 문제는 그러한 사실의 확인이 아니라, 그 철조망으로 하여 이 섬에 꾸며지고 있는 원장님의 천국이 지금까지 어떤 모습으로 변해왔으며 또 앞으로 어떻게 변해갈 것이냐는 점입니다. 그것을 알아보자면 원장님 부임 이후로 이 섬에서 차츰 자취를 감추기 시작한 원생들의 탈출 사고에 대해 지금까지 그것이 이 섬에서 어떤 뜻을 지녀온 것인가부터 미리 말씀드려둬야겠습니다. 왜냐하면 원장님께서 그토록 싫어하시는 이 섬의 탈출 사건들은 물론 원장님께서 이 섬에 꾸며내고자 하신 천국에 대한 가장 직접적인 배신 행위가 아닐 수 없기 때문입니다.

탈출— 그것은 물론 이 섬에서 행해진 노역과 핍박을 더 이상 견디어낼 수 없어졌을 때, 그때부터 그것은 시작되었습니다. 섬을 지배하고 다스리는 사람들이 저들을 회유하기 위한 그 황홀한 낙토의 약속에도 불구하고, 그 끝없는 노역과 폭압으로 해서 이 섬 전체가 온통 견딜 수 없는 지옥으로 변해가고 있을 때, 저들은 그때부터 한 사코 섬을 빠져나가기 시작했습니다. 때로는 고향에 두고 온 사람들이 못 견디게 보고 싶어 섬을 빠져나가는 자도 있었고, 때로는 물 건너에서 흘러들어온 터무니없는 치료약의 소문 때문에 이 섬을 버리고 간 자도 있었습니다.

하지만 원장님께서도 아시다시피 언제부턴가 이 섬에서는 전혀 그런 위태로운 탈출의 모험이 감행될 필요가 없어지고 말았습니다. 옛날 같은 가혹한 노역도 없어지고, 뭍으로부터는 쓸데없는 헛소문이 흘러 들어오는 일도 뜸해졌기 때문입니다. 무엇보다도 이젠 옛날처럼 한번 섬을 들어온 사람은 살아서 다시 이곳을 나가지 못한다는 그 절망적인 강제 수용 제도도 사라진 지 오랩니다. 섬사람들은 이제 원하기만 하면 그 위험스런 돌뿌리 해안을 통하지 않고도 얼마든지 떳떳하고 안전하게 섬을 나갈 수 있게 되었습니다. 한동안은 환자가 넘쳐서 건강이 웬만한 원생들에겐 오히려 뭍으로 나가 살기를 권하는 형편일 때도 있었습니다. 탈출극도 당연히 자취를 감춰야 했습니다.

그런데 사실은 어쨌습니까.

탈출극은 아직도 한동안 더 계속되고 있었습니다. 원장님께서 이곳엘 오셨을 무렵까지만 해도 그것은 아직 골치 아픈 문젯거리로 남아 있었습니다.

무엇 때문이었습니까.

원장님께서 이 섬 병원으로 부임해 오신 바로 직후의 일로 기억됩니다. 전 그때 이 섬사람들의 오랜 탈출 거점이 되어오고 있던 돌뿌리 해안가로 원장님을 모시고 가 원생들의 탈출 동기에 관해 말씀드린 일이 있었습니다— 요즈음 병원에서는 완치 환자들까지 굳이 섬 안에다 붙잡아두려 하진 않는다, 오히려 그런 사람들은 하루라도 빨리 섬을 내보내려 노력하는 편이다, 혹은 병이 다 낫지 않은 사람이라 하더라도 섬을 나가고 싶은 사람은 누구든지 일정 기간 귀향 휴가를 얻어 섬을 나갔다 올 수 있다, 하지만 그런 때는 아무도 감히 섬을 나가려고 하는 사람이 생기지 않는다, 하면서도 저들은 기회가 나면 자주 그 돌뿌리 해변을 통해 목숨을 내걸고 섬을 빠져나가려는 이상스런 모험을 감행하는 일이 많은 형편이다—

원장님은 그때, 순순히 섬을 나가랄 때는 나가려고 하지 않는 사람과 일부러 위험스런 탈출극까지 벌여가며 불편스럽게 섬을 나가려는 사람이 어차피 같은 섬사람이라는 수수께끼 같은 사실에 대해, 그리고 그 불가사의한 행동의 모순에 대해 도대체 납득을 못하고 계셨습니다. 그래서 전 그때 원장님께 섬을 나가랄 때는 나가지 못하는 사람과 일부러 위험스런 모험을 감행해가면서 섬을 빠져나가려는 사람을 따로 '환자'와 '인간'으로 구분 지어 말씀드린 기억이 남아 있습니다. 이제 그 환자와 인간의 구분을 통해 그들의 이해하기 어려운 행동의 모순을 좀더 자세히 설명드릴 때가 온 것 같습니다.

그때도 말씀드렸듯이, 섬을 나가래도 감히 나갈 수 없는 자들은 물론 그 '환자' 쪽입니다. 이들은 병을 얻어 바깥세상으로부터 이 섬으로 쫓겨 들어왔고, 한번 섬으로 들어온 이들에겐 병원 당국에서 다시 섬을 나갈 용기가 나지 않도록 바깥세상에 대한 끝없는 원망과 저주와 두려움을 길러줍니다. —너희는 참으로 무참한 학대와 핍박을 견디면서 세상을 살아왔고 마침내는 이 섬을 찾아왔다. 너희가 마음 놓고 살아갈 곳이란 이 섬밖에 다른 곳이 없다. 너희는 너희끼리 이 섬에서 살아야 한다. 섬을 나가려 하면 또다시 무서운 학대와 복수가 너희를 쓰러뜨리고 말 것이다. 탈출은 병원이 벌하기 전에 먼저 바깥세상 사람들이 그것을 용서하지 않을 것이다. 무서운 복수를 받을 것이다. 너희 같은 환자들에겐 건강한 사람들의 땅이 오히려 지옥이 될 수 있을 뿐이다…… 그것은 아마 원장님께서도 오마도 일을 시작하기 전 그 오마도 앞바다로 장로들을 싣고 가서, 이 일은 당신들의 일이며 원장님 자신을 위한 원장님의 일이 아니라고 말씀하신 일이나, 돌을 던져도 던져도 둑이 떠오르지 않았을 때, 그리고 그 오마도 방조제가 태풍에 휘말려나가자 섬사람들의 용기를 북돋워주기 위해 육지 사람들의 학대와 박해를 빌려 원생들을 설득하려 하셨을 때, 그 육지 사람들의 학대와 박해를 얼마나 위협적으로 과장하고 계셨던가를 상기해보신다면 수긍이 가실 줄 믿습니다.

그리하여 바깥세상을 빌려 길러놓은 원망과 저주와 공포 때문에 이들은 감히 다시 섬을 빠져나갈 생각조차 해볼 수 없는 철저한 '환자'로 길들여져버립니다. 병원이 이들에게 순순히 섬을 나가도 좋다 말할 때도 이들은 이제 어쩔 수 없는 환자일 수밖에 없으며, 오히려 그 병원이 이들에게 익혀준 철저한 공포감에 사로잡혀 섬을 나갈 수가 없습니다. 그것은 차라리 그 저주스런 땅으로의 두려운 추방이기 때문입니다.

하지만 이들도 가끔은 그 자신의 '환자'에서 해방을 꿈꿀 때가 있습니다. 그들도 근본적으로는 '환자'이기 이전에 한 '인간'이며, 환자로서의 생존 양식과 일반의 그것을 구별 짓기에 지쳐버린 자들은 종종 환자로서의 자신의 특수한 처지를 벗어버리고 보다 깊은 생존의 충동에 따라 섬을 벗어나기를 원하게 됩니다.

그것은 물론 이 섬과 병원 당국에 대한 배반이 아닐 수 없습니다. 하지만 환자들에게 그런 배반이 음모되기 시작한 이상 그들은 이미 '환자'가 아닌 '인간'으로 되돌아가 있는 것입니다.

말하자면 이 섬에 삶을 의지하고 있는 사람들은 누구나 환자로서의 남다른 처지와 인간으로서의 보편적인 생존 조건들을 두 겹으로 동시에 살아가고 있는 셈이며, '환자'로서의 특수한 처지를 지나치게 강요당할 때, 이들은 오히려 그 환자이기를 거부하고 자신의 인간을 향한 자각과 모험에 이르게 된다는 말씀입니다. 그래서 이들은 환자로서 두려운 땅으로 섬을 쫓겨나가는 추방의 길이 아니라, 섬의 지배자들이 저들에게 버릇 들여온 공포를 박차고 자신의 선택과 용기에 의지한 희망 찬 인간에의 모험을 택하게 된다는 것입니다.

하고 보면 그 동기야 어느 쪽에 있었든, 그리고 그 무모한 기도들이 성공을 거두었든 실패했든, 이 섬사람들의 탈출극은 이를테면 섬에 못 박힌 자신의 운명에 스스로 새로운 돌파구를 만들어보려는 치열하고도 눈물겨운 몸부림의 표현이 아닐 수 없습니다. 그리고 그것은 그들의 지배자가 일방적으로 그들에게 강요해온 그 뜻 없는 천국에의 통쾌한 배반이었습니다. 체념과 복종 속에 무기력하게 '주님의 날'만을 기다려야 하는 그 종신의 천국에서 한 번만이라도 자기 운명의 짐을 스스로 짊어져보려는 갸륵한 모험이었습니다.

탈출은 생명을 받고 살아 있는 자의 마지막 자기 증거였습니다. 그리고 그것은 이 섬이 아식노 슬픈 유령들의 무덤이 아니라 살아 있는 인간의 섬일 수 있는 유일한 증거이기도 했습니다. 탈출이 계속되는 한에서만 이 섬은 아직도 숨을 쉬는 인간들의 그것으로 살아남을 수 있었던 것입니다.

탈출은 이 섬에 관한 한 그처럼 지고한 미덕이었습니다.

그런데 원장님이 오신 후로, 탈출극은 마침내 자취를 감추고 말았습니다.

무엇 때문이었습니까. 그리고 그 탈출 사고가 자취를 감추게 된 후로 이 섬은 어떻게 되어갔습니까.

원장님께선 물론 이 섬엔 뛰어넘어야 할 철조망조차 없는, 진짜 낙토가 이루어져가는 때문이라 생각해오셨겠지요. 그리고 그것은 이제 이 섬이 부질없는 탈출극의 악몽에서 깨어나 모두가 한마음 한뜻으로 힘을 합해 일하고 있는 모범적인 요양소로 변해가는 증거라고 자랑스럽게 말씀하고 싶으시겠지요.

과연 그럴까요. 탈출자가 생겨나지 않는 이유가 정말로 뛰어넘을 철조망이 없기 때문이며, 탈출자가 자취를 감추게 된 뒤로 섬은 정말로 소망스런 낙토가 되어가고 있는 것일까요?

아닙니다. 저는 아직도 그것을 믿을 수가 없습니다. 믿을 수가 없을 뿐 아니라 원장님의 신념과는 오히려 정반대의 의심을 품지 않을 수 없습니다. 앞에서도 말씀드렸듯이 섬에선 아직도 철조망이 완전히 걷히질 않고 있기 때문입니다.

원장님 이전의 모든 분들이 그랬듯이 원장님께서도 이 섬에 오신 후로 변함없는 주문을 한 가지 지니고 계셨습니다. 그것은 물론 이 섬 원생들 모두를 보다 더 환자다운 환자로 만드는 일이었습니다. 그리고 원장님께서는 원장님 자신의 소망을 완벽하게 이룩해내셨습니다.

원생들은 참으로 환자다운 환자가 되어갔습니다. 아무도 함부로 섬을 나가려 하지 않았습니다. 원장님께선 다른 분들처럼 덮어놓고 협박만 하신 것이 아니라, 더욱더 적극적으로 원생들로 하여금 그들 스스로 섬을 꾸미게 하고 그곳에 남아 사는 데 불만이 없을 만큼 각별한 긍지를 심어주셨기 때문입니다. 환자의 환자다운 긍지를 심어줄 수 있었기 때문입니다. 철조망을 둘러 쳐놓고 덮어놓고 겁만 먹게 하는 것이 아니라, 원생들 스스로 그 보이지 않는 철조망을 높여가게 하고 계셨기 때문입니다.

원생들은 참으로 환자다운 환자가 되어갈수록, 그리고 그들의 천국이 자랑스러워지면 자랑스러워질수록 아무도 그것을 뛰어넘으려는 사람이 없었습니다. 아무도 뛰어넘으려 하지 않는 울타리보다도 더 높고 안전한 울타리는 없을 것입니다.

하지만 그렇게 해서 원장님께서 이 섬 위에 세우고 계신 천국이란 어떤 것입니까. 환자다운 환자들에게만 천국일 수 있는 천국, 환자로서의 불행을 스스로 수락하는 체념 위에서라야 비로소 천국일 수 있는 천국, 오직 그런 뜻의 천국일 뿐이었습니다.

원장님의 천국이 섬사람들에게도 천국일 수 있는 것은 원장님의 천국의 윤리에 섬사람들의 생각이나 욕망이 스스로 한정당하고 익숙해지기 시작할 때뿐이었습니다. 다스리고 다스림을 받는 일이 짐승의 굴레처럼 다스림이 편할 때 다스림을 받는 것도 편해지는 이치의 비밀은 여기에 있었습니다. 그리고 그것으로 족할 수만 있는 일이라면 하루빨리 섬사람들은 탈출을 잊고 원장님의 천국에 익숙해져야 할는지도 모릅니다.

원장님, 그러나 이제 탈출이 끊어진 섬은 어떻게 되어가고 있습니까. 이 섬은 이제 생명의 증거를 잃어버린 죽음의 섬으로 변해가고 있습니다.

원장님께서 섬 위에 이룩하시고자 하신 천국이 가까워오면 올수록 이 섬은 그 원장님의 단 하나의 명분에 일사불란하게 묶여버린 얼굴 없는 유령 집단의 섬이 되어갈 뿐입니다. 하여 점점 더 다스리기가 쉬운, 그러나 개개인의 삶을 찾을 수 없는 생기 없는 유령들의 섬이 되어갈 뿐입니다. 그리고 아마 원하기만 하신다면 원장님께서는 끝끝내 이 섬을 그렇게 만들어놓으실 수도 있으실 것입니다. 왜냐하면 원장님께서 지금까지 늘 그래 오셨듯이, 앞으로도 원장님께서 원하시는 바대로 섬사람들을 설득하고 조정해나가는 것은 그리 힘든 일이 아닐 터이기 때문입니다.

섬사람들을 원장님 뜻대로 설득하고 조정해나갈 수 있다는 말씀이 맘에 들지 않으실지 모르겠습니다만, 아마 그 역시도 틀림없는 사실일 것입니다. 저의 경험에 따른다면 어떤 형태의 울타리 속에 격리된 사회의 질서란, 그 사회를 구성하고 있는 개개 성원의 의사에 의해서가 아니라 대개는 그 사회를 지배하고 대표하는 몇몇 상층부의 의사에 따라 좌우되게 마련이며, 이 섬에 관한 한 모든 원장들의 시대가 그것을 똑똑히 증명해주고 있습니다. 원장님도 대개 거기서 예외일 수가 없습니다. 그야 원장님께서는 다른 어느 분보다도 섬 살림을 이끌어오시는 데 많은 사람들의 의견을 물어오셨고, 대부분의 경우 원장님은 그 사람들의 의견에 승복하고 따라가는 형식을 취하고 계시기는 했습니다. 원장님은 먼저 장로회를 만들어 무슨 일에서나 그 장로회의 자문과 동의를 주문하시곤 했습니다. 하지만 그것은 아무래도 형식적인 절차 이상의 뜻을 지닐 수 없는 일이었습니다. 장로회에선 스스로 일을 발의한 일이 없으며, 언제나 원장님의 뜻에 따라 원장님의 계획들을 원의로 확정시켜주는 절차로 봉사하면서, 원장님의 명분을 마련해드릴 수 있었을 뿐입니다. 아니 전 지금 그렇다고 그 장로회 사람들을 나무람하려는 것은 아닙니다. 지금까지 이 섬에서 겪어온 그 사람들의 경험이나 높다란 울타리로 만족스러울 만큼 격리가 잘 이루어지고 있는 이 섬의 형편은 비록 장로회 사람들이라 하더라도 그 밖엔 다른 도리가 없었을 것입니다.

전 사실 원장님 부임 직후부터 이 섬의 선의의 지배자로서의 원장님과 그에 대한 피치자로서의 원생들과의 사이에 어느 정도까지 협의적인 지배 질서가 가능할 것인지에 대해 지극히 깊은 관심을 가져왔습니다. 하지만 전 마침내 원장님에게서마저도 저의 그런 기대가 얼마나 부질없는 환상이었는가를 확인할 수 있었을 뿐이었습니다. 도대체 어떤 절대 상황 안에 격리된 인간 집단 안에서는 그 지배자와 피지배자 사이의 협의 관계에 의한 지배 질서란 궁극적으로 그 상황의 벽을 무너뜨리는 순교자적 용기와 희생 없이는 가능할 수가 없는 것이었습니다. 다스리는 자의 선의나 정의와는 상관없이 그리고 그의 지배권이 어디에서 연유했든 그것만은 끝끝내 절대 전제가 되어 있는 한, 다스림을 받는 쪽은 항상 감당해낼 수 없는 상황 자체의 압력 때문에 스스로가 무력해져버리기 때문입니다. 그리고 그런 불행한 사회의 질서란 우리가 흔히 믿고 있듯이 다중의 희망이나 기도 같은 것과는 일단 상관이 없이, 우선은 그 지배자 한 사람의 책임과 각성에 의해 좌우될 수밖에 없다는 것이 저의 슬픈 결론입니다.

결코 장로회 사람들을 나무랄 수는 없습니다. 원장님께서는 다만 그 원장님의 천국을 끊임없이 강조하고, 섬을 나갔을 때 그들이 육지 사람들로부터 당하게 될 저주와 학대를 적절히 설명하심으로써 원생들 스스로 그들의 울타리를 높여가게 하고, 그 울타리 안에 고정된 적절한 상황 의식을 되풀이 환기시켜줌으로써 그 장로들과 섬 사람들을 얼마든지 뜻대로 조작해오실 수 있었던 것입니다.

전 결국 이 몇 년 동안 원장님과 원생들의 관계에서, 한 선의의 지배자와 피지배자들 사이의 어떤 대등한 상호 지배 질서, 만인 공유의 화창한 지배 질서가 탄생하는 것을 본 것이 아니라, 한 지배자가 어떤 불변의 절대 상황 속에 갇힌 다수의 인간 집단을 얼마나 손쉽게, 그리고 어느 단계까지 저항 없는 조작을 행해갈 수 있는가 하는 슬픈 지배술의 시범을 보아왔던 셈입니다. 그 지배자가 최초에는 아무리 성실한 인간성과 선의의 명분을 지닌 사람이라 하더라도, 그리고 그 갇힌 인간의 무리가 아무리 그들의 지배자를 바로 경계한다 하더라도 다스리는 자와 다스림을 받는 자가 다 함께 그들을 가두고 있는 울타리에 대한 깊은 각성에 도달하지 못하는 한, 다스리는 자는 결국 그의 무리를 일방적으로 조작해나가게 마련이며, 다스림을 당하는 자들 또한 다스리는 자의 뜻을 재빨리 수락하고 그것에 봉사해나갈 수밖에 없게 된다는 말씀입니다.

그 울타리가 둘러쳐져 있는 한 원장님께서는 앞으로도 얼마든지 그런 조작이 가능하십니다. 그리고 원장님께선 결국 이 섬 위에 그 같은 원장님의 천국을 완성해놓으실 수도 있으십니다. 하지만 앞에서도 말씀드렸듯이 아마도 그것은 이 섬 원생들이 즐겨 누리게 될 천국이기에 앞서 그것을 이루어내실 원장님 한 분의 획일적이고 생기 없는 천국이 될 수 있을 뿐일 것입니다. 원생들은 자기 천국의 진정한 주인이 아니라 오히려 그것을 받들고 복종하는 그 천국의 종으로서 괴로운 봉사만을 강요당할 수도 있을 것입니다.

원장님— 그러므로 전 이제 원장님께 이 긴 글을 드리게 된 마지막 동기를 말씀드릴 때가 온 것 같습니다.

원장님, 원장님께선 굳이 이 섬 위에 일사불란한 그 원장님의 천국을 완성해내려고 하지 마십시오. 천국을 완성해내시고서야 섬을 떠나려고 하지 마십시오. 절강제라도 보시고 가겠다는 원장님의 생각 역시 마찬가지입니다. 그것을 완성하지 못하고 섬을 떠나시게 되심을 섭섭하게 여기지 마십시오. 그것은 이 가엾은 섬사람들을 위해서뿐만 아니라, 원장님 자신을 위해서도 지극히 현명하고 다행스런 결단이 될 것임에 틀림없습니다. 섭섭한 말씀이 될지 모르겠습니다만 원장님께서 끝끝내 원장님의 천국을 고집하실 경우, 원장님께선 아마 그 천국의 꿈이 섬 위에 실현되는 바로 그 순간부터 원장님께 대한 그 천국의 견딜 수 없는 배반과 복수가 새로 시작될 것이기 때문입니다.

이상한 얘기시만 이 섬 원생들은 실상 천국이 다 완성되기도 전에 벌써 그 천국의 모든 축복을 누려버리고 있습니다. 원장님께서도 이미 알고 계신 일일 줄 믿습니다만, 이 섬을 다스려온 분들은 섬사람들을 달래고 설복시키기 위해 전부터 자주 그 천국의 축복을 가불해주는 버릇들이 있었습니다. 천국이 이루어지기도 전에 사람들을 그 몇 년 뒤의 천국의 꿈에 취하게 하여 그들을 손쉽게 지배해오곤 했습니다. 내일의 꿈을 오늘 미리 가불해주고, 그 가상의 현실을 당장 오늘의 그것으로 착각하고 즐기게 하여 진짜 현실의 갈등을 잠재워버리는 말의 요술은 이 섬을 다스려온 사람들의 해묵은 수법이기는 하지만, 그러나 오늘의 삶이라는 것이 늘 힘겹고 짜증나는 사람들에게는 그야말로 지극히 손쉽고 효과적인 지배술의 하나였습니다.

알고 계셨든 모르고 계셨든 지난 몇 해 동안 원장님께서도 이 섬 사람들에 대하여 그러한 조작을 부단히 계속해오고 계셨음은 이제 부인할 수가 없으실 것입니다. 한다면 막상 그 천국의 꿈이 현실로 실현되는 날 섬사람들은 더 이상 그 천국에서 무엇을 얻어 누릴 수 있겠습니까. 저들은 이미 저들이 꿈꾸며 꾸며온 천국에선 모든 축복을 미리 가불해 누려버린 처지에서 말씀입니다. 천국은 저들에게 아무것도 새로운 축복을 내릴 수가 없을 것입니다. 그리하여 축복이 없는 천국은 다만 그 천국 안에 저들의 삶을 한정시키려는 답답한 울타리를 깨닫게 할 뿐일 것입니다.

복수가 시작될 것입니다. 배반이 감행되기 시작할 것입니다. 그 복수는 물론 원장님께서 저들에게 내일의 천국을 가불받아 살게 했음에서부터일 것이며, 또한 그 배반은 일사불란한 천국의 울타리에 대한 저들의 각성에서 비롯된 탈출의 모험으로 해서일 것입니다.

원장님의 천국은 이룩될 수도 없으며, 이룩되어서도 안 될 것입니다. 원장님으로 인해 원생들의 그 오마도 농장을 이룩해나간다 해도 그 역시 출소록의 길이 아니라 또 하나의 더욱 완벽하고 안심스런 저들의 울타리가 될 것이기 때문입니다. 떳떳하게 섬을 나가주십시오. 원장님이 아니더라도 누군가가 또 그것을 원장님 대신 실현하고자 할 사람이 나타나리라는 협박은 말씀하지 마십시오. 그때 또 그런 사람이 나선다 해도 그것은 이미 원장님의 일은 아닐 것입니다. 원장님께서 저들의 천국을 원하신다면, 이 섬의 진정한 주인이어야 할 저들에게도 그들 스스로 자기들을 시험해볼 기회를 주십시오.

이 섬은 원장님이 아니면 안 된다는, 원장님만이 이 섬을 위하고 원장님에게서만이 진실로 그 천국이 가능하며 원장님만이 오직 선이라는 그 오만스런 독선이야말로 오히려 이 섬을 사람의 천국이 아닌 추악한 문둥이들의 수용소로 만들어갈 뿐입니다. 무엇보다도 원장님은 결국 이 섬이나 섬의 환자들과는 운명을 서로 섞을 수가 없는 처지이기 때문입니다.

마지막으로 한 번 더 간절한 소망 말씀을 드리면서 이제 이 글을 끝맺겠습니다. 그리고 나서 저는 이제 저의 이 소망이 얼마나 크고 진정 어린 것인가를 다짐드리기 위해 필요하다면 오늘 밤이라도 당장 이 섬을 떠나겠습니다. 원장님으로 인해서는 이 섬에 더 이상 아무것도 이루어질 바가 없으며, 제가 이 섬에서 할 수 있는 일 역시도 원장님께 그것을 확인시켜드리는 것 이외에 다른 보람스런 일이 아무것도 없을 터이기 때문입니다. 그리고 저는 아직도 이 섬이 하나같이 자신의 삶의 얼굴을 잃어버린 유령의 집단이 아닌 살아 있는 개개 인간들의 섬으로 살아남아 있음을 증거하는 마지막 방법을 잊지 않고 있으며, 지금 이 섬에 남아 살고 있고 앞으로도 계속해서 이곳에 남아 살아갈 사람들에게 오래오래 그것을 기억케 하고 싶기 때문입니다.

원장님—

부디 저의 뜻을 버리지 말아주십시오. 자비하신 주님께서는 아마 이 글로써도 다하지 못한 저의 뜻을 원장님께서 밝히 헤아리실 수 있게 해주시리라 믿습니다.

바라옵건대 주님께서는 인간의 말로는 다 가누기 어려운 저의 진심을 밝히 원장님께서 감득하실 수 있게 해주시기를 간절히 기도드릴 뿐입니다.

33

"참으로 지독한 공박이군요."

상욱의 글을 다 읽고 나서 한동안 멍청한 상념에 사로잡혀 있던 이정태가 이윽고 조 원장을 건너다보며 입을 떼기 시작했다.

"전 도대체 원장님이 이렇게까지 심한 공박을 당해야 할 이유를 납득할 수가 없군요. 그 상욱이란 사람 자신도 자기의 글 속에서 고백하고 있듯이 이 섬에선 모든 일이 무엇 때문에 꼭 이런 식으로만 행해지고 이런 식으로만 이해되어야 했는지에 대해서도 말씀입니다."

조백헌 원장은 이제 이정태를 기다리며 혼자서 마신 술로 얼굴이 벌겋게 익어 올라 있었다. 그 조 원장이 이번에는 이정태에게도 비로소 술을 한잔 가득 채워 건네며 의미 있는 웃음을 지었다.

"그러실 테죠, 이 형은. 그야 이상욱이란 사람 자신도 이 조백헌이가 무엇 때문에 그토록 심한 곤욕을 치러야 했는지, 또 그 자신이 그런 식으로 섬을 나가야 했는지, 그런 일들에 대한 자신 있는 명분을 내대지 못하고 있는 형편이니까요. 하지만 뭐 그건 간단한 거지요. 그 왜 개척단 부단장 일을 맡고 있던 황희백 장로라는 분 있었지 않소. 그분이 어느 날 그걸 썩 적절하게 설명해주시더군요."

"그분은 그걸 무엇 때문이라고 했습니까?"

이정태는 앞에 놓인 술잔을 홀쩍 비우고 나서 조급하게 다시 물었다. 조 원장은 그 이정태의 술잔에다 다시 술을 가득 채우고 나서 천천히 말을 잇기 시작했다.

"상욱이란 사람 글에도 그런 얘기가 잠깐 있었지만, 그분 말씀으론 그게 다 자유라는 것으로 행하려 하기 때문이라더구만. 이 섬은 모든 일을 자유로 행하려 하기 때문에 그 자유라는 것이 애초에 싸워 얻어야 하는 것이 돼놔서, 서로 간에 자연 갈등과 불신이 생긴 탓이라고 말이야요. 이상욱이란 사람도 결국 그 섬의 자유를 말하고 그런 섬의 자유를 행하고 있었던 셈이지요. 그 자신이 그렇게 말한 대목도 있었구요. 하지만 그자는 자신의 입으로 자유를 말하고, 자신이 그것을 행하고 있으면서도 황희백 장로의 경우처럼 그 자유 자체에 대한 깊은 자각에는 이르질 못하고 있었던 것 같아요. 자유의 행사가 빚고 있는 결과나 현상들을 바로 그 자유로서 설명할 줄을 몰랐다는 말입니다. 그래서 그는 무엇 때문에 섬이 이 꼴로 되어가야 했는지, 그것을 근심하면서도 자신은 이 섬을 버려야 했던 이유나 나를 그토록 공박할 수 있는 분명한 명분을 찾지 못하고 있었어요. 글 가운데서 작자는 그걸 외려 내게 묻고 있었지요. 나중에 쓴 편지에 보면 그땐 어느 정도 그런 자각이 있었던 것 같기도 하지만, 그때도 아직 만족할 만한 자기 해답은 구하지 못하고 있었던 게 분명해 보여요. 섬이 나를 용납하지 못하는 것, 작자가 그런 식으로 이 섬과 나를 배반할 수밖에 없었던 것, 그리고 내게 그런 글을 쓰고 있는 것 자체까질 포함하여 모든 것이 이 섬의 어떤 숙명적인 자유—, 그 섬의 자유로만 행하려 하고 그 자유를 걱정하고 있었기 때문일 게란 말입니다……"

"자유로 행하려 하면 갈등과 불신이 생기고, 이루어짐이 있을 수 없다…… 그렇다면 황희백 장로나 원장님은 이 섬에서 그 자유를 부인하고 계셨다는 말씀입니까."

이번에는 원장과 이정태의 술잔이 서로 엇바뀌어가며 술이 채워졌다. 술잔은 그렇게 계속해서 두 사람 사이를 쉴 새 없이 왕래했다.

"아니지요. 이 섬의 내력과 섬사람들의 오랜 경험을 빌려 말한다면 섬사람들은 당연히 그 자유로밖엔 행할 방법이 없었으리라는 생각이 들더군요. 섬사람들에겐 그게 오히려 당연한 주장이요 권리처럼 보였어요. 하지만 다시 한 번 황 장로의 생각을 빌려 말한다면 이 섬은 자유로만 행하려다 실패하였으니 자유보다도 더 나은 것으로 행함이 있어야 한다는 것이었지요."

"황 장로는 그럼 그 자유로 해서보다 더 나은 방법을 알고 있었습니까."

"그 양반은 그것을 사랑이라고 하더군요. 사랑은 자유처럼 뺏음이 아니라 베풂이라고. 사랑은 자유처럼 투쟁과 미움과 원망을 낳는 대신 용서를 가르친다고 말이야요. 그러면서 뭐 섬을 다스리는 내 쪽에선 그래도 그 사랑이라는 걸 하노라곤 했다나요. 사랑으로 행해야 할 자기들은 정작 자유로만 행하려 해왔던 데 비해 섬을 다스리는 내 쪽에선 그래도 그 사랑으로 행하려 한 흔적이 있었노라고 말야요. 하지만 그 양반 군이 그 자유하고 사랑이라는 걸 따로따로 다른 것으로 나누어 생각하려고만 한 것 같지는 않았어요. 뭐라 할까, 사랑으로 해서나 자유로 해서나 그것들이 서로 상대편 쪽에 깃들여질 수가 없으면 소용이 없다고 했거든요. 자유로 행하되 그 자유 속에 사랑이 깃들이거나, 사랑으로 행하되 그 사랑 속에 반드시 자유가 깃들인다면, 결과는 마찬가지일 거라던가요. 바꾸어 말하면 자유를 사랑으로 행하고, 사랑을 자유로 행한다는 이야기나 한가지인 셈이겠지요."

"그런데 그것을 알고 있었던 황 장로는 어째서 그의 자유 속에 사랑을 깃들일 수가 없었을까요. 그리고 원장님은 또 그것을 알고 나서도 어찌해서 그 자유를 원장님의 사랑 속에 깃들이게 할 수가 없었을까요. 황 장로는 그것을 말하면서도 결국 원장님을 섬에서 떠나보냈고, 원장님도 끝내는 섬을 떠나야 하지 않았습니까."

"그것은 아마 서로 간에 믿음이 없었기 때문일 것입니다. 황 장로는 믿음이 없이는 자유라는 것을 함부로 행할 수가 없는 것이라고, 믿음이 없이 자유를 행하니까 싸움과 갈등과 불신과 미움밖에 남는 것이 없다고 말했지요. 그리고 믿음으로 행하지 못함이 곧 사랑으로 행하지 못하는 것이니 믿음이 없는 사랑을 행함은 사랑을 행하지 않음만 같지 못하다고 말입니다. 그 점에서도 결국 사랑과 믿음은 같은 차원의 이야기가 아닌가 생각되었습니다만, 나중에 곰곰 생각해보니 입장의 차이는 조금씩 있는 이야기였던 것 같더군요."

"입장의 차이라면요?"

"섬에서는 말입니다. 이 섬에서는 다스림을 받는 입장이 되고 있는 원생들이 숙명적으로 그 자유로밖엔 행할 길이 없는 사람들이라면, 섬을 다스리는 원장의 몫은 자연히 그 사랑 쪽이어야 하지 않았던가 하는 생각이었지요. 다스리는 사람은 사랑으로, 다스림을 받는 사람은 자유로 하는 식으로 말이야. 그리하여 다스리는 자의 사랑 속에 다스림을 받는 자의 자유가 깃들이고, 다스림을 받는 자의 자유 속에 다스리는 자의 사랑이 깃들여서 결국은 양자가 한길로 화해스런 조화를 이룩해나갈 수 있게 되는 그런 정도의 입장의 차이 같은 것 말입니다. 원장인 나는 사랑으로 행하고, 원생들은 또 그들의 옳은 자유로 행해야 했었지요."

"하지만 결국 양쪽이 다 그것을 감내하지 못했다면 원장님과 섬 사람들 사이에선 서로 간에 그 믿음을 얻지 못하고 말았다는 이야

474

기가 되겠습니까."

이정태의 질문은 끝없이 계속되어나갔다. 조 원장 역시도 그 이정태의 물음에 대답을 사양하려는 빛이 없었다. 그는 오히려 어떤 사명감마저 느끼고 있는 듯한 정력적인 목소리로 열심히 설명을 계속해나갔다.

"그렇지요. 믿음을 구할 수가 없었기 때문에 결국 섬을 떠나야 했었지요. 나도 그땐 그걸 두고 많은 생각을 했었구요. 황 장로는 도대체 거기까지 설명을 하고서도 바로 그 믿음을 구하고 싶은 빛은 전혀 없었거든요. 난 그때 황 장로도 아마 거기 대한 처방까지는 마련을 못 가지고 있는 게라고 생각했지요. 그 자유라는 것이, 믿음이 없는 자유라는 것이, 불신이라는 것이 황 장로로서도 달리 어쩔 수가 없는 이 섬의 숙명인 게라고 말이오. 황 장로는 처음부터 내가 섬을 나갈 것을 전제로 말하고 있었거든요. 서로의 믿음을 구해서 이 섬에 사랑을 심게 할 생각은 없었으니까요. 내게 대한 믿음을 애초부터 단념하고 있었던 황 장로였어요. 한데 난 나중에 이유를 깨달았지요. 황 장로나 나나 서로가 그 믿음을 구할 수 없었던 이유를 말이야요. 그것은 참으로 이상한 인연으로 해서였지요. 섬을 떠난 지 5년이나 지난 다음에 그 마산병원에서 이상욱이란 사람의 글을 받고였으니까요."

"아까 읽은 그 친구의 글 말입니까?"

"그래요. 바로 그 글을 받고 나서 난 그간의 수수께끼를 풀 수 있었어요. 황 장로가 제게 믿음을 단념한 것도 당연하다고 생각되더군요. 그리고 그 오랜 수수께끼가 풀리자 그길로 난 곧장 이 섬을 다시 찾아왔던 거예요. 상욱이란 사람은 내게 섬을 나가게 한 글을 썼고, 두번째는 내게 다시 섬으로 돌아오게 한 이상스런 인연의 글을 쓴 셈이지요."

"원장님께서 찾아내신 수수께끼의 해답을 듣고 싶군요."

"그래요. 내 이젠 그렇지 않아도 그걸 말씀드릴 참입니다. 다름 아니라 그건 바로 그 편지 속에 말한 공동 운명이라는 것이었어요. 상욱이란 사람 그러니까 자신이 그것을 말하고서도 이번에도 그 말의 뜻하는 바를, 그 공동 운명이라는 것이 이 섬의 자유와, 자유로써 행함에도 불구하고 이루어짐이 없는 고질적인 퇴행 현상들과의 관계는 깊이 보지 못하고 만 셈이지요. 그리고 내게 그걸 묻고 있었어요. 하지만 바로 그 사람 물음 속에 이미 해답이 마련되고 있었지요. 아까 그 믿음이 생길 수 없었던 이유 말입니다. 사람과 사람 사이의 절대의 믿음이란 궁극적으로 작자가 말한 그 운명을 같이할 수 있는 데서만 생길 수 있는 것이었단 말입니다. 작자가 즐겨 쓰는 그 천국이라는 것을 두고 생각하면 이해가 더욱 쉽겠지요. 내가 꾸민 천국을 믿지 않으려는 이유, 나의 동기나 천국을 허심탄회하게 받아들일 수 없었던 이유, 섬에 대한 내 나름대로의 성실한 봉사를, 내 선의와 노력을 자기 도취적인 동정으로만 폄하하려는 이유, 그 모든 이유는 결국 내가 이 섬 원생들과 같은 운명을 살아갈 사람이 아니라는 것 때문이었지요. 상욱이란 사람이, 비록 그는 섬을 떠나 있다 하더라도 언제 어디서나 이 섬의 운명을 살고 있노라는 그런 운명 말이오. 참다운 사랑이란 일방이 일방을 구하는 일이 아니라 그 공동의 이익을 수락하는 데서만 가능한 것

476

이었어요, 그리고 그것은 곧 그가 그 천국을 꾸미더라도 그것을 꾸미고 나서 그 천국을 떠나지 않아야 한다는 뜻이 되지요. 아닌 게 아니라 거기에선 진실한 믿음이 생길 수가 없는 것이지요. 그리고 아마 황 장로 역시 그것을 알고 있었기 때문에 내게는 더 이상 믿음을 구하지 않으려 했는지 몰라요. 어쨌거나 난 작자의 편지에서 비로소 그것을 알았어요. 그리고 그걸 알았기 때문에 다시 한 번 이 섬을 찾아온 거야요. 내 운명을 함께할 각오로 말입니다. 그리고 그 믿음을 구하고자 말이오⋯⋯"

멀리 십자봉 쪽 소나무 숲을 타고 내려온 밤바람 소리가 이정태의 남녘 숙사 창밖을 속삭이듯 고요히 스쳐 지나가고 있었다.

조 원장은 이제 결론을 생각하고 있는 듯 거기서 잠시 말을 끊고 유심스레 이정태의 표정을 건너다보고 있었다. 촉수 낮은 숙사의 백열 전등빛이 불그스레 술에 익은 그의 얼굴색을 묘하게 침울스럽게 하고 있었다.

"원장님께선 그럼 섬으로 다시 오셔서 믿음을 구할 수가 있었습니까. 이 섬과 섬사람들의 운명을 함께 살아오시면서 원장님이 구해오신 믿음 속에서 이 섬의 자유와 사랑을 옳게 행하실 수 있었느냔 말씀입니다."

한동안 침묵 끝에 이정태가 먼저 조 원장에게 말을 재촉했다. 그제서야 조 원장은 조용히 고개를 가로젓기 시작했다. 이정태가 미리 예상하고 있던 대로였다.

"실패였어요. 이 형도 보셨다시피. 그 특별 병사 사람들 말이야요. 이 섬에 진정한 자유와 사랑이 행해질 수 있다면 그런 비극은 벌써 자취를 감춰 없어졌어야지요. 아니 자취를 아주 감출 수는 없더라도 우린 지금 그 사람들을 위해 신념을 가지고 무엇인가를 하고 있어야겠지요. 하지만 우린 지금 그 사람들을 위해 아무것도 손을 쓰지 못하고 있어요. 여전히 행함이 없는 것이지요. 보고만 있는 형편이야요. 그 윤해원이란 사람 일만 해도 그렇지요. 이 섬에 자유와 사랑이 옳게 행해지고 있다면, 그 사람 애초에 혼인을 앞에 놓고 그런 수술을 요구하는 일도 없어야겠지만, 그 일이 기왕 문제가 되고 있는 이상엔 그걸 옳게 대처하고 해결 지을 길이 있어야지요. 하지만 이 섬이나 병원은 지금 거의 속수무책이 아닙니까. 작자가 그런 난처한 수술을 요구해오는 것이나, 그리고 병원이 그의 수술을 감당해주거나 못하거나 모두가 그 자유나 사랑을 옳게 행하는 길은 못 됩니다. 그것은 또 하나의 무서운 싸움입니다. 섬사람들은 이 싸움이 어떻게 매듭 지어지게 될 것인가를 숨을 죽이고 지켜보고 있습니다. 하지만 어느 쪽으로 일을 결말내든 그것은 다만 또 하나의 실패를 더하게 되는 것뿐이지요. 오마도 역시 저 모양 저 꼴로 남아 있고, 무엇보다 이 섬은 아직도 원생들이 짐짓 해협을 택해 바다를 건너가는 그 불가사의한 탈출의 풍속이 그치지 않고 있는 형편 아닙니까."

"……"

"하긴 그 이상욱이란 사람은 이번에도 아마 생각이 훨씬 다를는지 모르지요. 그 사람은 어디까지나 이게 이 조백헌이 개인의 실패지 섬의 실패로는 생각하지 않고 있을지 모르니까 말입니다. 그 친군 원래 이 조백헌이 개인을 실패시킴으로 해서 그것으로 그 사

478

람들의 자유를 행하려 했고, 그러한 내 실패를 섬과 섬사람들의 자유의 승리로 삼고 싶어 한 위인이었으니까요. 언젠가는 다시 섬을 돌아온다고 해놓고, 그리고 섬을 돌아올 때 그가 이곳에서 다시 행할 바를 묻고 싶다 해놓고 작자에게서 다시 소식이 없는 걸 보면 그잔 여전히 나를 용납할 수 없는 게 분명하거든요. 그가 묻고 싶은 것에 대한 내 대답이란 게 이를테면 내가 다시 이 섬으로 돌아온 것이 되고 만 셈인데, 작자가 여태 꼴을 나타내지 않고 있는 건 이번에도 그런 나를 용납할 수가 없는 때문일 거란 말입니다. 이번에도 결국 나를 실패시키고 싶은 작자의 소망은 훌륭하게 성취된 셈이지요. 그리고 작자의 그 성취 속에 이 조백헌이한텐 그 숙명적인 실패가 점지되고 있었던 셈이구 말이야요. 어쨌거나 이 섬은 이제 생성을 거의 중지해버리고 있는 상태니까."

"알 수 없는 일이군요. 원장님께선 믿음을 구해 섬으로 돌아와 섬 원생들과 운명을 함께하고 계신데도 이 섬에 자유와 사랑을 옳게 행하실 수가 없으시다면 그렇다면, 그 이유는 또 무엇입니까."

"이 형도 물론 그게 궁금하겠지요. 알고 보니 그건 아주 간단한 이치였어요. 난 섬으로 돌아오고 나서 곧바로 그것을 깨닫게 되었으니까요. 무슨 이유에서냐 하면 난 섬으로 돌아올 땐 이미 이 섬 병원의 원장이 아니었거든요. 원장으로서 섬을 찾아온 것이 아니라 아무런 힘도 없는 평범한 한 섬 주민으로 돌아온 것뿐이었단 말이우다."

"그게 그토록 큰 차이가 있는 일일까요?"

"자유나 사랑을 행함에는 차이가 큰일이었지요. 섬사람들과의 한 운명 단위 속에서 서로 믿음을 얻고 나면 일단 그 자유나 사랑을 함께 행해나갈 수는 있습니다. 하지만 그 자유는 무엇으로 행해가겠소. 사랑은 무엇으로 행해가겠소. 자유나 사랑을 행함에는 절대로 힘이라는 것이 전제가 되어야 합니다. 힘이 없는 자유나 사랑은 듣기 좋은 허사에 불과할 뿐입니다. 자유나 사랑으로 이룩해져나감은 그 자유나 사랑 속에 깃들인 힘으로 해서일 겁니다. 사랑이나 자유의 원리가 바로 힘이 아니더라도 그것들이 행해지고 그것들이 이룩해나가는 실현성이나 실천성의 근거는 그 힘이 되어야 한다는 말이지요. 그리고 자유나 사랑이나 다 같이 그 실천적인 힘에 근거하여 비로소 제값을 지닐 수 있는 것이라는 점에선 두 가지가 같은 차원의 가치 개념으로 이해될 수 있는 것들이겠구요. 내 말은 결국 같은 운명을 삶으로 하여 서로의 믿음을 구하고, 그 믿음 속에 자유나 사랑으로 어떤 일을 행해나가고 있다 해도 그 믿음이나 공동 운명 의식은, 그리고 그 자유나 사랑은 어떤 실천적인 힘의 질서 속에 자리를 잡고 설 때라야 비로소 제값을 찾아 지니고, 그 값을 실현해나갈 수 있다는 이야깁니다."

"원장님께서는 결국 원장으로 다시 섬을 들어오지 못하셨기 때문에, 원장의 권능으로 섬을 다스릴 수 없었기 때문에 또다시 그 자유와 사랑을 실패할 수밖에 없었다는 말씀입니까?"

"운명을 같이하지 않는 한에서의 어떤 힘의 질서는 무서운 힘의 우상을 낳을 뿐이겠지요. 하지만 운명을 같이하려는 작정이 있은 다음엔 내게 그 원장의 권능이 필요했어요. 그래서 그 허심탄회한 힘의 질서 속에서 섬의 자유와 사랑이 행해져나가야 했었어요. 하지만 난 이미 이 섬 병원의 원장이 아니었어요."

"그렇다면 지금의 원장은 어떻습니까. 지금의 원장이 그 섬의 운명이라는 것에 대한 이해가 깊을 수만 있다면, 그리고 원장님의 실패의 비밀을 알고 계시다면 그분은 현직 원장의 권능으로 그 자유와 사랑을 옳게 행해나갈 길이 있지 않겠습니까."

이정태는 이제 술잔을 비우는 것조차 잊어버리고 있었다. 조 원장만이 가끔 이야기를 한 대목씩 끝내고 날 때마다 잠깐 목을 축여 넘기곤 할 뿐이었다. 하지만 조 원장은 이번에도 그 이정태의 물음에는 여전히 부정적인 대답뿐이었다.

"그렇지요. 난 사실 지금 원장과도 자주 섬 일을 의논하고 있으니까. 그분 역시 이 섬에 대해선 누구보다 이해가 깊은 편이야요. 하지만 그 원장이나 누구나 이 섬의 운명을 함께 산다는 것은 쉬운 일이 아니지요. 원장이 설령 그럴 각오가 있다고 하더라도 말이야요. 황 장로나 상욱이란 사람들도 이미 그걸 알고 있었던 일이 아니던가 싶지만, 사람의 운명이란 어느 쪽이 어느 쪽에다 그것을 합하고 싶어 한다고 그렇게 하나로 보태질 수는 없는 것이니까요. 결국 사람의 운명이라는 것은 자생적인 거라는 말이지요. 보태고 싶다 해서 보태질 수 있는 것이 아니란 말이야요. 그런 식으로 생각하면 내가 지금 이 섬의 운명을 함께 살겠노라 하고 있는 것도 나 자신 역시 의심스런 바가 없지 않은 터이지만 말이우다."

조 원장의 어조에는 이제 서서히 어떤 침통스런 낭패의 빛이 어리고 있었다. 하다 보니 답답하고 낭패스런 느낌은 그 조 원장만이 아니었다.

"그렇다면 원장님은 결국 이 섬은 어떤 식으로도 달라질 수가 없다는 말입니까. 아무도 이 섬에선 더 이상 행할 바가 없다는 말씀입니까."

이정태는 참을 수 없다는 듯 그 조 원장을 향해 엉뚱스레 힐난조 목소리가 되고 있었다. 하지만 이제 조 원장은 그 이정태를 조금도 괘념하는 빛이 없었다. 그 이정태의 힐난조 추궁을 고스란히 받아들이고 있는 조 원장의 목소리에는 이제 그의 생애를 일관해 온 어떤 신념과 인간의 삶에 대한 이해의 무게가 온통 다 실려 나오고 있는 것 같았다.

"운명이 자생적인 것일 수밖에 없는 것이라면, 그 자생적인 운명의 일부분으로서 선택되어져야 할 힘의 근거가— 그 원장이라는 직위와 권능이 오늘날처럼 섬사람들의 운명이나 선택과는 아무 상관도 없이 일방적으로 군림해올 수밖에 없는 상황에선 어쩔 수가 없는 일이겠지요……"

"자생적인 운명의 일부분으로서 선택되어야 할 힘의 근거라는 말의 뜻은, 그 원장이나 원장의 권능이 섬사람들 자신의 의사에 의해 그들 가운데서 선택되어져야 한다는 뜻입니까……"

"물론이지요. 그렇지 못한 힘은 언제나 그 힘 자체의 욕망을 충족시킬 지극히 이기적인 명분을 지어내게 마련이니까요. 명분은 언제나 힘에 대한 봉사만을 일삼아왔으니까. 그리고 그게 이 섬을 실패시키고 있는 가장 깊은 원인이겠지요."

"이 섬에서 과연 그런 때가 올 수 있을까요?"

"그런 때가 올 수 있을지 없을지는 모르지만 섬이 끝끝내 실패만 하고 있지 않으려면 그때는 결국 와야겠지요. 그게 아무리 시간이 오래 걸리는 일이라도…… 그게 아마도 상상 이상으로 긴 세월이 걸리게 될 일인지도 모르지만 말이야요."

조 원장은 거기서 다시 술잔을 들어 목을 축였다.

이정태는 이제 그 원장이 무서웠다. 그리고 이 섬과 섬의 운명에 까닭 없이 몸서리가 쳐지기 시작했다. 그는 조 원장이 술잔을 비우고 나서 자신의 빈 술잔에다 다시 술을 채우고 있는 것을 말없이 기다리고 있었다.

조 원장이 이번에는 이정태 앞에 놓은 빈 술잔에도 마저 술을 채우고 나서 모처럼 만에 먼저 이정태에게 물었다.

"그래, 이쯤 얘길 했으면 이 형도 좀 사정을 이해할 수 있겠소? 이 섬과 내가 어째서 이토록 처참한 실패만 거듭해오고 있는지를 말이오?"

이야기를 털어놓고 나니 이젠 차라리 마음이 홀가분해진 듯 그의 입가엔 이상스럽게 헤프디헤픈 웃음기가 어리고 있었다.

"어느 정도 짐작이 가는 것 같긴 합니다만……"

이정태는 그 조 원장 앞에 자신도 모르게 고개를 깊이 끄덕거리고 있었다. 그리고 나서는 좀더 조심스럽게 원장에게 물었다.

"원장님은 그럼 아직도 이 섬을 견디면서 기다릴 작정입니까. 이 섬과 원장님에겐 그토록 실패만 거듭되고 있다면 원장님은 이제 더 이 섬에 남아 앉아 있을 이유가 있을까요. 더욱이 원장님 말씀처럼 그 운명을 합한다는 일조차 생각과는 다른 일일 수가 있다면 말입니다."

조 원장은 여전히 입가의 웃음기를 잃지 않고 있었다. 그 허심 탄회하고 끈질긴 미소 속에 조 원장은 그러나 실패를 거듭한 사람 답게 필사적인 자제력이 담긴 목소리로 자신의 각오를 담담하게 말했다.

"그야 물론 기다려야지요. 운명을 합하는 일이 실제로는 얼마나 어렵다 하더라도 난 그것으로 일단 섬사람들의 믿음의 씨앗만은 구할 수 있었으니까요. 이제 다시 섬을 떠남으로써 모처럼 움터오른 그 믿음의 싹을 짓밟아버리고 떠날 수는 없어요. 믿음의 씨앗과 싹만 있으면 그 믿음 속에 기다릴 수는 있는 거지요. 그것이 처음엔 아무리 작고 더디고 약한 것이라 하더라도 그것이 자라서 그 공동 운명의 튼튼한 가교로 이어질 때를 기다리면서…… 그것으로 우리가 이 섬 위에서 비로소 무엇을 이룩해낼 수 있을 때가 아무리 오랜 세월을 기다리게 한다고 하더라도 말이야오. 믿음은 이 섬에 관한 한 모든 것의 시작이니까."

"하지만 그렇게 무작정 기다릴 수만은 없는 일 아닙니까."

"아, 그야 물론 무작정 기다리는 것만은 아니지요. 그 믿음의 싹만 있으면 이 섬에선 지금부터라도 뭔가 할 일이 있지요. 믿음 속에서 가능한 일이라면 그것이 아무리 작고 보잘것없는 일이라도 우린 거기서부터 하나하나 힘을 모아 무엇인가를 이루어나가도록 해야지요. 그게 바로 믿음을 넓혀나가는 일일뿐더러, 이 섬에선 그런 식으로 눈에 뜨이지 않는 일에서부터 차례차례 확실한 것을 한 가지씩 행해나가는 것이 무엇보다 중요한 일이기도 하구요. 그 눈에 뜨이지 않는 작은 일이란 이를테면 우선 한 건강인 여자와 병력자 사내의 결합 같은 거라고 할까요."

"윤해원과 서미연의 결혼 말씀입니까?"

"윤해원과 서미연의 결합은 무엇보다도 한 건강인과 원생 사이의 첫 번 결합이라는 점에서 이 섬이 있어온 후로 건강인과 원생들 사이를 이어주는 가장 분명한 신뢰감의 확인이며, 그 첫출발이 되고 있거든요. 그래서 난 이번에 이 일에 발을 벗고 나선 겁니다. 섬에선 뭔가 다시 시작을 해야 하고 지금서부터라도 그것은 가능한 일이며, 그게 무엇보다도 중요한 일이니까요."

"……"

"그리고 그렇게 하면서 이 섬은 그 자신의 힘을 기르면서 진실로 그의 자유와 사랑을 행하고, 그들이 운명을 선택적으로 살아갈 수 있게 될 날을 참을성 있게 기다리는 것입니다. 그것을 위해서는 이 형께서도 아마 이 형 나름으로 힘을 보태야 할 일이 생길지도 모릅니다……"

34

4월 1일, 마침내 윤해원과 서미연의 결혼식 날이 다가왔다.

결혼식 아침 날은 기대했던 대로 남해안 특유의 따스하고 화창한 봄 날씨를 보이고 있었다. 산간을 뻗어 돌아간 황톳길들은 밤 사이 함성처럼 피어난 벚꽃 무리로 하여 불을 켠 듯 환하게 뚫려나 가고, 벌판을 휘돌아 어우러진 보리밭의 푸르름은 바야흐로 한창

봄의 약동을 합창하고 있는 듯했다. 십자봉을 비껴 흐르는 하늘은 정봉의 소나무 가시보다도 드높았고, 섬을 휘감아 돌아간 득량만의 물빛은 어느새 그 선뜩선뜩하고 암울스런 겨울빛을 말끔히 벗고 있었다.

결혼식은 12시로 예정되어 있었다. 식장 치장이나 잔치 진행 계획 같은 것은 전날 저녁까지로 빈틈없이 준비가 다 끝나 있었다. 옛 완충 지대 중간에 세워진 두 사람의 신접 살림집도 전날까지 이미 안팎이 깨끗이 정돈되어 있었다. 거식 후의 신혼여행도 두 사람의 소망에 따라 오마도 간척장을 당일로 잠깐 돌아보고 오는 것으로 대신하게 되어 있었다. 모든 일이 제법 순조롭게 풀려나가고 있는 셈이었다.

무엇보다 조 원장의 근심거리가 되고 있던 윤해원의 수술 건을 사전에 조용히 해결 본 것은 무척이나 다행스런 일이 아닐 수 없었다. 그것은 참으로 섬사람들과 비로소 마음을 함께하려는 조 원장의 깊은 이해력과 신효한 비방의 한 결과라 아니 할 수 없었다. 윤해원 쪽에서 끝끝내 그 혼전 수술을 고집하고 나서는 한 조 원장의 낭패는 거의 기정사실이나 다름없었다. 그런데 조 원장은 이정태가 섬을 찾아 들어온 그 이튿날 저녁 마침내 결단을 내린 듯 윤해원을 찾아가 그길로 곧 일을 결말지어버리고 돌아온 것이다.

—이제 이 섬에서 문둥이의 단종수술을 권하는 일이 없도록 하겠다는 약속을 했지요. 그건 이미 지금 원장한테도 양해를 구해놓은 일이니까. 병원에선 미감아 문제가 골치 아파 아직까지도 결혼 환자들에겐 단종수술을 권해온 처지였거든요.

병원에서 단종수술을 권하지 않겠다는 약속 대신 윤해원에게선 병원에 대해 다시 혼전 수술을 요구하지 않겠다는 약속을 받아낸 것이었다. 문둥이 후손의 이름으로 섬의 미래를 팔아 섬을 다스리려는 것을 막기 위해 혼전 수술을 요구해왔다는 윤해원이었다. 그 윤해원이 오히려 이 섬에선 아예 그런 수술을 배척하는 쪽과 거꾸로 자기 약속을 바꾸었다는 것은 납득이 잘 가지 않는 모순이었다. 하지만 섬을 알고 섬사람들의 마음과 역설에 익숙한 조 원장으로선 그게 그리 어려운 일이 아니었다. 현임 원장이 아닌 그로서는 섬 안에서의 단종수술 배척을 약속하는 일만이 어렵고 까다롭게 여겨지고 있었음이 분명했다.

　──문둥이의 자식을 팔아 미래의 이름으로 섬을 속여 다스린다는 것도 뼈에 사무친 진실이 담긴 소리지만, 그 혼전 단종수술이라는 게 저 사람들한테는 워낙 원한이 많은 풍속이었거든요. 그 풍속에 대한 전면적인 반항이었달까. 아니면 그의 결혼이나 여자에 대한 어떤 믿음의 시험이었달까. 그런 심리적인 일면이 작자한텐 강했을 테니까요. 더욱이나 작자는 아직도 서미연이라는 아가씨를 순수한 건강인으로만 믿고 있었거든요…… 결국은 작자에게도 자식을 낳아보고 싶은 욕망이 없을 순 없었던 셈이지요. 다만 그 자식을 좀더 떳떳한 땅에서 떳떳하게 낳아보고 싶었달까……

　윤해원을 위하여, 어차피 문둥이 집단끼리 끼리끼리 모여 살게 된다는 체념 어린 패배 의식을 허용하지 않기 위하여, 건강인 여인에 대한 윤해원 자신의 떳떳한 자기 극복을 위하여, 조 원장과 서미연 사이에선 아직도 그녀의 출생에 얽힌 비밀을 윤해원에게 감추고 있다는 사실을 말하면서, 조 원장은 이제 이정태에게 그 두 사람의 떳떳한 결합을 위해 그의 힘을 보태자던 것이었다.

—이 형의 직업은 남의 비밀 파내는 게 한 속성이니까 이번 일도 이 형 쪽에서 먼저 눈치를 채게 되면 괜히 엉뚱한 말썽을 빚을 염려가 있어서 미리 얘기해두는 거지만, 서미연이라는 여자도 사실은 미감아로 자란 여자였더란 말이오. 하지만 그런 사실이 섬 안에선 지금까지도 본인하고 나 조백헌이밖엔 아무도 모르는 일이란 걸 명심해둬야 하오. 윤해원 그 작자는 물론 이 섬사람들 누구도 그건 알고 있지 못해요. 이 형도 그렇게만 알아두면 좋겠소. 이번 혼인은 어디까지나 한 건강인 여자와 환자 사이의 결합이라는 걸 말이오.

어쨌든 그런 식으로 두 사람의 혼사는 모든 것이 조 원장의 사려 깊은 이해와 결단 속에 그럭저럭 탈 없이 혼인날을 맞게 된 것이다. 그리고 이런저런 사연들이 너무나 깊고 복잡하게 얽혀 있어 이정태로서는 감히 당사자들의 사전 면담은 엄두를 내지 못한 채 혼인식이 무사히 끝나기만을 조심스럽게 기다려온 것이었다.

하지만 막상 결혼 날이 되고 보니 섬 안은 이정태나 조 원장이 생각해온 것보다도 훨씬 더 평온스럽고 화창한 분위기 속에 두 사람의 혼인식 잔치 준비가 서둘러지고 있었다. 두 사람의 혼사 뒤에 얽힌 내력 같은 것에 굳이 마음을 쓰는 사람은 없어 보였다. 날씨는 화창했고 사람들의 표정 역시 그 봄 날씨처럼 맑고 너그러웠다. 건강 지대로부터 중앙리로 들어가는 길목은 아침 10시께나 될까 말까 했을 때부터 벌써 식장을 찾는 하객들로 줄을 잇기 시작했다. 식장을 찾는 하객들 가운데는 건강인 지대의 직원 가족도 있었고, 병사 지대의 원생들 가족도 있었고, 꽃구경을 겸해 이날의 잔치 소식을 전해 듣고 나루를 건너 들어온 육지 사람들도 있었다. 섬 일에 특별한 관심을 쏟아온 고흥 군수와 군청 직원 몇 사람도 이미 나루를 건너 섬으로 들어섰다는 소식이었다. 이정태가 묵고 있는 구라회관 쪽에서도 벌써부터 길을 서둘러 나선 사람들이 여럿 있었다. 구라회관엔 하루 전부터 미리 섬을 찾아 들어온 구라 운동 관계 인사와 나환자 출신 사회 유지 몇 사람이 함께 하룻밤을 묵고 있었다. 구라회관에서 밤을 지낸 손님 가운데서도 제일 먼저 식장을 향해 집을 나선 사람은 양녀의 갸륵한 혼인을 위해 일부러 먼 섬길을 찾아온 서미연의 양부모 내외였다. 서미연이나 누가 미리 당부를 해놓았던지, 본인들도 그녀를 곱게 길러온 어버이답게 양부모의 흔적 같은 건 전혀 내색을 하지 않은 채 이날의 신부를 식장으로 인도해가기 위해 일찌감치 숙소를 떠나간 것이었다.

  11시가 거의 가까워질 무렵부터는 이정태도 서서히 식장으로 내려갈 채비를 서두르고 숙소를 나섰다. 숙소를 나와 알아보니 조 원장이 아직 식장으로 내려간 기미가 없었댔다. 이정태는 병원 본관 근처에서 잠시 그 조 원장을 기다리고 있었으나 직원 지대의 그의 숙소 쪽에선 여전히 길을 나서는 기미가 보이지 않았다. 중앙리 식장 쪽에서 올라온 사람도 조 원장을 보지 못했다 했고, 뒤늦게 식장으로 내려가는 현임 원장 일행 속에도 조 원장의 모습은 찾아볼 수 없었다.

  이정태는 차츰 이상한 생각이 들기 시작했다. 혼자서 먼저 식장으로 내려갈까 하다가 직원 지대의 그의 숙소 쪽으로 우선 발길을 재촉했다. 누구보다 먼저 식장으로 달려갔어야 할 조 원장이 거식 시간이 거의 임박하도록 모습을 나타내지 않고 있는 것이 아무래도 수상쩍은 느낌이 들었기 때문이다.

그런데 이정태가 그 직원 지대의 한 모퉁이에 자리 잡고 있는 조백헌 원장의 숙사를 찾아 들어섰을 때였다. 그는 거기서 참으로 예기치 못한 광경에 머릿속이 잠시 어리둥절해지지 않을 수 없었다. 조 원장의 텅 빈 숙소 앞 마루 한쪽에 웬 사내 하나가 조 원장의 방 안 동정에 귀를 기울이고 서 있다가 숙사 문간을 들어서는 이정태에게 손가락을 입으로 가져가며 기척을 죽이라는 시늉을 해 보였다. 이정태는 처음 식장에서 원장을 데리러 온 섬사람인가 싶어 영문도 모른 채 사내가 시키는 대로 기척을 죽이는 수밖에 없었다. 기척을 죽이며 조 원장의 방 안 동정을 함께 살피려다 보니, 아무래도 어디선가 전에 작자를 본 기억이 있는 듯싶은 느낌이 들었다. 기억을 더듬어 생각해보니 이정태는 과연 자기 느낌이 틀림없었다. 작자는 바로 이상욱 그 위인임이 분명했다. 이상욱이 마침내 다시 섬으로 들어와 있는 것이다. 하지만 이정태가 어리둥절해진 것은 그 상욱의 갑작스런 출현만이 아니었다. 상욱의 출현보다 더욱 이정태를 기이하고 어리둥절하게 만든 것은 바로 그 방 안에서 들려 나오고 있는 조 원장의 목소리였다.

"……마지막으로 저는 신랑과 신부에게 저 역시 이젠 이 섬사람이 된 도리로 간절한 당부 한 가지를 말씀드리겠습니다……"

방 안엔 그 조 원장 한 사람밖에 다른 사람이 없을 텐데도, 웬 연설조 말소리가 우렁우렁 방문을 흘러나오고 있었다.

"아니, 전 이 자리에서 제 당부를 말씀드리기 전에 이날의 결혼식에 당하여 제가 느끼고 있는 유별난 감상 한 가지를 먼저 말씀드리겠습니다. 제가 오늘 이 결혼식을 당하여 별나게 느끼고 있는 감상이란 다른 것이 아닙니다. 벌써 오래전 일입니다마는 여기 모이신 여러분도 우리의 피와 땀이 서린 저 오마도 간척지의 절강젯날을 아직 기억하고 계실 것입니다. 그리고 아직도 그날을 기억하고 계신 분들은 그 오랜 간척 공사가 양쪽 둑을 이어 막는 절강제 행사로서 어려운 고비를 넘어선 것으로 굳게 믿고 있었음도 함께 기억하고 계실 것입니다."

듣다 보니 조 원장은 아마 이날 두 사람의 혼인식에서 그가 행할 축사의 줄거리를 혼자 미리 연습해보고 있는 중이었다. 그리고 섬을 들어오는 길로 곧장 그의 숙소를 찾아든 이상욱은 문간에서부터 그 원장의 목소리를 듣고 그의 축사 내용에 주의가 끌려든 모양이었다.

조 원장의 독백조 연설은 그런 식으로 아직 한참 더 끝이 날 기미가 보이지 않았다. 그리고 그 조 원장의 목소리를 좇고 있는 이상욱의 얼굴엔 단순한 호기심 이상의 어떤 엄숙한 긴장감마저 감돌고 있었다. 아무래도 좀 어이없는 광경이었다. 하지만 이정태는 섣불리 참견을 하고 나설 수가 없었다. 목소리에 제법 열기까지 오르고 있는 조 원장을 중간에서 방해하고 나설 수도 물론 없었다. 게다가 이정태는 자신이 이미 그 조 원장의 기이한 웅변에 대해, 그리고 그를 엿듣고 있는 상욱의 태도나 관심에 대해 그 나름의 깊은 호기심을 느끼기 시작하고 있었다. 그는 상욱과 함께 시간을 기다리며 원장의 축사를 좀더 늘어보기로 했다. 그렇지 않아도 그의 목소리를 엿들으며 기다리는 길밖엔 다른 도리가 없는 사정이었다.

마침 또 조 원장의 그 기이한 축사는 거기서부터 진짜 본론 대목으로 들어서고 있었다. 거침없이 문밖으로 흘러나오는 조 원장의 목소리에 상욱과 이정태는 쑥스러운 줄도 모르고 둘이 다 도둑괭이들처럼 조용히 숨을 죽이고 있었다.

"하지만 전 불행히도 그날의 그 즐거운 절강제엔 참석을 못한 채 섬을 떠나고 말았습니다. 제방을 막아 이은 것은 제가 이 섬을 떠난 다음 날 여러분끼리서였습니다. 전 그때 오랫동안 그 절강제를 고대했으면서도 제 눈앞에 그 방둑이 이어지는 것을 보지를 못했습니다. 무척도 재수가 없는 놈이었지요. 그런데 오늘 신랑 윤해원과 신부 서미연 양의 결합으로 해서 저는 비로소 지금 그때의 제 소망을 이룩한 것입니다. 그때 제 앞에서 이어지지 못했던 소망의 방둑이 또 하나 오늘 저의 눈앞에서 굳게 이어지는 것을 보게 되었다는 말씀입니다. 아니 솔직한 심정을 말씀드리자면 우리의 그 오마도 방둑은 여태까진 제대로 이어진 적이 없었을지도 모릅니다. 여러분의 손으로 절강제를 치르고 나서도 그 오마도의 방둑은 여태까지 진실로 서로 이어진 적이 없었던 게 사실일 것입니다. 방둑이 진실로 이어지지 못했기 때문에 오마도는 아직도 땅의 구실을 못하고 있는 것 아닙니까. 주인 없는 땅이 되어 버려져 있지 않습니까."

조 원장은 거기서 그 보이지 않는 청중들의 반응을 살피려는 듯 잠시 동안 말을 끊고 있었다.

상욱은 아직도 그 조 원장이 무슨 말을 하려고 하는지 짐작이 잘 가지 않는 모양으로 점점 더 표정이 심각하게 굳어져가고 있었다. 그리고 그 창문 너머 조 원장의 심장이라도 꿰뚫어버릴 듯 세찬 추궁기가 어린 눈빛으로 소리가 흘러나오는 방 안 쪽을 무섭게 노려보고 있었다. 하지만 조 원장은 물론 그 바깥의 상욱이나 이정태의 동정에도 아랑곳을 할 일이 없었다. 시간에 쫓겨 말을 서두르는 기색도 없었다.

"오마도는 아직도 절강제가 끝나지 않고 있는 것 한가지인 것입니다. 무엇 때문에 그렇습니까. 흙더미가 쌓여 방둑은 이어졌으되 그 이어진 방둑을 오가야 할 사람들의 마음이 이어지지 못하고 있기 때문입니다. 마음이 갈라져 있기 때문입니다. 누구와 누구의 마음이 갈라져 있었고, 누구 때문에 그토록 마음이 갈라져 이어진 방둑마저 제구실을 못하게 되었느냐는 허물은 여기서 굳이 따져 묻지 않기로 합시다. 그러나 사람의 마음이 이어지지 못한 채 흙과 바윗돌만으로 그것을 튼튼히 이을 수 없다는 것은 어쨌든 부인할 수 없는 사실입니다. 흙과 돌멩이보다는 사람의 마음이 먼저 이어져야 합니다. 그리고 그런 의미에서 오늘 이 윤해원과 서미연 두 사람의 결합은 그 두 사람의 처지가 특히 남다른 바가 있었던 만큼 사람의 마음과 마음이 이어지는 일 가운데 더욱더 뜻이 깊고 튼튼한 결합이 아닐 수 없습니다. 흙더미나 돌멩이로 겉모양만 이어진 채 버려져 있던 두 개의 방둑이 오늘 비로소 우리 눈앞에서 굳게 이어지는 절강제를 보게 된 것입니다. 이건 참으로 옛날의 절강제를 보지 못한 저로서는 이중의 행운이 아닐 수 없습니다. 그리고 고마움이 아닐 수 없습니다……"

긴장하고 있던 상욱의 얼굴 위에 비로소 희미한 미소가 한 가닥 떠오르고 있었다. 하지만 이정태는 아직 그 상욱의 웃음의 뜻을 읽어낼 수가 없었다. 어찌 보면 그는 조 원장의 그 너무도 직선적이고 순정적인 생각에 다소의 감동을 받은 듯싶기도 했고, 어찌 보면 오히려 씁쓸한 비웃음을 보내고 있는 것 같기도 했다.

방 안의 조 원장은 이번에도 그 상욱의 반응에는 상관할 필요가 없는 사람이었다. 그는 참을성 좋게 다시 한 번 목소리를 침착하게 가다듬었다. 그리고 좀더 허심탄회한 어조로 천천히 다음 말을 이어나갔다.

그는 이제 기왕 여기까지 말이 나온 김이니 이날의 결혼식이 원생과 건강인 사이의 결합이라는 특수성에 대해서도 무슨 금기처럼 지나치게 말을 삼갈 필요는 없노라 전제한 다음, 두 사람의 결합으로서 이 섬과 건강인들 사이의 가장 튼튼한 방둑을 마련해준 용기에 대해 진정 어린 찬사와 경의를 표했다. 그러고 나서 그는 목소리를 한층 드높여 힘있게 다짐해나가기 시작했다.

"하지만 오늘 이 두 사람이 우리 앞에 이어놓은 마음의 방둑은 아직 시작에 불과합니다. 그리고 아직도 우리의 주위를 둘러싸고 있는 숱한 편견과 무지한 인습의 파도를 견뎌 이기기에는 너무도 힘이 약합니다. 여러분은 이제 이 방둑이 다시금 험상궂은 거파들에 휩쓸려나가지 않도록 끊임없이 힘을 보태나가야 할 것입니다.

그것은 이곳에 자리를 함께했거나 아니 했거나, 원생들 여러분에게나 건강한 사람들에게나 똑같은 의무이며 하느님의 뜻에 대한 순종의 길이 될 것입니다. 원생들 여러분은 여러분이 오마도에서 이미 그렇게 했듯이 이 새로운 둑길에도 마음의 흙을 한 줌 한 줌 더하여 우리의 둑을 날로 살찌게 해야 할 것이며, 그렇게 함으로써만이 저 오마도에 버려진 우리의 둑길도 영원히 우리들의 것으로 지닐 수 있게 될 것입니다. 오늘 우리의 이 뜻이 그곳에서 이루어지든지 못하든지 간에, 여러분이 그 땅의 주인이 될 수 있든지 없든지 간에, 우리는 오늘 이 두 사람으로 하여 또다시 길을 놓은 우리 마음속의 방둑을 튼튼하게 지닐 수 있음으로써 이미 오마도의 그것도 우리의 것으로 풍족하게 누리고 있음을 볼 것입니다. 하늘은 스스로 돕는 자를 돕는다고 했습니다. 우리가 먼저 우리의 뜻을 튼튼하게 쌓아 이어놓았을 때, 비로소 떳떳하게 이웃을 기다리고, 그 이웃이 그곳에 오가게 되는 날을 볼 수 있을 것입니다."

혼인식이 시작될 시간이 이미 지나고 있는데도 조 원장의 축사 연습은 좀처럼 끝이 날 기미가 안 보였다. 상욱 역시 여전히 그 뜻을 알 수 없는 미소를 머금은 채 미동조차 전혀 보이지 않고 있었다. 그러고 보면 이날의 혼인식엔 어차피 시간이 늦을 사람들이 많아질 모양이었다. 혼인 잔치를 보기 위해 나루를 건너온 육지 사람들이 아직도 그 벚꽃이 만발한 중앙리 예식장 쪽 길을 유랑민처럼 줄줄이 떼 지어 넘어가고 있었다. 거의가 이날의 혼인식에는 시간이 늦고 있는 사람들이었다.

하지만 이제 자기 목소리에 열이 오를 대로 오른 조 원장은 자신이 이미 식장의 시간을 늦은 사실조차도 까맣게 잊고 있었다. 시간이 늦어버린 가운데에 그 조 원장의 능청스런 축사 연습은, 그리고 자신의 광기에 못 이긴 기이하고도 진지한 연기는 아직도 한동안이나 더 도도하게 계속돼나갔다.

"이제 두 분에 대한 저의 당부를 말씀드리겠습니다."

그는 비로소 윤해원과 서미연 두 사람에 대한 그의 당부라는 것을 말하기 시작했다.

"두 분에 대한 저의 당부라는 건 다른 것이 아닙니다. 앞서도 이미 말했듯이 두 분은 기왕에 남다른 사랑과 용기로 이 일을 이룩하였으니 앞으로도 계속 자신들의 방둑을 허물어뜨리지 말고 누구보다 굳세게 그를 지키고 살찌워 나가주시라는 것입니다. 벽을 허물어뜨리고 그 절벽 대신 따뜻한 인정이 넘나들 믿음과 사랑의 다리가 놓여야 할 곳은 많습니다. 다리의 이쪽과 저쪽이 한동네 한마을로 섞이고 화목해야 할 자리는 많습니다. 제가 두 분의 신접살림을 직원 지대와 병사 지대의 중간에 마련하고자 했던 것도 사실은 그런 뜻에서였습니다. 두 분의 결합과 정착지를 시발점으로 하여 하루빨리 이 섬에서부터 두 마을이 하나로 합해지게 되기를 바랍니다. 두 분의 정착지가 하루빨리 새로운 마을로 번창하여 이 섬 안엔 건강 지대와 병사 지대가 따로 없는 하나의 마을로 채워지기를 빕니다. 이제 두 사람으로 해서 그 오랜 둑길이 이어지고 길이 뚫렸습니다. 그리고 당신들의 이웃은 힘을 합해 그 길을 지키고 넓혀나갈 것입니다……"

비동일성의 미학

김태환
(문학평론가)

1. 소설적 주인공으로서의 조백헌

『당신들의 천국』의 주인공 조백헌은 의사이자 권총을 차고 다니는 군인으로서 과감한 실천의 인간이며, 소록도에 거주하는 나환자들을 극도의 절망에서 새로운 삶의 길로 이끌어내는 구원자적 인물이다. '출소록기'라는 소제목이 말해주듯이, 바다를 뭍으로 변화시키는 그의 간척사업은 홍해를 가르며 이집트에서 이스라엘 민족을 이끌어내는 모세의 이야기를 연상시킨다. 불굴의 의지로 불가능하다고 생각되던 것을 이루어가는 조백헌, 불신과 패배의식에 빠져 있던 나환자들의 마음을 움직여 대역사 속에서 하나로 결집해내는 조백헌은 신화적 영웅의 풍모를 지닌다. 그는 신화와 서사시에 등장하는 공동체적 의미를 지닌 영웅이며, 현대적 문맥에서 그런 영웅은 저널리즘적 이야기들, 휴먼 다큐멘터리의 주인공으로

회귀한다. 잘 알려진 대로 조백헌의 실제 모델이었던 조창원 원장은 이규태 기자의 논픽션 「소록도의 반란」의 주인공이 되었다. 소설 속에서 이규태를 대신하는 인물인 이정태 기자는 이에 관해 다음과 같이 언급하고 있다. "원장님은 제 기사 속에서 굉장한 거인으로 묘사되었으니까요"(pp. 419~20). 하지만 그런 굉장한 거인이나 영웅은 소설의 주인공과는 잘 어울리지 않는다. 적어도 근대가 소설Novel이라는 장르를 발명한 이후 소설적이라는 말에는 언제나 반영웅적이라는 함의가 따라다니게 되었다. 영웅에 대한 불신은 모든 진지한 근대 소설의 기저에 흐르는 분위기다. 그것은 소설이 신화적인 길을 버리고 리얼리즘의 길을 택했기 때문이며, 철저한 리얼리스트는 영웅을 믿지 못하기 때문이다. 조창원 원장역시 이규태 기자의 책이 아니라 『당신들의 천국』이라는 소설의 주인공이 되는 대가로 탈영웅화의 수모를 감수하게 된다. 그는 거인이 아니라 불완전하고 모순적이며 어떤 의미에서는 맹목과 자기 기만에 빠져 있는 현실 속의 인간, 즉 조백헌이라는 진정한 의미의 소설적 주인공으로 다시 태어난다. 이청준은 이 소설에서 비판적으로 상대화하는 관점으로 영웅 조백헌을 조명하고 결국 해체한다.

하지만 그는 우월한 작가적 관점에서 조백헌을 일방적으로 비판하는 길을 선택하지 않는다. 그는 작가 자신의 의혹과 불신을 대변하는 보건과장 이상욱이라는 인물을 소설 속의 세계에 파견하고 그로 하여금 조백헌에 대한 끊임없는 비판자 역할을 수행하도록 한다. 그리하여 조백헌에 대한 비판은 — 소설 제목이 '저들의 천국'이 아니라 '당신들의 천국'이라는 사실에서 이미 드러나듯이 —

'그'에 대한 비판이 되지 않고, '너'에 대한 비판이 된다. '너에 대한 비판'은 비판받는 자가 그 비판을 듣고 대응할 수 있는 권리를 지닌다는 점에서 당사자가 모르는 사이에 이루어지는 '그에 대한 비판'과 구별된다. 조백헌은 때로는 이상욱의 비판을 수용하기도 하고 그것에 반발하기도 하면서, 자신의 길을 선택해간다. 그러므로 이상욱으로 대변되는 작가적 관점은 주인공의 관점을 일방적으로 압도하지 못하며, 따라서 그가 제기하는 비판도 소설 속에서 완벽한 정당성을 획득하지는 못한다. 그런 점에서 『당신들의 천국』은 미하일 바흐친이 말하는 대화적, 다성악적 소설이라고 할 수 있다. 소설의 대화적 형식은 이청준이 조백헌의 입장에 대해서뿐만 아니라 자기 자신의 비판적 관점에 대해서도 회의적인 자세를 견지하고 있음을 보여준다.

따라서 방대한 분량의 이 소설은 조백헌과 이상욱 사이의 거대한 대화로 이해할 수 있다. 조백헌과 이상욱의 대화는 두 인물의 대립적 입장 때문에 때로 논쟁적 양상을 띠고, 때로 엉뚱한 오해를 촉발하기도 한다. 소설은 조백헌의 결혼식 축사로 끝난다. 즉 표면적으로 볼 때 이상욱과 조백헌의 논쟁에서 최종 발언권은 조백헌에게 돌아간 셈이다. 논쟁적 대화에서는 대체로 마지막 발언을 하는 사람이 논쟁의 승자가 되는 듯이 보일 수 있다. 하지만 앞으로의 분석을 통해 밝혀지듯이, 『당신들의 천국』에서는 문제가 그렇게 간단하지 않다. 이제부터 조백헌과 이상욱의 공방을 추적하면서 이 공방의 과정에서 조백헌이라는 영웅이 어떻게 의문시되는지, 그리고 자신에 대한 의혹을 극복하려는 그의 불굴의 시도가 어떻게 끝내 불만족스럽게 좌절하고 마는지를 살펴보도록 하자.

2. 탈출

조백헌 원장은 소록도 국립 병원에 부임하자마자 당혹스러운 문제 앞에 직면한다. 하필이면 그가 부임해 온 날 밤 원생들의 탈출 사건이 발생한 것이다. 그는 취임식 같은 것도 하지 않은 채 탈출 현장으로 달려가 사고의 원인을 규명하려고 하나, 어떤 분명한 원인을 알아내는 데 실패한다. 보건과장인 이상욱은 문제 해결에 도움을 주기보다는 알쏭달쏭한 말로 오히려 수수께끼를 증폭시킬 뿐이다. 원생들은 대체 왜 탈출하는가? 조백헌은 이상욱에게 이렇게 묻는데, 이 질문에는 탈출을 어떤 비정상적 사태로 보고 그러한 비정상적 사태를 초래한 조건을 제거함으로써 탈출 사고가 재발하지 않도록 하겠다는 뜻이 암묵적으로 전제되어 있다. 조백헌은 원생들이 탈출 사고에 대한 보고를 접하자마자 그것을 자기 자신에 대한 도발로 느끼고, 원생들이 더 이상 탈출의 유혹을 느끼지 않는 살기 좋은 섬을 건설하고자 하는 의지를 불태운다. 하지만 이상욱의 대답은 그런 조백헌의 의지 자체를 무의미하게 만든다. 이상욱에 따르면 나가라고 해도 나가지 않으려 하는 사람들이 위험한 탈출의 모험을 감행하는데, 그것은 나환자로서 가지게 되는 바깥세상에 대한 두려움과 인간으로서 가지는 자유에 대한 동경 사이의 모순 때문이다. 이는 역으로 소록도가 나환자들에게 피난처인 동시에 감옥이기도 함을 의미한다. 소록도가 그러한 모순적 공간인 한 탈출 사고는 일어날 수밖에 없다. 즉 소록도에서 탈출은 정상적인 사태이다. 이러한 논리를 따른다면 소록도의 지배자로서 소록도를 탈출 사고가 일어나지 않는 섬으로 만들겠다는 조백헌 원장의 목표는 자가당착일 뿐이다. 탈출이 문제라면 소록도 자체가 사라져야 하고, 그렇다면 이 섬의 통치자도 불필요할 것이니까 말이다.

섬의 통치자로서 그곳을 가능한 한 이상적인 삶의 공간으로 만들어가고자 하는 조백헌에게 '소록도 자체가 문제다'라는 이상욱의 대답은 그대로 받아들여질 수 없다. 그것은 조백헌에게 부조리한 궤변("말 요술")으로 들릴 뿐이다. 조백헌은 이상욱의 부조리한 궤변 속에 원생들의 왜곡된 심리가 표현되어 있다고 생각한다. 그는 이상욱의 말을 자기 나름의 방식으로 해석하며, 문제의 원인을 찾아냈다고 생각한다. 그가 찾아낸 답은 섬의 객관적인 환경보다도 원생들의 독특한 주관적 심리 상태에 소록도의 본질적 문제가 있다는 것이다. 그래서 그는 부임 후 처음 원생들 앞에 선 자리에서 그들이 몸의 질병보다 더 무서운 마음의 질병을 앓고 있다고 주장하고 불신감과 배신감의 노예 상태에서 벗어나야 한다고 역설한다. 그는 연설을 다음과 같이 마무리한다. "여러분은 기필코 여러분 자신의 인간 개조를 이룩해내십시오. 여러분의 새로운 낙토를 위해 이 사람은 신명껏 그것을 돕겠습니다. 아니 강제라도 하겠습니다"(p. 75).

조백헌의 공식적인 약속과 요구는 이상욱을 몹시 당혹스럽게 한다. 마음의 질병까지 고쳐놓겠다는 원장의 생각은 인간이기 때문에 섬을 탈출할 수밖에 없다는 이상욱의 말과 너무나 동떨어진 것이기 때문이다. 소록도의 문제점을 묻는 조백헌의 질문에 대한 이상욱의 대답은 조백헌의 기대를 배반하고, 이에 대한 조백헌의 응답은 다시 이상욱의 기대를 벗어난다. 『당신들의 천국』 전체를 조백헌과 이상욱의 대화로 볼 수 있다면, 그들의 대화는 이와 같은 방식으로 계속 어긋난다. 물론 그들의 어긋난 대화는, 서로 평행선을 달리며 완전히 다른 소리를 하는 부조리극 속 인물들의 엉뚱한 대화와 같은 것은 아니다. 그들은 치열한 관심을 가지고 상대의 말에 귀를 기울이며 때로는 상대를 논박하고 때로는 상대의 입장을 수용하려고 노력하기도 한다. 하지만 결정적인 지점에서 오해가 일어나며, 그들의 대화는 끝내 하나의 목소리로 합일되지 못한 채, 이질적인 두 개의 목소리로 갈라지고 만다. 그것은 조백헌과 이상욱이 서로 너무나 다른 인간이며, 화해하기 어려운 대립적인 세계관과 관심의 소유자이기 때문이다.

3. 동상의 진화: 주정수에서 조백헌으로

이상욱의 생각은 계속 동상의 문제를 떠나지 않는다. 조백헌이 부임 인사를 하지 않았을 때, 이상욱은 이렇게 생각한다. "새 원장이 부임 인사를 치르지 않는 걸 보면 그는 아마 자신의 동상을 지니지 않은 모처럼 만의 원장일 수도 있었다"(p. 16). "새 원장이 자기 동상을 숨겨 지니지 않았을지 모른다는 기대는 점점 깊어져갔다"(p. 41). 하지만 조백헌 원장이 소록도를 새로운 낙토로 만들어가자고 연설한 뒤에 동상을 지니지 않은 원장에 대한 이상욱의 기대는 흔들리고, 그는 우려스러운 마음에서 주정수와 섬의 불행한 역사를 조백헌에게 들려준다. 그것은 물론 조백헌이 동상의 유혹에 빠질 수 있음을 경고하기 위한 것이다.

동상이란 무엇인가? 동상 이야기는 과거 식민지 시대의 일본인 원장 주정수에게로 거슬러 올라간다. 주정수는 원생들에게 낙토를 약속했으나, 결국에는 원생들의 의지와는 전혀 무관하게 섬을 자기가 원하는 모습으로 만들어간다. 원생들은 주정수가 꿈꾸는 낙토의 건설을 위해 가혹한 강제 노동에 동원되어야 했다. 가혹한 삶을 견디다 못한 원생들의 탈출 시도가 늘어가자 주정수는 탈출을 하지 못하도록 외곽선 도로를 건설하기로 했고, 도로의 건설을 위해 또다시 원생들은 주정수의 하수인인 사토의 무자비한 채찍 아래서 노예처럼 일해야 했다. 주정수는 그렇게 이룩한 업적의 대가로 원생들로 하여금 동상을 지어 바치도록 했다. 환자들의 낙원은 원장의 낙원이 되었고 정작 환자들은 낙원의 노예가 된다. 동상은 원장과 나환자 사이의 주종 관계를 확립하는 절대적 권력의 상징물이며 배반의 명백한 증거이다.

주정수는 폭력적으로 억압하고 강제하는 권력의 전형적인 모습을 보여준다. 탈출은 물리적으로 차단되고, 권력의 의지에서 조금이라도 어긋나는 것은 폭력적으로 제거되거나 금지되며, 모두가 권력의 의지에 따라 움직이도록 강제된다. 하지만 주정수의 권력이 처음부터 그렇게 폭력적인 양상을 띠었던 것은 아니다. 낙토를 건설하자는 주정수의 부임 연설은 원생들에게 감동석으로 받아들여졌고, 1차 공사까지는 원생들의 자발적인 노력 속에 자축의 분위기 속에서 마무리되었던 것이다. 문제는 원장이 자기 업적에 대한 과욕에서 후속 공사를 서두르면서 생겨났다. 원장의 의지와 원생들의 의지 사이에 균열이 발생했고, 그 균열은 폭력적 강제에 의해 봉합된다. 이를 위해서는 폭력의 화신인 간호부장 사토가 등장해야 했다. 배반은 바로 사토가 등장하는 시점에서 발생한다.

조백헌은 이상욱의 경고를 유념하면서 '동상을 가지지 않은 원장'이 되고자 한다. 이를 위해 그는 소록도의 과거 역사를 조사해보고, 사토라는 인물을 발견한다. 그리고 동상과 배반의 위험을 피할 수 있는 나름의 해법을 모색한다. 그가 생각한 해법은 사토와 같이 간교한 인물을 측근으로 두지 않는 것이다. "주정수는 일을 잘해보려고 했지만, 사토라는 자가 그만 일을 그런 식으로 그르쳐버렸다면, 사토를 원망할망정 주정수의 처음 의도는 비난이 아니라 어쩌면 칭송을 받을 수도 있었지 않겠느냔 말이오"(p. 149). 하지만 이상욱은 사토가 그렇게 할 수 있었던 것이 결국 주정수의 공명심 때문이었다고 반박하고, 이에 대해 조백헌은 주정수에게 약점이 있었다 해도 그걸 이용한 간악한 사토가 아니었다면 주정수의 비극은 없었을 것이라고 응수한다. 물론 조백헌도 전적으로 사토가 배반의 유일한 원인이라고 주장하는 것은 아니다. 그도 선의의 권력이 폭력적인 권력으로 변질될 수 있는 소지가 있음을 인정한다. 사토는 그러한 변질의 가능성을 부추기고 극단적인 형태로 몰고 간 것이다. 이상욱의 경고를 통해서 주정수와 사토를 의식하게 된 조백헌은 절망의 섬을 살기 좋은 낙토로 바꾸겠다는 자신의 선의에도 그런 위험이 있다고 생각한다. 따라서 주정수에게서 발생한 것과 같은 권력의 변질이 일어나지 않도록 하는 안전장치가 있어야 한다. 조백헌은 이상욱에게 "난 주정수가 되고 싶지는 않소"라고 말하고 이상욱에게 사토의 자리에 서서 배반이 일어나는 것을 막아달라고 부탁한다. "이 과장이 사토가 되지 않는 한 나 역시 주정수가 될 염려는 없을 게요"(p. 151).

이런 부탁에도 불구하고 이상욱은 조백헌의 측근이 되지 않으며, 이후 조백헌이 추진하는 모든 일에 대해 늘 거리를 두고 방관자적 자세를 취한다. 하지만 이상욱은 주정수의 이야기를 들려주고 동상에 대한 경고를 한 것만으로도 조백헌을 배반의 위험에서 지켜주는 선한 사토의 역할을 충분히 수행한 것처럼 보인다. 결국 조백헌은 사토 이후의 주정수처럼 되지는 않았기 때문이다. 그는 오마도의 간척 사업을 시작하기에 앞서 다음과 같이 서약한다. "당신은 이 일을 하는 동안 당신 일신을 위해서는 어떠한 공훈이나 명예도 좇지 않을 것이며, 보답을 바라지 않고 우상도 만들지 않을 것임을 여기 모인 증인들 앞에 주님의 이름으로 서약하시겠습니까?"/"서약합니다"(p. 211). 간척 사업이 위기 국면을 맞이하여 원생들과의 불화가 최악의 상황에 이르렀을 때도, 그는 자신을 위협하려고 달려온 원생의 무리를 무력으로 제압하지 않는다. 오히려 불만분자들에게 자신의 목숨을 기꺼이 내어줄 의사를 밝힘으로써 위기의 순간을 극복하고, 황희백 장로와의 논전을 통해 사업을 계속 추진하는 데 대한 동의를 얻어낸다. 주정수와 비교할 때 조백헌은 훨씬 더 합리적이고 인간적인 지배자의 얼굴을 하고 있다.

조백헌의 권력은 폭력이 아니라 지배자의 헌신과 설득, 공동의 감격적 체험(축구 대회에서의 우승, 마침내 바다에서 둑이 올라온 순간의 감격 등)을 토대로 관철되며, 그런 점에서 주정수 또는 사토가 빠진 배반의 함정에서 벗어나 있다. 조백헌은 결국 원생들의 정신적 지주인 황희백 노인의 마음까지 사로잡는다. 황희백은 조백헌과 주정수의 근본적 차이를 사랑이라는 말로 요약한다. 그는 조백헌 원장이 여러 외부의 압력에 의해 원장직을 그만두고 떠날 무렵 그와의 마지막 대화에서 다음과 같이 말한다. "임자만이 유독 그 동상이란 걸 남의 손으로 지으려 하지 않았기 때문에 그 남들이 스스로 임자의 동상을 지니게 된 게란 말씀야"(p. 389). 조백헌은 스스로 동상을 짓지 않았음에도, 사람들의 마음속에 그의 동상이 자리 잡게 되었다. 그것을 황희백 노인은 "사랑의 동상"이라고 부르며 "목을 매어 끌어내리고 싶어 할"(p. 398) 주정수의 동상과 대비시킨다. 노인은 조백헌 원장을 통해서 사랑이 행해지고 그 속에 자유가 깃들 수 있는 가능성을 보았다고 고백한다. 즉 지배가 사랑으로 이루어지고["지금 와서 보면 원장이 이 섬에서 행해온 것은 모두가 사랑으로 해서였던 게란 말야"(p. 400)], 자유로운 가운데 지배를 따를 수 있는 가능성. 물론 그것은 아직 실현되지 않은 "조짐"일 따름이지만, 어쨌든 황희백의 어조는 긍정적이고 희망적이다.

506

이렇게만 본다면 조백헌은 예언자의 말을 듣지 않아 비참한 최후를 맞이한 신화와 전설, 문학 속의 수많은 인물들과는 달리 자신에게 비판적인 목소리를 귀담아 듣고 지혜롭게 비극적 운명을 피해 가는 주인공이라고 할 수 있을 것이다. 또한 이상욱도 카산드라나 라오콘 같은 비극적 예언자가 아니었다. 그는 동상의 경고를 통해 원장과 원생을 배반과 노예화의 함정에서 구해냈고, 그런 점에서 경고의 의도는 충분히 달성된 것으로 보인다. 즉 발신자(이상욱)와 수신자(조백헌) 사이의 커뮤니케이션은 꽤나 성공적이었다고 할 만하다. 하지만 이상욱은 그렇게 생각하지 않는다. 그는 계속해서 조백헌이 섬에서 추진하는 일들에 대해 회의적이며 결국 섬을 떠나버리고 만다. 그것은 여전히 이상욱과 조백헌 사이에 오해가 있고, 그 오해가 도저히 해소될 수 없었기 때문이다.

　　물론 이상욱의 경고가 조백헌에게 영향을 주고 그의 생각과 행동을 변화시킨 것은 사실이다. 그러나 그것은 이상욱의 말 속에 담긴 뜻이 조백헌에게 그대로 전달되었음을 의미하지는 않는다. 조백헌은 이상욱의 말을 부분적으로 오해했고, 그러한 오해가 그의 행동에 영향을 준 것이다. 발신자의 메시지는 수신자에게 전해지면서 수신자의 입장에 영향을 받아 변질된다. 그리고 그렇게 변질된 메시지가 수신자에게 영향을 준다. 결국 수신자는 자기가 준 영향에 영향을 받는 것이다. 그것은 동어반복적인, 또는 재귀적인 영향이다.[1]

---

1) 그것은 사실 모든 영향의 메커니즘이기도 하다.

이상욱이 조백헌에게 주정수의 이야기를 꺼낸 근본적인 이유는 섬에 닉도를 건설하겠다는 의지를 품지 못하게 하기 위해서였다. 이상욱은 소록도에서 천국을 향한 지배자의 의지가 필연적으로 동상과 배반으로 이어질 수밖에 없다고 생각한다. 이상욱에게 천국에의 욕망과 동상은 구별되지 않는다. 그는 원장으로서 일을 추진하고자 하는 조백헌의 의지와 사명감 자체를 동상의 유혹과 동일시한다. 독자는 소설 첫 부분에서부터 이상욱의 내면에 대한 서술을 통해 이를 분명히 알 수 있다. "하지만 상욱은 새 원장에게서 무엇보다 그 사명감이라는 것을 두려워하고 있었다. 원장이 이 섬을 바깥 조경처럼 아름답게만 보지 않게 되었다면 그 점은 우선 다행이라 할 수 있었으나, 그 때문에 그가 다시 거기서 어떤 새로운 투지와 의욕을 부채질받고 있었다면 섬을 위해선 그보다 더 두려울 일이 없었다. / 원장을 좀 지치게 할 필요가 있었다"(p. 34). 이상욱은 심지어 원장의 실패를 희망한다. "그가 꿈꾸는 낙원에다 자신의 동상을 걸게 해서는 안 되었다. 그를 조심스럽게 실패시켜야 했다"(p. 85).

하지만 조백헌은 주정수의 비극에 대해 자세히 알게 된 뒤에 천국을 향한 욕망과 동상이 별개의 문제라고 생각한다. 그는 초기의 주정수와 후기의 주정수를, 선의의 주정수와 사악한 사토를 구별한다. 그는 이상욱이 왜 초기의 주정수가 필연적으로 후기의 주정수같이 될 수밖에 없다고 주장하는지, 왜 선한 주정수가 사악한 사토를 만들어냈다고 생각하는지 이해하지 못한다. 아마도 조백헌은 황희백 장로가 강요된 주정수의 동상과 대비되는 '사랑의 동

508

상'을 이야기했을 때, 배반과 변질의 필연성에 대한 이상욱의 주장이 반박되었다고 생각했을 것이다. 조백헌이 황희백의 이야기를 듣고 왜 자신이 "아무것도 이룸이 없이 이런 꼴로 용서받지 못한 몸으로 섬을 떠나야 하는지" 물을 때 아마도 그런 마음이었을 것이다. 더 뭔가를 이루려 하지 말고 섬을 떠나라고 강력하게 요구한 사람은 바로 이상욱이었기 때문이다.

그러나 이상욱이 문제 삼는 것은 초기의 주정수, 그가 가진 선의 자체이다. 사토의 역할을 둘러싼 논쟁 끝에 이상욱은 조백헌의 사명감에 대해 다음과 같이 말한다. "두려운 건 바로 그 원장님의 신념인 것 같습니다"(p. 152). 이는 조백헌이 천국을 향한 사명감과 의지를 버리지 않는 한 이상욱의 비판도 계속될 수밖에 없음을 암시한다. 조백헌은 이상욱이 말한 동상의 위험을 피하려 했고 또 성공적으로 피한 것처럼 보이지만, 그것은 이상욱이 생각한 동상의 의미를 현저하게 축소시킨 다음의 일이었다. 이상욱에게는 이른바 사랑의 동상조차 용납될 수 없는 것이었기 때문이다. 따라서 이상욱의 입장에서 조백헌은 동상의 경고를 무시한 셈이 된다. 이상욱의 비판은 그가 섬을 떠나면서 쓴 편지 속에서 그 완전한 모습을 드러낸다. 우리는 그것을 동일성 비판이라고 부를 수 있을 것이다.

4. 동일성 비판: 배제와 포섭

소록도는 어떤 곳인가? 소록도에 나환자 요양소가 세워진 것은

'건강인들'에게 위험하고 추악하며 무시무시한 괴물로 낙인찍히고 배척받은 사람들을 국가석으로 격리 수용하기 위해서였다. 나환자들은 우연히 병에 걸렸다는 이유만으로 가족에게서조차 버림받고 이곳에 유배된 자들이다. 나환자들은 초기에 소록도에 강제 수용되었지만 황희백 노인이 들려주는 '유랑하는 문둥이들'의 이야기에서도 알 수 있듯이 그렇게 되지 않았더라도 그들은 어차피 어디에도 발붙이기 어려운 존재였다. 소록도는 나환자들을 사회적인 멸시와 배척으로부터 벗어나게 해주는 피신처이자 그들이 건강인들에게 접근하지 못하게 막는 강제수용소라는 이중의 의미를 지니고 있었다. 그러니까 배반은 이미 소록도 밖에서 시작된 것이며 주정수의 배반은 그 원천적 배반의 연장일 뿐이다. 원생들 사이의 금지된 사랑에서 태어나 결국 섬을 몰래 빠져나가야 했던 이상욱은 물론 이 모든 문제를 그 누구보다 정확히 알고 있는 인물이다. 조백헌에게 탈출 사고에 대해 설명하면서 원생들이 섬을 나갈 수도 없고 나가지 않을 수도 없는 딜레마에 빠져 있다고 말할 때 그는 바로 소록도의 양가성, 즉 피신처이자 감옥으로서의 이중성을 지적한 것이다.

건강한 다수와 그들을 대변하는 국가는 나환자들을 육지에서 추방하고 육지에서 떨어진 섬의 수용 시설에 가두어 관리 대상으로 만든다. 그것은 소수에 대한 다수의 지배로서 배제와 포섭의 과정을 통해 관철되는 동일성의 원리가 그 지배의 기반을 이룬다. 나환자들은 건강한 다수와 다르기 때문에 다수의 세계에서 추방당한다. 다수의 세계는 이질적인 요소의 제거를 통해 더욱 동질적으로 된다. 이것이 배제의 과정이다. '그러면 포섭이란 무엇인가?' 통제되지 않은 채 심지어 황희백 노인처럼 아주 잔혹한 범죄를 저지르기도 하며 유랑하던 나환자들은 소록도에 와서 다수의 권력 앞에 길들여진다. 그들은 정착민이 되며 다수의 세계에서 격리된 소록도라는 별세계는 그 나름대로 다수의 세계와 비슷한 꼴을 갖추어 간다. 섬 사람들은 육지의 '정상적인' 세계를 불완전하게나마 흉내 냄으로써 육지의 세계가 정상적인 것임을 인정하고, 이러한 정상적 세계로부터의 일탈을 결핍으로 느끼게 된다. 이를 포섭의 과정이라고 부를 수 있다.

배제와 포섭을 통해 건강한 다수를 중심으로 하는 동일성의 원리가 관철된다면, 그것을 구체적으로 실현하는 주체는 바로 건강인에 의해 파견된 원장이다. 원장은 건강인들의 대리인으로서 환자들이 건강한 다수의 세계로 달아나지 못하도록 감시하고, 환자들의 삶을 가능한 한 다수의 세계에 가깝게 '정상화'하는 것을 책무로 한다. 그 때문에 탈출 사고가 일어나지 않을수록, 그리고 외부인들에게 소록도의 삶이 정상적인 것처럼 비칠수록 원장은 성공적인 지배자가 된다.

동상의 문제 역시 이러한 맥락에서 보아야 할 것이다. 동상은 원장의 절대적 권력과 이에 대한 환자들의 예속을 상징하며, 결국 환자들을 배제하고 포섭하여 동일성을 구성하는 건강한 다수의 지배 권력을 집약적으로 표현한다. 동상은 동일성을 구성하는 구심체이다. 이상욱은 바로 동일성의 구심체에 반대하고 있는 것이다.

동일화하는 권력에 대한 이상욱의 근본적인 반대는 그의 태생과 깊은 관련이 있다. 주정수 원장 시절 나환자들 사이에 결혼을 하거나 아기를 가지는 것은 금지되어 있었고, 심지어 남성 환자에 대한 단종수술까지 자행되기도 했으니, 여기서 이질적인 소수자들을 아예 멸종시키겠다는 동일성 권력의 무자비함이 잘 드러난다. 그런데 엄중한 감시 속에서도 사랑하는 두 남녀가 몰래 아이를 낳고 숨겨서 길렀다. 이불 속에 꼭꼭 감추어진 채 자란 아이가 바로 이상욱이다. 그러다가 그 아이는 어느 날 배에 태워져 섬 밖으로 빠져나간다. 이상욱은 자신의 이런 과거를 숨긴 채 건강인으로서 소록도에 돌아와 보건과장의 직을 수행하고 있지만, 본래 동일성 권력의 관점에서 보면 그는 아예 존재하지 않는 자였고, 그 존재 자체가 동일성 권력에 반하는 그런 인간이다. 그는 아주 어렸을 때부터 감시하는 권력의 눈길 아래 숨어서 벌벌 떨어야 했으며, 당시의 심리적 충격은 어른이 된 뒤에도 여전히 공포를 불러일으킨다. "방 안에 혼자 있을 때마저 그의 등 뒤 어딘가서 숨을 죽인 채 까맣게 그를 노려보고 있는 눈동자의 환각을 떨어버릴 수가 없었다"(pp. 13~14). 김현이 이미 이 소설에 대한 평론 「자유와 사랑의 실천적 화해」에서 지적했듯이, 이불 속에 싸여 두려움에 떨던 이상욱의 어린 시절 체험과 이후의 환각은 「소문의 벽」에서 주인공 박준이 이야기한 그 유명한 전짓불 체험의 변주이다. 전짓불이라는 권력 앞에서 개인은 우리 아니면 적 둘 중의 하나로 환원된다. 전짓불은 '우리' 이외의 존재를 제거하려는 동일성의 폭력인 것이다.

　탈출은 그러한 동일성 권력에 대한 도전이며 지배 질서에 의해 동일화되지 않은 타자가 여전히 살아 있음을 보여주는 증거이다. 그 때문에 원장이 부임한 날 발생한 탈출 사고는 반어적으로 "부임 선물"이라고 불리는 것이다. 조백헌은 허가를 받고 밖으로 나갈 수 있는 사람들이 굳이 위험을 무릅쓰고 탈출을 시도하는 것을 이해하지 못한다. 하지만 바로 이처럼 이해하지 못할 행동이야말로 동일성 권력에 대한 강력한 위협이 된다. 윤해원이라는 인물의 기행도 같은 맥락에서 이해할 수 있다. 윤해원은 나환자인 누이 때문에 소록도에 왔다. 그는 미감아 보육소의 관리원직을 자청하고 와서는, 병에 걸리기를 간절히 기다리다가 마침내 병에 걸리자 행복하게 철조망을 건너 누이가 있는 병사 지대로 들어갔다. 그는 치료를 마치고 음성 병력자로서 다시 직원 지대로 옮겨와 미감아 분교 선생으로 일하고 있는데, 그는 여전히 병의 증상인 분홍색이 반갑고 기쁜 소식이라도 되는 듯이 군다. "그는 분홍색을 저주하기는커녕 진짜로 무슨 꽃잎 자국이라도 되듯이 그것을 소중하게 기리고 다녔다"(p. 56). 동일성 권력의 관점에서 분홍색은 결핍의 색깔이어야 하고, 누구나 거기서 벗어나고파 하는 저주의 색깔이어야 한다. 그 당연한 전제를 무시하고 오히려 분홍색을 고대하고 찬양하는 자는 동일성의 질서를 해치는 불편한 존재, 포섭 불가능한 타자로 남을 수밖에 없다. 그래서 윤해원은 "분홍색 미치광이"로 불린다. 윤해원의 기행에 관한 이야기를 들은 조백헌이 다음과 같이 말하는 것은 우연이 아니다. "모두들 참으로 무서운 병들을 앓고 있는 중이로군…… 이대로는 아무래도 탈출 사고를 막을 길이 없겠어. 몸으로 앓고 있는 것보다 더 무서운 질병을 앓아대고 있으니……"(p. 65) 의사인 조백헌은 근대적 합리성으로 무장한 주체로서 자신이 이해할 수 없는 것을 질병으로 규정하고 치료를 통해 그것을 제거함으로써 동일성의 경계를 재확립하고자 한다(탈출 사고를 막는 것). 하지만 이상욱에게 조백헌이 원하는 치료란 자유로운 인간을 길들여 동일성의 울타리 안에 감금하려는 시도로밖에 여겨지지 않는다.

폭력적이지 않은 조백헌의 통치 역시 배제와 포섭을 통해 동일화를 추구한다는 점에서는 주정수를 비롯한 다른 원장들과 다르지 않다. 이상욱에게 조백헌의 권력 행사는 역설적으로 폭력적이지 않고 원생들의 자발성에 의지하기 때문에 역설적으로 더욱더 강력하고 위험한 것으로 여겨진다. 그는 조백헌에게 보낸 편지에서 특히 강제력을 통하지 않은 채 이루어지는 배제의 문제에 대해 상세히 분석한다. 이상욱은 조백헌의 천국에 "높은 철조망 울타리"가 둘러쳐져 있다고 말한다. 그것은 "쫓기고 학대받아온 문둥이들을 위한 천국"으로서, 원생들이 정상 사회로부터 배제되었다는 것을 전제하고 또 궁극적 사실로 만들어버리기 때문이다. 소록도가 나환자들을 위한 천국, 나환자들의 고향이 되어 나환자들이 이곳에 와서 떠날 생각을 하지 않게 된다면, 그것은 그들을 이 세계에서 배제하고자 한 섬 바깥의 사람들의 의도에 정확히 부합하는 결과이다. "섬 안에 낙토를 꾸미시겠다는 원장님의 계획은 섬을 나가기만 하면 육지 사람들의 무서운 복수를 면할 수 없으리라는 협박으로 원생들의 발목을 섬 안에 붙들어두고 싶어 하는 사람들의 소망과 방법이 다를 뿐 효과에 있어서는 목적이 같은 것이었습니다"

(p. 454).[2] 폭력이나 협박에 의한 배제가 아닐 뿐, 배제는 배제인 것이다. 그래서 이상욱은 조백헌이 눈에 보이는 철조망을 제거함으로써 더 높고 튼튼한 철조망으로 섬을 은밀히 둘러쌌다고 비난한다. 소록도가 철조망이 없어진 섬, 그만큼 더 살고 싶어 할 만한 섬이 됨으로써 나환자들은 역설적으로 더 강하게 섬에 붙들리게 되었다는 것이다.

이처럼 배제에 의해 만들어진 고립된 공간 속에서 조백헌은 포섭을 시도한다. 포섭의 첫번째 시도는 소록도 축구팀의 창설이다. 그것은 원생들에게 자신이 건강인과 다르지 않다는 의식을, 그리하여 건강인과 마찬가지로 자립적인 삶을 꾸려갈 수 있다는 자신감을 불어넣기 위한 것이다. "그 사람들이 왜 문둥이예요? 그 사람들은 병이 다 나은 사람들이란 말요. 다른 사람들하고 틀릴 게 아무것도 없어요. 〔……〕 온통 질투심 덩어리지 뭐요. 건강인들에 대한 질투. 자신을 못 가지니까 그런 질투나 불신감만 늘어가서 제풀에 자꾸 추악한 몰골이 되어가고 있단 말이야요. 무엇보다 우선 자신감부터 갖도록 해줘야 해요"(p. 134). 조백헌은 이와 같은 계산에서 소록도 축구단을 조직하여 도 선수권 대회에서 다른 일반 팀들과 겨루게 한다. 소록도 팀은 기적처럼 이 대회에서 우승하고, 이로써 조백헌이 의도한 효과는 100퍼센트 이상 달성된

2) 이상욱은 조백헌이 건강인과 환자의 대립을 상황에 따라 전략적으로 이용한 것을 암시하고 있다. 조백헌은 간척지 침하로 인해 원생들의 사기가 떨어졌을 때 다시 그들을 의욕적인 집단적 주체로 만들기 위해 육지 사람들이 얼마나 원생들을 배척하고 그들의 몫을 빼앗아가려고 노리고 있는지를 과장된 어조로 전달한다.

다. 축구 대회 우승은 이제 원장과 모든 원생들이 하나의 의지로 뭉쳐 거대 한 목표를 달성한 감격적인 경험을 가져다주었다. 그리고 그런 의미에서 소록도 사람들은 5·16 이후 바깥세상 곳곳에서 벌어지고 있는 건설과 개척의 물결 속에 동참하고 동원될 수 있는 집단적 주체로서 준비된다.[3] 조백헌이 부임 인사에서 다음과 같이 말한 것은 우연한 일이 아니다. "나라가 온통 재건 사업에 총력을 기울이고 있는 이때, 우리들이야말로 이 섬을 다시 꾸미러 나서는 것은 어떤 다른 사람들의 그것보다 값지고 보람 있는 일이 아닐 수 없습니다"(p. 73). 간척을 통해 원생들의 삶의 터전을 마련해보자는 조백헌의 아이디어 역시 당시 한국 사회에서 간척 사업이란 것이 더 나은 미래를 약속하는 시대적 아이콘 같은 것이었음을 고려할 때 잘 이해할 수 있다. 오마도의 간척 작업이 침하로 인해 위기에 빠졌을 때 조백헌은 조그만 땅을 얻기 위해 8년째 불굴의 의지로 바다와 싸우고 있는 덕적도 3형제의 이야기에서 큰 힘을 얻는다. 그는 덕적도 3형제의 이야기가 곧 소록도 나환자들의 이야기가 되기를 희망한다. 조백헌의 시대는 곧 박정희의 시대였고, 미래를 위해 기꺼이 현재의 고난을 감내하고 투쟁할 자세가 되어 있는 근대적 주체가 탄생하는 시기였다. 그 세계에서 소외된 소록도의 특수 집단 역시 동일한 근대적 주체로 다시 태어나야 했다. 바

---

3) 소록도 축구팀의 우승이나 환자 선수들과의 접촉을 꺼린 육지 선수들의 소극적 플레이 때문이라는 점을 고려할 때 섬사람들이 승리를 통해 얻은 '자신감'의 의미는 반감된다. 이는 소록도에서 배제와 포섭이 얼마나 불가분의 관계로 엮여 있는지 다시 확인시켜준다.

로 조백헌 원장이 그러한 근대적 주체였고, 그는 원생들 전체를 자기 자신과 동일한 주체로 만들고자 한 것이다.[4]

그래서 이상욱은 편지 속에서 조백헌을 다음과 같이 비판한다. "원장님께서 섬 위에 이룩하시고자 하신 천국이 가까워오면 올수록 이 섬은 그 원장님의 단 하나의 명분에 일사불란하게 묶여버린 얼굴 없는 유령 집단의 섬이 되어갈 뿐입니다. 하여 점점 더 다스리기가 쉬운, 그러나 개개인의 삶을 찾을 수 없는 생기 없는 유령들의 섬이 되어갈 뿐입니다"(p. 464). 이상욱에게 그러한 천국은 천국이 아니라 끔찍한 동일성의 지옥이다. 조백헌 원장의 노력 덕택에 탈출 사고는 더 이상 일어나지 않게 되었다. 이상욱은 그것이 조백헌의 "지배술"에 원생들이 길들여지고 동일화된 결과라고 생각한다. "이제 탈출이 끊어진 섬은 어떻게 되어가고 있습니까. 이 섬은 이제 생명의 증거를 잃어버린 죽음의 섬으로 변해가고 있습니다"(p. 464). 왜냐하면 "탈출은 생명을 받고 살아 있는 자의 마지막 자기 증거"(p. 462)이기 때문이다. 이 대목에서 이상욱이 탈출 필요가 없으면서도 왜 탈출을 연기했는지가 분명히 드러난다. 그는 그 행위를 통해 권력에 의해 존재조차 부정되던 소년 시절의 탈

---

4) 이런 맥락에서 조백헌 원장에 대한 김현의 평가를 참조할 수 있다. "조백헌은 이청준의 소설에서는 찾아보기 힘든 긍정적 인물이다." 이때 '긍정적'이라는 형용사는 인물에 대한 가치평가가 아니라 인물의 특정한 속성을 나타내는 기술적 의미를 지닌다. "긍정적이라는 말의 뜻은 '자아와 세계(혹은 타인) 사이의 간극이 불화적인 것이 아니라 화해적인 것이라고 이해하는'이라는 뜻이다. 조백헌은 자아와 세계가 한 치의 간극도 없이 합칠 수 있다고 믿고 있다"(김현, 「자유와 사랑의 실천적 화해」, 『이청준 깊이 읽기』, 권오룡 엮음, 문학과지성사, 1999, p. 221).

출을 재현하면서 섬에서 꺼져가는 "생명"의 불씨를 되살려내려 한 것이다.

　이상욱은 포섭하고 동일화하는 조백헌 원장의 지도력에서 사랑과 자유의 화해 가능성을 보는 황희백 노인의 생각에 동의하지 못한다. 그는 황희백 노인에게 원생들이 그러다가 결국 "원장과 원장의 동상에 종이 되는 길"(p. 389)일 뿐이라고 대꾸한다. 원생들이 원장의 전임 발령 청원 서명 운동을 벌이려 하자, 이상욱은 원장을 찾아와 결국 동상을 세우려느냐며 그런 움직임을 중지시키라고 요구한다. 조백헌이 이상욱의 요구에 따라 서명 운동을 중지시켰을 때, 간척 사업의 작업장 분위기는 가라앉았고, "건강한 육지 사람들이 진심으로 섬을 생각할 리 없고, 원장도 결국엔 그렇게 될 수밖에 없으리라는 그 이상스럽게 체념스런 반발기"(p. 366)가 생겨나게 된다. 그런 상황에서 이상욱은 홀연히 섬을 떠나버린다. 그는 끝까지 자신의 내력을 숨긴 채 건강인으로서 섬을 배반하고 나감으로써 역시 건강인인 원장에 대한 불신을 더욱 증폭시키는 효과를 낳는다. 조백헌은 이상욱이 바로 그 점을 계산하고 행동한 것이라고 생각한다(p. 366). 이런 식으로 이상욱은 조백헌 원장의 포섭 시도에 의해 잠들어가던 불신을 다시 일깨우고, 결국 조백헌의 실패에 일조한다.

　이상욱은 조백헌에게 쓴 두번째 편지에서 왜 섬사람들이 원장에 대한 불신을 끝내 거둘 수 없었는지 묻고 다음과 같은 대답을 제시한다. "그것은 한마디로 원장님과 섬사람들의 길이 다르기 때문이었습니다. 원장님이 아무리 섬사람들을 생각하고 섬을 위해 노고를 바치고 계셨다 해도 원장님은 결국 그 섬사람들과 같은 운명을 살 수는 없었기 때문입니다"(p. 444). 여기서 이상욱은 소록도에 숙명적으로 묶여 바깥세상으로 나가지 못하는 섬사람들의 입장과 한정된 시간 동안 섬에 머무르다 떠나게 될 원장의 입장 사이의 차이를 말하고 있다. 그것은 결국 이 소설 세계의 바탕을 이루는 환자와 건강인의 대립으로 소급된다. 이 대립에서 조백헌 원장은 환자들을 위한 그 모든 헌신에도 불구하고 역시 건강인의 진영에 서 있으며, 앞에서 지적한 것처럼 건강인의 위임을 받아 파견된 동일성 권력의 한시적 대리인인 것이다. 그가 꾸미고자 하는 천국 역시 궁극적으로 이질적인 것을 배제하여 동일성을 이루고자 하는 건강인의 욕망에 부합하는 한에서 허용되며, 만일 그 천국이 조금이라도 건강인의 이해관계와 충돌한다면 그는 위임받은 권력을 박탈당하게 된다. 그래서 원생들의 모든 노력이 육지 사람들과 정치인들의 방해 공작으로 물거품이 되고 말 위기에 처했을 때, 원생들의 피와 땀으로 만들어져가는 간척지가 고스란히 엉뚱한 이들에게 넘어갈 위험에 빠졌을 때, 조백헌 원장은 할 수 있는 것이 아무것도 없었다. 그는 그 한계 안에서 나환자들의 낙토를 건설하려 한 것이다. 바다가 걷히고 뭍이 모습을 드러내는 장면 때문에 소설 제2부에는 모세를 연상시키는 '출소록기'라는 제목이 붙어 있지만, 오마도 간척지는 소록도에서의 완전한 해방도 아니고(그곳 역시 나환자들이 정착하는 때부터 다른 사람들은 접근하려 하지 않는 소록도의 확장된 영토가 될 뿐이기 때문에) 결국 오마도 간척지로의 진출조차 이루어지지 못한 꿈으로 남고 만다.

5. 마지막 응답: 결혼

조백헌은 섬을 떠난 지 수년 만에 섬으로 돌아온다. 이번엔 원장으로 다시 부임한 것이 아니라, 평범한 인간으로 섬에서 살기 위해서다. 운명의 차이 때문에 조백헌의 천국이 받아들여질 수 없었다고 한 이상욱의 편지가 그를 이러한 결심으로 이끌었다. 그는 아예 스스로 섬사람이 되어 섬사람들과 운명을 같이하는 길을 택한 것이다. "내가 꾸민 천국을 믿지 않으려는 이유, 나의 동기나 천국을 허심탄회하게 받아들일 수 없었던 이유, 섬에 대한 내 나름대로의 성실한 봉사를, 내 선의와 노력을 자기도취적인 동정으로만 폄하하려는 이유, 그 모든 이유는 결국 내가 이 섬 원생들과 같은 운명을 살아갈 사람이 아니라는 것 때문이었지요. 〔……〕 난 작자의 편지에서 비로소 그것을 알았어요. 그리고 그걸 알았기 때문에 다시 한 번 이 섬을 찾아온 거야요. 내 운명을 함께할 각오로 말입니다. 그리고 그 믿음을 구하고자 말이오"(p. 477). 이상욱의 말은 다시 한 번 조백헌에게 이상욱 자신이 의도하거나 예견하지 않았을 반응을 불러일으킨다. 이상욱은 왜 원장의 천국이 불가능한 것인지, 왜 원장이 생각하는 완벽한 동일화가 이루어질 수 없는지를 해명하기 위해 운명의 차이를 이야기한다. 그런데 조백헌은 그의 말에서 천국의 완성에 이를 수 있는 열쇠를 발견했다고 믿는다. 운명의 차이를 지우고 운명을 합하는 것이다. 동일화라는 목표 자체를 의문시하는 편지에 대해 조백헌은 지금까지보다 더 완전한 동일화의 시도로 응답한다.

조백헌이 섬에 와서 섬에 사는 주민이 됨으로써 다른 섬사람들과 운명을 함께할 수 있다고 생각한다면, 그것은 조백헌이 추구하는 천국에 대한 이상욱의 근원적인 비판을 완전히 무시해버렸기 때문이다. 이상욱은 조백헌에게 보낸 편지에서 배제와 포섭을 통한 천국, 그리하여 그 천국에 살아야 할 사람들에게 선택의 여지가 없이 주어지는 폐쇄적이고 숙명적인 천국이란 결코 천국일 수 없다고 강한 어조로 비판한다. 스스로 선택할 수 없음. 그것이 이상욱이 말하는 운명이다. 다른 사람들이 숙명적으로 묶여 있는 이 섬에 조백헌은 자발적으로 들어온다. 조백헌은 유배된 자가 아니라 이사 온 자이다. 그가 섬을 자신의 제2의 고향으로 선택한다고 하더라도, 섬이 그에게 운명일 수는 없다. 섬을 선택할 수는 있지만 섬이라는 운명을 짊어진 존재가 되기를 선택할 수는 없다. 섬이 자신의 운명이 아니라는 것, 그것이 조백헌의 운명이다. 이상욱은 편지에서 자신이 육지에 나가서도 삶에 섞일 수 없었다고 고백하고 있는데, 역으로 조백헌은 육지 사람으로서 섬에 정착하지만 섬사람들의 세계에 완전히 섞일 수 없는 것이다. 숙명적으로 살고 있는 자와 그렇게 살고 있는 자를 위해 자신의 의지에 따라 섬에 와서 살고 있는 자 사이의 차이는 결코 지워질 수 없기 때문이다. 조백헌과 이정태 기자의 대화에서는 조백헌도 그 점을 어느 정도 깨닫게 되었음이 드러난다. "결국 사람의 운명이라는 것은 자생적인 거라는 말이지요. 보태고 싶다 해서 보태질 수 있는 것이 아니란 말이야요. 그런 식으로 생각하면 내가 지금 이 섬의 운명을 함께 살겠노라 하고 있는 것도 나 자신 역시 의심스런 바가 없지 않은 터이지만 말이우다"(p. 481).

그러면 왜 섬은 숙명적인 공간이 되었는가? 그것은 물론 건강인과 환자 사이의 대립 때문이고, 건강인의 권력에 의해 환자가 보편적인 삶의 공간에서 배제되었기 때문이다. 이상욱은 편지에서 조백헌 원장의 천국이 이러한 전제 위에 세워져 있고, 이 전제에 대해 반성하지 않는다는 점을 집요하게 따지고 든다. 그에 따르면 조백헌을 비롯해 모든 원장들은 오히려 육지 사람들의 학대와 박해에 의존하여 환자들을 길들이고 섬에 묶어두려 해왔다(p. 460). 하지만 이상욱의 공박에 대해 조백헌은 아무런 구체적 해명도 제시하지 않는다. 그는 다만 포괄적으로 이상욱의 비판이 근거가 박약하다고 주장할 뿐이다. "그래서 그는 무엇 때문에 섬이 이 꼴로 되어가야 했는지, 그것을 근심하면서도 자신은 이 섬을 버려야 했던 이유나 나를 그토록 공박할 수 있는 분명한 명분을 찾지 못하고 있었어요"(p. 472).

조백헌이 이상욱의 비판을 받아들이지 못하는 것은 그가 배제와 포섭의 상호 연관성을 간과하기 때문이다. 그는 섬이라는 숙명적이고 비극적 공간을 만들어낸 배제의 메커니즘을 의문시하기보다는 그 공간 안에서 더욱더 완벽한 포섭을 추구하는 것으로 대응한다. 이 세계 안에서 선의를 가진 건강인이 미움과 질투와 불신에 물든 환자들에게 손을 내밀어 그들의 믿음을 얻고 한데 화합하여 살기 좋은 낙토를 가꾸어가는 것. 그것이 조백헌이 처음부터 마지막까지 일관되게 생각하는 최종적 해결책이었다. 조백헌 원장과 같이 선의를 지닌 건강인의 존재가 전제되는 한, 결국 변화되어야 할 것은 환자들이다. 축구 경기에서 승리하고 나서 조백헌이 일반 관중에게 행한 인사말을 들어보자. "문둥이를 이 경기에 끌고 와서 불쾌한 오후를 누리게 한 것을 사과드립니다. 하지만 여러분이 느낀 불쾌감만큼만 이 약자를 위해 박애를 베풀었다고 여겨주십시오. 이제 경기는 끝났습니다. 여러분에겐 이것으로 모든 것이 끝나버린 것이지만, 문둥이에겐 이제부터 시작인 것입니다. 문둥이도 축구 같은 걸 할 수 있구나 하는 조그마한 사연이 수만 나환자에게는 벅차고 갈피 잡을 수 없는 희망으로 받아들여지며, 그것이 그렇게 받아들여진 후에 일어날 그 벅찬 일들을 여러분은 상상할 수 없을 겁니다. 〔……〕 여러분은 나와 수만 나환자로부터 감사받아야 할 충분한 이유가 있는 것입니다"(p. 169). 과연 그럴까? 생각을 바꾸어야 하는 것은 사실 나환자들 때문에 경기장에서 멀찌감치 물러나 구경을 하던 관중들이 아니었을까? 그들이야말로 나환자들이 축구를 할 수 있다는 것, 또는 일반인들이 나환자들과 함께 축구를 할 수 있다는 것을 보고 나환자에 대한 생각을 달리했어야 하는 것이 아닐까? 그리고 그들이 생각을 바꿀 때에만 나환자들의 삶에 진정 변화가 올 수 있는 것이 아닐까? 사실은 그 축구 경기가 나환자에게만이 아니라 모두를 위한 시작이 되어야 하는 것이 아니었을까? 하지만 조백헌은 축구 경기의 경험이 일반 관객에게는 그날로 지나가버릴 것이라고 말한다. 다만 나환자들만이 승리를 통해 희망과 용기를 얻고, 그럼으로써 앞으로 그들의 삶에 대단히 긍정적 변화가 일어날 수 있을 것이다. 이때 조백헌은 일반인들과는 무관한 나환자들의 세계 안에서의 변화, 즉 소록도의 변화만을 이야기하고 있는 것이다.

소설은 건강인을 향한 불신, 미움, 질투를 체현하고 있는 윤해원이 결국 건강인으로서 섬에서 교사로 일하고 있는 서미연과 결혼에 이르는 것으로 마무리되는데, 이 사건을 바라보는 조백헌의 시선도 환자 쪽에 속한 윤해원의 변화에 쏠려 있다. 윤해원은 환자들을 위해 희생하겠다고 섬을 찾아온 육지 아가씨들에게 겁을 주며 그들을 쫓아 보내는 것으로 악명이 높았으며, 서미연에게도 처음부터 그런 식으로 접근했다. 서미연과 윤해원의 관계는 환자를 위해 헌신하고자 하는 건강인 조백헌과 그가 실패하기를 바라며 그를 섬에서 떠나보내려 하는 이상욱 사이의 관계를 재현하고 있다. 따라서 위악적으로 병을 찬양하기까지 하던 기이한 미치광이 사내가 건강인으로서 환자들에게 봉사하러 온 처녀의 사랑을 받아들이고 그녀와 결혼까지 할 정도로 마음을 돌렸다는 사실이 조백헌 원장에게 얼마나 중요한 의미를 지니는 것인지는 두말할 나위도 없다. 서미연은 섬사람들의 진정한 믿음을 구하러 온 조백헌 자신의 대리적 존재이며, 윤해원은 조백헌의 진심을 받아주어야 할 섬사람들의 대표자인 셈이다. 바로 그렇기 때문에, 표면적으로는 건강인이 환자와 결혼까지 한다는 것이 대단한 일인 것 같지만, 조백헌 원장의 입장에서 역시 서미연이 아니라 윤해원이야말로 정말 중요한 변수가 된다. 윤해원은 결혼식을 며칠 앞두고 단종수술을 받기 전에는 결혼식을 올릴 수 없다며 사람들을 곤란하게 하는 고집을 부림으로써 마지막까지 자기가 까다로운 변수임을 부각시킨다. 윤해원의 마음을 달래는 것은 이 소설에서 조백헌 원장의 마지막 과업이 된다. 그리고 마침내 결혼식 날. 조백헌은 결혼식 축사를 미리 혼자서 연습해본다. 여기서 그는 두 사람의 결혼이 "이 섬과 건강인들 사이의 가장 튼튼한 방둑을 마련해준" 것이라고 찬사를 보내고, 이 마음의 방둑이 파도에 휩쓸려 나가지 않도록 원생과 건강인 모두가 노력해줄 것을 당부하면서, 그중에서도 특히 원생들의 노력이 선행되어야 함을 강조한다.

그런데 여기에는 한 가지 심각한 문제가 남아 있다. 윤해원과 서미연의 결혼에 관한 이 모든 의미 부여가 사실에 기초한 것이 아니며, 조백헌 역시 그 점을 잘 알고 있는 것이다. 그는 이정태 기자에게 서미연이 사실은 소록도에서 미감아로 자란 여자임을 털어놓는다. "윤해원을 위하여, 어차피 문둥이 집단끼리 끼리끼리 모여 살게 된다는 체념 어린 패배 의식을 허용하지 않기 위하여, 건강인 여인에 대한 윤해원 자신의 떳떳한 자기 극복을 위하여, 조 원장과 서미연 사이에선 아직도 그녀의 출생에 얽힌 비밀을 윤해원에게 감추고 있다는 사실을 말하면서, 조 원장은 이제 이정태에게 그 두 사람의 떳떳한 결합을 위해 그의 힘을 보태자던 것이었다"(p. 488). 여기에서 조백헌은 윤해원을 위한 길이라는 식의 논리로 중대한 거짓을 정당화하고 있다. 하지만 윤해원이 진실을 알고 다시 체념에 빠지는 것이 그를 위한 것인지, 아니면 거짓에 속아 자기 극복을 했다고 믿는 것이 그를 위한 것인지는 누가 판단하는가? 후자가 윤해원을 위한 길이라는 것은 조백헌의 판단이다. 결국 조백헌의 궁극적 바람은 윤해원이라는 환자를 자신이 바람직하다고 생각하는 방향으로 변화시키는 데 있고, 이때 윤해원과 서미연의 결혼은 그 목표에 이르기 위한 하나의 계기로 여겨지고 있는 것이다. 그것이 윤해원을 위한 일이라고 당당히 말할 수 있는 까닭은 조백헌이 섬사람들의 심성을 변화시키는 것을 치료하는 의사의 패러다임에서 보고 있기 때문이다. 의사란 건강과 병의 이분법을 바탕으로 활동하는 자이며, 이때 건강이 추구해야 할 정상적인 상태임은 두말할 나위도 없다. 조백헌은 자신이 정상적이라고 생각하는 세계와 정상적이라고 생각하는 인간의 모습을 마치 신체적 건강과 같이 객관적으로 받아들여질 수 있는 목표로 생각한다. 그렇기 때문에 건강인과 환자의 대립에서 조백헌은 근본적으로 건강인의 입장에 설 수밖에 없는 것이며, 건강인의 권력이 휘두른 배제의 폭력에 대해 어떤 근원적 문제 제기도 하지 못하는 것이다.

작가가 결혼식 장면이 아니라 조백헌의 축사 연습으로 소설을 마무리하는 것은 이런 점에서 매우 의미심장하다. 조백헌은 마치 청중을 앞에 놓고 있는 듯이 저렁저렁한 목소리로 말을 하고 있지만 실은 독백을 하고 있을 뿐이다. 그 독백을 섬에 돌아온 이상욱이 우연히 엿듣고 있고, 이상욱이 엿듣는 것을 다시 이정태가 바라보고 있다. 윤해원과 서미연의 뜻깊은 결합을 완성하기 위한 축사 연습은 역설적으로 결혼식을 지연시킨다. 조백헌은 연습에 몰입한 나머지 자신이 식장에 늦은 것조차 까맣게 잊고 있기 때문이다. 그리하여 소설은 끝내 결혼으로 완성되지 못한다. "이제 두 사람으로 해서 그 오랜 둑길이 이어지고 길이 뚫렸습니다"(p. 496)라는 조백헌의 진술은 아직 결혼식이 시작조차 되지 않은 시점에서 불투명한 미래를 향해 던지는 허구적 진술에 지나지 않는다. 그 진술은 서미연이 이 섬에서 자란 미감아 출신임을 감추고 있다는 점에서도 허구적이다.

또 한 가지 주목할 점은 조백헌이 결혼식 직전까지 축사를 연습하고 있다는 사실이다. 이것은 반드시 성공시켜야 할 어떤 작전 수행을 눈앞에 두고 마지막 순간까지 노심초사하는 군 지휘관의 모습을 연상시킨다. 그에게 결혼은 어떤 더 큰 목표로 나아가기 위한 일종의 작전인 것이다. 그런데 과연 그가 생각하는 그런 의미가 결혼 당사자나 하객 사이에서도 충분히 공유될 수 있는 것일까? 몰래 엿듣고 있는 사람들을 제외하면 아무도 듣지 않는 혼자만의 공간에서 결혼식 시간도 잊어버린 채 마치 청중을 눈앞에 두고 있는 듯이 연설에 몰입해 있는 조백헌의 모습은 그가 윤해원과 서미연의 결혼에서 얼마나 많은 것을 기대하고 있는지를 보여줄 뿐만 아니라, 그 기대가 청중의 기대와 꼭 일치하지는 않는 어떤 유아론적이고 광적인 집착일 수도 있음을 암시한다. 화자는 다음과 같이 말하고 있다. "시간이 늦어버린 가운데에 그 조 원장의 능청스러운 축사 연습은, 그리고 자신의 광기에 못 이긴 기이하고도 진지한 연기는 아직도 한동안이나 더 도도하게 계속돼나갔다"(p. 496). 그렇다면 우리는 왜 조백헌의 연설을 엿듣고 있던 이상욱의 얼굴 위에 "희미한 미소"가 떠오르는지도 좀더 잘 이해할 수 있을 것이다. "어찌 보면 그는 조 원장의 그 너무도 직선적이고 순정적인 생각에 다소의 감동을 받은 듯싶기도 했고, 어찌 보면 오히려 씁쓸한 비웃음을 보내고 있는 것 같기도 했다"(p. 494). 이정태의 시선을 취하고 있는 화자는 이상욱의 미소를 이렇게 모호하게 묘사하고 있지만 소설 전체에 걸쳐 라이트노티프처럼 반복되어온 이상욱의 그 "희미한 미소"는 언제나 조 원장의 착각이나 판단 착오에 대한 반응이었고, 조백헌의 연설에 대한 우리의 해석은 이 경우에도 이상욱의 미소를 그런 반응으로 보아야 함을 보여준다. 이러한 관점은 또한 이상욱이 서미연의 숨겨진 내력을 어느 정도 짐작하고 있음을 고려하면 더욱 큰 설득력을 얻는다.

따라서 소설은 이상욱의 비판적 편지를 읽은 조백헌 원장이 자기 나름의 최종적 결론을 내리고 윤해원과 서미연의 결혼식 축사로써 자신의 비전을 설파하는 것으로 끝나지만, 그의 말은 결코 이 소설의 최종적 말이 되지 못한다. 이상욱은 "희미한 미소"로써 자신이 여전히 조백헌 원장에게 할 말이 남아 있으며, 그를 향한 비판은 끝나지 않았다는 것을 보여준다.

6. 에필로그: 버려진 자들과 예술

조백헌은 부임 직후 불신과 탈출이 만연한 섬의 현실을 확인하고 이곳을 '사자들의 섬'이라고 부른다. 반면 이상욱은 섬사람들이 조백헌의 지도에 따라 간척 사업에 매달리면서 탈출 사고가 더 이상 일어나지 않게 되었을 때 섬에서 생명이 사라졌다고 말한다. 탈출 문제는 두 인물이 각각 대변하는 세계관 사이의 근본적인 대립을 선명하게 드러내준다. 길들여지지 않는 이질성에 인간 본연의 자유와 생명이 있다고 생각하는 이상욱과 이질성을 버리고 공동체의 동일성 속에 포섭됨으로써 비로소 삶이 가능해진다고 생각하는 조백헌 사이의 대립. 조백헌은 어떤 정상성을 상정하고 그것에 동화되는 것이 제대로 된 삶의 길이라고 생각한다. 그러면서 정상성의 관념 자체가 가지는 배제의 폭력성, 즉 정상성에서 벗어나는 것을 비정상성으로 낙인찍는 폭력성에 대해서 성찰하지 못한다. 그러기에 그는 타자를 언제나 정상성을 향해 변화되어야 할 존재로만 바라본다. 그 변화가 폭력적이고 강제적인 방식으로 일어나서는 안 된다는 신념, 자발적인 동화를 끈기 있게 기다리는 태도는 조백헌이라는 주인공의 커다란 미덕이다. 그러나 그 타자를 생산해낸 근원적 폭력을 그는 끝내 보지 못했고, 따라서 이상욱의 비판에 대해서 언제나 새로운 오해로 반응할 수밖에 없었다. 조백헌은 이상욱의 경고와 비판에 따라 계속 변화를 꾀하고, 새로운 답을 찾아가는 것처럼 보인다. 하지만 조백헌과 이상욱의 거리는 좁혀지지 않고, 이상욱의 희미한 미소는 끝내 사라지지 않는다.

이상욱이라는 인물의 의미에 대해서 생각해보는 것으로 이 글을 마무리하기로 하자. 이상욱의 동일성 비판을 통해 조백헌의 천국이 가지는 많은 문제점들이 드러났다면, 조백헌의 비판자로서 이상욱은 최종적인 진리를 말할 수 있는 아르키메데스의 점을 확보하고 있는 것일까?

이상욱은 조백헌에 대한 비판을 통해 동일성 권력이 관철되는 체제의 문제를 환기하고 있지만, 동일성 권력과 그것이 지배하는 체제를 전복시키기를 꿈꾸는 혁명가는 아니다. 이상욱의 입장에서도 동일성의 권력은 너무나 막강하고, 따라서 그 누구도 어떻게 해볼 여지가 없는 운명과 같은 것이다. 그러나 이상욱은 그처럼 운명적인 권력이 모든 위압과 폭력과 회유의 시도에도 불구하고 결코 모든 개개인을 그 마음 깊은 곳까지 속속들이 장악할 수 없다고 생각했고, 거기에서 인간적 자유와 존엄성의 마지막 가능성을 발견한다. 이상욱의 입장에서 나환자들이 보이는 권력에 대한 불신과 비협조적 태도, 더 나아가서 아무것도 기대할 것이 없는 무모한 탈출의 시도는 동일성의 권력이 불완전함을, 그리고 거기에 끝내 길들여지지 않는 자유로운 정신이 소멸할 수 없음을 말해주는 증거로 나타난다.

바로 그렇기 때문에 조백헌이 원생들의 마음까지 장악해가는 것처럼 보였을 때 이상욱은 초조해졌고, 윤해원이 서미연과 가까워지자 신경질적으로 되었으며(이는 윤해원이 주장하듯 윤해원, 서미연의 관계 변화가 이상욱의 질투를 유발했기 때문이라기보다는 정상성의 관점에서 이해할 수 없는 존재였던 윤해원이 서미연의 사랑에 길들여져가고 있다는 사실에 대한 반발심 때문일 것이다), 위기의식 속에 찾아간 황희백 장로마저 '마음속의 동상'에 대한 경고를 받아들이지 않았을 때 결국 스스로 '탈출'을 감행하기에 이른다.

이상욱은 왜 혁명가가 될 수 없을까? 혁명이란 집단적 주체에 의존할 수밖에 없고, 여기에는 또 다른 종류의 구원의 약속과 포섭의 시도가 수반되게 마련이며, 그것은 또 다른 동상 혹은 동일성의 권력과 배반으로 귀결될 것이기 때문이다. 이상욱은 긍정의 정신으로 무장한 조백헌의 대척점에서 다만 권력을 향한 고독하고 절망적인 개인의 저항을 옹호할 뿐이다. 이러한 그의 급진적 입장은 위에서 본 것처럼 그를 모두에게서 고립시키는 결과를 가져온다. 조백헌에게 보내는 두번째 편지에서는 그도 여러 가지 곤경을 겪은 뒤 결국 자신의 입장에 다소 회의를 품게 된 것처럼 보인다. "탈출이 목적일 수도 없습니다. 불화와 탈출 외에 섬에서는 이루어지는 것이 없어왔어요. 아무것도 섬에서는 이루어볼 수가 없었습니다. 이룰 수도 없었고 이루어낸 것도 없었어요"(p. 445). 여기서 이상욱은 첫번째 편지의 다음과 같은 진술에서 많이 물러서 있다. "탈출이 계속되는 한에서만 이 섬은 아직도 숨을 쉬는 인간들의 그것으로 살아남을 수 있었던 것입니다./탈출은 이 섬에 관한 한 그처럼 지고한 미덕이었습니다"(p. 462).

'탈출이 지고한 미덕'이라는 진술로 표현된 철저한 부정성의 윤리는 무목적성과 무용성을 통해 자본주의적 질서에 저항하는 근대적 예술의 입장에 가까운 것이다. 이 소설 속에서 거듭 강조되는 '문둥이의 자유'는 그들이 내버려진 자, 쓸모없는 자라는 사실과 밀접한 관련이 있다. 그들이 자유로울 수 있는 것은 누구도 그들을 사랑하지 않기 때문이다. 그것은 자본주의 사회에서 예술이 무용하기 때문에 자본주의적 질서에서 벗어날 수 있는 것과 마찬가지다. 저주받은 시인만이 이 세계를 향해 다음과 같이 외칠 수 있다. "이 세상 밖이라면 어디라도!" 그것은 섬을 탈출하는 문둥이의 절망적 외침이기도 하다.

이청준의 예술가적 의식은 이상욱이라는 인물을 매개로 하여 소록도에 유배된 나환자들과 연대한다. 마치 『말테의 수기』에서 시인을 꿈꾸는 말테가 파리의 병원과 거리에서 만난 환자들, 거지들, 이상한 장애가 있는 사람들에게서 공감과 동질감을 느끼듯이 말이다. 그것은 실용적 가치와 물질주의에 의해 획일화되어가는 근대 자본주의 사회에서 작가와 예술가 역시 어떤 의미에서는 버려진 자, 저주받은 자, 유배된 자이기 때문이다. 이상욱은 조백헌, 황희백 등과는 달리 작품의 소재를 제공해준 기사 '소록도의 반란'에서 실제 모델을 발견할 수 없는 인물로서, 회의하고 부정하는 이청준의 작가 정신을 대변한다. 즉 그는 추방당하고 버려진 나환자에게 부정의 정신과 궁극적인 인간적 자유의 이념을 투사하는 지식인적예술가적 존재인 것이다.

따라서 이상욱이 주변 사람들에게 자신의 급진적 입장을 설득하는 데 실패하고 결국 조백헌에게 보낸 두번째 편지에서 동요를 보이는 것은 고립된 예술가의 자기 회의를 반영하는 것이다. 그것은 곧 이청준 자신의 자기 회의의 표현인 셈이다. 이청준은 자본주의적 세계에서 내버려진 자들마저 이 세계 안의 질서 속에 통합시키려는 조백헌의 시도를 회의적이고 비판적으로 바라보면서 또한 그러한 비판을 하는 자기 자신의 입장에 대해서도 다시 회의한다. 세계의 질서와 그것을 작동하게 하는 권력에 대해 회의하고 또 그 회의를 회의하는 이청준의 태도에서 하나의 위대한 대화적 소설, 조백헌이라는 근대적시민적 주체와 이상욱이라는 비판적예술가적 주체 사이의 끝나지 않는 논쟁이 탄생하였다.

〔2012〕

텍스트의 변모와 상호 관계

이윤옥
(문학평론가)

『당신들의 천국』

| **발표** | 『신동아』 1974년 4월호∼1975년 12월호.

| **최초의 단행본 수록** | 『당신들의 천국』, 문학과지성사, 1976.

1. 실증적 정보

1) 초고: 대학 노트에 씌어진 작가의 육필 초고가 남아 있다. 초고에는 소록도 지도를 포함해 상세한 취재 기록과 작품 계획표, 인물이 들어 있다. 소록도 지도에는 각 마을뿐 아니라 화장장, 학교, 종각, 연합예배당, 제재소, 연탄공장 등이 표시되어 있다. 취재 기록에는 오마도 간척사업의 시작과 진행, 완성 과정, 동원 인력, 세부 공정은 물론 1대부터 16대까지 소록도 병원 역대 원장의 부임 날짜, 재임 기간, 업적, 외모의 특징 등이 들어 있다. 그중 조백헌의 모델인 조창원은 14대 원장이다. 그 밖에 소록도 병원의 노래 가사, 주정수 원장의 모델이 된 사람의 동상 설립 과정, 상관단 구성원과 이름 등 소설의 원재료들이 많이 포함되어 있다.

---

* 텍스트의 변모를 밝힘에 있어 원전의 띄어쓰기 및 맞춤법을 그대로 살렸음을 일러둔다.

〔인물〕: 1. 보건과장(주인공). 2. 원장. 3. 교사: 미감아 학교. 4. 간호원과 그의 애인 5. 장로. 6. 주방원장(1933). 7. 모리 간호수장. 8. 종직이 노인. 9. 납골당 노인. 10. 고아원 보모. 11. 여교사. 12. 주인공의 부모, 누이. 13. 독지가들(못 견디고 도망치는). 14. 의료부장.

이들 중 발표작의 윤해원에 해당하는 보육원 교사의 이름은 윤남석으로 표기되어 있다. '남석'은 「이어도」의 주인물로 이청준의 아버지 이름이기도 하다.

〔작품계획표〕는 총 45항과 '진행의 대망(大網)'으로 되어 있다. (* 해독하기 힘든 글자는 ?로 표시한다.)

1. 자서전을 가지려는 사람들. 2. 동상이 마련된 자서전. 3. 여론함. 침묵의 총중(스스로 증명되기를 기다린다). 4. 제도를 만들지 마라. 제도와 탈출은 정비례. 옛 역대원장의 경력 중에서 희귀한 예: 제도 줄이자(탈출 묵인). 탈출 급증 구실. 5. 모든 역대원장들의 자서전. 6. 불신으로 침묵. 7. 선거 때문에 무능한 원장. 8. 초도순시: 탈출의 내력. 납골당. 경계선. 탈출의 역사. 동상의 자리. 9. 천국을 만들 꿈: 그들의 필요에 의해서. 당신의 동상이 있는지 없는지 알아봐야. 10. 결사(結社)가 많은 것은 그들의 이해가 각각 다르다는 증거. 11. chapter 1은 부임과 탈출. 12. 건강인 교사에 대한 구애는 인간적 보편성의 확인 행위. 13. 단종수술: 감옥. 시. 14. 이어도. 15. 낫는다. 자활. 협동 등의 구호 되풀이는 실패의 되풀이 의미. 16. 주인공과 원장 동시 실패(주인공 몸소 탈출극. 탈출이 없으면 무기력) 17. 자신의 실패. 주민은 실패의 책임이 없지만, 그들을 대신 성공시킬 수는 없다. 18. 미래를 찾는 동상과 과거를 찾으려는 나의 화해. 19. 그들은 30년 전 주방의 연설을 듣고 있었습니다. 20. 2세들에 집중. 21. 인간이 아니라 환자로서만(보편성과 특수성 문제) 22. 남의 동상을 열심히 만들고 있다. 23. 환자들의 인간개조. 24. 규칙을 만들겠소. 규칙은 안 됩니다. 그럼 낙원을 만들겠소. 낙원은 더욱 안 됩니

다. 25. 휴가나 퇴원은 환자로서 하고 탈출은 인간으로서 하고. 26. 정서적인 순화(규칙으로 안 된다). 27. 노력봉사대(문둥이 땅이기). 28. 미감아 보호소에서(울어도 괜찮아요). 29. 제삿날밤 ～를 기다린다. 30. 진분홍색에 대한 그리움. 31. 그들이라고 언제나 선의만 지닌다고 생각하느냐. 그것은 곧 그들을 반쪽 인간으로 만든다. 32. 그들을 반쪽 인간으로 만든 게 당신이다. 언제나 환자라는 특수 사람으로(하나의 줄의 인생으로) 놓고 취급하는, 하나의 자로 재어질 수 있는 것처럼. 33. 죽음은 위대한 해방자(비난받아야). 34. 천국의 가불. 가불로 누린 천국. 35. 작은 배를 타고 가는 어부의 노래가 생각난다. 하지만 그들은 노래를 부르지 않았다. 36. 가장 ??? 천국은 사양할 수 있는 아량. 37. 그는 가끔 바닷가로 나가 돌배의 뱃노래를 찾는다(그때의 기억). 38. 그 노랫소리가 들려오던 날 밤 탈출. 39. ??? 되풀이 강조(천국 건설)는 늘 거짓이었다는 증거. 40. 주방의 취임 연설 때 곁에 따라온 조그만 인물에 주의를 하지 못한 것 이상하다. 41. 모리 대신 주방이 죽은 건 하느님의 뜻이다. 옳다. 42. 주방이 아니라 모리. 43. 이 섬에서는 사자(死者)들이 말을 하기 때문입니다. 살아 있는 사람들은 말을 하지 않습니다. 사자들이 말을 합니다. 섬은 사자들의 말로 가득합니다. 그것을 듣도록 하십시오. 만령당의 5천 사자의 말. 44. 오래전 한 여자 화가가 이곳으로 왔습니다. 간호원—그 화가는 20년 ?? 그 여인을 그렸습니다. 그의 머리 위에 꽃무리를 그렸고 많은 사람들이 그 여자를 사랑하게 되었습니다. 45. 압도적인(훌륭한) 명분: 그가 모든 명분을 빼앗아 가버린다.

'진행의 대망': 1. 원장의 치적. 2. 주인공의 과거. 3. 도민생활.

그 밖에 시기: 1961. 8. 24, 곳: 소록도, 주제: 탈출(의 윤리). 불신사회 형성과정에서—존재의 한 양식으로—가 씌어져 있다. 1961년 8월 24일은 조창원이 소록도 원장으로 부임한 날이다. 작품계획표의 주방과 모리는 발표작에서 주정수와 사또가 된다.

2) 이규태의 논픽션 「소록도의 반란」: 『당신들의 천국』은 1966년 10월 『사상계』에 실린 이규태의 논픽션 「소록도의 반란」에서 촉발된 작품이다. 이청준은 '땅에서 못 사는 恨'이라는 부제가 붙은 「소록도의 반란」을 읽고 소록도를 배경으로 한 작품을 쓰기로 결심한다. 그는 소설을 쓰기 전 이규태의 소개 편지를 들고 소록도 병원으로 조창원 원장을 만나러 갔다. 『당신들의 천국』에는 「소록도의 반란」에서 차용한 부분이 많다. 예를 들어 12절에 나오는 축구 시합 장면은 「소록도의 반란」 1장을 몇몇 단어만 바꾸고 문장을 손질해 그대로 옮겨놓은 것이다. 이청준은 첫 단행본에 덧붙인 「쓰고 나서」에서 이렇게 말한다.

- 〔…〕 그리고 朝鮮日報의 李圭泰님―특히 한 미숙한 문학청년에게 제법 야심적인 창작욕의 발단을 마련해 주었을 뿐 아니라, 소설 곳곳에서 그의 빼어난 취재의 눈을 의지하지 않을 수 없었던 이규태님을 만날 수 있었던 것은 나의 비길 데 없는 자랑이요 행운이었음을 고백하지 않을 수 없다.

이규태의 논픽션에 따르면 소록도에는 장로교회가 일곱 개, 천주교회가 하나 있었다. 소록도 병원 원장 조창원은 1961년 8월 24일 부임했고, 덕적도 삼형제의 간척사업은 여덟 번 무너졌다. 「소록도의 반란」에는 소록도 원생들을 괴롭히는 태풍과 그로 인한 둑 소실뿐 아니라 황 장로의 젊은 시절 주모 살해 사건도 들어 있다. 주막 여자 겁탈 살해 사건은 『당신들의 천국』에 나오는 가장 끔찍한 장면 중 하나다. 그 사건이 「소록도의 반란」에 거의 원형 그대로 들어 있는 것이다. 논픽션의 조창원, 이규태, 황시백은 소설에서 조백헌, 이정태, 황희백이 된다.

3) 잡지 연재본과 단행본의 차이: 『당신들의 천국』은 잡지 연재본과 첫 단행본의 차이가 매우 크다. 둘이 같은 작품이라고 하기 힘들 만큼 달라진 부분도 있어서 문장이나 문단의 변화를 일일이 말하기란 사실상 어렵

다. 여기서는 연재본과 단행본에서 장과 절의 나눔이 어떻게 바뀌는지 살펴보고, 가장 많은 변화를 보이는 부분을 '텍스트의 변모'에서 개략적으로 언급하겠다. 그 부분은 연재본 33절부터 끝까지로 단행본에서는 26절부터 끝까지이다.

① 잡지 연재본 총 5장 54절이 1976년 단행본에서는 3부 6장 34절로 나뉜다.

잡지 연재본(괄호 안은 단행본의 장)

제1장:「死者의 섬」1~8절(「사자의 섬」)

제2장:「그리고 銅像의 亡靈」9~17절(「낙원과 동상」)

제3장:「바다 밑의 가나안」18~25절(「출소록기」)

제4장:「背叛」26~38절(31절 중간까지「배반Ⅰ」, 31절 중간부터 38절까지「배반Ⅱ」)

제5장:「勝者와 敗子」39~54절(「천국의 울타리」)

1976년 단행본(괄호 안은 연재본의 장)

잡지 연재본과 달리 장의 구분을 '장'이 아니라 각 장에 해당하는 표제로 했다.

제1부: 사자의 섬 1~6절(1장)

　　　　낙원과 동상 7~13절(2장)

제2부: 출소록기 14~20절(3장)

　　　　배반Ⅰ 21~24절(31절 중간까지)

　　　　배반Ⅱ 25~28절(4장)

제3부: 천국의 울타리 29~34절(5장)

② 단행본의 서미연은 연재본에서 배정면이었다. 배정면이 서미연이 되면서 작품에서 차지하는 그녀의 비중이 크게 확대되고 서미연의 짝인 윤해원의 역할도 커진다.

③ 연재본에 있던 소록도 병원 제2대 원장 '화정'의 이야기가 단행본에서 삭제된다. 일본군 군의관 출신인 화정은 무서운 외모와 달리 자애로운 아버지, 더 나아가 어버이 같은 사람으로 조백헌과 겹치는 부분이 많다. 조백헌을 예고하는 화정의 이런 점 때문에 이청준이 단행본에서 그를 제외시켰을 것이다.

④ 축구부원 유길상의 탈출사건을 다룬 연재본 17절이 단행본에서 완전히 삭제된다. 굳이 돌부리 해안으로 나갈 이유가 없는 사람인 유길상의 탈출 방법이 후에 이상욱의 출소록과 겹치기 때문이다. 『당신들의 천국』에서 돌부리 해안을 통한 탈출 방법은 매우 중요한 의미를 갖는다. 그것은 섬 전체에 대한 배반으로, "상욱이 배반하지 않으면 아무도 이 섬을 배반할 수 없다." 배반을 감행할 인물은 상욱 하나로 충분해서 다른 인물이 필요하지 않았을 것이다.

⑤ 연재본에서 상욱은 섬을 떠나면서 조 원장에게 보내는 편지를 써서 황 장로에게 맡긴다. 황 장로에게도 짧은 편지를 동봉하지만, 상욱의 목적은 조 원장이 받을 편지를 황 장로가 먼저 읽게 하는 데 있다. 이 편지는 단행본에서 자리를 뒤로 옮긴다. 단행본에서 뒤로 간 편지 대신 그 자리에 연재본에 없는 윤해원과 서미연의 사연이 삽입된다. 그들은 절강제 날 결혼 예정이었지만 파국을 맞는다.

⑥ 연재본에서는 조백헌 원장이 소록도를 떠나는 과정이 장황하게 그려진다. 하지만 이 부분이 단행본에서는 거의 삭제된다. 단행본 2부 「배반 II」 끝 부분.

⑦ 연재본에서는 소록도를 다시 찾은 조백헌 원장이 광기를 보이고, 상욱이 돌아와 그런 조 원장과 긴 이야기를 나눈다. 단행본에서는 조 원장의 광기에 대한 묘사가 변하거나 대부분 삭제된다. 소록도로 돌아온 상욱은 조 원장을 만나지 않는다.

⑧ 연재본에서 조백헌은 단행본과 달리 소록도에 일반인이 아니라 병원

원장으로 재부임한다. 원장 신분인 조백헌은 섬을 찾은 이정태로 하여금 윤해원과 배정면을 만나게 한다. 그들이 만난 자리에서 윤해원과 배정면은 매우 긴 말을 한다. 단행본에서 조백헌은 소록도에 개인 신분으로 돌아오며 소록도 병원에는 당연히 다른 원장이 있다. 이정태는 연재본과 달리 윤해원과 서미연을 만나지 않는다.

4) **수필 「상상력과 현실의 경주」**: '모델의 삶이 완성한 소설 『당신들의 천국』'이라는 부제가 붙은 수필로 첫 단행본의 재판 작가 노트로 실린다. 이 글은 『작가의 작은 손』에 실린 수필 「모델이 있는 소설」의 연장선에 있다.

– 「모델이 있는 소설」: 성격이 강한 사건이나 인물은 그 성격 자체로서 이미 작가의 상상력을 심하게 방해하고 간섭을 해 오는 일이 많으니까. 〔…〕 모델 있는 소설을 쓰기가 어렵고 실패하기 쉬운 것은 바로 그 상상력의 심한 간섭에 원인이 있었던 것이다.

– 「상상력과 현실의 경주」: 반면 성격이 강한 모델일수록 작가가 안으로 들어가는 것을 쉽게 허용하지 않을 뿐 아니라, 그 내면 취재가 끝나고 나서도 소설적 상상 공간의 확보에 애를 먹기 십상이다./필자의 경우 졸작 『당신들의 천국』의 주인공 소록도 병원장 조백헌의 실제 인물인 조창원 원장이 그런 예이다.

5) **수필 「소록도의 꽃」**: 「소록도의 꽃」은 『당신들의 천국』을 읽고 소록도 병원 근무를 자원한 여자 약사에 대한 글이다. 그녀는 결혼도 잊은 채 오랜 세월 소록도에 머물다 에티오피아 난민촌으로 의료 봉사를 떠난다. 이청준은 이 글에서 소설의 영향력과 그로 인해 소설가가 지니게 되는 마음의 짐에 대해 이야기한다.

6) **전기와 연관성**: 이청준의 고향 장흥은 대형 간척사업으로 바닷가 지형이 바뀐 곳이다. 그의 고향집 앞 갯벌도 땅으로 변했다. 이청준은 『당신들의 천국』뿐 아니라 여러 작품에서 이 간척사업에 대해 이야기한다.

소록도는 이청준의 고향 장흥 앞바다에 있는 섬으로, 어린 시절 그에게는
낙원 같은 곳이었다.

> – 「여전한 현실의 화두, '당신들의 천국'」: 제 원래 향리가 소록도와는 득량
> 만 한 바닷물을 끼고 마주한 장흥 남단의 해변 마을인 연유로, 어릴 적 초
> 등학교 때부터 청년기에 이르러서까지 소풍이야 해수욕이야 소록도 뱃길
> 을 몇 차례 건너다닌 일이 있었으니까요. 소록도의 해안 풍광은 원래도
> 빼어나게 수려한 데다 병원이 들어서면서부터는 섬이 더욱 잘 가꿔져 인
> 근 고을 사람들은 대개 한 번쯤 그곳을 가보고 싶어 하고, 틈이 나면 작반
> 으로 뱃길을 나서는 일들이 많았거든요. 〔…〕 소록도는 차라리 우리들에
> 겐 닿을 수 없는 먼 낙원, 아름다운 꿈의 섬이기조차 했습니다.

2. 텍스트의 변모

1) 『신동아』(1974년 4월호~1975년 12월호)

33절(단행본 26절): 이상욱은 조 원장을 만나 섬을 떠나달라고 말하지
만, 절강제를 보고 가려는 조 원장의 생각은 바뀌지 않는다. 원장을 설득
하지 못한 이상욱은 결국 섬을 '탈출'한다. 그의 탈출은 섬사람들에게 배
반의 기억을 되살리려는 시도로 조 원장에게는 지능적인 협박과 압력 수
단이 되는 행위다. 조 원장은 상욱이 섬사람들에게 의도한 파괴적인 각성
에의 충동을 최소화하기 위해 더욱 굳건히 결의를 다진다. 상욱은 섬을
탈출하기 전 조 원장에게 보내는 편지를 황 장로에게 남긴다. 그 편지는
조 원장에 대한 추궁과 설득을 담고 있는데, 황 장로가 개봉해 읽어본 뒤
상욱의 의도에 동의해 조 원장에게 전달한 것이다. 상욱은 원장을 마지막
으로 보기 전에 편지를 미리 작성했다. 조 원장이 섬을 떠나라는 상욱의
부탁을 받아들였다면 편지는 전해지지 않았을 것이다. 이상욱은 원장을
면담한 후 절망해서 '탈출'한 것이다. 상욱의 이 편지는 단행본 375~94
쪽에 실린 두번째 편지다.

34절: 조 원장은 이상욱의 탈출 이삼 일 뒤 전임 발령에 순응하기로 작정한다. 하지만 그의 결심이 상욱의 설득이나 탈출 때문은 아니다. 상욱의 편지는 조 원장뿐 아니라 황 장로에 대한 질책의 뜻이기도 하지만 황장로도 조 원장처럼 반응이 없다. (여기까지 단행본에서 삭제. 이후 부분은 단행본에서 자리 이동이 매우 심하다.) 육지에서 파견된 공사진도 평가반이 도착하지만 원생들은 무관심하다. (이어서 다시 삭제) 조 원장은 자신의 각성에 따라 섬을 나가기로 결심한다.

— 조 원장이 섬을 떠나기로 작정을 내린 것은 바로 그 상욱에 대한 정당한 방어력의 자각 때문이었다./그는 상욱에 대해 얼마든지 자신의 입장을 변호할 수 있었다. 하지만 그는 이제 그것이 스스로 두려워지기 시작했다./사람들은 누구나 자기의 입장에선 각각 그 나름의 정당성을 마련할 수 있다는 그 논리와 성실성의 상대성이, 그 논리와 성실성에 대한 기묘한 회의와 배반감이 그를 두렵게 하기 시작했다. 〔…〕 그는 섬을 떠나기로 결심했다./상욱의 말대로 그 자신이 이제 더하고 덜한 것이 없는 존재라면, 다른 사람들에게도 그들의 입장에서 그들의 진실을 주장할 기회가 주어져야만 했다. 기회를 같이 하고 난 뒤에라야 공평한 심판을 기대할 수가 있을 것 같았다(『신동아』, 1975년 5월호 p. 410).

35절: 섬을 떠나기로 결심한 조 원장은 발령 날짜에 맞춰 일을 서두른다. 원장 지휘 아래 있는 자체 평가단과 개발회사 개척단의 공정 평가가 83퍼센트와 40퍼센트로 크게 다르게 나온다. (이 부분은 단행본 27절 중간에서 끝으로 이동) 하지만 원생들은 여전히 침묵과 무관심으로 일관한다.

36절(연재본 36, 37, 38절은 단행본 28절에 해당): 황 장로가 섬을 화려하게 떠나고 싶어 하는 꿈을 갖고 있다고 조 원장을 질책한다. 사실 조 원장에게는 만재도 돌기둥에 새기고 싶은 글귀가 있다. 황 장로가 동상에 대한 이야기를 하면서 조 원장을 마음에 간직한 유일한 동상으로 지니고 싶다며 눈물을 보인다. (이후 38절까지 단행본 28절 330~34쪽으로 이동. 옮겨진 부분은 조 원장이 섬을 떠나는 모습을 그리고 있는데 거의 삭제되었다.)

37절: 조 원장이 절강제 전날인 3월 6일 저녁에 떠난다. 후임 원장은 하루 먼저 부임했다. 조 원장의 아내는 아이들 학교 뒷바라지로 서울과 섬에서 두 살림을 했는데, 지난 겨울방학 이후 서울에 머물고 있다. 조 원장은 황 장로의 권유에 따라 어둠이 내리면 가방 하나만 들고 간편하게 떠날 예정이다. 조 원장이 떠난다는 사실은 신임원장, 본부직원 몇 명, 황 장로만 아는 상황이다. 그들 중 나루터까지 조 원장을 배웅하는 사람은 황 장로와 서무과장뿐이다. 황 장로는 떠나는 조 원장에게 이런 이야기를 한다. 탈출 사고는 앞으로도 끊이지 않을 것이다. 이 섬에서는 모든 것을 오직 자유로만 행하려 하기 때문이다. 이상욱이 특히 그렇다. 모든 것은 자유보다 사랑으로 행해져야 한다. 자유는 가만히 주어지는 것이 아니라 제 힘으로 빼앗아 가져야 하는 것이다. 그래서 남을 의심하고 원망하며 미워하는 심성을 배태한다. 거기에는 용서가 없다. 이상욱은 끝내 원장을 용서하지 못했다. 자유 속에 사랑이 깃들기는 어렵지만 사랑에는 자유가 함께하고, 그럴 때 탈출은 그치게 된다. 조 원장은 사랑으로 행하는 것을 가르쳐주었다. 그래서 조 원장은 이 섬에서 처음으로 제 손으로 제가 지어 지니게 될 사랑의 동상으로 남을 것이다. 이런 황 장로의 말은 상욱과 그의 자유, 끝내 차디찬 의구의 눈을 벗지 못하는 섬사람들에 대한 나무람이다.

38절: 선창에는 조 원장을 태우고 녹동으로 갈 통통배가 기다리고 있다. 서무과장이 녹동까지 동행을 자청하지만 조 원장이 거절한다. 그는 원생들과 접촉할 때 지켜야 하는 금기를 깨고 황 장로에게 오른손을 내밀며 마지막 당부를 한다. '오마도를 부탁합니다.' 오마도가 위험하면 달려와 돕겠다는 조 원장과 황 장로가 마주 잡은 손. 멀리 공사장 일을 끝내고 돌아가는 원생들을 실은 밤배 한 척에서 소록도의 노래를 부르는 합창 소리가 들려온다.

39절(단행본 29절): 조 원장이 소록도를 떠난 지 10년이 흘렀다(단행본에서는 7년). 조 원장은 6년 만에 섬에 돌아와 이제 3년여가 지났다. 그동안 원장이 다섯 명 이상 바뀌었고 황 장로는 세상을 떠났다. 그런데도 소록도는 변한 것이 없고 오마도 문제도 여전히 해결되지 않았다. 탈출사고는 계속 이어지고 있다. (이후 단행본에서 삭제된 부분) 조 원장은 다시 오겠다는 다짐대로 소록도 병원에 20대 원장으로 재부임했지만 오마도 문제를 어쩔 수 없다. 조 원장은 섬을 떠나 있는 동안 오마도 등 섬 소식을 듣고 줄곧 재부임을 청원했지만 매번 거절당했다. 그러다 마산병원을 사직하고 어떤 고위층이 재부임 발령을 내주었다. 부임 3년 동안 오마도 문제를 해결하지 못한 조 원장은 자신감과 피곤함 사이를 오가며 어떤 광기 같은 무서운 감정의 소용돌이에 빠진다. 3월 하순 어느 일요일 C일보 이정태 기자가 찾아온다. (이후 단행본 29절 389~45쪽에 해당되지만 아주 다르다.) 이정태는 녹동 여관에서 하룻밤 지낸 뒤 일요일 아침 10시쯤 섬으로 왔다. 이정태가 관사에 들렀을 때 조 원장은 부재중이다. 음성 환자 노인이 나무를 캐러 간 원장을 데려오고 휴게실에 있는 정순이가 시중을 든다. 조 원장이 이정태에게 구라회관에 대해 들려준다. 구라회관은 음성 나환자가 시중을 드는 일종의 여관인데 건강한 보통 사람들은 물론 환자들에 대해 남다른 이해를 내세우는 기자들까지 머물기를 꺼리는 곳이다. 조 원장은 섬을 곧 떠나야 한다는 이정태에게 일주일 동안 구라회관에 머물라고 권하고 이정태가 수락한다.

　40절(단행본 30절과 대체적으로 일치): 무뚝뚝하고 우직스럽던 조 원장이 유쾌하고 호탕하게 달라졌다. 그것은 입을 다물고 견딜 수밖에 없는 자신의 진실과 그로 인한 외로움, 소망과 괴로움으로 인한 광기의 한 모습이다. 그에게는 미치지 않고는 견딜 수 없는 섬에서 사람을 만나 고통스러운 말을 나누고 싶은 바람이 있다. 조 원장은 이정태에게 고목나무 뿌리와 예술작품에 대해 이야기한다. 그가 나무뿌리에 남긴 불지짐은 광기의 표현으로 곧 그가 하고 싶은 말이라고 할 수 있다. 이정태는 조 원장에게 자신이 섬에 온 목적을 밝힌다. 그는 예전에 쓴 기사에서 조 원장을 영웅으로 만들었다. 그가 그렇게 한 것은 원장을 위해서가 아니라 섬을 위해서였다. 그런데 원생들은 여전히 탈출하고 영웅은 오마도 일에 실패했다. 그러니 기사를 다시 써야 한다. 영웅이 다스리는 섬이 왜 불행한지, 영웅은 왜 실패했는지, 섬은 정말 영웅을 필요로 했는지, 섬사람의 행복은 어디서 찾아야 하는지. 새로 쓰는 기사는 다스림에 대한 글일 텐데 원장에게는 부정적일 것이다. 원장은 관계에서 실패했다. 하지만 이정태는 조 원장의 희생과 선의의 동기를 믿었기 때문에 그것만은 구해주고 싶었고 그 방법을 이제 찾았다. 이정태는 조 원장이 미친 것을 보고, 원장 스스로 자신을 구해낼 길을 마련했다고 생각한다. 원장을 구원하기 위해서는 미친 원장 얘기를 쓰면 된다. 조 원장은 이정태의 말을 듣고 일주일만 섬에 머물며 사실을 알아보라고 권한다. 가령 다스림을 받는 쪽과 다스리는 자 사이의 관계에 대해서. 조 원장은 그것이 자기가 아닌 다른 누구와 원생들의 관계라고 말한다. 곧 섬을 나가게 될 조 원장 역시 다스리는 자가 아니라 다스림을 받는 쪽에 속한다.

41절: 조 원장이 이정태를 잡은 또 다른 이유는 윤해원(尹海源)과 배정면(裵貞冕)의 결혼 때문이다. 그는 이정태에게 문둥이와 정상인의 남다른 결혼식에 참석하기 전에 두 사람을 만나보라고 한다.

42절: 이정태는 구라회관에 묵는다. 저녁에 조 원장이 윤해원과 배정면 두 사람을 데려와 술자리를 갖는다. 그 자리에서 윤해원이 환자와 정상인의 결혼을 축하하는 이정태를 신랄하게 공박한 뒤 가버리지만, 그의 비난은 오히려 신뢰의 표시다. 그는 타인에게 결혼을 인정받고 싶어 하며 그런 만큼 이정태는 결혼식까지 남아 있어야 한다. 조 원장은 결혼하는 두 사람의 각오와 아픔 따위를 배정면에게 물어보라고 이정태에게 말한다.

43절: 배정면의 이야기에 따르면 사람과 사람 사이 이해의 완성이 바로 사랑이다. 그것은 인간 사이의 거룩한 조화다. 이정태는 배정면의 이야기를 듣고 거인의 세계를 엿본 느낌을 받는다. 두 사람의 결혼은 이 섬의 울타리를 허무는 최상의 방법으로 섬의 앞날은 두 사람에게 달려 있다. 이정태는 조 원장이 두 사람의 결혼식까지 섬에 남아 있으라고 한 이유를 깨닫는다. 결혼식은 벚꽃이 만발하는 4월 5일로 예정되어 있다. 조 원장은 결혼식을 성대히 치러 섬사람들의 사기를 북돋우려 한다. 이정태는 그것이 전체를 다스리는 자의 의도적인 대중 조작설의 일종이 아닐까 생각한다. 조 원장의 결혼식 준비는 다음과 같다. 병사 지대와 건강 지대 사이 완충 지대에 신혼집 신축, 소록도 팀과 육지 국영 기업체 지방지사 팀의 축구 시합, 군수에게 주례 부탁, 인근 고을에 벚꽃 구경을 겸한 결혼식 잔치 홍보, 남녀 교사들이 예식장인 중앙리 교회당 치장, 병원 예비비로 잔치 음식비 지출, 환자촌 아가씨들로 연합 합창단 구성, 초등학교 아이들의 학예회. 이정태는 결혼식을 계기로 섬 전체를 떠들썩하게 뒤집으려는 조 원장과 의외로 차분한 섬사람들 사이에 팽팽한 대결의 긴장감을 느낀다.

44절: 이정태는 4월 5일까지 구라회관에 머문다. 조 원장은 낮에는 신혼집 진척 상황을 살피는 등 일을 하거나 산에 나무뿌리를 캐러 다니지만 점점 광기를 보인다. 이정태에게 나병과 환자들의 심리, 혼인을 소망하는 여자들, 남자들의 단종수술, 한하운의 시 등에 대해 말하는 그의 의식은 원생들의 의식과 비슷해 보인다. 그도 일종의 환자라 할 수 있다. 이정태는 차츰 섬을 이해하고 원장의 위태로운 광기를 이해한다.

45절: 조 원장은 보육원과 직원 지대 학교를 폐쇄해 통합하며, 읽고 쓰고 노래하고 예배드리는 과정을 통해 원생들의 정서 순화 활동을 전개한다. 섬에, 통제에 의한 구질서가 붕괴되고 조화에 의한 새 질서가 정립된다. 그것은 모든 원생들이 독립적인 인격을 획득해가는 값진 개인화 과정이다. 집단으로만 존재해온 원생들이 개별적인 독립 인격체로 분화되어가는 과정이다. 이정태가 보기에 그것은 원장의 왕국이 붕괴하는 것이다. 군인인 원장은 명령과 통세와 질서에 익숙한 사람이다. 원생들의 정서 순화 과정이 지배 질서의 변화임을 깨달은 조 원장은 구질서를 회복하고 싶은 충동을 느끼지만 그 충동을 이겨야 하는 입장이고, 분출되지 못한 억눌린 충동은 광기로 나타난다. 사실 이 모두 이정태의 오해였다. 조 원장은 규율을 회복하려는 것이 아니라 남아 있는 최소한의 규율마저 허물려 한다. 조 원장은 그 증거를 보여주려고 중앙리 교회당 옆 특별 병사로 이정태를 인도한다. 이정태는 거기서 이 섬의 가장 깊은 진실을 마주하고 조 원장의 광기에 대한 해답을 얻는다. 조 원장은 구라사업을 특별 병사에 있는 중환자들만을 위한 것으로 축소시키고 다른 나환자들은 사회로 복귀시키려 하지만 불가능하다. 바로 이것이 그가 보이는 광기의 이유다. 어떤 사람의 깊은 소망이 끝내 이웃의 공감과 이해를 얻지 못할 때, 그것은 왜곡된 풍자를 통해 자기 해소를 기도하거나 엄청나게 부정적인 힘으로 응축된 광태를 유발하게 된다.

46절: 이날 밤 윤해원이 조 원장의 관사로 찾아와 단종수술을 요구한다. 단종수술을 권하는 풍습이 있는 한 섬은 문둥이들의 섬일 뿐이다. 윤해원의 요구는 자기 삶을 자기 생애 안에서 마무리 짓고 가야 하는 문둥이들의 운명에 대한 항의라 할 수 있다. 그는 조 원장에게 자신에 대한 시술로 섬 전체를 거세시키거나, 다시는 단종의 칼질이 없게 하거나 다음 날까지 택일하라고 말한 뒤, 결정을 내리지 않으면 결혼식 전에 돌부리 해변가에서 탈출하겠다고 협박한다.

47절: 이상욱이 10년 만에 섬으로 돌아온다. 그는 조 원장에게서 열심히 살아온 사람의 깊은 외로움을 본다. 상욱은 조 원장에게 윤해원의 단종수술 여부를 결혼 이후로 미루라고 충고하며, 그의 탈출을 자신이 막겠다고 제안한다.

48절: 이상욱은 윤해원을 만나 단종수술 문제를 잘 처리한 뒤 저녁에 이정태, 조 원장과 함께 술자리를 갖는다. 그 자리에서 그는 살아온 얘기를 들려준다. 이상욱은 사회에 섞이기 힘들었다. 그러던 중 원장의 소문이 잦아든 소록도가 한 거인의 섬이 아니라 수천 원생들의 섬이 되고 있을지 모른다는 기대를 갖게 된다. 이상욱은 자신도 이 섬에서 떳떳하게 신부를 골라 장가들고 싶어서 왔는지 모르겠다면서, 윤해원이 섬을 대표할 수밖에 없게 된 데는, 윤해원의 결혼을 개인이 아닌 섬 전체의 것으로 만든 조 원장에게 허물이 있을 수 있다고 말한다.

— 무엇보다 윤가가 그의 수술 주장으로 원생들을 대표하려 한다고는 나무라지 마십시오. 이 섬 원생들에겐 아직도 그게 필요할지 모르니까요. 원장님은 어떻게 보고 계실지 모르지만, 원생들은 아직도 개인으로는 아무것도 주장하거나 얻을 수 있는 처지가 못 되지 않습니까. 저들은 아직도 무엇이나 집단으로 쟁취하는 길밖에 다른 힘이 없는 형편입니다. 요즘은 물론 많은 것이 달라졌읍니다만, 원장님 편에서 모든 일을 늘 섬 전체를 위하여 원생들을 집단으로 취하고 계신 이상, 원생들의 입장에 대해서도 개별적인 이해만을 고집하실 수는 없으실 것 아닙니까. 원장님은 전체로만 다스리려 하시면서 저들의 입장은 개인만을 인정하실 수는 없으실 거라는 말씀입니다. 대상을 집단으로 취하고 계시다면 그 대상의 의사도 원장님의 필요에 따라 개별적인 이해로만 한정지으려 하실 것이 아니라 때로는 그 대상의 집단적인 의사발생도 인정을 하셔야 하지 않느냐는 말씀입니다…… (『신동아』 1975년 10월호 p. 432)

49절: 결혼식 날인 4월 5일은 화창한 봄날이다. 상욱이 행사를 총지휘한다. 결혼식을 교회의식으로 하라는 상욱의 권유에 따라 조 원장이 주례를 군수에서 장 목사로 바꾼다. 신혼부부는 신혼여행을 오마도 마른 땅 밟기로 대신한다. 윤해원과 배정면 양가 가족은 참석하지 않는다.

50절: 결혼식에서 조 원장이 신랑 신부의 후견인 자격으로 신부를 인도한다. 군수의 축사에 이어 조 원장이 축사를 한다. 오마도 제방 둑은 이제까지 제대로 이어진 적이 없었다. 마음이 갈라져 있었기 때문인데 이 결혼식으로 그 소망의 방둑이 이어진다. 전에 절강제를 보지 못하고 떠났던 조 원장에게는 행운의 결혼식이다. 그는 앞으로 단종수술을 하지 않을 것이니 아이를 많이 낳으라고 신혼부부에게 당부한다.

51절: 결혼식이 끝나고 원생들은 축구 경기 등 흥거운 뒤풀이 행사를 벌인다. 이정태는 원장과 섬사람들 사이의 힘거운 질서의 조작과 그에 따른 조 원장의 갑작스런 운명의 변혁을 목도한다. 결국 그는 이를 위해, 다시 말해 증인의 몫을 감당하기 위해 섬에 남은 것이다. 축구 경기가 2 대 1로 앞선 후반전 무렵 조 원장의 운명에 변혁을 가져올 징조가 보인다. 병원 직원들이 조 원장에게 손님들이 왔다고 전한다.

52절: 조 원장은 손님들에게 가지 않고 이정태와 함께 강당으로 이동한다. 그때 이상욱이 와서 손님들이 본관 사무실에서 경리 장부를 압수한 사실을 전한다. 서둘러 본관으로 가자고 하는 상욱과 달리 조 원장은 침착하다. 그는 축구장 본부석으로 가면서 이번에는 지레 섬을 떠나지 않고 쫓겨가고 싶다고 말한다.

53절: 세 사람은 축구장에서 중앙공원 둔덕 쪽으로 간다. 주정수 원장 동상 자리에는 구라탑이 세워졌다. 동상 상석에 한하운의 「보리 피리」가 새겨져 있고 뒤쪽에 동물 우리가 있다. 동물이 들어온 뒤로 공원은 모셔지던 곳에서 즐기는 곳으로 변했다. 원장은 상욱이 용서를 모르는 사람이라고 질책한다. 그러자 상욱은, 떠나라고 했는데 여전히 섬에 있는 원장에게 섬으로 돌아온 이유를 묻는다. 조 원장은 황 장로 때문이라고 답한다. 황 장로는 상욱이 조 원장에게 한 충고를 포함해, 섬에서는 모두 '자유'로만 행하려는 데 허물이 있다고 말했다. 자유는 쟁취해야 하는 것이다. 섬에서는 더욱 그렇다. 그러니 불신과 원망과 증오가 쌓이고 '용서'할 줄 모르는 상황이 벌어진다. 우리는 자유 대신 '사랑'으로 행해야 한다. 뺏음이 아니라 베풂과 용서를 가르쳐야 한다. 용서는 모두 승자가 될 수 있는 길이다. 그래서 조 원장은 사랑으로 섬을 다시 경영하러 왔지만 실패했다. '힘'이 없기 때문이다. 자유나 사랑이나 그 근본은 힘이다. 힘이 없다면 모든 것은 헛수고에 그칠 뿐이다. 우리, 원장과 섬사람들에게는 애초 힘이 없었다. 원장은 심부름꾼일 뿐이다. 진짜 힘은 육지의 건강한 사람들과 그들의 제도, 풍속과 편견 속에 있다. 필요한 것은 빌린 힘이 아니라 이 섬에서 나고 자라고 얻어진 진짜 힘이다.

54절: 축구 시합에서 소록도 팀은 3 대 2로 승리한다. 조 원장과 이상욱, 이정태, 세 사람은 윤해원의 신혼집을 지나 병원 본부 쪽으로 향한다.

2) 『당신들의 천국』(문학과지성사, 1976)

26절: 이상욱이 섬을 탈출하는 사건이 일어나고 윤해원이 조 원장을 찾아온다. 윤해원과 서미연의 관계가 파탄난다. 이상욱은 두 사람에게 자신이 미감아임을 밝히지 않았다.

27절: 육지에서 전화 통지문이 오고 개발회 소속 평가반 사람들이 도착하지만 원생들은 침묵한다. 2월 하순경 개척단 기술진과 평가반 양쪽 결과가 83퍼센트 대 40퍼센트로 종합된다. 조 원장은 평가반 사람들의 부당한 활동에 대한 원생들의 불가사의한 침묵과 무반응이 서운하다.

28절: 때는 3월 초순이다. 원장에게는 만재도 돌기둥에 새기고 싶었던 글귀가 있었다. 황희백 장로가 원장에게 와서 말한다. 원장이 부임할 때는 소박하고 겸손한 사람이었는데 지금은 달라져 섬을 제법 화려하게 떠나고 싶어 한다. 이상욱이 섬을 나가기 전 찾아왔다. 그는 문둥이들이 동상의 종이 될 거라며 원장의 동상 이야기를 했다. 하지만 황 장로는, 원장은 동상을 짓는 방법이 좋았다. 원장이 자기 마음에 지닌 딱 한 사람의 동상을 부수지 않기를 바란다며 눈물을 보인다. 조 원장은 우는 황 장로에게서 인간의 얼굴, 노인의 진짜 얼굴을 본다. 그런데 섬사람들은 어째서 조 원장을 용납할 수 없는 것인가. 조 원장이 섬의 일을 사랑이 아니라 자유로 행했기 때문이다. 자유는 가만히 주어지는 것이 아니라 제 힘으로 빼앗아 가져야 하는 것이다. 그래서 남을 의심하고 원망하며 미워하는 심성을 배태한다. 거기에는 용서가 없다. 모든 것은 사랑으로 행해야 한다. 원장의 동상은 이 섬에서 처음으로 제 손으로 제가 지어 지니게 될 사랑의 동상이 될 것이다.

　29절: 조 원장이 섬을 떠나고 7년이 지났다. 그동안 소록도 병원에는 원장들이 세 명 바뀌었다. 황 장로는 죽고 사람들도 많이 달라졌지만 섬은 변한 것이 없다. 탈출 사고는 계속되고 오마도 문제도 해결되지 않았다. 모든 문제의 핵심은 오마도 문제 해결이다. 3월 말경 C일보 이정태 기자가 기이한 결혼 잔치를 보러 섬에 온다. 혼인식 취재와 함께 이정태의 진짜 목적은 혼인을 성사시킨 집념의 사내, 중매인 겸 후견인 사내를 만나는 것이다. 7년 전 3월 초순 저녁 조백헌 원장은 황 장로와 서무과장의 배웅 속에 섬을 나갔다. 조 원장은 마산병원에 마음을 붙이지 못하고 소록도 재부임을 여러 차례 요로에 청원한다. 하지만 골치 아픈 오마도 문제 때문에 그의 청원은 번번이 묵살된다. 조 원장은 자유와 사랑의 방법이 서로를 용납할 수 있는 길을 5년 동안 기다렸다. 그러던 어느 날 이상욱의 편지를 받은 그는 마산병원을 떠나 개인 조백헌의 신분으로 섬에 귀환했고 이제 2년여가 지났다. 조 원장은 개인 신분이 섬사람들의 자유와 자신이 행할 사랑의 실천적 화해에 유리한 입장이라 여겼지만 실패했다. 이정태는 조 원장의 귀환을 알고 있었지만 이런 사정은 몰랐다. 그는 조 원장을 만나 묻고 싶은 것이 많았는데 마침 서미연과 윤해원의 4월 결혼 소식과, 조 원장이 두 사람의 결혼을 성사시키기 위해 헌신한 얘기를 듣게 된다. 이정태는 녹동에서 하룻밤을 자고 일요일 아침 10시 관사촌 빈집을 하나 빌려 가족 없이 혼자 사는 조 원장을 찾아간다. 산으로 나무를 캐러 갔던 조 원장이 돌아와 이정태에게 4월 1일 결혼식까지 머물라고 권하며 구라회관에 방을 잡아준다.

30절: 이정태가 조백헌을 구원하기 위해서는 미친 원장 얘기만 쓰면 된다고 하는 데까지는 연재본 40절과 일치한다. 조 원장은 이정태에게 섬의 실패에 대해서 알고 싶으면 섬을 둘러보라고 말한다.

31절: 조 원장이 섬의 규율을 허무는 데까지 연재본 45절 앞부분과 같다. 이어서 결혼에 관한 연재본 41절 내용이 조금 더해진다. 조 원장이 마산에서 돌아와 보니 윤해원과 서미연의 사이는 상욱의 탈출 이후 파탄난 상태 그대로다. 병사 지대에 있던 누이가 자살한 뒤 술주정뱅이가 된 윤해원을 서미연은 무작정 기다리고 있다. 보육소가 폐쇄된 다음 두 사람 모두 중앙리 학교로 옮겼다. 조 원장이 현원장의 양해 아래 두 사람의 결혼에 적극 나선다. 조 원장은 중앙리 교회 목사를 주례로 삼고 신혼집을 신축하고 축구 시합을 계획하는 등 결혼식 준비에 열심이지만 원생들은 무관심하고 탈출사고도 여전하다. 조 원장이 이정태에게 윤해원이 단종수술을 요구한다고 말한다. ㄱ가 단종수술을 원하는 것은 후손의 이름을 빌린 미래를 구실로 현재가 다스려지고 있다는 생각, 현실이 미래로 인해 속고 있다는 생각, 그러나 사실 이 섬에선 미래보다도 현실이 더욱 중요하다는 생각 때문이다. 조 원장은 혼인을 바라는 처녀들의 눈썹수술과 남자들의 단종수술에 대해서도 들려준다. 이어서 연재본 45절의 중앙리 특별 병사 얘기가 더해진다.

32절: 조 원장은 결혼할 두 사람을 만나려는 이정태를 만류한다. 그 이유는 연재본 42절에서 윤해원이 이정태를 공박한 내용과 같다. 조 원장이 마산병원에 있을 때 이상욱에게서 받은 편지를 이정태에게 건넨다. 편지를 읽으면 섬의 숙명과 실패의 모습 같은 걸 볼 수 있을 것이다. 이 편지는 상욱이 2년 전에 조 원장에게 보낸 것이다. 그런데 이상욱은 이 편지에 7년 전 섬을 나갈 때 써 지니고 있던 다른 편지를 동봉했다. 2년 전 편지가 먼저 소개되는데, 거기에는 긴 자기 고백과 함께 섬을 나간 이유, 서미연과 윤해원의 결합을 방해했다는 소문이 어느 정도 사실이라는 점, 그러나 무엇보다 건강인으로 섬을 탈출해야 했다는 사연이 들어 있다. 이 편지는 연재본에 없다. 섬을 나갈 때 쓴 둘째 편지는 연재본에서 황 장로가 조 원장에게 전해준 것이다. 단행본의 이 편지는 연재본과 대부분 일치하지만 다른 부분도 있다.

33절: 조 원장이 이정태에게 여러 이야기를 들려준다. 사랑과 자유, 갈등, 믿음, 불신, 다스리는 자와 다스림을 받는 자, 공동 운명체에 대한 인식 등에 대한 것으로 연재본 53절에서 황 장로가 조 원장에게 하는 이야기와 같다. 조 원장은 섬에서 다시 실패했고, 언젠가 섬으로 돌아오겠다고 한 이상욱은 아직 오지 않았다. 자유와 사랑은 거기에 깃든 힘으로 행하는 것이다. 실천적인 힘이 질서 속에 자리를 잡고 설 때라야 제 값을 지니고 실현되는 것인데 지금 원장은 뜻이 있어도 안 된다. 원장이 아니라 평범한 사람으로 귀환했기 때문이다. 운명을 같이하지 않을 때 힘은 우상을 낳는다. 사람의 운명은 자생적이어서 누구에게 보태고 싶다고 되는 일이 아니다. 조 원장은 운명이 합해지기를 기다리면서 그 시작으로 윤해원과 서미연의 결혼을 추진한다.

34절: 4월 1일 12시 결혼식(연재본은 4월 5일 11시). 결혼식 전에 조 원장이 윤해원을 만나 단종수술 문제를 해결한다. 앞으로 섬에서 단종수술은 영원히 없을 것이다. 현 원장도 거기에 동의했으니 윤해원도 요구하지 마라. 조 원장과 서미연은 그녀가 미감아 출신이라는 사실을 윤해원에게 감추기로 한다. 모두들 친부모로 아는 서미연의 양부모가 구라회관에서 묵은 뒤 결혼식에 참석한다. 이정태는 식장에 함께 가려고 조 원장을 찾는다. 조 원장은 아직 방에 있고, 방 밖에는 그 방에서 들리는 소리를 엿듣는 사람이 있다. 이상욱이 마침내 섬으로 돌아온 것이다. 조 원장은 방에서 연설조로 축사를 연습하고 있다. 그것은 광기에 못이긴 기이하고도 진지한 연기다. 조 원장의 축사는 시간도 잊은 채 한없이 이어진다.

3) 『당신들의 천국』(문학과지성사, 1976)에서 『당신들의 천국』(열림원, 2000)으로

「여전한 현실의 화두, '당신들의 천국'」이 작가 노트로 수록된다. 이 작가 노트는 '당신들의 천국'의 살아 있는 주인공 조창원 원장에게 보내는 편지 형식이다.

– 87쪽 9행: 심각한 낭패감 → 마지막 절망감

– 98쪽 9행: 상욱의 기대와는 오히려 정반대의 결과가 빚어진 것이었다. → 〔삭제〕

– 146쪽 9행: 선창 작업이 끝났다 해서 손을 아주 놀려두고 있는 것도 아니었다. 선창 공사 때마저 쉴 수 없었던 벽돌 제조 작업은 아직도 계속되고 있었다. 그것은 섬을 건설하는 데 드는 벽돌 소요량을 충당하기 위해서가 아니라 육지 쪽의 물량부족 사정을 위한 반출용 벽돌제조 작업이었다. 주정수 원장의 우국충정이 자진봉사를 명령해온 작업이었다. 그것이 총후(銃後)국민의 도리요 의무라는 것이었다. → 〔삭제〕

– 199쪽 7행: 흐느적흐느적 → 의연히

– 234쪽 22행: 윤해원이란 언젠가도 소개한 일이 있었지만, 그 분홍색 미치광이로 소문이 나있는 섬 보육소의 선생이란 위인 말이다. → 〔삭제〕

– 364쪽 11행: 하지만 그가 돌부리 해변가를 통하여 섬을 영영 버리고 떠나버린 것은 이제 어쨌든 부인할 수 없는 또 하나의 분명한 탈출사건이 되고 있었다. → 〔삭제〕

– 371쪽 15행: 그게 별일도 아니라는 걸 알 수 있게끔요. → 〔삽입〕

– 374쪽 15행: 조 원장으로서도 후임 원장만 믿고 슬그머니 뒷전으로 물러서버릴 수가 없었다. → 그리고 그가

– 464쪽 9행: 점점 더 다스리기가 쉬운, 그러나 생기 없는 유령들의 섬이 되어갈 뿐입니다. → 그 원장님의 단 하나의 명분에 일사불란하게 묶여버린 얼굴 없는 유령 집단의 섬이 되어갈 뿐입니다. 하여 점점 더 다스리기

가 쉬운, 그러나 개개인의 삶을 찾을 수 없는 생기 없는 유령들의 섬이 되어갈 뿐입니다.

- 484쪽 7행: 이제 다시 섬을 떠남으로써 우리들의 믿음을 배반할 수는 없어요. 믿음만 있으면 그 믿음 속에서 기다릴 수는 있는 거지요. → 이제 다시 섬을 떠남으로써 모처럼 움터오른 그 믿음의 싹을 짓밟아버리고 떠날 수는 없어요. 믿음의 씨앗과 싹만 있으면 그 믿음 속에 기다릴 수는 있는 거지요. 그것이 처음엔 아무리 작고 더디고 약한 것이라 하더라도 그것이 자라서 그 공동 운명의 튼튼한 가교로 이어질 때를 기다리면서……

- 496쪽 12행: 믿음과 사랑의 → 〔삽입〕

3. 인물형

– 이상욱: 「네가 내 사촌이냐」의 젊은이와 『신화를 삼킨 섬』의 정요선도 이상욱처럼 소록도 나환자를 부모로 둔 미감아 출신이다. 이상욱과 「병신과 머저리」의 형은 6·25전쟁 때 군대 위생병으로 복무했다.

4. 소재 및 주제

1) 섬의 경치: 외지인에게 소록도는 그곳을 탈출하려는 사람들을 이해할 수 없을 만큼 아름답다. 『신화를 삼킨 섬』에서 정요선도 처음 제주도에 대해서 그렇게 느낀다(19쪽 5행, 20행).

- 『신화를 삼킨 섬』: 하지만 그 유채나 귤밭의 밝은 빛은 그저 차창 밖 야지만 스쳐가고 있는 게 아니었다. 그 벅차게 노란 빛들이 언제부턴지 요선의 가슴속에 또 하나 환한 등불을 밝히고 있었다. 게다가 흰 눈을 장식한 한라산의 정봉은 늘 창밖으로 그를 내려다보고 있었고, 중산간을 넘어가는 찻길 어디에서나 아득히 푸른 바다와 해안선이 그에게 다정한 손짓을 보내는 것 같았다.

2) 여자의 눈: 화가가 그린 소녀의 눈동자에는 현실이 아니라 꿈처럼

아름다운 섬 이야기가 들어 있다. 이청준의 작품에는 그런 눈을 가진 여자들이 많다. 「침몰선」「귀향연습」『이제 우리들의 잔을』「해공의 질주」『백조의 춤』등(22쪽 7행).

3) 노루 사냥: 「병신과 머저리」에도 '노루 사냥'이 나온다(139쪽 19행).

4) 자생적 구세주: 『당신들의 천국』과 『신화를 삼킨 섬』에서 소록도 원생들과 제주도 사람들은 외부적인 어떤 지배 체재 아래서도 오늘의 자리를 찾을 수 없다. 그렇다면 구원은 자생적인 힘의 탄생에 의해서만 가능할 것이다. 그 힘은 『당신들의 천국』잡지 연재본에 나오듯 '다른 사람에게서 빌려온 힘이 아닌 진짜 힘' '다른 곳이 아닌 이 섬 안에서, 이 섬사람들 안에서 자라고, 이 섬 안에서 얻어진 것이어야' 한다. 이청준은 한 운명 공동체의 자생적인 그 힘을 『신화를 삼킨 섬』같은 다른 작품에서 아기장수 설화로 구체화한다. 아기장수에 대한 기다림은 지배 이데올로기의 폭력과 억압에 지친 사람들이 꿈꾸는 새로운 세상에 대한 소망이다. 『당신들의 천국』에서 이상욱의 잉태와 성장, 출소록은 아기장수 설화를 상기시킨다. 이상욱은 섬 전체가 잉태와 탄생, 양육의 전 과정에 은밀하게 참여한 아기, 그리고 마침내 섬에서 내보냄으로써 언젠가 다시 오리라는 부활의 꿈이 된 아기, 한마디로 모든 원생들의 두려운 희망이다. 그 희망을 배반한 사람은 아기장수 설화에서처럼 아비인 이순구다. 이상욱은 그런 아버지를 끝내 '용서'하지 못한다. 『당신들의 천국』에서 회의와 경계와 의심을 거두지 못했던 그가 『신화를 삼킨 섬』에서는 정요선이 되어 용서와 화해의 굿판으로 아버지와 섬사람들의 원혼을 씻기기 위해 소록도로 돌아온다(157쪽 22행).

　－『인간인 2』: 이제 그 아이는 누가 뭐래도 자신만이 아니라 그 모든 사람들의 공동의 핏줄이어야 한다는 뜨겁고 절박한 소망과 확신이 그를 알 수 없는 흥분으로 떨리게 했다. 그들의 소망과 꿈, 나의 꿈과 소망, 그 모든 사람들의 기나긴 염원과 사랑의 핏줄. ……아마, 그래 저들은 지금 이렇듯

오로지 한마음으로 아이의 무사 출생을 염원하고 있는 것이 아니냐…….

– 『신화를 삼킨 섬』: 하지만 사람들은 끝내 그 구세의 영웅 이야기를 잊지 못했고, 언제부턴지 그 아기장수와 용마가 다시 태어나기를 기다리기 시작했다. 그 이야기 속의 꿈과 기다림이 없이는 아무래도 세상을 살아갈 수가 없었기 때문이다.

5) 트럼펫 불기: 「줄광대」「이상한 나팔수」「들어보면 아시겠지만」에도 트럼펫을 부는 남자가 나온다(155쪽 23행).

6) 명분: 수필 「명분에 대하여」는 거창한 명분의 독점이 가져오는 폐해에 대한 글이다. 그 글에 따르면 명분 중에서도 가장 강력한 도덕적 구속력을 발휘할 수 있는 것이 '조국과 민족'이다. 『당신들의 천국』의 주정수, 『이제 우리들의 잔을』의 김삼웅, 「뺑소니 사고」의 양진욱은 모두 명분을 독점하려는 사람들이다(175쪽 18행).

– 『이제 우리들의 잔을』: 그러나 이 사람들은 그것을 묘한 일에까지 곧잘 구실을 삼고 나서거든요. 언필칭 조국과 동포지요. 말끝마다 조국과 동포. 자기들은 밥을 먹고 걸음을 걸어 다니는 것도 모두 조국과 동포를 위해서라는 식이란 말입니다. 그러니까 저희들은 오로지 나의 일거일동에 주의를 기울이고 나를 우러러 경배함이 마땅하다. 사소한 잘못쯤은 이 조국과 동포라는 대의 앞에 당연히 용서되어야 한다―

– 「뺑소니 사고」: 역사의 목적은 명분일 수 없습니다. 역사는 명분이 아닙니다. 양 선생께서도 말씀하셨듯이 그것은 만들어져 가고 있는 것이 사실일지도 모릅니다. 하지만 그것은 모두가 함께 만들어가는 것입니다. 누구나 각기 자기 능력과 분수에 따라 자기 몫의 정당한 역사를 만들어가게 해야 합니다. 역사를 혼자 독점하려고 하지 마십시오. 유리한 명분은 항상 선생 쪽에서만 혼자 움켜쥐고 있으려 하지 마십시오.

7) 소문: 소록도 원생들에게 낙원은 소문 속에 있을 뿐이다. 수필 「소문에 대하여」에 따르면 소문은 진실이 은폐된 곳에서 번진다. 소문은 우

리 주위에 편견과 거짓과 오해의 벽을 만들고, 소문꾼들은 진실이 밝혀지는 것을 꺼려 소문을 만들어 퍼뜨리기까지 한다. 「소문과 두려움」 「소문의 벽」은 그런 소문에 대한 글이다(179쪽 21행).

8) 독을 품고 살기: 독을 품고 산다는 말이 있다. 윤해원처럼 사람은 때로 삶에서 얻은 상처 따위의 독에서 살아가는 힘을 얻기도 한다. 패잔과 살인의 기억을 간직한 「병신과 머저리」의 형, 동료 원생을 돌로 치고 고아원에서 도망친 「행복원의 예수」의 '나'도 그런 사람들이다(235쪽 20행, 275쪽 3행).

9) 젖 먹기: 「예언자」와 「오마니」에도 어머니가 아닌 여인이 사내에게 젖을 먹여주는 장면이 있다(270쪽 13행).

10) 무관심과 침묵: 소록도 병원 원생들은 조백헌 원장의 낙원에 대한 약속에 무관심과 '침묵의 벽'으로 답한다. 『신화를 삼킨 섬』의 제주도민들 역시 육지 사람들의 국가적 행사인 '역사 씻기기' 사업에 무관심과 침묵으로 대응한다. 『신화를 삼킨 섬』은 『당신들의 천국』과 함께 읽어야 할 작품이다. 이청준은 섬이나 마을 같은 어떤 운명 공동체가 특정한 상황이나 인물에 대해서 집단적으로 보여주는 침묵과 무관심을 「용소고」 등 여러 작품에서 표현했다. 이 침묵과 무관심은 배반당한 꿈에 대한 공동체의 대응 방식으로 가짜 구세주에 대한 사람들의 저항이기도 하다. 소록도 원생들은 밖으로부터 주어지는 낙원에 대한 약속이 가짜임을 알고 있다. 그들의 침묵은 약속이 가짜로 드러날 때 맛볼 배반과 환멸에 대한 방어이자 자신들의 운명 공동체에 속하지 않는 외부인과 소통하지 않겠다는 거부이기도 하다. 『신화를 삼킨 섬』에서 제주도 사람들이 '역사 씻기기' 사업에 침묵과 무관심으로 일관하는 것 역시 그 사업에 대한 불신이자 그로 인해 맛볼 배반과 환멸에 대한 대응 방식이다(373쪽 23행, 378쪽 8행).

　－「용소고」: 그때와 사정이 좀 다른 것이 있었다면 이번에는 밤이 아닌 밝은 낮 시간이었다는 점과, 옛날 털보에 대한 마지막 호의에서였던지 가겟

거리 사람들이 우리의 추방 행진을 보고서도 그때처럼 야유나 비웃음을 보내지 않고 길을 올라올 때의 그 무관심한 침묵으로 우리를 여전히 모른 척해 준 것 정도였다./하지만 내겐 그 밝은 대낮과 바닷속처럼 무거운 침묵 속의 행진이 더욱 큰 곤욕이 아닐 수 없었다.

11) 얼굴: 얼굴은 자아의 다른 말이다.「퇴원」이후「꽃과 소리」「가학성 훈련」『씌어지지 않은 자서전』등 여러 작품에서 얼굴 찾기는 자기 정체성 회복을 뜻한다(390쪽 22행).

12) 굴레: 굴레는 내가 선택하지 않은 운명의 다른 이름이다. 우리는 굴레에 굴종하거나 굴레를 거부할 수 있다. 굴종은 편하지만 짐승의 삶이고 거부는 힘들지만 인간의 삶일 것이다.「굴레」「가학성 훈련」「날개의 집」은 굴레에 대한 이야기다(463쪽 23행).

  - 「가학성 훈련」: 굴레란 사람이 씌워주는 물건이 아니라 쇠짐승이 태어날 때부터 지니고 나온 신체의 한 부분이나 마찬가지라고. 그래 그렇게 되도록 해줘야 한다고.

  - 「날개의 문」: 아버지 또한 그만큼 그 쇠고삐와 지게의 멍에에 얽매이고 부대껴온, 한 마리 짐승의 삶을 닮고 있었다.

13) 자위를 상실한 선(善): 선은 자위능력을 가져야 진짜 선이라 할 수 있다. 자위를 상실한 선은 더 이상 선이 아니라 굴종일 뿐이다. 힘이 없는 자유나 사랑도 마찬가지다(480쪽 4행).

  - 습작「아벨의 뎃쌍」: 그것은 질투였다. 신은 그것을 영원한 저주로 단죄하고 말았지만 자위능력이 없는 아벨은 실상 선이기 전에 인간이 서식하는 이 지상에서의 사멸과 굴종을 의미할 뿐이었다.

  - 『조율사』: 언젠가 전 선(善)은 선 그 자체로서 선이 아니라 자기 위상과 가치를 지켜나갈 수 있는 능력까지 지닌 경우에 비로소 선일 수 있다는 말을 들은 적이 있습니다만, 저는 거기에 동감입니다.

14) 천국:「마기의 죽음」에서 지배 세력이 마기를 가둔 감옥의 이름이

'에덴'이다. 마기는 천국이 감옥이라는 역설 앞에서 에덴은 낙원이 아니었다고 말한다. 마기의 말처럼 당신들의 천국은 지배세력이 피지배자들을 억압하고 길들이기 위한 곳으로, 울타리가 쳐진 우리의 감옥일 뿐이다.

    –「마기의 죽음」: i) 나는 그때 알았다. 에덴은 '모든 일이 온전히 이루어지는 곳'이 아니었다. 낙원이 아니었다. 나를 괴롭히고, 아픔을 줄 뿐이었다. ii) 감옥은 인간들을 억압해 길들였다. 억압과 길들임의 장소였다.

15) 내일의 꿈: 내일의 꿈은 지배술의 핵심이다. 지배자들은 피지배자들에게 늘 내일의 낙토를 약속하며 현재를 유보하게 한다. 그런 지배 아래서 섬의 현실은 실패할 수밖에 없다. 『당신들의 꿈』에서 윤해원이 단종 수술을 원하는 것은 후손의 이름을 빌린 미래를 구실로 현재가 다스려지고 있다는 생각 때문이다. 그의 반발은 현실이 미래로 인해 속고 있다는 생각, 그러나 사실 소록도에선 미래보다도 현실이 더욱 중요하다는 생각에서 기인한다. 『신화를 삼킨 섬』에서 제주도 사람들도 마찬가지다. 그들은 '역사 씻기기' 사업이 한 운명 공동체 내부에서 자생적으로 싹튼 구원의 약속이 아니라 외부에서, 그것도 신군부 세력으로 대변되는 폭력적 지배 이데올로기로부터 주어진 것임을 안다. 그들도 소록도 원생들처럼 국가 권력이 자신들을 지배하기 위해 내세웠던 내일에의 구원의 약속이 가짜인 것을 알고 있다. 그들의 현재 삶은 그 약속으로 인해 늘 억압되고 희생을 강요받았다. 지배 체제가 바뀌거나 약속의 방식이 달라져도 지배 이데올로기의 속성은 마찬가지다.

    –『신화를 삼킨 섬』: 한 국가나 역사의 이념은, 실은 그 권력과 이념의 상술은 항상 내일에의 꿈을 내세워 오늘의 땀과 희생을 요구하고, 그 꿈과 희생의 노래 목록 속에 오늘 자신의 성취를 이뤄가지만, 오늘의 자리가 없는 인민의 꿈은 언제까지나 그 성취가 내일로 내일로 다시 연기되어가는 불가항력 같은 마술을 느끼지 못할 사람은 없지요. 국가의 본질이 그렇고 이 섬의 운명이 그럴진대 어느 누가 친체제 반체제 혹은 친정권 반

정권 어느 쪽에 서느냐는 결국 별 뜻이 없는 거겠지요.

16) 동상과 우상: 『당신들의 친국』에는 동상에 대한 이야기가 많다. 이청준은 다른 작품에서 동상을 자서전이라 부른다. 자서전은 사람들이 닮고 싶어 마음속에 간직한 사람이다. 자서전은 '말로 된 동상'이다. 그런데 제대로 된 동상은 황희백 장로의 말처럼 '제 손으로 제가 지어 지니게 될 그런 동상, 아무도 목을 매어 끌어내리고 싶어 할 자가 없는' '사랑의 동상'이어야 한다. 사랑을 받을 수 없는 위인, 동상은 한낱 우상에 머무를 수밖에 없다. 이상욱과 황 장로, 이정태는 바로 이 점을 조백헌 원장에게 경고한다.

- 「뺑소니 사고」: 선생을 경배하는 사람은 많은데도 선생을 사랑하는 사람은 없습니다. 사랑을 받을 수 없는 위인, 그런 위인은 진짜 우상이 되기 쉽습니다. 사실상 선생께선 많은 사람들에게 거의 맹목적인 우상이 되어 계십니다.

- 『이제 우리들의 잔을』: 정치가라는 사람들은 씌어졌거나 씌어지지 않았거나 반드시 자기의 자서전을 한 권씩 가지고 있다. 시저나 링컨 같은, 또는 김춘추나 세종대왕 같은 인물 들 중의 하나를 정치가들은 마음속에 지니고 흔히 자기와 비교하기를 게을리하지 않는데 그게 곧 그 사람의 자서전이다.

- 「문단속 좀 해주세요」: 나는 일찍부터 나름대로 한 권의 자서전을 가지고 있었다. 물론 글로 씌어졌거나 서점에서 팔리는 실제의 책은 아니다. 마음속에 씌어져 있는 것이다. 하기야 그런 식으로 씌어지지도 않은 자서전을 마음속에 지니고 사는 사람이 비단 나 하나 만은 아닐 것이다. 누구나 마음속엔 자신의 그런 자서전을 한 권씩 지니고 살아가게 마련이다.

- 「자서전들 쓰십시다」: i) 〔…〕 그의 자전적 반생기(自傳的半生紀) 『흐르지 않은 눈물』(가제)의 원고 집필을 의뢰해온 것은 그러니까 가위 한 시대의 무대 우상(舞臺偶像)이 그의 시대가 끝나고 난 다음까지도 의연히

그들의 우상으로 남아 살아 있고 싶은 욕망에서, 그의 관객과 청중들을 압도할 요지부동한 자기 동상을 지으려 함에 다름 아니었다. ii) 더더구나 그런 말들을 모아짜서 그 말로 된 동상을 짓는 데도 피문오 씨 자신은 전혀 직접적인 간여가 없어온 터이었다.

17) 신념: 사랑이 없는 동상이 한낱 우상에 불과하듯 자기 회의 없는 투철한 신념은 독선과 아집에 그칠 뿐이다. 이상욱이 조 원장에게 그렇듯, 이청준은 인간적인 어떤 흔들림이나 의구, 후회가 없는 일사불란한 신념에서 어쩔 수 없이 가식의 냄새를 맡는다.

– 수필「필생의 스승」: 요컨대 선생님에겐 신념이라는 게 없으신 분같이 보였다. 무엇을 주장하고 쟁취하고자 하는 투지도 물론 없어 보였다. 〔…〕 선생님에게 신념이 없는 것처럼 보였다는 말 역시 마찬가지다. 남이 누리기를 바라는 것을 빼앗지 않고도, 이웃을 상대로 쟁취함이 없이도 남들이 지나쳐버리기 쉬운 그 20퍼센트의 남은 삶을 의연하게 살아오고 계신 선생님에게서야말로 누구보다도 분명하고 투철한 인간에의 자각과 신념을 배울 수가 있었을 터이기에 말이다.

–「자서전들 쓰십시다」: 지욱은 차츰 선생의 그런 신념이 두려워지기 시작했다. 지욱의 이해와 능력으로는 감당할 수 없는 어떤 무거운 압박감이 그를 못 견디게 짓눌러 왔다. 믿음이 논리를 초월할 수도 있다고는 했지만 그러나 논리적인 이해가 불가능한 신념은 맹목적인 아집에 그칠 위험성이 있었다. 뿐만 아니라 그 자신감이 넘치고 있는 선생의 신념은 털끝만큼한 자기 회의마저 용납을 하지 않고 있었다. 회의가 없는 신념은 맹목적인 자기 독단에 흐를 위험 또한 큰 것이었다.

18) 거인: 이청준의 작품에서 거인은 장인 계열과 투철한 신념가 계열, 그 밖의 인물 계열로 나뉜다. 그중 신념가는 장인에 비해 부정적인 인물이다. 그래서 회의가 없는 신념가의 자서전은 부정적인 뜻에서 거인의 동상에 불과할 뿐이다.

- 「자서전들 쓰십시다」: 회의가 없는 자서전이야말로 영락없이 한 거인의 동상에 불과할 뿐이었다.
- 「소문의 벽」: 무엇이나 그렇게 자신만만하기만 한 김 박사는 거인처럼 믿음직스런 데가 있었다. 하지만 나는 그런 김 박사의 태도가 덮어놓고 마음에 들었던 것은 아니다. 너무도 자신만만한 그의 태도에서는 어딘지 독선의 냄새 같은 것이 풍겼다. 나는 무엇보다 그 독선의 가능성이 위태롭게 느껴지고 있었다.

19) 증인: 조 원장에게 이정태는 사실을 사실대로 보아두는 사람인 증인 역할을 한다. 증인은 사실과 진실이 문제일 때 필요하다. 그가 곧 진실의 증거이기 때문이다.

- 「증인」: '증인'에 대한 열망으로 눈이 벌겋게 충혈되어가고 있었다. 하지만 언제까지나 그들의 사랑에는 증인이 나타나 주질 않고 있었다.
- 『춤추는 사제』: 용술은 그저 사실을 사실대로 보아두기만 하면 그만이었다. 그가 한 맹세대로 말을 하지 않더라도 상관이 없었다. 사실을 사실대로 보아둘 사람이 필요할 뿐이었다. 그런 사람이 있다는 사실 자체가 가장 힘있는 진실에의 증거일 수 있었다.

20) 용서: '용서'는 '남도 사람' 연작과 '언어사회학 서설' 연작의 결편인 「다시 태어나는 말」이 보여주는 다시 태어난 말이다. 용서는 이청준 소설의 핵심 단어이다. 그는 「비화밀교」에서 한 집단의 자생적 힘이 '우리들끼리의 용서'를 통해 '누구와도 함께 하나가 되고' 모두 '함께 똑같은 소망으로 하나가 되는 것'에서 탄생한다고 말한다.

21) 채찍: 사또가 들고 다니는 채찍은 지배의 상징물이다. 채찍은 작품에 따라 대검, 회초리, 가죽장갑, 지휘봉 등으로 바뀐다. 「병신과 머저리」의 오관모, 「공범」의 강 중위, 「자서전들 쓰십시다」의 피문어, 「예언자」의 홍 마담, 「제3의 신」의 탄 등.

22) 제방 둑이 무너지고 사람이 죽는 일화: 간척사업과 제방 둑, 공사

판 일꾼들에 대한 이야기는 「바닷가 사람들」을 시작으로 많은 작품에 들어 있다. 특히 여러 사람이 목숨을 잃는 사고는 「침몰선」 이후 『당신들의 천국』 『제3의 현장』에도 나온다. 『사랑을 앓는 철새들』 『자유의 문』 등.